CW01677327

LIVIU IANCU

Xanax

Liviu Iancu

Xanax

roman

3
TREI

Editori:
Silviu Dragomir
Vasile Dem. Zamfirescu

Director editorial:
Magdalena Mărculescu

Redactare:
Virginia Costeschi

Design copertă: Marius Pescaru
Foto copertă: Mihai Barbu

Director producție:
Cristian Claudiu Coban

Dtp:
Vlad Condur

Corectură:
Jeni Ursu
Cătălina Chiricheș

Descrierea CIP a Bibliotecii Naționale a României
IANCU, LIVIU
Xanax / Liviu Iancu. – București: Editura Trei, 2019
ISBN 978-606-40-0621-9
821.135.1

Copyright © Editura Trei, 2019
pentru prezenta ediție

O.P. 16, Ghișeul 1, C.P. 0490, București
Tel.: +4 021 300 60 90 ; Fax: +4 0372 25 20 20
e-mail: comenzi@edituratrei.ro
www.edituratrei.ro

ISBN 978-606-40-0621-9

Notă: Orice asemănare cu persoane sau fapte reale este pur întâmplătoare.

Ralucăi, cealaltă inimă a mea

„Am privit foarte atent imaginea catedralei de pe ecran. Cum să încep să o descriu? Dar să zicem că viața mea ar depinde de asta. Să zicem că viața mea e amenințată de un dement care îmi spune că trebuie s-o fac, altminteri mă omoară."

— Raymond Carver, *Catedrala*

Partea întâi

A murit Dumnezeu

1

— Trezește-te, că a murit Dumnezeu!

Costel mă zgâlțâia disperat de umăr, ca și cum eu eram ăla care tocmai crăpase. Duhnea a tutun ca scrumiera unui rocker divorțat, intrase încălțat, cu noroiul până la gât, și mitraliase deja o salvă de flegme pe ușa mică de fier a sobei. M-am săltat într-un cot, pe-o rână și cu palma sub cap, precum ciobănașii de prin tablouri. Toate celulele se frecau la ochi și urlau în mine că vor să mai doarmă. Mă târâsem la cinci dimineața acasă de la cârciumă și agonizasem în pat până spre prânz, răpus de băutură ca un socru de la țară în dimineața de după nuntă.

— Cum a murit???

— A crăpat inima-n el!

Era ziua de Crăciun, toată casa mirosea a cozonac, a cârnați și a caltaboș, iar Dumnezeu o mierlise în timp ce eu visam că frec între degete o pereche de sfârcuri arțăgoase și rozalii, ca râturile unor purceluși de 50 de kile.

Dumnezeu era încă tânăr, cu venele de pe mâini groase cât stiloul, și căra copacii în spinare, pe un umăr, așa cum țin corporatiștii rucsacul de laptop. Uneori se oprea în mijlocul drumului cu un buștean cât Boeingul în cârcă, își aprindea o mahoarcă și pălăvrăgea cu vecinii. Era la tac-so în curte când a căzut secerat în genunchi. În câteva minute a murit. L-au dus degeaba la spital.

Costel s-a întins oftând pe pat, lângă mine, cu fața-n sus și cu ochii holbați în tavan, de parc-ar fi fost o prințesă sfioasă care așteaptă să-și piardă fecioria. Și-a extras o țigară din buzunarul cămășii, a aprins-o atât de încet, încât am crezut că linge flacăra brichetei, a tras un fum și mi-a pasat-o. Am sorbit din ea cu pofta cu care se uită soldatul după doctorița regimentului și am uitat să i-o întorc.

— Mai fă-o și spre mine, a mârâit.

— Ai răbdare, nu vezi că mai e destul din ea? Poți să te și pișii la umbra ei.

Am rămas lungiți unul lângă altul, cu fumul ieșind din noi, ca o candelă cu două brațe. De-acum încolo aveam să umblăm prin lume așa, singuri, fragili și fără Dumnezeu.

L-am cunoscut bine pe Dumnezeu. Am fost apropiați, pot să spun. Cred că Dumnezeu m-a iubit mult în felul lui greoi și onest. Ne-am întâlnit la discotecă, în sat. Eu aveam 15 ani pe atunci și mă lăudam peste tot că mi-o trăsesem cu jumătate din fetele din comună, dar abia dacă atinsesem câteva perechi de țâțe, și asta întâmplător, în aglomerația din autobuzul cu care mergeam la școală. El era cu 15 ani mai bătrân, cel mai mare dintre cei nouă frați, și bătuse jumătate din sat. Era aprig la băutură și nu-i stătea nimeni în față când se înfuria. De-aia i se spunea Dumnezeu. De culcat, nu se lăuda că se culcase cu vreuna. Dar nu conta. Cu asta mă ocupam eu.

A fost dragoste la prima vedere. Ne completam ca micul și muștarul. A venit la mine cu o sticlă de bere, clătinându-se.

— Nu ești băiatu' lu Radu? Tac-to m-a învățat pe mine matematici grele! Eu te respect și *te desconsider* foarte mult și pe tine, și pe dom' director, mi-a spus, în timp ce m-a pupat pe obraz, în fumul discotecii de țară, duhnind a poșircă.

— Ia și bea, ce dacă ești băiat de profesor! Tac-to bea de stinge, mi-a răsucit el cuțitul în rană.

Am vorbit mult în noaptea aia și l-am convins, după câteva beri, că suntem rude. Nu era ușor să-l convingi pe Dumnezeu de ceva. Trebuia să pui suflet și să crezi în ceea ce spui. A fost încântat de asociere și de atunci așa îmi spunea: „Vărule". Nu e puțin lucru ca la 15 ani să fii vărul lui Dumnezeu! Am fabulat mult atunci, citisem câteva cărți la vârsta aia și mă transformam, vorbind cu el, într-un personaj care trecuse prin tot felul de chestii. Mințeam de plăcere. Din rațiuni estetice. Nu-mi plăcea viața așa cum era ea și voiam să-i arunc puțină culoare în obraji.

Dumnezeu era atât de temut în sat, încât deja nu mai era nevoie să bată pe nimeni ca să se impună. Îi plăcea un cuvânt: „Respect". Îl pomenea tot timpul, lovind cu pumnul lui mare în masă:

— Vărule, dacă mă respecți, te respect și eu! Dacă n-ai respect, n-ai nimic. Nu ești om.

Vorbeam întruna. Aveam și eu cuvântul meu preferat: „Simbolic". Eram și poet pe vremea aia. I l-am explicat și i-a plăcut. Îl murmura uneori, ca pe un descântec.

— Simbolic, simbolic... Frumos cuvânt, vărule. Deștept ăla care l-a inventat!

Eu îi tot povesteam. El asculta și bea. Începusem să beau și eu. Lui Dumnezeu îi plăceau poveștile.

Trecea timpul. Creșteam și devenisem și mai înfumurat. Atinsesem stângaci și grăbit câteva perechi de țâțe. În afara acelora din autobuz. În fiecare sâmbătă eram la discotecă. Dumnezeu la fel. Dar tot nu bătea pe nimeni. Nici eu nu reușeam cu niciun chip să ajung la jumătatea de jos a femeii. Devenisem un fel de Dumnezeu al sânilor. Un Dumnezeu al sirenelor, fără pizde, dar care mă striveau cu țâțele.

Cu timpul, am făcut o asociere între lipsa mea de activitate sexuală și Dumnezeul care nu lovește pe nimeni. „Când o să bată Dumnezeu pe cineva, o să am și eu parte de sex!" La vârsta aia, totul era posibil. Cu o singură condiție. Ca Dumnezeu să rupă vraja și să dea cuiva măcar un pumn! Atât de simplu era.

— Dumnezee, tu nu bați pe nimeni? Cine ești tu în satul ăsta? l-am întrebat sâmbăta următoare.

— De ce să bat, vărule? Toată lumea mă respectă și dacă mă respectă ei, îi respect și eu. Și nu-i bat. Cum să bați un om care te respectă?

Era clar, trebuia să-l provoc să-l trosnească pe unul. Când e vorba de futut, nu există limită. Drumul meu către pizdă era blocat de respect.

Era sfârșitul verii și fetele venite de la oraș, în vacanță, trebuiau să se întoarcă la școală. Aveam seara aia și încă o sâmbătă la dispoziție. Și dacă nu reușeam atunci să-mi ating visul, până la vacanța de Crăciun nu prea mai aveam șanse.

Am ieșit în fața discotecii. În cărțile mele, soluțiile le apăreau singure eroilor în momentele de criză. Am ieșit așteptând un miracol. Pe gardul din față se pupau unii. Probabil că se vor fute mai încolo, m-am gândit. Lângă ei beau bere cinci băieți din satul vecin. Toți, mai mari decât mine. Terminaseră liceul.

Aveam o șansă.

— Bă, ăștia se pupă, apoi se duc acasă și se fut, iar voi beți ca proștii. Vă uitați la ei ca niște labagii! N-o să futeți niciodată pe nimeni, le-am spus îndârjit.

— Du-te acasă, bă, dacă ești beat, mi-a aruncat unul dintre ei, îndreptându-se nervos spre mine.

— Lasă-l, bă, i-a zis altul, nu-l bate, că mi-e rușine de tac-so, care e om, nu jigodie ca el.

Mă jigniseră. Era suficient.

Am intrat în discotecă încercând să-mi compun o figură ofensată. M-am dus direct la Dumnezeu.

— Dumnezee, afară sunt unii care s-au luat de mine. Le-am spus să mă lase în pace, că altfel vin la tine, iar ei au zis că ești un antropofag!

— Un cum??? Vărule, e de rău sau de bine? a făcut el, pierzându-și răbdarea.

— Păi e cam de foarte rău, i-am spus în timp ce ne-am îndreptat spre ieșire.

Ăia erau tot acolo. Dumnezeu se enervase. Cuvântul ăla nou îl scosese din letargie.

— Băi, ăștia, voi v-ați luat de văru' meu și m-ați înjurat și pe mine. Câți sunteți voi aici? Unu, doi, trei, patru, cinci... șase, a bolborosit Dumnezeu, numărându-mă din greșeală și pe mine.

I-a pus unuia palma lui mare pe figură.

— Îți acopăr fața, i-a spus și s-a retras un pas, ca să-l prindă mai bine în vizor.

Apoi i-a săgetat cu ochii injectați pe fiecare dintre ei.

— Bă, voi ăștia șase, voi nu mai aveți respect nici față de mine, care sunt cine sunt aici, în comuna asta, nici față de văru' meu, care... e văru' meu!

Ăia au încercat să-i explice ce se întâmplase de fapt, dar Dumnezeu nu mai avea urechi. Pe fața lui coborâse masca dreptății. De pedeapsa lui Dumnezeu nu scapă nimeni.

— Vărule, ca să terminăm distracția, le dai la fiecare din ăștia șase câte un șut în cur!

Erau cinci. Eu eram al șaselea. Degeaba îi pedepseam eu. Trebuia să-i bată Dumnezeu. Să-i bată pentru ca eu să-mi pot împlini visul.

— Nu pot să le dau! Eu nu bat pe nimeni. Dă-le tu!

— Vărule, mi-a zis, trebuie să înveți singur să-i faci să te respecte! N-o să fiu toată viața lângă tine. Dă-le câte un șut în cur la fiecare.

— Nu pot, i-am răspuns.

— Vărule, eu n-am ieșit degeaba afară pentru tine.

Nu prea mai aveam soluții. Ăia se uitau unul la altul, nedumeriți și speriați.

— Mi-e milă de ei, nu pot să le dau! Dă-le tu, te rog!

Respectul ți-l câștigi singur. Dumnezeu a spus-o și trebuie să fie adevărat.

— Vărule, îți zic pentru ultima oară, dacă nu le dai câte un șut, îți dau eu ție. Dă-le, când îți zic. Măcar simbolic, dar dă-le!

Le-am tras câte un picior în cur și în timpul ăsta îmi imaginam cum dau cu șutul în cinci partide de sex, îndepărtându-le de mine.

În noaptea aia am adormit supărat. Ce Dumnezeu e ăsta dacă nu bate pe nimeni? Și n-o să bată niciodată. Îl respectă lumea. Iar eu, tocmai d-aia, n-o să fut pe nimeni.

Sâmbăta următoare, ultima de vacanță, îmi luasem definitiv gândul de la femei. Era deja miezul nopții și Dumnezeu nu venise. Stăteam în fața discotecii și încercam să înțeleg de ce se fut femeile care se fut și ce au gagiii lor în plus față de mine. Încercam să-mi compun o figură de futălău. La câțiva metri distanță, un băiat de vreo 20 de ani, cu față bleagă și inteligentă, de contabil, bea încet de tot dintr-o bere.

Atunci l-am văzut venind, cu ochii injectați și c-o expresie pe care nu i-o cunoșteam. Dumnezeu spumega de mânie:

— Vărule, a plecat acum un an, că cică n-am condiții ca la mă-sa. Am lăsat-o în pace, că dacă femeia vrea să plece și n-o lași, trebuie s-o legi. Când o femeie îți zice că pleacă, pleacă la altă pulă, vărule. Te minte dacă spune altceva. S-a întors miercuri. Am primit-o, vărule, că e rău și fără femeie. Două zile a vomitat întruna. Azi mi-a spus adevărul. I-am zis să se ducă de unde a venit. Are mânz!

— Ce are???

Am înțeles până la urmă. Era gravidă. Cu altul. Și se întorsese așa la Dumnezeu. Și Dumnezeu n-a putut s-o ierte. Un scriitor a spus odată: „Lui Iisus i-a dat mâna s-o ierte pe femeia adulteră. Nu era soția lui".

Dumnezeu era plin de furie.

— Vărule, dacă femeia nu are respect pentru tine, pleacă la altă pulă. Și ea n-are respect pentru tine atunci când ai tu prea mult respect pentru ea. La femeie nu e ca la oameni, adică dacă te respect, mă respecți! La femeie e invers, vărule.

Nu-l mai auzisem niciodată vorbind atât de mult.

— Femeia e lucrarea lu' Dracu', a spus Dumnezeu.

Mi-era frică să zic ceva.

— Trebuie să bat pe cineva ca să mă liniștesc, vărule!

S-a uitat în jur. Moacă de contabil bea la câțiva metri de noi.

— Bă, tu ăsta galben la față, ia vino aici!

Ăla s-a apropiat tremurând.

— Bă, tu mă deranjezi pe mine, pentru că am impresia că nu mă respecți nici măcar simbolic.

— Nu te cunosc, dar te respect! a zis omul, căcat pe el de frică.

— Păi, dacă mă respecți, ia d-aici niște bani și marș de-adu două beri de la bar pentru noi.

A venit cu berile. Dumnezeu căuta motiv de scandal. Dumnezeu nu te lovește niciodată fără pretext.

— Bă, tu chiar nu ne respecți! Cum să bem noi bere fără cafea și țigări?

Ăla a văzut că se îngroașă gluma. S-a întors cu cafea și țigări, cumpărate pe banii lui. Transpirase. Dumnezeu avea ochii și mai roșii.

— Te dai șmecher? Bă, tu crezi că eu sunt un bețiv, nu?

— Nu, nu cred.

— Tu te dai rotund la mine, bă? Tu crezi că femeia mea e o curvă. Așa e?

— N-o cunosc, dar nu cred că e curvă.

— Aici ai greșit-o. E curvă, dar nu e treaba ta. Dar tu ai impresia că eu sunt un țăran prost. Este?

— Nu, Doamne ferește! a făcut speriatul, dar era prea târziu. Dintr-odată l-am văzut pe Dumnezeu cum face un pas și-i trântește ăluia o palmă în cap, de-i sare sticla de bere din mână.

— Bă, futu-ți gura mă-tii, tu *te dai neutru* la mine??? Chiar așa, să nu ai niciun pic de respect? i-a urlat în timp ce l-a lovit.

Apoi s-a calmat brusc. S-a luminat dintr-odată.

— Vărule, hai la bar să bem ceva. Băi, ăsta, hai și tu cu noi, nu te mai smiorcăi acolo. Hai, că fac eu cinste!

Am băut toată noaptea, eu, Dumnezeu și ăla bătut de Dumnezeu. Am fost sincer. Am stat de vorbă de la om la om cu Dumnezeu. I-am spus că n-am futut pe nimeni. Am recunoscut că-l mințisem.

— Ba ai futut multe, vărule. Le-ai futut simbolic, mi-a zis îngândurat.

— Așa e, vărule, i-am dat eu dreptate și am început să și cred ce spun.

— Dacă stau și mă gândesc bine, copilul din burta ăleia, simbolic, e al meu. Dar tot nu pot s-o iert!

A iertat-o, până la urmă. A crescut copilul altuia care, simbolic, era al lui. Eu am continuat să fut simbolic. Nu se rupsese vraja atunci când Dumnezeu a lovit. A mai venit câteva săptămâni la discotecă și gata! Trebuia să aibă grijă de femeia și de copilul lui. Cu timpul am înțeles că m-am îndepărtat de el. Sau, mai bine zis, că Dumnezeu și-a întors fața de la mine. Până-ntr-o seară... O găsisem. S-a mirat că știu atâtea poezii și mi-a spus că sunt ciudat. Că îi plac ciudații. Și m-a lăsat să i-o bag puțin. N-a durat prea mult. Dar devenisem bărbat în câteva minute.

Și-atunci am înțeles că între mine și pizdă nu stătuse doar respectul, ci și Dumnezeu.

2

Lăsase o dâră albicioasă în formă de spermatozoid, în timp ce se târa vlăguit pe crupa vânătă a cerului ca un tăune pe curul unui cal. Motoarele îi șuierau cu sincope, asemeni unei inimi care bate aiurea. Mă rugam să se prăbușească în satul nostru, dar nu pe casa mea, ci undeva mai încolo, pe câmp. Sau pe vila popii, pentru fata căruia toți tinerii din sat ajunseseră să se dușmănească între ei. Trecea buclată, bronzată și trufașă prin poarta mea, în fustiță albă și scurtă de jucătoare de tenis și mestecând din buci ca o actriță.

Tânjeam după avion ca după fata popii, urmărindu-l cu ochi lacomi, dar neputincioși, cum se încăpățâna să se țină în aer. Eram convins că ne-ar fi explodat faima din America până în Japonia dacă s-ar fi lăsat într-o rână și s-ar fi izbit cu botul de pământ. S-ar fi umplut comuna de reporteri cu genți pe umăr, kentane în colțul gurii și carnețele mici în mâini. Ne-ar fi luat interviuri ziariste blonde, scandinave, și pe urmă și-ar fi tras-o cu noi din picioare, în spatele școlii. „Ați obținut ce-ați vrut?", le-am fi întrebat noi, pufăind cinici din țigară în timp ce ne încheiem la prohab, iar ele ne-ar fi zâmbit spălăcit și nordic, ca fetele de la ABBA. Am fi apărut la televizor și ne-am fi dat cu părerea. Am fi devenit vedete și ne-am fi umplut de bani. „Acum trebuie să stai la coadă, dacă mă vrei", i-aș fi spus, blazat, fetei popii. Ce simplu era totul.

Cu două zile în urmă, înainte să se prăbușească un avion acolo, cine auzise de Balotești? Dar acum, numele localității băltea pe buzele tuturor, ca zahărul pe o gogoașă. Baloteștiul devenise la fel de celebru în lume ca Roma ori Parisul. Avionul Muntenia nu zburase nici măcar două minute și picase ca bolovanul în câmp, pe arătură. Eu nu m-aș fi suit nici măcar pentru fata popii într-o cutie zburătoare cu numele Muntenia, Titu sau Hârlău. Să bați cerul într-un tub de fier căruia îi zice Muntenia, asta înseamnă să-i ridici morții fusta și să o ciupești de cur.

Muriseră toți, români, străini, piloți, bărbați, femei și copii. Prin sat pe la noi se zvonea că avionul căra documente despre teroriștii care au împușcat oameni la Revoluție și că cineva pusese o bombă, pentru ca dovezilor să li se piardă urma. Avionul explodase în aer și toate hârtiile se carbonizaseră. Alții își dădeau cu părerea că ninsoarea intrase în motoare, iar turbinele făcuseră aprindere și se opriseră. Oricum, pentru toți era limpede că hardughia căzuse în bot și se făcuse terci. Intrase 50 de metri în pământ ca picamerul, iar din fiarele carbonizate mai ieșeau, asemeni oaselor din oala cu ciorbă, câte o mână de om sau un picior. Toți se făcuseră praf, doar păpușa unei fetițe moarte părea ca nouă, ca și cum abia atunci ar fi scos-o din cutie.

— Te apucă plânsul, am zis eu, și mi-am jurat în gând să nu urc niciodată într-un avion.

Luna fâlfâia vaporoasă pe cer, ca o pereche de chiloți de damă întinși pe sârmă, la uscat. Bătea un vânt dușmănos dinspre clopotniță. De dimineață ninsese, dar spre seară cerul se împroșcase de luminițe ca o pistă de aterizare.

Costel a tras o flegmă cu boltă pe asfalt și m-a întrebat neîncrezător:

— Știi cum se scrie „plânsu-mi-s-a"?

I-am spus cum se scrie.

— Dă-te dreacu', a mârâit.

Și apoi:

— Să-ți zic o poezie mișto. Ai auzit de „Îndemn", de Demonstene Botez?

— Parcă.

S-a apucat să recite cu intonație, școlărește:

„Când te duci seara la culcare
Să-ți pui o mână sub obraz

Și să te-ntrebi cu-ngrijorare
Ce am făcut eu oare azi?"

— Nu prea rimează, mi-am dat eu cu părerea. Zic de „obraz" cu „azi".

— Taci dreacu'. E o poezie filosofică. Știi tu alta mai bună?

— Știu multe, dar mai bine îți compun una pe loc. Lasă-mă câteva minute.

Crucile din cimitir dormeau albe, palide și triste în lumina lunii, de parc-ar fi fost o turmă de mirese. Costel s-a uitat în sus, pe cer, și a lansat o flegmă groasă către stele.

— Știi care e Carul Mic?

N-am reușit să-i dau de urmă. Dacă ridicam privirea mai mult de câteva secunde, planeta o lua razna și se învârtea cu noi. Berile migraseră din stomac către creier. Am străpuns și eu aerul cu câteva flegme, dar n-aveam talentul și nici antrenamentul lui Costel. O parte din scuipat mi s-a întors pe pantaloni, asemeni unui câine credincios.

— Mă lași să mă concentrez la poezie sau vorbim despre stele?

Un om se apropia prin întuneric cu o vacă de lanț. Se prelingea ca o umbră, mic, slab și ponosit. Era uimitor cum ditamai animalul se târa umil în urma lui.

— Ascultă la mine, dacă vezi un om cu o vacă în crucea nopții, să știi că e bolnavă și o duce la doctor, și-a dat cu părerea Costel.

Ajunsă în fața noastră, vaca mascase biserica, clopotnița, luna și jumătate din cimitir. Clătina din cap de parcă un țârcovnic beat ar fi bătut un clopot uriaș și mut. Îi auzeam respirația grea, ca a unui gras care urcă scările. Între picioare, ugerul umflat și alb strălucea în noapte ca o lună plină.

— Ia zi, bre, o duci la doctor? l-a întrebat Costel.

Omul s-a mutat de cealaltă parte a vacii și doar fruntea, care se continua cu o căciulă neagră de miel, i se mai ițea de după spinarea ei, ca dintr-o tranșee. Părea umbra unei solnițe pe masa din bucătărie. Îi simțeam nesiguranța din glas. Se temea de noi. Doi bețivi în poarta cimitirului, la două noaptea.

— O duc s-o vând.

Deci nu era bolnavă. Costel nu se pricepea la vaci așa cum se dădea. Nici la vaci și nici la poezie.

— Fii atent la mine, dacă un om ajunge să-și vândă vaca, înseamnă că a căzut în patima băuturii, a riscat el din nou o părere.

— Ce vrei să spui?

— O bea, aia vreau să spun. Vaca, la țăranul român, e mai sfântă decât la indieni. Pentru țăran, vaca e peste nevastă ca importanță în curte. N-o vinzi decât dacă ea sau tu aveți o problemă. Dacă ți s-a defectat vaca, ți-ai futut nivelul de trai.

Avea dreptate. Dacă unul n-avea vacă într-un sat era ori foarte bogat, cu rude șmechere pe la București și conturi prin bănci, ori un amărât care primea pomeni de pe la vecini și nu-și permitea să țină animale.

Dintr-un copac a zburat o bufniță. Aripile i-au foșnit discret, ca atunci când scuturi un cearșaf cu grijă, ca să nu trezești copilul. Sau poate că doar creanga de sub ea a gemut ușor, eliberată de povară.

— Bă, fir-ar ea a dreacu', dacă știam că e aici, îi futeam o piatră direct în meclă, s-a lăudat Costel.

— Da' ce-ai, mă, cu ea?

— Hai, mai dă-o dreacu'. Poartă ghinion.

— Cucuveaua aduce ghinion, nu bufnița.

— E același lucru, mânca-ți-aș. Lu' cucuvea i se mai spune și bufniță.

— Ești pe lângă subiect, cucuveaua se mai numește și huhurez, iar bufnița e bufniță. Bufnița e mai mare, așa, ca asta care a zburat. Cucuveaua e mult mai pricăjită, cam cât un porumbel.

— Dar care dintre ele are ochii galbeni?

— Amândouă.

— Și care are capul rotund ca bila?

— Și una, și alta.

— Și mai zi-mi tu mie care dintre ele are picioarele groase, cu blăniță albă pe ele.

— Tot amândouă.

— Și-atunci, explică-mi și mie, care pizda mă-sii e diferența dintre ele?

Mă cam încurcase și nu prea știam ce să-i răspund, dar nu puteam să cedez așa ușor.

— Cucuveaua e mult mai mică, asta e diferența.

— Deci cucuveaua e un pui de bufniță, iar asta înseamnă că eu am avut dreptate.

Omul ne-a ascultat cum ne contrazicem, dar nu s-a băgat. Dacă avea o părere pe tema bufniță versus cucuvea a ținut-o pentru el. În schimb, și-a potrivit căciula de câteva ori pe vârful capului, a tușit discret în loc de salut, a strunit de lanț și a luat-o ușor la vale, iar vaca l-a urmat tăcută, fără alternativă, ca o nevastă bătută și cu mulți copii.

— Ia zi, bre, bei?

S-a oprit din mers.

— E cam de dimineață pentru băutură, băi băieți. Dar aș lua o gură să mă mai încălzesc...

Omul, în general, e 70% apă; țăranul român e 90% țuică. Dacă un țăran refuză o țuică gratis ori e bolnav, ori te dușmănește, mi-am zis eu, molipsit de la Costel de gânduri adânci.

— Nu te invitasem să bem împreună. Te-am întrebat dacă bei așa, în general, ca să-i demonstrez lu' ăsta o treabă. Vreau să vadă că îl fac zob și la capitolul vaci, nu doar la nivel de bufnițe.

Omul a smucit din nou de lanț și a încercat să grăbească pasul, dar vaca n-avea chef să iasă din ritmul ei. După vreo 50 de metri, l-am auzit ca pe un ecou:

— Toți bem așa, în general.

— E clar că e bețiv, mânca-ți-aș, a deliberat Costel. Nu vezi ce greu percutează?

Am rămas o vreme cu țigările înfipte în colțurile gurilor, eu mai înalt și mai slab, el ceva mai scund și mai solid, ca Don Quijote și Sancho Panza din desenele animate. Stăteam tăcuți ca o bufniță și o cucuvea și ne uitam cum ard țigările în întuneric. Fumam mai repede decât Costel, dar nu știam dacă trebuie să interpretez asta ca pe un punct în plus.

— Gata, am făcut poezia, am zis.

— Ia să auzim.

— „Când mă duc seara la culcare
Îmi bag o mână-ntre picioare
Și mă întreb cu-ngrijorare
A lu' Costel... o fi mai mare?"

N-a râs, dar a scos pachetul de țigări din buzunar și mi l-a întins, în semn de mare stimă:

— Lasă căcaturile alea de le fumezi tu. Ia un Kent d-aici!

Mi-am aprins țigara albă, lungă și mortală ca un Airbus A310. Departe, luminată de lună, vaca înainta cu încetinitorul, iar omul de lângă ea abia se mai zărea, mic și neimportant, ca un gândac.

Avionul se depărtase binișor și nu i se mai auzea glasul subțirel. Parcă se mișca mai repede și zbura mai sus. Se strecura lin printre stele, străveziu și delicat, ca un înger.

— A dreacu' vacă, ce coarne avea, cât stâlpu' de curent!

Frigul mă trezise din băutură și frica îmi dădea târcoale. Nu credeam în poveștile cu Dumnezeu, dar de draci și de morți mă temeam ca de avioane. Așa suntem făcuți: mai întâi te temi din tot sufletul de Dracu' și mult mai apoi, dacă ai noroc, începi să crezi și în Dumnezeu.

— Nu mai vorbi cu „dracu" în poarta cimitirului.

— De ce, ți-e frică de morți?

N-am recunoscut. Un bărbat nu defilează cu slăbiciunile în fața nimănui. Doar femeile și poeții fac asta.

— Mie nu mi-e frică, mi-a zis și a tras un scuipat cât o ciupercă fix lângă piciorul meu. Dacă nu mai ai suflet, nu mai poți nici să faci rău.

Apoi a zis:

— Unii oameni, sfinții, se pricep să-ți vadă aura din jurul tău. Și ce crezi că e aura aia? E sufletul, mânca-ți-aș. Când mori, ți s-a bulit aura.

3

Era pe vremea când citeam o carte la câteva zile și aveam capul doldora de gânduri deștepte. Îmi simțeam sufletul mișcând din coarne și respirându-mi în ceafă, și mă întrebam dacă eu îl duc pe el în lanț sau el mă târăște pe mine. Așa cum mă târâsem eu, din șanț în șanț, către casă, cu câteva ore în urmă. Încheiasem distracția mult prea devreme, ca o ejaculare precoce. Amestecasem băuturile și vomitasem în discotecă, ceea ce însemna că seara era 101% ruinată. Nicio fată nu s-ar mai fi pupat cu mine, iar eu știam asta. Băusem atât de mult, încât înainte să plec am reușit să scriu, cu pișat, pe zidul discotecii: „MUIE ILIESCU". N-am mai avut lichid și pentru semnul exclamării, dar măcar reușisem să-mi salvez un ciob din stima de sine făcută țăndări. Mai încercasem odată, cu luni în urmă, să-mi las opiniile politice pe peretele căminului cultural, dar după primele litere am simțit că nu mai am combustibil. Rămăsese doar „MUIE IL". Ilinca, o fată palidă și bolnăvicioasă, cu ochi albaștri și inexpresivi, ca doi nasturi, mă luase de guler sâmbăta următoare și-mi aruncase în față:

— Dacă ai ceva cu mine, zi-mi direct, nu scrie pe ziduri.

— Era un mesaj politic, nu de dragoste, i-am zis și am tras pe gât o jumătate de bere.

— Dar eu nu fac politică, tembelule, mi-a răspuns în scârbă și mi-a întors curul.

Din spate arăta ceva mai bine.

Era limpede că dacă am vomitat în discotecă trebuia să-mi urnesc dezonoarea spre patul care nu se aștepta să dea ochii cu mine atât de devreme. O seară de căcat, încununată cu un pișat glorios pe zid.

Mă împleticeam învins către casă, ca un prizonier în lanțuri, când m-am auzit strigat dintr-un șanț:

— Directore, mă ajuți?

Dacă auzeai în sat cuvântul directore, 90–95% puteai fi sigur că se referă la tata, care conducea școala din comună de pe vremea lui Burebista. Așa m-au strigat și pe mine toată copilăria, dar în ultimii ani mă consacrasem cu băutura și scandalurile prin discoteci și ajunsesem mai cunoscut decât tata. Aproape nimeni nu-mi mai spunea „Directore“.

L-am deslușit cu greu în întuneric și m-am mirat cum de m-a recunoscut. O umbră neagră, care scuipa mai des decât respira, ca și când i-ar fi rămas printre dinți coji de semințe. Costel, zis și „Al Lii“, pentru că pe mă-sa o chema Lia, se opintea încercând să salte o momâie cenușie din iarba înghețată. Parcă sună mai bine „Directore“, mi-am zis și i-am mulțumit în gând lui tata că reușise în viață. Altfel aș fi fost și eu doar „Al lu' Radu“.

„Al Lii“ mi-a istorisit, trăgând din țigară, tot ce pătimise în ultima oră. Reușise ba să-l târască, ba să-l rostogolească cu piciorul pe tipul care zăcea pe marginea șanțului. Sacul de cartofi de jos fusese un om viu și vioi cu câteva ore în urmă, o ființă cu ochi, nas și mai ales gură, prin care turnase în el bere după bere. Cine n-a cărat niciodată un bețiv acasă n-are de unde să știe că atârnă de două ori mai mult decât atunci când e treaz. Bețivul are plumb în oase, iar între el și pământ se naște o atracție căreia nu poți să-i stai în cale. Când cazi răpus de băutură nu mai ai 75 de kile, ci 150. Îl înțelegeam pe Costel că-și pierduse suflul și gâfâia ca un autobuz vechi cu burduf. Dar reușise măcar să-l aducă până lângă casă.

Am pus umărul și am reușit să-l împingem pe bețiv în curte. L-am vomitat ca pe un buștean adormit acolo, în spatele porții.

— De aici se descurcă singur, a deliberat Costel.

— Ți se pare că ăsta e în stare să se descurce? Nu vrei s-o strigăm pe nevastă-sa?

— N-are. A ajuns așa tocmai pentru că mă-sa îi caută nevastă.

— Atunci, hai s-o chemăm pe mă-sa.

— Ai chef de niște înjurături la miezul nopții? Tu știi cum e mă-sa? Dacă o duceai la Universitate când au venit minerii, ți-i împrăștia pe toți cu coada măturii.

— Și ăsta nu îngheață până mâine?

— Nu. Mai spre dimineață o să-l trezească gerul și-o să se târască singur în casă, la căldurică. La prânz e ca nou!

Omul horcăia cu capul în pământul înghețat, ca un mistreț înfometat.

— Hai măcar să-l întoarcem cu fața-n sus.

M-am chinuit să-l răsucesc pe-o parte, dar era de plumb. Am băgat piciorul sub burta lui și am reușit să-l urnesc câteva zeci de grade. Rămăsese pe-o muchie, într-un echilibru fragil, semănând cu un vapor care începe să ia apă.

— Parcă-l știu pe ăsta, am făcut eu.

— Normal. E Ion al Bălencii.

— Când dracu' s-a luat de băutură? E prima oară când îl văd beat.

Ion era atât de timid, încât se aprindea la față de fiecare dată când deschidea gura, ca un reșou pe care-l bagi în priză. Îl bănuiam că se îmbujorează și când face laba, iar la gagici nici măcar nu îndrăznea să salte geana. Era genul de om care se uita la vârful pantofilor când îl întrebai ceva. Cu membrele subțiri ca bețele, corpul filiform și capul mare, arăta ca un omuleț desenat în grabă de un copil netalentat. În fiecare sâmbătă seară lua calea discotecii, dar spre deosebire de ceilalți, nu dansa, nu se îmbăta și nu se pupa cu fete. Încremenea în pragul ușii, cu un energizant în mână, și privea cu dispreț vacarmul din jur, de parcă cineva îl ținea cu forța într-un loc mult sub nivelul lui.

— Cu ce te mai ocupi, Johnny, îl întrebam.

— Cu viața, răspundea, blazat, de fiecare dată, și în obraji îi înfloreau două garoafe mari, care-l făceau să arate ca o curvă fardată strident.

— Îmi repugnă țăranii ăștia rudimentari și bețivi și parașutele lor stupide, se plângea uneori, cu ochii în dușumeaua plină de chiștoace.

În noaptea în care l-am rostogolit în curte am aflat de la Costel că mă-sa, Băleanca, îi găsise o fată cu care voia să-l însoare.

Începuse și ei să i se pară ciudat că la 35 de ani, Ion se retrăgea o oră-două pe zi în veceu, în fundul curții, cu câteva reviste colorate, pe care zicea că le citește. În afară de pornoșaguri și de energizantul de sâmbătă seara, nimeni nu știa pe ce dă banii, dar babele din zonă îl bănuiau că adună milioanele la saltea. Câteva dintre ele și-ar fi dat fericite nepoatele după Ion. Lucra la petrol, ca subinginer, și câștiga cât un sfert de sat. Sat care era plin de șomeri, școlari și pensionari. Așa că Bălencii nu i-a fost greu să ademenească o fată săracă sâmbătă dimineața în curte. Obișnuit cu femeile de hârtie din reviste, care nu vorbeau, dar îl priveau ispititor din paginile colorate, Ion s-a speriat când a văzut în bătătură o muiere vie care se interesa de el. A evadat pe ușa din spate, a urcat costișa și s-a pierdut printre copaci, în pădure, ca o vulpe alungată de lumina zilei în porumb. A rămas acolo singur, fără reviste, până seara, când fata s-a plictisit să-l aștepte și s-a cărat la autobuz. Ca să scape de furia mă-sii, Ion a tăiat-o peste dealuri și a ajuns transpirat și înspăimântat în discotecă, de parcă văzuse un strigoi. S-a împrumutat pentru prima dată în viața lui de bani și s-a îmbătat tot pentru prima dată.

4

Eram obișnuit cu bețivi care dormeau prin șanțuri, răpuși de alcool. Îi ocoleam ca pe minele neexplodate prin teatrele de război în fiecare sâmbătă noaptea, dar uneori nu-i observam la timp, lungiți pe jos inerți și cenușii, ca sacii de ciment, și pășeam pe ei ca Iisus pe Marea Galileei. Să calci pe un om e o senzație pe care n-o mai uiți. Se compară cu zborul cu avionul, cu mersul pe cal, fututul, cu o vacanță la New York sau cu beția. Trebuie s-o faci măcar o dată în viață ca să înțelegi cu ce se mănâncă. Uneori, când mă năpusteam în spatele discotecii cu burta plină de bere ca un tren indian de călători, bețivii căzuți în iarbă păreau o turmă de oi. Erau atât de mulți, încât oboseam să-i ocolesc și săream peste ei. Aproape nimeni nu-și făcea nevoile în veceul singuratic, acolo unde podeaua se acoperise, în ani, cu un strat gros de căcat. Nopți de-a rândul bețivii nu reușiseră să nimerească gaura și se goleau alături. Când n-a mai fost loc pe podeaua budei, au cucerit împrejurimile. Doar novicii în ale discotecii și ăia veniți de la oraș nu știau regula și căutau toaleta. Se întorceau câteva minute mai târziu cu pantofii puțind a scârnă, iar seara lor putea fi considerată deja compromisă.

Dar nu să puți a căcat în discotecă era cel mai rău lucru, ci să vomiți beat, așa cum făcusem eu. Nimeni nu se mai uita la tine toată noaptea sau, dacă erai ghinionist, tot anul. O pățise pe pielea ei însăși Pantera Neagră, o țigancă cu ochii ca două butoaie de smoală în flăcări și cu păr lung, negru și răcoros ca vântul care bate noaptea prin cimitire. O curtau toți bețivii din discotecă, dar anunțase deja public, ca o prințesă, că vrea să se mărite la oraș, virgină. Țăranii din zonă erau prea puțin pentru ea. Continua, totuși, să vină sâmbătă de sâmbătă la discotecă în sat, ca și cum ne-ar fi făcut de fiecare dată o favoare. Se prindea în dans și se învârtea în cercuri largi toată noaptea, iar noi salivam pe margine, așteptând să-l aleagă pe unul dintre noi care să o conducă spre dimineață la căsuța cât un pachet de țigări din capul satului în fața căreia, dacă aveai baftă, te lăsa s-o mângâi câteva minute pe țâțele tari și rotunde ca un cap de bebeluș cu suzeta în gură. Norocosul fugea acasă prin frigul nemilos al nopții, cu palmele pline de fericire, și se ruga la Dumnezeu să-i lase memoria intactă până se bagă în pat.

Vraja s-a spulberat într-o sâmbătă care nu prevestea nimic rău. Pantera Neagră se rotea în horă, plesnind cu părul fețele celor care băloșeau în jurul ei, când a luat-o cu amețeală. S-a proptit cu fruntea de un zid, bolborosind cuvinte neînțelese, ca și cum s-ar fi jucat de-a v-ați ascunselea și-i venise rândul să mijească. A horcăit de câteva ori, de parcă și-ar fi dat duhul, și s-a cocoșat brusc, cu mâna la burtă, vărsând tot ce mâncase în ziua aia sau, poate, în toată săptămâna. A borât o baltă uriașă de fasole întreagă, care sclipea pe cimentul discotecii bob cu bob, de parcă cineva o întinsese acolo, la uscat.

— Asta parcă a halit doar fasole toată viața, da' se poartă ca și cum ar fi mâncat numai carne de căprioară, a sintetizat unul dintre bețivi gândurile tuturor celor din jur.

Spre dimineață, Pantera Neagră s-a cărat pentru prima oară singură acasă, iar de atunci n-a mai călcat niciodată în discotecă. S-a măritat un an mai târziu cu un tractorist bețiv dintr-un sat vecin, care a bătut-o și i-a turnat repede un bebeluș, până să-l găsească înțepenit într-un șanț, cu sticla lângă el. Țâțele ei grele și umflate, cu sfârcuri vinete, cât degetul, s-au uscat cu anii, ca vrejul de fasole.

Am uitat-o repede. Discoteca era un acvariu uriaș în care apăreau și dispăreau tot timpul peștișori colorați. Trebuia doar să întinzi mâna și să-i culegi. Tocmai pescuisem un caras auriu cu părul lung și pistruiat ca un dalmațian, când berile pe care le băusem s-au umflat în mine, căutând o cale de ieșire. M-am năpustit în spatele discotecii, deschizând ușa cu pieptul, ca pistolarii din westernuri. Atât de multă lume se pișa sau se căca acolo, încât am crezut că se ține o întrunire secretă. „Masonii dracu'", am zis printre dinți, necăjit că a trebuit să-i ocolesc și să mă afund mai adânc în noapte, atent și discret ca un criminal în serie. M-am descheiat la pantaloni și mi-am auzit jetul răpăind ca ploaia scurtă de vară pe acoperișul casei. Era ceva nou, diferit de sunetul familiar al pișatului în iarbă sau pe pământ. N-a trecut mult și, de undeva, de la firul ierbii, s-a tânguit o voce sugrumată:

— Ce faci, băăăă, te piși pe mine?

— Care ești, mă, de vorbești cu glas de om? Duhul nopții sau greierașul fermecat? am întrebat eu, matolit.

Ființa a gemut trist. Am aprins bricheta și l-am recunoscut, mic și negricios, pe Gușeală. Se căca acolo, iar eu nu-l văzusem. Avea o soră, Sultănica, cu care fusesem coleg în școala generală. Mă pișasem pe geaca lui de piele. Pe vremea aia, geaca de piele era în primele trei locuri ca importanță în arsenalul unui bărbat de la țară, alături de motocicletă sau bicicletă și ceasul de la mână. Când o învățătoare nouă își luase postul în primire în sat, un băiat mai sprinten la minte, care o plăcea, se dusese la ea să se prezinte: „Mă cheamă Mândricescu Vasile, am 24 de ani, am motocicletă și geacă de piele, am avut și ceas, da' l-am pierdut". Spre deosebire de el, Gușeală n-avea nici motocicletă și nici ceas.

— Băi Directore, mai bine te pișai în capul meu, decât să nimerești pe geacă. Sâmbăta trecută am cumpărat-o de la ruși, de la Târgoviște. Poate se strică, în pizda mă-sii, a făcut el îngrijorat.

Ca să mă ierte i-am cumpărat două beri și un pachet de țigări. S-a dezbrăcat de geacă, a șters-o atent, cu podul palmei, apoi a suflat în ea, ca să se zvânte, și și-a pus-o înapoi, pe spinare. Când m-am întors de la bar cu berea și pachetul de Kent a scos o țigară, iar eu i-am dat un foc. Și-a aprins-o și a tras un fum adânc, în timp ce-mi zâmbea strâmb, iar eu am înțeles că mă iertase.

— Zi-i Sultănichii c-am întrebat de ea, i-am spus eu, bătându-l camaraderește pe spinare.

Toată noaptea mi-a puțit palma a pișat.

5

Pe Costel îl știam din vedere încă din clasele primare. Locuiam în sate vecine, dar nu avuseserăm ocazia să vorbim niciodată. Se auzise despre el că știe carte, dar nu era genul de informație care să mă pună-n cur. Și eu învățam bine, deci nu era mare lucru. Ceilalți copii se târau prin școală de la un an la altul, așa că nu era greu să te distingi. Pentru altceva mi-l aminteam. Cu ani în urmă, când era în școala generală, trăsese cu arcul într-o bufniță și o nimerise fix între felinare. Costel defilase prin tot satul cu bufnița înfiptă în săgeată, iar când faima lui umpluse granițele uliței, a patrulat plin de glorie și prin satul meu. Invidia se umflase în mine cât casa. Poate că ar fi continuat să mărșăluiască prin toată comuna și ar fi adunat atâta admirație, încât l-am fi ales primar, dar după două zile pasărea începuse să duhnească. Uneori aveam coșmaruri cu ochii holbați ai bufniței și cu săgeata înfiptă între ei, și mă trezeam transpirat și răscolit de pizmă. Omorâsem și eu zeci de vrăbii și guguștiuci, și chiar și veverițe sau pisici. Dar bufnița era deja din altă ligă.

— Câte gagici am agățat eu cu bufnița aia..., mi-a povestit Costel mai târziu.

Cei care treceau prin satul lui mic și neasfaltat riscau mult. Mai toți locuitorii se numeau Geană și de-aia strămoșii lor botezaseră satul Genari. Tot împerechindu-se între ei, Geană cu Geană, genele au degenerat: din 100 de oameni, câți locuiau acolo, 10–12 erau nebuni de legat, după care ar fi salivat orice ospiciu din lumea asta. Doi dintre ei atârnau toată ziua în spatele gardului, se legănau ca limba unui pendul și aruncau cu pietre în necunoscuți. Duminicile erau zilele cele mai frumoase. Flăcăii satului organizau concursuri de bășini și de masturbare. Se aliniau toți și turnau în ei câțiva litri de apă, apoi înghițeau aer, ca să-și umfle burta și să aibă ce să elimine pe cur. Urmau detonările, iar cel care trăgea cele mai multe și mai zgomotoase bășini era desemnat învingător în urările, aplauzele și invidia celorlalți. Un premiu special era destinat concurentului care dă drumul celui mai împuțit pârț. Odată, un adolescent neastâmpărat, ajuns de la București în vacanță la bunici, venise cu ideea să aprindă o brichetă și să dea foc bășinilor în timpul competiției.

— Dacă e să ne batem joc, eu mă piș pe el de concurs și plec acasă, a protestat un concurent, iar ceilalți au fost de acord cu el.

Băiatul de la București a fost marginalizat, iar până s-a terminat vacanța a fost văzut zi de zi jucându-se singur în curte, cu o minge spartă de fotbal.

Înainte să înceapă concursul, dimineața, jucau fotbal câteva ore, și întotdeauna meciul degenera într-o încăierare totală. Ciuca bătăilor erau portarii. De fiecare dată când primeau un gol, ceilalți le umflau curul de șuturi. Copiii care mergeau crăcănat prin sat, cu capul în pământ ca să nu-i vadă lumea că pișă ochii, erau portari care tocmai încasaseră prea multe goluri. După meci și bătaie se calmau și treceau la lucruri mai poetice: concursul de bășini, urmat de cel de masturbare. Se aliniau, și-o luau la labă și măsurau care stropește mai departe. Nici măcar iernile câinoase nu le tăiau din pasiune. Se întâlneau în casa unuia dintre ei, se puneau în linie, își frecau sculele și stropeau spre sobă. Apoi se uitau cum sfârâie picăturile albe pe plită. Învinșii strângeau bani și îi cumpărau câștigătorului o revistă porno.

La primul spectacol de labă la care am asistat i-am purtat noroc lui Costel. A reușit să urce pe podium. A luat argintul, iar ăsta era mare lucru. Totuși era nemulțumit, ca echipa de fotbal a Braziliei atunci când pierde în finală. Simțea că poate mai mult. Câștigătorului însă nu-i mai ajungea nimeni la nas. Se plimba țanțoș pe stadion, sfidând publicul, ca un miliardar arab care tocmai își cumpărase o nouă insulă în Pacific.

— Ia chemați-l, mă, pe Rio, a mârâit Costel, frustrat.

Un copil a luat-o la fugă, desculț, în lungul uliței, de parcă văzuse tătarii năvălind peste deal. Peste 15 minute s-a întors însoțit de un tip înalt și ciolănos, pe la 30 de ani, cu figură mâhnită și ochi vineți, apropiați, lungi și galeși, ca două prune pe o rămurică.

— Rio, îi arăți și lui Liviu pula?

— N-am chef, a protestat Rio.

— Uite, îți dau cinci țigări, a negociat Costel.

— Zece, a licitat Rio.

— Bine. Ia d-aici șapte. Vrei și o revistă?

— Nu. Mă descurc.

Rio s-a întors cu spatele, ca și cum s-ar fi pișat, și a început să miște ritmic din brațul drept. M-am gândit că sceneta face parte, cumva, din concursul de labă, doar că un competitor venise cu întârziere.

— La cine te gândești, Rio, l-a întrebat un puștan de pe-acolo. La nevastă-ta aia strâmbă, care a fugit?

— La mă-ta, a făcut scurt Rio, văzându-și meticulos de treabă.

Când s-a întors către noi, părea că ține cu ambele mâini o bâtă de baseball. Așa ar fi arătat monstrul din Loch Ness dacă ar fi avut capul roz și gura în creștet.

— 29 de centimetri, frate, l-a lăudat Costel. Pe măsuratelea!

Era clar de ce Rio nu intra în competiție cu ei. În jurul lui se strânseseră vreo 6–7 băieți, care îi priveau pitonul cu evlavia cu care s-ar fi uitat mecanicii dintr-un atelier auto de la țară la un Ferrari.

— L-au părăsit trei neveste până acum, a dezvăluit, frustrat, tipul care câștigase mai devreme revista.

— Nu e bine s-o ai nici prea mare, că femeia fuge. Mai bine mai micuță și veselă, s-a băgat în discuție un gras care nu participase la concurs.

— L-au părăsit că e sărac și leneș, nu din cauză că o are mare. Pentru cât de mare o are s-au măritat cu el, dar pula nu ține de foame, a filosofat și Costel.

În timpul ăsta, Rio privea în zare cu ochi cenușii și triști ca trenurile care duceau evrei la Auschwitz. Unul dintre băieți i-a prins cariciul de la jumătate, cu amândouă mâinile, ca și cum ar fi tras un camion de o funie, și și-a întors capul spre mine:

— Vino să pui mâna, mânca-ți-aș, ca să vezi că e și tare! Oțel!

L-am crezut pe cuvânt.

6

Nu știam cât de palpitant trăiește atunci când am vorbit prima oară cu Costel în frig, pe podișca de ciment din poarta lui Ion al Bălencii. Spre dimineață am migrat pe băncuța din fața cimitirului. Acolo era mai pustiu și nu ne mai lătrau toți câinii satului. Am stat de vorbă până s-a luminat de ziuă. Am fumat și ne-am povestit viețile. Costel scuipa mereu departe, pe asfalt, ceea ce-ar fi putut însemna că se antrenează pentru vreun concurs de a doua zi. Tot era bine că nu se pregătea pentru cealaltă competiție, cea cu plita încinsă. Scuipam și eu, dar n-aveam suflu.

— Multă vreme n-am știut că la veceurile de la bloc se trage apa, mi-a mărturisit el și a început să-mi povestească.

Costel se sfia să se descalțe la ușă, pentru că purta șosetele vechi ale lui Nea Mitică, ciuruite de timp și drumuri lungi și duhnind a casă fără femeie.

— Descalță-te, că aici nu e ca la tine la țară, unde vă băgați în casă murdari de balegă de vacă, l-a certat mătușa. Fii și tu mai educat, ce Dumnezeu, că doar ai 14 ani!

— 13, protestase el timid.

Intrase în cameră târându-și picioarele ca și cum ar fi fost un tractoraș cu șenile, ca să nu se vadă că șosetele rupte și mult peste măsura lui îi atârnau vlăguite și lungi, ca o coadă de cal. Mătușa avea invitați, o sufragerie plină, și le-a impus brusc să facă liniște.

— Oameni buni, el e nepotul meu și a venit pentru prima oară la București. Mergem mâine la un control la ochi, pentru că e cam chior, sărăcuțul, și are nevoie de ochelari.

Invitații l-au privit fără interes și i-au zâmbit plictisiți, clătinând din cap aprobator, iar el a încercat să se strecoare spre cel mai apropiat scaun gol, fără să-i vadă nimeni ciorapii obosiți și triști ca o seară de luni.

—Uitați-vă la el cât bun-simț are, l-a lăudat mătușa, care tocmai îl făcuse needucat cu un minut mai devreme.

Când îi vizita la țară, o dată pe an, de Crăciun, mătușa era considerată printre vecini o culme a rafinamentului. Toată lumea știa că soția unchiului Sile se înjosea să vină la ei la țară de la București doar ca să ia carne de porc, dar tot se bucurau că o văd. Se așeza la masă doar ea singură cu bărbații, iar femeile care ajutaseră la tăierea animalului îi serveau cu creier de porc, șorici și rinichi prăjiți.

— Cine mai vrea creier? întrebase odată o bătrână, plimbându-se în jurul mesei cu tigaia în mână.

Mătușa a ridicat două degete, așa cum fac în clasă, atunci când știu răspunsul, copiii silitori:

— Eu vreau creer, eu vreau creer!

Faptul că spunea „creer" și nu „creier" și că ridica două degete când cerea ceva o calificau pe mătușă drept cea mai distinsă prezență din familie. Mătușa avea apartament la București, rupea pe englezește și lucra la InterContinental, cel mai șmecher hotel din țară. Costel nu știa să-i pronunțe funcția, dar bănuia, după cum suna, că „housekeeping" înseamnă un fel de directoare.

— Uitați-vă la el, poartă șosetele lui taică-so și încearcă să calce pe vârfurile lor, ca să nu se vadă că sunt prea mari. Săracul băiat, nu prea are nimeni grijă de el. Maică-sa... tocmai v-am povestit, iar Mitică e mai mult prin cârciumi, le-a explicat mătușa invitaților.

Costel aproape că s-a sufocat de rușine și s-a ghemuit în fotoliu, încercând să ocupe cât mai puțin loc. Era pentru prima oară într-un apartament și se simțea ca un iobag încălțat cu opinci ajuns din greșeală în conacul boierului. Sufrageria îi părea imensă cât o sală de clasă și nu-și mai putea lua privirea de la bibelourile care umpleau rafturile bibliotecii din lemn masiv. El avea cărți, dar n-avea bibliotecă, iar mătușa avea pereții plini cu rafturi grele, dar pe ele nu se odihnea nicio carte.

Totul era altfel la București, și mobila, și pereții, și oamenii. Singurele obiecte familiare erau milieul alb, dantelat, și peștele albastru de sticlă de pe televizor.

După două ore cu trenul și o jumătate de oră cu metroul pe sub pământ, ca șobolanii, îi crescuse o mămăligă în stomac. Trebuia să meargă la veceu, dar rușinea l-a țintuit o vreme în fotoliu. Însă timiditatea a cedat, în final, în fața tensiunii din burtă. Mătușa i-a arătat unde e baia, iar el s-a așezat pe colacul alb cu inima pulsându-i în gât de emoție. După ce a terminat și s-a șters la cur, a intuit că lipsește ceva, că ar mai trebui să facă un lucru, dar n-a reușit să priceapă ce. A închis ușor capacul wc-ului și a ieșit tiptil, ca un hoț. Transpirase și începuseră să-i curgă și mucii de emoție.

— Costel, n-ai tras apa? Că n-am auzit nimic.

Mătușa s-a ridicat și s-a dus ghiulea spre baie. De acolo s-a auzit un mic strigăt disperat, ca și cum ar fi înțepat-o o albină.

— Nu se poate! Tu chiar vii din pădure! Nu te-a învățat nimeni că trebuie să tragi apa după ce îți faci nevoile?

Nu-l învățase nimeni. Văzuse șnurul deasupra capului, dar se temuse să tragă de el, ca nu cumva să se prăbușească ceva în baie. Mătușa s-a întors în sufragerie, l-a luat de mână ca pe un nevăzător și l-a condus la toaletă. Căcatul pe care-l născuse cu câteva minute în urmă plutea fioros, lung și maroniu, ca un sicriu.

— Uite, pune mâna pe șnurul ăsta și trage, i-a zis mătușa, iar obiectul rușinii a fost înghițit de un șuvoi de ape.

7

Pe vremea când Costel umbla cu șosetele cu zece numere mai mari, Nea Mitică se împăuna prin cârciumile din oraș cu ochelari de soare negri și geantă diplomat în mână. Fusese promovat șef de sală la un restaurant și își trăsese o amantă nouă. Ochii albaștri, părul umflat și perciunii lungi și flocoși, dar mai ales pantalonii albi, evazați, și puloverul de lână peste cămașă îl făceau să aducă puțin cu cântărețul Joe Dassin. Doar că în loc de „Et si tu n'existais pas", când se îmbăta îi plăcea să fredoneze „Spune, spune moș bătrân" și „La Chilia-n port".

— Trăgea de pe-atunci a pușcărie, mi-a explicat Costel, râzând, atunci când mi-a povestit despre tatăl lui, cam la un an și jumătate după întâlnirea din poarta cimitirului.

Împărțeam cu el o cameră cât o poșetă într-un cămin muncitoresc. Aveam note prea mici și o duzină de restanțe și nu mai găsiserăm locuri în căminele studențești.

Ne-am mutat împreună într-o joi. Miercuri căzuse un avion în Ocean și o mierliseră 70 de oameni. Un Boeing decolase din Miami, cu destinația Chile, dar pe drum instrumentele de bord i s-au defectat și piloții au rămas fără repere. N-au știut cât de jos zboară, avionul a atins oceanul cu o aripă, ca un pescăruș care planează, și asta a fost tot. Abia peste câțiva ani anchetatorii aveau să afle motivul dezastrului: unul dintre muncitorii care se ocupau de întreținerea avionului la sol îl spălase în interior, iar locurile mai sensibile, cu senzori, le acoperise cu o bandă de protecție, ca să nu se ude. Obosit, la final de program, omul uitase să scoată una dintre benzi. Senzorii n-au mai funcționat cum trebuie și toată mașinăria s-a dat peste cap. Așa că 70 de oameni crăpaseră și un aparat de zeci de milioane de dolari se făcuse praf pentru că un anonim uitase să dezlipească de pe tavanul lui o bandă adezivă mai mică decât palma.

Nu știam de ce căzuse avionul atunci când am ieșit în oraș să udăm mutarea și nici nu ne păsa prea tare. Un cur de chelneriță blocase fereastra prin care, pentru scurtă vreme, ne aplecaserăm cu milă către cei 70 de ghinioniști. Am încercat să-i fixez privirea, ca un șarpe care adulmecă prada, dar chelnerii nu se uită niciodată la clienți. Într-un târziu s-a proptit lângă noi, cu carnețelul în mână și burta împinsă înainte, ca un scut. Avea mâini mari, crăpate și roșii, de femeie săracă, cu mulți copii, și fără mașină de spălat.

— Domnișoară, prietenul meu vă admiră enorm, a făcut Costel.

Văzută de aproape, „domnișoara" părea că prinsese cutremurul din '77 tot ca angajată și nu ne-ar fi mirat să aibă copii cât noi. Pe undeva, chelnerițele aduc cu vedetele rock: văzute din spate sau de la distanță par de două ori mai tinere decât atunci când ajung la un metru de tine. Odată am văzut o bătrânică cu părul alb, despletit, gonind în geacă de piele pe o motocicletă. La semafor am ajuns-o din urmă și abia atunci mi-am dat seama că băbuța era, de fapt, un bărbat, și nu unul oarecare, ci un celebru solist rock.

— Cam bătrână puștoaica, a concluzionat Costel după ce a plătit nota.

Când am tras linie, la miezul nopții, singurele cuceriri cu care ne-am întors în camera de cămin au fost câte cinci beri băute de căciulă plus 40 de țigări fumate de fiecare. Costel își făcea de lucru prin bucătărie, iar eu m-am schimbat în pijamale.

— Nu te îmbrăca în porcăriile astea, că nu suport!

— Da' cu ce te deranjează niște pijamale?

— Parc-ai fi Iuliu Maniu la pârnaie. Îmi dă o stare nașpa să stau în cameră cu unul care arată a deținut politic.

Luase salariul la prânz. Costel punea umărul, ca muncitor, la extinderea Academiei Române. Dacă nu muncea, ar fi trebuit să renunțe la facultate, pentru că de acasă nu primea niciun ban. Cu milioanele în portofel, altfel vorbea cu gagicile. Își ducea mâna la tâmplă, ca George Enescu în pozele din manualele școlare și spunea doar atât: „Lucrez la Academia Română", iar fetele cădeau în cur. Dar în 10–15 minute „academicianul" le îndepărta cu o flegmă aruncată aiurea sau cu un scărpinat la pulă, așa cum văzuse el pe șantier că fac șmecherii când vor să pară relaxați.

Era cel mai nou și mai tânăr membru al echipei de muncitori conduse de Nea Boieru. Îl repartizaseră pe picamer și pleca seara de-acolo cu neuronii întorși pe dos. Mi-a explicat că picamerul e mașinăria aia cu coarne ca de bicicletă și vârf ascuțit, de oțel, gălăgioasă ca un avion, pe care o țin muncitorii între craci și găuresc asfaltul.

Era greu la el pe șantier, muncă de miner, dar avea colegi sufletiști, care-l ajutau când nu făcea față. Cel mai săritor era Nea Boieru, chiar dacă umbla mai tot timpul murat. Se lăuda că de la 20 de ani nu băuse mai puțin de un litru de vodcă pe zi. Nu era niciodată beat, dar nici treaz, ci într-un extaz permanent. Nea Boieru găsise ecuația fericirii și înainta clătinându-se prin viață, pe dunga subțire dintre vis și realitate.

Colegii mai vechi știau că fusese pe vremuri șef de post într-o comună de pe lângă București și îi plăcea atât de mult să bea, încât timp de 15 ani nu dăduse nicio amendă, pentru că, după fiecare infracțiune, făptașul îl invita la cârciumă și totul se sfârșea în armonie și iubire deplină, ca la finalul filmelor siropoase: „Ești mare boier, nea Radule!" Când l-au dat afară din Miliție nu l-a mai angajat nimeni și a fost nevoit să lucreze pe șantiere și acolo a rămas.

Într-o dimineață cenușie de iarnă, la prima oră, Nea Boieru se ascunsese să se pișe după o baracă și se întorsese ud pe pantaloni. Era un ger de ți se lipeau bucile una de alta, și, ca să te poți căca, trebuia să le desfaci cu un cuțit, ca pe conservă.

Se simțise dator să-i dea detalii lui Costel:

— De frig ce era m-am grăbit rău de tot. N-am fost atent și, în loc să scot pula, am scos un coi. Și așa m-am pișat pe mine.

Ca să compenseze momentul jenant, a schimbat registrul.

— Ești student sau am înțeles eu greșit?

— Sunt. La ASE, la Economie Alimentară.

— Atunci înseamnă că le ai cât de cât cu poezia.

— Așa și-așa. Îmi place Eminescu.

— Eminescu a fost mare de tot! Aproape cel mai mare din lume. Peste el au fost doar doi inși: Iedgar Poie și Tom Gions.

— Păi parcă Tom ăsta era cântăreț.

Nea Boieru i-a ignorat remarca.

— Vezi tu, Eminescu ar fi fost mai bun și decât ăștia doi, că era tânăr și avea spor, da' l-a distrus curva aia; el o avea la inimă pe nenorocită, da' nu-i dădea niciodată la buci. A strâns în el cât a strâns și pân' la urmă i s-a suit sperma la cap și l-a dat gata. Așa a înnebunit. Păcat de el, că era copil, să tot fi avut pe la 30 de ani. Dacă ți se urcă sperma la cap, o iei razna! D-aia e bine să n-o ții în tine. Ori faci rost de femeie, ori te descurci singur.

— Și matale cum faci, Nea Boierule?

— Am găsit o bagaboantă pe la 60 de ani, mori dac-o vezi. Vine noaptea la mine în baracă.

Nea Boieru i-a făcut semn să vină mai aproape și și-a acoperit gura cu palma, ca și cum urma să-i spună un secret teribil:

— Am și pupat-o! i-a dezvăluit în șoaptă și ușor rușinat.

Costel nu voia să se „descurce" singur. A început să-și caute o gagică stabilă. Pe vremuri se plângea că fetele îl ocolesc pentru că n-are bani. Când a dat de cașcaval, a înțeles că îi lipsește rafinamentul. Și femeile asta caută, clasă și bani. Voia să-i recomand niște cărți de unde să capete puțin ștaif. Am luat anticariatele la picior și le-am scuturat rafturile de praf.

— De ce vrei să iau cartea asta, *Babbitt*?

— Pentru că e foarte bună, i-am zis.

— Dar eu n-am auzit de Sinclair Lewis.

— E primul american care a luat Nobelul, iar ăsta e cel mai bun roman al lui.

8

La întoarcere, în drum spre camera noastră, am făcut o haltă în Regie. Doi prieteni, tot studenți, își făceau veacul acolo. Le plăcea să stea în cameră și nu ieșeau aproape niciodată în oraș. Ca studenți, au trecut prin București ca rapidul prin halta de la Conțești. Vedeau orașul doar pe fereastra autobuzului care îi ducea de la gară la cămin și înapoi. Se pricepeau la copiat și luaseră note care să le asigure un loc în căminele studențești. I-am găsit pe Sven și Piți jucând table. Mari, prietena lui Sven, se plictisea în patul de sus și torcea ca o pisică birmaneză. Costel a aruncat pe rând cărțile pe masă.

— Uitați-vă, bă, să vă mai cultivați și voi! Nu vedeți că v-ați tâmpit din atâta labă și table? Mă rog, când zic de labă nu mă refer la Sven, că are prietenă.

Sven a cântărit fiecare carte în parte, ca o babă zgârcită care cumpără piersici din piață. Le murmura titlurile: „Judecata de apoi", „Călătorie la capătul nopții", „Greața", „Un veac de singurătate", „Zgomotul și furia", „De veghe în lanul de secară", „Deșertul tătarilor", „Conștiința lui Zeno" și „Babbitt".

Sven și Piți rămăseseră singurii noștri prieteni din cămin, după ce Lighioană eliberase zona. Lighioană împărțise doi ani camera cu Man, un moldovean cu plete blonde și mustață, care aducea cu Ștefan cel Mare. Man ne spunea tuturor „man", era rocker și se spăla mai rar decât apărea în public Yeti. Se lăuda că nu poartă niciodată chiloți, iar asta însemna, în opinia lui, să fii un spirit liber. Man era unul dintre acei oameni care luau banalitatea la șuturi ori de câte ori dădeau ochii cu ea.

Înalt și tăcut, cu cearcăne și cocoșat, Lighioană părea că duce în cârcă povara lumii neghioabe de care Man voia să se detașeze umblând prin viață fără chiloți. Devenit student, Lighioană scăpase de părinți și de frustrări. Căzuse în patima onaniei așa cum unii se apucă de băutură sau de jocuri de noroc. Diferența era că laba nu te aduce la sapă de lemn, ca celelalte. Masturbarea e cel mai plăcut și necostisitor viciu. Te înfrupți din tine însuți și darul pe care ți-l faci nu se strică așa ușor și nici nu se poate pierde. Ajunsese la 8–10 partide de iubire solitară pe zi și se lăuda cu asta oricui era dispus să-l asculte, așa cum ne împăunam noi când puneam mâna pe un cur de studentă. Pe el nu-l interesau gagicile, ci doar să exploreze propriul corp și să-și producă singur plăcere. Ajunsese la un rafinament greu de imaginat chiar și pentru o vedetă de film porno. Sexul cu musca, din cauza căruia se alesese cu porecla Lighioană, era vârful de gamă, dar pentru asta căminul studențesc nu-i oferea ambientul optim. Pleca în fiecare weekend la părinți, unde petrecea veacuri întregi în cadă, încuiat în baie.

— Așa mă destresez eu, stând o oră–două în cadă. E foarte greu la facultate, le explica el părinților, care băteau îngrijorați și cu bășicile udului inflamate în ușa toaletei.

N-aveau de unde să știe că Lighioană intra în baie cu câteva cutii de chibrituri în buzunar, iar în fiecare dintre ele se agita, îngrozită, o muscă. Lighioană dădea drumul la apă, se dezbrăca în curu' gol și se băga în cada plină, pe marginile căreia înșira cutiuțele cu muște. Deschidea încet una, lua cu grijă musca bezmetică și îi smulgea cu atenție aripile, ca nu cumva să-i rupă din greșeală vreun piciorуș, atât de valoros în minutele care urmau. Din apă scotea doar capul cariciului, pe care așeza insecta agitată și proaspăt mutilată. Musca i se plimba pe vârful organului, tropăind rapid cu piciorușele ei mici și lipicioase, ca Fred Astaire pe scenele de pe Broadway. Insecta nu mai putea să zboare și nici de înotat nu se încumeta. Singura ei variantă era să defileze pe insula îmbujorată de plăcere a lui Lighioană. Studentul, căzut în extaz, nu se mișca până când mica ființă nu obosea și se mai calma. Scotea atunci o altă muscă și încă una, până nu mai aveau loc pe bucățica de carne care-i ieșea din apă.

— Voi n-aveți idee cât de mișto e să ți se plimbe 4–5 muște agitate pe capul măciucii, se lăuda el și ofta cu ochii în tavan ca și cum și-ar fi amintit de o partidă de sex cu Sharon Stone.

În băile comune din cămin lipseau căzile, așa că trebuia să aștepte weekendul ca să-și pună în practică pasiunea. Vineri seara era primul pe peron în gara Basarab, grăbit să ia drumul spre locurile natale. Mergea atât de des acasă, că-l știau toți controlorii și începuse să se salute și cu mecanicii care băteau cu ciocanele în roțile trenurilor.

— Când o să te plictisești de muște, poate treci la albine, pentru senzații mai tari, l-a sfătuit odată Costel.

— Mor albinele de invidie de câte ori te adulmecă o muscă. Se simt ca admiratoarele lui Elvis Presley când o vedeau pe nevastă-sa la brațul lui, l-am tachinat eu.

— Apropo, Lighioană, știi bancul ăla? Cum îi faci în necaz unei muște?

— Habar n-am.

— O-nchizi într-un borcan și mănânci căcat în fața ei.

Dar soarta a ținut cu Lighioană și i-a oferit cel mai frumos cadou. A fost ca și cum Maradona ar fi primit în copilărie o minge de fotbal sau ca și cum micul Keith Richards ar fi găsit pe stradă o chitară. Ceea ce părea a fi un coșmar s-a transformat într-un vis frumos.

De obicei, Lighioană dormea până spre prânz, pentru că laba îi sugea toată energia și corpul îi cerea somn, ca unui muncitor care a cărat toată ziua saci de ciment pe șantier. Laba e ca matematica, dacă nu i te dedici total, nu faci performanță. Iar Lighioană era cel mai bun.

În dimineața norocoasă, Man s-a apropiat tiptil, în zori, de capul patului, și l-a scuturat brutal, ca și cum le-ar fi intrat hoții în cameră.

— Lighioană!

— Da, bă, ce vrei? a întrebat el cu ochii roșii de la atâta masturbare nestinsă cu suficient somn.

— Sugi pula! Aia e!

— Ce???

— Sugi pula!

Și de atunci, fără niciun fel de explicație, singurele cuvinte pe care Lighioană le-a auzit de la Man în următoarele trei săptămâni au fost „Sugi pula!“ urmate, din când în când, de „Aia e!“.

A suportat câteva zile și a ținut în el până ni s-a plâns de Man. A căutat un umăr pe care să se sprijine, dar noi am făcut un pas în lateral și i-am aruncat vreo 500 de „Sugi pula“ pe zi. Man se întrecuse pe sine de data asta. Ne convinsese că e un spirit liber. Lighioană a cerșit înțelegere și de la Piți și Sven, dar nici ei nu l-au mai scos din „Sugi pula!“. A fost nevoit să-și caute gazdă în oraș ca să n-o ia razna. Înainte să vadă apartamentele îi întreba la telefon pe proprietari dacă au cadă în baie și abia apoi dacă sunt mobilate și există și frigider și aragaz.

L-am revăzut după un an, era sănătos, optimist și cu un aer prosper, de parc-ar fi fost un senator. Ne-a cinstit cu câte-o bere și ne-a mulțumit că-l împinseserăm să plece din cămin. Locuia acum cu chirie la o babă din Crângași, unde se simțea mult mai în largul lui.

— Singura problemă e că a dracu' hoașcă ține foarte curat în casă și mai are și plase de țânțari la geamuri, s-a plâns el.

Muștele prin casă erau o raritate și cu greu îi mai cădea câte una în gheare.

— Dacă sari cu banul, îți aducem noi câțiva gândaci de bucătărie din cămin, l-am ademenit eu.

Dar în sufletele noastre îl invidiam pentru cât de puțin îi trebuia ca să fie fericit.

Lighioană a luat viața în piept și, peste ani, studentul cocoșat și vlăguit s-a transformat într-un om de afaceri de succes. S-a căsătorit cu o vedetă de televiziune și au adus pe lume doi copii. Erau o familie fericită, ca cele din reclamele la detergent sau la margarină. Uneori, când mă îmbătam cu foști colegi de facultate, îl bârfeam îmbujorat de invidie ca un cap de carici plin de muște:

— I-o trăgea babei, nemernicul, și i-a lăsat toată averea. De acolo are banii.

Dar știam că, odată evadat din gulagul căruia-i ziceau „cămin studențesc“, unde se dormea pe apucate și se bea pe săturate, Lighioană pierdea mult mai puțin timp cu muștele lui din cutiile de chibrituri decât noi după cururile înfumurate ale studentelor și în rest avea și timpul, și liniștea necesare să se concentreze puternic pe carieră. Majoritatea labagiilor din facultate au devenit, mai târziu, adulți de succes. Și viceversa, cei mai mulți dintre tipii de succes din campusurile studențești aveau viitorul de labagii asigurat. Ca mine, de exemplu.

L-am revăzut pe Lighioană la câtiva ani după facultate. Așteptam autobuzul în stație, când lângă mine a oprit o mașină imensă, verde și lucioasă, ca un teren de fotbal după ploaie, iar geamul din dreapta s-a deschis și un tip la costum și cravată, cu părul mustind de gel, s-a aplecat spre mine, peste decolteul blondei care zâmbea telegenic lângă el. Nu l-am recunoscut până nu i-am auzit glasul:

— Auzi, navetistule? Sugi pula, aia e! mi-a aruncat tipul ferchezuit.

— Lighioană..., am făcut eu surprins.

— După ce câștigi lupta cu pensionarii pentru un loc în autobuz, sună-i pe băieții noștri din cămin și transmite-le și lor ce ți-am zis, a făcut el și a demarat în trombă.

M-am simțit ca o muscă fără aripi pe un cap de pulă.

9

Piți și Sven jucau table 25 de ore pe zi și stăteau bine cu moralul. Man n-a avut nicio șansă cu ei după ce Lighioană și-a luat tălpășița din cămin.

— Sugi pula, le striga Man, rămas fără Lighioană.

— Sugi pula, răspundeau și ei râzând, și după câteva zile totul s-a stins de la sine ca o țigară udă.

— Ceilalți îmi par cunoscuți pe undeva, dar de Sinclair Lewis n-am auzit, a recunoscut Sven după ce a terminat inventarul cărților.

Mă pregăteam să-i răspund. Costel a luat cartea și l-a plesnit ușor cu muchia ei în cap, ca un profesor pedant pe un elev bun, dar neatent.

— Băi fraiere, gagiu' e cel mai pizdos scriitor american și primul care a pus gheara pe Nobel. S-a umplut de bani și de femei ca Lighioană de muște. Iar asta e cea mai cunoscută carte a lui, cine trebuie să știe de ea știe. Dacă ți le înșir pe celelalte, n-a auzit neam de neamul tău de ele.

— Frate, mi se fâlfâie. Eu, când n-am ce face, iau din raft o carte de Sven Hassel la întâmplare și mai citesc din ea.

Nu era nevoie să ne spună asta. Știam cu toții ce citește el. De-aia îi ziceam Sven.

Mari căsca lungită în patul de sus și se uita absentă la cărți. Există doar două tipuri de femei în lumea asta: cele care seamănă cu o pisică și celelalte, care au alură de câine. Mari avea ceva din amândouă. Dintr-odată și-a ciulit urechile și s-a ridicat în cur, ca un câine ținut în casă care tocmai a auzit un lătrat pe stradă:

— Vreau și eu cartea aia pe alb.

A spus „pe alb“ ca și cum ar fi vorbit de un covor ori de o pătură. Cam cum făcuse Nea Mitică cu o lună în urmă. Se îndrăgostise de pisoiul unui judecător din Găești, dar nu avea destule cuvinte în repertoriu ca să ni-l descrie.

— Era frumos rău de tot. Cum să vă spun? Știți pisicile alea obișnuite, maronii și cu dungi negre pe fundal? Aia de mi-a plăcut mie era același model ca astea, da' pe galben.

Printre cărțile cumpărate de Costel erau două cu coperta albă.

— Care dintre ele? am întrebat-o pe Mari.

— Aia, „Creața“.

— Nu e „Creața“. E „Greața“.

— Sorry. Atunci nu mă interesează...

Am frecat-o pe la ei câteva ore și am pierdut bani la table. Piți a cumpărat o ladă de bere cu ei și, altruist, ne-a dat și nouă câteva, iar asta ne-a îndulcit umilința înfrângerii. Apoi am plecat spre camera noastră.

Costel a luat-o înainte printre cămine, luminând calea cu flegme groase. A frânat brusc, ca un șofer începător imprudent, și mi-a zis cu voce gravă:

— Bă, hai să nu mai mergem pe la proștii ăștia. Hai să ne detașăm de ei.

— De ce???

— Pentru că joacă toată ziua table. Sunt cretini și ne trag în jos.

— Mie nu mi se pare.

— Cum nu ți se pare??? N-ai văzut că analfabetul ăla de Sven nici măcar nu auzise de Sinclair Lewis?

10

Noaptea se întindea moale și primitoare înaintea noastră, ca un covor roșu în fața unui șef de stat. Aveam băutură, țigări și chiar și mâncare suficientă. Ar fi fost totul perfect dacă am fi avut și toaletă. Doar că în căminul muncitoresc în care locuiam, construit pe vremea în care Ceaușescu era încă în putere, trei din cele patru veceuri aveau ușile ferecate, ca vistieria domnească, iar în cel de-al patrulea, căcatul uscat formase o mică piramidă. Ieșeam de fiecare dată să ne pișăm în spatele căminului. Căcarea cerea un efort de câteva sute de metri, până în căminele studențești din Regie unde, dacă era liniște, puteai auzi, cât meditai pe budă, cum zdrăngăne zarurile și tablele lui Sven și Piți.

— Deci, de ce nu suporți pijamalele?

— Îți povestesc altă dată.

Fumam amândoi cu o pasiune egalată doar de dragostea lui Lighioană pentru propriul trup. Duhneam a țigări ca fularul unui jurnalist bătrân chiar și când ieșeam din duș. Până și berea din sticlă prindea rapid gust de țigară. Pereții puțeau a fum de țigară, așternuturile și vesela la fel, și până și săpunul de la chiuvetă trăsnea a fum.

Peste cămin coborâse o liniște rece și groasă, ca un strat de zăpadă. Muncitorii se culcau imediat ce se lăsa întunericul. Se trezeau la cinci dimineața, dușmănoși și încercănați, își aruncau un pumn de apă peste flocii de sub braț și o porneau spre muncă. Uneori, în miez de noapte, răzbătea până la noi un sforăit gros dintr-o altă cameră, ca și cum cineva ar fi tăiat lemne cu drujba undeva, departe. În rest, doar câinii vagabonzi din Regie se ciondăneau printre căminele studențești.

— Ce frumos se-aud potăile! Parc-am fi la noi în sat..., zicea Costel nostalgic.

Cu câteva zile în urmă reușise să agațe o gagică și s-o ducă la film, la Cinematecă. Se uitaseră la „Vânătorul de cerbi".

— Când îți lași cioc semeni cu De Niro în filmul ăsta, atunci când are și el cioc, și-a dat el cu părerea. Da' nu semeni neapărat la față, ci mai mult la cioc.

Nu mă deranja deloc comparația.

— Pe mine, a continuat Costel, m-a lăudat o gagică odată că semăn cu Charles Aznavour. Ce zici de treaba asta?

Arăta rău Aznavour, dar nu i-am zis. Prietenul meu credea că seamănă cu o vedetă și asta îi era de ajuns. Deși Costel arăta mult mai bine. Era slab, cu obrajii trași, frunte înaltă și ochi vii, inteligenți. Un vecin emigrat la București și ajuns sculptor ratat, care dormea prin cimitire, îl întâlnise pe Costel în tren, în urmă cu un an. Vorbiseră câteva minute. Sculptorul i-a măsurat cu degetele fruntea, distanța de la nas la urechi și de la nas la bărbie, și-a închis un ochi și l-a privit îndelung, ca printr-o lunetă: „Ai da foarte bine în piatră", a concluzionat sculptorul.

— Semeni foarte mult, într-adevăr..., l-am încurajat eu.

Costel și-a închis un ochi, ca sculptorul, și m-a privit critic:

— Problema e că între timp am văzut și eu cum arată Aznavour...

Am tăcut. Ce mai era de zis? Și-a aprins o țigară și a continuat:

— Spuneam că semeni cu De Niro când ai ciocul ăla, dar când îl tai, știi cu cine semeni?

— Cu cine? Cu tata?

— Ai vrea tu. Tac-to e bărbat bine. Semeni cu mă-ta. Ai față de femeie în vârstă.

Avea dreptate. Mi-am aprins o țigară și am tras un fum. Era atât de liniște, încât auzeam și cum ard țigările.

— Știi care e culmea liniștii? l-am întrebat.

— Să auzi țigările sfârâind?

— „Să fie-atât de liniște în jur

Încât s-auzi cum te mănâncă-n cur"!

— Tu ai compus-o?

— Nu sunt atât de talentat. Am auzit-o pe undeva.

— Știi cine mi-a zis că semăn cu Aznavour? O studentă unguroaică, pe care am agățat-o iarna trecută.

După cum și-a dres glasul știam că va urma istoria cu unguroaica. Cele mai multe dintre aventurile noastre sexuale, atunci când ni le povesteam sincer unul altuia, erau amoruri neconsumate. Dar când ieșeam cu ele în lume și le spuneam și altora, eșecurile se metamorfozau în reușite senzaționale, demne de Cartea Recordurilor.

Din jumătate-n jumătate de oră, Costel întrerupea povestea și o zbughea spre bucătărie. Zicea că mai ciugulește câte ceva de mâncare. În afară de frigider și o chiuvetă, în bucătărie era pustiu și rece, ca pe lună.

— Adu mâncarea aici. Ce tot faci atâtea drumuri?

— Nu, că o să pută a chifteluțe. Merg eu din când în când și mai iau câte o gură.

— La ce duhoare de fum e aici...

— Mai bine nu mai fă tu atâtea drumuri pe afară, că mă întrerupi. Iar când mă întrerupi, mă tai ca maioneza.

— Eu merg să mă piș, n-am ce face.

— Păi, ia nu te mai pișa și tu atâta! Dacă n-ai rinichi de bețiv, mai bine te abții de la alcool.

— Iarna trecută — și-a început el povestea — când am luat sculament de la Paula din Chitila, că ți-am mai povestit treaba asta și ai făcut mișto, am plecat de la ea și mi-am căutat un loc în cămin, în Grozăvești. Noi, la fără frecvență, suntem fiii ploii. Ar trebui să se numească nu „fără frecvență" ci „fără cămin și fără niciun drept de student". Dacă aș fi fost indian din Vestul Sălbatic, m-aș fi numit „Student Mort de Foame și Epuizat de Labă, Veșnic în Căutarea Unui Loc Gratis în Cămin".

— Și ce-ai făcut până la urmă?

— M-am dus la un doctor la Găești să mă tratez de sculament și, din vorbă-n vorbă, omul mi-a zis că are un văr, profesor de matematică în București, un tip pe la 40 de ani, care și-a cumpărat un loc în cămin.

Într-adevăr, în anii '90, mulți dintre „studenții" cazați în căminele din Grozăvești erau, în realitate, profesori care nu-și puteau permite să plătească lunar 100–200 de dolari, cât era chiria la o garsonieră.

— Iulică se dădea student, dar se vedea de la o poștă că e bătrân coclit. Își purta vârsta rușinat pe holurile căminului, ca pe niște pantaloni rupți în cur, cu care ți-e jenă în lume. Gălbejit, cu fața lată și pometi înalți, nas lung și îngust și buze subțiri, ziceai că e sora mai săracă a lui Meryl Streep. Dac-ar fi semănat cu Sharon Stone, aș fi sărit noaptea pe el și m-aș fi apucat să vâslesc invers...

— Așa, zi mai departe...

— Și m-am mutat cu băiatul ăsta tomnatic, care stă mai mult plecat, pentru că dă meditații pe la copii pe acasă, iar când vine în cameră e epuizat de muncă și doarme tot timpul. Îl mai vizita, din când în când, un alt flăcău întârziat, tot profesor și el, care seamănă leit cu un cântăreț de muzică populară, am uitat cum îi zice. Dacă nu cumva o fi chiar el. Băi, frate, și când îl văd pe ăsta, zici că-mi injectează cineva apă cu zahăr în inimă, așa mă simt. Mă ia cu leșin de plictiseală doar când îi văd fața. Așa... Și țin minte că era duminică seara când am plecat de la țară și am venit la București.

— Stai, fă o pauză, că ies puțin să mă piș, i-am zis.

— Fugi, că mă duc și eu în bucătărie să mai bag o chifteluță.

M-am întors în câteva minute și Costel și-a reluat povestea.

— Am lăsat bagajul cu mâncare în cameră și am coborât la bar, la parter, să beau o bere. Am luat, hai să zic, două–trei guri din ea... Ba nu, mănânc căcat, cam jumate băusem când s-a așezat la masa din față o gălbejită cu fața rotundă, de zici că era floarea soarelui, cu două cozi groase ca pe mână și pantofi din ăia grosolani, ca de polițist, moartea pasiunii. Când văd femei cu pantofi din ăia urâți de bărbat îmi cade puța pe jos și-o adun ca pe un muc de țigară și o bag în buzunar. Și asta și-a luat o bere și pac-pac, a dat-o pe gât imediat, cu ochii la mine. Am lins și eu berea mea scurt, că mă făceam de căcat în fața ei. Am mai cerut una și și-a mai luat și ea. Le-am băut cam în același timp, adică în vreo trei minute, să zic. Și după berea asta, a doua, parcă nu mi s-a mai părut așa urâtă. Dar încercam să țin privirea sus, ca să nu-i mai văd pantofii ăia de contabil.

— Și ce-ai făcut mai departe?

— M-am dus la ea la masă și i-am zis simplu: „Permiteți?" Și ea mi-a permis. M-am așezat și ne-am apucat să discutăm. Tac-so cică era ungur-ungur, da' din ăla, original, de la mama lui, adică de la Budapesta, iar mă-sa, româncă corcită, adică născută la Târgu Mureș. Ea, gagica adică, trăise în Ungaria până la 18 ani și venise la facultate în România. Acolo cică e plictiseală mare: tramvaiul vine la timp, nu aruncă nimeni gunoaie pe jos și oamenii îți răspund politicos dacă-i întrebi ceva pe stradă.

— Și știa română?

— Știa, că o învățase mă-sa. Punea cuvintele cam anapoda, da' te înțelegeai cu ea. Și-am vorbit noi ce-am vorbit, și atunci mi-a zis că semăn cu Charles Aznavour. Din vorbă-n vorbă am început să ne sărutăm, da' să vezi ce chestie...

— Ce chestie?

— Îi mirosea respirația a ciorbă de pui.

— Poate mâncase ciorbă înainte.

— Nu, că băuse bere, nu ți-am zis?

— Poate mâncase înainte să vină în bar și berea îi dădea râgâială...

— Nu știu, mânca-ți-aș, da' parcă și pielea îi mirosea a pui de găină. Eu zic că așa miros unguroaicele astea. Știi cine mai duhnea a pui?

— Nu. Cine?

— Bida.

— Cine dracu' e Bida?

— Hai, bă, că ți-am mai povestit, da' erai beat și ai uitat. Fata lu' Șandor, electricianu'. Aia cu care m-am sărutat eu prima oară, în clasa a noua. Ți-am mai zis, dă-te dreacu'... Mai întâi am fost la film cu alta, una Geta, de la mine din clasă, care avea ochii, nasul și gura așezate de parcă zici că i le luase Dumnezeu în pumn, le amestecase ca pe zaruri și i le aruncase înapoi pe față. Da' mie îmi plăcea. Mi-am pus în cap să o sărut, dar n-am avut curaj. Doar am ținut-o de gât cât a durat filmul, apoi am ieșit cu ea afară și am condus-o așa, de gât, la autobuz.

— Și cu Bida când te-ai pupat?

— La vreo săptămână după. Prinsesem deja tupeu, aveam experiență cu gagicile la film. M-am aplecat spre ea, am prins-o de cap și ne-am pupat tot filmul. Ne-am pupat e mult spus. Mai mult ne-am lovit dinte în dinte și am plecat de la film cu dureri de parc-aș fi fost la dentist. Mi s-a părut încă de pe atunci că sexul e o treabă foarte grea.

— Așa, zi cu unguroaica din cămin.

— Îți zic acu'. Și ne-am pupat ce ne-am pupat, până o aud că zice: „Mergem la mine sau la tine?" Tupeu, tată, la ungurii ăștia, că uite-așa ne-au luat Ardealul. Și zic: „Hai la mine", că știam că am în geanta cu care venisem de acasă vreo patru litri de vin. Am urcat de gât, cum ieșisem cu Geta aia de la film atunci, în clasa a noua, și ne-am dus la mine în cameră. „Meryl Streep", puriu', nu se întorsese de la meditații. I-am pus vin într-un pahar din ăla de plastic, mi-am turnat și mie unu' și mă pregăteam să reiau pupatul. Gagica, Kingo o chema, da' cică se scrie Kinga, ca să vezi și tu nume la ăștia, care se potrivește perfect cu pantofii de bărbat, s-a ridicat din pat și s-a dus lângă fereastră. Și acolo a început să danseze ca în filmele sexy, și-a scos puloverul și l-a aruncat în pat la Iulică.

— Care Iulică?

— Meryl Streep, cum care? Ai uitat?

— Aha. Și tu ce-ai făcut?

— Eu m-am dus în partea ailaltă a camerei, lângă ușă, și mi-am aruncat și eu puloverul pe patul lu' dom' profesor. Ea și-a scos pantofii ăia de cetățean și mi-am dat și eu jos bocancii. Dar îi vedeam acolo, lângă pat, și îmi tăiau toată pofta. M-am dus spre ea în pas de dans și pac, cu exteriorul, ca Hagi când dă pase, i-am împins pantofii sub pat. Ea m-a împuns cu mâna în piept și mi-a comandat: „Stai la locul tău". Și-a scos cămașa și a rămas în sutien. Mi-am dat și eu jos cămașa și am rămas în maioul ăla de tractorist, pe care mi-l cumpărase mama. L-am tras repede și pe ăla peste cap și l-am aruncat direct sub pat, lângă pălămizile alea de pantofi ai ei. Apoi și-a scos și sutienul.

— Și? Avea ceva țâțe?

— Dacă avea? Dacă-ți scăpa o țâță în cap ziceai că ți-a tras Mohammad Ali un croșeu.

— Așa, și? Ce s-a întâmplat?

— Păi, dacă mă tot întrerupi, nu mai termin nici mâine. Și-a scos blugii, mânca-ți-aș, și n-avea chiloți pe ea, exact ca Man. Dar prima dată nu mi-am dat seama că e în curu' gol, pentru că am crezut că are chiloți gălbui, flaușați.

— Cum dracu'?

— Atât de flocoasă era, frate! Și fiind blondă, avea flocii galbeni ca grâul de toamnă. Ca-n tabloul lu' ăla care și-a tăiat o ureche… îmi scapă numele acum, da' țin minte că s-a dus cu urechea în mână să i-o dea cadou unei curve…

— Van Gogh!

— Da, dă-l dreacu'!

— Zi mai departe cu unguroaica…

— Băi, frate, eu am auzit spunându-se despre unguroaicele astea că ar fi focoase, dar cred că s-a dus vorba greșit. Probabil că cine a lansat treaba asta a vrut să spună că sunt flocoase. Avea la floci, de m-a luat groaza. Mi s-a tăiat respirația. Unele femei au așa, un triunghi mic de păr, dar asta avea triunghiul lat cât lopata. Ea, ca femeie, era echivalentul bărbaților chei, cu păr pe piept, pe umeri și pe spinare. Poveștile nu spun chestii din astea, dar sunt sigur că așa ar fi arătat Muma Pădurii de la brâu în jos. Niște floci deși, groși, galbeni și mari, ca iarba aia de toamnă în care ne aruncam când eram copii. Din cauza unor floci mari ca ăștia mi-a fost groază toată copilăria de pizdă! M-am temut că cine știe ce mama dracu' se ascunde acolo!

— Auzi, reține-ți ideea, că de la berea asta mă piș pe mine din nou.

— Fugi afară, că mai ronțăi și eu o chifteluță din bucătărie.

— Păi, de ce nu le iei în cameră?

— Nu ți-am zis că nu vreau să fac miros de mâncare? Hai, du-te și pișă-te!

Am revenit și l-am găsit fumând.

— Zi mai departe.

— Unde rămăsesem?

— Unde și-a scos blugii și era plină de floci.

— Așa. Dar era sexy rău, nu zic nu. Iar eu mi-am dat jos, tot în ritm de dans, pantalonii, și mă uitam direct în ochii ei, când o văd că se schimbă la față și o pufnește râsul. Mă uit în jos, și ce văd? Pe sub pantaloni aveam ditamai perechea de izmene îngălbenite și triste, ca frunzele alea care mai rămân prin parcuri în decembrie. Dacă exista o culoare mai urâtă decât a flocilor ei, la izmenele mele o găseai. Le trăsesem pe mine de dimineață, la țară, ca să nu-mi fie frig pe drum. Largi, murdare și cu spărtură în față, izmenele chiar reflectau condiția jalnică a studentului de la sat, împins de sărăcie să facă foamea în Capitală. Mi s-a părut că prelungesc momentul penibil dacă mă aplec și scot picioarele, unul câte unul, din ele, și-i las timp gagicii să le analizeze. Le-am lăsat repede până la genunchi, roșu ca racu' de rușine, și am încercat să le scot călcând pe ele, în timp ce-i zâmbeam gagicii, da' parcă nu era gura mea, așa de aiurea mă simțeam. Era ca și cum râdeam cu gura lu' tataia, după ce paralizase. Cu ochii la ea și cu picioarele împleticite în izmene, ca în dansurile irlandeze, m-am împiedicat și am alunecat ca o vită pe gheață. În cădere m-am lovit cu capul de chiuvetă și am auzit zbang! după care n-am mai știut nimic. M-am trezit după o vreme, nu știu cât să fi fost, un minut, două sau zece, și unguroaica dispăruse. În schimb, îmi apăruse ditamai cucuiul în vârful capului, de ziceai că sunt rinocer.

— Ține-ți ideea, că trebuie să ies din nou, l-am rugat.

— Păi, nu mai am nicio idee. Am terminat.

— Bine, ies.

— Mai bine nu mai ieși nicăieri.

— Păi, și ce fac, mă piș pe mine?

— Hai să-ți dau un test de inteligență: de ce crezi că am făcut eu ture toată noaptea în bucătărie?

— Ca să mănânci chifteluțe, nu?

— Răspuns greșit! O să-ți zic ceva, dar te rog să rămână micul nostru secret: eu, de câteva zile, când am nevoie să mă piș, mă piș în chiuvetă.

11

Nu știam ce să spun, așa că mi-am aprins o țigară. Dacă îl înjuram, ar fi crezut că m-am răcorit și mi-a trecut supărarea. S-a ridicat din pat și a intrat în bucătărie. Mi-am imaginat că se duce din nou să se pișe, dar s-a întors cu o tigaie, un castron, un borcan de untură și un carton cu ouă.

— Fac o omletă, a zis, și s-a apucat de treabă.

Am mâncat în liniște și apoi ne-am aprins alte țigări. Au trecut așa câteva minute. Cu burta plină, supărarea mi se tocise și nu mai rămăsese din ea decât o bucățică mică și nedefinită care se topea și ea, ca un cubuleț de unt uitat la soare.

— Am fost mai demult la Operetă cu Roxana, am rupt eu tăcerea. M-am îmbrăcat frumos și m-am dus s-o iau de la cămin. Am coborât la metrou, iar ea și-a pus capul pe umărul meu și se uita, visătoare, la imaginea noastră în geamul din față.

Jumătate din Roxana era părul, castaniu, ondulat și curgându-i în valuri până la mijloc. Părul ei ar fi luat din prima Oscarul dacă ar fi jucat într-o reclamă la șampon. Era scundă, creolă, un pic cam plinuță, dar bine proporționată. „Dacă ar fi avut cu 10 centimetri mai mult și cu 10 kile mai puțin, s-ar fi bătut pentru titlul de Miss Univers", zicea Costel la beție.

— Și cum stăteam noi așa, romantici, metroul a ajuns la Universitate, unde trebuia să coborâm. A încercat să se ridice, dar ceva o trăgea în jos. Când m-am uitat mai bine, părul i se prinsese într-o capsă de la geaca mea. Am încercat să i-l desfac repede, pentru că deja se deschiseseră ușile, dar n-a mers. Până la urmă am plecat așa, lipiți, ca doi câini care se fut, și am ieșit pe peron. Trei liceeni se uitau la noi și râdeau. N-am reușit nici mort să-i desprind părul. Se încâlcise rău de tot pe după capsa aia. Lumea se holba la noi, eu mă aprinsesem în zeci de culori, ca bradul de Crăciun, iar Roxana înjura și ea, cu capul prins în pieptul meu de zici că aveam un mărțișor uriaș pe geacă. Și atunci am smucit-o brusc de păr și i-am rupt șuvița cu probleme. A început să plângă și a luat-o la fugă pe scări, cu mine alergând disperat în urma ei ca în filmele de dragoste. Ne-am împăcat până la urmă și am intrat în Operetă.

— Și cum erau alea care cântau? Tenorițele alea? Grase, nu?

— Mai întâi a intrat pe scenă, alergând pe vârful picioarelor, cu mâinile deasupra capului, ca o zână, un balerin pitic și bătrân. Pe mijlocul capului avea o autostradă de piele și doar puțin păr pe lateral și nu te-ai fi așteptat să fie atât de sprinten. Se învârtea de colo-colo pe scenă, iar în față îi atârnau, prin ștrampii ăia strâmți, un castron de coaie. Ăsta, chelu, semăna perfect cu cineva foarte cunoscut, dar nu reușeam să mă prind cu cine.

— Oare cu George Copos să fi semănat?

— Cam pe modelul lui, dar ceva mai bătrân și mai pitic. Până la urmă, s-a proțăpit lângă el o balabustă țâțoasă și rea, care țipa agitându-și mâinile scurte, pline de colăcei, de parcă era un țăran care aruncă sacii de porumb în căruță.

— Ți-am zis, mânca-ți-aș, că astea de la Operă sunt grase? Păi, altfel n-au cum să scoată sunetele alea. Trebuie să ai volum ca să țipi așa și să-ți faci gura ca peștele.

— Ai dreptate. Și moșul chel s-a apropiat pe vârfuri de grasă, care îl depășea cu un cap ca statură. Îi venea cu fruntea cam pe la țâțe. Ea îi tot reproșa ceva în italiană sau în latină, poate, că mai mult țipa decât vorbea. El, săracu', umil, făcea piruete în jurul ei, ca un cocoșel din ăla pitic care vrea să se dea bine pe lângă o gâscă. Atunci mi-a picat fisa și m-a bușit râsul. Și n-am mai putut să mă opresc.

— Nesimțitule, mi-a șoptit printre lacrimi Roxana, cu unghiile înfipte în carnea mea.

— Ce e?

— Nu seamănă deloc cu tata, nesimțitule! Râzi tot timpul de părinții mei, care s-au purtat mereu frumos cu tine!

— Nu ți-am zis nimic de tatăl tău, eu doar l-am văzut pe balerinul ăsta și am râs. Deci recunoști că seamănă?

Omul părea fratele geamăn al tatălui Roxanei, un maistru la uzină care trăise toată viața cu impresia că e mai deștept decât inginerii. Mi l-am imaginat pe tatăl ei, un tip sobru și pedant, făcând piruete prin casă, în jurul nevesti-sii, în ciorapii ăia albi, și nu m-am mai putut opri din râs. Roxana s-a ridicat furioasă de pe scaun, în protestele spectatorilor, iar eu am pornit pe urmele ei, alergând în piruete printre scaune, ca un balerin.

Tatăl Roxanei avusese ghinionul să fie ultimul născut dintre cei 11 frați și toată copilăria umblase desculț și cu hainele ferfeniță. Mi-l imaginam ca pe copilul ăluia din desenul celebru cu răscoala de la 1907. Hainele se moșteneau la ei în familie de la fratele mai mare și treceau pe la toți ceilalți puradei, în ordinea vârstei. La el ajungeau zdrențe, iar asta l-a marcat toată viața pe domnul Marcel. Ajuns adult, umbla pe stradă călcat și apretat ca un ministru. Dacă voia să vadă cerul, trebuia doar să se uite la vârful pantofilor și-l găsea reflectat acolo. Toți ceilalți zece frați făcuseră o facultate, dar pe el, fiind cel mai mic, părinții voiseră să-l țină aproape. Dar și așa, tot absolvise o școală de maiștri unde, se lăuda el, se făcea tot atâta carte pe vremea aia cât într-o facultate din zilele noastre. Dacă nu cumva chiar mai multă. În sufletul lui, domnu' Marcel se considera intelectual.

După școală a muncit o vreme la Pitești, într-o fabrică. Uneori își amintea de vremurile tinereții și îmi povestea:

— Într-o seară, la cantina uzinei, a venit la masa mea o individă. O tânără needucată, fără studii, dată cu mult ruj și cu unghii roșii și lungi. „Ce faci diseară, Marcele? Nu vrei să vin pe la tine?" Eu m-am prins ce urmărește individa și am blocat-o: „Draga mea, locuiesc în cameră cu un domn mai în vârstă și nu pot veni cu cineva". Și așa am scăpat de ea.

Ce dobitoc, m-am gândit eu. A simțit, probabil, ce-mi trece prin cap:

— Bărbatul e bine să se păstreze pentru soția sa, atunci când se va căsători, m-a sfătuit el și l-am simțit că m-ar vrea în familie peste ani.

Dar eu n-aveam de gând să mă păstrez pentru nimeni. Nu voiam să ajung ca el, care termina serviciul la ora 16, iar la 16:30 era acasă și trebăluia prin bucătărie, alături de nevastă. Bătea ouăle pentru prăjituri, freca maioneza și curăța ceapa sau usturoiul. Avea un șorțuleț doar al lui, pe care și-l punea când intra în bucătărie și îl scotea seara târziu. Făcea totul împreună cu nevasta, doar la meciuri se uita singur și, cu o bere în față, se simțea bărbat. Avusese un moment de cumpănă în căsnicie și câteodată, la vreun revelion, când era binedispus și se afuma puțin, îi plăcea să și-l amintească. Într-o zi, o miercuri oarecare, n-a venit acasă nici la 16:30 și nici la 17. Pe la 18, nevasta a intrat la idei și l-a sunat la uzină. Plecase de-acolo la 16, ca toată lumea. A sunat la Salvare, la spital și la Miliție. Nu era nicăieri. Era clar, își trăsese amantă. Când a ajuns, în sfârșit, acasă la ora 19:30, roșu la față și mirosind a bere, nici n-a deschis bine ușa că s-a trezit cu o palmă pe obraz.

— Cine e târfa, nenorocitule?

S-a bâlbâit puțin, dar femeia i-a întins două geamantane mari și i-a arătat ușa:

— Să te duci la curva ta, animalule, că eu nu te mai țin în casă!

S-a rugat de ea măcar să-l asculte și pe urmă pleacă. A plâns în prag și de-acolo, de pe hol, i-a povestit printre lacrimi, de l-au auzit toți vecinii. Se certase cu șeful la uzină, se supărase și rămăsese la o bere, una singură, la barul de lângă bloc. Acolo intrase un cunoscut, apoi altul, și din vorbă-n vorbă a trecut timpul.

Ea l-a crezut, dar l-a trimis să-și desfacă singur bagajele și să-și așeze înapoi hainele pe raft. L-a iertat, dar de-atunci, și trecuseră mai bine de 15 ani, n-a mai întârziat niciodată de la serviciu.

12

— De-aia îmi place mie de tac-to, că e băiat de viață și poți să mergi cu el și la curve, dacă vrei, i-am spus lui Costel.

O umbră neagră i s-a lipit de frunte.

— Dacă tata era ca domnu Marcel, eram departe acum... Ar fi fost de vis să am părinții Roxanei.

— Da' ce-au ai tăi? Ce nu-ți convine la ei?

Nea Mitică nu făcea discriminări când era vorba de băutură. Bea la înmormântări, la botezuri, cu pensionari și cu puști de 15 ani, care abia simțiseră gustul berii. Odată a întâlnit la oraș un cunoscut care ducea un tort în brațe, pe care scria cu frișcă „12". Era ziua băiețelului lui din clasa a V-a și, din politețe, l-a invitat și pe Nea Mitică să ciocnească un pahar de vin cu el și unul de suc cu copiii. L-a așezat la masă și i-a pus o sticlă de vin dinainte, iar Nea Mitică a rămas până seara târziu la o masă, înconjurat de copii de 12 ani care beau cola și mâncau pufuleți.

Ne ținea și nouă companie de multe ori, când rămâneam peste noapte la Costel și împărțeam cu el bidoanele cu vin. A doua zi dimineața, tanti Lia ne fierbea ouă de rață și ne trântea mută și dușmănoasă un borcan de murături pe masă, ca să ne dregem.

— Știi de ce nu suport pijamalele? m-a întrebat Costel uitându-se aiurea, pe pereți.

— Nu.

A tras un gât de bere și s-a șters la gură cu dosul palmei, așa cum fac muncitorii pe șantier. Și-a aprins o țigară și s-a pornit să-mi povestească.

În '85, anul în care Costel urma să dea admiterea la liceu, Nea Mitică se angajase șef de sală la un restaurant din zonă și umbla împovărat de funcție ca un star de cinema copleșit de glorie. Nu fusese nici în tinerețe un bărbat frumos. Unii spuneau că semăna cu fotbalistul Nicolae Dobrin, cu fața lungă, de cal, și traversată de riduri adânci, ca pământul din Bărăgan într-o vară secetoasă. Ca să abată atenția de la urâțenia de care era conștient, purtase toată tinerețea perciuni uriași, care-i acopereau jumătate din față, și părul lung, în genul băieților de la Beatles. Umbla în pantaloni albi, evazați, și cu diplomat precum americanul din filmul Nea Mărin Miliardar. De ceva vreme, însă, își lăsase și mustață groasă, de ziceai că e un actor de filme porno din anii '70. Tanti Lia, muncitoare la uzină, care lucra în trei schimburi, ieșise din standardele lui. Femeia începuse să-l suspecteze că și-a tras o amantă cât muncea ea „de noapte" la fabrica de frigidere din oraș. Nu știa că Nea Mitică picase în plasa jocurilor de noroc și că pierdea mai mult decât câștigau amândoi. Lui Nea Mitică îi plăcea să spună că adevărata clasă ți-o arăți doar atunci când pierzi și trebuie să-ți plătești datoriile. Lumea pocherului era pentru el un tărâm al onoarei, discret și exclusivist.

Când n-a mai făcut față datoriilor, a băgat mâna în gestiune, la restaurant, dar a continuat să joace. Prefera să fure statul, dar să-și plătească datoriile la cărți. N-a trecut mult până când directorul cârciumii a descoperit găurile din casă și a anunțat Miliția. L-au prins repede pe Nea Mitică și l-au amenințat că-l arestează dacă nu aduce banii înapoi. A lăsat mândria la o parte și s-a rugat de cei cu care jucase pocher să-i dea banii înapoi, ca să nu intre la pârnaie. Nimeni nu l-a învrednicit măcar cu un leu. Așa a ajuns să se roage de tanti Lia să-l ajute. Femeia s-a tot gândit cum să facă bani rapid, dar soluția a venit de unde nu se aștepta. O colegă mai isteață i-a explicat că zeci de mii de femei vor să avorteze și că sunt dispuse să plătească bani grei pentru o „intervenție". Avorturile erau interzise în anii '80, iar cei care le provocau, fie că erau medici, moașe sau oameni fără legătură cu medicina, riscau pușcăria. Partidul voia forță de muncă cu care să sape canale și să ridice blocuri. Ceaușescu decretase la puțin timp după ce luase puterea că avorturile sunt ilegale. Se spunea că de atunci și până în '89, în aproape un sfert de secol, s-au născut peste două milioane de copii, dintre care mulți n-au fost doriți de părinți. Poate că printre „decrețe i", cum li s-a spus, ne număram și Costel și cu mine.

Pe tanti Lia a învățat-o o bătrână din sat cum se face un avort. Era riscant, dar n-avea de ales. Trebuia să-și salveze bărbatul fără să știe că în toți acei ani mai mult de 10 000 de românce au murit sau urmau să moară din cauza avorturilor clandestine. Tanti Lia s-a pus hotărâtă pe treabă, dar a avut ghinion. La prima ei încercare, femeii însărcinate i s-a făcut rău și a fost nevoită să meargă la spital. „Dacă nu spui cine ți-a făcut avortul, te lăsăm să mori", au amenințat-o cei de la Miliție, chemați de doctor la spital în miez de noapte. Femeia s-a speriat și a ciripit. Așa au arestat-o pe tanti Lia. Mișcați de povestea lui Nea Mitică, câțiva vecini l-au împrumutat cu bani și el a scăpat doar cu demisia de la restaurant, fără pușcărie.

— Cam asta e povestea, a încheiat Costel.

— Îmi pare rău, am bolborosit eu, deși auzisem demult prin sat că tanti Lia stătuse cu ani în urmă la închisoare.

— Pe vremea când tu te smiorcăiai doar pentru că ți-a luat tac-to o portocală și nu două și că de Crăciun ai primit o mașinuță în loc de un tănculeț, eu aveam 14 ani și mă duceam s-o văd pe mama la pârnaie. Venea la vorbitor tunsă, grasă și în costumul ăla vărgat, de parcă era o zebră care stă să fete. Nici ea și nici eu nu știam ce să ne spunem și ne uitam așa, lung, unul la altul, ca două animale. Acum înțelegi de ce nu suport pijamalele?

Ce puteam să mai spun? Terminasem pachetul de țigări și mi-am luat altul din rucsac.

— S-au scumpit țigările..., am încercat eu să schimb vorba.

Dar Costel era pus pe confesiuni:

— În camera în care stăteam noi, la țară, pe peretele din spate era un geam mic, așa, cam cât o carte, care dădea spre uliță. Celelalte geamuri, alea mari, erau orientate spre biserică, pentru că așa construiseră casa. Înainte ca mama să se apuce de avorturi și înainte să-l prindă pe tata că luase banii din gestiune, a fost o perioadă de câteva săptămâni în care el a trăit ca un șobolan, disperat că o să-l înhațe Miliția. Când venea acasă era agitat, stresat, și de câte ori se auzea o mașină pe uliță, sărea la geamul ăla mic, să nu cumva să fie gaborii, care să fi venit după el. Atât de urât mi-a fost de geamul ăla nenorocit, că atunci când m-am angajat pe șantier, din primul salariu nu mi-am luat nici mâncare, nici pantofi, și m-am dus acasă, am plătit un zidar și l-am pus să astupe, în pizda mă-sii, fereastra aia. Să pună zid peste ea!

Dar nimeni nu putuse să-i pună zid și peste amintiri.

13

Eram un student înalt, slab și cu părul intact, nu mic și chel, ca domnul Marcel în tinerețe. Cu toate astea, la mine nu dădeau năvală „individe“ avide de sex cu oferte străvezii. Trebuia să mă lupt ca un viking pentru fiecare sărut. Eram atât de prost îmbrăcat și lipsit de bani, încât păream un cerșetor care tocmai mâncase ceva primit de pomană. Era imposibil să agăț gagici în București. Trebuia să fug în fiecare weekend la țară, atras de puștoaicele din discoteca de acolo precum Lighioană de muștele din cadă. Mă schimbam și fugeam la Costel. Ar fi dat oricât ca să evităm discoteca din sat. Eu aș fi făcut orice ca să ajung acolo. De cele mai multe ori învingea el.

— Hai la oraș, zicea, sunt fete mai stilate acolo.

Avea dreptate. Erau atât de stilate, încât nici nu se uitau la noi cum sprijineam zidurile îmbrăcați în pantaloni de stofă cu trei pense și pulovere de lână. Pentru noi, Găeștiul era un fel de Las Vegas, un ciorchine de promisiuni, lux și promiscuitate, dar intangibil. Discoteca din Găești ne părea o lume a pierzaniei, cu bogătași risipitori și vampe materialiste, de care nu reușeam să ne lipim. Frecam pereții cu puloverul meu alb de lână și gândul îmi fugea la căminul cultural din sat, unde mă așteptau prințesele locale, mult mai accesibile. Mai ales una dintre ele părea dornică să mă cunoască mai bine.

Un vecin îmi reproșase odată:

— S-a făcut mare aia a lu' Năiță. A-ntrebat de tine aseară, la discotecă. Pe unde dracu' umbli?

Mă ținuse minte. Cu câțiva ani în urmă îi dăruisem un ceas electronic cu șapte melodii recuperat dintr-un sertar, dintre vechituri. I-am schimbat bateria și a pornit. L-am băgat în buzunar și am plecat cu el la discotecă, sperând să iau pe el câteva beri. Barmanul a refuzat trocul. Fata lui Năiță era prin zonă și i l-am potrivit la mână. Era larg, dar sclipea frumos. Și ea zâmbea frumos. Țâțele i se scuturau pe sub tricou când râdea, iar sfârcurile împungeau pânza, ca niște coarne de ied. Investisem în viitor.

Dar nu eram singurul care o luase în radar. Plecările de sâmbătă la Găești mă iritau tot mai mult. Simțeam că o pierd dacă nu-i acord timp. Femeile sunt ca dinții — dacă nu ai grijă de ei, îi pierzi.

— Mergem la noi în sat, i-am spus săptămâna următoare lui Costel.

— Du-te tu, dacă vrei. Eu n-am ce căuta acolo.

M-am încăpățânat și m-am dus singur. Fata lui Năiță fuma în ușa discotecii.

— Cam rar pe la noi, mi-a reproșat.

Mi-am aprins o țigară. Era atâta fum în jur, încât îl puteai aduna cu mătura și fărașul. O siluetă se îndrepta spre mine din mijlocul ringului, în pas de dans, cu o bere-ntr-o mână și țigara în cealaltă. Nea Mitică.

— Ce dracu', băi Liviule, aștept de șase luni să te văd în discotecă și tu tot umbli cu prostu' de fii-miu pe la Găești?

— Am încercat să-l iau și pe el aici, dar nu vrea.

— Dacă e fraier! Mi-a zis că ori vin eu aici, ori el! Cică se simte prost să meargă într-o discotecă în care dansează și tac-so. Fir-ar el al dracu'! Alții se duc cu tații și la curve...

— Și?

— Și i-am zis că e destul loc pentru amândoi aici. L-am sfătuit să ia și el o fată de mână și să se afișeze cu ea. Îl văd oamenii doar cu tine prin sat și au intrat la idei.

— La ce idei ar putea să intre?

— Păi să nu fiți d-äia de nu le plac femeile, cavaleri de Curlandia. Să nu fiți pe invers, tăticule. Că i-am zis și lui: „Costele, tată, îți place, nu-ți place, roagă o fată să se plimbe cu tine duminica la prânz de la cruce până la jumătatea satului, ca să vadă lumea că ești normal".

Sângele îmi clocotea în cap ca muștele pe ștoiul lui Lighioană. A lui Năiță fuma la doi pași, rezemată de tocul ușii ca prostituatele care sprijineau zidurile prin filme. Am luat-o de mână și am tras-o spre mine. Am prins-o de păr și am sărutat-o, lăsând-o pe spate ca în filmele americane din anii '40. Nu voiam să mă creadă lumea fătălău.

— Hopa, s-a mirat ea. Ce surpriză!

Mirosea a fum. Nu a fum de țigară, ci a fum de sobă. Fetele sărace duhneau toate a fum iarna, mai ales pe gât și pe sâni.

M-a mângâiat pe obraz și mâna i s-a blocat în barba mea.

— Mai taie-ți și tu barba asta! Mă zgârii pe față și, uite, mi se agață ceasul în ea...

Ceasul meu cu șapte melodii îi sclipea la încheietura mâinii, reflectând razele stroboscopului. Făcusem o investiție inspirată.

14

Dar cel mai mult investeam în alcool, pentru că rar trecea o seară în care să nu bem ceva. Sute de studenți se adunau toamna pe malurile Dâmboviței, în Regie, ca pinguinii pe malul oceanului atunci când ouă. Cântau la chitară, discutau, beau și fumau ca în jurul unui foc de tabără. O lună pe an, malul Dâmboviței devenea un fel de Woodstock, unde studenții boemi își sărbătoreau libertatea și lipsa de griji.

Era trecut mult de miezul nopții și pe maluri rămăseseră doar câțiva bețivi pașnici care cântau. Două cupluri de îndrăgostiți se sărutau la lumina becului de pe un stâlp, fără să vadă că la câțiva metri de ei un chinez mort o luase la vale pe Dâmbovița. Costel, care proiecta flegme în apă, l-a zărit primul. Plutea vertical, ca și cum îi atârnase cineva plumb de picioare, iar capul și o palmă i se ridicaseră ușor din apă. Chinezul, pe la vreo 50 de ani, era gras, avea ochii închiși și umflați și fața vânătă.

— Bă, uite un chinez mort în apă, a strigat Costel.

Îndrăgostiții au continuat să se sărute. Nu le păsa că moartea dansa undeva, la doi pași de ei, umflată la față ca o lună plină.

Doar bețivii care sugeau din beri în apropiere și-au întrerupt melodia:

— Și ce, bă, nu știe să înoate?

— Păi, n-ai auzit că e mort?

— Atunci dă-l în pula mea, că e plină China de chinezi, a zis cel mai glumeț dintre ei, iar ceilalți au râs. Și au continuat să cânte:

Râd și plâng și te strig delirând
Afară e soare, e cald și e vânt
Din somn mă trezesc și tresar speriat
Dar nu-i nimic, doar te-am visat.

Mortul mă îngrozea, dar nu-mi puteam smulge privirea de la el. Mâna dreaptă îi plutea la 10 centimetri de cap, ridicată, dar cu palma în jos și degetele puțin îndoite, ca și cum ar fi fost un cardinal și i-ar fi întins-o unui credincios s-o sărute. Capul îi ieșea din Dâmbovița doar de la nas în sus, dar în lumina felinarului de la stradă i se vedea și gura, în apă. Parcă zâmbea.

— Tu vezi că moartea are ceva fascinant? l-am întrebat pe Costel.

— Taci dreacu'! Ia să fii tu în locul lui și să-mi zici apoi cât de fascinant e.

— Vreau să-ți spun că-ți vine să te uiți întruna la el, deși nu-ți place totuși să-l vezi. E ceva ciudat. Ca atunci când treci în mașină pe lângă un accident și, chiar dacă știi că e ceva oribil, ai vrea totuși să vezi despre ce e vorba. Poate că în sufletul tău îți dai seama că, indiferent cât de căcat e viața ta, tot ești mai bine decât mortul. Nu crezi că așa se explică fascinația?

Studenții de alături schimbaseră cântecul:

Să mergem amândoi la strâns de fân
Și soarele să ne lucească-n coasă
Din când în când în urmă să-ți rămân
Ca să te văd aprinsă și frumoasă.

— Știi de ce e nasoală moartea? Că n-are fond muzical, am filosofat eu. De-aia nu ne îngrozesc morțile din filme, pentru că au muzică pe fundal.

— Termină, dreacu', cu căcaturile, că nu sunt gagică, să-mi bagi vrăjeli. Mi-e și frică să nu-mi pui mâna pe cur. Hai, mai bine, să ne gândim ce facem cu chinezu'.

N-aveam prea multe idei. Trebuia să chemăm Poliția. Am ajuns la secția dintre cămine după zece minute și am spus ce am văzut.

— Bă, da' voi n-aveți somn la ora asta! ne-a certat un polițist care părea că dormise până să intrăm noi. În secție plutea mirosul călduț al somnului împletit cu bășini.

— Eram la o bere pe Dâmbovița...

— Și nu puteați să-l găsiți și voi mâine, la o oră respectabilă? Poate nici n-ați văzut bine, o fi fost vreo sticlă de plastic aruncată în apă, o fi fost vreo sacoșă luată de vânt... Mai mirosiți și a băutură... La cât de beți sunteți, confundați pizda cu mașina de spălat și o pungă cu un chinez, a zis omul legii frecându-se cu stânga la ochi, în timp ce cu dreapta încerca să-și înăbușe un căscat. Dacă ar fi avut o a treia mână, eram sigur că s-ar fi scărpinat simultan cu ea la coaie.

Am jurat că era un chinez în apă. I-am povestit cum plutea, cu o mână ridicată.

— Veniți cu mine să mi-l arătați.

Chinezul se mutase vreo 20 de metri mai la vale, dar polițistul avea lanternă și l-am găsit repede. Malurile Dâmboviței se goliseră între timp, iar vântul rece de octombrie mătura apatic apa, ca o femeie de serviciu în pragul pensiei. Toamna adormise dezvelită și doar noaptea, în somn, o puteai vedea nefardată. Era bătrână, tristă și cochetă.

— Acum putem să plecăm?

— Nu. Rămâneți aici să dați declarații. Aveți buletine la voi?

— Nu. Sunt în cămin...

— Ar trebui să vă amendez că umblați fără acte... Mai stați și voi zece minute, că am dat prin stație să vină colegii. Nu vreau să rămân singur cu chinezoiul ăsta borât. Ce-or căuta, frate, de la curu' lumii aici, în țara noastră? Că noi nu suntem nici America, nici Suedia și nici Anglia... Nici nu e de mirare că, dacă bat atâta drum pentru o țară de căcat ca România, sunt atât de proști, încât cad de pe mal în apă ca popicele...

Nu era singurul mort pe care-l văzusem în Regie. Primul fusese foarte aproape să-mi aterizeze în cap cu două săptămâni în urmă. Era duminică seara, cel mai vesel moment al săptămânii în campus. Se întorceau studenții de acasă cu bani și cu mâncare, și toată lumea era fericită. Ieșisem de la metrou și trebuia să trec pe lângă căminele studențești ca să ajung în camera pe care o împărțeam cu Costel în căminul muncitoresc din apropiere. Lăsasem în urmă unul dintre cămine când un milion de cioburi mi-au spart timpanele și, împletit cu ele, s-a auzit un sunet puternic și înfundat, care nu semăna cu niciun alt zgomot cunoscut. Era ca și cum ar fi tunat în interiorul unui frigider gol. M-am întors și, la nici 20 de metri, o siluetă zăcea nemișcată și lipită de asfalt, și doar un picior îi zvâcnea de parcă cineva i-l băgase în priză. Arăta ca o geacă aruncată pe jos. În câteva zeci de secunde se formase deja un cerc de oameni în jur. Piciorul și-a încetat dansul și a rămas înțepenit într-o poziție nefirească, parcă ar fi aparținut unei păpuși lăsate pe mâna unei fetițe neastâmpărate.

N-a fost greu să pricepem ce se petrecuse. Un student își încheiase socotelile cu viața. Se urcase pe cămin, cu sacoșa de mâncare cu care îl trimisese mă-sa la București, și se aruncase de-acolo. Doar o baltă mică de sânge îi înflorise lângă cap, ca și cum cineva se pișase acolo, iar geanta cu mâncare i se vărsase și borcanele se făcuseră praf pe asfalt, iar din unul dintre ele se răspândise în jur un miros îmbietor de tocăniță proaspătă. Putea măcar să se omoare după ce mânca tocănița, m-am gândit atunci, lihnit de foame.

Am aflat a doua zi că se certase cu gagica în tren, venind spre București. Ea l-a amenințat că-l părăsește, iar el a jurat că se omoară. Tipa îl mințise, nu voia să-l părăsească, așa că nu-l crezuse nici pe el. Doar că băiatul făcea parte din specia aceea rară de oameni care, atunci spun ceva, chiar se țin de cuvânt.

Polițistul ne-a lăsat să plecăm când i-au venit colegii. Cine putea să mai doarmă după o noapte ca aia? Am coborât podul de peste Dâmbovița și ne-am strecurat prin curtea Politehnicii către restaurantul Shorley. Se spunea că Shorley era un fost student sărac, care pe vremuri vânduse țigări în cămin pentru ca, mai târziu, să ajungă să vândă blugi și cu banii puși deoparte să-și deschidă ditamai restaurantul.

— Dacă îmi compui o poezie scârbită de viață, dar filosofică, și care să se termine cu „Ce pula mea!" și să-mi placă, îți fac cinste cu câtă bere poți tu să bei toată noaptea, mi-a promis Costel.

Rar mi se întâmpla să-mi permit să beau până mă săturam. Deja salivam. Miza era uriașă. Aveam ocazia pentru prima oară în viață să câștig ceva din poezie. Mă săturasem să trag de o bere la PET toată noaptea pe malurile Dâmboviței.

— Ai spart vreo bancă?

— Am luat salariul. La 6 trebuia să mă întâlnesc cu Aia Mică la metrou, la Victoriei, dar am plecat mai devreme. Am ajuns la 5:30 și tocmai se despărțea de unul la scările rulante. S-a pupat cu el în fața mea, dar nu m-a văzut.

Costel își găsise o țigăncușă de 16 ani din Rahova cu fața bronzată și rotundă pe care se odihneau ochii mari și galbeni, ca două ouă într-o tigaie.

— Și nu te-ai dus la ea s-o-ntrebi cine era ăla?

— Nu. Mi-a fost teamă să nu-i scap vreun șut în cur și să vină apoi cu șatra și să mă alerge printre cămine. Nu mai râde, că te băteau și pe tine, la pachet cu mine. Așa că am luat-o pe jos spre metrou, cu gândul să cobor la Universitate și să merg la Tic-Tac să beau o bere, dar din greșeală am ajuns la Piața Sudului…

— Cum din greșeală? În loc să cobori la prima stație te-ai dat jos la a șasea sau a șaptea?

— N-a fost chiar din greșeală, recunosc. Am prins loc liber la Victoriei, iar lângă mine o femeie avea deschisă o carte de Sandra Brown. Mă plictiseam și am aruncat un ochi pe pagină… Am citit acolo despre un tip și o gagică. Când tipa se aplecase să ia ceva dintr-un sertar acolo, în cartea ăleia de lângă mine, ăla s-a prins că n-are chiloți pe ea, pentru că nu li se vedea dunga. El își imagina cum o sărută pătimaș, băgându-și limba în gura ei ca „o sabie în teacă" și apoi cum îi ia sfârcul în gură. Și am tot citit, sperând să se futä äia odată, dar fiecare, în carte, se gândea la ale lui. Am uitat să cobor la Universitate și am mai mers câteva stații, da' äia doi tot nu și-o trăgeau. În schimb am aflat că ei îi furase inima și virginitatea „frumosul și veselul Jason". La Piața Sudului, femeia a închis cartea și a coborât. Acolo m-am dat jos și eu și am schimbat peronul, dar mi se tăiase cheful de bere și-mi venise poftă de futut. Am sunat-o pe Aia Mică, dar n-a răspuns.

— Hai că mă apuc de poezie.

— Da' să știi că nu doar Aia Mică e o javră. Și tu ești un om de căcat…

— Dacă te referi la berea din frigider pe care am băut-o toată, să știi că...

— Ai băut toată berea??? Nu de asta ziceam.

— Și am fumat și pachetele alea de Kent pe care le păstram pentru discotecă...

— Atunci o să ne mulțumim cu țigări Snagov sâmbătă. O să se mai uite dracu la noi cu Snagovu-n bot. Dar nu la asta mă refeream. Mă gândeam așa, cu femeile. Te-am rugat să-mi găsești și mie o gagică mișto, că tu n-ai serviciu, nici la facultate nu prea te duci și ai timp să umbli. Dar mi-ai făcut cunoștință numai cu deshidratate.

— Ai uitat de Nicoleta, învățătoarea?

— Era țărancă. N-ai văzut că se înroșea de câte ori ziceam eu sau tu „pula mea"?

— Și Alina?

— Era grasă. Când se apleca îi atârna burta. Dacă vrei să faci de căcat un nutriționist, i-o dai pe Alina pe mână și în șase luni nu va reuși s-o slăbească nici cu 5 grame.

— Iza?

— Era bețivă. Plus că nu m-a iubit.

— Dar aia de la ASE, am uitat cum o cheamă?

— Care mă?

— Aia cu coșuri pe față și cu capu' mare.

— A, Magda.

— Da. Aia ce avea?

— Avea ce ai spus adineauri. Coșuri pe față și capu' mare.

— Eu am făcut tot ce am putut.

— Ai făcut un căcat! Tot timpul îmi zici: „Costele, am găsit una bună pentru tine". Am văzut eu ce înseamnă pentru tine una bună pentru mine. Am văzut cam cum mă evaluezi tu.

— Și ce-ai vrea să fac?

— Să faci așa: să mă anunți când găsești una bună pentru tine. Să-mi zici: „Costele, am găsit una bună pentru mine, dar renunț la ea și ți-o prezint ție".

Am și compus o declarație mișto, dar n-am o tipă căreia să i-o spun. „Când te văd, inima mi se topește asemeni unui iceberg ajuns în mările tropicale." Dac-ai fi gagică, ți-ai trage-o cu unul sărac, care îți spune chestia asta romantică?

— Lasă-mă un pic, să mă concentrez la poezie.

Și-a aprins un Snagov și și-a turnat bere în pahar. Am băgat mâna în buzunar și mi-am scos și eu un Kent. Nu le fumasem chiar pe toate.

Eram norocos să fiu prieten cu Costel; puțini studenți aveau un loc de muncă la începutul anilor '90. Companiile multinaționale nu debarcaseră încă în România, iar firmele de aici erau abia la început. Cu greu găseai un student care să și lucreze în paralel cu facultatea. Costel era una dintre acele păsări rare. De fiecare dată, ziua lui de salariu se prelungea până în zori.

Dacă pe Eminescu l-ar fi îmbiat cineva cu bere la fiecare poezie scrisă, ar fi avut o operă mult mai vastă. Eu mă simțeam inspirat când știam că urmează să beau toată noaptea. Peste o jumătate de oră poezia era gata. M-am apucat să i-o citesc:

În lume totu-i trecător
Durerile se nasc și mor
Pe-al nostru cer nu-i nicio stea
Ce pula mea! Ce pula mea!
Am vrea și noi o altă viață
Dar rătăcim nebuni prin ceață
Să ne schimbăm n-am mai putea
Ce pula mea! Ce pula mea!
Neantul ne apasă greu
Sub cerul fără Dumnezeu
Pământu-i doar un coi de stea
Ce pula mea! Ce pula mea!
Răsare luna peste maci
Cerul atârnă de copaci
Noi ne furăm singuri căciula
Iubito. Of! Băga-mi-aș pula!

— Îți place sau nu?

— Nu știu ce să zic.

— Ai zis că faci cinste toată noaptea. Nu e destul de filosofică sau ce?

— Ba e filosofică, dar nu-mi place ultima strofă. Cum era la final?

— Era: „Iubito. Of! Băga-mi-aș pula!"

— Ei, aici nu mi se pare filosofică.

— Păi tocmai aici e esența. Aici e filosofia mai grea. Personajul, adică poetul, își exprimă neputința de a comunica cu iubita. Încearcă să-i spună, să-i explice, dar renunță. Își dă seama că are atât de multe să-i spună, încât ea n-ar înțelege.

— Ca să-ți spun sincer, de fapt nu-mi place cuvântul „căciulă" într-o poezie. Sună urât. Ăsta e singurul lucru care mă deranjează.

— Nici mie nu-mi place cum sună, dar nu pot să-l scot, pentru că rimează cu „pulă".

— Atunci păstrează „pula", dar scoate „căciula". Fă altă strofă cu adevărat filosofică.

Am mai băut o bere și, înainte să iau ultima gură, strofa era gata:

M-am săturat să fiu erou absurd
Zbierând spre Dumnezeul tot mai surd
Mă simt din ce în ce mai plin de greață
Băga-mi-aș pula-n gura ei de viață!

— Așa da, îmi place! Hai să luăm niște beri în cameră, că ieșim mai ieftin.

Când ne-am întors spre cămine, mașinile de poliție nu plecaseră. Dar chinezul nu mai era în apă.

— L-ați scos pe chinez? l-am iscodit pe polițist.

— În primul rând, nu era chinez, ci o femeie româncă. Zace, probabil, de câteva zile în Dâmbovița și s-a umflat. Da' ai dracu' studenți, unu' n-a văzut-o până la voi, aseară. Toți umblă cu capu-n nori!

— Și-n al doilea rând? am întrebat eu.

— În al doilea rând, trebuie să mergeți cu mine la secție și să dați declarații.

15

A trebuit să plec singur la țară în weekeendul următor. Costel a rămas în București. O colegă se autoinvitase pe la el să învețe împreună, iar el acceptase. Șmotruiserăm în cameră câteva ore, în eventualitatea că gagica ar fi căzut la pat de la prima întâlnire.

— Cum arată, e mișto?

— Cam ca antilopa gnu: cap de vacă și corp de cal. Dar are o calitate.

— Care?

— Îi place de mine. Plus că îmi aduce cursurile la care lipsesc.

Sâmbătă seara stăteam în pragul discotecii și încercam să par cât mai interesant. Fumam și mă uitam la oameni ostenit și blazat, ca Marlon Brando în filmele de tinerețe. A lu' Năiță nu se zărea.

— Dai și tu o bere?

Emil al Buhurezii se clătina pe terasă, luând-o ba la stânga, ba la dreapta, fără să nimerească direcția către ușă.

— Dau, dacă reușești să ajungi la mine.

— Stai să mai fac două-trei acolade și vin, a zis el și a izbutit, într-un final, să se sprijine de zid și să orbecăie către ușă.

Nu mai vorbisem cu el de câțiva ani, de când o caftise pe bunică-sa în fața mea. Atunci mă invitase la el să bem o bere. Nu luaserăm mai mult de două guri când s-a pornit scandalul:

— Emile, fi-ți-ar mă-ta a dracu', ieșiți afară, că la mine-n curte nu e cârciumă, a urlat baba.

— Taci, bre, că stau de vorbă treburi intelectuale cu băiatu' lu' Directoru'.

— Fi-ți-ar 'telectualu' al dracu', că mi-ai umplut curtea de bețivi.

Aveam deja un renume în zonă. Emil s-a ridicat la ea și i-a trântit o palmă peste basma. Apoi am plecat. În poartă s-a întors și a întrebat-o cu glas pițigăiat, de copil ascultător:

— Să-ți aduc ceva de la disco, buni?

Am luat două beri și m-am sprijinit din nou de tocul ușii ca pistolarii din westernuri.

— Sunt supărat rău, Liviule, mi s-a plâns Emil. Am spart noaptea trecută chioșcul de ziare din Găești.

— Și te-a prins poliția?

— Nu, nu m-a prins. Dar sunt ofticat că l-am spart degeaba. N-am găsit nimic, niciun ban. Doar câteva teancuri de ziare. Mai bine spărgeam farmacia.

— Ești sigur că acolo găseai bani?

— Dacă nu găseam, măcar luam niște hapuri. Om sunt și eu și ba mă doare capu', ba mă stric la stomac...

Emil a sorbit din bere și a strâmbat din gură, ca și cum nu i-ar fi plăcut.

— Pe aia a lui Năiță ai văzut-o p-aici?

— Pe cine, pe Cristina?

Atunci am realizat că nu știam cum o cheamă. O fată blondă și săracă, mirosind a fum de sobă. Peste câțiva ani se va mărita, iar peste alți câțiva ani n-o s-o mai recunosc. Va îmbătrâni rapid, își va face părul permanent, ca muierile de la țară cu viața aranjată, și se va îngrășa. Toată viața și-o va împărți între grija pentru copii și teama de bărbat.

— Mai aștept un an–doi să mai crească și pun gheara pe ea.

— Poți să mai aștepți și trei, că ea deja nu mai are răbdare.

— Adică?

— Adică am auzit că e amanta lu' nea Ică.

— Care Ică? Ăla, șoferul de autobuz?

— Da.

— Păi ăla n-are 60 de ani?

— Ba da, dar la 60 de ani oamenii n-au pulă? Și chiar dacă n-are pulă, are bani.

Nea Ică era un om blând, cu părul alb ca Alaska. Când eram mici, ne scuipam în autobuz și ne băteam, iar el protesta vag: „Măi, copii!"

Mi-am mai aprins o țigară și am mai băut o bere. Emil s-a îndepărtat clătinându-se în acolade ample pe asfalt, de la un șanț la altul. Cristina tot nu venise. O fi dus-o nea Ică undeva, „la cameră", m-am gândit. Cu toată facultatea mea, nu mă puteam lupta cu un șofer de autobuz despre care se spunea că are milionu' la saltea. Am mai fumat o țigară și încă una, când a apărut Nea Mitică. A intrat în discotecă pe ritm de dans, în pasul ștrengarului, ca un star pop. Dădea mâna în stânga și-n dreapta, ca un prim-ministru care vizitează o uzină, și le împărțea tuturor o vorbă-două de duh. S-a înfipt în fața mea și și-a șters fruntea transpirată cu basca.

— Măi, Liviule, eu am intrat la griji mari de aseară.

— De ce? Ce-ai pățit?

— Stai să vezi! Completam o integramă și am citit acolo în revistă, lângă ea. Explicau ce înseamnă o anagramă, că iei un cuvânt și-i amesteci literele ca să vezi ce iese. Ca de exemplu, ai cuvântul cur. Anagrama lui e urc. Sau ruc, care nu înseamnă nimic...

— Știu ce e aia anagramă...

— Mă gândeam eu că știi. Și, cum îți povesteam, nu știu ce dracu' mi-a venit aseară. Zic: hai să-i anagramez numele lui Costel.

— Și?

— Și-a ieșit CLOSET!!! Bă, tăticule, ăsta e un semn clar de la Dumnezeu!

Am râs, dar el rămăsese îngândurat și serios.

— Matale nu lipsești nicio săptămână de aici?

— Păi unde să beau până la cinci–șase dimineața? Doar aici ține deschis atât de mult.

— Și, în rest, ce mai zici, Nea Mitică? am întrebat eu ca de fiecare dată când n-aveam ce să mai întreb.

— Ce să mai zic, tăticule? Vreau să intru în politică la nivel de comună. Dacă tot n-am servici, măcar să-mi umplu timpu' cu ceva.

Costel îmi povestise că imediat după Revoluție, pentru că nu fusese membru de partid și nu-i pupase în cur pe comuniști, Nea Mitică sperase că o mașină a Băncii Naționale va parca la el în curte și-i va arunca pe prispă câțiva saci cu bani, astfel încât să scape de griji pentru tot restul vieții.

— Nu știam că te pricepi și la politică.

— De ce să nu mă pricep? Ce, alții sunt mai deștepți? Merg înainte și oi vedea ce iese. Vorba proverbului: „Am o inimă-n piept și-o gaură-n cur!"

Îmi plăceau filosofiile lui Nea Mitică, chiar dacă uneori suferеam din cauza lor. Așa cum se întâmplase cu ceva timp în urmă, când ajunsesem cu trenul de la București. În scurtul răgaz de jumătate de oră, până venea autobuzul către satul meu, mă plimbasem visător prin Găești. Eram student și încă nu ajunsesem să simt micul oraș ca pe o pereche de pantaloni din copilărie, care crapă pe tine și ți se rup în cur când te apleci. În ușa unei cârciumi fuma Nea Mitică.

— Ce faci, Liviule, nu te-ai întâlnit cu Costel?

— Când? Abia am ajuns în oraș.

— Păi trecu adineauri pe lângă mine și-mi zise că se duce să bea o bere la Jumide.

Mulți își băuseră ficații și-și spărseseră casele la Jumide. Ceva mai departe de centru, barul era preferat de bețivii bătrâni, de cursă lungă. Nu prea vedeai acolo adolescenți ori cupluri. Fusese pe vremuri casa boierului Jumide, dar comuniștii puseseră gheara pe ea. Îi trăseseră un șut în cur boierului, îl trimiseseră la munca de jos, iar în conacul lui dăduseră drumul unui „bar de zi", care se închidea pe la nouă seara, exact când oamenii aveau mai multă poftă de băutură. După '89, în timp ce moștenitorii lui Jumide se luptau să descâlcească actele proprietății și s-o recupereze de la stat, fostul șef de restaurant comunist transformase localul într-o cârciumă non-stop, cu mâncărică și băuturică ieftine, unde se strângeau ca potârnichile bețivii consacrați ai orașului. Timp de vreo zece ani, până au reușit moștenitorii să câștige prin tribunale averea străbunicului, casa frumoasă, boierească, de la marginea orașului, un pui de palat stingher printre clădirile cenușii din zonă, se rablagise și-și pierduse toată strălucirea, căpătând aerul prăfuit și trist al unei gări de provincie. Fostul șef de restaurant o golise în timp de mobila veche, de mahon, și pusese în loc scaune și mese roșii și albe, de plastic, iar când urmașii boierului au recuperat-o, s-au trezit cu o ruină goală pe care era mai rentabil s-o demoleze. Au plâns de fericire când vechiul manager s-a oferit să le-o cumpere pe nimic.

Am ajuns la Jumide în 20 de minute. Prin norii de fum care se împleteau spre tavan, am distins câteva mese goale. Costel nu se zărea în peisaj. Undeva, în centrul restaurantului, câțiva bețivi ponosiți discutau cu patronul, fostul șef de sală. Cu siguranța omului care nu mai are grija zilei de mâine, cârciumarul le povestea cât de bine o dusese România în comunism: toți aveau de toate, oamenii lucrau, țara își plătise datoriile externe, după industria noastă saliva toată Europa, banii curgeau din tavane, iar americanii urlau de invidie când auzeau de noi și se străduiau din răsputeri să ne prindă din urmă, dar nu izbuteau.

Bețivii din jurul lui au căzut de acord că omul avea dreptate.

— L-ați văzut pe Costel pe-aici, domnu' Gelu? l-am întrerupt eu umil.

— A fost, dar a plecat acum două–trei ore.

Nea Mitică făcuse mișto de mine. Mă făcuse să cred că-l găsesc pe Costel la cârciumă și pierdusem autobuzul de 5 seara, iar următorul mai venea abia la 8. Am luat orașul la pas, încercând să omor cele câteva ore care mă despărțeau de autobuz. Am intrat în parc, iar pe prima bancă l-am văzut fumând pe Nea Mitică.

— Bine, bre, îți bați joc de mine? m-am enervat eu. M-ai mințit că „adineauri" a trecut Costel, am fugit după el la Jumide și, între timp, am pierdut autobuzul de 5, iar Gelu mi-a zis că a fost acolo acum două–trei ore. Pai asta înseamnă pentru matale „adineauri", două–trei ore?

— Băi Liviule, păi ce mai înseamnă două–trei ore la scara Universului?

16

La scara Universului nu mai însemnau nimic nici măcar cei cinci–șase ani câți trecuseră de când ne strângeam o duzină de oameni în casa unui vecin, imediat după Revoluție, și urmăream filme la video cu respirația tăiată. Încă îmi era proaspătă în minte fața transpirată a lui Găurezu atunci când a spus:

— Opriți, mă, ăla, că mă duc până la WC.

L-au oprit și cineva a aprins lumina. În cameră era cald și fumul de țigară dansa ca un norișor murdar peste capetele tuturor. Dar și așa se simțea mirosul de șosete nespălate.

— Van Damme era bun să-l pui președintele țării, a zis Bursuc din grupul de oameni care stăteau pe jos.

— Lasă, mamă, că și Iliescu e bun, s-a băgat în vorbă și tanti Olteanca.

De sub basmaua cu flori, înnodată sub barbă, îi ieșeau două fălci imense, pătrate, de rumegătoare.

— Nu mai vorbiți prostii. Decât să vină Rațiu sau Câmpeanu cu țărăniștii lor și să ne pună botnițe, e mai bun Iliescu.

— E, bre, dar e comunist, mi-am dat și eu cu părerea.

— Toți suntem comuniști, a zis ea.

— Eu l-aș pune președintele țării pe Ion Dincă. Chiar dacă e comunist, măcar e de la noi din sat.

Vorbise Bâză, nepotul lui tanti Rița. Dincă fusese îndrăgostit de mă-sa mare în tinerețe, îi plânsese un an pe la poartă ca să-l ia de bărbat, dar ea îl refuzase. Peste ani, Dincă plecase la oraș, intrase în politică și după ce fusese o vreme primar al

Bucureștiului, ajunsese prim-vice-prim-ministru, adică al treilea sau al patrulea după Ceaușescu. I se dusese vorba că e corect și dur și că nu discută cu cei care greșesc. Pe la București nu era așa iubit ca la noi în sat și lumea îl poreclise „Ion Te Leagă“.

— Nu Dincă, ăsta a mai fost, a intervenit și nea Vasile, frizerul. I-a ajuns, gata. S-a săturat, și-a umplut mațul, să mai vină și alții.

— Mai bine să fie Florin Piersic, că e bărbat bine și e și tare la bătaie, și-a dat cu părerea și Al Lui Pască, un băiat frumos, cu ochelari, de vârsta mea.

Tac-so mare, ajuns la noi în sat, după nevastă, de prin Moldova, zicea mereu când se enerva „Futu-ți pasca mă-tii“, o raritate de înjurătură în zona noastră, unde gospodinele coceau doar cozonaci de Paște.

— Nu știu dacă are voie să candideze Florin Piersic, dacă a jucat în filme porno, s-a exprimat și Torică. Mai bine Sergiu Nicolaescu, că nici pe el nu l-a învins nimeni în vreun film. Plus că are altă ținută Comisarul Moldovan, nu scuipă semințe ca Mărgelatu.

Umbla vorba pe la noi prin comună că Florin Piersic ar fi jucat cu Angela Similea într-un film porno, numit Castelul din Carpați. Nimeni nu-l văzuse, dar toți mințeam că am urmărit imagini din el pe videoul unor rude de la oraș.

— Cel mai bun președinte ar fi Adrian Păunescu, a intervenit și Șopârlă, un vecin care rămăsese de două ori repetent în clasa a cincea. E cel mai mare poet, peste Marin Eminescu.

— Taci, bă, dă-te dreacu', că tu n-ai fost cu noi la Revoluție, n-ai vrut să ieși în stradă, l-a repezit Găurezu, care tocmai se întorsese de la veceu.

Cu câteva luni în urmă, când se anunțase la televizor că dictatorul a fugit, am văzut toți cum au venit unii, s-au înghesuit în cadru și au spus cu glas tremurat că Ceaușescu a aterizat la Boteni, după care s-a urcat într-o Dacie. „Cetățeni, fiți vigilenți“, a avertizat un tip cu ochelari, îmbrăcat în costum de militar. Ceva mai târziu au anunțat că dictatorul se îndreaptă spre Cobia. Am ieșit la poartă, tot satul. Noi, băieții pe la 14–15 ani, ne-am înarmat cu pietre, dar și așa, strânși unul în altul, eram îngroziți ca nu cumva să apară Ceaușescu. Spre ușurarea noastră, dictatorul își schimbase planurile și ajunsese pe altă rută la Târgoviște. Dar în ora aia în care îl așteptaserăm pe Ceaușescu în stradă, Șopârlă a trădat și a rămas în curte. L-am strigat, dar n-a vrut să vină. Tăiase tac-so porcul și îl ajuta să-l tranșeze.

— Eu l-aș vrea pe Michael Jackson, dar nu vine ăla la noi, și-a dat și Găurezu cu părerea. Dar de-aici, din țară, cel mai valoros e Dolănescu.

Între timp, Torică repornise filmul.

— Stai așa, tată, că s-a enervat Van Damme, a zis Cric.

Ne-am uitat mai departe, dar unii tot mai comentau despre alegeri.

— Mai lăsați dracu' politica aia, i-a potolit nea Viorel, că n-am dat banii ca să vă aud pe voi.

De câteva luni ne strângeam vinerea seara în casa lui Cric și vedeam filme. Torică venea cu videoul și cu cele mai noi apariții. Punea afișe prin sat cu o săptămână înainte. Senzația primăverii lui 1990, se lăuda el în ultimul afiș, era „Sport sângeros", cu Van Damme. Dar mulți dintre noi veniserăm acolo cu un mare secret pitit în colțurile minții. Ne interesa nu atât Van Damme, cât filmul porno. Dar nici Torică nu se născuse ieri și știa cum să facă negoț. Plăteam la pachet pe seară și vedeam patru filme: la început o comedie, imediat după ea filmul cu bătaie, apoi unul de groază și abia la sfârșit, târziu în noapte, mult așteptatul film porno.

Nu prea ne plăcea „Sport sângeros". Trecuse deja o jumătate de oră și lumea se cam plictisise. Discuții și atât, nici măcar un pumn. Ne-am înviorat puțin, după o vreme, când l-am văzut pe Van Damme făcând șpagatul pe două scaune. Peste ani, când am început să văd filme bune, am uitat de Van Damme, dar scena cu șpagatul pe scaune avea să le marcheze tinerețea unora din generația mea, mai săraci cu duhul.

În film, Van Damme, un fel de erou din armata SUA, evadase temporar ca să meargă la un concurs de bătaie în Hong Kong. Dar mai întâi trecuse pe la mentorul lui, un chinez mustăcios și bătrân, care zăcea întins sub pătură, bolnav. Van Damme se așezase pe marginea patului și îi sorbea cuvintele.

— Ți-am dăruit toată cunoașterea mea. Când lupți, spiritul meu luptă cu tine, a grăit chinezul cu glasul inconfundabil al Irinei Nistor.

Pătrunși de importanța momentului, abia mai respiram. În liniștea încărcată de semnificații adânci, în care se amestecau onoarea și recunoștința discipolului față de maestru, a răsunat vocea subțire a lui Căpușă:

— Băi, nene, ăsta nu se mai bate odată? Zici că e film de dragoste, așa de mult discută.

— De ce se numește „Sport sângeros", dacă nu se încaieră nimeni? a intervenit și Gaie.

— Băi, Torică, ne-ai adus să vedem Dallasul? Ai zis că e bătaie de la cap la coadă și n-am văzut un pumn până acum, s-a enervat Căpușă.

— Ai, mă, răbdare, în mă-ta. O să vezi bătaie de-o să-ți vină rău.

Torică era slab, negru și cu mustăcioară, ca un pakistanez.

— Torică, mai bine ne aduceai din nou „Lanțul amintirilor", că și acolo e mai multă caftească decât în ăsta.

Atinsesem un punct sensibil.

— Să nu zici ceva rău de filmul meu preferat, că-ți dau banii înapoi și te trimit acasă. V-am zis c-am văzut „Lanțul amintirilor" de 76 de ori.

— Mănânci căcat, Torică, s-a băgat în discuție și tanti Olteanca. Data trecută ne-ai zis că l-ai văzut de 63 de ori.

— Așa era, dar l-am mai văzut de 13 ori între timp, că doar nu v-am pus doar vouă filme. Eu circul peste tot cu videoul ăsta.

Ca să ne convingă a început să fredoneze melodia din film:

„Yaadon ki baraat nikli hai aaj dil ke dwaree
Dil ke dwaare".

— Știi tot cântecul?

— Tot, direct în indiană, s-a umflat Torică în pene și și-a bulbucat ochii de mândrie.

— Ia mai tăceți, dracu', din gură, că am dat bani ca să mă uit la film, nu la voi, a ridicat glasul nea Viorel. Era cel mai bătrân dintre noi și am tăcut cu toții. Eram vreo 20 de suflete în cameră. Cel mai mic avea 12 ani, eu 15, iar nea Viorel vreo 50, dar nu sunt foarte sigur. Pe atunci mi se păreau la fel de bătrâni toți oamenii trecuți de 30 de ani.

Van Damme a primit binecuvântarea mentorului și s-a cărat la Hong Kong. Acolo s-a împrietenit cu un american mare, gras și bărbos, care participa și el la lupte. Deși nu-i dădea nimeni nicio șansă la început, tânărul Van Damme și-a eliminat concurenții unul câte unul. La fel și grasul cu barbă. Dar cel mai fioros din concurs era un chinez musculos, Chong Li, o bestie nemiloasă care își omora sau își schilodea pe viață adversarii. Luptele durau trei zile, iar în a doua zi, chinezul l-a bătut rău pe bărbos. L-a bătut de l-a băgat în spital. Van Damme a jurat răzbunare, dar tocmai în momentul ăla s-a trezit Găurezu să se ducă la veceu. Torică a pus pe pauză și l-am așteptat să se întoarcă.

Van Damme ajunsese în ring cu chinezul. Îl luase la șuturi, dar, când să-l doboare, chinezul a scos din chiloți un praf, poate sare, poate altceva, și i-a aruncat lui Van Damme direct în ochi. Orbit, n-a mai reușit să se mai apere, iar chinezul aproape că l-a omorât. Cu ultimele forțe, Van Damme s-a concentrat, a scos un urlet oribil cu gura plină de sânge și așa, fără să vadă, l-a făcut praf pe chinez. În timp ce Chong Li era la pământ, Torică a dat sonorul mai încet și ne-a mărturisit tainic:

— Din ce am auzit eu, ăștia doi s-au întâlnit din întâmplare pe stradă, prin New York, după filmări. Băi, frate! Și i-a tras chinezul două șuturi în cap lui Van Damme, de l-a dat jos, pe asfalt. „Să nu te mai dai mare că m-ai bătut. Te-am lăsat eu, pentru că așa a zis regizorul", i-a spus chinezul. Van Damme s-a ridicat, a dat mâna cu el și a recunoscut: „Da, mânca-ți-aș, ești mai bun!" Și au rămas prieteni.

O frumoasă poveste de prietenie se cimenta și pe ecran. Van Damme ajunsese la patul de spital al prietenului american, cel bătut de chinez. Iar americanul îi spunea cu glasul răgușit al Irinei Nistor:

„Oricând... oriunde... dacă vei avea nevoie de mine, eu voi fi acolo".

Van Damme i-a răspuns cu aceeași voce enervantă:

„Te iubesc, prietene!"

Și l-a pupat pe gras.

Peste câteva săptămâni au venit alegerile, iar Iliescu a fost ales președinte cu 85%. Noi eram prea mici și n-am votat, dar am fost dezamăgiți. Ar fi fost mai buni Van Damme, Dolănescu, Sergiu Nicolaescu, Adrian Păunescu sau chiar Florin Piersic, așa compromis cum era în ochii noștri la ora aia. Dar visul lui Torică, băiatul cu filmele, s-a împlinit parțial. Sergiu Nicolaescu a ajuns senator atunci, în 1990, și a rămas în politică până în 2012. Șopârlă a avut și el ceva motive de bucurie: Păunescu n-a ieșit președinte, deși a candidat mai târziu, în '96, dar a luat sub 1% din voturi. A reprezentat, totuși, poezia pe scena politică, ca senator în perioadele 1992–1996 și 2000–2008. Și poeta basarabeană Leonida Lari, care umbla cu o bentiță la cap, în genul lui Marian Nistor de la Savoy, a ajuns în primul rang al politicii românești, fiind deputat între 1992 și 2008. Dar poetul care a făcut cu adevărat carieră politică a fost Vadim Tudor, care în 2000 a fost foarte aproape să ajungă președinte. Scriitorul Eugen Barbu s-a întâlnit câțiva ani pe holurile Camerei Deputaților cu Ion Rațiu, iar Sergiu Nicolaescu, Alexandru Paleologu și Adrian Păunescu, oameni care n-au dus-o deloc rău în comunism, prieteni cu Securitatea, au ajuns colegi în Senat cu Corneliu Coposu, până în '95, când fostul deținut politic a murit.

17

Cerul era vânăt și împroșcat de stele de parc-ar fi fost obrazul unui adolescent plin de coșuri. Fumam unul lângă altul, lungiți în iarbă. Eu număram avioanele, întins pe spate. Costel, trântit pe burtă, ronțăia din când în când câte un pai. În ora în care i-am povestit despre Van Damme au trecut 27 de avioane. Tăiau cerul din toate direcțiile și dispăreau în spate, peste pădure, sau le pierdeam urma după turla înaltă a bisericii. Le auzeam motoarele torcând încet, ca o pisică bolnavă, iar sunetul persista o vreme, chiar și după ce ele se evaporau în înaltul cerului.

Limba de câmp dintre biserică și pădure era cea mai liniștită din tot satul. Doar nebunii sau bețivii se încumetau să treacă noaptea prin zonă. Sătenii se temeau fie de animale sălbatice, fie de morții din cimitir. Mă uitam pe cer și mă gândeam la accidentul de la Balotești din urmă cu doi ani și jumătate. Se auzise, între timp, că i se făcuse rău pilotului, dar și că avionul avea ceva probleme la motorul stâng, ăla pe care se lăsase greu când să ia curba la Balotești, ca s-o taie apoi direct spre Belgia. N-aș fi urcat nici mort într-un avion. Cum să te abandonezi undeva unde nu mai ai niciun control? Trebuie să fii nebun sau inconștient.

Tăceam amândoi de ceva vreme. Un sfert de oră auzirăm doar greierii și cucuvelele. Dintre toate păsările, de cucuvele mă temeam cel mai tare. Se spunea în sat că dacă a cântat o cucuvea la geamul tău, poți deja să-l rogi pe popă să-ți facă o programare.

Costel și-a dres glasul, a tușit puțin și a scuipat paiul pe care-l supsese preț de 10–12 avioane. Simțeam că-l frământă ceva. S-a întors într-o rână si m-a întrebat brusc:

— Băi Liviule, zi sincer, tu m-ai fute?

Pe cer, trei avioane împletiseră un H uriaș din fum.

— Te-ai tâmpit de la atâta labă și te-ai decis să-ți schimbi orientarea?

— Reformulez: dacă ai fi femeie, crezi că te-aș atrage fizic?

— Da' ce dracu' ți-a venit?

— Mă gândeam cum par, văzut de cineva. Dacă sunt cumva atrăgător.

— Cred că o femeie te-ar putea considera simpatic.

— Mănânci căcat! Știi cum arăt dezbrăcat? Mi-a crescut burta, dar mâinile și picioarele mi-au rămas subțiri. Parcă aș fi o tobă cu craci.

Într-adevăr, se îngrășase destul de mult în ultima vreme. Avusese serviciu până în urmă cu câteva zile și, față de majoritatea studenților, mâncarea pentru el nu mai era o problemă. Îi plăcea și își permitea să mănânce de trei ori pe zi, ca baronii, și mai toți banii i se duceau pe cărnuri, pâine și cartofi.

— Nu înseamnă neapărat că ești și urât, dacă ești gras.

— Nici nu mi-o mai văd din cauza burții. O să se ofilească și-o să cadă. Sunt atât de roșu la față și am capul atât de rotund, că dacă-mi prind două frunze la urechi mă confunzi cu un măr.

O bufniță a zburat dintr-un copac și s-a așezat pe cavoul lui Beznă. Nu-mi plăceau bufnițele. Până să plece la Găești, în clasa I, îmi petrecusem copilăria cu Sebi, băiatul popii din sat. Popa era atât de bogat încât îi ridicase lui taică-so, Beznă, singurul cavou din cimitir. În sat erau multe case mai mici decât cavoul lui Beznă. Când era mic, Sebi le zicea bufnițelor „Mama Buha". N-am aflat niciodată de ce le spune așa, dar îmi păreau și mai înspăimântătoare din cauza asta.

Turla bisericii se profila neagră, în noapte, cu crucea în vârf, ca un mormânt uriaș. Sebi, băiatul popii, avea un nume și pentru cucuvea. Îl șoptea cu frică, mai ales când ne prindea întunericul jucându-ne pe malul gârlei.

— Uite-o, uite-o! Beleşte ochii la mine din copacul ăla, striga îngrozit.

Nu voiam să-i aud numele, dar ceva mai puternic decât mine mă împingea să-l întreb de fiecare dată.

— Pe cine ai văzut, Sebi?

Sebi își astupa fața cu palmele și șoptea tremurând și tropăind din picioare, ca un apucat:

— Pe Mama Dana!

Sebi mai povestea și că pe lună există mii de omuleți albaștri, care nu beau niciodată apă și merg în mâini. Dacă îi surprinde lumina zilei, se zbârcesc ca un vrej de dovleac, se usucă și mor. Uneori îmi șoptea îngrozit că noaptea vin la fereastra lui câțiva draci mici, cu capete de vițel și barbă ascuțită, îmbrăcați în pantaloni scurți și cu bretele. Avea o cameră doar a lui în casa mare de la marginea satului. Sub tavanul înalt și pe holurile pustii trăia, în miez de noapte, spaime cumplite. Când auzea bătăi în fereastră, o chema în gând pe Mama Buha și, după o vreme, drăcușorii o luau la fugă speriați.

Nu pricepeam de ce nu-l apără de draci Cătălin, băiatul cu ochi albaștri care locuia la ei în curte și care și-a dorit atât de mult să devină popă, încât a luat-o razna. După liceu, Cătălin dăduse la teologie și picase ca „Muntenia" la Balotești. Așa se apropiase de popa Gheorghe, gândindu-se că dacă o freacă prin preajma lui, reușește să fure ceva teologie, cât să intre la facultate. Mai întâi, îi furase stilul, lăsându-și barbă și părul mai lung. Popa îl luase sub pulpană, ca ajutor de dascăl neplătit, iar când în anul următor căzuse din nou la examen, îl certase că nu e destul de implicat. I-a pregătit un pat într-o magazie veche de la el din curte, i-a lăsat pe masă o biblie și o pâine și i-a dat pe mână treburile gospodăriei. Cătălin căra apă de la fântână, mătura frunzele căzute din pomi și ducea vacile popii la păscut, cu cartea de teologie sub braț. Citea câteva rânduri și adormea în iarbă, cu cartea sub cap și bățul alături, iar vacile pășteau în jurul lui calme și cucernice ca un sobor de preoți. Cătălin visa slujbe și înmormântări și se trezea pe seară, când se lăsa frigul. Mâna vacile de la spate spre casă și lălăia pe nas cântece popești, iar vecinii își făceau cruce când treceau pe lângă el și începuseră să-i dea cu săru' mâna.

Popa Gheorghe lăsase borțoasă o vecină pe când era student și Bezna trebuise să-și vândă calul ca să-i repare onoarea femeii. Totul să se mușamalizeze rapid. Se însurase cu vecina imediat după facultate, dar căsnicia nu-l transformase într-un sfânt. Lumea vorbea că își dezvelise patrafirul și intimitățile, în următorii 20 de ani, în fața câtorva zeci de amante. Cătălin începuse să creadă, în secret, că popa trecuse și pe la mă-sa cu botezul și, într-o zi friguroasă, zăbovise o vreme ca să-și dezmorțească oasele, iar la nouă luni după asta a apărut el pe lume. Despre popa Gheorghe circulau prin sat multe legende. Două dintre ele se rostogoliseră atât de tare, că le știau până și bebelușii.

La acea înmormântare popa conducea, ca de obicei, cortegiul funerar, dar de data aia se oprise cu 500 de metri înainte de cimitir, unde casele se terminau și începuse câmpul. Le-a făcut semn rudelor îndoliate să stea pe loc, iar căruțașul care căra mortul și-a prins calul de nas și l-a făcut să frâneze. De-acolo, din stradă, popa văzuse un iepure de câmp care se odihnea în iarbă, de care îl despărțeau 15–20 de metri, și o gârlă pricăjită și leneșă, care străbătea satul.

— Huă, huă! a făcut popa de lângă capul mortului.

Iepurele se prăjea la soare și se scărpina cu piciorul din spate după o ureche.

— Huuuuooo, bă! a urlat popa, ridicându-și poalele sutanei cu o mână, ca miresele, în timp ce cu cealaltă clătina din cădelnița fumegândă către animalul nepăsător de pe câmp.

Oamenii așteptau cu ochii cât Biblia în cortegiu, neștiind ce să facă. Popa a luat o piatră de jos și a azvârlit-o spre iepure. Animalul a făcut o săritură mică și s-a dat mai încolo zece centimetri. Popa a rămas cu mâinile în șold și cu cădelnița agățată de braț, ca o poșetă. Tot cortegiul se uita la el și parcă și mortul din coșciug aștepta o explicație.

— Ăsta e unealta lu' dracu', a tras concluzia popa.

Cu respirația tăiată, oamenii au început să-și facă cruci. Un copil mai slab de înger s-a smuls din convoi și a rupt-o la fugă către casă, plângând în hohote. Babele își scuipau în sân, iar bătrânii începuseră și ei, discret, să se dea câțiva pași mai în spate. Popa și-a suflecat pantalonii, și-a scos crucea de la gât și a coborât în gârlă, ținând-o în față ca pe un paravan. A trecut prin apă pe malul celălalt, opintindu-se să-l urce, și s-a apropiat la un scuipat distanță de iepurele care ronțăia ceva în iarbă.

— Piei, Satană, fire-ai tu al dracu' să fii! a zis popa și s-a repezit în pas alergător spre iepure, ca un soldat în plin asalt pe câmpul de luptă.

Iepurele s-a ridicat în două labe, a mișcat puțin din urechi, s-a întors cu fundul la popă și a rupt-o la fugă prin arătură.

— Huo, huo, a urlat popa în urma lui.

S-a întors lângă mort, gâfâind sub povara celor 130 de kilograme acumulate în 50 de ani de viață și le-a mărturisit oamenilor, cărora începuse să le vină inima la loc, după o spaimă atât de cumplită:

— Iată, dragi credincioși, cum Satana se poate ascunde și în cele mai inofensive lucruri și ființe.

Multă vreme s-a vorbit prin sat despre cum îl alungase popa doar cu o cruce și o cădelniță pe ditamai dracul ascuns într-un iepure.

A doua legendă vorbea tot despre o minune. În parohia sa de la oraș, popa, sătul să tot repete mereu și mereu aceeași slujbă, își instalase pe ascuns în altar un casetofon. Se înregistrase cântând și, în timp ce vocea i se auzea din măruntaiele bisericii, el se odihnea ascuns după draperiile grele sau chiar moțăia puțin, dar trebuia să fie atent și să se trezească la timp, după o jumătate de oră, ca să schimbe caseta pe partea cealaltă. În ziua cu pricina, popa se resimțea după o beție de peste noapte și a încurcat borcanele. Dar mai întâi a intrat, ca de obicei, în altar și a pornit casetofonul, când și-a adus aminte că preoteasa îl rugase să ia niște ouă de la piață. Și-a făcut un calcul și a înțeles că dacă iese de acolo pe ușița din spate, are timp să ajungă în cinci minute la piață, alte cinci să cumpere ouăle și încă pe atât ca să se întoarcă fără ca enoriașii să-și dea seama că a lipsit. Și-a luat portofelul și s-a strecurat pe furiș, iar într-un sfert de oră era din nou lângă biserică. Doar că, mahmur, a uitat să intre, nevăzut, tot prin spate și și-a făcut apariția pe ușa din față, împingând-o ușor cu șoldul, și cu cartonul de ouă în brațe. Un murmur a umplut biserica și babele s-au aruncat, îngrozite, în genunchi. Dacă nici asta nu mai era minune dumnezeiască, ce miracole mai există pe lume? Cum e posibil ca vocea popii să cânte din altar, iar popa să intre pe cealaltă parte, cu un carton de ouă în mâini? Peste câteva săptămâni, popa le-a explicat unor prieteni, la băutură, miracolul, dar babele n-au vrut să creadă ce se bârfea prin târg. De atunci se închinau la popă ca la un sfânt, iar unele dintre ele au început să țină un ou pe policioară, lângă icoană.

Cătălin, băiatul de casă al popii, se lămurise cu anii că aura de sfânt nu se pogora și asupra lui, de vreme ce tot nu reușea să intre la facultate. Îi trecuse vremea și era cam târziu să-și facă o familie. Tot ce știa era să aibă grijă de cârdul de vaci. Chiar dacă mai cânta încă melodii popești când se întorcea de la câmp, de un timp lumea nu-i mai spunea Cătălin Dascălul, ci Cătă Văcarul. Se îngrășase și așa, cu pletele soioase și barba neagră, semăna cu popa Gheorghe de parcă, într-adevăr, ar fi fost fii-so. În secret dădea vina pe popă pentru eșecul lui, dar nu îndrăznea să i-o zică în față. Doar uneori, noaptea târziu, când se îmbăta acolo, în magazia lui, scotea de sub pat un craniu de vacă găsit pe câmp și cu el în mână, ca să se răzbune pe tac-so, îi bătea în fereastră lui Sebi, băiatul popii, până când copilul se îneca de plâns și o striga pe Mama Buha să-l apere. Peste ani, ajuns popă la oraș, Sebi tot mai credea că bufnița îl scăpase de draci în nopțile de coșmar din copilăria sa.

Până pe la 15–16 ani, toaleta din apartamentul lui Popa Gheorghe din Găești rămăsese una dintre cele mai frumoase încăperi în care intrasem în viața mea. Toate minunățiile de acolo, prosoapele, hârtia igienică, săpunul, cada, gresia și faianța străluceau de bun–gust. Pe vremea aia, la țară, ne căcam în fundul curții, într-un veceu din lemn ridicat lângă cotețul de porci. Nu știam cine pe cine deranjează mai tare: mirosul de căcat de porc pe noi sau invers.

Nu cunoșteam pe nimeni în tot liceul, în primele zile de școală, în afară de băiatul popii. Orașul mi se părea mare și periculos. Când Sebi m-a invitat pe la el m-am simțit fericit și important. Era singurul copil pe care-l știam în casa căruia funcționa un video. Doar cuvântul în sine, magic și tenebros, îmi dădea fiori.

— Uite-l, mi-a zis Sebi și a ridicat un prosop de pe un aparat mare și argintiu.

Am pus mâna pe el ușor, ca și cum ar fi fost un fluture cu aripi delicate. Mirosea a plastic și a bani mulți. Mirosea a casă de om împlinit.

— Hai să vedem niște filme, i-am zis.

Sebi lua o casetă video mare cât o carte dintr-un sertar, pornea un film și începea să-l deruleze când nici nu începuse bine:

— Acum discută ăștia niște chestii, nu ne interesează, dăm mai departe, aici vine el acasă și o prinde cu unu', iar mai încolo fac sex în dormitor.

În două–trei minute era gata tot filmul. Vedeam câte 10 filme pe oră. Le derula pe toate, dar, din când în când, le oprea pentru câteva minute ca să-mi arate o scenă de bătaie sau imagini cu o mașină de lux.

— Vreau să-ți spun niște poezii. Tăticu' mereu mă ceartă că nu citesc așa de mult ca tine. Nu citesc pentru că nu-mi place, dar îmi place să scriu. De ce să citești ce zic alții, când și tu ai atâtea idei în cap, pe care le poți scrie?

Mai târziu aveam să cunosc o grămadă de intelectuali ca micul Sebi, care nu citesc nimic, dar scriu în draci.

Sebi a scos un caiet albastru din sertarul cu casete video și s-a așezat comod într-un fotoliu. Eu mă chinuiam să stau pe-o bucă, pe marginea canapelei, de teamă să nu-i stric catifeaua.

— Fetița tristă, a început el timid.

Era un băiat slab, înalt și melancolic. Mai târziu, când a devenit popă, a început să se îngrașe și să semene izbitor cu taică-său.

— Ăsta e titlul poeziei, „fetița tristă".

— Zi poezia.

Sebi a aruncat o privire scurtă în caiet, apoi l-a închis și a glăsuit:

„Se afla odată într-un tren
O fată într-un colț mic de lemn.
Avea ochii pe jumătate plini cu lacrimi

Era fetița tristă".

S-a oprit și m-a privit în ochi.

— Și mai departe?

— Ce mai departe? Asta e toată poezia. Nu ți-a plăcut?

— Ba da, am spus eu, nu prea convins. Dar e cam scurtă.

Sebi s-a dus în bucătărie și a adus o tavă cu cornulețe. Era clar că vrea să mă mituiască. Mai târziu aveam să înțeleg că asta le lipseau multor scriitor români contemporani: o tavă cu prăjituri cu care să convingă oamenii să le citească „operele".

— Ia câte vrei, dar totuși să nu mănânci mai mult de cinci, că se supără mămica.

Cornulețul avea gust bun. Mușcam cât mai puțin din el, ca să dureze.

— „Copacul tăcerii", a citit Sebi în timp ce eu îmi ștergeam zahărul care-mi căzuse pe uniforma școlară.

— Asta e altă poezie. E mai mișto, mi-a promis el.

„Se afla odată pe un deal.

Un copac.

Copiii alergau în jurul lui.

Era copacul tăcerii."

Între timp mai mâncasem un cornuleț. Mai aveam încă trei.

— Asta mi-a plăcut și mai mult, i-am spus, mincinos.

— Ți-am zis? Ți-am zis eu că e mai mișto?

— Foarte frumoasă! Mai ai și alta?

Speram să nu mai aibă.

— Mai am una de dragoste, dar dacă ți-o spun pe toată te prinzi pentru cine e. Îți zic doar finalul.

Nu-mi plăceau poeziile lui, dar eram înnebunit după cornulețele de pe platou. Și speram să ajungă acasă soră-sa, de care mă îndrăgosteam în secret de câteva ori pe an.

— Finalul e așa:

„Iubirea mea pentru ea

E ca marea între ocean".

— Poate vrei să spui „între oceane".

— Nu, e între ocean. Exact cum ar fi o mare mai mică băgată în mijlocul unui ocean mai mare... Cum să-ți explic eu ca să înțelegi? Să zicem că ai un ou ochi în tigaie. Ăla din mijloc, gălbenușul, e marea, iar albușul, care îl înconjoară din toate părțile, e oceanul... Iar marea e între ocean.

Îmi rețineam cu greu râsul.

— Trebuie să merg la baie, am spus.

Cornulețele și râsul pe care încercam să-l înăbuș mi-au făcut o mică revoluție în stomac. Nu stătusem mai mult de câteva minute la baie când ușa s-a deschis lovindu-se de perete și în pragul ei a apărut brusc popa, îmbrăcat în rochia lui bisericească neagră și ciudată, de ninja. Cine a mers la vânătoare, cu câinii, pe câmp, cunoaște expresia unui iepure speriat, surprins de copoi printre brazdele de pământ, în fracțiunea de secundă dinainte s-o ia la goană. Încremenit ca pe o toaletă, cu ochii holbați și coapsele încordate, respiră atât de puternic, încât îi tremură toate extremitățile, de la urechi până la coadă. Dar asta durează doar o clipă, pentru că imediat țâșnește pe câmp cu câinele lătrând în urma lui. Așa arătam când a deschis popa ușa de la baie, neștiind că e cineva acolo, doar că n-am avut tăria de caracter a iepurelui ca s-o iau la goană.

— Băi, Liviule, tu ai venit să te caci în casa mea?

Popa era un tip glumeț. Dar eu, cu pantalonii în vine, n-aveam dispoziție pentru umor. A plecat, lăsându-mă să-mi închei socotelile cu toaleta. Am tras apa și, rușinat, cu fața roșie ca un ardei gras, m-am prelins către ușă. Popa trebăluia în bucătărie, dar m-a auzit.

— Păi, bine, măi Liviule, te caci în casa mea și apoi pleci, fără să mai stăm și noi de vorbă?

M-am oprit aproape de prag cu obrajii în flăcări.

— Ai grijă, că te-ai proptit în priza aia și are niște fire scoase. Vezi, dracu', să nu te curentezi și s-o dăm în alte alea! Abia m-am întors de la serviciu și nu vreau să mai muncesc azi și la căpătâiul tău.

Am intrat în bucătărie. Popa nu mă vedea deloc pe la biserică și a profitat că m-a prins la el în casă. Eram oaia rătăcită care a ațipit sub patul ciobanului.

— Tu crezi în Dumnezeu? m-a întrebat fixându-mă cu ochii lui negri ca iadul.

— Nu...

— De ce nu crezi?

— Pentru că nu l-a văzut nimeni până acum...

— Și dacă nu l-a văzut nimeni, nu există? Ce, curentul electric îl vezi? Dar dacă bagi degetu' în priză, te curentează imediat și te dă cu cracii în sus, de rămâi înțepenit pe dușumea și cu spume la gură! Uite-așa o să-i curenteze și domnul Dumnezeu pe necredincioșii ca tine!

— De ce să mă curenteze, părinte? Doar pentru că nu cred în el? Doar ca să mă convingă că există? l-am întrebat eu, obraznic, ca de fiecare dată când discutam un subiect pe care mi se părea că-l stăpânesc.

— Nu de-aia. O să te curenteze pentru că te crezi atât de deștept, încât sigur o să bagi tot timpul degetu' în priză, m-a avertizat popa.

18

Costel privea din iarbă avioanele și fuma. M-am smuls din amintirile cu Sebi și popa și i-am cerut un foc. Mi-a întins țigara. De când alerga după o puștoaică de 15 ani, care citea mult și fuma în draci, ajunsese să mă egaleze cu două pachete de țigări pe zi.

— Știi ce mi-a zis mă-sa când m-a văzut om în toată firea, la 25 de ani, că umblu după fata ei de clasa a noua?

— Nu.

— Mi-a spus serioasă ca o profesoară care te anunță că te-a lăsat corijent: „Costel, să știi că eu n-am fată de măritat!"

— Și tu ce i-ai răspuns?

— I-am zis: „Doamnă, să știți că nici eu n-am băiat de însurat".

Am râs, dar el stătea serios, ca și cum am fi discutat lucruri adânci.

— Mă-sa o vede copil, eu o cred copil, doar că ea se dă femeie. M-a avertizat să mă pregătesc, pentru că o bate gândul să-și înceapă viața sexuală. Problema e că dacă mă vede în curu' gol se lasă de sex. Că de-aia te-ntrebasem dacă m-ai fute...

Era cătrănit și și-a mai aprins o țigară.

— Îmbrăcat mai arăt cum mai arăt, a continuat el, semn că-l preocupa problema. Dacă mai păcălesc, totuși, câte una, când mă dezbrac în fața ei și dă cu ochii de realitatea crudă, îmi vine să-i zic: „Iartă-mă!".

— Hai, că nu ești frumos, dar ești sexy, l-am încurajat eu.

— Du-te, bă, d-aici! Nici laba nu-mi mai place să fac. Nu mai simt nimic pentru mine!

Peste câteva zile l-am însoțit pe Costel la Ambasada Canadei. Încerca să-și găsească din nou de lucru și era sigur că diplomația i s-ar potrivi ca o pereche de izmene într-o iarnă geroasă. În împrejurări care ne rămăseseră străine, Nea Mitică cunoscuse o directoare din ambasadă și femeia îi promisese că-l ajută pe Costel să se angajeze. Costel se jurase că după cel mult o lună mă trage și pe mine după el. Mi-ar fi prins bine ceva de muncă, mai ales într-un mediu atât de sofisticat ca ambasada.

Costel o sunase pe doamna Raicu la începutul săptămânii de la un telefon public și se străduise să pară cât mai rafinat. Știa că manierele nu sunt punctul lui forte și încerca să se șlefuiască atunci când vorbea cu lumea subțire.

— Treci joi pe la mine, a stabilit femeia. Pe la cât poți să ajungi?

Costel s-a exprimat cât de elegant a putut, cu buzele țuguiate în telefon și un picior ridicat în spate, ca îndrăgostiții atunci când se sărută în ploaie, în filmele de dragoste:

— Păi, eu, *de obicei*, vin pe la trei...

Joi a cumpărat cinci garoafe și la ora 15 s-a înființat la ambasadă. L-am așteptat într-un parc minuscul din apropiere. S-a întors după o jumătate de oră, cu botul umflat de dezamăgire și cu o garoafă frântă de la jumătate, ca gâtul unei păsări împușcate.

— Ce buze ai, ca de cal. Ai păscut ceva prin ambasadă?

M-a ignorat. Toate trăsăturile de pe față trăgeau în altă direcție, ca niște vecini care băuseră toată noaptea împreună și se luaseră la bătaie spre dimineață.

— Știi ce lucrează doamna Raicu? E șefă la protocol acolo în ambasadă. A vorbit atât de frumos cu mine, de-am crezut nu doar că mă angajează ca director, ci că ne și futem diseară.

— E rău ca a vorbit frumos?

— Nu e rău, dar m-am prins că asta e meseria ei, să vorbească frumos.

— Și nu te-a angajat?

— Nu știu ce să zic. A povestit fel de fel de chestii și a râs cu capul pe spate, de-i trepida tot corpul și îi flencăneau țâțele. Țâțe mari cât capu'.

— Câte primăveri are?

— Vreo 50, dar e îngrijită. Și cum povestea așa și i se balansau țâțele, m-a luat o amețeală tot cu ochii la ele. Trebuia să fi mâncat ceva de dimineață.

— Dar nu mi-ai spus ce-o să lucrezi acolo?

— Ai răbdare și-ți zic imediat. Eu încercam să-i spun cât de mult mă atrage diplomația, iar ea îmi tot povestea ce frumos se distrează grecii. Eu insistam să o tot întreb chestii din ambasadă, iar ea tot îi dădea înainte cu grecii ăia.

— Și?

— Și până la urmă mi-a dezvăluit ce planuri are cu mine: „E un restaurant aici, vizavi de ambasadă. *Castel* se numește, e al unor greci. Tu ești un băiat politicos și muncitor și vreau să-ți pun o vorbă ca să te bage chelner".

Am tăcut încruntați amândoi o vreme, ca groparii în timpul serviciului.

— Auzi, bă, da' cu garoafa asta ce e?

— Am găsit-o când am ieșit din ambasadă, pe trepte. E a mea, una dintre alea cinci. O pierdusem de emoție, când am intrat.

— Și ce faci până la urmă? Te bagi chelner?

— Mă mai gândesc.

— Hai să vedem partea bună. Poate bem și mâncăm gratis.

S-a mai luminat puțin la față. Ne-am aprins câte o țigară. Doar noi, câțiva câini vagabonzi, un cerșetor și doi liceeni care se pupau pe o bancă populau parcul la ora aia. Plus o statuie mare și neagră cu un bărbat bărbos și gânditor, cu capul plecat și cu fruntea lată.

— Cine-o fi gagiul ăsta?

— Care?

— Ăsta mare, de fier.

— Nu e de fier, e de bronz.

— De ce-o fi. Dar cine e?

— Nu-mi dau seama. Bălcescu, probabil.

— Bălcescu era mai chel și mai subțire. Nu te duci lângă el să vezi ce scrie?

— Nu-mi vine să merg așa, ca prostu', cu mâna în cur și să mă holbez la un om de fier.

— Păi și cum vrei să mergi, cu o floare?

— Știi că nu ești prost? Ia dă-mi garoafa aia.

Am luat garoafa ruptă și m-am apropiat de statuie. Am meditat puțin lângă ea, cu mâinile împreunate în față și cu capul plecat, în poziția ghiocelului, ca la înmormântare. Apoi m-am aplecat cu tot respectul de care am fost în stare și am depus floarea la picioarele statuii. În timpul ăsta m-am uitat cu atenție la soclu. Nu scria nimic.

— Nu scrie nimic pe ea. O fi Spiru Haret.

Ajunsesem la concluzia că în România, o statuie, dacă nu e Eminescu, Mihai Viteazu sau Ștefan cel Mare, e foarte posibil să fie Spiru Haret.

— Auzi, bă? Dă-l în pula mea de cine-o fi el. Nu cred c-a fost ca noi, fără servici'. Nu-i făceau ăștia statuie dacă era șomer.

— Ai dreptate. Și-atunci cum faci? Te angajezi?

— Nu știu. Am învățat atâta carte ca să le duc unora mâncarea la masă? Plus că nu-mi place cum sunt îmbrăcați chelnerii, în alb și negru, ca pinguinii. Asta e meserie pentru frate-meu.

Gabi, fratele mai mic al lui Costel, ajunsese printr-un miracol în ultimul an de liceu, la seral. Se apropia bacul și trebuia să se pregătească. Încercaserăm de câteva ori să-i explicăm ecuația de gradul I cu o necunoscută.

— Dacă o înțelegi pe asta, care e baza, vei jongla cu toată matematica, l-a încurajat Costel. Cu ecuația asta, dacă vrei, te apuci să construiești bombe atomice sau calculatoare. Asta l-a făcut mare pe Bill Gates.

— Gabi, e simplu, am intervenit și eu. Doi plus cât egal trei?

Gabi s-a scărpinat în cap a nedumerire.

— Ia-l ușor, că se emoționează!

Costel emana un aer prăfuit, de profesor, așa prost îmbrăcat cum era și cu ochelari ieftini.

— Plus... unu? a făcut Gabi neîncrezător.

Înalt, atletic, cu ochi apropiați, mici și verzi, ca zarzărele necoapte pe o rămurică, Gabi zâmbea mai mereu sigur de sine. Doar când era vorba de carte cădea psihic ca o fată bătrână la nunta celei mai bune prietene. Era considerat în sat un tip miștocar, cu mare trecere la gagici.

— Excelent. Trei plus cât egal cinci?

— Plus doi, a zis Gabi ferm, căpătând curaj.

— Gabi, deja știi multă matematică, dar nu conștientizezi asta. Acum să-ți arăt cum e ecuația de gradul I. Fii atent: 2 + x = 3. Cât e x?

O umbră a coborât pe fruntea îngustă a lui Gabi, iar ochii i s-au apropiat parcă și mai tare. A deschis gura să spună ceva, dar din gât i-a ieșit doar un fel de horcăit. Și-a rotit privirea prin curte, căutând un colac de salvare, și a strigat de la înălțimea celor 190 de centimetri plini de mușchi:

— Mămicăăăă? Îl vezi, fă, pe Costel, că-mi dă d-alea grele, cu „x"?

Cu patru ani în urmă, Nea Mitică a trebuit să-i aranjeze examenul ca să-l bage la liceu. Profesorul i-a pus lui Gabi foaia cu subiectele în față, doar că i-a așezat-o invers, cu susul în jos. Copilul n-a fost în stare să o întoarcă și să copieze. S-a uitat la ea nedumerit vreme de trei ore, dar n-a priceput ce scrie acolo. Până la urmă i-a scris un alt profesor lucrarea în cancelarie.

— Se pare că n-ar fi răspuns niciodată la vreo întrebare a unui profesor, mi-a povestit Costel. Și nici pe la școală n-a prea dat. Totuși, cică l-ar fi văzut colegii o singură dată pe hol, în școală, jucând barbut cu nepotul directorului.

— Și cum a trecut clasa?

— Le-a tot cărat tata profesorilor, le-a dat din curte în fiecare an un coteț de păsări și o jumătate de porc ca să-l treacă. Ne-am rupt de la gură pentru studiile lui, de parc-ar fi fost Eminescu și-a trebuit să-l ținem prin școli în străinătățuri.

N-am reușit să-l învățăm pe Gabi ecuația de gradul I. A mai dat Nea Mitică un raid prin cotețe și l-a trecut și de bac. Peste ani, ajuns om în toată firea, Gabi a rămas cu spaima de dascăli înfiptă în suflet. A trăit permanent cu impresia că profesorii sunt niște oameni foarte răi.

După liceu a plecat în armată, la Cluj.

— Să ne scrii de-acolo, Gabi, dar să nu începi scrisoarea cu „Bă, proștilor", cum vorbim noi unul cu altul prin curte. Poate ți-o deschide vreun general și ne faci de râs de ne știe toată armata română, l-a sfătuit Nea Mitică.

— Și cum să încep?

— Să începi frumos, cu „Dragii mei“.

Gabi a zâmbit ca pentru sine, s-a scărpinat plictisit la coaie si l-a privit arogant.

— Băi, proştilor, o să încep scrisoarea cu „Dragii noştri“, că-i scriu şi lu' mamaia.

După ce s-a întors din armată fără să fi scris vreo scrisoare, Gabi s-a angajat şofer pe un tir şi a văzut toată Europa. Dar nu intra în oraşe, pentru că nu-i dădeau voie cu tirul.

— Dar îţi poate povesti ore în şir cât de mişto e centura Parisului, cum se circulă pe centura Romei şi câte curve stau la produs pe centura Madridului, mi-a explicat Costel.

Gabi clasifica marile oraşe ale Europei după centuri aşa cum un coleg de-ai lui din şcoala generală, Buric, calcula totul în pâini. Visase să se facă brutar, dar ajunsese sudor, însă dragostea pentru pâine nu se stinsese în inima lui. Ştia că un litru de benzină costă cinci pâini şi jumătate şi o pereche de pantofi 250 de pâini. Până şi maşinile pe care le vedea pe stradă le evalua tot în pâini.

Când s-a plictisit de centurile Europei, Gabi a călcat pentru prima oară în centrul unui oraş din străinătate. S-a angajat la munca de jos la un restaurant din Frankfurt. N-a trimis scrisori acasă, dar le-a dat mereu sms-uri. Pe toate le-a început cu „Dragii mei“, pentru că le scria doar lor. Ţaţa Leana, bunică-sa, murise între timp.

19

— Mama mea a fost, la vremea ei, o fereastră deschisă către viitor, o lăuda Nea Mitică pe Țața Leana. Bea, fuma, juca cărți, uneori purta pantaloni și făcea toate astea în anii '50, când celelalte femei nici măcar nu aveau curaj să ridice privirea în fața bărbaților.

La bătrânețe, Țața Leana nu mai fuma, dar își păstrase vie pasiunea pentru alcool. Umbla prin curte în costumul clasic cenușiu de babă și cu o basma legată șmecherește pe frunte, ca pirații.

— Mă doare capul, mămică, de la atâtea griji, se văicărea ea.

— E de la băutură, bre. Iar ai lins o litră de țuică, o enerva Costel.

— Unde, mă, că abia am pus pe buze!

Umbla vorba că făcea farmece. Când necazurile pe care trebuia să le rezolve erau mari, cerea o găină. Pentru socoteli mărunte, cobora prețul la o litră de țuică.

— Unde e, mămică, Bombeiul ăla?

— Ce „Bombei" visezi, bre?

— Bombeiul, mămică. Unde se duse al nostru, Țapu.

Țața Leana avea un radio în curte care turuia continuu. Îi cunoștea pe toți după voce. Plecase Emil Constantinescu în India și dăduseră la știri o parte din discursul lui.

— Bombay, bre, nu Bombei.

— Așa, mămică. Dar eu nu mai auz bine. S-a dus acolo al nostru și dacă nu le-a zis la ăia și i-a obrăznicit de nu le mai trebuie Țap în viața lor.

— Și ce le-a spus, bre?

— Le-a zis că e popor de săraci, că trebuie să pună mâna pe treabă și să se lase de prostii. I-a porcăit, mămică, dar mai așa, pe ocolite, și i-a obrăznicit că e leneși și împuțiți. Și câte și mai câte le-a mai zis. Mi-ar fi crăpat obrazu' de rușine în locul lor.

Mi-l imaginam la întoarcere pe Emil Constantinescu țeapăn în fereastra avionului, un președinte de țară singur, trist și inutil ca un pachet de zahăr în casa unui diabetic, privind ostenit pe fereastră, în timp ce India rămânea în urmă, o limbă uriașă de pământ colcăind de oameni. Pe Emil Constantinescu nu-l iubea și nu-l ura nimeni. Trecuse prin viață înalt și searbăd ca un pom de pe marginea șoselei. Chiar dacă ajunsese președinte de țară, mie tot un distrus mi se părea. Singura lui șansă la glorie era să fi căzut cu avionul, dar a ratat-o și pe asta. Cu mai puțin de două luni în urmă un avion indonezian al companiei Garuda se prăbușise și muriseră toți cei 234 de oameni de la bord. Dar noi eram acolo, jos, la 10–12 mii de metri distanță de autostrăzile din cer de pe care alunecau nesigure avioanele, ca bețivii pe gheață, și ne era bine. Eram piloții vieților noastre și zburam încotro aveam chef.

Diminețile, nedormiți după nopțile de beție, aterizam în căsuța cât pumnul a Țaței Leana. Ne întâmpina cu omletă cu șuncă și ne ademenea cu țuiculița ei, ca să ne dregem. Ne simțeam ca doi președinți în vizită la Bombei.

— Măi, mămică, ce-o fi ăla *intermet*?

— Nu știu, bre. De unde-ai auzit de el?

— Păi, vorbește oamenii ăia de la mine din radio de el în ultima vreme.

— Și ce zic ăia?

Țața Leana amesteca în mămăligă cu făcălețul și-l ținea cu amândouă mâinile, cum fac cavalerii din filmele fantasy cu spadele lor cât fierul de plug. În casă mirosea a bătrânețe și a tihna pe care ți-o dă resemnarea și împăcarea că moartea e doar o veche prietenă care întârzie la cină.

— Zice că ăsta e viitoru' și că lumea e a ălora de știe să umble cu *intermetu'*.

— Întreabă-l pe Liviu, poate știe el.

— Păi, Țață Leano, e ceva prin care poți să vorbești, e ceva pe calculator.

Nici eu nu știam mare lucru, dar nu voiam să par prost.

Țața Leana a prins tuciul de fund cu un prosop și l-a dat cu cracii în sus. A lăsat în mijlocul mesei o mămăligă cât roata de tractor. Aburul ieșea leneș din ea și urca dansând spre tavan. A tăiat-o în patru cu o ață și ne-a pus câte o bucată în față.

— Din câte ouă să vă fac omleta aia? Din patru?

— Fă-o, bre, din zece, că ne e foame.

Țața Leana a oftat și n-a zis nimic. Ne-a făcut omleta. În timp ce mâncam a scos de după o ladă o sticlă mică de țuică și a tras un gât zdravăn. L-a văzut pe Costel că se uită urât la ea.

— E mai mult apă, mămică, s-a plâns ea. E botezată. Nici țuica nu mai e ce-a fost odată.

— N-ai, bre, și niște carne la borcan?

Avea.

— Ehe, maică. Ce vremuri am trăit. După Război, prin '48, a venit foamete mare în țară. Pe mine m-a prins urgia cu douăș'pe rațe. Când oua una, împărțeam ou' în două, îl despicam cu ața de mămăligă și o parte îi dădeam lu' tac-to, Costele, și partea ailantă lu' soră-sa.

Țața Leana și-a limpezit amintirea cu încă o dușcă. S-a șters la gură cu colțul basmalei.

— Când era vreo sărbătoare și tăiam o rață, se strângea toți câinii satului la mine la poartă, că nu mai simțise ei de ani de zile miros de carne. Trebuia să-i zgornim cu pietre și nici atunci nu pleca departe.

20

Vremurile se schimbaseră și lumea avea ce mânca. Deși mai erau unii în sat care trăiau din ce căpătau. Și așa avea să fie și la 20 de ani după ce Țața Leana descoperise „intermetu" și când doar la cârciumă mai reușeam, uneori, să racolez mână de lucru. Era în toamna lui 2015, când pe la știri, la televizor, se vorbea că se va umple țara de refugiați sirieni.

— Ia zi, băi Liviule, că tu mai umbli prin lume, tu mai auzi. Ce zice, mă, lumea, de mine? De unde are, mă, Mormoloc ăsta de toate, că el n-are servici, nevastă-sa n-are servici, dar fetele lui e îmbrăcate după reviste.

— Te invidiază lumea, băi Mormoloc, am zis eu, mincinos, pentru că aveam nevoie de el.

— E prost Mormoloc? Zice lumea că e prost, dar nu e prost.

— Doamne ferește, ești un tip foarte deștept. De-aia și apelez la tine. Vreau să te rog să vii și să mă ajuți să culeg porumbul. Îți plătesc.

— Nu culeg nimic, că am bani, mi-a tăiat el scurt elanul.

A plusat imediat cu dovada, extrăgând din buzunarul sacoului 100 de lei. Și i-a frecat pe la nas, i-a mirosit și apoi și-i i-a lipit de frunte cu o pocnitură, ca lăutarii de modă veche.

— Se miră lumea că de unde am bani? Că n-am servici nici eu, nici nevasta-mea n-are. E treaba lu' Mormoloc de unde are!

Eram la mâna lui și nu puteam să-l contrazic. Copiii lui umblau dezbrăcați și desculți, dar poate că nu mai eram eu la curent cu ultima modă din reviste. Chiar și el, pe sub haina care arăta aproape nouă, ascundea o bluză jerpelită și pătată cu mâncare. Îi citeam pe piept tot meniul din ultima lună, dar asta însemna doar câteva culori. Pantalonii de trening și papucii de cauciuc completau tabloul jalnic.

Erau cinci oameni la masă, în cârciumă. Patru în sacouri și unul cu tricou. Deci aveam patru șanse. Așa îi recunoști pe ăia amărâți și fără loc de muncă de la țară. Poartă sacouri. De câte ori moare câte un vecin mai înstărit, primul lucru pe care-l dă nevastă-sa de pomană celor mai săraci e costumul ăla bun, cu care se ducea răposatul la nunți. Dacă prinzi câțiva morți pe an, ți-a pus Dumnezeu mâna pe chelie.

La mine în sat nu mai găseam de multă vreme pe cineva care să vrea să sape, să cosească sau să culeagă porumbul pentru 50 de lei pe zi, cam cât câștiga un ziarist, un doctor sau un profesor debutant. Începusem să caut forță de muncă în satele vecine. Și unde poți să găsești oameni fără serviciu dacă nu la cârciumă, în miezul zilei?

— Îți dau 60 de lei pentru o zi de muncă, am încercat eu să-l ademenesc pe Mormoloc.

— Bag mâna în frigider, scot litrica, a continuat el, fără să mă bage în seamă.

M-am prins din zbor că „litrica" e un alint pentru litra de băutură.

— Dau și o țuică, am insistat eu, pricepând aluzia.

— Sunt mulțumit de ăla bătrân. Nu se scapă pe el și nu mănâncă prea mult.

Îl știam bine pe tac-so. Îl bătea zilnic când era mic. „De ce-l bați, bre, nea Marine, ce-a făcut rău la opt dimineața?", îl întrebau vecinii. „Îl bat preventiv", răspundea omul și-și vedea mai departe de treabă.

Mormoloc a tras o dușcă și a continuat să se laude, clătinând din capul uriaș, care părea fixat nesigur pe corpul lui subțirel:

— Bag mâna în coteț, îl scot pe urecheat și-l arunc în tigaie. Și am ce mânca două zile.

O clipă a avut senzația că se referă tot la tac-so, renumit pentru urechile lungi și ascuțite, ca un personaj din desene animate. S-o fi tâmpit de la alcool, m-am gândit, și îl ține pe tac-so închis în coteț, ca răzbunare pentru că-l bătea când era mic. De la ăștia te puteai aștepta la orice, dar să-l arunce în tigaie era totuși prea mult.

— Tu știi ce iepuri gustoși are, bă, a grăit și Alifie, singurul dintre ei care nu purta sacou.

Alifie lucra la Găești, la fabrica de frigidere. Îl puteai lua la muncă doar când își termina banii, înainte de salariu. Alifie se reprofilase și lucra de câteva săptămâni pe o mașină de găurit tabla, cu două butoane și un ecran. Acolo i se afișau lui diverse chestii. Credea că ăla e calculator și le zicea vecinilor, prin sat:

— Hai, bă, că nu e așa de grea informatica asta.

— Mă ajuți tu cu porumbul, Alifie?

— Băi, Liviule, a făcut Alifie pe un ton sever, scoțând o limbă lungă, de vițel, cu care și-a șters spuma de bere întinsă până aproape de urechi. Hai să fim serioși, ce dracu. Tu ești ziarist la ziar, eu informatician la frigidere. Nu muncim unul la altul, că noi avem servici!

Era clar că nu rezolv nimic nici cu Mormoloc, nici cu Alifie. Lângă ei, cu un sacou mirosind a nou, dar cu maiou și pantaloni scurți greu încercați de timp, Ciorbea se uită încruntat în pahar. Purta ochelari mari, strâmbi și cu multe dioptrii, motiv pentru care niște vecini mai glumeți îi găsiseră porecla încă din școala primară. Ciorbea avea o mină tristă, așa cum se chiora în jos, cu ochelarii așezați anapoda. El e omul, mi-am zis. N-are bani și de-aia e supărat, deci îl conving. Mi-am luat inima-n dinți și l-am bătut pe umăr ca să-i atrag atenția.

— Ia zi, Mariuse, mă ajuți tu? I-am spus pe nume ca să mi-l apropii.

Când și-a ridicat ochii din pahar am citit în apele lor tulburi cât e de beat.

— Suntem două pietre tari, a zis și l-a bușit plânsul.

Apoi și-a dus mâna la inimă, a tras aer în piept, și-a dat ochii peste cap, ca o soprană în ultimul act, și a oftat. Și-a coborât privirea din nou, dar eu am rămas cu ochii ficși, în perete. Argumentul mă uimise. Adică nu mă ajută pentru că suntem două pietre tari? Un ziarist, un informatician și câțiva șomeri.

Lângă el, Nea Mitică își extrăgea încet o țigară din buzunarul sacoului și mi-a explicat rar, văzându-mă nedumerit.

— Se referă la el și la nevastă-sa. L-a lăsat aia și el e prea mândru să se ducă după ea. Iar ea e prea mândră să mai vină înapoi. Acum, dacă n-are alte preocupări, se gândește întruna la ea.

— Ce preocupări să am, bre, a mârâit Ciorbea din pahar.

— Ești băiat tânăr și ai viitorul în față. Nu mai sta să jelești după cai morți. Te bag eu la partid.

Nea Mitică n-avea de lucru și ajunsese cu anii un fel de activist de partid voluntar. Om bun la toate, îi ajuta pe ăia care chiar fac bani din politică. Mergea la ședințe, lipea afișe pe garduri, scotea oamenii la vot și discuta seara la cârciumă problemele importante ale țării. Intrase în partidul cel mare, care descindea direct din comuniști. Uitase că în urmă cu 30 de ani comuniștii îi arestaseră nevasta.

Costel îmi povestise că, pe vremuri, după ce terminase liceul, Nea Mitică plecase la București să dea la facultate. În tren se întâlnise cu un vecin care mergea la Obor să cumpere porumbei. Nea Mitică iubea trei lucruri pe lume: să se laude, să bea și să crească porumbei. „Mai bine mă duc la anul la examen, mult mai bine pregătit, și-l iau fără emoții și cu bursă", se gândise Nea Mitică și-și pierduse toată dimineața în târg cu vecinul. Se întorsese de-acolo cu doi voiajori atât de iubăreți, că în doar câțiva ani tabla de pe casa lui Nea Mitică se umpluse de căcat de porumbel precum cărțile de cuvinte. Nu și-a mai făcut niciodată curajul să se ducă la examen, dar tânjea după facultate ca un soldat după o revistă porno. Se uita cum zburau porumbeii de pe casă și făceau cercuri largi pe deasupra satului și se gândea cât de departe ar fi planat și el dacă în loc de Obor ar fi ales Politehnica. Îi plăcea să-l laude bețivii prin cârciumi și se împăuna în fața lor că pe vremuri a mers la București, ca să dea la facultate.

Cu două lucruri îl puteai cuceri rapid pe Nea Mitică și pentru ele și-ar fi vândut și basca de pe cap ca să-ți facă cinste: că s-ar fi descurcat să facă o facultate și că a fost un fotbalist mare, care merita mult mai mult decât postul de titular în echipa comunei.

Nea Gicu lu' Hârtie îi știa punctele sensibile. Mergeau împreună la meciurile Unirii, echipa din comună, unde pe vremuri evoluase strălucit și Nea Mitică. Când echipa juca prost și atacanții nu găseau soluții, Nea Mitică intervenea cu știința fostului atacant:

— Urcă pe flancuri, a urlat el la extrema dreaptă, de lângă gardul care mărginea stadionul mic cât un laptop și fără tribune.

Bebe Moșu, mic, pistruiat și ciolănos, a avansat cu mingea la picior pe marginea terenului, a centrat și Mihai Leac a reluat cu capul în plasă. Gigu lu' Hârtie l-a prins pe Nea Mitică cu o mână de gât, iar cu cealaltă l-a arătat restului galeriei, care încăpea toată într-un microbuz cu 12 locuri:

— Ce le știe Mitică! Ce vreți, măi fraților, a fost și legitimat.

De bucurie, Nea Mitică s-a întors acasă în zori, clătinându-se și cântând imnul echipei Unirea Cobia, compus de un poet local care nu se străduise prea tare, pentru că luase o strofă a lui Păunescu și-i schimbase doar ultimul vers:

Trăiască duhul lui Iancu
Trăiască moțul între moți
Câmpia libertății spune
Căci Unirea suntem toți,
Căci Unirea suntem toți.

Dar nu imnul impulsiona echipa, ci ideea genială cu care venise cineva din staff-ul Unirii. Ca să intimideze adversarul, și-au inventat un medic al echipei. Când se accidenta un jucător al Unirii, un muncitor de la uzină, Veverița, străbătea terenul în grabă, cu o geantă maro de vânător pe umăr, pe care lipise o cruce roșie uriașă. Se apleca spre jucător, trebăluia puțin deasupra piciorului accidentat și apoi îl ajuta să se ridice.

— Ce vă face Veverița acolo? Ce scoate din geanta aia? Că nu e doctor! l-am întrebat odată pe Cotoiu, un fost coleg care juca în echipa mare.

— Păi, uite cum face, vine lângă tine, scoate din geantă o cremă Nivea, de-aia de femei, te freacă puțin pe picior și zice: „Scoală, dracu', că n-ai nimic!"

*

— Ai fost, cumva, coleg cu avocatul Mateescu? m-a întrebat odată Costel.

— Așa e.

— Zi-i să nu mi-l mai laude pe tata, că mi-l omoară!

— Cum adică?

— Azi-dimineață, când se luminase de ziuă, a venit atât de beat, că l-am găsit adormit în poartă, ca Ștefan cel Mare când nu l-a primit mă-sa în casă, în poezia aia, nu mai știu cum îi zice... Când s-a trezit, voia să mai bea și a înjurat-o pe mama că i-a pitit țuica. L-am luat eu cu binișorul și, din vorbă-n vorbă, mi-a povestit că l-a lăudat avocatul Mateescu: „Nea Mitică, matale pari om cu facultate", i-a zis. Iar el s-a îmbătat de fericire până s-a căcat pe el.

Poate că asta înseamnă fericirea adevărată, să uiți de tine până te scapi în pantaloni, m-am gândit eu.

În mandatul trecut, Nea Mitică prinsese un post de consilier la primărie. Mergea în mașina primarului, în dreapta, prin localitate, și saluta lumea zâmbind de-acolo, de la înălțimea Mercedesului ML, de parc-ar fi fost Kennedy. Cobora din gipan la marginea satului și o lua la deal, prin pietriș, pentru că primarul nu voia să-și bage mașina prin gropi ca să-l lase în poartă. Și nici n-avea chef să asfalteze ulița.

— Are șosetele rupte în picioare, dar umblă cu pieptul umflat de sentimentul de ML, mi-a zis odată Costel. Nici nu mai contează că nu e ML-ul lui, dacă se plimbă cu el mai mult decât nevasta primarului.

Într-o seară, Nea Mitică s-a îmbătat și a dat din casă. Le-a dezvăluit altor bețivi, în bar, că în primărie se parafase vânzarea la negru a unui jucător către echipa din comuna vecină. Transferul se învârtea în jurul sumei de 80 de dolari. Primarul a aflat, iar anul următor, când au venit din nou alegerile, l-a mutat pe Nea Mitică la coada listei, pe un loc neeligibil.

Nu doar Nea Mitică a suferit în lunile care au urmat. Rămas fără ML, și-a coborât bicicleta din pod și bătea în fiecare zi satul cu ea, se oprea din cârciumă în cârciumă și discuta probleme politice, criticând puterea. Umbla vorba că s-ar fi dat cu liberalii. Lansase zvonul că primarul îi vânduse pe nimic unui văr o pajiște din averea comunei. Primarul se răscolea și el, în taină, pentru că fără Nea Mitică îi era greu să umble singur toată ziua prin sate, să cheme oamenii la ședințe și să facă propagandă pentru partid.

— Tu știi ce e ăla delegat sătesc? m-a întrebat Costel într-o zi.

— Habar n-am.

— E unul care lucrează la primărie, un fel de reprezentant al satelor care nu au consilier. Participă la ședințe, dar votul lui e doar consultativ. Și câștigă doar 30 de euro pe lună. Adică un fel de pielea pulii.

— Și care e treaba cu delegatul ăsta?

— Vreau să spun că tata candidează pentru postul de delegat sătesc. S-a împăcat cu primarul și ăla vrea să-l ia înapoi la primărie. Da' i-a oferit cea mai mică funcție posibilă.

— Din toată primăria...

— Nu din toată primăria! Cred că e cea mai mică funcție din toată țara, dacă nu cumva din lume!

— Decât deloc, e bună și aia.

— Stai, că nici de asta nu e sigur. Are un contracandidat, pe Cangeac.

În noaptea de după alegerile arbitrate de primar și o mână de consilieri, Nea Mitică s-a întors acasă beat, târât de câțiva vecini, ca un prizonier în lanțuri. Se oprea din poartă-n poartă și urla cu glasul plin de flegme de tutun: „Să-nvețe carte, fir-ar ei ai dracu'!" Câștigase alegerile.

Într-o zi, când primarul plecase în concediu la mare, Nea Mitică a bătut drumul cu bicicleta până în celălalt capăt al județului, unde a venit președintele partidului în vizită. Trebuia să reprezinte cineva comuna la marele eveniment.

— S-a întors de-acolo nemâncat, beat mort, dar plin de triumf. Când a ajuns în curte, era așa de mândru, de-am crezut că pe poartă a intrat șeful partidului, nu tata, mi-a povestit Costel.

Nea Mitică avea fața roșie și ochii de culoarea vântului turbat. Era pornit pe scandal.

— Dacă nu sunt eu acasă, nimeni nu face nimic în curtea asta, le-a mârâit printre dinți.

Costel știa că dacă e îndârjit, înseamnă că nu s-a săturat de băutură.

— Cel mai rău pentru noi e până-l culcăm, pentru că dacă nu reușim să-l adormim se ridică din pat și pleacă din nou prin sat. Odată m-am dus până la veceu și, când m-am întors, fugise.

21

Mi-am amintit toate astea în timp ce-l ascultam vorbind în cârciumă. Salariul de delegat sătesc, un fel de ajutor de șomaj, nu-i ajungea să bea mai mult de câteva zile, chiar și cea mai ieftină poșircă. Poate reușeam să-l conving să mă ajute el cu treburile agricole:

— Ia zi, Nea Mitică, o rezolvăm cu porumbul? l-am întrebat eu, dezamăgit că nici Ciorbea, și nici Alifie n-aveau chef să câștige un ban.

— Te-aș ajuta, măi, tată, dar n-am timp. Avem ședință mai pe seară la partid, la nivel de comună, pe problema refugiaților.

— Și care e părerea partidului? am fost eu curios.

— Nu știu deocamdată, dar părerea mea personală și a băieților, că asta vorbeam când ai intrat, e împotriva la arabi. Să nu-i primim în țară.

Atunci mi-am dat seama că prins cu munca și cu mărunțișurile de zi cu zi, nu mi-am făcut nicio părere pe tema asta. Valul de emigranți din Siria în Europa, rămași fără case în urma războiului, era un subiect care, pur și simplu, nu mă preocupase.

— Să vină ăia ca să ne pună bombe și să ne arunce fabricile în aer?

Alifie gândea la scară industrială, doar nu degeaba era informatician în ditamai fabrica.

— Am văzut eu la televizor că dacă vin refugiații, o să ne ia și nevestele, a bolborosit Ciorbea, cu nasul în pahar. N-ai văzut că sunt numai bărbați?

— Care neveste, bă, că a ta a fugit, a râs Mormoloc, iar capul lui uriaș mai avea puțin și se lovea de masă.

— Băi, copii, a ridicat vocea Nea Mitică cu autoritatea pe care ți-o dă experiența vastă în jungla politică. Aici sunt probleme mai complicate și nu știu dacă aveți pregătirea necesară să le-nțelegeți. E vorba, o dată, de islamizare și de religia noastră creștină, care e în pericol, și doi, de un excedent de forță de muncă.

Nu păreau cuvintele lui și-mi imaginam că le memorase din vreun discurs de pe la partid sau le auzise la televizor. Și atunci, pe loc, mi-a încolțit o idee în minte: dacă ar fi venit și la noi în sat vreo 10–12 refugiați sau măcar doi–trei? Ar fi fost, vorba lui Nea Mitică, un excedent de forță de muncă și aș fi găsit mai ușor pe cineva care să mă ajute la sapă, la coasă și la culesul viei.

— Mai lăsați dracu' politica aia, s-a băgat în vorbă și Fasole, rămas fără serviciu, fără nevastă și fără dinți de mai bine de zece ani.

Îmi spunea mereu că mă respectă pentru că tata i-a fost profesor. Nu știam niciodată dacă să mă bucur că asta e tot ce poate respecta cineva la mine.

— Băi, Liviule, ești băiat elegant de București, dar nu-mi place un lucru la tine.

— Care?

— Ai un număr urât la mașină, a zis Fasole. Ce e aia „LDF"?

— E primit la întâmplare. Da' ție cum ți-ar fi plăcut să fie? Ce număr ți-ai fi pus dacă ai fi avut mașină?

— Ultima modă printre șmecherii și printre polițiștii de pe-aici e să-și schimbe numerele de la mașină cu EOM.

— Și asta ce-nseamnă?

— Păi, înseamnă că ăla e om. E OM! Te poți înțelege cu el. E mare lucru. Doar șmecherii cunosc treaba asta.

— Și până acum cum aveau numerele șmecherii?

— Aveau, de exemplu, WOW, sau RGL. Adică „Uau" sau „Regele", dacă ai nevoie de traducere.

— Atunci o să-mi schimb și eu numărul.

— Tu ți-ai putea permite unul și mai tare, pentru că ești din București, dar e luat. Ăsta e cotat printre cele mai șmechere numere: B 01 ERU. Adică BOIERU.

— Fasole, nu vezi ce boier sunt, că nu găsesc pe nimeni la muncă? Nu vrei să vii tu? Îți dau 70 de lei pe zi.

Fasole și-a scuturat un fir imaginar de praf de pe umărul sacoului și s-a uitat în sus, cu ochii dați peste cap a neputință:

— Aș veni cu mare plăcere. Știi că te respect, mai ales pe taică-tău, chiar dacă a murit. Dar mâine avem meci la nivel de sat, însurații cu neînsurații, și nu vreau să mă obosesc.

Am plecat de-acolo pesimist pe termen scurt, pentru că porumbul meu rămăsese neculeș, dar eram optimist în perspectivă. Pe termen lung, refugiații ar putea rezolva problema muncii la mine în sat. Vor avea și ei de lucru, iar eu și alții ca mine vor găsi oameni disponibili. A doua zi, am aflat că prietenii mei de la cârciumă au băut până când s-au refugiat cu toții la sol. Se pare că le-ar fi pus capac câteva sticle de palincă aduse de cineva de la o pomană, pentru că spre seară zăceau înșirați de-a lungul străzii. Unul dintre ei a căzut într-un șanț, cu fața în jos, lungit perfect și cu mâinile întinse pe lângă el, iar apa îi șiroia pe la urechi. A fost o minune că nu s-a înecat.

Peste câteva zile m-am întors la țară. Mi-am făcut din nou curaj și am intrat în cârciumă. Se adunaseră toți cinci la masă, îmbrăcați la fel ca data trecută. Doar că acum mai era acolo și Costel. Nu știu cum făcea el, dar de fiecare dată reușea să ia oameni la muncă. Probabil că ieșise să-i racoleze și mi-o luase înainte. M-am așezat pe scaun lângă el și i-am povestit în șoaptă durerea mea. Nu înțelegeam cum e posibil ca, neavând serviciu, oamenii ăștia să refuze o muncă de 50 de lei pe zi.

— Fă un calcul, a început el să-mi explice. Unii au ajutor social 150 de lei, ceea ce înseamnă 30 de pâini, care le ajung pentru o lună, plus zece pachete de țigări. Haine mai primesc, din când în când, de pomană de pe la morți.

— Și le ajung doar astea 30 de pâini? Altceva nu mănâncă?

— Ba da, mai au prin curte o găină, un ou, o varză, o fasole, le mai dă cineva de milă o ciorbă, mai prind o pomană și, când nu mai au deloc, își calcă pe mândrie și muncesc pentru unul sau altul. Omu' vine, atunci, la muncă cu ziua, dar dacă l-ai plătit azi, dacă i-ai dat azi ăia 50 de lei, nu-l mai vezi până nu toacă banii. Deci dacă l-ai plătit, ești mâncat.

— Și-atunci cum să fac?

— Îl manevrezi doar din băutură, ca din telecomandă, iar banii îi dai abia la finalul lucrării. Dar sezonul ăsta l-ai cam pierdut, pentru că e toamnă, au de băut și sunt unii mai vioi ca tine, care i-au antamat deja.

Deci tot refugiații mi-ar putea rezolva problema, m-am gândit. Dacă ajungeau în țară, aș fi cazat și eu câțiva și le-aș fi dat de muncă. După ce a murit bunică-mea, a rămas liberă casa ei bătrânească. Decât să stea în cine știe ce țarcuri, izolați și păziți de poliție, ca niște pușcăriași, mai bine vin la noi, la țară, și toată lumea are de câștigat. Bucuros de perspectivă, am cerut vodcă pentru toată lumea.

Ciorbea scâncea lângă mine, ca un cățel abandonat. A scos capul din pahar și m-a privit rotund, cu ochii roșii ca niște faruri:

— Mi-a zis doar atât: „Plec".

— Ce e, Ciorbeo, iar ți-e dor de nevastă-ta? Mai bine mai bea un pahar, ca să-ți treacă, dacă nu vrei să te duci după ea, i-a zis Mormoloc în timp ce i-a turnat, altruist, o picătură din paharul lui.

Ciorbea a continuat, fără să-l ia în seamă:

— Știi ce i-am răspuns eu? Știi ce i-am răspuns? I-am zis: „Bine, pa". Și a plecat.

Fasole a râs la mine cu gura lui știrbă, de babă.

— M-am gândit la ce-am vorbit zilele astea, a zis.

— Ce-am vorbit? m-am mirat eu.

— Cu numerele de mașină. Dacă vrei să fii și mai elegant, că ești băiat cultivat, de București, poți să-ți pui numărul B 314 ZDA, pentru cine cunoaște matematică. Ia uite, ăștia râd ca proștii, că nu înțeleg nimic.

Între timp, la TV se discuta despre refugiați.

— Muscă, dă, bă, televizorul mai tare, că te ia mama dracu', a strigat Nea Mitică la barman. Și închide muzica aia, că aici se discută treburi politice, de stat.

Un refugiat ajuns în Ungaria tocmai îi declara reporterului: „Dacă nu eram de acord cu ce ne spuneau, ne-ar fi aruncat în România. Ce să facem în România? Nu e nimic de făcut acolo!"

Brusc, s-a lăsat liniștea la masa noastră. Și-au aprins toți câte o țigară. Televizorul bâzâia în legea lui, fără să-l mai asculte nimeni.

— I-auzi, bre, Nea Mitică, nici măcar ăștia nu vor să vină aici, la noi, a spus după o vreme Ciorbea, ridicând capul din pahar și privindu-ne pe rând în ochi.

— Ce vrei, bă, tată, e plină lumea de pietre tari, a răspuns Nea Mitică și și-a mai aprins o țigară.

Parcă mă plouase pe aripi. Am înțeles brusc adevărul crud: în toamna aia urma să-mi putrezească porumbul pe câmp și strugurii în vie, dar deveneam mai bogat cu 50 de lei pentru fiecare zi nemuncită.

— Nu știu ce să mă fac, m-am plâns eu, cu voce leșinată. Mi-am pierdut și ultima speranță.

— Hai, bă, nu te oftica, m-a liniștit Ciorbea. Uite, ia haina asta, ca să-ți treacă supărarea. Și-așa nu-mi place culoarea și are și mânecile prea lungi. Și oricum, pe mine nu mă mai alege nimeni.

S-a dezbrăcat de sacou și mi l-a întins. L-am pus pe mine. Doar la burtă mă strângea puțin, în rest se potrivea perfect. Am ieșit din bar și m-am privit în geamul mașinii, mulțumit de cât de bine arătam. Apoi m-am urcat la volan și am plecat acasă.

22

Cu 20 de ani în urmă nu eram nici noi, Costel și cu mine, mai breji decât Mormoloc sau Ciorbea. După ce Costel și-a pierdut locul de muncă de pe șantier aveam pe mână atât de puțini bani, ca studenți, că nu ne permiteam să ratăm niciun parastas sâmbetele, când veneam la țară. O dată la câțiva ani, făcea și Țața Leana pomeni pentru bărbată-so, care murise cu mult timp în urmă. Nea Gican luptase pe front și trecuse Prutul.

— Mai aveam un pic și cucream toată Rusia dacă nu cădeam prizonier, i-a povestit lui Costel.

Primul mort l-a văzut abia după două săptămâni de război: un neamț frumos, blond și cu plete, ca un actor de cinema. Era întins pe o masă, împușcat, iar vântul îi fâlfâia părul lung ca o fetișcană care flutură o batistă în semn de rămas bun.

— Atunci m-am prins eu că în război poți să și mori, spunea el la băutură.

S-a întors la câțiva ani după ce s-a terminat războiul și abia mai târziu, spre bătrânețe, a căzut în patima alcoolului. Și în cinci–șase ani l-au găsit țeapăn într-un șanț. Ce nu reușiseră puștile nemților și lagărele rușilor a izbutit țuica lui parfumată și curată de țară.

Nouă ne plăcea la pomeni. La 20 de ani, moartea era undeva, departe, un lucru abstract care-i privea pe alții. Nu era problema noastră. La ultimul parastas l-am chemat și pe Ciprian, care umbla mai mereu îndrăgostit și nemâncat. Exact ca Eminescu, îi spuneam eu, iar el zâmbea fericit de asociere.

Eminescu — citisem undeva — avea două coarde egal întinse: era veșnic înamorat și veșnic în căutare de cineva de la care să împrumute bani. Semănam și eu pe jumătate cu Eminescu, pentru că-mi plăcea să mă împrumut și uram să-i dau înapoi.

Ciprian și-a făcut apariția în curte la Țața Leana cu pardesiul lui lung care-i acoperea un maiou murdar. Umbla în blugi și cu ciocate. Ar fi avut capul rotund dacă nu i l-ar fi lungit un fel de bărbiță ascuțită, ca de drac. Îl invidiam pentru figura lui creolă, de italian, și pentru părul lung, ondulat și dat pe spate, îmbibat de gel ca și cum stătuse o zi în baiț de petrol.

— Cine dracu' e ăsta, mămică? Doamne iartă-mă, că mă spurcai acum, în ziua pomenii. Țața Leana îl privea pe sub basma, dușmănoasă, așa cum fac femeile de la țară cu necunoscuții.

A mâncat și a plecat repede Ciprian. Țața Leana s-a uitat în urma lui pe uliță și s-a întors spre noi, cu mâna la gură, ca și cum urma să ne dezvăluie un secret teribil:

— Costele, mamă, să nu mai aduci oameni așa urâți la noi la masă, că nu e primită pomana.

— Lasă-l, bre, că nu sărăcești din cauza lui. E și el nemâncat.

— Nu e nemâncat, e *nehărănit.*

— Și nu e tot aia?

— Nu e, mămică. Nemâncat înseamnă că nu ai mâncat de o zi, două, dar dacă bagi în tine cum trebuie mâine și poimâine, te pui pe picioare și arăți a om. Băiatul ăsta, care zici că e dracu' — Doamne, iartă-mă! —, e *nehărănit*, adică n-a mâncat când era mic cât să se sature, și i s-a format oasele strâmbe. Eu zic că e din familie cu mulți frați. Acu' poate să bage în el și de zece ori pe zi, că i se pune carnea urât pe oasele alea ale lui greșite și tot rău arată.

În disputele cu Țața Leana pierdeam întotdeauna. Și nici n-am fi vrut s-o supărăm, pentru că era de multe ori soluția de avarie. Rămâneam des fără bani de băutură și nu găseam pe nimeni să ne împrumute. Ea era de fiecare dată acasă, cu ceva țuiculiță dosită și cu coșul plin de ouă. Ne așezam de-a latul patului și stăteam de vorbă, în timp ce ea trebăluia în jurul sobei.

— Dragostea mea pentru Izabela e nemuritoare, a decretat odată Costel beat, în timp ce fuma la gura sobei.

Era un februarie isteric ca un diavol tasmanian. Eu stăteam mai mult cu ochii pe fereastră. Voiam să plec înainte să se facă noapte.

— Mai mult de atât nu se poate, a continuat el, împleticind cuvintele.

Țața Leana a clătinat din cap, de parcă nu-i convenea ceva. După câteva minute a deschis gura:

— Ba se poate mai mult, Costele, mamă.

— Ce să se poată, bre?

— Mai mult de nemuritoare, a zis. Se poate. Nepieritoare.

— Hai, bre, dă-o dreacu', că e tot aia...

— Nu e, maică. Nemuritor înseamnă că nu moare niciodată. Dar nepieritor e mai al dracu'. Ca bureanul ăla de crește în porumb. Îl sapi primăvara, îl omori, iar el învie din nou anul viitor. Și iar îl omori, și iar învie. Asta înseamnă nepieritor, nu nemuritor.

Mă simțeam ca și cum aș fi stat cu curul pe o plită încinsă. Aș mai fi băut, dar seara își desfăcuse deja cracii peste sat.

— Eu plec, că se face noapte.

— Mai rămâi, bă. Mai vorbim și noi.

— Nu mai stau că, dacă se întunecă de tot, mi-e frică să trec pe lângă cavoul lui Bezna.

Aveam de ales să ocolesc câțiva kilometri, dar să merg pe stradă, sau să scurtez drumul prin cimitirul care despărțea satul meu de al lui Costel. Am fost întotdeauna leneș și fricos, dar când mă îmbătam lenea învingea frica. Știam că o să aleg să trec prin cimitir, însă cavoul cenușiu al lui Bezna, cu nucii înalți din jur, mă speria mai tare decât biserica, cu turla ei neagră și cimitirul cu șirurile albe de cruci.

— Cum să-ți fie frică, mămică, a intervenit Țața Leana. Bezna era un om de treabă. Cam amenința de un picior. Dar chiar și așa, a fost un bărbat frumos la viața lui.

— Cum adică „amenința"?

Mi-l imaginam pe Bezna cum ridica piciorul din șold și-l ținea cu ambele mâini, ca pe o mitralieră, amenințând lumea cu el.

— Amenința, adică șchiopăta cu el...

— Să nu spui că aveai bucurii la el, s-a băgat Costel în discuție.

— Ba aveam, da' nu se uita la mine, că el era avut și eu săracă. A luat una bogată.

Țața Leana a supt un gât de țuică direct din paharul lui Costel. S-a șters la gură cu podul palmei.

— Mi-e frică de el, Țață Leano, că e mort.

— Și ce dacă e mort, mămică? Toți o să fim morți. De moartea noastră ar trebui să ne fie frică, nu de moartea altora.

Costel a intervenit din nou.

— Gata, bre, acu' dacă i-ai zis că arăta bine în tinerețe, n-o să-i mai fie frică de el.

— Păi, să nu-i fie, mamă. Era tânăr, înalt și frumos. Așa cum sunteți voi acum.

*

Eminescu ne apropiase de Ciprian. L-am cunoscut în stația de autobuz într-o vară.

Scund, cu părul bogat, negru și ondulat, ochi albaștri și ten măsliniu, Ciprian părea un fante de buzunar, varianta low cost. Costel mi-a spus mai târziu:

— Dacă îi vezi moaca lui Ciprian la fereastră, ai crede că e foarte impunător. Are cap de om înalt, ca Eminescu. Când îi vezi poza aia din cărți a lui Eminescu, nu-ți imaginezi că avea 1,60.

Ciprian sprijinea un gard. Umbla cu două suluri mari de hârtie în mână.

— La cât vine autobuzul de 5? m-a întrebat cu voce bubuitoare.

Vocea lui Ciprian, atât de masculină, de virilă, părea că are patru coaie și două pule. Era un star porno negru al vocilor.

— Păi, de obicei, autobuzul de 5 vine pe la 8, am glumit eu.

— Hai, mă, ce dracului, faci mișto? Vine la 5 sau la și un sfert?

— Nu știu. Dar ce-ai acolo, în sulurile alea?

— Uitați-vă și voi. Mi le-a făcut un pictor.

A despăturit sulurile. În fața noastră s-a desfășurat o lume ca în cărțile de română, la paginile cu poeziile lui Eminescu. Imagini din *Luceafărul*, cu personaje transfigurate, degete lungi și gene interminabile, se încolăceau cu mâinile pe după cap și după trup, în poziții atât de nefirești, de parcă făceau sex cu cefele.

— Cine dracu sunt ăștia? l-a întrebat Costel nedumerit.

— Sunt demiurgi.

— Demiurgi?

— Adică Dumnezei, l-a lămurit Ciprian.

— Du-te bă, dracu, dacă umbli cu Dumnezei sub braț!

— Dar de ce-i ții cu tine? m-am amestecat și eu.

— Pentru că atrag femeile. Par misterios. Ele intră în vorbă cu mine, mă întreabă ce am aici, în sulurile astea, iar eu le spun despre Eminescu și uite-așa începem o conversație.

— De când porți sulurile astea?

— De vreo săptămână.

— Și câte femei au intrat până acum în vorbă cu tine?

— Niciuna, încă. Dar nu mă grăbesc.

— Ai comportament de pasăre Colibri, dai din aripi de un milion de ori ca să înțepi o singură dată. Și nici măcar atunci nu ești sigur că-ți iese treaba, i-a zis Costel.

Ciprian îi datora dragostea pentru poezie profesorului de română din liceu. Fusese dur cu el și-l obligase să învețe. Profesorul îi datora lui Ciprian un an de viață, pentru că-l lăsase repetent în clasa a XII-a. Ciprian îi mulțumea pentru asta profesorului. Pentru că-l formase ca om. Îl făcuse puternic.

Cu demiurgii sub braț, Ciprian se consola că nu intrase la facultate și că tac-so ajunsese să-l bage electrician la uzina unde lucra, ca să nu-l mai țină în spinare.

— E ofițer de serviciu, ne-a zis Ciprian când l-am întrebat ce lucrează tac-so.

— Nu-mi plac ofițerii, în general. Polițiștii și militarii, îl atacam eu.

— E un căcat ofițer, zicea Costel. Ofițer de serviciu e o metaforă pentru paznic. Zi, Cipriane, tac-to nu e paznic la uzină?

— Mai terminați, dracului, să-l comentați pe tata. Bătrânul e un om extraordinar. A crescut cinci copii, iar mie mi-a luat apartament.

Aici ne atingea cel mai tare. Ne plăcea de Ciprian, ne amuza vocea lui groasă, pardesiul și demiurgii, dar cel mai mult iubeam apartamentul lui din Găești. Aveam unde dormi după discotecă, sâmbăta.

— Am fost oameni simpli, oameni săraci, ne-a povestit el. Am mers cu fratele meu cel mare la rude, la Vaslui, și la ăia în curte crescuse iarba până la coaie. Am pus mâna pe coase cu Virgil și ne-am apucat să facem ordine la oameni în bătătură. Vecinii își făceau cruce din spatele gardurilor. „Cum de știți să cosiți voi, băieți de București?“ Iar eu le-am zis: „Suntem munteni, domnule!“

— Eu am plecat de jos, se lăuda Ciprian când se îmbăta.

— Și acum unde ești? Ești sus?

— Lasă-l, Liviule, că se supără și nu ne mai primește în apartament. Cipriane, mai bine zi-mi de ce stai cu ochelari de soare când umblăm prin baruri.

— Ochelarii te fac misterios, omule.

— Tu n-ai învățat că „ochelari de soare“ nu e o metaforă? Sunt chiar pentru soare. Să ții minte de la mine: dacă îl vezi pe unu' că umblă cu ochelari de soare seara sau într-o clădire ai două variante: ori e orb, ori e cretin.

Ciprian nu se supăra dacă îl jigneam. Avea un fel de-a fi superior și nu-l puteai atinge. Costel îi spunea uneori:

— Știi de ce se uită oamenii cruciș la tine? Pentru că ești foarte scurt și umbli îmbrăcat în pardesiul ăsta lung până la glezne. Iar un pitic în parpalac e echivalentul unei grase cu fustă mini.

Într-o zi, Ciprian ne-a mărturisit că îl adoră pe Shakespeare. Tot profesorul care-l lăsase repetent îi insuflase și dragostea asta.

Ne plimbam toți trei prin parcul orașului. Pe o bancă se odihnea o tipă de liceu. Majoritatea liceencelor sunt țâțoase. E o enigmă ce se întâmplă cu țâțele lor peste ani. Cad sau se retrag învinse. Ca pe câmpul de luptă.

— Ce faci, frumusețe în mișcare? i-a aruncat Ciprian.

— Ești chior? Nu vezi că stau pe bancă? i-a răspuns ea iritată.

— Aș vrea să-ți sărut tâmplele, divino, a atacat Ciprian, având-ul pe Shakespeare pavăză în spate.

— Tu să nu mă iei cu „divino“, nesimțitule, că nu ne tragem de șireturi.

Ciprian a înghițit în sec și a trecut mai departe. O știa pe tipă, ne-a zis. Mă-sa era doctoriță. I-a mai făcut complimente și nu s-a supărat. Dar atunci era singur cu ea.

— Și ce i-ai spus?

— I-am zis că are țâțe platoșate.

— Cum? Platoșate?

Am izbucnit în râs.

— Râzi ca prostu'. N-ai pic de poezie în tine. Ce dracului te hlizești așa?

— Cipriane, dacă ești un spirit atât de liric, de ce nu te apuci să scrii poezii?

— Am scris una, dar nu v-o zic, că o să începeți iar cu mișto-căreala ieftină.

L-am convins pe seară să ne-o citească. Rămăseserăm să dormim la el și umpluserăm casa cu bere. La al doilea rând a prins curaj și a scos dintr-un sertar o foaie mototolită.

— Unde ai ținut hârtia aia? În cur?

— Ați început deja cu glumele proaste și nu-mi place.

— Gata, facem liniște. Cum se numește poezia?

— N-are titlu.

Scrumierele se umpluseră și sticlele goale de bere se rostogoliseră la perete. Una dintre ele se lipise de un fir ieșit din priză. Toate prizele lui Ciprian ne priveau holbate, cu mațele firelor scoase. Nu văzusem nicăieri prize mai ciufulite. Ne spusese că, fiind electrician, nu se teme de curent, ca restul lumii, așa că prizele puteau rămâne desfigurate în continuare.

Ciprian și-a aprins o țigară cu degetele lui scurte și groase. Odată, Costel îl lăudase că are mâini de pus în ciorbă, moi și cărnoase în același timp. Ar fi salivat chiar și cel mai nepofticios canibal dacă i-ar fi văzut mâinile lui Ciprian. A început să citească:

Neînțelesul, cufundându-se în sine
E-asemeni florii arse de nemilosul vânt
O floare pogorâtă spre negrul pământ
De setea ce-o înțeapă în gingașa-i petală.
Păpuși de lemn mergând pe stradă
În goană, nu știu unde,
Dar fără milă și credință-n nevăzut...

Apoi s-a oprit. Liniștea s-a înfipt în apartament ca un ștecher în priză. În următorul minut s-a auzit doar curentul electric sfârâind în pereți.

— Atât?

— Atât. Nu e suficient?

Mulți ani am folosit în discuțiile noastre ultimul vers al lui Ciprian. „Am cunoscut o tipă. Diseară mă întâlnesc cu ea. O să merg fără milă și credință-n nevăzut". „Am un examen și n-am învățat, dar mă prezint fără milă și credință-n nevăzut".

Am mai băut câte două rânduri de bere. L-am trimis pe Ciprian să mai cumpere. S-a întors după o jumătate de oră, parcă și mai beat.

— Am lins și 100 de vodcă la bar. Dar viața e frumoasă.

— Cipriane, ce dracu ai pățit? Pari cam turmentat.

— Baieți, sunt îndrăgostit. Vreau să vă spun ceva, dar să rămână secret: am făcut sex pentru prima oară.

— Când? întreabă Costel. Acum, când ai coborât după bere?

— Nu acum. Azi, la uzină. M-a trimis meșterul la biblioteca fabricii. Mi-a zis: „Cipriane, ești singurul tip cultivat și rafinat din toată secția asta. Mergi la bibliotecă și adu-mi o carte bună, că am chef să citesc ceva diseară". M-am dus și acolo era o bibliotecară bună de tot, bibelou, nu alta, în halat alb și cu ochelari cu ramă groasă. Am rugat-o să-mi dea ceva de Shakespeare. S-a urcat pe o scară ca să ia cartea de pe ultimul raft, iar eu m-am dus să țin scara. M-am uitat în sus și n-avea nimic pe ea. Cred că de emoție am tremurat și s-a mișcat scara, iar ea s-a dezechilibrat și a căzut direct peste mine. Iar în cădere am prins-o direct de păsărică.

Costel a tras o flegmă în jumătatea camerei. În timp, învățasem că scuipă atunci când se concentrează. Cum se scarpină proștii în cap sau își mângâie bărbia intelectualii.

— Băi, Cipriane, din câte am observat eu la păsărici, cum le spui tu, și am văzut mai multe decât un ginecolog în pragul pensiei, n-au vreun mâner de care să le prinzi. Poate că fata avea flocii foarte mari și ai agățat-o de ei, în cădere. Că astea, intelectualele gen bibliotecare, se întâmplă uneori să-și lase flocii mari din cauză că sunt foarte culte și iubesc tot ce e retro.

Am izbucnit în râs, dar Ciprian tăcea serios.

— Ești misogin, omule! Nu ești capabil să iubești.

— Mai bine zi mai departe cu bibliotecara. Ai prins-o de pizdă în cădere și apoi ce i-ai făcut?

— Apoi am luat-o în brațe, am sărutat-o, am trântit-o pe o masă plină cu cărți, dar mai întâi am măturat cărțile cu palma, iar apoi am posedat-o sălbatic. După ce am terminat mi-a zis: „Ciprian, ești cel mai tandru bărbat din viața mea. Ești al șaptesprezecelea!"

— Dar de unde știa că te cheamă Ciprian? Ai făcut cunoștință cu ea acolo, pe masă?

Ciprian s-a gândit puțin, apoi a zâmbit.

— Ce mama dracului sunteți atât de proști? E uzina mică și oamenii se știu între ei.

Am băut și ultimul rând de bere și ne-am culcat. Ne înghesuiserăm toți trei în dormitor. Sufrageria era goală, doar parchet și praf. Când dormeam la Ciprian, făceam cu schimbul, doi în pat și unul jos, pe o plapumă. Era rândul lui Costel să doarmă pe parchet. Ciprian a început să sforăie imediat, dar eu nu reușeam să închid ochii. Aveam probleme mari cu Universul. Cum lipeam pleoapele, se învârtea apartamentul cu mine. A trecut așa vreo oră. Din când în când auzeam câinii urlând în noapte sau zgomotul făcut de Costel, care scuipa de-acolo, de jos. Frigiderul acompania prizele care sfârâiau. Mă gândeam la bibliotecara lui Ciprian și nu reușeam să adorm.

— Fata colonelului e cam curvă. O fute oricine are BMW, a urlat un bețiv afară.

Omul pusese atâta patimă, încât l-am crezut.

— Liviule, dormi?

Costel avea chef de vorbă. N-am răspuns. Ne-am fi întins cu discuțiile până dimineața. A mitraliat o serie de patru flegme. Eram sigur că îl frământa ceva. S-a ridicat și a făcut câteva ture prin cameră. Mă temeam să nu se curenteze în firele care ieșeau din prize ca degetele dintr-o mănușă ruptă. S-a oprit la fereastră și a fumat o țigară, apoi a venit la marginea patului. L-a scuturat ușor pe Ciprian.

— Cipriane! Cipriane! Trezește-te!

Ciprian dormea ca un chelner după Revelion.

— Cipriane, trezește-te puțin, că vreau să te-ntreb ceva!

Unii oameni adorm cum pun capul pe pernă. Lasă gândurile și problemele la marginea patului. Ciprian sforăia ca Moș Crăciun în noaptea de 26 decembrie.

— Cipriane, cine e, mă, neînțelesul din poezia ta? Tu ești?

Pe stradă tropăia un grup de tineri. Vorbeau tare și râdeau. Nu auzeam ce spun, dar din când în când răzbătea până la noi câte un „pula mea".

— Cipriane, spune-mi mie ce ai pe suflet și te înțeleg eu, ca să nu rămâi neînțeles, ca Eminescu, a insistat Costel.

Multă vreme n-a mai trecut nimeni pe stradă.

— Auzi, Cipriane, nu că te înțeleg. Te știu pe de rost, a mai spus Costel și s-a calmat.

Frigiderul și prizele tăcuseră. Un bețiv care vorbea singur s-a apropiat prin noapte. Era atâta liniște că-l auzeam și când soarbe din sticlă.

— A lăsat Ceaușescu țara oglindă, a mormăit el.

23

Ciprian pierduse doar un an de liceu. Eu ratasem trei de facultate. Repetasem anul I de două ori, iar ultima oară m-au dat afară. Eram hotărât să-mi închei socotelile cu viața în ziua în care m-au exmatriculat de la ASE. Nu voiam să ajung ca Iulică, fostul student căruia îi dădeau vecinii țigări de milă. Copil sărac, Iulică se născuse într-o hrubă din satul meu, cu aptitudini pentru matematică ca Mozart pentru muzică. Își uimise profesorii cu talentul lui și toți îi prevedeau o carieră universitară glorioasă. Dar în liceu a căzut în mrejele pocherului, dând dovadă de același talent uluitor ca la matematică. Diferența dintre ele era doar că din matematică nu scotea bani de bere și de țigări. După ce și-a curățat colegii de clasă de finanțe, după ce le-a câștigat la pocher până și ceasurile sau șireturile de la ghete lor și, mai apoi, interlopilor din zonă, Iulică a început să-și caute parteneri de joc prin orașele învecinate. Chiar și așa, fără să mai învețe deloc, a intrat la Politehnică printre primii. Acolo s-a simțit precum Columb proaspăt debarcat în America. Lumea era nouă și plină de tentații. Într-un singur an reușise să devină o mică vedetă în campus și toți studenții îl recunoșteau pe tipul înalt, slab, negricios și cu ochi misterioși, care aducea bine cu magicianul David Copperfield, aflat pe mare val în acei ani. I se spunea Profesorul și ajunsese să-i placă atât de mult noul nume, încât se prezenta așa.

Dar profesorii adevărați și banali, care predau la Politehnică, nu știau ce geniu au în fața la examene. Pentru că nu reușise să învețe nimic și nici nu dăduse pe la școală, a picat anul. Profesorul a dat din nou la facultate, de data asta la Construcții, iar în primul an, 1987, a repetat isprăvile din Regie. În anul următor, exmatriculat din nou, n-a mai pierdut timpul cu admiterea, dar a plătit câștigul dintr-o noapte de pocher și și-a luat o cameră într-un cămin studențesc. Acolo se adunau seară de seară studenți ratați, interlopi și amărâți care-și încercau norocul, dar plecau de fiecare dată mai săraci și mai triști. Prin campus se vorbea că o singură dată pierduse Profesorul bani la pocher: un racket basarabean, în trening alb, cu cercel, ceafă de buldog și ani buni de pușcărie la activ, nu suportase umilința și-l pocnise cu fierul de călcat în cap, luându-i toți banii.

După Revoluție, studenții căpătaseră noi orizonturi și era greu pentru Profesor să mai găsească romantici pe care să-i îmbie la „o carte". Și-a mutat sediul la Obor, unde o vreme a păcălit cu alba-neagra târgoveții care veneau din provincie. Dar și jocul ăsta, ca și pocherul, se uzase moral și apunea vertiginos. Iulică s-a urcat în tren și s-a întors acasă, unde după doi ani de ars gazul prin curte, s-a angajat gardian public pe un salariu de mizerie. Uneori, printr-un miracol, mai prindea un joc pe la Pitești sau Ploiești, și-atunci se lăuda la cârciuma din sat, fluturându-le pe sub nas bețivilor teancul de bani. Dar, de cele mai multe ori, el le cerea o bere, iar în timp ce-l cinsteau, le povestea cum jucase pe sute de mii de dolari cu mafioții Bucureștiului, care l-au avertizat cu câteva luni înainte că va veni Revoluția. Oamenii îl ascultau răbdători, deși auziseră povestea de sute de ori, dar nu-i mai dădeau și a doua bere. Profesorul insista și le promitea răsplată înzecită, dar tot ce mai reușea să obțină era o țigară, pe care o fuma pe drum, încet, ca să-i ajungă până acasă.

*

Dădusem la Cibernetică pentru că suna frumos. Cei câțiva absolvenți de facultate din comuna mea făcuseră Universitatea, Dreptul sau Politehnica. Dar la Cibernetică nu intrase nimeni. Nici măcar nu știam ce înseamnă când m-am înscris, dar a meritat efortul. Au căzut toți pe spate în discotecă, la țară, când m-am lăudat că sunt student la Cibernetică. Nu le-am mai spus și că în prima săptămână de școală, când profesorul de sisteme de operare a dictat la curs „IBM PC", eu am notat exact cum se auzea, adică „aibiem pisi". Vecina de bancă rămăsese puțin în urmă și s-a uitat în notițele mele. A văzut ce-am scris și de atunci nu m-a mai scos din „pisi".

În timp ce ne dicta, profesorul, un bătrânel sprinten și cu părul alb, s-a oprit brusc și s-a uitat cu atenție în sală.

— Mă, tu ăla cu sacou galben fosforescent, ridică-te puțin în două picioare! a zis profesorul.

Un tip galben ca o lămâie, cu pantaloni roșii, pantofi ascuțiți, verzi și păr sculat și vopsit în mai multe culori s-a ridicat bâțâindu-se de pe un picior pe altul.

— Bănuiesc că te-ai împodobit așa ca să atragi atenția. Felicitări! Ai reușit, i-a mai spus moșul de la catedră. Ia hai puțin la tablă, să te vedem mai bine.

Gagiul a pornit spre tablă plictisit și blazat, în timp ce se scărpina cu degetul mic în ureche.

— Cu ce v-am deranjat, dom' profesor? Că n-am zis nimic.

— Dragă, știi bancul ăla cu punkerul care a urcat în autobuz și care avea părul roz, verde, portocaliu, albastru, galben și indigo, avea zece cercei într-o ureche, cinci în alta și câte doi în sprâncene și în nas? Hainele îi erau pline de petice în toate culorile, iar în picioare purta un bocanc negru și altul roz. S-a așezat pe scaun lângă un bătrân, care se tot holba la el cu gura căscată. „Ce te holbezi așa la mine, moșule? Ce, tu n-ai fost tânăr? N-ai făcut și tu nebunii la viața ta?", l-a întrebat tânărul. Moșul a zâmbit înțelegător și i-a răspuns: „Ba da, am făcut o grămadă de tâmpenii. Am fost marinar și, pe vremuri, am ajuns și în Singapore. M-am îmbătat atunci așa de tare, că am futut un papagal. Mă tot uit la tine și mă gândesc că poate ești fii-miu".

Tânărul a râs stingher, așa cum faci atunci când te împiedici pe stradă, iar trecătorii se holbează la tine.

— Știu că te crezi șmecher, coloratule, dar ține minte de la mine că orice șmecher are viitor de fraier, i-a mai spus profesorul.

Celelalte cursuri n-au mai fost atât de pitorești. Plictisit, am renunțat încet, încet să mai trec pe la școală și am repetat un an. Cineva m-a învățat să-l amân medical, cu șpagă la doctor, și așa am făcut, apoi l-am amânat și pe al doilea. Nu puteai face asta de trei ori. M-am pus pe învățat, dar îmi pierdusem exercițiul. Am trecut cu greu câteva examene, iar la final de tot am mai rămas cu unul singur, la Economie. Dacă scăpam și de el, mergeam mai departe. Dacă nu, eram exmatriculat. Profesorul știa asta, iar eu făcusem undeva între 4 și 5. Era un tip înalt, pe la 40 și ceva de ani, mătăhălos și cu ochi albaștri. S-a uitat senin în ochii mei și nu mi-a dat 5.

Am ieșit amețit din sală, mi-am cumpărat un pachet de țigări de la chioșc și l-am desfăcut pe treptele facultății. La prima țigară m-am înecat și am tușit, la a doua doar am tușit, iar la a treia a început să-mi placă. Trebuia să iau o hotărâre.

Am pornit pe Magheru, cu gândul să urc în InterContinental și să mă arunc de acolo. În fața hotelului, un „general" cu epoleți le deschidea ușa celor care voiau să intre. M-am temut să nu mă întrebe ce caut în hotel și am cotit-o spre metrou. Mă proțăpisem pe bulevard, în fața Teatrului Național, gândindu-mă cum pot să ies mai elegant din scenă, când am auzit în spatele meu un glas cunoscut:

— Cobiene!

M-am întors, presimțind ce era mai rău: Sandu! Îmi spunea așa din liceu, de când aflase că vin din comuna Cobia. Îmi era mai frică de el decât de sinucidere. Putea vorbi neîntrerupt câteva ore despre futaiuri incredibil de lungi, în timpul cărora femeile se rugau de el să nu le mai perpelească atât de mult.

— Cobiene!

O să-mi întârzie sinuciderea cu cel puțin o oră, m-am gândit.

Sandu își luase viteză spre mine și, după câtiva metri, a început să tropăie nerăbdător. Îl simțeam că are ceva de spus. N-a rezistat să ajungă mai aproape și a urlat cât a putut de tare, în fața teatrului la care eu, băiat de la țară, mă uitam ca la un templu:

— Cobiene, mi-a dat una limbi în găoază azi-noapte!

Am înlemnit în mijlocul bulevardului. Oamenii treceau grăbiți pe lângă noi, cenușii și indiferenți ca un stol de guguștiuci. Mă așteptam să se oprească, oripilați de confesiunea lui Sandu, dar nu le păsa. Sandu purta pulover gri și fes cu moț, cum avusesem și eu în copilărie, la săniuș, și vorbea cu țigara în gură, ca Clark Gable în „Pe aripile vântului".

Am rămas așa, blocat, câteva secunde, apoi mi-am imaginat scena pomenită de Sandu și m-a lovit un râs din care mi-a fost greu să mă opresc. Ce dacă mă exmatriculaseră, ce dacă oamenii care treceau pe stradă aveau necazurile lor, ce dacă unii se îmbolnăveau și mureau, ce dacă avioane cădeau și pe lume erau încă războaie? El avea mica lui fericire, mai importantă decât orice altceva.

— Bem ceva? l-am întrebat.

— Dacă ai bănuți, cu plăcere!

Un câine se oprise să se pișe pe piciorul unei băncuțe din fața teatrului. Sandu m-a luat de braț și mi-a zis:

— Cobiene, mă-ntreabă ală mic, frati-miu, cu câte femei m-am futut. N-am știut ce să-i spun copilului. Cum dracu' să ții minte sute și sute de nume?

Așa era Sandu. Conducea dialogul unde avea chef.

Am pornit împreună pe bulevard. Din față venea o tipă într-o fustă foarte scurtă, cu tocuri subțiri și cu un câine roșcat și elegant în lesă. Se uita demnă peste capetele trecătorilor, conștientă că atrăgea privirile.

— Unde plimbi javra asta? a întrebat Sandu, pe un ton exagerat de politicos.

— Nesimțitule! E un setter, nu o javră.

— Știu, păpușă, a răspuns Sandu. Cu el vorbeam, nu cu tine.

Indiferent ce ar fi făcut, fie că era la o înmormântare, fie la piață sau la Operă, Sandu se gândea la un singur lucru, ca-n bancul cu Bulă:

„La ce vă gândiți, copii, când flutur o batistă? a întrebat învățătoarea.

— La despărțire, a făcut Gigel.

— Bravo, Gigel, l-a felicitat ea.

— Eu mă gândesc la tren și la gară, a spus și Ionel.

— Bravo, Ionel! Dar tu, Bulă, la ce te gândești?

— La pizdă, doamnă.

— Cum, Bulă, să-ți vină în cap așa ceva de la un gest atât de frumos precum fluturatul batistei?

— Doamnă, mie poți să-mi fluturi și-un tramvai, că tot la pizdă mă gândesc."

M-a convins de asta la un meci al naționalei, când ne strânseserăm vreo zece studenți în camera lui Piți și Sven, care aveau televizor color. Sandu ajunsese mai devreme și se trântise pe un pat. Era beat și n-am reușit să-l facem să ne cedeze o parte din locul lui. Ne-am așezat pe unde am putut, înghesuiți de-a lungul celuilalt pat, pe scaune sau întinși pe jos. Sandu nu se uita la meci și contempla tavanul. România juca prost și, spre final, a luat un gol absurd. În camera de cămin s-a așternut o liniște sumbră. Eram cu toții triști și dezamăgiți. Și în secundele de după gol, Sandu, nemișcat pe pat de aproape două ore și uitându-se fix în sus, a zis cu glas vesel:

— Bă, băieți, cred că numai pe tavan n-am futut!

Într-o altă zi, cu câteva luni în urmă, mă întorsesem cu tramvaiul de la bibliotecă. N-aveam bilet și mă retrăsesem strategic undeva, în spate. La stația următoare a urcat Sandu. Și el circula cu nașu', pentru că a țâșnit către fundul tramvaiului. M-a văzut și mi-a aruncat firesc, ca și cum am fi continuat o discuție întreruptă cu un minut în urmă:

— Și atunci mi-a spus: „Nu mai pot, iubitule, că sunt uscată toată! Te implor, mai ai răbdare o oră, ca să-mi revin!" Dar asta m-a stârnit și mai tare și am dus-o la oglindă. Și acolo i-am dat-o din nou, încă o oră, până i s-au înmuiat picioarele, de mergea prin casă ca Charlie Chaplin.

În timp ce povestea, Sandu desena prin fața mea, în tramvai, conturul unei femei apetisante, cu țâțe care împungeau aerul la 20 de centimetri în față și urcau amenințător spre nas. Se balansa, explicând cum o obosise atât de tare pe tipă, încât fata nu-și mai dorea sex în următorul an.

— Și-atunci i-am mai tras două numere înnodate și al treilea la cinci minute după.

Între timp, tramvaiul se hurducăia prin gropile de lângă gara Basarab. O femeie între două vârste, îmbrăcată ponosit, dar în roz și roșu și rujată strident, voia să treacă strada.

Sandu a scos mâna pe un gemuleț mic, din spatele tramvaiului, și a agitat-o energic spre ea, într-un gest obscen.

— Să ți-o dau la cioc, i-a aruncat femeii.

A râs obosită. Dantura era ultimul lucru pe care l-ai fi invidiat la ea. Sandu s-a încruntat și și-a retras mâna fulgerător din ferestruică, de parcă l-ar fi înțepat un scorpion.

— Ba nu ți-o dau, că mi-o mănânci.

Tramvaiul a ajuns în următoarea stație gâfâind și clătinându-se ca un bețiv supraponderal. Sandu povestea în continuare. Nu s-a oprit nici măcar când s-au deschis ușile și s-a dat jos. La următoarea trebuia să cobor și eu și m-am tras mai aproape de uși. Din stație, de pe terasament, Sandu pălăvrăgea mai departe, balansându-și bazinul și dând din coate, ca un schior. Mi-a zis apoi:

— Bunică-meu avea o vorbă, Cobiene.

— O știu, aia cu „mâna în cur"...

În sfârșit, spusesem și eu câteva cuvinte la întâlnirea cu el. Tramvaiul aștepta în stație, la semafor, cu ușile deschise.

— Nu aia, alta.

Între timp s-au închis ușile, dar nu se făcuse încă verde la semafor. Sandu s-a lipit de tramvai, a deschis cu mâinile cauciucurile care uneau ușile, și-a băgat gura printre ele și mi-a spus:

— Bunică-meu avea o vorbă: „Futi, nu futi..."

— O știu: „Futi, nu futi, vremea pulii trece..."

— Nu, Cobiene. E una mai adâncă: „Futi, nu futi, vremea trece, băi, pulă!"

De atunci nu-l mai văzusem pe Sandu, dar mă mai gândisem la el. Uneori, când mergeam pe stradă sau când citeam o carte, mi se arăta în minte conturul gurii lui printre cauciucurile ușilor de tramvai, șoptind amenințător: „Vremea trece, băi pulă!" Habar n-aveam cât de multă dreptate avea.

*

Îl cunoscusem pe Sandu în primul an de liceu. Eram colegi de clasă. În prima zi de școală a făcut un slalom printre bănci, s-a oprit în fața fiecărui coleg, a întins mâna și s-a prezentat:

— Poenaru Sandu.

Și apoi a completat:

— Vicecampion la șah, la juniori, pe orașul Găești.

Dacă aș fi bănuit atunci că peste șapte ani îmi va salva viața, l-aș fi tratat cu mai mult respect. Așa, doar m-am uitat la el și am râs, iar asta l-a stârnit puțin.

— De unde ești, tinere? Că după față și îmbrăcăminte nu prea pari de-aici, de pe la oraș.

— Din Cobia, i-am zis.

— Cobiene, ai auzit de Emil Cioran?

— Nu.

— E un filosof din Franța, care a spus următoarele: „Aș vrea să-l cunosc pe primul om care și-a dat seama că nu mai e maimuță". La tine cum e? Te crezi om sau te-ai prins că ai rămas încă urangutan?

Am tăcut. Îi mergea gura și eram sigur că aș fi pierdut o confruntare verbală cu el. M-a bătut pe umăr și, înainte să treacă spre următorul coleg, mi-a șoptit:

— Când ai pula-n cur ca paru', poți să cânți ca Dan Spătaru?

Mă făcuse mat.

Bunicul lui Sandu avea o vorbă: „Eu n-am încredere nici măcar în mine. Mă culc cu mâna-n cur și mă scol cu ea în gură". Îl crescuse și pe nepotă-su cu filosofia asta, care îi era suficientă ca să-și explice de ce tatăl lui l-a părăsit când avea câțiva ani, și de ce maică-sa, la fiecare petrecere de ziua lui, se încuia cu fotograful orașului câte o oră în bucătărie.

*

În ziua în care am picat examenul, i-am povestit lui Sandu aventura mea cu facultatea, privindu-l încețoșat printre sticlele cu bere. I-am spus tot, mai ales cât îmi era de greu să suport rușinea exmatriculării. Sinuciderea era singura soluție.

— Cobiene, o mai știi pe aia cu care m-am baricadat eu în dormitor la ziua mea, în clasa a unșpea?

Chiar și când îi vorbeam de sinucidere, Sandu tot la pizdă se gândea.

— Care, mă? Aia cu mustață?

— Aia negricioasă.

— O mai știu.

— A născut acum trei ani. Am copil mic, Cobiene. Am copil de la 19 ani.

— Și ce faci?

— Ce fac? Nu vezi? Ești chior? Beau.

— Voiam să zic: ai luat copilul acasă?

— Cobiene, am deja un copil — pe mine. Nu-mi mai trebuie altul.

— Atunci mai bine te sinucizi și tu cu mine.

— Cum dracu' să mă sinucid, Cobiene? Vrei să-mi las copilul orfan?

Am izbucnit în râs. Sandu, unul dintre puținii colegi de clasă care nu intraseră la facultate, care căra marfă cu spatele într-un angro din Giulești, iar de la 19 ani trebuia să plătească pensie alimentară pentru că în urmă cu un an o futuse beat pe o proastă la ziua lui, mai putea să se bucure de micile plăceri ale vieții.

Cârciuma se umpluse de lume și, între timp, se adunase și formația. Un lăutar cu părul alb ca laptele, scund și cu spatele drept, a măsurat mândru sala, ca un cocoșel într-o curte plină de găini.

— Dragi doamne, stimați domni. Permiteți-mi să mă prezint, pentru cei care poate nu mă cunosc încă. Sunt Ion Lăceanu și cânt la 20 de instrumente, printre care nai, cimpoi și frunză.

— Cântați și la fluierul piciorului? l-a întrebat politicos Sandu, dar maestrul l-a ignorat.

Cu fața rozalie și părul alb, imaculat, Lăceanu putea face oricând reclamă la un detergent. Costumul popular, încărcat de flori ca un buchet de mireasă, cădea fix pe el și n-avea nici măcar o scamă, iar pantalonii strâmți îi crăpau pe cur ca o a doua piele. A luat un fluier de pe masă și, înainte să sufle în el, ne-a mărturisit:

— Mi se mai spune și „Omul orchestră".

— Iar eu torn pe gât tot ce prind. Mi se mai spune și omul pâlnie, l-a ironizat Sandu.

Lăceanu s-a pornit să cânte mai întâi din gură și apoi din fluier. Se acompania singur.

Of, of, foaie verde foi de prun
Spune, spune moș bătrân
Spune caii când se fură,
Of, of, of, of...

Restaurantul tremura în fumul gros de țigară. Mă usturau ochii.

— E poponar, gagiul, și-a dat cu părerea Sandu.

— De unde știi?

— Are vocea subțire.

— Și asta e de ajuns ca să...

— Uite cum ține fluierul, cu două degete.

— Fugi, bă, cu tâmpeniile astea.

— Cobiene, păi așa țin femeile sclifosite pula, tot cu două degete. Iar degetul mic și-l țin ridicat, ca atunci când își beau cafeaua. Uită-te la ăsta că are aceleași gesturi.

— Păi, atunci și tu ești poponar, că ții țigara tot cu două degete.

— Să m-apuci de cur cu două degete! Fii atent cum cântă cu buzele țuguiate.

— Cum să nu stea cu buzele țuguiate, când suflă în fluier?

— Și atunci de ce are pantalonii așa de strânși pe cur?

— Nici ăsta nu mi se pare un argument...

— Cobiene, când vezi un bărbat scund și foarte îngrijit, cu voce subțire și foarte manierat, care ține obiectele cu două degete, poartă cămăși sau bluze foarte decoltate, stă cu buzele țuguiate și are pantalonii strânși pe cur, să știi că e poponar.

Lăceanu mai încheiase o melodie și mulțumea publicului, cu o plecăciune, în timp ce ducea mâna la inimă. Părea afectat și credibil. Mi-a plăcut gestul. Am hotărât atunci, privindu-l tulbure pe Sandu printre sticlele cu bere, ca de câte ori îi mulțumesc cuiva, să-mi duc și mâna la inimă.

*

Sandu se lăuda tot timpul, în liceu, cu unchi-so. Era popă la Cluj și avea 54 de centimetri circumferința brațului, cât Schwarzenegger. Îl respecta toată lumea în oraș. Chiar și Florin Piersic.

— Știi cum îi zice Florin Piersic lu' unchi-meu, Cobiene? Îi zice „Săru' mâna părinte!" și face o plecăciune în fața lui.

Sandu n-avea tată și simțea nevoia unui model masculin. Eu aveam și nu mă presa nimic din zona asta. În plus, Florin Piersic nu le dădea cu săru' mâna rudelor mele. Toți verii și unchii mei erau fie bețivi, fie profesori de matematică, dar cele două categorii nu se excludeau neapărat una pe alta. Bețivii îmi plăceau mai mult, dar mă jenam să mă laud cu ei în fața unuia care avea un unchi popă. Bețivii mă priveau ca pe un tocilar, iar unchii profesori se uitau la mine ca la un bețiv în devenire. Încercam să le intru tuturor pe sub piele, dar nu-mi ieșea niciodată. Dar și eu făceam mari eforturi ca să mă urască. Așa cum a fost atunci când l-am rugat pe Costică, un unchi serios și sever, care preda la liceu, să mă ajute să rezolv o problemă pe care o auzisem în discotecă:

— Patru capre și trei iezi fac trei mii de căcărezi. Dar o capră și un țap, câte căcăreze fac?

Unchiu' Costică s-a gândit puțin și a clătinat din cap a reproș. Avea fața mare și roșie ca un catalog:

— E greșită problema. N-avem date despre țap.

Știam că nu mă suportă. Când eram mic, îl alergam pe fii-so, un băiat gras și fricos, îl prindeam și-i băgam broaște vii în chiloți. Copilul se temea să pună mâna pe ele și fugea acasă bâzâind, cu broasca tresăltându-i lângă puță. Urla de la poartă, de-l auzeau toți vecinii: „Mămicoooooo, Liviu mi-a băgat iar o broască în chiloți!" Mă-sa îi scotea broasca, îi dădea o palmă la cur și-l certa că e prea bleg. Spre seară, când se întorcea de la treburile lui și afla ce s-a întâmplat, unchiul Costică își făcea apariția la gardul nostru. „Costică, sunt copii, se joacă și ei", încerca să-l îmblânzească tata.

Ca un câine care latră la adăpostul curții, întindeam coarda: „Să-mi bage și el o broască în chiloți, nea Costică, și nu mă supăr". Știam că fii-so n-ar pune nici mort mâna pe broască. Mă fascina pielea rece a broaștelor, dar mai ales să le bag un pai în cur și să suflu până se umflau. Le aruncam așa umflate înapoi în lac și pluteau ca niște baloane.

— Cum dracu' le prinzi? se mira tata.

— Cu grijă, răspundeam eu, păstrând secretul.

Era simplu. Cu o undiță, în acul căreia atârnam o frunză verde. Vedeam broasca pe lac, îi plimbam cu undița frunza pe la bot, ademenind-o cu ea și, după câteva secunde, zdup, sărea și înhăța frunza, cu ac cu tot. Unele înghițeau cu atâta poftă, încât eram nevoit să fac pe chirurgul ca să recuperez acul.

— Deci nu se poate rezolva problema. E un sistem care nu are soluție. Să notăm caprele cu X, iezii cu Y și țapii cu Z. Căcărezele le notăm cu C.

Unchiul Costică nu zâmbea niciodată. Doar i se mișca puțin alunița neagră de pe un obraz, ca un căcat de muscă, atunci când spunea un lucru pe care-l credea amuzant. Iarna purta căciulă de nutrie, iar vara umbla în sandale și șosete.

A scos din buzunarul de la piept o agendă și un pix:

— Avem următorul sistem:

$$4X + 3Y = 3.000\ C$$
$$X + Z = ?$$

Nu avem soluție pentru că, așa cum ți-am zis, ne lipsesc datele despre țap. „Z“, cum l-am notat noi.

— Ba avem soluție, unchiule.

— Ia spune-o, măi, m-a îndemnat el cu dispreț didactic.

Știam că o să se supere, dar o merita. Preventiv, m-am îndepărtat câțiva pași:

— Faci produsul mezilor și sugi pula iezilor. Iei pe zero, îl pui la cât și iei capra la futut. Iei socoteala de la cap și sugi pula și la țap. Dacă nu-ți dă rezultatul, o sugi și pe-a lu' băiatu'.

Am turuit „rezolvarea“ dintr-o răsuflare și am luat-o la fugă spre casă. Unchiu' Costică urla în urma mea:

— Dobitocule! Lepădătură!

Am înhățat o carte din bibliotecă și m-am dus glonț în camera părinților. M-am aruncat în pat și m-am prefăcut că citesc concentrat din ea.

N-au trecut mai mult de câteva minute.

— Radule, strigă cineva la poartă.

Tata s-a ridicat din pat și s-a uitat pe fereastră.

— E Costică, a zis, confirmându-mi cele mai sumbre bănuieli.

— Te-oi fi împrumutat de la el și vine după bani, și-a dat mama cu părerea.

Tata a oftat resemnat, fără să se uite la ea, s-a ridicat și s-a dus la poartă. Au vorbit câteva minute și nea Costică s-a îndepărtat cu pași mari, cu fruntea în pământ și cu mâinile la spate, ca și cum ar fi umblat printre bănci, în clasă. Mers clasic de profesor. Până să ajungă tata la ușă, eram deja în fundul curții. Am ocolit casa, am sărit gardul și am fugit pe stradă. Când m-am întors, spre seară, situația era sub control.

— Și cum zici că era problema aia? m-a întrebat tata râzând.

— Grea. N-a știut s-o rezolve și s-a enervat.

— Prea pune și el totul la suflet, a încheiat el discuția.

Într-adevăr, punea totul la inimă, pentru că un an sau doi mai târziu, când fiică-sa n-a intrat la Medicină, a făcut infarct și a murit.

Lumina zorilor ne-a mângâiat fețele obosite, mie și lui Sandu. Se crăpase de ziuă în cârciuma lui Lăceanu. Mai mult tăceam, de ceva vreme. Tăcerile noastre se prelungeau, înnodate, ca futaiurile lui Sandu în fața oglinzii. Lăceanu număra banii într-un colț, iar ceilalți lăutari își strângeau instrumentele. Am cerut nota.

— Sandule, i-am spus cu ochii în lacrimi de la atâta băutură, mi-ai salvat viața. Mulțumesc mult, am zis și mi-am apăsat pieptul cu mâna dreaptă, în stilul lui Lăceanu.

— Ce dracu ai, Cobiene, ți-e rău? Că tot duci mâna la inimă.

— Nu frate, poate mi-a scăpat acum vreun gest instinctiv, din greșeală.

— Lasă, că te-am observat eu. Mai ales când venea chelnerița pe-aici pe la masă.

Avea dreptate. Îi mulțumeam chelneriței de fiecare dată când aducea berea. Am schimbat vorba:

— Dar nu mai povesti nimănui treaba cu exmatricularea, te rog!

— OK, dar pe aia cu sinuciderea pot s-o povestesc?

— Nici pe aia.

— Păcat.

— Te rog frumos! Am încredere în tine.

— Cobiene, avea bunică-meu o vorbă: n-am încredere în nimeni, mă culc cu mâna-n cur...

— O știu. Și se scoală cu ea în gură.

— Corect.

— Dar am și eu o nelămurire: de ce se culca cu mâna-n cur?

— Cobiene, te crezi prea deștept pentru unu' care voia să plonjeze de la etajul 20. Bagă-ți mințile în cap! Și să nu te mai sinucizi în viața ta!

*

În toamnă am intrat din nou la facultate, dar la Politehnică, însă la puțin timp după admitere am renunțat să mai trec pe la cursuri. Era un septembrie călduros când am mers cu Costel în facultatea de Transporturi, unde la avizier era afișat orarul cursurilor care începeau peste câteva zile. Pe hol, lângă listele cu orele de curs, dormeau trei maidanezi cu limbile scoase. Nu mă mai miram de nimic după fauna pe care o văzusem la admitere și după ce, chiar cu câteva minute în urmă, auzisem o discuție în toaletă între doi viitori colegi, doi viitori ingineri.

— Bă, tu știi că deasupra norilor nu plouă?

— Să mori tu? De unde știi?

— Mi-a zis frati-miu, că nu știam nici eu. Cică plouă din nori, iar ploaia e mai grea ca aeru' și d-aia nu plouă niciodată în sus, ci doar în jos. Te-ai prins cum stă treaba?

Costel și cu mine ne uitam pe panourile alea și celor trei câini le curgeau balele, când alături a răsărit un profesor scund, grăsuliu, cu chelie și mâini atât de scurte, că-i ajungeau abia la coate. S-a uitat la noi, la avizier, la câinii care dormeau, apoi iar la noi. Se vedea că are chef de vorbă. Capul i se încheia cu o chelie lucioasă și senină ca cerul de deasupra norilor, unde nu plouă niciodată. Părea un omuleț de treabă, mărunt, inofensiv și pedant.

— Incredibil, cum au simțit ei că aici e răcoare! Inteligent animal, domnule, câinele ăsta! a făcut omulețul.

— Extraordinar de inteligent, a licitat Costel.

— Fantastic, câtă inteligență, nu s-a lăsat nici profesorul.

Dar cel care a punctat decisiv a fost Costel:

— Teribil de inteligent! Păi, am un câine acasă care și-a făcut coteț singur!

Profesorul s-a descheiat precipitat la nasturii sacoului. Nu știa ce să facă cu mâinile. Costel și-a întors privirea spre mine și a zis atât de tare, încât a trezit și cele trei genii care dormeau pe hol:

— De ce dracu e atât de inteligent câinele ăsta? Că nu face altceva decât să se cace, să se pișe, să mănânce, să se fută și să doarmă!

Profesorul s-a prins cu mâinile de marginea sacoului și s-a îndepărtat în trap mărunt pe hol. A apucat să-l mai audă pe Costel zicând:

— Și problema cu câinele ăla al meu e că, de când și-a construit casa, nu mai latră pe nimeni, pentru că stă toată ziua în ea și joacă șah!

A trebuit să treacă multă vreme până să-i dau dreptate profesorului. Câinele nu era prost deloc. Păi cum să nu fii inteligent când toată viața ta reușești să nu faci nimic altceva decât să mănânci, să bei, să dormi și să te fuți?

24

— Mă duci și pe mine la pădure? Te rog frumos!!! s-a alintat Doamna.

— Vă duc stimată doamnă, dar la Strejnic, dacă doriți, i-a răspuns Poetul, zâmbind tulbure din paharul de vodcă.

Poetul era prietenul nostru, al lui Costel și al meu. Ne invitase la cârciumă să stăm de vorbă cu două mari personalități — coniacul Napoleon și vodca Rasputin.

— La Strejnic? Mergem, dacă e frumos și nu e departe.

Doamna preda la liceu psihologia și filosofia. Dar pentru noi era mai mult decât o simplă profesoară. Era iubita Poetului. O respectam pentru asta. Nu conta că nu își amintea că Strejnic era în alt județ și că pădurea aia era celebră doar prin faptul că acolo fusese omorât Nicolae Iorga. Oricum, chiar dacă ar fi înțeles ironia Poetului, nu s-ar fi supărat.

Doamna știa de glumă, dacă poanta era poleită în cultură. Verificaserăm asta cu câteva săptămâni în urmă, când venise să-l ia pe Poet de la barul în care beam de o jumătate de zi.

— Hai acasă, nu ți se pare penibil ca la 40 de ani să stai toată ziua și să bei cu copiii ăștia care au jumătate din vârsta ta? l-a apostrofat Doamna pe prietenul nostru.

— Auzi? Ia mai lasă-mă, fă, dracu-n pace! s-a enervat, inexplicabil, Poetul, pe care nu-l auzisem niciodată vorbind atât de grosolan.

— Cuuuum? Tu, Poet, îmi spui fă? a țipat Doamna, sub privirile noastre turmentate de alcool.

— Da. Dar v-am zis cu ph, ca-n greacă, Doamnă! s-a repliat Poetul, privind-o senin, cu ochii lui albaștri și tulburi, iar Doamna, sensibilă la tot ce ținea de cultură, a rămas câteva ore să-l împartă pe Napoleon cu mine, în timp ce Costel și Poetul discutau aprins cu Rasputin.

*

Aveam 13 ani când l-am cunoscut pe Poet și suferеam din dragoste. Din dragostea profesoarei de română pentru tata, pe atunci directorul școlii din comună. Îi scria săptămânal scrisori și în toate îl compara cu Tartuffe. Nu citisem Molière, nici acum nu l-am citit, dar am înțeles că Tartuffe era un impostor. Mama se obișnuise cu scrisorile, iar pe unele dintre ele le găsea în hainele lui tata, strecurate de profesoară în pauze. I le dădea calmă când îi curăța costumele.

— Mai ai o scrisoare de la Paraschiv, ce fac cu ea? întreba mama, ca și cum i-ar fi găsit un pachet de țigări în buzunar.

— Nu știu. Dacă n-o citești, arunc-o sau dă-i-o lui Liviu, poate o citește el.

Tata nu le citea niciodată. Profesoara aștepta probabil răspunsuri și, cum nu le primea, mă persecuta pe mine. Cel mai la îndemână îi era să nu predea nimic la clasa mea. Ajunsesem într-a șaptea, se apropia examenul de admitere în liceu, iar eu nu știam nimic. Mama a hotărât că trebuie să mă pregătesc la română cu un profesor, în particular.

Prima ședință de meditație cu domnul Boca a curs lin, ca un drum cu mașina pe autostradă. Mi-a dictat dintr-un caiet gros, apoi a lipsit 45 de minute din cameră, s-a întors, a mai dictat câteva pagini și s-au terminat cele două ore.

— Nu-mi dați mie caietul ăla acasă, să copiez din el, iar când vin aici doar îmi explicați la gramatică? l-am întrebat la final.

Domnul Boca a horcăit lung, ca muribunzii prin filme, și-a așezat mai bine burta în poală, pe scaun și m-a ignorat total:

— Ne vedem joia următoare, m-a anunțat scurt.

N-a mai fost nicio joi, pentru că mama și tata au înțeles că l-ar fi plătit degeaba.

La doamna Ancuțescu am ajuns într-o seară de vineri. Am sunat la ușă și, când s-a deschis, au ieșit cinci eleve de vârsta mea, cu ochii roșii de plâns.

— Ce-au pățit fetele? a întrebat-o tata pe profesoară, care le mâna de la spate pe scări, ca pe oi.

— Le-am certat puțin.

M-am întors din ușă și am luat-o la vale, spre parter.

— Dar pădureț mai ești, dragă, mi-a aruncat profesoara.

De atunci n-am mai sunat niciodată la ușa ei.

Ușor, ușor, am epuizat toți profesorii de română din oraș: unul lăsa un caiet din care copiam de fiecare dată, altul avea cinci–șase elevi odată și mă simțeam ca la școală, iar un altul îi împărțea pe sexe, băieții și fetele separat, și îi îndemna să se toarne între ei. Am aflat mai târziu că un alt profesor de gimnaziu, dar de matematică, le atingea pe fete pe picioare, pe sub masă, iar la plecare le strângea în brațe și le pipăia pe sâni. Peste ani a ajuns primarul orașului. N-am știut niciodată dacă l-au votat și fostele lui eleve.

— Ăsta e sălbatic rău de tot, s-a plâns tata într-o seară. Nu vezi că nu-i place niciun profesor? N-o să intre la liceu.

— Dar dacă l-am duce la Poet? l-a întrebat mama.

Tata a tăcut, iar din liniștea care se lăsase între ei am înțeles că ideea era atât de trăsnită, încât nici măcar n-avea rost s-o conteste.

— Hai, că oricum n-avem ce pierde, a zis el într-un târziu, cu glas obosit. Ori la bal, ori la spital.

L-am cunoscut pe Poet într-o sâmbătă. Tata a sunat la ușa unui apartament și de-acolo a ieșit un bărbat înalt, cu ochi albaștri, împăienjeniți, pe la 30 de ani, iar mie mi-a părut foarte bătrân, dar nu atât de bătrân ca tata.

— Săr' mânaaa, i-am zis eu, ca un copil retardat, gândindu-mă cum să fac mai repede stânga-mprejur.

Poetul mi-a întins o labă păroasă, cerând un sărut de respect. Încremenisem la doi centimetri de mâna lui, în pragul ușii, și nu știam ce vrea de la mine.

— Auzi, bă? Să nu mai zici niciodată „săru' mâna" cuiva, dacă nu ești în stare să i-o și pupi, la o adică!

Și mi-a tras un pumn în umăr.

Era altfel decât profesorii pe la care trecusem și simțisem asta imediat.

— Rămân la meditație, i-am zis lui tata.

A mai stat puțin de vorbă cu Poetul și a plecat.

— Scoate cartea de română!

Am scos manualul.

— Cine e ăsta?

— E tovarășul Nicolae Ceaușescu, secretarul general al Partidului Comunist Român și președintele Republicii Socialiste România, i-am turuit eu, ca un copil ascultător. Pe vremea aia, prima pagină a oricărei cărți de școală era ocupată de chipul rumen al Tovarășului, prezentat cu douăzeci de ani mai tânăr.

— Nu, bă. Ăsta e un nemernic analfabet care își bate joc de o țară întreagă!

A început să-mi povestească, pe mintea mea, că noi, românii, trăim mai rău chiar și decât șomerii din țările vest-europene sau din America. Pe noi ne învățaseră la școală că România e cea mai prosperă țară, iar mulți copii credeau asta, chiar dacă în alimentare erau mai multe vânzătoare decât produse pe rafturi. Poetul mi s-a plâns că românii sunt captivi în țara unui cizmar scelerat și că nu pot pleca nicăieri, că se tem să vorbească liber și, după patru decenii de comunism, au renunțat chiar și la vise. Mi-a povestit despre Petre Țuțea și Eugen Ionescu, și a fost prima oară când am auzit numele astea. Nu-mi mai vorbise nimeni așa, ca unui om mare, și nu-mi dezvăluise niciun adult atâtea secrete. Îi mai auzeam, uneori, pe părinți sporovăind în șoaptă între ei și mârâindu-și nemulțumirile prin casă, dar niciodată cu voce tare. Și niciodată nu discutau cu mine politică.

— Acum, hai să-i facem urechi de măgar și rât de porc, m-a îndemnat Poetul. Am mâzgălit împreună poza lui Ceaușescu la singura oră de meditație din viața mea pe care o țin minte perfect. Așa a început o prietenie care a durat până la moartea Poetului.

La următoarea oră de „pregătire" la limba română ne-am plimbat pe străzi și ne-am uitat după femei. Ne-am așezat pe o bancă în parc și Poetul mi-a povestit despre Veronica Porumbacu, o poetă născută prin anii ’20 și moartă la cutremurul din ‘77. Scrisese, în anii ’50, o poezie care lăsase loc de interpretări:

O, Europa,
Te simt în mine
Te simt vibrând adânc.

Epigramistul Păstorel Teodoreanu o taxase scurt:

Mult stimată Veronică
Eu credeam c-o ai mai mică
Dar mărturisirea-ți clară
Din „Gazeta literară“
Dovedește elocvent
Că în chestia matale
De-adâncimi fenomenale
Intră-ntregul continent!

În studenție, Poetul stătuse în gazdă la Nichita Stănescu la fel cum un vecin din satul meu locuise în casa unei mătuși din București cât făcuse Politehnica. Așa am aflat, printre multe alte cancanuri, că pe Nichita îl iubea o poetă, dar el o ignora de fiecare dată. La un cenaclu, beat și cu poftă de sex, Nichita îi făcuse avansuri. Ca să nu pară ușuratică, poeta îl refuzase. Peste ceva vreme, la o întâlnire a scriitorilor care s-a prelungit târziu în noapte, amețită de băutură, poeta a poftit la Nichita. S-a dus la el și i-a spus fără ocolișuri că vrea să facă sex.

— Nu se poate, i-a zis Nichita.

— De ce? Doar acum o lună ai vrut, s-a mirat ea.

— Așa e, dar tu crezi că mie mi se scoală mereu?

Poeta s-a îndepărtat jignită și nu i-a mai vorbit de atunci.

— Nici la înmormântarea lui n-a vrut să vină, mi-a spus Poetul. Ține minte, o femeie te poate ierta pentru orice, dar nu și dacă refuzi să faci sex cu ea.

Poetul îmi deschisese porțile unei lumi de basm, cu scriitori, cărți, bârfe, certuri și orgolii despre care habar n-aveam că există undeva, într-un univers paralel. Mi-a împrumutat primele cărți și apoi altele și altele. Când se simțea bine, Poetului îi plăcea să se uite ore în șir la cele 12 000 de volume din biblioteca sa.

Alegea un raft la întâmplare, le scotea, una câte una, le mirosea paginile și le mângâia încet.

— În fiecare dintre ele zace o lume întreagă, în fiecare dintre ele e un univers. Cartea e singura minune adevărată a lumii.

M-am îndrăgostit de literatură datorită lui și nu mi-a fost greu să intru la liceu. În următorii ani i-am devorat bucăți mari din bibliotecă și am continuat s-o fac și după ce am plecat la facultate. Poetul rămăsese o constantă în viața mea, așa cum erau părinții sau sora și, ceva mai târziu, Costel. Ieșeam la bere împreună și povesteam despre cărți, despre poeziile lui și despre iubitele mele. Fără să-mi dau seama, încet, încet, Poetul trecuse de la bere la vodcă și băutura rămăsese singurul lucru pe care-l făcea temeinic. Povestea din amintiri, pentru că renunțase la lectură. Citise pe vremuri undeva, într-o revistă franțuzească, o povestire a unei gagici din America de Sud în care cineva vindea cuvinte: dacă erai singur, plăteai și îți spunea un cuvânt doar al tău, care să te vindece de singurătate; te părăsise iubita, cumpărai un cuvânt inventat special pentru tine care să te ajute să o uiți. Câte un cuvânt pentru fiecare suferință, un cuvânt pentru fiecare om.

— Ține minte, Liviu, dacă nu scrii o carte care să le vindece celor din jur o rană, mai bine n-o mai scrie. Sunt deja pline bibliotecile și librăriile de cărți proaste.

În câțiva ani de vodcă, Poetul se transformase într-un bătrânel fericit și apatic. Nimeni n-ar fi zis că are doar 40 și ceva de ani. Lui nu-i păsa cum arată, mai ales că-și împlinise marele vis. Îi apăruse prima carte, un volum de versuri pe care l-a plătit din banii lui, iar editura i-a pus pachet în brațe cele 500 de volumașe subțiri ca plicul. Le-a făcut pe toate cadou prietenilor și elevilor. Mulți n-au înțeles de ce a botezat un volum de poezie „Legea tangentei". Mi-a explicat atunci că omul nu e altceva decât un mic univers închis, ermetic, un cerc, practic, iar fiecare persoană din jur îl atinge doar într-un singur punct și trece mai departe. Un singur punct. Atât. Fără să-l intersecteze. Poetul plângea neputința cercului de-a avea secante.

„Câmp cu mirese" era poezia mea preferată din volum. Mai mult decât poezia îmi plăcea dedicația făcută de Poet surorii lui.

Sora poetului se apropia de 50 de ani și, cu părul ei lung, negru și încâlcit, din mijlocul căruia ieșea un nas uriaș, arăta ca un copac carbonizat de ramurile căruia se spânzurase o barză. Nimeni nu știa dacă avusese vreodată un iubit, nu fusese văzută niciodată cu un bărbat, iar Poetul o bănuia că e încă (și iremediabil) virgină. Sub titlul „Câmp cu mirese", dedicația suna subtil și amar: „Surorii mele, pentru blândețea viselor".

Poetul fusese căsătorit ani buni cu nepoata unui moșier și locuiau împreună în casa enormă moștenită de ea la marginea orașului. Înainte să-l dea afară din casă, fosta nevastă îl mai ținuse pe Poet câțiva ani într-o căsuță din fundul curții. Își cărase toate cărțile acolo și dormea, înconjurat de ele, de sticle cu vodcă, scrumiere și pachete de țigări. Se mai ciocnea de fosta nevastă prin curte și se priveau dușmănos.

— Poți să te piși pe toate cărțile din lume dacă n-ai învățat că alcoolul te distruge, îi mârâia femeia.

Uneori, când Poetul se lua cu ea la harță, fosta nevastă desfăcea panoul electric din casa mare, deșuruba o siguranță și îl lăsa fără curent. Poetul învățase să se apere de toanele ei și își cumpărase câteva lămpi pe gaz. Uneori beam cu el acolo, în cămăruța care mirosea a cărți vechi și a tutun. Erau săptămâni în care fosta soție nu-l lăsa pe băiețelul lor de patru ani să vorbească cu el. Poetul suferea și ne vorbea des despre copil.

— L-am întrebat ce-ar face dacă într-o zi i-ar cădea luna în brațe, ne-a povestit Poetul. Și știți ce mi-a răspuns copilul? A zis: „Aș arunca-o-n noaptea ei".

Și Doamna, iubita poetului, rămăsese cu un copil mic după ce divorțase de un preot alcoolic. Poetul se mutase cu chirie undeva, mai spre centru, după ce fosta soție îl dăduse afară din casă. Doamna stătea cu părinții, încă. Care părinți, se plângea Poetul, se purtau cu ea de parc-ar fi fost adolescentă. O mare parte din motivele Poetului de-a se cufunda în vodcă erau certurile cu părinții Doamnei. În cei doi bătrânei simpli și răutăcioși, Poetul vedea niște ființe malefice.

Mama Doamnei îl făcuse pe Poet s-o jignească „ucigător, la limita crimei", după cum ne povestise chiar el. Poetul ajunsese să aibă crâncene remușcări în urma acelui scandal.

— Mă dusesem s-o iau pe Doamna în oraș. Începuse bine întâlnirea. Mă aștepta în poartă, cu rochia albă fluturându-i în vânt. Apropo, vă mai amintiți nuvela lui Camus în care o femeie făcea dragoste cu vântul? Mă rog, n-are importanță... Mă-ntorc și zic, vorba lui Maiorescu... Totul părea perfect. Ai ei erau la masă în curte și un soare belaliu plutea peste noi. Ne-am așezat cu toții și am început să mâncăm în tihnă. Nu ne zorea nimeni. Întotdeauna mi-a plăcut verbul a zori. Ce metaforă! Dar cea mai subtilă metaforă tot „copil din flori" mi se pare. Și, cum vă povesteam, mâncam liniștiți. Deodată, Doamna s-a ridicat și a luat de pe masă o bucată de mămăligă, pe care a aruncat-o peste gard, către câinele vecinului. Ce suflet are... A văzut animalul cum se uită și poftește din spatele gardului. Iar mama ei, ce credeți c-a făcut? S-a ridicat ca o scorpie, i-a înfipt mâna în păr Doamnei și a târât-o pe jos, cu rochia ei albă, prin tot praful ala. Și ca și cum n-ar fi fost de ajuns, i-a mai dat și două palme. M-am ridicat de la masă, mi-am luat pălăria și-am ieșit din curte. Scorpia tot mai țipa. Doamna rămăsese lungită pe jos, înmărmurită. Atunci n-am mai rezistat. M-am întors și i-am aruncat în față harpiei: DOAMNĂ, N-AȚI FOST NICIODATĂ IUBITĂ! Și apoi am plecat. Am plecat, pur și simplu".

— Și? Atât?! l-a întrebat Costel, uimit.

— Păi, nu ajunge? Ce voiai mai mult de atât? Îți dai seama că am făcut-o să se simtă mizerabil? Am fost nedrept de dur cu ea, a răspuns Poetul privind îngândurat peste noi.

Poetul trăia cu capul în nori și nu se-mpiedica de măruntișurile de zi cu zi. Pe vremea când era însurat, lucra ca profesor undeva, la o școală, la zece kilometri de casă, înainte să se transfere la liceul din oraș. Făcea zilnic naveta cu mașina și era un șofer atât de prost, încât de multe ori confunda frâna cu ambreiajul și se lovea cu pieptul de volan. Într-o zi, când s-a întors acasă și a intrat pe poartă, popa Vasile, socrul lui, care își bea cafeaua pe terasă, în curte, l-a întrebat îngrijorat:

— Ai lovit-o rău?

— Ce? s-a mirat Poetul.

— Mașina.

— Care mașină?

— Mașina ta, cum care? N-ai plecat cu mașina la serviciu?

Plecase, într-adevăr, cu mașina, dar o uitase în curtea școlii. Terminase programul, ieșise din școală, trecuse pe lângă parcarea în care se odihnea Dacia lui 1310, ajunsese în stație, așteptase autobuzul, cumpărase bilet, urcase și mersese cu autobuzul 20 de minute și apoi încă zece pe jos, până acasă, fără să-i treacă prin cap că de dimineață venise cu mașina la serviciu și că și-o uitase la școală.

— Asta e o chestiune minoră, pentru că acum două săptămâni mi s-a întâmplat ceva și mai ciudat, ne-a povestit într-o seară Poetul, sorbind din paharul cu vodcă. Mă întorceam cu trenul de la București și, în compartiment, m-am întâlnit cu un profesor universitar pensionar, un tip deosebit, care mi-a predat în facultate. A început să povestească și vorbea întruna, doar despre el și nu se mai oprea. Mă tem de astfel de personaje, pentru că orice om care vorbește doar despre sine are o lume atât de îngustă și de întunecată, încât se poate transforma oricând, dacă istoria i-o permite, într-un dictator. Hitler, la 25–30 de ani, era un omuleț banal și inofensiv, un pictor ratat. Și, cum vă spuneam, profesorul povestea și iar povestea, iar eu mă uitam în ochii lui, îl tot aprobam și dădeam din când în când din cap, spunând „fantastic". Și uite-așa, într-o oră și jumătate, ne-am apropiat de Găești și m-am pregătit să cobor. El mai avea de călătorit încă o jumătate de oră până la Pitești. Din politețe l-am întrebat: „Și soția ce mai face?". Profesorul a belit ochii și s-a șters cu dosul palmei la ei, după care mi-a zis, tremurând, de-am crezut că intru în pământ de rușine: „Dumnezeule, tu n-ai fost nicio clipă atent la tot ce am vorbit? Păi tot drumul nu ți-am povestit altceva decât cum a murit acum două luni după o boală nemiloasă și cum s-a chinuit, biata de ea, cum am înmormântat-o și cât am suferit și încă îi duc dorul..."

Pe vremea când încă își mai vizita prietenii și nu căzuse atât de adânc în brațele alcoolului, Poetul făcuse o boacănă de care-i plăcea să-și amintească atunci când era binedispus:

— Tase, prietenul meu, profesor de română și el, a prelungit într-o seară ședința cu părinții la cârciumă și a băut până la miezul nopții. El e un bărbat delicat, neobișnuit cu alcoolul, un tip sfios și cultivat, unul dintre puținii rafinați pe care-i mai poți întâlni în anii ăștia. E un fel de arbiter elegantarium, un arbitru al eleganței atât ca ținută, dar mai ales ca stil, ca politețe... în fine, înțelegeți voi cam ce gen de om e. În noaptea aia a plecat pe șapte cărări de la cârciumă și undeva, aproape de casă, s-a împiedicat de o bordură și, neavând experiență nici cu băutura, nici cu căderile inerente atunci când mai consumi alcool, a picat ca un sac, fix în nas. N-a mai venit a doua zi la școală și a trimis vorbă prin soție că nu se simte bine și va lipsi o vreme, însă nu știu cum dracu s-a aflat în tot liceul că e lovit urât de tot la nas și de-asta lipsește, ca să nu se facă de râs în fața colegilor și, mai ales, a elevilor. Absenta deja de câteva zile când m-am hotărât să-l vizitez. Știindu-l atât de sensibil, m-am temut să nu-l fac să se simtă prost, mai ales că era vorba de o problemă atât de delicată precum un nas avariat la băutură, cu atât mai mult că el nu obișnuiește să consume. Și m-am tot gândit în ziua aia cum să fac și să nu aduc vorba deloc despre nas, ba chiar cum să nu mă uit direct la nasul lui, dar nici asta să nu fie ceva ostentativ, ca să nu se simtă jenat. Pe drum, spre el, doar asta aveam în minte, să nu-i zic ceva despre nas, ba chiar să nu pomenesc deloc cuvântul nas, chiar dacă ar fi fost în alt context și n-ar fi fost vorba despre căzătura lui. Am intrat în blocul lui și am sunat la ușă. După o vreme care mi-a părut o veșnicie, după ce l-am simțit cum mă tot studiază prin vizor și se tot foiește în spatele ușii încuiate, am auzit cum trage zăvorul, în timp ce eu îmi tot spuneam: „nu zice nimic despre nas, nu zice nimic despre nas!". Ușa s-a deschis și în prag a apărut slăbit și umil Tase, cu ditamai nasul bandajat, de parcă îl lovise cineva în el cu tunul. Mi-am luat figura aia jovială și l-am bătut bărbătește pe umăr, în timp ce din gură mi-a ieșit, fără să mai pot face nimic: „Ce mai faci, băi NASE?"

Poetul tot povestea și bea. Noi beam și ascultam. Un moș cu bască și ochi ageri, de viezure, ne privea pe deasupra unui pahar cu vodcă lângă bar, în picioare.

— Ăsta era securistul orașului înainte de '89, turnătorul numărul 1, ne-a spus Poetul puțin cam tare, arătând cu țigara spre om.

Bătrânul îmi părea mai inofensiv decât un pui de găină mort.

— V-am păcălit, bă, i-a zis Poetul tare, ca să-l audă tot barul. V-am păcălit rău de tot, nea Haralambie.

— Pe cine ați păcălit, dom' profesor?

— Pe voi, bă, pe Securitate. Pe voi v-am păcălit!

— Cum ne-ați păcălit, dom' profesor? l-a întrebat securistul calm, ca și cum ar fi discutat despre vreme.

— Nu ne-ați prins niciodată pe noi, intelectualii din Găești. Am tras „Arhipelagul Gulag" la xerox și l-a citit toată crema orașului, în franceză. Primeam cărți de Cioran de la cineva din Franța și le dădeam din mână în mână. Vreți să vă mai spun și altele?

Securistul s-a apropiat de noi cu paharul în mână și l-a ciocnit de cel al Poetului, care se odihnea pe masă, în fața lui.

— Noi să fim sănătoși, a spus.

Și a dat tot paharul pe gât.

— Permiteți? a întrebat el.

S-a așezat greoi, copleșit de dureri de spate, înainte ca Poetul să-i permită sau nu.

— Știam, dom' profesor, toate astea. Știam tot ce făceați.

— Știați pe dracu'!

— Ba știam că aveți un xerox la profesorul Dumitru, cunoșteam că profesorul Cristea primea cărți din Franța și că vi le dădea la școală, în pungi de pufuleți. Știam, pentru că erați atât de idioți voi, ăștia, intelectualii, încât vă turnați mereu între voi.

— Și de ce nu ne-ați făcut nimic dacă știați?

— Păi, ce să vă facem, dom' Profesor? Am avut câteva ședințe și am vorbit și noi unul cu altul și cu ăia de deasupra noastră, care ne-au zis așa: „Dă-i dracu', că sunt doar niște intelectuali amărâți. Le place doar să se îmbete ca porcii, să mănânce căcat între ei și să facă pe deștepții. Nu sunt periculoși".

Poetul a suflat fumul în tavan urmărindu-l din ochi cum se înșurubează în sus, în lumina becului. Când a coborât privirea, avea ochii în lacrimi.

*

Poetul se izolase de ceva vreme în castelul lui de cărți, în care morții trăiau încă, iar o parte dintre cei vii, din jurul lui, nu existau. De la Poet am învățat că sunt oameni care nu mor niciodată. Toamna se apropia ca un tânăr de bani gata într-un Porsche nou, dar Costel și cu mine nu ne găsiserăm încă un loc unde să ne cazăm în următorul an universitar. Ne-am plâns Poetului că un cămin studențesc ne-ar fi măcinat nervii, iar o garsonieră închiriată ne-ar fi sufocat bugetul.

— Băieți, vă rezolv eu problema. Veți sta unde am locuit eu în studenție! ne-a promis Poetul.

Nu ne așteptaserăm să aibă o soluție pentru problema noastră, dar orice idee era bună.

— Ați auzit de Dumitru D. Panaitescu? Este profesor universitar la Litere și e fiul lui Perpessicius, criticul literar. Noi, în facultate, îi spuneam și lui tot Perpessicius… Are o vilă pe Eminescu, colț cu Tunari, ne-a spus Poetul și ne-a dat adresa.

L-am privit sceptici, dar ne-a spulberat îndoielile cu un zâmbet.

— Am locuit la el în gazdă un an. Un om deosebit… Vă duceți la el și-i spuneți că veniți din partea mea și că-l rog să vă găzduiască anul ăsta. O să vedeți că se va bucura.

— Și cum facem? Îl sunăm?

— Nu-mi amintesc numărul lui de telefon, dar mergeți pe Eminescu, colț cu Tunari, și-l strigați la poartă.

— Cum să-l strigăm?

— Domnu' Perpessicius! Cum să-l strigați? ne-a zâmbit din nou Poetul, care ne-a sfătuit ca, dacă, prin absurd, lui Perpessicius nu i-a rămas o cameră liberă pentru noi, să trecem prin Piața Amzei, pe la blocul în care a locuit Nichita Stănescu, și s-o căutăm acolo pe doamna Olimpia Pogrom. E un fel de administrator al blocului, prietenă de-ale lui din tinerețe, și exista șansa să ne ajute să ne cazăm acolo, poate chiar în fosta locuință a lui Nichita.

Brusc, o lume fascinantă ni se deschidea. Visam cu ochii deschiși mii de cărți în jurul meu și umbrele lui Perpessicius, Eminescu sau Nichita, care mă vegheau tăcute. A doua zi dimineața am plecat spre București cu un tren personal și, după două ore și jumătate, dădeam târcoale cu Costel casei lui Perpessicius.

— Frumoasă casă! s-a entuziasmat Costel. Parcă spunea că vom sta la etaj, că acolo sunt camerele de închiriat, a continuat.

Casa era veche, dar impozantă. Pe zidurile ei crescuse o plapumă de plante întunecate, iar ferestrele, cu jaluzele masive din lemn, dădeau impresia de calm și prosperitate desuetă.

— Domnu' Perpessiciuuuuuus!!! Domnu' Perpessiciuuuuuus!!! s-a apucat Costel să strige brusc, ademenit de mirajul casei despre care auziserăm de la Poet că e înțesată de cărți.

Trecătorii se uitau pieziș la noi în lumina tulbure a dimineții de toamnă. Costel a reluat, cu și mai multă forță.

— Domnuuuuuuuuuu' Peeeeerpeeessiciuuuuus!!!

Din casă nu se auzea nicio mișcare. Doar vântul foșnea încetișor prin frunzele care se cățăraseră pe casă.

— Mai strigă, bă, și tu! Strigă tare, că ăsta o fi bătrân și nu aude, m-a îndemnat Costel.

Am strigat cât am putut de tare, până când la ferestrele caselor din jur au început să iasă capete nedumerite. După vreo zece minute, când ne hotărâserăm să renunțăm și să revenim peste câteva ore, una dintre ferestre s-a deschis cu un scârțâit puternic și preistoric, iar o femeie cu părul alb, la fel de veche precum casa, ne-a întrebat revoltată pe cine căutăm.

— Pe domnul Perpessicius, i-am răspuns în cor.

— Golanilor! În altă parte nu v-ați găsit să vă bateți joc? Ce vreți de la mine?

— Îl căutăm pe domnul Perpessicius. Vrem să stăm cu chirie la dânsul. Ne-a trimis domnul..., am murmurat eu.

— Măi băieți, vă rog frumos să nu vă mai bateți joc. Domnul Panaitescu a decedat în 1983..., ne-a mai zis, ceva mai calmă, femeia, în timp ce închidea fereastra.

— Îl omor pe Poet! Ne-am făcut de râs în centrul Bucureștiului. Ăsta a murit acum 14 ani. E ca și cum l-am fi strigat la poartă pe Eminescu, s-a revoltat Costel în timp ce eu am izbucnit în râs.

Pe doamna Olimpia Pogrom n-am mai avut forța s-o căutăm, dar ori de câte ori treceam prin Piața Amzei îmi spunem că dacă n-aș fi renunțat atât de ușor atunci, aș fi putut locui măcar un an în apartamentul lui Nichita Stănescu.

Câteva luni am fost supărați pe Poet și am încetat să ne mai întâlnim cu el. Când m-a sunat și m-a anunțat calm că are cancer în gât, ca și cum mi-ar fi spus că l-a înțepat o albină, am crezut că glumește. Apăruseră de curând telefoanele mobile și îmi luasem și eu unul. Multă vreme după asta, tresăream de fiecare dată când suna, temându-mă să nu primesc o altă veste proastă. Negru, butucănos și tăcut, mare cât un pantof, telefonul mobil zăcea sinistru pe masă, ca un sicriu în miniatură.

L-am căutat pe Poet a doua zi în căsuța lui mică din centrul orașului, în curtea unui judecător care-l acceptase de milă, pentru o chirie modică. Când se mutase acolo, după ce fosta soție îl dăduse afară din curte, ne povestise bucuros:

— Băieți, îl știți pe judecătorul Maricescu, fostul meu coleg de liceu?

Nu-l știam.

— În fine, nu contează. Voiam să vă spun că are o casă-n curte... Și mi-o închiriază mie, s-a umflat Poetul în pene.

— Cum adică are o casă-n curte? Nu sunt casele în curte, de obicei? Știți pe cineva care are casa în drum și curtea goală? a intervenit Costel.

— Nu m-ați înțeles... Omul are o curte imensă și o vilă mare, în care locuiește cu soția și copiii. În această curte, undeva mai în spate, dar cu intrare separată, ceea ce e esențial, mai are o căsuță mică și călduroasă, dar goală, pe care mi-o închiriază mie.

M-am așezat pe marginea patului în camera sordidă din casa din curtea judecătorului. Sticlele de vodcă zăceau aruncate prin toate ungherele. În fața mea, pe un scaun, sorbindu-și paharul cu tărie, se prăbușise Poetul, privindu-mă cu ochii lui albaștri, împăienjeniți. Pe fața lui se citea oboseala și resemnarea. Abia dacă mai putea pronunța câteva cuvinte fără să gâfâie. A încercat să-mi citească o poezie, dar glasul i s-a înecat într-o tuse convulsivă, interminabilă. Nu mai puteam comunica, nu mai avea ce să-mi spună. M-am uitat pe geam obosit, deprimat: o ploaie măruntă se strivea de asfalt, iar afară stătea să se întunece. În fața ferestrei, copacii dădeau din frunze a frig, a moarte și a resemnare...

În fiecare seară, un călăreț ciudat
Mă-mbie cu plecarea din casa mea cețoasă
Nu trece pragul, calul — nu-l lasă dezlegat
Doar lancea ascuțită în ceață mi-o apasă...

... a început Poetul să recite ușor, tărăgănat, ca și cum ar fi cântat. Scrisese poezia pentru fosta lui soție, cea care-l alungase din casă cu mulți ani în urmă și pe care o confunda uneori, la beție, cu Doamna.

... Și între noi dansează încet o pianină
Cu coapsa destrămată în ochiul meu verzui,
Dacă se zbate calul în platoșa străină
E semn că stau de veghe în trupul nimănui
Fântâni cu paznici muți mi se deschid în piept
Și știu atunci că cerul se-ntoarce în oglinzi
Pe calul meu sălbatic încrezător aștept
Femeia înșelată de îngeri suferinzi
Dar... călărețul uită în fiecare seară
De pragul casei albe, ademenit în somn
Euridice...cântă, și-adoarme într-o doară
Iar eu, atins de lance, în ceață mă întorn...

Poetul recita în șoaptă, ca și cum ar fi fredonat un cântec de leagăn. S-a oprit brusc când și-a dat seama că nu-l ascult și că privesc dincolo de el, spre murmurul ploii. S-a ridicat și s-a dus la fereastră, împleticindu-se.

— Îmi place mult când plouă, a șoptit cu glas răgușit, sugrumat.

N-am știut ce să spun și poate că nici nu m-ar fi ascultat dacă aș fi zis ceva. În anii care trecuseră, Doamna îl internase de câteva ori la dezalcoolizare și tot de atâtea ori se reapucase de bătură atunci când se întâlnise cu Costel și cu mine. Toți trei luam viața în glumă și ne simțeam nemuritori.

— Când eram mai tânăr..., a continuat el, dar s-a oprit brusc și s-a întors încet spre mine.

În ochi îi jucau două lacrimi uriașe care mă apăsau ca pietrele de moară.

A căzut la pat mai repede decât ne așteptam. Era atât de vlăguit, încât nu mai putea nici măcar să bea. Câțiva profesori, colegi de liceu, îl scoseseră din casa din curte și îl aduseseră la părinții lui, la țară.

— Moare, mă anunțase Doamna la telefon cu glas resemnat. Veniți să-l vedeți.

L-am căutat pe Costel și ne-am dus împreună.

— Dacă-l prind pe Poet pe lumea ailaltă, îl joc în picioare. Ne-a lăsat singuri când aveam mai mare nevoie de el! a mârâit Costel și a tras o rafală de flegme pe asfalt, ca în vremurile bune.

L-am găsit pe Poet întins pe pat, slab ca o fantomă. Un bandaj enorm îi acoperea gâtul, unde fusese operat cu puțin timp în urmă. Arăta epuizat, dar, într-un fel, parcă mai limpede la față decât oricând.

— Ei, ce ziceți, nu e mai bine așa, fără băutură?

— Nu, băieți, e mult mai rău, a recunoscut Poetul.

Am mai vorbit puțin, mai mult eu, și i-am dat o carte.

— Ce e asta? m-a întrebat.

— Am găsit cartea despre care mi-ați povestit pe vremuri, cu femeia care vindea cuvintele alea cu care-i vindeca pe oameni. A fost tradusă și în română. Poate găsiți și dumneavoastră cuvântul care să vă facă bine.

— Liviu, eu știu acum cuvântul ăla, doar că l-am aflat prea târziu.

— Care e?

— Acum nu mai contează.

Am pălăvrăgit ceva vreme cu el, dar obosea mult prea repede. Ne-am ridicat și ne-am îndreptat spre ușă. Poetul a încercat să se ridice, dar coatele i-au căzut moi pe lângă el. Știam că n-o să-l mai văd niciodată, dar nu simțeam nimic. Ca atunci când faci accident de mașină și zaci, tăcut și senin, între fiarele contorsionate, deși ai jumătate din corp strivit.

— Liviu, îmi permiți să-ți dau un sfat? a șoptit Poetul când tocmai deschiseserăm ușa să ieșim.

M-am întors. Reușise să se ridice, cu genunchii tremurând nesiguri, ca un pui de căprioară abia fătat.

— Ai tendința să judeci oamenii. Dar dacă tot o faci, judecă-i după cum sunt ei, nu după cum ești tu!

— Vă mulțumesc, am bâiguit eu. O să țin cont.

— Sau știi ce? Mai bine nu-i judeca deloc!

Am închis ușa și nu l-am mai văzut de atunci. S-a stins peste câteva săptămâni. N-am fost la înmormântare pentru că voiam să mi-l amintesc viu. Costel nu m-a iertat niciodată pentru că am insistat să nu ne ducem.

— Prietenii nu se lasă niciodată la greu. Noi l-am părăsit nu la greu, ci la cel mai greu posibil, îmi reproșa el.

Fusesem laș. Îmi căutasem scuze ca de atâtea și atâtea ori în viață. După moartea lui, ceva se defectase definitiv în sufletul meu, ca atunci când scoți o piesă importantă din motorul unei mașini. Chiar dacă merge în continuare, o simți că nu mai funcționează ca înainte: mănâncă mult ulei și dă rateuri.

După un an m-am întâlnit pe stradă cu Doamna. Albise și arăta ca un bec ars.

— La o zi sau două după ce l-ați vizitat, mi-a lăsat un bilet pentru tine. Îl tot port în geantă de atunci. Nu știu de ce nu te-am sunat...

Mi-a dat o foaie mică și mototolită, ca un bilet de autobuz pe care-l uiți în pantalonii băgați în mașina de spălat. Erau trei rânduri scurte. „IUBIRE e cuvântul. E valabil pentru toată lumea. Nu există altul."

25

După moartea Poetului, multă vreme m-am simțit inutil ca un prezervativ în poșeta unei lesbiene. Eram sigur că m-ar fi ajutat să merg pentru câteva zile la țară, mai ales că se redeschisese și vechiul bar din sat. N-aveam chef să vorbesc cu nimeni, dar tentația de a revedea un loc de care mă legau atâtea amintiri a fost mai puternică decât nevoia mea de singurătate. Barul era aproape plin cu tineri gălăgioși pe care nu-i cunoșteam. Nici numele noului proprietar nu-mi spunea nimic. M-am așezat la o masă lângă zid și am cerut o bere. Abia atunci am observat la masa vecină un sac diform de haine vechi, sub care stăteau încrucișate două cizme de cauciuc. Mi-au trebuit câteva minute să-l recunosc. Era Domnu', pe care nu-l mai văzusem de vreo șapte–opt ani. Mut sau pe-aproape. Eu, cel puțin, nu-l auzisem niciodată vorbind.

Din perete mă fixa, încruntat și cu figură tâmpă, Eminem, și mi s-a părut o blasfemie ca zidul pe care, cu ani în urmă, am scris câteva versuri, cu creionul, împreună cu Gigi Țiganu, să fie acoperit acum de creatura asta decolorată.

Gigi îmi propusese atunci să facem o poezie la două mâini, ca pianiștii. Să scrie el primele două versuri, iar eu pe celelalte.

Ai plecat cu altul și m-ai dat uitării
Iar acum plâng singur, pradă disperării

a scrijelit Gigi pe zid cu scrisul lui aplecat spre stânga. Iar eu am continuat:

Nu-i nimic, femeie, îmi rămân copacii,
Cel puțin aceștia nu iubesc cu cracii!

— Nu există cuvântul craci în poeziile de dragoste. Ai stricat strofa! Era frumos să vorbești în continuare despre copaci, despre disperare, lacrimi, suferință... Ți-ai băgat cracii în iubirea mea. Nu te pricepi la poezie! Să nu mai scrii! m-a apostrofat Gigi, privindu-mă de sus.

Pe vremea aia, Gigi Țiganu bătea spre 30 de ani, avea plete negre soioase și ochii umezi. Își purta tristețea pe față ca pe o cremă de protecție solară. Avea mult timp liber, pentru că era șomer, și citise enorm. Își încheiase mariajul cu școala după opt clase și acum, la maturitate, trăia din pensia părinților. Îmi spunea că mama, fosta lui profesoară, îi schilodise destinul. Odată, prin clasa a șaptea, la o teză la matematică, îi dăduse „– 10". Nu 10 pur, așa cum ar fi meritat. Și-atunci a înțeles Gigi că în lumea asta strâmbă nu există dreptate pentru țigani. A renunțat, în consecință, la școală, dar s-a apucat să citească absolut tot ce-i pica în mână. Ca o completare, scria și poezii. Ne vedeam uneori la cârciumă și îmi recita din el însuși. Scria despre orice, cu ușurința cu care beam eu. Avea o aplecare aparte către fabule. Îl părăsea pe unul nevasta, Gigi era acolo și-i punea drama în versuri. Murea cineva, Gigi îl fixa în eternitate cu câteva catrene. S-a bătut un vecin cu mă-sa?

Dacă vrei ca să privești
La scene cavalerești
Du-te-n curte la Predeloaia
Să vezi cum începe bătaia.

Și Ion o lua la pumni pe maică-sa în versuri, ea îl înjura tot în rime, până când o lovitură mai puternică a trântit-o pe baba Predeloaia peste gardul de nuiele de la stradă, care a cedat sub greutatea ei. Poemul se încheia optimist, cu o discuție tehnică între Ion și mă-sa, la finalul luptei:

— Băi Ioane, ești nebun?
Ai rupt gardul de la drum!

— Lasă, fă, că nu-s dement
Și fac altul de ciment!

Poezia făcuse înconjurul comunei și așa aflase și noul șef de post, un tânăr scheletic și arțăgos, că în spatele gardului lui Ion se petrec scene de violență domestică. Îl strigase la poartă și-l amenințase:

— Ioane, dacă o mai bați pe aia bătrână, te bag la arest!

— Cum dracu', dom' șef, nici pe mama nu mai am voie s-o bat?! se mirase Ion.

Gigi citise Winnetou de 10–11 ori, văzuse „Lanțul Amintirilor" de peste 20 de ori, dar nu voia să se oprească aici.

— Am citit joi o carte excepțională. Nu mai rețin cum se numește, dar ți-o împrumut, dacă vrei, mi-a zis într-o seară.

— Despre ce e vorba în ea?

Mi-a răspuns aproape ofensat, ca unui om care nu înțelege ce se întâmplă în jurul lui:

— Are de toate. Tot ce vrei. Răpiri de prințese, răpiri de ducese, capă, spadă, pumni, șuturi, limbi...

Însă nu-mi împrumuta niciodată cărți. Nu insistam. Eu voiam să văd oameni. Și erau destui în jur, trebuia doar să deschizi bine ochii. Erau toți acolo în fiecare seară de sâmbătă. Emil al Joiții, Nea Mitică, Puiu, Domnu', Bibilandra — fratele lui Gigi Țiganu, Nea Cazacu, Ingineru și Nae, proprietarul barului. Cumpărase „localul" de la unul, Patronu, care muncise câțiva ani în Spania, venise cu bani și-și deschisese afacerea pe care, în cinstea zilelor petrecute departe de țară, o numise Toremolinos. Numele cârciumii ne mângâia privirile. Mai erau și altele în comună, La Maricica, La Sandu și chiar La 6 Kraci, care se numea așa pentru că proprietarele erau trei surori nemăritate.

Dar nimic nu se compara cu Toremolinos. Era și bar și discotecă și cămin cultural. Acolo, într-o seară, când două găști s-au luat la bătaie până ce unul mai plăpând a rămas inert pe ciment, Patronu și-a pus mâinile în cap și a urlat:

— Bă, futu-vă-n gură, voi vă bateți aici, vă omorâți și vă doare-n cur, iar mie îmi închid ăștia discoteca!

Nu i-au închis-o, chiar dacă două ore mai târziu, în drum spre spital, bătăușul căzut pe ciment murise. A trebuit s-o vândă, totuși, peste un an, după ce în Găești a apărut un spaniol grizonant și jovial, care întreba peste tot de un băiat român cu mustață și plete. În câteva zile, vestea s-a împrăștiat în toată comuna. Patronu se iubise prin Costa Brava cu spaniolul, îi ceruse bani să-și deschidă o discotecă, îi promisese că se întoarce în câteva săptămâni și dispăruse definitiv. Problema spaniolului nu erau banii, ci faptul că încă îl mai iubea pe Patron. Doar că a trebuit să afle surprins că era însurat și avea trei copii. La fel de mirată a fost și soția Patronului. Copleșit de rușine, a vândut rapid Toremolinos și a dispărut din localitate, fără nevastă și copii. Peste ani, câțiva oameni din sat, plecați la muncă în Spania, aveau să jure că i-au văzut mustața la volanul unei limuzine lungi „cât patru Dacii". Era îmbrăcat ca un general, avea și caschetă, povesteau ei. Era clar că ajunsese din nou bogat.

Nae a cumpărat discoteca, a înlăturat o parte dintre literele din nume, lăsând doar „mol", pentru că auzise el că „mol" e un loc unde se duc oamenii cu obraz subțire. A păstrat însă intacte, palmierul și soarele ștrengar de pe siglă.

Inginerul era singurul intelectual din bar, dar nu vorbea niciodată despre lucruri metafizice, ca Gigi Țiganu. Știam doar că lucrează la „Petrol", că e alcoolic și că dă oricui să bea, cu condiția să-i asculte povestea. Cu câțiva ani în urmă, pe când lucra în București, se îndrăgostise de o studentă pe care o ajutase să termine facultatea, adică îi cumpărase examenele din ultimul an și se mutase cu ea într-un apartament unde începuseră să-și facă planuri de viitor. Inginerul avea 48 de ani, ea, 25. Îi găsise de lucru la firma unui prieten. Doar că după doi ani tânăra îl părăsise pentru un coleg de serviciu cu care îl înșela de multă vreme. Inginerul, îndrăgostit și îndurerat, a căutat-o de câteva ori la firmă, cu garoafe roșii și cearcăne.

— Nu m-a deranjat că m-a părăsit, nici că n-a mai vrut să ne mai vedem sau s-o mai caut, ci că mi-a zis, știind cât de mult am iubit-o, s-o las în pace, că îi stau ca un ghimpe în cur.

Inginerul povestea și bea. Ochii lui tulburi, încercănați, sclipeau doar când își amintea de ea.

— Și acum mă simt ca un ghimpe. Sunt un ghimpe în curul lumii, ofta Inginerul, cu privirea redevenită opacă.

Nu doar Inginerul le făcea cinste tuturor. Uneori îl vedeam și pe Nea Cazacu la câte o masă, fredonând ușor o romanță, iar cei câțiva colegi de pahar tăceau întotdeauna, duși pe gânduri. De fiecare dată în jurul lui era liniște. Fusese luat prizonier de ruși în război și se întorsese de-acolo după doi ani fără o mână și fără chef de vorbă. Îmi spusese odată Nae, noul patron, că dacă vreau să beau gratis să mă duc la masa lui Nea Cazacu, dar să nu spun nimic. M-am așezat lângă el și m-am mirat cum cei din jur puteau sta fără să scoată un sunet. N-am rezistat mai mult de câteva minute și l-am întrebat de ce nu vorbește nimeni.

— În general, omul îți dă să bei ca să-l asculți și să-l înțelegi. Eu îi cinstesc pe ăștia nu să mă-nțeleagă, ci să tacă.

Nu mai auzisem pe nimeni care să-și dorească să taci lângă el. Preferam să beau pe banii mei de student și să vorbesc ce vreau eu.

— Uite, d-aia-mi place mie de Domnu'. Că nu zice niciodată nimic, mi-a mai spus Nea Cazacu înainte să mă ridic, în liniște totuși, de la masă.

Domnu' era cel mai sărac de acolo, un băiat de vreo 24–25 de ani, cu un picior mai scurt și cu mustăcioară. Purta, indiferent de anotimp, cizme de cauciuc. Putea tăcea ore în șir lângă Nea Cazacu, la fel cum asculta impasibil povestea Inginerului cu ghimpele. Dacă ajungeai să bei cu Domnu', erai considerat în sat distrus incurabil. Erai ratatul absolut.

Dintre toți prietenii mei de pahar de atunci, cel mai apropiat ca vârstă îmi era Bibilandra. Vioi, inteligent, practic și fără nimic din melancolia fratelui său, Gigi Țiganu. Pe vremea aia îl trimiteam ca pețitor la fetele din discotecă. Știa tot ce mișca în comună.

— Bibilandra, cine e aia blondă de lângă ușă?

— Frate, nu e de nasul nostru. E din Târgoviște! mă descuraja el.

Avea dreptate. Eram băieți simpli, de la țară, iar Târgoviștea era mare cât New Yorkul.

— Dar aia cu burta goală, care dansează?

— P-aia las-o-n pace. Are SIFILIX!

Mi-a recomandat, totuși, o brunetă vioaie, cu ochi migdalați. A acceptat s-o abordeze el în numele meu și a țâșnit spre ea. S-a întors după câteva minute de negocieri.

— Mi-a zis că așa, ca idee, îi place de tine, dar vrea o relație de lungă durată.

— Și tu ce i-ai zis?

— I-am spus așa: „O oră ți se pare lungă durată?"

Sub conducerea lui Nae, discoteca era tot timpul plină. El se îngrășase, iar fața îi lucea fericită. Într-o noapte târziu, când la mese mai rămăseseră doar profesioniștii, Nae mi-a făcut cu ochiul și mi-a zis:

— Directore, am auzit că-ți place să citești. Îmi lămurești și mie ce scrie aici? și a scos din portofel un teanc cu zeci de bancnote verzi.

— The United States of America, i-am spus, citind rar.

— Nu acolo. Jos, ce scrie?

— Păi, zice așa: „One hundred dollars".

Și Nae a zâmbit, s-a lăsat pe spate și a comandat whisky pentru toată lumea.

Un an mai târziu a invitat niște stripteuze din Republica Moldova să danseze în „Mol" și în săptămâna următoare a lăsat totul baltă, și-a părăsit nevasta și copiii, a vândut afacerea și a plecat cu una dintre ele în Italia. S-a întors după șase luni singur, fără bani, slab și cu barbă. Nu și-a mai revenit niciodată financiar. Când m-am întâlnit cu el, peste mulți ani, vindea pește prin sat, direct din portbagajul unei Dacii rablagite.

— Am găsit un bănuț pe jos și nu înțeleg ce dracu scrie pe el. Ia uită-te tu, că ai ochii mai buni, m-a rugat.

Era un medalion ruginit pe care scria doar atât: „Nihil sine Deo".

I-am spus:

— Uite ce zice: „Până la urmă va fi bine". E în latină.

Fața i s-a luminat ca pe vremuri.

— O fi vreun semn, mi-a zis râzând și mi-a făcut complice cu ochiul, ca-n vremurile bune.

Din perete, Eminem mă amenința cu degetul. Ca și cum ar fi înțeles că viața mea e o mare minciună, ca și cum știa că am ajuns un inginer al dezastrului, un ghimpe în curul vieții mele. Simțeam nevoia să vorbesc, să povestesc, să mă asculte cineva. În jur se discuta aprins despre meciul de fotbal pe care echipa comunei îl jucase de dimineață în divizia „Onoare". M-am ridicat și m-am dus la masa la care stătea, la fel de singur, Domnu'. L-am invitat să bea ceva cu mine și, când s-a ridicat, mi-am amintit că era și șchiop.

Domnu' s-a așezat, a sorbit încet din paharul cu vodcă, și-a șters mustața cu mâneca și l-am auzit vorbind pentru prima oară:

— A murit și Ingineru în vară. A făcut atac la cap. Vezi tu cum e viața asta? Azi ești, iar mâine nu mai ești, ca și cum n-ai fi fost niciodată.

— Dar Gigi Țiganu ce mai face? Mai scrie poezii?

Domnu' a continuat fără să mă asculte și atunci m-am întrebat dacă nu cumva e surd și nu mut:

— Noroc c-a venit Revoluția și au mai murit din oameni, că altfel se înmulțeau și se mâncau între ei, ca șobolanii.

L-am prins de umeri și l-am scuturat. Voiam să mă asculte, nu să vorbească el.

S-a uitat la mine și mi-a zis încet, ca și cum ar fi dezvăluit un secret teribil:

— Cel mai tare din lume a fost Ceaușescu. Dar mai tare decât el e Uniunea Europeană.

— Domnule, lasă politica. Zi-mi ce mai știi de prietenii noștri de pe vremuri!

Domnu' s-a ridicat ușor și s-a retras șchiopătând la masa lui. Iar de acolo a urlat la mine prin zgomotul barului și sub privirea critică a lui Eminem:

— Nu te pui cu Uniunea Europeană!

Partea a II-a
Marele bordel

26

Dacă aș fi știut cât de puțin valorează, nu i-aș mai fi ciordit soră-mii zece dolari din geantă. Dar pe atunci nu-mi permiteam să merg în discotecă fără bani. Aveam un blazon pe care trebuia să-l apăr. I-am aruncat pe tejghea și i-am mârâit barmanului, cu țigara în dinți:

— Dă și tu o sticlă de vin și păstrează restul!

Gae Pițirelu a belit ochii la dolari. Mi-am dat seama că nu știa cum să-i transforme în lei, dar nici nu voia să piardă valuta. I-a luat.

— Studentul, tot student. Face ce face și se descurcă, a spus și din voce i s-au prelins urme de invidie.

A doua zi a aflat tot satul că umblu cu dolari. Vestea a ajuns și la soră-mea și așa a auzit și mama că mă apucasem să fur bani din casă.

— De ce nu-ți găsești și tu ceva de muncă? Îți dai seama în ce hal ești?

După ce murise Poetul, îmi vândusem telefonul mobil. Mi-era teamă, de câte ori suna, să nu primesc alte vești proaste.

— Pentru că n-am mobil, m-am apărat eu, sigur de mine și agresiv. Dacă merg la interviuri, nu au ăia de la firme pe ce să mă sune și să-mi spună că m-au angajat.

M-a crezut. N-avea cum să afle că nu-mi căutasem deloc de lucru și că nici n-aveam de gând. Peste câteva zile mi-a dat bani ca să-mi iau telefon. Mi-am cumpărat un Alcatel care, văzut prin buzunarul blugilor, l-ar fi făcut pe Terente să plângă de invidie.

Pe vremea aia puțini aveau telefoane mobile. Doar directorii și, poate, adjuncții lor. Eu eram, deja, la al doilea aparat. Din cercul meu de prieteni eram singurul care umbla cu așa ceva. Nu mă suna nimeni, niciodată, dar în ziua aia am avut o presimțire.

— Aloooo, a urlat o voce din difuzor.

— Alooooooo, am zbierat eu și mai tare.

— Sunt eu, Costel, a continuat el, strigând ca un cioban la oi, pe câmp. Sunt la un telefon public. Te-am sunat mai devreme și mi-a răspuns o doamnă. Cine e aia, mânca-ți-aș?

— Ce doamnă? Am fost la metrou...

— Una care mi-a răspuns în locul tău și mi-a zis ceva, dar n-am înțeles ce voia de la mine. M-am speriat și i-am închis.

L-am lăsat să se bălăcească în ignoranță, fără să-i spun că a făcut cunoștință cu mesageria mea vocală.

— Era o gagică belea cu care umblu în ultima vreme, m-am dat eu mare.

— Las-o dracu' acum, a făcut el, plin de ciudă. Fii atent! M-am întâlnit pe stradă cu Yoda.

Era o tipă pe care o porecliserăm așa pentru că avea capul ca o bilă și ochii albaștri, rotunzi și căzuți, ca Yoda din Războiul Stelelor.

— Cică are un post liber la ea la serviciu și caută un om.

— Da' unde lucrează Yoda?

— Nu-i mai spune așa, că nu te mai angajează. E directoare într-un loc cu nume ciudat, ceva cu „fax" sau „bax", care cred că e un ziar foarte șmecher. Oricum, e o treabă în legătură cu presa. Ție îți place să citești, deci ar trebui să știi și să scrii. M-am rugat de ea să te angajeze.

M-am întâlnit cu Yoda a doua zi într-o clădire din zona 1 Mai. Avea un cap rotund și pietros ca o stâncă. Ochii îi erau albaștri, decolorați și triști, ca o șapcă de polițist uitată o vară întreagă pe o toaletă publică. Înaltă și solidă, cu picioare lungi și groase ca stâlpii de catedrală. Zisese Costel odată:

— Dacă-ți dă Yoda un șut în cur, îți cauți coaiele prin iarbă.

— Ce-ți face?

— Dacă îți execută un șut în fund, te scutură de intimități.

Cam ăsta era nivelul discuțiilor noastre pe vremea aia. În timp ce mă gândeam la asta și zâmbeam, am observat că Yoda mă privea cu dispreț.

— Dă-mi CV-ul, mi-a cerut cu voce rece, profesională.

— N-am.

— Păi cum vii aici fără CV? Asta e o agenție serioasă!

M-am încordat atât de tare de nervi, încât cărămida din blugi a gemut ușor. „Băga-mi-aș, n-am știut că e vorba de o agenție. Nu vreau să lucrez agent imobiliar, ca Sandu, care tot încearcă de câteva luni să vândă un căcat de apartament, dar face tot timpul foamea în timp ce le vorbește clienților despre cât de frumoasă urmează să fie viața lor în noua casă", m-am gândit.

— E o confuzie. Eu credeam că vin la un ziar, nu la agenție. Vreau în presă, i-am zis ferm.

Yoda și-a bulbucat ochii și din ei au scăpărat raze albastre mustind de greață.

— Ești idiot? E o agenție de presă. Tu chiar n-ai auzit de ea?

Nu auzisem. La mine la țară, în copilărie, apoi la Găești, pe vremea liceului și mai târziu la București, în căminele studențești din Regie, lumea se uita la TV doar la meciuri și la Dallas. Studenții aveau contact cu presa într-un singur mod: ziarele în care le trimiteau părinții mâncarea împachetată de acasă.

Am încercat să mă reabilitez cu o glumă.

— Dă-mi o foaie să scriu CV-ul.

A scos o coală dintr-o geantă grosolană din piele.

LIVIU IANCU

Atât am scris pe hârtie.

— Ăsta e CV-ul meu. În rest n-am ce spune despre mine. N-am făcut nimic memorabil.

N-a gustat gluma. S-a așezat la un calculator și s-a apucat să scrie, după care s-a dus la o mașinărie albă care a scuipat o foaie cu un CV unde inventase destul de mult. Mințise acolo că am lucrat în presa locală și că sunt un tip determinat și serios. Mai scrisese că îmi plac provocările și munca în echipă, că sunt o fire dinamică, iar ca pasiuni am sportul, lectura și călătoriile. Eram un tip mișto acolo, pe hârtie, un tip pe care mi l-aș fi făcut prieten. Sau mi-aș fi măritat fata cu el.

Mai târziu m-a dus la un domn relaxat și jovial, pe la 40 de ani, care m-a întrebat despre cărți. Mă simțeam mai în largul meu și am turuit o vreme. Citisem mult, dar nu mai mult ca el.

— Și zici că erau tari la bătaie frații ăia, Karamazov? m-a întrebat în glumă după o vreme și am știut că vrea să închidă discuția despre literatură.

— Erau foarte tari, dar nu mai tari decât frații Grimm.

Apoi am mers împreună la o masă, pe care se odihnea, alb și înfricoșător, un calculator.

— Deschide-l, te rog!

Nu mai pornisem niciodată un computer.

— Păi, televizorul ăsta ar trebui să se aprindă de la... M-am uitat atent, am văzut un butonaș și am apăsat pe el. Iar „televizorul" s-a aprins imediat. Mi s-au dilatat nările de mândrie.

— Atât?

— Păi, am făcut eu, crezându-mă inteligent, parcă ar mai fi ceva...

— Tu ai pornit vreodată un calculator?

— Am pornit multe, dar erau altfel.

Domnul a pornit unitatea centrală.

— A, da, am făcut eu și m-am bătut teatral cu palma peste frunte. Am uitat de cutia asta. Trebuia aprinsă și ea.

— Deschide un fișier word.

— Un ce???

A pus mâna pe mouse și mi-a deschis el un fișier.

— Scrie o știre, te rog! Inventează ceva!

Se așezase pe un scaun lângă mine și se uita zâmbind în monitor, întruchiparea răbdării infinite. Fața mea de cretin l-a convins că am nevoie de completări.

— Ai zis că ai mai lucrat în presă.

— Sigur, am mințit eu. La mai multe ziare, prin Târgoviște. La „Glasul Valahiei" și la „Chindia Liberă", am spus, inventând niște nume de ziare care, bănuiam, se potriveau cu istoria orașului.

Și am început știrea. Am văzut imediat litera „a". Am scris: a. Apoi am început să caut cu privirea pe tastatură.

— Ce-ai pierdut?

— Litera „z". Văd că nu sunt puse în ordine literele. Ciudat.

Domnul a zâmbit si m-a privit în ochi.

— Uite-o jos, lângă „a".

L-am găsit singur pe „i". Am scris mai departe: „azi". Treaba asta îmi răpise două minute.

Omul avea o față serioasă, dar pe dedesubt îl simțeam cum stă să izbucnească în râs sau de nervi.

— Vreau să scriu că „azi, la ora 12, un eveniment..."

— E un început bun pentru știre.

— Știu, am răspuns eu, mândru de mine ca o slugă care tocmai i-o trăsese nevestei boierului.

Am aflat abia peste câteva luni că niciodată, dar absolut niciodată, știrile la agențiile de presă nu încep cu „azi". Între timp, printr-o alchimie inexplicabilă, domnul care-mi dezvăluise ciudata poziție a literei „z" pe tastatură și despre care am aflat că e șeful departamentului Economic mă plăcuse. Dar abia după o lună de orbecăit prin redacție m-a anunțat că sunt angajat „de probă" pentru trei luni.

— Domnu' Dorin, vă mulțumesc.

— Nu sunt domn, pentru că domnii au costum și cravată, nu burtă și pulover, ca mine. Spune-mi Dorin sau, dacă vrei să fii foarte respectuos, Nea Dorin.

După vreo trei zile de entuziasm că am un loc de muncă, mi-am amintit că nu-mi negociasem salariul. Am mai mocnit alte câteva zile, până am îndrăznit să-l abordez pe Dorin.

— Dorin, ce salariu am? Am uitat să te-ntreb.

— Nu pot să-ți spun. Nu știi că în presă salariile sunt confidențiale?

M-a mai lăsat să mă frământ câteva zile și mi-a dezvăluit: era un salariu de rahat, dar la cât de puține știam eu, eram plătit regește.

*

Cum se cacă, oare, un om cu cravată? mă întrebam uneori, când vedeam pe stradă tipi eleganți. Lasă cravata să-i atârne printre picioare, ca o pulă bleagă, sau și-o aruncă cu cochetărie peste umăr, ca pe un fular? Prima oară când m-am așezat pe veceu la serviciu a trebuit să rezolv problema. Am lăsat cravata să atârne. Semn clar de indolență și lipsă de noblețe.

Îmi intrase în cap că singura șansă ca să mă impun în fața colegilor era să mă îmbrac frumos. Reporterii nu sunt niște arbitri ai eleganței. Era loc la capitolul ăsta și voiam să mă disting cumva. Singurul în costum și cravată din hala uriașă în care lucram, păream un agent venit să le facă asigurări. Sau un individ de la fisc. Era un iunie torid, iar colegii butonau calculatoarele în blugi și tricou. Unii îndrăzneau să vină chiar și în pantaloni scurți și sandale. Uneori, după 6 seara, când mai rămâneau câțiva în redacție, cutezam să-mi dau jos sacoul. La cravată n-aș fi renunțat nici mort.

După o săptămână de serviciu, nu-mi dădeam prea multe șanse. Reușisem să învăț doar că „televizorul" se numește monitor, iar „cutia", unitate centrală. Dorin mă pusese să completez niște tabele pe calculator. Căutam cu greu literele pe tastatură, iar pe spate și pe sub cravată îmi alunecau în fiecare minut stropi mici de transpirație. Înțelesesem deja că adevărata provocare era să nu-i încurc pe ceilalți și așteptam zilnic să mă dea afară. Ca să mă impun în discuțiile de pe holuri, încercam să fumez mai mult decât ceilalți. Era singurul capitol la care îi puteam depăși.

A mai trecut ceva vreme. Într-o dimineață, m-a sunat Dorin. Eram deja în autobuzul 335, în drum spre serviciu.

— E timpul să mergi la prima ta conferință de presă. Nu reușește să ajungă Răzvan și te-am ales pe tine.

Am intrat în panică.

— Dar nu sunt încă pregătit... Și mai aveam niște tabele de completat azi...

— Lasă că le completezi când te întorci.

— OK. Și ce fac la conferință?

— Ești atent, îți notezi și apoi scrii o știre cu ce s-a întâmplat. Clar?

M-am resemnat rapid.

— Clar...

Mi-a spus în grabă unde trebuia să ajung și la ce oră. Discuția a durat un minut, lucru care mi-a plăcut. Începusem deja să mă simt sigur pe mine și eficient.

Nu mai fusesem niciodată la o conferință de presă. Pe drum, în autobuz, îmi imaginam cum o să fie. Niște oameni importanți se vor așeza la o masă rotundă și vor dezbate diverse probleme. Iar eu, printre ei, voi fi atent și-mi voi nota ce spun. Probabil că mi se va cere și părerea. Nu era greu. Abia aici își intrau în rol costumul și cravata mea. Îmbrăcat în costum, nu poți părea incompetent. O cravată îți dă prestanță și siguranță. Oamenii din autobuz, în haine simple, îmi păreau meschini și anonimi. Simțeam că sunt pe cale să ajung cineva. Eram reporter, un tip dur, rafinat și influent. Un singur articol mi-ar fi fost de ajuns să distrug o carieră. Aș fi putut închide un hotel cu o cronică nefavorabilă. M-am uitat la plevușca din jur și am zâmbit indulgent.

Am ajuns la Sala Palatului cu o oră mai devreme. Sala era imensă și goală. Pe scenă, câțiva tipi montau microfoane pe o masă lungă. I-am întrebat în ce parte a mesei stau ziariștii. În sală, mi-au răspuns. Nu la masă? Nu. Cum să stea la masă? M-am așezat, ofensat, pe primul rând. Mi-am scos agenda și pixul și am așteptat. Pe peretele din spatele scenei un afiș mare anunța tema evenimentului: o conferință națională a asociației agenților imobiliari.

După vreo 40 de minute au început să curgă și invitații. Mai întâi, agenții imobiliari și apoi presa, care, am constatat cu timpul, întârzie la majoritatea evenimentelor. Toți agenții purtau costum și cravată. Unii dintre ei, văzându-mă îmbrăcat la fel, m-au salutat prietenoși. Pe vremea aia, majoritatea celor care emanau un aer trist și sărăcăcios și umblau în costum și cravată de proastă calitate erau agenți imobiliari. La ora 10 sala era deja plină, iar la masa de pe scenă se așezaseră deja capii lumii imobiliare naționale. Erau vreo 10–12, majoritatea femei. În mijlocul mesei, ca un împărat, trona un tip pe la vreo 50 de ani, cu barbă mare și părul prins în coadă. Avea o față trasă și inteligentă de pictor, de regizor sau de scriitor. Părea fratele mai slab și rocker al lui Hemingway.

Față de Regizor sau de Scriitor a luat microfonul și a început să vorbească. S-a recomandat ca fiind șeful patronatului imobiliar și agenții din sală l-au aplaudat, a făcut apoi o scurtă prezentare a activității lui, care mie mi s-a părut foarte lungă, iar aplauzele au răsunat din nou. Era o personalitate cu priză la public. Agenții, cu costumele lor ponosite și cravatele decolorate, băteau din palme electrizați. Apoi, Față de Regizor sau de Scriitor s-a ridicat în picioare și a zis grav că piața imobiliară trece prin cel mai greu moment din ultimii zece ani. Că o lege strâmbă dată de Guvern face ravagii și că jumătate dintre agențiile imobiliare se vor închide. Că mii de agenți imobiliari își vor pierde locurile de muncă. Că vor ajunge șomeri și vor muri de foame. Copiii lor vor fi retrași de la școli. Părinții și bunicii lor vor îndura sărăcia. Că vor deveni o povară pentru stat, șomajul va crește, vom avea inflație, iar țara va intra în colaps. Nu excludea nici un val de sinucideri printre agenții care nu-și vor mai putea întreține familiile.

Îmi notam cât puteam de repede, dar din când în când pierdeam firul. Omul știa să vorbească meșteșugit. Era un Fidel Castro al apartamentelor sau un Hitler cu parfum rezidențial. Cu 60–70 de ani în urmă ar fi reușit să urnească un oraș întreg la război. Fiecare cuvânt pe care-l spunea era convingător, fiecare frază avea sens și greutate. Eram impresionat. Eram fascinat.

— ... și, ca de fiecare dată, toată presa a fost cu noi și în acest moment greu, de cumpănă, pentru industria imobiliară, în special, și pentru economia națională, în general.

Eram mândru că sunt ziarist. Că noi, presa, am fost lângă oamenii ăștia care trec printr-un moment atât de groaznic și de important.

— ... toată presa, repet, a fost cu noi, cu o singură excepție: Ziarul Economic, care a preluat o știre negativă, publicată de Agenția...

Față de Regizor sau de Scriitor s-a oprit brusc și a oftat în microfon. Pomenise numele agenției unde lucram, înțelesesem că e ceva de rău, dar mintea mea refuza să funcționeze.

— ... este regretabil că sunt și instituții de presă care, prin atitudinea lor ostilă și iresponsabilă, ne aruncă țara în groapa de gunoi a istoriei.

Începusem să transpir. Uneori, corpul simte pericolul înaintea creierului. Cravata mi se bălăngănea pe burtă ca o țâță de vrăjitoare.

— Este cineva de la Agenție aici? a întrebat cu voce tunătoare oratorul.

Peste sală s-a lăsat brusc liniștea. Inima îmi trăgea șuturi în piept. Era atât de liniște, încât auzeam și când clipeam.

— Repet. Este cineva de la Agenție în sală?

Puteam să clipesc mai departe și să-mi văd de treabă. Puteam să mă furișez tușind și să ies din încăpere. Nu mă cunoștea nimeni. Dar sunt momente în viață în care, de teamă, mintea fuge pentru o vreme din corp. Așa mi s-a întâmplat și mie și m-am trezit ridicându-mă, gol de gânduri, în fața a 800 de agenți imobiliari speriați și înfuriați de perspectiva falimentului și spunând cu voce stridentă și pițigăiată de groază ca a lui Cristi Minculescu pe scenă, în vremurile de glorie ale trupei Iris:

— Eu sunt...

Fată de Regizor sau de Scriitor s-a aplecat peste masă, ca să mă vadă mai bine. Eram pe primul rând și se lăsase din nou o tăcere grea. Îi auzeam respirația.

— Ce-ai avut, domnule, cu oamenii ăștia? Ce ți-au făcut de i-ai atacat? Dumneata n-ai inimă? N-ai conștiință? N-ai regrete?

Vocea îi urca treptat, iar eu eram atât de paralizat de frică, încât, dacă ar fi foșnit cineva o hârtie în spatele meu, aș fi făcut infarct pe loc.

Puteam să-i spun sincer că habar n-am despre ce e vorba. Puteam să-i explic că lucrez de nici o lună și că tot ce fac la Agenție e să completez niște tabele și să am grijă să nu-mi intre cravata în veceu când mă cac.

Dar am bâiguit doar atât:

— Îmi pare rău...

— E tardiv, stimabile, să-ți pară rău acum. Răul e deja făcut.

Apoi și-a mutat privirea către colegii de la pupitru. Am sperat pentru o clipă că a terminat răfuiala cu mine.

— Ia spuneți, doamnă, câți copii aveți, a întrebat-o pe o șefă de agenție de lângă el.

— Patru, a răspuns speriată femeia.

Nu știa în ce direcție o va lua interogatoriul.

— Și ce-o să faceți acum dacă vă veți pierde locul de muncă?

— Ce-o să fac? Nu știu? O să... cerșesc!

— Și copiii? Cu ce-o să-i creșteți?

Femeia a izbucnit în plâns.

— Nu știiiiiuuuuu...

Oratorul s-a întors spre mine acuzator, cu arătătorul lui lung, de pianist, întins ca o spadă.

— Nu ți-e milă, domnule, de oamenii ăștia? Mă uit la fața ta și nu văd nicio fărâmă de bunătate. Nu văd nicio licărire de umanitate...

Dacă mai rămâneam doar câteva secunde, aș fi izbucnit și eu în plâns. Am lăsat cu gesturi de robot agenda și pixul jos, în fața scaunului, m-am ridicat și m-am îndreptat teleghidat spre ușă, cu ochii în podea. Până să ies, l-am mai auzit pe Față de Regizor sau de Scriitor:

— Înspăimântător este tupeul dumitale. Cum de-ai îndrăznit să vii aici, printre oamenii ăștia necăjiți, cărora le-ai făcut atât de mult rău? Te-ai gândit să te hrănești cu tristețea lor, ca un criminal care se întoarce la locul faptei? Ți-aș spune să-ți fie rușine, stimabile, dar știu că îți cer prea mult...

Am închis ușa și am luat-o la fugă pe holuri. Dacă m-ar fi alergat Usain Bolt, și-ar fi dat seama că nu e-n bulan în ziua aia. M-am oprit la o terasă, departe, pe o străduță ascunsă. Mi-am luat o bere să mă liniștesc, dar tot nu-mi trecuse teama. Mă îngrozea gândul că vreun agent imobiliar ar fi putut ajunge în zonă. M-am tot uitat în lungul străzii, dar singurul tip în costum ponosit și cu cravată eram eu.

Când am ajuns la serviciu l-am luat pe Dorin deoparte și i-am spus-o direct, fără menajamente, ca în filmele americane cu reporteri:

— Îmi dau demisia.

— N-ai cum, pentru că nu te-am angajat. Ești încă în perioada de probă.

Apoi m-a întrebat ce s-a întâmplat. I-am povestit. Mi-a explicat că știrea dată de Agenție nu distrugea agenții imobiliari, ci doar reda neutru și sec o decizie luată de Guvern. N-am înțeles prea bine, dar mă mai calmasem. Poate că berea își făcuse efectul sau poate că ceva din atitudinea lui Dorin mi-a dat încredere că nu era mare lucru ce pățisem și că se poate și mai rău.

— OK, am zis. Atunci rămân.

— Bine, dar ai grijă. Dacă te mai simt vreodată mirosind a bere în timpul programului, te dau afară.

— Păi n-ai cum, pentru că nu sunt încă angajat, i-am răspuns cu tupeu.

Mi-am jurat în ziua aia că n-o să mai merg niciodată la conferințele agenților imobiliari și m-am ținut de cuvânt. Dar de atunci mi se pare suspect și mă sperie orice tip îmbrăcat în costum și cu cravată.

27

Primele trei luni la Agenție mi-au devorat toate rezervele de energie. De dimineață și până cădea întunericul, în fiecare zi, fără excepție, completam tabele. Mă simțeam ca un sclav chinez care lucrează la un tronson oarecare din Marele Zid.

— Bagă mare, mă încuraja râzând Dorin.

Eu scriam de zor, cu ochii în computer.

— Tabelele astea sunt foarte importante și îți faci și mâna la calculator, zicea Dorin.

Eram pătruns de importanța muncii mele, deși, vag, intuiam că e inutilă. Îmi imaginam cum, în fiecare dimineață, directorii firmelor de construcții abonate la buletinul nostru așteptau tremurând de nerăbdare să citească „agrementele tehnice“ scrise de mine. Erau tabele uriașe, și-n fiecare pătrățică notam câteva cifre și serii pe care le copiam din alte tabele. Luam datele de la Ministerul Lucrărilor Publice. Mă împrietenisem cu Lucică, un băiat vioi, de vârsta mea, de la biroul de presă al ministerului, și mi le împacheta într-un dosar, trase la xerox. Tabelele îmi umpleau toată ziua. Noaptea visam, ca un contabil, doar cifre și linii.

— Cum e munca în presă? mă tot întreba Lucică, din ce în ce mai des în ultima vreme.

— Palpitantă.

— Cum dracu' să fie palpitantă cu tabelele astea?

— Păi, tu crezi că scriu doar tabele? Asta e a mia parte din ce fac. Mă duc la diverse evenimente, vorbesc cu miniștri și președinți de state, plec în străinătate cu avionul, îi atac pe unii, îi laud pe alții... Tremură directorii din construcții când mă văd, mințeam eu.

Când minți, singura regulă e să crezi în ceea ce spui. Iar eu eram un romantic. Eram primul care-mi credea minciunile.

Lucică s-a dovedit a fi nemulțumit la minister. Cu salariul lui mic de la biroul de presă, înconjurat de babe care deja tânjeau după pensie ca un cerșetor după o friptură, avea un singur gând: să plece cât mai repede de acolo. Nu prea se înțelegea nici cu ministrul, deși îl lăuda de fiecare dată:

— El a venit cu ideea ca statul să facă locuințe ieftine pentru populație. Iar asta nu era singura realizare a lui și nici cea mai mare.

— Dar care e capodopera lui? l-am întrebat plictisit.

— Ceva ce vezi în fiecare zi, dar nu știi că a fost ideea lui: plăcuțele de identificare de pe gardurile șantierelor. Acolo unde scrie constructorul, beneficiarul, proiectantul, data începerii și data încheierii lucrărilor.

— Nu mi se pare vreo mare schemă.

— Nu ți se pare, dar e! Tu ai avut vreodată o idee pe care s-o vezi apoi pe toate gardurile și pe toate străzile?

Avea dreptate. Mă simțeam mic și neimportant în discuțiile astea. Lucică nu era doar Lucică, un băiat de vârsta mea și la fel de prost plătit. Era apropiatul ministrului, care se vedea cel puțin o dată pe săptămână cu premierul, care era cel mai puternic om în stat. Lucică vorbea cu ministrul mai des decât cu părinții lui. La mine în sat nu exista niciun om care măcar să fi văzut de aproape un ministru. Unii se lăudau că au dat nas în nas cu un lup ori cu un strigoi în creierii nopții, dar de acolo și până la ministru era cale lungă. Ca să compensez diferența de anvergură dintre noi am desfundat canalul cu laude. Îl mințeam că în presă viața e mult mai palpitantă, că femeile cad pe spate când văd ziariști, că intri gratis la filme și la teatru și că primești din toate părțile cadouri.

— Primești și bani?

— Am avut propuneri de mii de dolari, dar le-am refuzat, am mințit din nou. Nu-mi oferise nimeni bani, deși în secret visam să se întâmple asta.

Lucică nu se crampona de probleme minore de morală.

— De ce să refuzi dolarii, dacă omul ți-i dă cu inima deschisă? Nu e frumos să-i jignești pe cei care vor să-ți facă un cadou.

Aici mă cam blocase.

— Pentru că n-am nevoie. În presă se câștigă enorm.

— Cam cât?

— N-am voie să spun. Am semnat un contract de confidențialitate.

A mai trecut o lună. Lucică era tot mai interesat de Agenție. Ar fi vrut să vină la noi, unde urma să se umple de bani și să fie înconjurat de femei ca popa de babe. L-am prins pe Dorin într-un moment de relaxare și i-am povestit despre el. I-am spus că e un tip foarte deștept. Era o perioadă în care voia să mărim echipa.

— De câți ani lucrează la stat?

— De cinci.

— Am o mare problemă cu oamenii angajați la stat.

— Ce problemă?

— Băiatul ăsta, Lucică, ți s-a părut leneș?

— Nu.

— E grav. Zici că nu e nici prost… Atunci înseamnă că e hoț. Dacă un om inteligent lucrează la stat mai mult de câțiva ani, e fie prost, fie leneș, fie hoț.

Nu aveam tupeu să-l contrazic. Pe vremea aia, salariile la stat erau foarte mici. Totuși, am încercat, timid, să-mi exprim îndoiala.

— Și nu există și o a patra variantă?

— Ba există, cum să nu. Să fie și leneș, și prost și hoț în același timp.

— E valabil și pentru miniștri și primari?

— E valabil pentru toată lumea.

La următoarea întâlnire l-am studiat cu mai multă atenție pe Lucică. Purta o borsetă neagră și, când vorbea, stătea ușor tolănit în scaun și se mângâia pe burtă sau se freca pe cap. E gest de leneș, m-am gândit. Dorin îmi explicase că un leneș mai poate fi recuperat, dar hoțul va rămâne hoț toată viața. Ca să nu mai vorbim de prost.

Lucică simțea că am ceva dubii și a ridicat miza. A început să-mi spună „Șefule“ și „Boss“.

— Boss, dacă vin acolo o să fii șeful meu și n-o să ies din cuvântul tău. O să execut tot ce zici, iar tu o să stai cu pula la soare și o să deschizi gura doar ca să bagi țigara sau să dai ordine. Iar eu vin repede, îți aprind țigara și-ți execut toate dorințele. Eu voi fi peștișorul tău de aur.

Situația începea să-mi placă tot mai mult.

— În cazul ăsta, o să scrii tu tabelele cu agremente tehnice.

— Le scriu, Șefu', cu mare plăcere. O să-mi sfârâie degetele pe tastatură ca lui Richard Clayderman pe clapele pianului.

Era frumos să am o funcție și trepăduși care să mă pupe-n cur. Perspectiva mă schimbase deja și mergeam pe stradă cu pași grei și măsurați, aruncând în jur priviri disprețuitoare. „Fir-ați ai dracu' de subalterni“, îi înjuram pe trecători în barbă, de la înălțimea poziției mele de șef.

M-am dus din nou la Dorin.

— E doar leneș, Dorine. E OK, nu e hoț. E prea leneș ca să fure. L-am studiat cu atenție.

Agasat de insistențele mele, l-a primit la interviu. Peste două săptămâni împărțeam calculatorul. I-am arătat unde să transcrie tabelele cu agremente tehnice.

— Șefu', nu e nevoie să le mai scriem de mână.

— Și cum facem?

— Te duci matale la Institutul de Cercetare în Construcții și le ceri în format electronic. Nu le mai iei pe hârtie de la minister, ca pe vremea lui Mircea cel Bătrân. Le primești pe o dischetă și doar le iei cu copy-paste. În cinci minute rezolvăm ce făceai tu într-o zi întreagă. Nu mai suntem în epoca de piatră, de lemn sau de hârtie, dacă n-ai aflat până acum.

— Și de ce nu mi-ai zis toate asta dinainte, ca să nu mai muncesc așa de mult în lunile trecute?

— Pentru că n-aveam niciun interes, Boss. Și, în plus, n-ai mai fi venit să mă vizitezi, iar eu aș fi murit de plictiseală în biroul ăla.

Atunci m-am lămurit definitiv că nu e nici prost.

Am sunat la institut și mi-am aranjat o întâlnire cu directorul pentru a doua zi la prânz.

Era o marți toridă. Obiectele își pierdeau conturul, dansând în aerul ondulat. Câinii vagabonzi se ascundeau de vipie pe sub mașini, prin parcări, cu limbile atârnând ca niște cravate rozalii. Am schimbat două autobuze și un tramvai până la institut. Am pierdut cu 2–1 la bătaia pe locuri. Doi pensionari s-au aruncat pe scaune înaintea mea. Celui de-al treilea, un moș răutăcios cu bască și figură de turnător, i-am luat fața. Era atât de cald, încât și simplul efort de a respira mă făcea să transpir. Inima îmi bătea în rafale, iar chiloții îmi intrau, asudați, în cur.

Am găsit greu institutul. O curte mare, plină cu copaci, care abia se zăreau peste gardul înalt. Gheretă la poartă și portar, cu o mică barieră. Portarul vorbea la telefon în cabină. Pe poartă se balansa un tablou al unui mustăcios. Sub el, o candelă aprinsă, iar printre florile de fier ale porții erau înțepenite câteva buchete de flori adevărate. Ce obiceiuri tâmpite au și cercetătorii ăștia, m-am gândit. Își pun pozele pe garduri. Oameni rupți de lume și ciudați!

Portarul a terminat conversația și mi-a făcut semn din cap să mă apropii.

— Cu ce treabă prin zonă?

Lumea nu mă trata cu prea mult respect, în ciuda costumului și a cravatei. Aveam barbă și părul lung, înfățișare cu care nu stârneai prea multă încredere.

— Sunt de la Agenție. Am o întâlnire cu domnul director azi, la ora 14.

I-am zis numele directorului.

Portarul și-a scos șapca și și-a șters cu dosul palmei transpirația de pe chelie. Arăta ca un tip de 50 de ani care pare de 60. Apoi a tușit discret, direct în șapcă.

— Nu știu cum să-ți spun eu ție, măi băiatule. Ești rudă cu directorul?

Mă luase la per tu. Așa se întâmpla de fiecare dată. Făcusem ceva și-i pierdusem din start respectul.

— Nu. Vreau să-mi dea niște agremente tehnice. Sunt de la presă.

Portarul s-a uitat la ceas, apoi și-a umezit buzele cu limba.

— Păi ai venit prea târziu, mai băiatule!

— N-am întârziat, dom' portar, e 13:45, i-am zis. Merge bine, i-am spus, arătându-i ceasul meu electronic.

Am riscat chiar și-o glumă:

— E limbă-n limbă cu ceasul de la Universitate.

La Universitate nu mai era niciun ceas pe vremea aia. Probabil că existase unul cândva, dar fusese spart sau furat. Dar acel ceas care nu mai exista era un reper în tot orașul. Toți îndrăgostiții din oraș își dădeau întâlnire „la Ceas“, la Universitate. Telefoanele mobile au reușit, în timp, să distrugă ideea de „ceas“. Te sunai și te puteai vedea oriunde. Nu mai era nevoie de repere. Tehnologia demolase toate miturile.

Portarul părea genul care fute prin depozite și agață c-o sticlă de lichior. N-a savurat gluma cu ceasul.

— Ai venit prea târziu, măi băiatule, a repetat plictisit. Apoi a făcut un gest cu capul, spre poza mustăciosului de pe gard.

— Ăsta era dom' director.

— Era???

Mintea mi se blocase din cauza căldurii. Abia atunci am început să fac legătura între tabloul de pe poartă, florile din gard și candela aprinsă.

— A murit acum două ore, mi-a dezvăluit portarul. D-aia zic c-ai venit cam târziu.

M-au luat transpirațiile. În timp ce eu mă pregăteam să mă întâlnesc cu el, directorul o mierlea. Era un semn rău. La prima mea conferință a lipsit foarte puțin să nu mă linșeze agenții imobiliari. Acum, la prima întâlnire de serviciu, omul cu care trebuia să mă văd crăpase. Mi-era teamă să mai am vreo inițiativă. Mai bine îmi văd de agrementele mele tehnice și le scriu ca până acum, de mână, așa cum făcea pe vremuri strămoșul nostru Mircea cel Bătrân.

— Mor de cald, am zis eu, doar așa, ca să umplu tăcerea din jur și să nu mai aud sfârâitul candelei de sub poză.

— Păi tot de căldură a murit și bietul dom' director. A fiert inima-n el pân-a crăpat.

M-am uitat din nou la tablou. Mustăciosului îi rămăsese pe chip urma unui zâmbet, așa cum te murdărești în colțul gurii de iaurt când bei direct din sticlă. Ținea un ochi puțin închis, la mișto, ca pistolarii din westernuri, și părea că tocmai se oprise o clipă din mestecat gumă. Stătea la un birou vechi, de lemn, și-n mâna dreaptă îi fumega o țigară. Lângă ea, o scrumieră plină cu chiștoace. Nu sta niciodată cu țigara în mână în poze și nu face ca prostu' cu ochiul, m-am gândit atunci. S-ar putea ca fotografia asta să fie ultima imagine cu tine pe care o s-o vadă lumea.

— O să ajung în altă zi, când se liniștește treaba și vine alt director.

Portarul și-a șters din nou chelia, dar de data asta cu capacul șepcii. Și-a pus-o înapoi pe cap și mi-a zis:

— Așa să faci, tată, dar de-acum înainte dă-ți și tu întâlniri la prima oră, pentru că ziua e lungă și nu știi ce neprevăzuturi se ivesc pe parcurs.

28

— Lucică, n-ai noroc. O să scrii agrementele de mână, deocamdată, așa cum am făcut și eu până acum.

I-am povestit ce se întâmplase cu directorul mustăcios.

— Șefu, da' tu de cât timp copiezi căcaturile astea?

— De patru luni.

— Perfect. Hai, dracu', să le luăm din baza de date cu copy-paste și să le punem din nou pe primele în buletinele de acum. N-o să se prindă nici Pulea Spătaru', iar dacă se bunghește cineva, zicem că am greșit.

Nu s-a prins nimeni în următoarele două luni. Între timp, am căpătat o certitudine: ăștia leneși și hoți îi conduc pe ăia muncitori și cinstiți, cum eram eu. Nu e mare lucru să fii muncitor și cinstit. Orice cretin poate. Dar ca să poți fi și leneș, și hoț, trebuie să te ducă mintea. Aveam deja un scop în viață.

Necazurile pică din senin, ca ploile de vară. Prin toamnă ne-a venit un șef nou, scund, slab și negricios, cu nasul mare, întunecat și căzut, dar roșiatic spre vârf, și ochi mici și răi, de pasăre de pradă. Era atât de sălbatic și de discret, încât nu avea nici măcar adresa de e-mail pe numele lui. O folosea pe-a gagică-sii, Ionescu Lavinia Andra, ilandra69@... Colegii mai vechi îi spuneau, dar niciodată în față, Ilandru.

Ilandru mai lucrase în Agenție o vreme și înainte, dar fusese detașat de patron ca redactor-șef la Ziarul Economic din trust. Umbla vorba printre ziariștii mai vechi că omul, copleșit de responsabilitățile de șef de ziar, căzuse în patima beției, care-i agita firea colerică. Ieșea singur la masă la prânz, împușca două–trei beri și se întorcea în redacție colcăind de nervi și cu privirea injectată. Se proțăpea în spatele vreunui reporter și de-acolo îi duhnea în ceafă aroma de Tuborg și reproșurile că nu și-a făcut bine treaba. În primele zile ca șef la Ziar angajase un băiat simplu, isteț și bolovănos, de la Tecuci, care intrase aproape desculț în redacție. Nilă, cum îl porecliseră unii care citiseră cu atenție *Moromeții*, îl contrazisese cu tupeu într-o discuție despre o știre, iar Ilandru, prins într-un moment de furie, smulsese din priză faxul mare cât un televizor și îl aruncase după el. Peste ani, când Nilă a ajuns redactor-șef la Ziar, unii colegi, rămași acolo de pe vremuri, regretau că Ilandru n-a nimerit atunci ținta.

Dar și Ziarul clocotea de nemulțumiri, nu doar Ilandru. Oamenii s-au vorbit între ei, s-au plâns, s-au sfătuit, și-ntr-o zi oarecare, când patronul trustului, Mogulul, a venit în vizită, s-au strâns toți în fața biroului lui. „Ori plecăm noi, ori se cară Ilandru", au zis ei hotărâți, și a fost prima și ultima oară când au avut tupeul să-l înfrunte pe Mogul. Patronul i-a ascultat și i-a îndemnat să voteze spontan. Toți au ridicat mâna pentru ca Ilandru să plece, de la adjuncții lui și până la femeia de serviciu. Unul singur s-a abținut: Nilă.

Obligat să revină cu coada între picioare în Agenție, Ilandru a frecat buha în prima săptămână. Se uita la noi cu ochii lui mici și strânși, ca găoaza de pisică, ne studia, fuma și iar ne studia. Lunea următoare m-am trezit cu el lângă mine:

— Vouă vă verifică cineva buletinul ăla de construcții? Sau îl trimiteți așa către firme?

Nu ni-l verifica nimeni. A trebuit să i-l dăm să-l vadă din ziua următoare. N-a apucat să citească prima frază, că s-a ridicat spumegând și ne-a chemat la calculatorul lui.

— Ce e mizeria asta?

— Ce mizerie?

— Asta cu președinte și director general.

Cu o lună în urmă, ca să ne amuzăm, scriseserăm pe prima pagină a buletinului: Liviu Iancu — președinte și Lucian Popescu — director general. Păstram macheta, dar în fiecare zi alegeam din producția zilnică a Agenției știrile despre construcții și pe cele financiare și le copiam în buletin. Agrementele tehnice le furam din numerele vechi, așa cum propusese Lucică.

A doua zi ne-a chemat iar:

— Și tabelele astea uriașe când aveți timp să le scrieți?

— În fiecare zi, Boss, a fredonat Lucică cu glas mieros, de lăutar. Ne-am rupt mâinile de atâta scris la ele.

— Băi băieților, terminați cu mizeriile astea. Liviu stă toată ziua pe hol, la țigară, iar tu, Luciane, folosești calculatorul mai mult pentru jocuri.

Era decesul fericirii noastre. Începuserăm să umblăm încruntați prin redacție. Lucică reluase legăturile cu ministerul și mergea aproape zilnic după agremente tehnice. Eu îl bănuiam însă că încearcă să se întoarcă la biroul de presă. Ilandru era în continuare cu ochii pe noi.

Deși renunțase la berea de la prânz, Ilandru își păstrase obiceiul să apară în spatele reporterilor, mic, arțăgos și cu părul în ochi ca un Yorkshire turbat. Teroarea a mai continuat câteva zeci de zile, până când peste noi a căzut, ca o gură de oxigen, Crăciunul. Atmosfera se relaxase și Agenția a organizat o petrecere. Am ajuns mai târziu, tot în costum și cravată. Lucică se scuzase că lipsește și a trebuit să beau singur, la o masă. Ilandru se simțea bine înconjurat de colege. M-a văzut și s-a întunecat la chip.

— Meseriașule, ia fă-te până aici!

M-am dus, dar știam că n-o să se termine bine. Băusem câteva beri la o cârciumă înainte și-mi era greu să mimez obediența.

— Te distrezi de unul singur, bărbate? Stai cu noi, să ne simțim bine împreună, mi-a zis și a împins un scaun spre mine.

Băutura îl relaxase și mă iscodea curios, ca pe o specie de moluscă pe care nu știa încă unde s-o încadreze.

— Ia spune, care a fost prima investiție străină în construcții în România?

Era binedispus și voia să mă ia la mișto. Câteva colege mai slugarnice râdeau deja pe lângă el. Am răspuns și eu, tot în glumă:

— Podul lui Apolodor din Damasc de peste Dunăre. A fost comandat și plătit de romani, adică de străini.

Ilandru m-a privit contrariat, cu un amestec de ură și admirație. Grasele care-i țineau companie au tăcut, neștiind unde se îndreaptă discuția.

— Sau îți amintești tu o altă investiție mai veche?

N-a răspuns. Știa că pierduse dialogul. Bâțâia din cap și începuse să-și pieptene părul cu degetele, așa cum făcea când se enerva. Discuția a mai trenat vreo 10–15 minute. Nu-mi plăcea atmosfera și m-am ridicat să plec.

— Stai aici, chief, unde fugi?

Când ajungea să-ți spună cineva din Agenție sau de la Ziar „cif", expresia era doar vârful unui iceberg de dispreț.

— Ia zi, că tot faci pe deșteptul, de ce ești așa fricos și n-ai coaie?

Își calculase greșit momentul în care să mă atace. După câteva beri l-aș fi înfruntat și pe Mogul, nu doar pe un amărât de șef de departament.

— Poate că nu am coaie, dar am o pulă pe care pot să te plimb ca pe cal, prin toată agenția!

Grasele de la masă au izbucnit, fără voia lor, în râs. Ilandru a scrâșnit din dinți și mi-a mârâit:

— Îți sparg fața, tristule! Nu vezi că ești țăran?

Eram sigur c-o să mă zboare. Mă înfierbântasem de la alcool și mă simțeam în formă:

— Nichita zicea despre Marin Preda că are originea cea mai nobilă pe care o poate avea un român, adică e țăran, adică născut la țară, adică din țărână, adică din pământ...

— Băi, tristule, dispari de-aici, că-ți sparg fața!

— Ai cu cine să faci Revelionul? Dacă vrei, te iau eu cu mine... Îmi pari singur și abandonat, și de-aia ești așa agresiv. Și cel mai prost psiholog din țară ar putea să-ți spună că violența e expresia clară a neputinței.

N-aveam de unde să bănuiesc atunci că peste șase–șapte ani aveam să ajung eu singur și abandonat de Anul Nou, iar el, inexplicabil, să mă ia în două rânduri să fac Revelionul la el acasă, cu el și iubita lui. Poate a fost modul lui elegant să se răzbune pentru mârlănia de la acel Crăciun, dar mai degrabă cred că, pur și simplu, i-a fost milă de mine.

N-a venit cu mine de Revelion, iar în primele zile din ianuarie m-am întors la redacție să-mi strâng catrafusele și să ies, după șapte luni fără glorie, din presă. M-a văzut și m-a tras deoparte.

— Cif, până acum am crezut că ești prost, dar m-am înșelat. Ești doar nesimțit. Ceea ce e mult mai grav.

Eram sigur c-o să mă dea afară.

— Voiam să vă zbor, pe tine și pe celălalt păcălici, colegul tău cu borsetă, dar vă mai dau o șansă. Pe voi v-a învățat cineva aici cum se scrie o știre?

Nu ne învățase nimeni. Oamenii erau prea ocupați în Agenție și fiecare trăgea cu dinții de plapuma lui. Puține specii sunt mai egoiste ca jurnaliștii. Se îngropau în calculatoare, cu căștile pe urechi, și n-aveau timp să le dea indicații ălora care confundau tastatura cu soneria de la ușă. Când unul dintre ei intra în redacție, nu dădea mâna cu ceilalți. La plecare, murmurau un salut scurt și se prelingeau pe ușă.

Domeniile în care orgoliile sunt mari și salariile mici mustesc de bârfe și ură.

29

Partea frumoasă în presă e că toată lumea începe de la zero. Ești șomer sau absolvent de doctorat, ai zece clase sau trei facultăți, ești bine-venit în presă. Nimeni nu știe nimic la început, iar cei care cred că se pricep pornesc nu de la zero, ci de la minus. Important e cât de repede înțelegi informația și, mai ales, cât de clar și de relevant poți s-o redai.

Ilandru însuși nu avea prea multă școală, pentru că după ce picase la facultate, reușise să-și găsească de lucru într-o alimentară, unde căra carcase de porc în spinare. Cumva, după un an, un amic care lucra la un ziar îl luase în probe, și așa își făcuse debutul în presă omul care avea să devină cel mai influent jurnalist economic timp de câțiva ani buni. Nu știa deloc engleză și buchisea cu degetul pe monitor, încercând să decripteze site-urile străine de știri, iar mai târziu mi-am dat seama că, din teama de a nu greși, punea întotdeauna mai multe virgule decât era cazul în textele pe care le corecta.

— Prima regulă e că, înainte să scrii o știre, trebuie să înțelegi tu despre ce e vorba, a început Ilandru lecțiile de dresaj cu noi.

— Păi, nu e așa greu…

— Ai răbdare! Și cel mai important este să știi să rezumi în câteva cuvinte ce s-a întâmplat la evenimentul respectiv. Să le spui cititorilor încă din titlu care e ideea de bază. De exemplu: Firma X Construct va investi un milion de euro într-un depozit. Sau: Compania Y va deschide un magazin de mobilă în București.

Ne-a explicat de la cap la coadă cum se face o știre și ne-a plăcut ideea. Ne simțeam deja în altă ligă. Ne bătea gândul să mai căutăm încă un om pentru agrementele tehnice.

— Joi începe târgul de construcții. Vă duceți la Romexpo și veniți cu o știre de acolo.

— Doar cu una? m-am mirat eu de atâta îngăduință.

— Pentru început. Hai să vedem cum iese.

Am plătit intrarea la Romexpo, fără să știm că ziariștii au acces gratis. Iar călcaserăm cu stângul. Am trecut de poartă și ni s-a deschis o lume dubioasă: toată curtea expoziției mustea de tractorașe, utilaje, mașini de cărat și de presat cimentul, căsuțe mici din ciment sau lemn, cărămizi și saci de beton. Din boxele de pe stâlpi răsuna un cântecel vesel. Am recunoscut melodia Yellow Submarine a lui Beatles, dar versurile erau scrise de iubitorii de agremente tehnice:

Ca-ta-lo-gul In-fo Con-struct
E cel mai bun
Cum-pă-ră-l acum
Ca-ta-lo-gul In-fo Con-struct.

Lucică începuse să danseze pe melodie printre plăcile de beton și sacii de ciment.

— Frumoasă e meseria asta de ziarist, Șefule. Îmi place la nebunie ce fac!

— Băi, Lucică, dar încă n-am făcut nimic.

— Păi, exact asta îmi place! Îți dai seama că dacă eram contabili, până la ora asta am fi vomitat de la atâtea cifre? Dacă am fi fost profesori, ne-am fi mâncat nervii cu proștii până la ora 11, cât e acum, și am fi dat și cinci–șase scaltoace și vreo trei note de doi?

Am făcut o tură prin târg. Afară se aliniau, oribile, utilajele, iar în pavilioane se înșirau, cenușii și lipsite de gust, standurile firmelor. Erau atractive ca un șantier. Pe atunci, patronii din construcții încă mai umblau în cămăși cu mânecă scurtă, albă sau cu pătrățele, iar pe antebraț li se odihneau sirenele tatuate.

— Șefule, ăștia par toți proaspăt ieșiți din pârnaie, așa bronzați, cu cefe groase și tatuaje pe brațe.

La difuzoare, cântecelul vesel cu catalogul răsuna din cinci în cinci minute. Am făcut o pauză la o terasă din complex și ne-am cumpărat mici cu muștar și cartofi prăjiți. Aveam o meserie frumoasă, într-adevăr.

Apoi ne-am făcut curaj și ne-am oprit la un stand la întâmplare. O tipă roșcată, cu părul întins și fustă scurtă, făcea să pălească plăcile de gresie expuse în spate. Lucică m-a împins cu cotul.

— Șefule, bagă-te la o vorbă cu fata, poate-ți iese de-o flocăială diseară.

Am salutat-o și ne-a răspuns cu greu, ca trezită dintr-un somn adânc. Se balansa pe tocurile uriașe și era un miracol chiar și pentru ea că-și ținea, încă, echilibrul.

— Sunt de la Business Constructiv, m-am prezentat eu cu tupeu. E un buletin editat de Agenție!

Mă așteptam să cadă în cur când aude de Agenție, dar a fost foarte aproape s-o răpună tocurile de 20 de centimetri, pe care s-a răsucit mai greoi ca un utilaj de construcții.

A făcut doi pași, dar picioarele i se îndoiau de la genunchi, dezechilibrate pe creioanele subțiri care-i ieșeau din călcâie.

— Șefule, ai o cheie franceză la tine? Macaraua asta se dezmembrează dacă mai face doi pași și trebuie să-i pui bulanele la loc.

Roșcata s-a întors cu un pliant și ni l-a întins.

— Aici găsiți toate datele despre oferta noastră, ne-a informat cu voce egală și lipsită de expresie, de parc-ar fi lucrat toată viața la call center.

— Dar am vrea să facem un interviu cu dumneavoastră, am încercat eu să o ademenesc.

— Nu sunt mandatată să acord interviuri, iar domnul director lipsește momentan.

— Atunci poate ne vedem la o cafea în oraș, i-am propus făcându-i cu ochiul, ca să destind atmosfera.

— Îmi pare rău, dar nu se poate.

— Nici măcar un număr de telefon nu ne puteți lăsa?

— Aveți în pliant contactele firmei, ne-a expediat tipa, după care s-a apucat să-și studieze concentrată unghiile, semn că mica noastră discuție se încheiase.

N-aveam nicio șansă. Era rece și plictisitoare ca o macara.

— Lucică, știi că o femeie nu e de tine atunci când are tocurile mai lungi decât pula ta.

Mai târziu am aflat că majoritatea fetelor de la standuri erau închiriate. Constructorul își comanda o hostess, așa cum ceri o pizza, o plătea pentru cele patru zile de târg și ea încerca să atragă clienții cu fusta scurtă și zâmbetul alb, lucios și inexpresiv, de parcă fața ei ar fi fost o cană de porțelan. Problema e că nimeni nu mai vedea dincolo de cracii lor, iar cutiile de vopsea, cărămizile și plăcile de gresie sufereau pierdute în spate, ca niște absorbante folosite și aruncate pe jos într-un veceu public. Am mai încercat la câteva standuri. Toate tipele semănau între ele și aveau același discurs. Păreau scoase din același incubator și pregătite pentru viață de un dresor lipsit de imaginație.

I-am propus lui Lucică să schimbăm abordarea și să acostăm câțiva constructori pentru că, lucrând în domeniu, vor ști să ne răspundă la întrebări. Era greu să alegi o figură blândă și comunicativă dintre atâția zdrahoni cu priviri de bivoli bine hrăniți. Mă simțeam ca femeia de serviciu care mătură celulele pârnăiașilor. Toți erau bronzați, dar cine a trăit la țară face diferența dintre bronzul de concediu și cel căpătat în urma muncii în soare. Am pus ochii pe unul înalt de doi metri, blond și cu tunsoare de nazist. Pe gâtul ars de soare îi strălucea un lanț gros de aur.

— Șefu, mie nu-mi place de ăsta.

— De ce, Lucică?

— Nu vezi ce față de stâlp are?

L-am abordat totuși pe om și i-am explicat cu ce ne ocupăm.

— Nu am dispoziție de interviuri azi, măi băieți. Vă invit luni la prima oră, la mine la birou.

Ne-a lăsat o carte de vizită și i-am promis că îl căutăm luni. Aveam să ajungem la 9 dimineața, dar plecase de mult. Nu știam pe atunci că pentru constructori prima oră însemna undeva înainte de 7 dimineața.

Nu ne-am dat bătuți și am mai încercat la câteva standuri. Nimeni nu voia să vorbească cu noi. Unii credeau că le cerem bani pentru știri și nu erau dispuși să plătească. Când le explicam că e gratis, deveneau și mai reticenți.

— Nimeni nu face nimic gratis pe lumea asta, a făcut pe deșteptul un pitic vânjos și transpirat, cu o inimă străpunsă de săgeată pe antebraț.

După trei ore de târg nu aveam încă nicio declarație. Ne-am oprit să ne tragem răsuflarea, cu brațele pline de pliante. Ne răsuna în continuare în creiere cântecelul cu Catalogul Info Construct, deși muzica din boxe încetase. Trebuia să luăm o hotărâre.

— Șefule, și dacă mai stăm zece ore, tot nu scoatem nicio știre de la ghertoii ăștia. Hai, dracu, să mergem unde-om vedea cu ochii.

Mă vedeam deja cu ziarul de anunțuri în mână, căutându-mi de lucru. Lucică se gândea probabil la ceva asemănător.

— Căca-m-aș în ea de treabă, Șefule, că m-am luat după tine cu presa asta. În ce mizerie m-am băgat... Nu stăteam eu liniștit la minister cu pulicica în sus și mă jucam toată ziua Solitaire pe calculator, iar vinerea spărgeam ușa la 12, c-așa e viața de bugetar?

Am ieșit din standuri și am luat-o la pas prin curtea expoziției, fără chef de muncă, precum doi bugetari vinerea, la prânz. N-am mers mai mult de zece metri, că l-am simțit pe Lucică cum mă trage de mânecă.

— Hai repede după mine, c-am văzut ceva. Hai, că avem bulan!

Am luat-o la fugă spre centrul curții, cu pliantele șiroindu-mi de sub un braț și cu agenda și pixul în cealaltă mână.

— Lasă-le-n dracu' de hârțoage, șefule, că nici măcar nu poți să te ștergi cu ele la cur, de lucioase ce sunt.

Lucică se apropiase de o doamnă mai în vârstă, dar care se ținea bine. Parcă o știam de undeva.

— Chiar ea e, să fiu al dracu'! Irina Loghin!

Avea dreptate. O vedeam des pe vremuri la televizor, îmbrăcată în costum popular, dar acum purta o rochie de culoarea tractoarelor uzate.

— Și ce treabă avem noi cu Irina Loghin?

— Băi, Șefule, tu chiar n-ai sânge de ziarist. Îi luăm un interviu.

— Lucică, ai uitat că nu scriem pe folclor, ci pe construcții? Ce dracu' să ne zică Irina Loghin?

— Să ne povestească despre târg, Șefule.

Avea dreptate. Decât zero știri, mai bine una cu Irina Loghin. Ne-am dus glonț la ea.

— Săru'mâna, distinsă doamnă, a abordat-o cu stil Lucică.

— Bună, băieți.

Amândoi aveam agende și pixuri. Veniserăm pregătiți să scriem știri din târg. Fără niciun preludiu, Irina Loghin mi-a luat agenda din mână și mi-a cerut pixul.

— Cum te cheamă, puiule?

— Liviu.

A deschis agenda și, sub privirile mele mirate și neputincioase, a scris pe prima pagină pe care a găsit-o goală: „Pâine și belșug și toată prietenia mea pentru Liviu. Cu drag, Irina Loghin". A pus data și s-a semnat. Am rămas cu gura căscată. Mai lipsea să-mi curgă mucii, ca să par retardatul perfect.

Irina Loghin a întins mâna spre agenda lui Lucică, dar el s-a tras, prudent, un pas în spate.

— Doamna Loghin, nu vrem autografe.

Femeia s-a încruntat, mirată, iar gura i s-a chircit într-o mare de riduri, ca și cum cineva ar fi mototolit o hârtie în pumn. Era mai bătrână ca la televizor, cu față mare și nas puternic, de parcă ar fi fost turnat în oțel. Părul lung, căzut pe spate, cântărea probabil cât un bebeluș mai zdravăn.

— Adică nu vrem doar autografe, s-a corectat el din zbor.

Cred că se simțea cumva jignită și se pregătea să plece. Pierduse timpul cu noi.

— Suntem de la presă și vrem să ne acordați un interviu.

Parcă Dumnezeu luase cu mâna trăsăturile Irinei Loghin, le amestecase într-o căciulă cu multă miere și le pusese la loc. Își îndulcise atât de tare expresia, încât am crezut c-o să ne ia în brațe și-o să ne pupe. M-am convins mai târziu că pentru artiștii căzuți în uitare, dar și pentru cei în vogă, „presă" și „interviu" sunt cuvinte magice.

Și-a băgat mâinile pe sub coama grea și a lăsat-o să cadă, ca o plapumă, pe spinare. Cred c-am văzut un norișor de praf ieșind în urma impactului.

— Vreți să vă vorbesc despre folclor sau despre activitatea mea parlamentară?

N-o asociam cu politica, deși era deputat de un an și ceva. Toată copilăria o văzusem la televizor cântând „Mai întoarce Doamne roata“ și o ascultasem înainte de ’89 pe o casetă piratată de la o nuntă interpretând melodia interzisă „Cucu și pupăza“, piesă considerată la vremea aia culmea pornografiei în muzica românească:

Lasă-mă mândruțo, lasă-mă așa:
Cu mâna la pupăză și cu cucu-n ea.
Lasă-mă mândruțo, lasă-mă să mor
Cu mâna la pupăză și cu cucu' gol!

Părea că fredonează un cântec de pahar chiar și când vorbea cu glasul ei tărăgănat și condimentat cu motive folclorice. Vocea ei umbla gătită în ie.

— Vrem să ne vorbiți despre târgul de construcții.

— Sigur, cu mare plăcere.

Marii artiști, ca și marii politicieni, au un numitor comun. Pot vorbi oricând în fața presei despre orice, „sigur și cu mare plăcere“.

— Cum vi se pare târgul, doamna Loghin?

— Mi se pare o reușită și felicit organizatorii.

A pronunțat „felicit“ cu accentul pe al doilea „i“, ca bătrânii de la mine din zonă. Asta mi-a dat de bănuit că e născută undeva la țară, prin Muntenia.

— Și cu ce ocazie prin târg, doamna Loghin?

Am întrebat și am privit-o direct în ochi.

Mă simțeam un inchizitor nemilos. Tirul întrebărilor mele l-ar fi făcut și pe cel mai dur gangster să tremure. Îi mitraliam pe toți cu inteligența mea și aveau o singură șansă: să spună adevărul.

— Caut o ușă metalică pentru casă.

Nu știu la ce răspuns mă așteptam, dar în niciun caz la ăsta.

— Ăăăă, a fost tot ce-am putut să zic.

Lucică a preluat frâiele dialogului.

— Și din ce lemn v-ați dori să fie ușa, stimată doamnă?

— Metalică. V-am mai spus.
— Scuze.
— Nu face nimic.
— Și ați găsit ușă?
— Nu încă, pentru că abia am intrat în târg. Dar am mai căutat anul trecut și mi s-au părut foarte scumpe.

Nu prea mai știam ce să întrebăm. Ni se terminaseră bateriile imaginației. Lucică a preluat din nou inițiativa:

— Doamna Loghin, vă mulțumim și vă dorim succes la căutatul ușii.
— Să fiți sănătoși, băieți.

30

Eram sănătoși, dar mai ales norocoși. Produseserăm material pentru o știre, și nu una de duzină, ci ceva de clasă. Am alergat spre redacție și m-am aruncat la calculator. Lucică și-a tras un scaun și s-a postat lângă umărul meu, ca un înger păzitor. Mi-era simpatic. Avea sânge de mare ziarist, doar el o văzuse primul pe Irina Loghin. Începusem să-l și invidiez în secret.

Am scris titlul știrii: „Irina Loghin crede că târgul de construcții e o reușită și felicită organizatorii".

— Foarte mișto, boss! Excelent, s-a entuziasmat Lucică.

Mă simțeam ca un taximetrist care a găsit un portofel plin pe bancheta din spate. Eram atât de fericit că totul mergea perfect, încât am început să fredonez, puțin cam tare:

Ca-ta-lo-gul In-fo Con-struct
E cel mai bun
Cum-pă-ră-l acum
Ca-ta-lo-gul In-fo Con-struct.

Ilandru s-a ridicat de pe scaunul lui și m-a bătut pe umăr.

— Ce cânți aici?

— Un căcat de cântec, nu e nimic important.

— Știu melodia, dar ce dracu' e cu versurile alea?

Am aflat mai târziu că iubea rockul. Oamenii care iubesc rockul îi disprețuiesc pe toți ceilalți la capitolul muzică.

— Deci ce versuri sunt alea?

Simțeam deja în vocea lui un cocktail de nerăbdare și amenințare. I-am repetat strofa.

— L-am auzit la târg, boss, s-a băgat și Lucică.

— Deci e un cântec despre un catalog de construcții, corect? Dacă tot l-ați auzit la târg și-l lălăiți pe-aici, prin redacție, ați luat și voi catalogul ăla? Sunt sigur că în el sunt prezentate toate firmele de construcții, cu adrese și telefoane, că doar de-aia îi zice catalog.

Nici pe la zece metri de cap nu ne trecuse o astfel de idee.

— Nici măcar nu v-a trecut prin cap, așa e? Băi, băieților, sunteți varză, bă! Nu sunteți buni de nimic.

N-am mai rezistat și am scos asul din mânecă.

— Am plecat repede pentru că avem o știre mișto. Apoi ne întoarcem și luăm catalogul.

— Aveți un căcat, a făcut el plictisit.

— Uite că am început să scriem la ea.

— Băi băieților, nu mă mai futeți la melodie cu labe. Arătați-mi ce ați scris când ați terminat și nu mai cotcodăciți atâta pentru o mărgică.

S-a îndepărtat mormăind și, ceva mai târziu, mi s-a părut cum îl aud fredonând cântecelul cu catalogul.

Eram siguri că atunci când o să vadă știrea o să leșine de plăcere, ca o prostituată bătrână căreia îi cere mâna cel mai bogat client.

— Las' că vede el. Neam de neamul lui, de la maimuță încoace, n-a avut știre cu Irina Loghin, mi-a șoptit Lucică.

Am continuat să scriem, după șablonul agențiilor de presă.

„Târgul de construcții de la Romexpo este un succes, a declarat pentru Agenție marea noastră cântăreață Irina Loghin, venită la expoziție pentru a căuta o ușă metalică". Am continuat să dezvoltăm subiectul, pomenind și de autografele primite, dar amintindu-le cititorilor și câteva dintre cele mai cunoscute melodii ale celei pe care am numit-o „îndrăgita solistă". M-am ferit să pomenesc despre „Cucu' și pupăza". Eram totuși o agenție cu ștaif.

Am copiat știrea într-un program și i-am trimis-o lui Ilandru. Doar el și Dorin aveau drept de publicare. Parcurgeau cu atenție fiecare știre, o corectau și abia apoi o publicau pe fluxul pe care îl citea, online, toată presa din țară, de la cele mai importante televiziuni până la cele mai mici ziare de provincie. Ilandru a deschis știrea. Ochii lui mici și strânși ca doi pumni minusculi s-au deschis mari cât un cașcaval.

— Ce pula mea e asta?

Am început să înghițim în sec. Mi se uscase gâtul și vocea îmi dădea rateuri.

— E o șt-șt-șt-știre, am reușit să zic până la urmă.

— Chiar am vorbit cu ea, șefu, a confirmat Lucică. Dacă nu ne crezi, îți dovedim.

M-a scuturat de guler.

— Du-te bă și adu autograful.

Aveam agenda în mână. Am frunzărit-o și i-am arătat lui Ilandru scrisul apăsat al Irinei Loghin. Mi se estompase oarecum frica și pieptul mi se umflase ușor de mândrie când am deschis agenda: „Pâine și belșug și toată prietenia mea pentru Liviu. Cu drag, Irina Loghin".

Ilandru a scos îngrijorător de calm o țigară din pachetul pe care îl avea pe masă și și-a înfipt-o în gură. Voiam să-i amintesc că nu se fumează în redacție, dar n-am mai apucat. Și-a aprins-o și, cu ea între dinți, a mârâit spre noi ca un tigru de la grădina zoologică la copiii care îi fac semne obscene prin gard:

— Băi, triștilor, voi faceți mișto de mine?

Ne-am strâns unul în altul, ca popândăii într-un câmp survolat de ulii.

Ilandru și-a scos țigara din gură și a urlat:

— Băi, muiștilor, voi vă bateți joc aici?

Toate tastaturile s-au oprit brusc din țăcănit și câteva zeci de capete mirate s-au întors spre noi. În aer plutea încordarea, agasantă precum un roi de țânțari. Pe gât i se umflase o gâlmă vânătă, de parcă înghițise un maus. Făcea eforturi să se calmeze.

— Plecați înapoi la târg, luați catalogul, vorbiți cu oamenii, vă dați peste cap, iar dacă până diseară nu veniți cu câte o știre fiecare, vă scrieți demisia. Dar nu labe cu Irina Loghin sau Dolănescu, vreau știri de companie, cu investiții și cifre de afaceri!

Avusese gura aurită, pentru că mulți ani după aceea am ajuns să scriu și o știre cu Ion Dolănescu care, culmea, a și fost publicată. Aeroportul Otopeni urma să se extindă, iar cei cu case în zonă să fie expropriați. Printre ei, și Dolănescu, cel care în anii '70-'80 tăia tortul muzicii populare difuzate la TV cu Irina Loghin, cu care își disputa și bătălia paralelă pentru nunți. Omul se rafinase după ce fusese deputat, între 2000 și 2004. Un jurnalist îl întrebase atunci ce părere are despre globalizare, iar proaspătul politician răspunsese, fără să-i fie prea limpede despre ce e vorba: „Dă-i în gura mă-sii de nenorociți".

L-am sunat și mi-a răspuns, dar nu cu glas arogant și sigur, de politician, cum m-aș fi așteptat eu, ci cu vocea lui subțire și mieroasă cu care cânta „Bălălău, băiatu' mamii, ți-au mâncat curvele banii".

— Bună ziua, a fredonat cântărețul și mi l-am imaginat vorbind în receptor fără să deschidă gura, ca ventrilocii, așa cum făcea pe scenă. M-am gândit de multe ori că dacă așa, cu gura închisă, cânta atât de bine, dacă ar fi căscat-o cum trebuie, precum cei de la Operă, l-ar fi bătut la cur pe Freddie Mercury.

— Sunt Liviu Iancu de la revista...

— Dacă mă sunați pentru nuntă, să știți că mai am doar două weekenduri disponibile anul ăsta...

— Nu, nu vă sun pentru nuntă.

— Dar atunci pentru ce? Păcatele mele, dar ce-am făcut ca să mă sune presa?

Vocea i se decolorase ca un tricou de proastă calitate ieșit din mașina de spălat.

— Fac un material cu tentă economică și aș vrea să-mi ziceți și dumneavoastră două vorbe.

— Păcatele mele, a făcut el din nou. Eu nu mă pricep la economie.

— Nici nu trebuie, pentru că nu de asta e vorba.

— Păcatele me...

— Vor cei de la aeroportul Otopeni să lungească pista și am înțeles că-i expropriază pe unii...

— Păcatele mele, a lălăit el și mi s-a părut că din voce i se prelinge un firicel de panică. Păcatele mele, a zis iar.

Apoi a continuat:

— Și ce treabă am eu cu aeroportul? Păcatele mele și Doamne ferește!

— Am înțeles că și dumneavoastră aveți o casă în zonă și sunteți printre cei propuși pentru expropriere.

— Ce casă, domnule? Păcatele mele! Am o căsuță bătrânească cu șase camere.

— Și ce-o să faceți dacă vă expropriază?

— Nici nu vreau să mă gândesc la așa ceva. Păcatele mele! Casa bătrânească nu se vinde. Dumneavoastră nu știți, păcatele mele, vorba asta din bătrâni?

De Dolănescu auzisem de mic. Era prima vedetă pe care o văzusem la televizor pe când aveam doar câțiva ani. Atunci când am dat ochii cu el pe viu, în '87, la nunta unui nepot al lui Ion Dincă, al treilea om în stat după Ceaușescu și nevastă-sa, m-am blocat ca americancele din anii '60 în fața lui Elvis Presley. Puțin a lipsit să nu mă adune de pe jos, cu fărașul, leșinat de atâta admirație.

Colonelul, cumnatul lui Dincă și tatăl mirelui, îl rugase pe tata să ia drumul Bucureștiului cu mașina și să-i aducă în seara nunții pe frații Dolănescu. Oamenii erau vedete atât de mari, încât doar un profesor de matematică, director peste toate școlile din comună, se califica să facă pe șoferul lor. Tata se întorsese încărcat de povești cu care a hrănit spiritual tot satul în următorii doi ani, iar oamenii îl ascultau fascinați: cât de mare era holul vilei lui Dolănescu, pentru că nu fusese invitat în miezul casei, și cum discutaseră cei trei frați cu el, în mașină, pe drum, de la egal la egal, ca și cum n-ar fi fost niște mari vedete, iar el, doar un biet profesor de matematică. Unul dintre frații Dolănescu a spus chiar și un banc cu Ceaușescu, dar tata mă considera prea mic și prea guraliv ca să mi-l spună.

Dolănescu a cântat pe scenă, în punctul culminant al nunții, alături de frații lui și de Ionela Prodan, dar pentru noi, copiii, senzația serii a fost rapsodul Tiberiu Ceia. A apărut pe scenă în izmene folclorice, mulate pe pulpe, și nouă ni s-a părut că în timp ce cânta „Frumoasă-i vecina noastră" se gândea probabil la o vecină cu adevărat frumoasă, pentru că pasiunea începuse să i se contureze tot mai mult prin izmene. Oamenii la masă aplaudau, pentru că melodia era una dintre piesele de rezistență ale nunții, iar noi, copiii, ne tăvăleam pe jos de râs. Dolănescu a urcat mai târziu pe scenă, Ceia cântase cumva în deschiderea lui, însă nimic din prezența lui nu era spectaculos. L-am auzit, totuși, cum se plângea în microfon, cu gura doar puțin deschisă, mișcând aproape imperceptibil din buze. Sunetele îi alunecau din gât ca la ventriloci:

Cocoșele, cocoșelule
Ai venit târziu asear-acasă
Cocoșele, cocoșelule
Și-ai uitat de puica ta frumoasă.

Am ieșit din cort hohotind de râs. Eram siguri că Dolănescu văzuse ce văzuserăm și noi și abordase un cântec care să se potrivească situației. Deasupra casei mirelui, un avion pictase o umbră oblică și groasă, precum cocoșelul care se conturase arțăgos prin izmenele albe ale lui Tiberiu Ceia.

31

Dar în ziua în care am luat autograf de la Irina Loghin nu știam cât de ușor poți face o știre. Am plecat din nou spre târg, însă n-aveam nicio idee despre ce-am fi putut scrie. Mă plouase pe aripi, ca-ntr-o poezie a lui Nichita, dar Lucică zâmbea tâmp, ca și cum avea în tolbă un baston de jurnalist.

— Șefule, fii atent că nu mai plecăm la niciun târg de construcții.

— Și cum facem cu știrile?

— Mergi pe mâna mea, frățioare, și-o să iasă bine.

Dacă mă detronase de la „șefule" la „frățioare" era clar că avea un ascendent asupra mea. Am mers pe mâna lui, iar mâna arăta spre tramvaiul 41. Am urcat în el și am coborât la Casa Presei.

— Deci tot la Romexpo ajungem. Tot la târg.

— Ai încredere în frățiorul tău.

Nu la Romexpo ne-am dus, ci la Radu, cârciuma de peste drum de Casa Presei. Lucică a comandat mici și muștar, apoi s-a lăsat adânc în scaun, picior peste picior, de i se ridicaseră pantalonii până la genunchi, așa cum văzuse că fac directorii marilor firme la interviuri.

— Șefule, să zicem că eu am o firmă și construiesc o clădire de birouri. Mă numesc Nicolae Popescu și sunt directorul general al companiei Next Construct.

— Stai, că nu înțeleg.

— Băi, șefule, da' greu mai ești de cap! Hai să inventăm două nume de firme și doi directori. Eu îți declar ție niște căcaturi și tu faci o știre, iar apoi tu îmi declari mie ceva și eu scriu o labă de știre. Ce e așa de greu de înțeles?

— Și dacă ne prinde?

— Stai lin, că omu' nu e chiar așa deștept precum se dă. L-am studiat eu bine, i-am luat măsurile. E doar un frustrat, iar frustrații nu gândesc cu creierul, ci doar cu inima aia a lor ofticoasă.

Am făcut interviul cu Lucică. „Firma Next Construct va construi o clădire de birouri de 8 mil. euro în Pipera", așa suna titlul știrii mele. Iar el și-a notat în agendă următoarea știre: „Socoram Building ridică 28 de vile la Snagov".

— Gata, hai să plecăm, m-am agitat eu.

— Cum să plecam, boss, abia după o oră? Bate la ochi. Se prinde dacă ne întoarcem așa repede. Se vede că nu prea le ai pe-astea cu logica.

— Bine că le ai tu...

— Șef, habar n-ai că am fost o vreme detectiv particular.

— Hai, bă, las-o jos, că nu te cred!

— Păi, să mă crezi. Prin '98, după facultate, nu găseam nimic de lucru și mi-a zis cineva de niște cursuri de detectiv. Le-am făcut și apoi, aproape un an, până să ajung la minister, m-am ocupat cu asta.

— Și ce cazuri ai rezolvat?

— Am rezolvat destule. Majoritatea celor care veneau la detectiv aveau probleme de cuplu, adultere în general. Te angaja unu' care o bănuia pe nevastă-sa că-l pingelește. Sau femei care trăiau cu impresia că soțul are amantă, dar nu erau sigure. Am mai avut părinți cu copii care nu mai treceau pe la ei cu anii și voiau să știe pe unde dracu' umblă. Multe, șefu.

— Și cum făceai, mai exact, dacă unu' o bănuia pe nevastă-sa că-l face la mustăți?

— Îmi dădea detalii despre ea, îmi arăta câteva poze și eu începeam s-o urmăresc acasă, la serviciu și în timpul liber. După câteva zile mă lămuream. O pândeam până intra în apartament la amant sau ieșea cu el la vreo cârciumă, și-atunci îl sunam repede pe păcălici: „Gata, Gogule, hai c-am reperat-o pe tanti. E aici, la Dunărea, cu bagabontu', hai repede să-i prinzi în fapt!"

— Cred că ieșea circotecă maximă când venea bărbatul și dădea peste ăia!

— Șefule, să-ți zic o fază: în majoritatea cazurilor înșelatu' nu venea, frate, mânca-ți-aș gura!

— Cum adică nu venea???

— Nu voiau să vină oamenii. Îmi ziceau: „Bine, boss, i-ai prins, mersi mult, dar acum am ceva treabă. Las' că știu eu ce să fac mai departe". Mi-am dat seama în timp că omul, în inima lui, nu voia să știe. Nu voia să afle că e păcălici și că-l înșală femeia. Când mă chemau pe mine, ca detectiv, să o urmăresc, sperau în sufletul lor să le spun că nu face nimic rău nevasta și că doar stă seara cu prietenele la un ceai. Știi cum era, șefule? Era ca atunci când te doare ceva și te duci la doctor sperând să-ți spună că nu ai cancer, ci doar ceva minor.

— Și nu știi și ce se-ntâmpla după ce aflau? Chiar dacă nu voiau să vadă cu ochii lor, se despărțeau de neveste?

— Băi, omule, tu nu-nțelegi? Ești turc? Ei, de fapt, nu voiau să se despartă. Când ți-ai văzut tu femeia cu unul, e clar, te înșală și, dacă ai puțin orgoliu, cam trebuie să termini cu ea. Dar cât încă nu ești sigur 100% că te face la mustăți, cât n-ai văzut-o tu cu ochii tăi, încă mai speri că te iubește. Dacă ești doar 99% sigur că te înșală și 1% nu ești sigur, ăla 1%, șefule, îl bate la cur pe 99%. Te agăți ca înecatul de ăla 1% și trăiești așa, cu el, toată viața.

— Asta nu e viață, băi Lucică, ăsta e chin.

— Nu e chin, șefule, că vin copilașii, vin grijile, cumperi un apartament, te iei cu serviciu', cu ratele, și dai la cur treaba asta. Îți moare soacra, se-mbolnăvește tac-to, ăia mici merg la școală, cresc... Nu vrei să te mai gândești la ce a fost și trăiești așa, în minciună, dar avantajul e că ai femeia ta lângă tine. Dacă te faci al dracu' și-o prinzi, ce-ai realizat? Îți iei alta nouă și te legi la cap? Dacă și ea face la fel sau și mai rău? Asta e viața, șefule! Toți suntem așa!

Am mai stat o jumătate de oră de vorbă și am pornit-o spre serviciu. Mai întâi am intrat eu și abia după o jumătate de oră și-a făcut apariția și Lucică. Ne-am dus cu știrile inventate la Ilandru. S-a așezat la calculator, le-a deschis pe rând, surprins plăcut, și s-a apucat să le corecteze. A mai schimbat câte o literă pe ici, pe colo, s-a mai frământat, s-a scărpinat în cap și, dacă televizorul din redacție n-ar fi fost pornit, ne-ar fi putut auzi bătăile inimilor.

— Așa, băi băieților! Vedeți că se poate? Vedeți că dacă mă-nfig în voi începeți să vă dați pe brazdă? De-acum încolo stricați cuplul ăsta de șoc, vă despărțiți și fiecare face știri pe cont propriu!

A publicat știrile și a doua zi le-am văzut preluate de ziarul din trust, cu semnăturile noastre. Câteva zile ne-am lăudat peste tot cu știrile. Ne-am sunat rudele și prietenii și le-am spus să cumpere Ziarul.

— Vezi, șefule, cam cum stă treaba cu minciuna? Noi știm c-am inventat știrile astea, dar nu mai contează asta, ci aparențele. Oamenii din jur nu cunosc adevărul, exact cum nu știu nimic atunci când văd o familie care pare fericită, dar în care el sau ea a călcat strâmb. Și dacă ăia din jur cred că totul e OK, ne mințim și noi că așa e, iar în timp începem să și credem asta.

Ne-ar fi dat imediat afară de la serviciu dacă s-ar fi aflat vreodată că am scris știri false. Cei care lucrau în Agenție de mai multă vreme nu uitaseră încă acea duminică de la mijlocul lui iunie în care cineva, nimeni nu știa cine, publicase pe fluxul Agenției o știre scrisă în bătaie de joc. Odată apărută, știrea nu mai putea fi ștearsă și era citită de toată suflarea din presă, fie că erau vedete TV, directori de ziare sau jurnaliști începători:

Un miner a murit într-un balon, în impact cu un MIG 29

PETROȘANI — Un muncitor și-a pierdut viața, în spațiul extraatmosferic Livezeni.

Minerul Popescu Georgel, 34 de ani, a fost surprins de un MIG 29 în timp ce decola de pe balonodromul local, decedând pe loc. Acesta lucra pe galeria de bază din cadrul sectorul V, strat IVX, blocul 9, ap 5. Tel/Fax: 2210345

În timp ce Minerul a avut doar contuzii ușoare, MIG-ul a trebuit dus direct la fier vechi.

A doua zi dimineață, în redacție era un aer sumbru și liniștit ca într-un cavou. Ilandru se frământa cu capul în palme, iar directorul general vorbea de o oră la telefon. Știrea ajunsese chiar și la Mogul, iar asta nu era deloc bine. Dacă nu se afla rapid vinovatul, care ar fi putut umple fluxul de astfel de știri, ne așteptam la demiteri în masă. Fiecare bănuia pe fiecare, însă nimeni nu avea niciun indiciu. La nivelul Agenției era o tragedie ce se întâmplase pentru că, pe atunci, cea mai mare avere a unei agenții de presă era credibilitatea. Dacă o pierdeai, puteai să-ți iei adio de la tot.

Toată suflarea Agenției, de la femeia de serviciu la IT-iști, șoferi și administratori a fost chemată la ședință. Directorul general a luat cuvântul și, pe un ton grav și resemnat, ca și cum ar fi anunțat că începe un al treilea război mondial, a vorbit despre marea problemă. Dacă cineva are un indiciu, să spună imediat și va fi recompensat financiar! Dar nimeni nu știa nimic. S-au făcut cercetări, angajații de la IT au intrat în priză și au răscolit e-mailurile și calculatoarele angajaților, dar degeaba. Atunci li s-a interzis tuturor, sub amenințarea cu demiterea, să mai vorbească vreodată despre știrea cu probleme. Peste doi ani, când am ajuns eu în Agenție, nimeni n-ar fi suflat o vorbă despre „minerul care accidentase MIG-ul", ca și cum ar fi fost unul dintre secretele teribile și bine ascunse ale Vaticanului. Am găsit-o din întâmplare, căutând altceva în baza de date.

— Cine a scris chestia asta? Are un umor senzațional, m-am entuziasmat eu în gura mare.

— Ce chestie? s-a întors Ilandru spre mine de la computerul lui.

— Știrea cu minerul care s-a ciocnit în zbor de un MIG, i-am explicat izbucnind în râs.

Dar nimeni în jur nu râdea și toți și-au înfundat capetele în tastaturi.

— Băi, tristule, n-ai văzut nicio știre, OK? mi-a mârâit Ilandru printre dinți. Închide-o imediat și să nu mai vorbești în viața ta despre așa ceva. Nu e nimic, ți s-a părut ție. Ai înțeles? N-ai văzut nicio știre!

Abia peste câțiva ani au aflat din întâmplare că autorul era un fost softist, care după ce își dăduse demisia cu câteva săptămâni înainte și se angajase la o multinațională, reușise să spargă serverele Agenției și să ciocnească în spațiu un miner și un MIG.

Dacă nu vorbeau despre incidentul cu MIG-ul, ziariștii vechi povesteau, în schimb, despre călugărița din Thailanda care „plutea întru slava" de patru ani, de când fusese „lovită de inspirația divină". Dar știrea fusese luată de pe o agenție internațională, iar cel care o tradusese își pusese amprenta pe ea cu un umor involuntar greu de imitat:

O călugăriță plutitoare atrage turiștii din Thailanda

O călugăriță budistă din localitatea Kanchanaburi atrage zilnic către templul ei sute de turiști, care vin să privească un ritual foarte original, o încrucișare între meditație și înot sincron, relatează AP.

La templul Tham Mangkon Thong, aflat la 110 kilometri vest de capitala Bangkok, călugărița Anong, de 52 de ani, se roagă în apă.

În mod normal, călugărițele budiste se roagă pe uscat, ca toată lumea. Anong însă se aruncă de zece ori pe zi în bazinul templului, îmbrăcată în alb și încrucișând picioarele pentru a semăna cu Buddha și Hindu.

Deși nu bate apa și nu atinge fundul bazinului, capul ei nu dispare niciodată în apă. Anong susține că spiritele bazinului și concentrarea o ajută să stea la suprafață.

Din când în când, pe fluxul agenției, mai apăreau capodopere de umor involuntar:

Un câine a fost omorât de veverițe în Rusia

Un câine vagabond a fost omorât de mai multe veverițe, după ce lătrase la ele, într-un parc din orașul rus Lazo, relatează BBC News online.

Trecătorii au ajuns prea târziu la câine pentru a opri atacul veverițelor negre, care a durat circa un minut. Veverițele — care intraseră în parc în căutare de hrană — au fugit apoi cu bucăți de carne în gură.

„Pur și simplu l-au mâncat. Când au văzut oameni, veverițele s-au speriat și au fugit, luând cu ele bucăți din câine", a povestit un trecător. Cercetătorul Mihail Tiyunov a spus că este prima dată când aude un astfel de lucru. Chiar dacă veverițele în căutare de hrană pot ataca cuiburi de păsări, ideea de a le vedea «mâncând» un câine este absurdă, a subliniat el.

„Dacă așa ceva s-a întâmplat cu adevărat, atunci probabil situația din pădurile noastre este foarte gravă", a mai spus el.

Au mai fost și cele două știri cu furturile de picioare. Cea cu piciorul care valora 100 de dolari e una dintre ele:

O femeie-pompier din SUA a furat un picior de la locul unui accident

O americancă pe nume Cindy Economou, de profesie pompier, a fost acuzată că a furat un picior de la locul unui accident, femeia dându-și ulterior demisia, informează Daily Mail.

Purtătorul de cuvânt al patrulei de autostradă, Tim Frith, a spus că Economou a fost acuzată de furt, iar piciorul a fost evaluat la 100 de dolari.

Accidentul a avut loc când autocamionul lui Karl Lambert, de 46 de ani, s-a ciocnit cu o altă mașină, în Florida, în septembrie. Autovehiculul lui Lambert s-a răsturnat și a lovit un copac. Echipa de salvare a fost nevoită să-i amputeze piciorul lui Lambert pe loc, pentru a-l scoate din camion.

Economou ar fi luat piciorul și l-ar fi depozitat în frigiderul ei, folosindu-l pentru antrenarea câinilor salvatori în misiuni cu cadavre. Anterior, femeia fusese declarată Pompierul Anului 2007 în departamentul ei.

Ea le-ar fi spus de mai multe ori colegilor de serviciu că un superior i-a dat voie să ia piciorul, însă respectiva persoană a negat afirmațiile.

Karl Lambert, cel care și-a pierdut piciorul luat acasă de Economou, se deplasează în prezent într-un scaun cu rotile.

Dar a existat și o știre cu un picior magic:

Doi bărbați au tăiat și furat piciorul «magic» al unui preot budist din India

Doi tineri indieni au amputat și furat piciorul unui preot hindus, parte a corpului bătrânului considerată de săteni ca fiind magică, iar Poliția din sudul Indiei a mobilizat, vineri, mai multe echipaje pentru a-i găsi pe cei doi, relatează AFP.

Săptămâna trecută, doi tineri s-au dus la Yanadi Kondaiah, un preot de 80 de ani, l-au legat, apoi i-au tăiat piciorul cu o coasă, a declarat polițistul Pendakanti Dastgiri, în statul indian Andhra Pradesh. Victima a fost găsită de săteni, care au dus-o la spital.

Preotul Kondaiah afirma că piciorul său drept are puteri mistice. „Sătenii cred, de asemenea, că preotul poate vindeca boli fizice și depresii", a explicat ofițerul de poliție.

Suspecții, în vârstă de 20 de ani, au hotărât să îi amputeze piciorul preotului, după ce sute de predicții ale sale s-au adeverit, a continuat acesta.

„Noi vom fi siguri de mobilul infracțiunii după ce îi vom aresta pe suspecți, care cred că se vor folosi de presupusele puteri magice ale piciorului", a conchis ofițerul.

32

Weekendul a venit izbăvitor după știrile pe care le inventaserăm, ca o cortină peste o piesă de teatru plicticoasă, dar de luni a trebuit s-o luăm de la cap. Presa e ca un motor care duduie continuu și permanent are nevoie de combustibil. Dacă n-o alimentezi zilnic cu informații, lumea te uită. Ne temeam să mai născocim și alte știri, pentru că tot s-ar fi prins cineva. Trebuia, până la urmă, să facem știri adevărate. Am luat Catalogul Infoconstruct, biblia firmelor de construcții, și ne-am apucat să sunăm la întâmplare din el, doar-doar mai aflăm vreo noutate. Și după două zile, din întâmplare, am aflat eu una. O angajată nouă de la departamentul de marketing al unei firme care producea ciment a avut proasta inspirație să-mi răspundă la telefon și să aibă chef de vorbă. Fără experiență în relațiile cu presa, a dat din casă: cu câteva zile în urmă se scumpise cimentul cu 25% și niciun ziarist nu scrisese încă despre asta.

Așa am ajuns să fac prima știre adevărată din viața mea. De la Agenție au preluat-o mai toate ziarele, inclusiv Ziarul din trustul nostru. Au pus-o pe prima pagină, dar nu m-au mai semnat pe ea. Atunci am înțeles frustrarea ziaristului de agenție, care ajunge să afle primul, de multe ori, știri importante care să fie rostogolite și dezbătute în toată presa, dar nimeni să nu-l recunoască pe stradă. Toată lumea admiră prezentatorii TV, cei care doar citesc știrile de pe un ecran, ca papagalii, fără să aibă nicio legătură cu ele și, de multe ori, fără să le înțeleagă, în timp ce ăia care s-au bătut pentru informație rămân în umbră triști, neștiuți și prost plătiți.

— Să nu ți se urce la cap! Știi că ai găsit știrea asta din întâmplare! N-a fost vreo mare schemă, mi-a potolit Ilandru entuziasmul a doua zi, văzându-mă pentru prima oară așezat la masa cu ziare din mijlocul redacției, lângă cei mai experimentați dintre colegii mei. Dar nu știa că eu, spre deosebire de ei, nu voiam să mă informez, ci căutam să văd ce publicații îmi preluaseră știrea.

Ilandru mi-a explicat că trebuie să merg mai departe pe fir și să fac un alt articol, mai amplu, unde să urmăresc efectele problemei.

— S-a scumpit cimentul, OK, ai scris, dar la ce trebuie să ne așteptăm după asta? m-a întrebat.

— Ne așteptăm să fie mai scump, i-am răspuns ca un școlar cretin.

— Ești sclipitor, m-a lăudat el la mișto. Așa e, dar va mai fi și un alt mic efect. Din ce sunt făcute majoritatea construcțiilor?

— Din ciment, am răspuns eu, intuind unde bate.

— Corect. Iar dacă se scumpește cimentul, ce se va întâmpla cu casele nou construite? Ce se întâmplă cu pâinea dacă se scumpește grâul?

— Gata, am înțeles, se scumpesc casele. Mă apuc să scriu o știre!

— Băi, băiatule, potolește-te și ascultă-mă un minut, în pielea mea, că te dau afară! Nu știi tu că se scumpesc casele, că nu ești Ion Mincu!

— Păi și-atunci cum fac, scriu că ai zis tu că se scumpesc?

— Bă, nu mă lua la mișto, că zbori imediat!

— OK, te ascult. Scuze.

— Trebuie să găsești trei surse, nu una, trei! Să fie oameni de la firme de construcții care să spună cu cât estimează ei că se scumpesc casele, dacă prețul cimentului a crescut cu 25%. E clar?

Părea clar, dar în realitate lucrurile stăteau altfel. Am deschis catalogul și am sunat la prima firmă. N-a răspuns nimeni. La a doua mi-au închis telefonul. Nu voiau să aibă de-a face cu presa. Cei cu care am vorbit la a treia n-au vrut să comenteze. A patra n-a răspuns. Și tot așa. Transpirasem și tremuram deja de nervi după o oră, când un mic șef de la o mare companie mi-a făcut prin telefon calcule complicate despre ponderea cimentului în construcția unei locuințe și mi-a demonstrat că un plus de 25% la ciment înseamnă o scumpire a caselor cu doar 5%. Au mai trecut vreo două ore până l-am găsit și pe al doilea dispus să vorbească pe tema asta. Credea că se vor scumpi cu 10% casele. Oamenii se temeau de presă sau nu voiau să se complice. Era mult mai greu decât credeam să găsesc pe cineva dispus să vorbească și să-și asume public ceea ce spune. Presa, în ochii multor firme, părea ceva dubios cu care nu era bine să te complici. Era ca și cum ai fi invitat un interlop la cină, la tine acasă. Se temeau că, apărând în presă, atrag atenția cine știe cui asupra lor, că se pornesc controalele de la fisc și solicitări de sponsorizări de la politicieni. Cel mai bine era să stea departe de ziariști.

Trecuse mai bine de o jumătate de zi și dădusem aproape o sută de telefoane, dar nu reușisem să găsesc un al treilea om de afaceri care să-mi zică două vorbe. Cei mai mulți știau deja că s-a scumpit cimentul, citiseră știrea mea de ieri, dar nu voiau să comenteze. Când am sunat la firma Dedal Taramat din Brăila, am avut o presimțire. Mi-au răspuns încă de la primul țârâit.

— Bună ziua, sunt Liviu Iancu de la Agenție și aș dori să vorbesc cu domnul director.

De obicei, după fraza asta, mi se răspundea în mai multe feluri. Am aflat în timp că cel mai păgubos răspuns era „lăsați-ne numărul de telefon și vă sunăm noi". Așteptai o oră, două sau o săptămână și nu te mai sunau. Era forma elegantă a lui „nu vrem să vorbim cu tine". Urma răspunsul: „Așteptați un moment", iar după câteva minute venea completarea „Domnul director e într-o ședință și nu poate vorbi, reveniți în câteva ore". Caz în care mai aveai un fir de speranță, pentru că în realitate asta însemna „se gândește dacă are sau nu chef să vorbească cu tine". Urmau „Reveniți luni", „Spuneți-ne nouă ce doriți și îi transmitem noi" și alte câteva forme politicoase de refuz. Câteodată auzeai: „Vă fac legătura la marketing", de unde uneori primeai răspuns, alteori nu. Așa aflasem eu că s-a scumpit cimentul, de la marketing. Și rar de tot, aproape accidental, ți se spunea: „Vă fac legătura cu domnul director", dar asta nu înseamnă și că directorul avea chef să se întindă la bârfă cu tine. Te putea expedia imediat, dar la fel de bine putea să-ți spună două vorbe cu care să încropești o știre.

Dar la Dedal Taramat din Brăila am primit un răspuns care m-a luat pe nepregătite:

— Eu sunt directorul, Sandu Taramat mă numesc. Ce doriți?

Să răspundă la telefonul fix trecut în catalog chiar directorul general, asta da surpriză. Nu mai existau secretare la firmă, nu mai aveau marketing și alți angajați? Lucra el singur? Dar era târziu și n-aveam timp să filosofez prea mult. Și nici nu conta. Mai aveam nevoie de o a treia părere ca să-mi pot face articolul.

— Sunt Liviu Iancu de la Agenție. Fac o știre despre efectul scumpirii cimentului asupra caselor…

— Cum??? S-a scumpit cimentul?

Omul părea aterizat de pe marte, singurul șef de firmă de construcții care nu știa asta.

— Da. Cu 25%.

— Extraordinar, domnule! Extraordinar! Chiar nu știam.

— Întrebarea mea e dacă dumneavoastră credeți că se scumpesc acum și locuințele.

— Sigur, se scumpesc imediat!

— Cu cât?

— Ce întrebare e asta, domnule? De unde să știu eu cu cât?

— Ați putea să vă dați cu părerea…

— Aha… Atunci eu zic că tot cu 25% se scumpesc și locuințele.

A mai durat o oră și ceva până am scris știrea. „Locuințele se vor scumpi cu peste 5% în urma creșterii prețului la ciment", am anunțat în titlu. Textul continua cu explicațiile celor trei directori, fiecare cu părerea lui. La final, ultimul, îl așezasem pe Taramat, cu estimarea lui de 25%.

— Băi, băiatule, ce e ăsta? Tu înghiți toate gogoșile? Cum să se scumpească locuințele tot cu 25%?

Orice făceam, nu era bine. Ajunsesem să cred că doar prezența mea îl enervează pe Ilandru. Era clar că nu mă suportă pentru că sunt înalt, iar el e pitic, m-am gândit.

— Dar care e problema?

— Cum care? Ce, casa e făcută doar din ciment? Mai are în ea și o cărămidă, și un lemn, și un geam, o fereastră, o țiglă pe acoperiș și tot felul de alte materiale. Cum poți să scrii asemenea cretinisme?

— Dar e părerea omului, eu zic s-o lăsăm așa.

S-a uitat la ceas, a oftat și a păstrat în text părerile brăileanului. Era deja târziu și nu mai aveam timp. I-am spus cât de greu i-am găsit pe cei trei și l-am avertizat că s-ar putea să mai dureze două-trei ore până când voi da de un alt director care să-l înlocuiască în text pe Taramat. A extras o țigară din pachet și a ieșit îndurerat la fumat, ca un bolnav obligat să plece din spital cu drena de la operație înfiptă în piept.

— Vezi că te caută cineva la telefon, m-a anunțat a doua zi dimineață un coleg și mi-a întins receptorul.

Trebuia să fie o greșeală. Nu mă știa nimeni, deci cine ar fi putut să mă caute la serviciu? Luasem un mic credit de la bancă și întârziasem cu ratele. Mă temeam să nu mă execute silit și să nu mă ridice cu poliția din redacție. Am luat, totuși, receptorul, cu siguranța unuia obișnuit să primească sute de telefoane la redacție. Am răspuns nu cu alo, ci cum văzusem eu în filme că fac reporterii cu experiență:

— Liviu Iancu.

— Cu respect, domnu' Iancu. Sunt eu, Taramat.

— Cine?

— Taramat, de la firma Dedal Taramat. Am vorbit ieri, când m-ați anunțat că s-a scumpit cimentul.

— Așa...

— Eu am crezut că glumiți cu știrea și am glumit și eu cu estimarea. Dar am văzut c-ați luat-o în serios rău de tot și ați mai și publicat-o la gazetă.

— Îmi pare rău...

— Domnu' Iancu, nu v-am sunat să vă cert. Vreau să vă mulțumesc. M-ați făcut celebru. Am apărut în presă cu poză pentru prima oară în viață, deși am muncit până acum ca un rob. Nevastă-mea a și plâns de emoție de dimineață, o emoție plăcută, bineînțeles, pentru care vă transmite și ea mulțumiri.

Abia după ce am citit ziarele, am priceput ce se întâmplase. Presa preluase știrea mea cu scumpirea caselor, iar un tabloid cu mare tiraj întorsese informația cu curu'n sus și scosese în evidență partea cea mai spectaculoasă: creșterile de preț de 25% estimate de Taramat. Redactorii tabloidului citiseră ce scrisesem eu pe fluxul agenției, îl sunaseră și ei pe om și dăduseră știre mare, pe prima pagină, cu Taramat și cu poza lui, sub un titlu uriaș: „Locuințele se scumpesc cu 25%".

— Deci, domnu' Iancu, nu știu cum să vă mulțumesc. Deja m-au sunat din câteva părți pentru niște proiecte. Ca să fiu sincer, n-o duc prea bine. N-am mai avut o lucrare de peste un an...

Așa se explica de ce răspunsese la telefon chiar directorul firmei. Rămăsese singurul, ca să stingă lumina.

— Domnu' Iancu, știți cu ce mă ocup eu, de fapt?

— Cu construcții, nu?

— Da, dar știți care e profilul firmei? Știți ce construiesc eu?

— Nu sunt sigur...

— Biserici, domnu' Iancu, asta construiesc. Biserici.

Nu credeam în Dumnezeu, dar ar fi trebuit să-mi dau seama că aici fusese mâna lui.

33

Au urmat vremuri bune. Agenția se extindea și pornise un val de angajări și așa a apărut într-o dimineață în redacție un băiat slab, înalt și cu nasul coroiat, care spunea bancuri și sorbea gagicile din priviri. Marius fusese adus ca să scrie despre bănci, iar Ilandru vorbea despre el cu o oarecare afecțiune. Stilul lui degajat și sigur de sine contrasta cu încrâncenarea frustrată a lui Ilandru. La sfârșitul primei zile, noul angajat m-a luat prin surprindere:

— Coaie, eu și cu ăsta mic, năsosu', mergem la o bere diseară. Te bagi?

Se referea la Ilandru.

— Mă bag.

Am găsit o terasă în zonă unde am băut toți trei până la cinci dimineața. Rezistam mai mult decât ei la băutură, performanță care mi-a salvat locul de muncă în următorii ani, dar aveam să înțeleg asta ceva mai târziu. Ilandru s-a dovedit a fi un alcoolic sentimental, care de la a treia bere devenea nostalgic și lăcrima. După alte două beri se transforma într-un diavol tasmanian mai agresiv decât era la serviciu:

— Băi, triștilor, habar n-aveți de presă! Sunteți praf și pulbere!

— Poți să fii mai explicit? a întrebat Marius, cu un respect simulat.

— Băi băieților, nu fiți miștocari, că vă dau afară pe amândoi.

Aveam să aud de atât de multe ori amenințarea, încât atunci când chiar a vrut să mă dea afară, securea mi-a zburat pe deasupra capului fără s-o simt. Spre șapte–opt beri, începea să-i curgă nasul și deschidea gura rar, ora și cuvântul.

Nouă ne erau de ajuns trei halbe ca să începem să ne lăudăm cu femeile agățate. Poveștile mele erau simple și plicticoase, dar Marius se mândrea cu un repertoriu ce avea să se tot extindă și să se șlefuiască de la un an la altul. Uneori se lăuda cu o tipă goală pe sub o haină lungă de blană, care-l aștepta înfiorată de dorință undeva, lângă un zid, în zăpadă. Parcă văzusem imaginea asta într-un film, demult, dar nu reușeam să scanez atât de adânc prin amintiri. O altă poveste îl arăta pe el cu o femeie măritată în pat, în timp ce cheia apartamentului se învârtea în broască, iar pe ușă intra, neanunțat, soțul înșelat. Marius își păstrase cumpătul, după cum ne-a povestit. Și-a luat bricheta și pachetul de țigări și s-a băgat în dulap, ca orice amant care se respectă.

— Nu știu cum de te-ai putut ascunde în dulap, pentru că la mine în șifonier nu mai are loc nici măcar o pereche de chiloți. Cum să bagi acolo un amant?

— Coaie, ești prost? Tipa era bogată, ea medic de succes și bărbatul mare avocat. Aveau un dulap cât sufrageria ta, de jucai fotbal acolo. Ești nebun? Cum să n-am loc?

— Și ce-ai făcut?

— Am stat acolo și am așteptat ca proasta să caute un pretext și să-l scoată pe bolovan din dormitor. Mă gândeam c-o să-i treacă prin cap să se dea bolnavă și să-l trimită la o farmacie non-stop să-i ia pastile.

— Și l-a scos?

— Stai să vezi. Am așteptat acolo, nemișcat, o vreme. Și n-ai să crezi ce s-a întâmplat. Dobitocul s-a băgat în pat lângă nevastă și a început să-i dea la buci. Fusese plecat în delegație și se întorsese cu o zi mai devreme. De-aia era cu chef.

Marius se lăuda că, de ceva vreme, umbla la el cu periuțe de dinți roz, pe care le lăsa în baia fiecărei amante. Niciun soț întors brusc din concediu nu s-ar fi prins că periuța străină din baia lui e a unui bărbat.

— Bă, băiatule, și după ce i-a dat ăsta la buci, a adormit ca porcu' lângă ea și a început să sforăie. Am încercat să deschid ușa la dulap, dar scârțâia ca dracu' și mi-a fost frică să nu-i trezesc.

— Și cum ai ieșit?

— Păi, n-am ieșit atunci. Am stat acolo până dimineața, dar pe la o bucată de noapte m-am plictisit. Și știi ce am făcut, coaie? Mi-am aprins o țigară și am fumat-o. Ăla sforăia ca tractoru'. Până de dimineață mi-am analizat toată viața și am ras tot pachetul, iar scrumul i l-am pus boului în buzunarul de la parpalac. Țigările le-am stins pe interior, de ușa dulapului, și le-am băgat înapoi în pachet.

— Și ăla n-a simțit de dimineață fumul?

— N-a simțit, că a dormit în fum. E ca atunci când te beși mult în somn; când te scoli dimineața ție nu-ți pute, pentru că te-ai obișnuit treptat cu mirosul, dar dacă intră altul în cameră, îi cade nasul.

Ilandru ne asculta cu mucii alunecându-i pe buza de sus. Își atinsese limita de beri băute și strănuta continuu și se smiorcăia. Încerca să ne spună ceva, bâțâia din degetul arătător, ca și cum ar fi vorbit cu el, și-și înghițea cuvintele. Până la urmă, cu mari eforturi, ca și cum ar fi născut pe gură un vițel, a reușit să îngaime:

— Bă, voi... ați... iubit vreodată cu...

— Cu ce, șefu'? a întrebat Marius cu o falsă răbdare și înțelegere.

— Cu...

— Cu prezervativ?

— Nu... cu...

Cuvintele i se poticneau printre dinți ca bătrânii care vor să iasă din casă după ce ninge și dă înghețul. El insista. Părea că urmărește o idee foarte importantă, pe care nu vrea s-o lasă nerostită. După alte câteva mișcări mute din gură, a renunțat. Dar mă făcuse curios.

— Ne-ai întrebat dacă am iubit vreodată cu... cu ce?

— Cu... cu adevărat!

Într-o altă dimineață a apărut în redacție Geo, un băiat încercănat, cu plete și fără dinți, care vindea muzică prin clădirile de birouri. Dorin cumpărase ani de-a rândul muzică de la el și deveniseră amici. Cum s-a eliberat un post, l-a angajat pe loc. Ca și mine, Geo nu mai lucrase niciodată în presă, dar părea mult mai orientat. Cearcănele cât gura ibricului de cafea, glasul ruginit și ochii tulburi ne promiteau că o să avem cu cine bea de acum încolo mult peste ora la care cădea răpus Ilandru. Simțindu-l pasionat de alcool, Marius l-a întrebat din prima:

— Ia zi, Geo, când bem și noi ceva?

Geo i-a răspuns prompt:

— Diseară e târziu?

Seara am aflat că e poet. Scria versuri albe și era fecund ca șobolanii din silozuri. Totul în jur îl inspira: nu doar iubitele lui, ci și cele ale prietenilor, câinele vecinului, culoarea berii și chiar și o simplă constipație. Le punea pe toate în versuri albe și era talentat, însă nu suficient cât să devină un mare poet, dar nici atât de puțin încât să se lase de scris. Avea la sertar material pentru câteva volume, însă Geo se temea că lumea nu-l va înțelege și decisese să mai aștepte cu publicarea. Spera în maturizarea lumii în anii care vor veni. Ne-a recitat câteva poeme, mie și lui Ilandru. Erau triste. Îmi dădeau o stare de căcat, ca atunci când ești mahmur și-ți vin neamurile în vizită la prima oră. Le ascultam și-mi simțeam inima ca pe o pungă goală, exact ca în una dintre poeziile lui. Ilandru privea sumbru în sticla de bere și tăcea. S-a animat puțin când a ajuns Marius, care trecuse mai întâi pe la o conferință a bancherilor, unde primise cadou un coniac scump. Ni l-a fluturat pe la nas și apoi l-a băgat înapoi în geantă. Am continuat să bem, dar după a patra bere Ilandru a devenit agresiv. Ne-a amenințat, pe Geo și pe mine, că ne zboară cu prima ocazie.

— Răule! l-a provocat Geo zâmbind.

— Îți sparg fața, tristule! l-a amenințat Ilandru și a plecat să se pișe.

Eram mult mai relaxați fără el. Geo se lăuda că o dată sau de două ori pe săptămână își încheie nopțile de beție la curve pe Mătăsari sau pe Ștefan Furtună. Zicea că fetele fac treabă bună, costă cât două–trei pachete de țigări și sunt frumoase și îngrijite ca un BMW nou.

— Oricum, dacă mai bem două beri ni se pare mișto și o babă chioară, a completat el.

Între timp s-a întors Ilandru și a repornit cearta cu Geo de unde o lăsase. L-am tras deoparte pe Marius.

— Hai să încercăm o curvă în seara asta, să vedem și noi care e treaba.

— Nu prea am bani, am doar de taxi spre casă.

— Și eu am tot de taxi, dar plătesc până pe Mătăsari și de acolo mă duc pe jos acasă.

Marius cântărea situația. Nu-l mai văzusem niciodată atât de concentrat.

— Uite cum facem. Îl lăsăm pe bețivul ăsta de Geo aici și pe pitic acasă, că e în drumul nostru, iar noi mergem pe Mătăsari și încercăm să vindem pe la vreun chioșc non-stop sticla asta, iar cu banii de pe ea mergem la curve.

Geo s-a bucurat când am plătit și l-am lăsat singur cu trei beri aproape întregi pe masă, plus a lui.

— Pe tine unde te lăsăm, l-am întrebat pe Ilandru când am urcat în taxi.

— Pe Aleea Lungulețu, a spus el, iar Marius a început să râdă.

— Deci tu stai pe o stradă numită Lungulețu? l-a întrebat pe Ilandru printre hohote.

— Da, ce dracu' e așa de amuzant?

N-a răspuns, dar mi-a explicat abia după ce a coborât șeful nostru din taxi.

— Ție nu ți se pare mișto că dintre toate străzile din Bucureștiul ăsta, el, care e pitic, să stea pe una care se numește Lungulețu?

N-am mai avut timp să dezbatem problema pentru că în cinci minute eram deja pe Mătăsari, iar Marius flutura sticla de coniac ca un cavaler care amenință lumea cu spada. La unu noaptea străzile se goliseră, inclusiv Mătăsariul. Doar câteva pâlcuri de curve rezemau zidurile cu țigările în gură la trei străzi distanță, pe Pache. Taximetriștii încetineau motorul lângă ele și le strigau cuvinte obscene.

— N-avem bani, dar vă dăm sticla asta de coniac. Care se bagă? a început Marius negocierile cu curvele.

— Pleacă, bre, de-aici, că nu ți-o dau pe băutură. Te crezi șmecher și vrei să fuți pe o sticlă? Chiar în halul ăsta crezi c-am ajuns? Oi fi politician de te crezi așa deștept și pe noi atât de proaste...

— Treaba ta. Pierzi! O vindeai mai departe pe o căruță de bani..., am încercat și eu s-o conving.

— Las-o, bă, nu mai insista. Las-o, dacă e fraieră, a intervenit Marius împăciuitor.

Între timp, o mașină încetinise și șoferul, un nene creț și cu mustață, cu figură clasică de taximetrist, a deschis portiera din dreapta și s-a aplecat spre ușă. Curva a întrerupt negocierile cu noi:

— Gata, faceți pași, că am treabă. Da, domnu', i s-a adresat ea cu glas îndulcit taximetristului.

Omul și-a subțiat vocea și a întrebat-o pe un ton prefăcut și peltic, așa cum vorbesc adulții cu bebelușii:

— Țugzi pula???

Apoi a izbucnit în râs și a accelerat. Am râs și noi, iar curvele ne-au întors curu' ofensate. Indiferent de calibru, femeile îți arată în același fel că nu dau doi bani pe tine. Sau că nu valorezi nici măcar cât o sticlă de coniac.

— Bă, ce cur are asta! Păcat, am zis.

La doar câteva sute de metri o altă prostituată fuma și ea lângă un stâlp. Țigara îi atârna bleagă între buzele mari, vinete și triste, ca frunzele în noiembrie, iar în ochii întunecați, de țigancă, fremătau doruri nestinse.

— Cât e scoru'?

— 300.000 sus și 500 jos. Cur nu fac!

— Uite cum procedăm: avem aici o sticlă de coniac care valorează de cinci ori mai mult. Ți-o dăm pe asta și facem tranzacția, a început Marius negocierile.

— Bă, mânca-mi-ai pulilii pe care le-am futut, tu vrei să ți-o fac guler? Plecați, în pizda mamii, d-aici și lăsați-mă în durerea mea.

Ne-am mutat câțiva pași mai încolo și ne-am așezat pe bordură. Păream și noi niște curve ieșite la produs la marginea drumului. Nu văzusem niciodată în București băieți făcând trotuarul, dar credeam că ar fi nevoie. Poate că doamne bătrâne și bogate ar deschide portierele BMW-urilor lor decapotabile și le-ar face semn să urce. I-ar umple de bani și le-ar schimba viețile, și de ce n-am fi și noi unii dintre ăștia cărora să le pună o babă miliardară un portofel pe prohab?

— Coaie, ce frumos visezi! Unde-ai văzut tu babe cu BMW-uri în București, mânca-ți-aș?

— Vrea barosanii o fată?

Un băiețel murdar și ciufulit ca un mop, pe la vreo șapte-opt ani, cu față mică și ascuțită, de nevăstuică, sugea din țigară în mijlocul drumului și se holba la noi. Cu gesturi de om mare și necăjit, dar cu glas de copil, puștiul ne-a explicat că știe o fată în zonă care e liberă la ora asta.

— E mișto? am întrebat eu.

— O s-o ceri de nevastă, bossule! mi-a răspuns și a stins țigara expert, cu vârful adidasului.

— Ce facem, mergem pe mâna ăstuia?

— Ai altceva mai interesant de făcut la ora asta?

I-am explicat că n-avem bani și plătim cu coniacul.

— Atunci dă sticla încoace, boss.

I-am întins-o șovăielnic. Mă temeam să n-o rupă la fugă cu ea. Dar copilul și-a aruncat-o pe umăr, ținând-o de gât, așa cum poartă unii vânători mai sofisticați armele prin pădure, și ne-a făcut semn să-l urmăm.

Am pornit-o în urma puștiului în noapte, printre casele dărăpănate care se sprijineau una pe alta, neputincioase, ca babele care vin duminica de la biserică. O jumătate de lună se balansa însângerată deasupra cartierului, ca o halcă de carne spânzurată de tavan, în măcelărie. Ne-am oprit în fața unei hrube întunecoase, cu ferestrele sparte și ușa spintecată. Copilul a deschis-o și și-a băgat capul în întunericul de-acolo:

— Mamă, ieși, fă, afară, că ai marfă proaspătă!

Apoi s-a întors spre noi:

— Băieții, îi mai dați și voi la fată ceva, acolo.

— Coaie, poate-ți trag un șut în cur, l-a amenințat Marius, prinzându-l de ceafă ca pe un iepure. Ce morții mă-tii, nu ți-am spus că n-avem bani?

— Lasă-l, domnu', în pace, nu-l mai înjura de mă-sa, că e moartă! Nu mai vorbi așa urât. Las' că ne-nțelegem noi, a strigat curva din casă.

— Ieși, fă, afară, să te vadă domnii, s-a răstit copilul.

Pe ușă s-a strecurat afară o tipă înaltă cât masa, blondă și fleșcăită ca o lipie. Când ne-a zâmbit am înțeles cât de multe feluri de dinți există pe lumea asta. Parcă-i aruncase cineva în gură un pumn de oscioare mici și maronii și i se așezaseră care pe unde apucaseră. M-am dat în spate, dar Marius mi-a simțit ezitarea și m-a bătut prietenește pe umăr.

— Chiar aveam chef de-o blondă, fratele meu! Ia zi, nu e mișto pizda?

Târfa s-a încruntat:

— Domnu', nu mai vorbi așa urât!

— Are dreptate, am intervenit eu. Ia zi, cum te cheamă?

— Zâna!

— Să-mi fut una! Ce nume tare, în pula mea! Ai auzit, frate? s-a entuziasmat Marius.

— Dacă mai zici un singur cuvânt urât ți-o sugi singur! l-a amenințat Zâna.

— Ia explică-mi și mie de ce ne-ai zis că mama copilului e moartă, iar el te-a strigat „mamă"? Nu e cumva fii-to? am întrebat eu, ca să detensionez discuția.

Femeia a stat puțin pe gânduri până a răspuns:

— Așa îmi zice el, că n-are mamă, săracu'. Ce, ăsta de lângă tine dacă-ți zice ție „frate", înseamnă că e frate-tău?

Prima prostituată din viața noastră ne-a deschis ușa mică și am intrat în maghernița. Un pat, un lighean, iar lângă el, o masă anemică și un scaun. Parcă mai văzusem imaginea asta într-o pictură celebră, care costa milioane de dolari. Dacă n-ar fi pictat-o ăla înainte, aș fi făcut-o eu și m-aș fi umplut de bani, m-am gândit în timp ce studiam încăperea.

— Unde pizda mă-sii îmi pun hainele?

— Băiatu', ți-am zis să nu mai înjuri. Unde te crezi aici???

Nici la curve n-aveai voie să înjuri. Era cea mai clară dovadă că lumea asta e construită cu curu'.

— Aprinde și tu o lumină, că nu vedem nimic.

— N-avem curent, domnu'. Dar era o lumânare pe-aici.

A căutat-o pe masă și a găsit-o. Am aprins-o cu bricheta.

— Nu e bine să aprinzi lumânarea cu bricheta. Domnul Dumnezeu a lăsat lumânarea ca s-o aprinzi cu chibritul, nu cu bricheta cu care aprinzi țigara.

— Coaie, asta face mișto de noi. Nu vezi că ne ia cu Dumnezeu?

— Băiatu', eu am frica lu' Dumnezeu. Nu înjur, nu vorbesc de rău pe nimeni și țin toate posturile.

— Păi și-atunci de ce te fuți pe bani?

— De nevoie. Am doi copilași mici acasă și bărbatu' mi-a fugit cu o bagaboantă.

— Deci ăla mic e fii-to, nu?

— Da' tu cine credeai că e? Papa de la Roma care umblă noaptea pe străzi?

Mi se cam tăiase pofta de femei. Mai târziu m-am prins că toate prostituatele aveau o poveste, un story cu care încercau să impresioneze clienții. Toate fuseseră bătute, abandonate sau maltratate, și toate aveau pe cineva pentru care se sacrificau: copii mici, o mamă bolnavă sau un frate cu probleme psihice. Niciuna nu curvea de plăcere.

— Care e primu'?

Ne-am îndemnat unul pe altul preț de câteva minute, ca doi adolescenți care vor s-o invite la dans pe frumoasa clasei, dar nu îndrăznesc. A cedat Marius. S-a descheiat la pantaloni și curva s-a apucat să-l frământe cu buzele. Vedeam pentru prima oară de aproape o scenă de sex în care nu eram și eu implicat. Era ceva ireal și violent, ca și cum ai fi stat într-un nor din care plouă, ori în mijlocul unei tornade. Marius gemea și se zvârcolea, și-mi părea deopotrivă vulgar și inocent, ca un copil care scurmă cu palmele în căcat. Atunci am înțeles cu adevărat că sexul e o chestiune tare intimă.

— Băiatul, hai mai repede, că ne apucă Anu' Nou!

— Cum mai repede? Nu te-am plătit, Zâno?

— Și tu vrei să stai călare pe femeie toată noaptea pentru o sticlă de băutură? Faci ca nehaliții ăia de-i dau un suc la o fată la terasă și au apoi pretenția s-o fută un an întreg pentru asta. Mai lasă-l și pe colegu', că uite, vrea și el, săracu'. Ia uite cum înghite în sec.

Adevărul e că nu prea mai voiam, dar m-aș fi făcut de râs. Aș fi făcut figură de labagiu. Marius s-a tras pe colțul patului, iar eu m-am ridicat de pe scaun și am venit la margine. Mi-am dat blugii jos și gagica, așezată în fața mea pe pat, s-a apucat de treabă. În lumina lumânării îi vedeam gura veștedă și ochii căzuți, ca de clovn, și m-am gândit că n-ar fi exclus ca acasă s-o aștepte nu doar copiii, ci chiar și nepoțeii. Mă manevra cu mâini mari, prea mari pentru corpul ei, și crăpate, cărora le-ar fi stat mai firesc pe coada unei sape decât pe sexul unui bărbat.

— Dacă ești beat și nu ți se scoală, te las în pace, băiatu'.

Constatasem că și eu, și Marius, ne transformaserăm în câteva minute din „domnu'" în „băiatu'". Așa e cu noi, bărbații, suntem domni în fața gagicilor până ne văd pulele fleșcăite și-atunci, gata, s-a zis cu respectul.

Am încercat să-i bag mâna în sutien și să mă leg măcar de țâțele ei, dar erau mici și fleșcăite ca două șosete. I-am tras sutienul la loc, am închis ochii, m-am gândit la Roxana, iubita mea cu un tată care aducea a balerin, și mi s-a sculat.

34

— Știu că nu e domeniul tău, dar nu poți spune că nu te pricepi la băutură. Te duci vineri la o conferință despre vinuri, m-a informat peste câteva zile Ilandru, fără să-mi lase loc de întors.

M-am conformat, ce puteam să fac? Ca să fie în ton cu evenimentul, organizatorul, Patronatul Vinului Românesc, adunase ziariștii într-o cramă. Spre deosebire de alte conferințe, care începeau la 10 sau 11 dimineața, cea cu vinul fusese programată la șapte seara. Pe mesele acoperite cu ștergare țărănești se întrezăreau, înghesuite, grătare de porc, șnițele, chifteluțe, șuncă, salam și multe alte bunătăți. Încă nu se dăduse startul la mâncare și le priveam de parc-aș fi fost un slugoi care bălosește după pieptul generos al boieroaicei.

Căni mari, de pământ, pline cu vin, se odihneau pe mesele ziariștilor. Undeva, aproape, amenajaseră o mică scenă, iar jurnaliștii de la televiziuni își potriveau camerele în fața ei.

Până la 7:30 ne strânseserăm vreo 30, dar nu sosise încă gazda. A ajuns într-un târziu, spre ora 8, un mustăcios mătăhălos, pe la 50 de ani, cu vestuță interbelică pe sub sacou și privire împăienjenită. S-a urcat pe scenă, clătinându-se precum coada unei vaci, și a început cu glas dogit de tutun:

— Doamnelor, domnilor și... și... și domnișoarelor. Care-oți mai fi domnișoare! Care n-oți mai fi, să fiți sănătoase!

Obișnuiți cu discursurile lemnoase și plicticoase de la conferințe, ziariștii au ieșit brusc din letargie. Ne uitam cu toții la colegele noastre și ne gândeam dacă vorbitorul are sau nu dreptate.

— ... că pe vremea mea — a continuat el —, nu era așa, nu era lumea sucită cu cracii în sus. Femeile se măritau domnișoare, iar dacă dădeai de una cu bidoașca spartă, o trimiteai înapoi pachet la mă-sa... S-a degradat lumea, oameni buni, a concluzionat matahala, bălăngănindu-se la limita peste care nu s-ar mai fi putut ține pe picioare.

— Vă întrebați de ce am întârziat? Ia să vedem cât am întârziat...

A scos din buzunarul vestuței un ceas mic, legat cu lanț, cum avea Caragiale prin poze. S-a uitat la el, și-a îngustat ochii, dar s-a lăsat păgubaș.

— Am întârziat... o vreme, nici nu contează. Am rămas la o... la o... vă zic, dar să nu mai spuneți la nimeni...

Și-a pus palma la gură și ne-a șoptit, confidențial:

— Am stat la o bere! Al dracu' să fiu dacă vă mint!

A rotit ceasul în mână și a continuat:

— Pe ăsta mi l-a legat nevastă-mea de haină, ca să nu-l pierd. Că la mine, știți cum e? Luna și ceasul pierdut. Dă-l în morții mă-sii de ceas, femeie, i-am zis, hai să mai uităm și noi că trece timpul. Toată ziua suntem toți cu ochii pe ceas, toți ne grăbim, de parcă am vrea să ajungem mai repede acolo unde ne ducem cu toții, până la urmă!

Eram siderați. Nu știam atunci cât de greu va fi să mai întâlnesc la o conferință de presă un director beat în pragul comei. Abia mai târziu, președintele țării a avut curajul să vorbească în conferințe și emisiuni TV afumat bine, dar ăsta era, poate, cel mai mic defect al lui.

— Să revenim la oile noastre, adică la berile noastre... Ptiu, drace, că iar am pomenit numele dușmanului. Am nimerit „beri" în loc de „vin". Domnilor și domnișoarelor — care-o-ți mai fi, da' nu e treaba mea, ci a ăluia de v-o lua de neveste — știți care e cel mai mare dușman al vinului? Știți sau nu?

— Nuuu, am răspuns în cor.

— Cel mai mare dușman al vinului este berea. Dar știți care e singurul avantaj al berii în fața vinului?

— Nuuu...

— Păi vi-l spun tot eu: că se bea în picioare! Vinul nu poți să-l bei așa, la colțul blocului, ca tractoriștii. Vinul impune o decență, trebuie să te așezi, să discuți omenește... Unii beau bere că cică e bună pentru rinichi.

— Și e bună? a întrebat un ziarist din sală.

— O fi, pizda mă-sii, că n-am verificat. Adică n-am avut probleme cu rinichii. Da' chiar și-așa. Doi rinichi, două beri. Da' nu bea, în pizda mă-tii, zece beri, că n-ai zece rinichi!

Câteva seri mai târziu mă simțeam ca un zmeu cu opt rinichi, după cât băusem, când mi-a povestit Marius scena cu castravetele. Se giugiulea în bucătărie cu o gagică trăsnet, la ea acasă, iar mă-sa se uita la un film în sufragerie. Marius s-a apucat s-o mângâie pe tipă, s-o sărute și s-o întoarcă pe toate părțile, de o făcuse să fumege ca o locomotivă. Îi era teamă să-și scoată cariciul și să o potolească, dar gagica începuse să-l muște din ce în ce mai tare de gât. Atunci a văzut pe masă un castravete gros și lung de vreo 20–25 de centimetri și l-a prins de un capăt, iar cu celălalt a început s-o satisfacă pe gagică. Nu știa cât a trecut până când a observat-o pe mă-sa, stană în tocul ușii, cu capotul desfăcut și holbându-se la ei, în timp ce-și frământa țâțele. Aveam să aud, în anii care au urmat, atât de multe variante ale poveștii, încât nu le mai știam pe toate: uneori castravetele era îmbrăcat în țiplă, alteori nu, uneori mă-sa se mângâia prin chiloți sau, câteodată, rămânea doar în prag câteva secunde și pleca discret, lăsând copiii să-și vadă de-ale lor. Am învățat în timp că povestea cu castravetele era penultima fază de beție a lui Marius.

După câteva beri, nu multe, ajungea la scena cu sarea. Povestea începea cu el bodigard la un cazinou și cu un munte de om, un bătăuș (peste ani se transformase într-un luptător de K1, un campion de karate sau un interlop violent) care îi căuta nod în papură. Marius l-a provocat cavalerește la o luptă în ring, iar monstrul a acceptat. S-au văzut peste câteva zile și, după câțiva pumni încasați, Marius ajunsese să se împleticească, plin de sânge. Atunci, cu un ultim efort, a scos dintr-un buzunar secret un pumn de sare, pe care i l-a aruncat animalului în ochi. Luptătorul a ezitat, a închis ochii, iar Marius l-a doborât într-o serie de pumni. Triumful inteligenței asupra forței!

Peste ani, ajunseserăm și noi, prietenii lui, să ne evaluăm rangul beției în funcție de poveștile lui Marius:

— Cât ați băut aseară? întreba cel care lipsise.

— Mult, nu știu cât să fi fost ora când am plecat.

— Ați ajuns la castravete?

— Nu, nici chiar așa.

— Atunci n-ați fost chiar atât de beți.

Sau, altădată:

— Cum a fost azi-noapte? Cât ați stat?

— Greu, frate. Până la luptător am ajuns.

Luptătorul era ultimul rang de beție, peste el era doar coma alcoolică.

— Stăteam lângă un zid, zăpada îmi ajunsese la genunchi, și ningea, frate, ningea de rupea..., povestea Marius, trăgând din țigară disperat, ca un condamnat la moarte. Eu îl ascultam și pierdusem puțin firul, atent la gagica de alături, care se certa aprins cu prietenul. Dar mai auzisem povestea de câteva ori.

— Mă sprijinisem acolo, de zid, și fumam, când am văzut-o din nou pe doamnă, la 20 de metri. Se uita la mine și trăgea dintr-o țigară lungă și subțire, înfofolită în ditamai haina de blană. M-am dus la ea și doar și-a dat puțin colțul hainei la o parte, s-a dezvelit un pic, și-atunci am văzut că pe dedesubt n-avea nimic. Pizda goală, frate, plină de floci.

— Neepilată, deci, s-a băgat și Ilandru în discuție, surprinzător de atent.

— Da, frate!

— Așa, mă, zi mai departe, am intervenit eu.

— Și atunci și-a dat haina jos, a pus-o încet pe zid, iar eu am luat-o la ciocane. Și dă-i, frate, la ea...

Gagica la care mă uitam plângea și s-a ridicat îmbufnată de la masă. Prietenul ei, un tip cu păr țepos și frunte îngustă, clipea nedumerit.

— Retardatule, i-a aruncat ea și s-a îndepărtat cu pași mari și ofensați.

— Du-te, coaie, după ea, m-a împins Marius, descălecând de pe femeia imaginară.

Știam că o tipă care plânge trebuie lăsată un timp să-și consume supărarea. Nu eram genul căruia femeile să-i plângă pe umăr. N-aveam harul consolării.

— Mai bine zi-mi cum dracu' ajunsese tipa aia dezbrăcată în zăpadă și ce căuta lângă zidul ăla.

— Nu se știe, a intervenit Ilandru, încercând să-și ajute prietenul.

— Ba se știe, dar ce contează? Important e că i-am tras-o!

Ilandru a clipit din ochii lui mici, reci și rotunzi, ca două piulițe, și a mai luat un gât de bere. El era mic și inofensiv, dar unghiile îi erau mari și puternice, ca la vulturi. A strâns pumnul ca eroii comuniști de prin manuale și mi l-a băgat sub nas:

— Băi, triștilor, voi știți ce e femeia?

— Stai, că iar l-au apucat pandaliile, a observat, deloc încântat, Marius.

Ilandru l-a ignorat și a continuat:

— Femeia e ca o pisică pe care o ții în apartament; dacă sare de la etajul 10, își rupe șira, iar de la etajul trei sare de fiecare dată și scapă. Deci trebuie poziționată undeva pe la etajele 6–7.

Despre futaiuri nu povestea niciodată, dar uneori, târziu în noapte, devenea liric și scotea la iveală un sâmbure de tandrețe.

— Ce poate fi mai frumos decât un cap de femeie pe umărul tău...?

Dacă momentele poetice îl apucau după prea multe beri, mai reușea să îngaime doar atât:

— ...femeie... cap... umăr...

Dar noi știam ce vrea să spună.

35

Și mie mi se poziționaseră favorabil astrele, pentru că în scurt timp urma să plec pentru prima oară în străinătate. La redacție ajunsese o invitație pentru o deplasare cu autocarul în patru țări, iar reporterii mai vechi, obișnuiți cu comoditatea avionului, o refuzaseră. Nu voiau să-și rupă curul petrecând zece zile pe carosabil. Ilandru se uitase în jur și găsise omul care n-ar fi refuzat nici cea mai penibilă propunere:

— Fă-ți pașaport, pentru că în două săptămâni pleci din țară. Un secretar de stat de la Ministerul Turismului se plimbă cu presa după el prin patru țări: Ungaria, Polonia, Cehia și Slovacia.

Habar n-aveam pe atunci că vizita urma să-mi schimbe viața și că multe dintre cele ce mi s-au întâmplat mai târziu își vor avea izvorul de acolo. Cum ar fi fost dacă unul dintre colegi n-ar fi refuzat deplasarea? Cum ar fi arătat viața mea?

Străinătatea cerea sacrificii. Nu puteam să-mi fac Bucureștiul de râs umblând îmbrăcat ponosit pe la terasele din Praga ori pe străzile din Budapesta. Nu se făcea nici să frec costumul și cravata pe banchetele autocarului, așa cum făceam la serviciu, zi de zi. Salariul meu de jurnalist începător nu bătea mai departe de o pereche de blugi ieftini și un tricou. Am intrat într-un second-hand și am ieșit de-acolo cu o pungă plină de țoale.

— Miroși ca un cufăr vechi, a strâmbat din nas vecina de scaun din autocar, o jurnalistă de TV cu țâțe mari și experiență.

Eram șase jurnaliști cu totul: eu, mirosind a haine de mâna a doua, un tip tăcut și țigănos de la un radio, gagica și cameramanul, de la o televiziune privată, și un prezentator de știri celebru, plus cameramanul lui, de la televiziunea de stat. Ocupaserăm fundul autocarului și ne prezentaserăm singuri unul altuia. Urmau câteva rânduri libere, iar în prima parte a mașinii se strânseseră oficialii din minister, vreo cinci–șase la număr, și tot cam atâția oameni de afaceri din turism, pe care nu-i cunoșteam și de care nu auzisem vreodată.

Ministerul ne-a dat fiecăruia banii pentru deplasare la început de drum: 970 de dolari, suficienți cât să ne cazăm în fiecare noapte la hotelurile pe care le stabilisеră dinainte și să avem și diurnă, 30 de dolari pe zi. În anii următori, ziariștii nu aveau să mai primească banii în mână pentru deplasări de la minister, care achita cazarea prin agenții de turism, ci doar diurna.

Am pornit la drum seara târziu, iar în zori eram deja în vamă. Am coborât cu pașapoartele și acolo, între țări, l-am cunoscut pe Secretarul de Stat cu care, în următoarele două decenii, aveam să leg un soi de prietenie plină de certuri și împăcări, precum cuplurile de la Hollywood. La aproape 40 de ani, Secretarul de Stat era înalt, solid și relaxat, și părea proiectat special ca să dea ordine. Ne-a luat pe fiecare în parte și ne-a strâns mâinile.

Am aflat mai târziu că se temea să zboare, iar ăsta era motivul pentru care și noi, și el, urma să ne târâm atâtea mii de kilometri pe șosele. Pe vremuri, tremurase de groază într-un avion care lovise o pasăre și un motor îi luase foc. După ce au aterizat de urgență s-a dus la hotel, iar a doua zi a luat trenul și s-a întors în țară. De-atunci n-a mai urcat niciodată într-un avion.

— Tu ești de la Agenție? Știu că Agenția e foarte importantă și că toți preiau știrile de la voi, dar de tine n-am auzit până acum. Zi-mi ce te recomandă pentru deplasarea asta, ca să nu-mi pierd optimismul la început de drum.

— Păi... e prima oară când merg la un eveniment de turism și prima oară când ies în străinătate.

Secretarul de Stat s-a prins cu mâinile de cap.

— Deci n-o să fii în stare să scrii nimic. Dacă știam, sunam la Agenție să-mi trimită pe cineva cu experiență.

Am trecut granița și am adormit în autocar. M-a trezit un soare artăgos de martie. Când am deschis ochii, am simțit că l-am prins pe Dumnezeu de rucsac. Undeva, în vale, se unduia lasciv Dunărea, iar în jurul ei se răsfirau turnulețe, biserici și palate ca-ntr-un basm.

— Budapesta, a strigat băiatul de la radio, cu entuziasmul pe care-l aveau pe la 1500 marinarii care vedeau pământul, după ce rătăciseră luni întregi pe ocean.

După ce ne-am cazat, mi-am dat întâlnire în hol cu reporterul de radio și am ieșit să explorăm orașul. Ne-am plimbat pe străduțele pietruite din centru, apoi am intrat într-o cârciumă și am cerut câte un gulaș, care mergea perfect cu bere. Începuserăm să mâncăm când mi-a sunat telefonul:

— Unde mama mă-sii umblați? Suntem toți în hol și vă așteptăm.

Era consiliera ministrului, o tipă scundă, blondă și bombată atât în față, cât și în spate, ca un balon legat de burtă cu o sfoară.

— N-am vorbit în autocar să mergem împreună la târg la ora 11? Sau voi credeți că v-am adus aici să vă distrați?

Ne-am urcat într-un taxi și i-am prins din urmă undeva, la marginea Budapestei. Vedeam pentru prima oară un târg internațional de turism: sute de standuri cu muzică și fete frumoase și lipsite de personalitate, surorile celor care prezintă vremea la TV, cu care fiecare țară sau regiune încerca să atragă turiștii. Oameni în costume naționale oferindu-ne o bucățică de mâncare locală, un pahar cu vin de-al locului sau un lichior cum nu mai gustaserăm până atunci, acompaniați de trupe de folclor din diverse țări formau un babilon din care nu voiam să mai ies. Spre surprinderea mea, standul României era mare și impunător. Șefii de agenții de turism din autocar vorbeau pe drum că de data asta România ar fi întrecut toate așteptările prin opulență și bun gust, rupându-le gura maghiarilor cu standul incredibil de spectaculos. Însuși ministrul Turismului, șeful Secretarului de Stat, se ocupase în mod direct de amenajarea standului și-și trimisese cei mai buni oameni la Budapesta. Ministrul devenise celebru pentru că în urmă cu un an sau doi plătise o grămadă de bani din bugetul statului ca să transfere din Grecia la Mamaia câteva zeci de palmieri pe care i-a plantat de-a lungul falezei. Copacii arătau bine, iar stațiunea începuse să semene cu Corfu sau Rhodos, doar că ministrul n-a luat în calcul că în România vremea e mult mai câinoasă decât în Grecia. Spre iarnă, pătrunși de frigul de la malul mării și bătuți de ploi, palmierii s-au chircit și au început să moară unul câte unul, ca găinile atinse de pestă. Nu peste multă vreme, la o conferință de presă, ministrul le-a vorbit jurnaliștilor agresivi, flancat de doi pui de palmier, așa cum regii africani își întâmpinau oaspeții mângâind pe creștet doi pui de leu.

— Nu țipați la palmieri! Sunt foarte sensibili la zgomot, le-a atras atenția ministrul jurnaliștilor.

Rar mi-a fost dat să văd o adunătură mai colorată decât cea de la standul României. În mijloc, pe un tron uriaș, era un Dracula îmbătrânit, cu fular alb, de judecător, guler ridicat și mânjit cu var pe față, iar în jurul ochilor pictat cu roșu, ca și cum ar fi fost un fazan. Într-o mână ținea un sfeșnic cu trei brațe, sângeriu și sinistru, iar pe cealaltă și-o odihnea pe brațul jilțului, prinzând din când în când în pumn o mingiuță neagră de cauciuc. O dată la câteva minute, Dracula dădea ochii peste cap, scotea un hohot de râs lugubru și striga cu glas de mort: „Mina! Come here!“, iar din spate îi ieșea un nor de fum gros.

— Atunci când vrea să scoată fum, apasă pe bășica aia, a observat băiatul de la radio.

În stânga lui Dracula, un țăran cu mâinile crăpate cioplea un lemn, iar lângă el o babă uscată încondeia un ou. Alături, doi moroșeni cântau de zor la vioară din repertoriul fraților Petreuș. Dacă viorile Stradivarius sunt tot ce poate da lemnul mai pur și mai sfâșietor în materie de sunet, cele ale moroșenilor ating performanțe diametral opuse. Parcă cineva ar freca un cocean de porumb sau o cratiță cu arcușul. Moroșenii torturau instrumentele, cu fețele roșii, iar îmbujorarea lor părea rodul unui mariaj între aerul pur de Maramureș și țuica tare de prună din zonă. Transpiraseră, iar sudoarea le duhnea a pălincă. În cealaltă parte a standului, pe o băncuță, două blonde în fuste scurte, cizmulițe până la genunchi, ii și cojocele de oaie, căzuseră la datorie, răpuse de oboseală, după ce făcuseră playback pe câteva piese etno. Una dormea cu capul în poala celeilalte, iar cea care o susținea butona de zor la telefonul mobil. Se spunea că una dintre ele e amanta ministrului.

— Îți place, este? m-a întrebat Secretarul de Stat prinzându-mă cu brațul de după gât, așa cum se pozau pe vremuri prietenii plecați în armată.

— E minunat!

Mi-a zâmbit și m-a bătut pe spate cu aerul optimist și lipsit de griji pe care-l au cei bogați. Fondase, în ianuarie '90, când jumătate din România încă mai credea că Ceaușescu trăiește, una dintre primele agenții de turism din țară care, în următorii zece ani, devenise și una dintre cele mai mari.

— Turismul, tinere, e o industrie care vinde visuri, care vinde iluzii. Pentru o țară, oricare ar fi ea, turismul e cel mai pur export: vinzi către străini un peisaj, o plimbare și o stare de bine. Când exporți lemne, să zicem, lemnul ăla care ajunge peste granițe lasă un loc gol la tine în pădure. Dar când exporți turism, exporți fericire și exporți aer. Vine străinul, se uită la peisaj, face două poze și pleacă acasă, la mă-sa, iar peisajul îți rămâne mai departe în țară. Știi ce vinde turismul? „Uite luna, uite faru'/Uite pula mea ca paru'". Asta vinde turismul!

Am pornit reportofonul și l-am rugat să-mi acorde un interviu. Pentru mine, presa de turism era ca un smartphone în mâna unui canibal din Australia: strălucea, avea multe butoane și nu știam ce să fac cu el.

— Vreau să aduc polițiști germani pe litoral, mi-a mărturisit Secretarul de Stat. Să vină la Mamaia și să patruleze pe plajă. Îți dai seama că, dacă-i văd pe-ai lor, turiștii nemți se vor simți în siguranță și îi vor suna și pe vecini să le zică: „Veniți în România, oameni buni, vă veți simți în siguranță ca la München!"

— Mișto idee, m-am extaziat eu. Cum v-a venit?

— Colcăie ideile în capul ăsta al meu! Acum, de exemplu, mă gândesc cum să lungim sezonul pe litoral, pentru că la noi ajung turiștii doar în iulie și august, pe când la bulgari vin din aprilie până în octombrie. Dar la ei, dacă plouă, au piscine acoperite, săli de bowling...

— La noi, la mare, ce poate face un turist când plouă?

— Laba, mi-a răspuns scurt Secretarul de Stat.

În următoarele 30 de minute a trecut în revistă alte câteva idei pe care voia să le pună în practică. Am făcut cu fiecare câte o știre și le-am trimis în redacție, pe e-mail. Peste câteva ore m-a sunat Ilandru. Eram sigur că iar greșisem ceva.

— V-ați întâlnit doi măscărici acolo, tu și secretarul ăla de stat, a început Ilandru cu vocea lui enervantă ca o măsea stricată.

— Îmi pare rău... Promit să nu mai dau nicio știre cu el...

— Băi, tristule, tu chiar ești pe lângă mereu! Ai dat din greșeală niște știri foarte bune, pe care le-a preluat toată presa. Ține-te de grasul ăla și mai scrie așa. Se pare că ți-am găsit menirea; tu trebuie să scrii parașute din astea de știri, neserioase, fiindcă văd că au succes.

Pe seară, toată delegația — ziariști, oameni de afaceri și funcționari din minister — a fost invitată de secretarul de stat la o cramă. Borkatakomba nu era altceva decât, așa cum îi spunea și numele, o pivniță uriașă plină cu butoaie de vin. Separeurile se înșirau sub formă de butoaie, pe pereți agățaseră butoaie și chiar și cele câteva mese lungi se terminau cu o scenă pe peretele căreia erau pictate butoaie de vin. În fața lor cânta o trupă de țigani unguri atât de înflăcărați, încât păreau și ei alimentați cu vin. Special la Borkatakomba era că, pe acordurile țigănești, 10–15 unguroaice tinere și cu ochi alunecoși treceau printre mesele lungi ca la pomană cu sfere de sticle pline cu vin, din care ieșea o țeavă lungă și subțire. Chelnerița bloca cu degetul gura țevii și se plimba de la un mesean la altul, turnându-i direct pe gât licoare cu nemiluita, în aplauzele și țipetele de bucurie ale celor din jur. Erau patru mese, una de argentinieni, alta de englezi, încă una cu nemți și a patra cu noi, românii, cei mai zgomotoși din toată pivnița. Secretarul de stat, în capul adunării, a tras un violonist din formație lângă el, i-a înfipt în arcuș 100 de dolari și a început să fredoneze:

— *Bea, bea, nu te lăsa*
Uită că viața e grea...

Țiganul a prins rapid ritmul și s-a pornit să-i scârțâie din scripcă în ceafă secretarului de stat, zâmbind alunecos pe sub mustața subțire. Am adulmecat și noi firul melodiei și am bâiguit alături de ei:

— *Mai dați-le-ncolo de chinuri și beți*
Viața-i frumoasă, băieți!

Cântecelul vesel le-a plăcut tuturor turiștilor din cramă și au început să-l fredoneze alături de noi, lălăind versurile și aplaudând posedați. Secretarul de stat s-a urcat pe masă, cu microfonul într-o mână și cu paharul în alta, clătinându-se dezechilibrat, în timp ce doi consilieri îl susțineau de glezne:

— *Come to Romania! Beautiful country, beautiful people!* a urlat oficialul român, stârnind un ropot de aplauze care părea că nu se mai termină. De acolo, de pe masă, le-a făcut semn lăutarilor să tacă și în sală s-a așternut liniștea.

— Do major, maestre, a spus în română, uitându-se la țambalagiu, iar țiganul a priceput, pentru că limba chefliilor e universală, și a dat ușor din bețe: paracatam, paracatam. Secretarul de stat a luat o gură de vin și a început să cânte:

— *Uite-așa aș vrea să mor*
Cu paharul lângă mine,
Cu cobzarul lângă mine,
Uite-așa aș vrea să mor...

Funcționarii din suita lui delirau de fericire și aplaudau cu palmele în flăcări, îmbujorați la față și transpirați. Odată terminat cântecul, țiganul s-a șters cu batista pe frunte și a pus-o pe țambal. Lăutarii s-au așezat osteniți la o masă mică, unde li s-a adus mâncare. Noi mai aveam chef de distracție și tropăiam pe sub mese, precum copiii pe care părinții i-au chemat prea devreme în casă într-o zi frumoasă de vară.

— Dom' ministru, mai cântați-ne ceva, vă rugăm! a îndrăznit un consilier matolit.

Atunci am aflat că, dacă vrei să te pui bine cu un secretar de stat, trebuie să-i spui „ministru", așa cum antrenorilor de fotbal de prin ligile inferioare li se spune „dom' profesor". Dar funcționarii cu experiență știu că trebuie să evite asta într-o singură situație: când prin preajmă e adevăratul ministru.

— *Please, please,* a insistat o consilieră care luase și ea ceva vin la bord și avea urechile roșii ca sfecla.

Secretarul de stat nu s-a lăsat prea mult rugat. A coborât greoi de pe masă, sprijinit de cei doi aghiotanți, și și-a înfipt privirile în restul echipei sale.

— Să vină Corul Vânătorilor! Dacă-i bal, bal să fie! a decretat el.

Doi consilieri trecuți bine de 60 de ani s-au instalat în fața lui. Unul slab, cu păr alb, dat pe spate, și față suptă și emaciată, de intelectual fin, îmbrăcat la costum și cravată, și celălalt mic, cu ochelari cu sticlă groasă și pulover de revoluționar.

A început mai întâi să cânte secretarul de stat:

— *Mă dusei pe o cărareeeeee...*

Iar cei doi, unduindu-se tâmplă lângă tâmplă, ca doi porumbei pe un acoperiș sau ca pisicile îndrăgostite din desenele animate, au completat:

— *Sus!*

Și iar secretarul:

— *Mă-ntâlnii c-o fată mareeee...*

— *Jos!* a răspuns micul cor.

A urmat refrenul, pe care toată echipa ministerială l-a cântat la unison, ca galeria lui Liverpool, de la Secretarul de stat și cei doi tenori improvizați până la șefa de cabinet și ceilalți membri ai echipei. Știau cu toții versurile și se sincronizau precum Corul Armatei Ruse, semn că nu erau la prima reprezentație:

— *Suflecată pân' la brâu*
Ducea, ducea rufele la râu
O-ntrebai cu ce le spală
Sus
Cu săpun și cu stropeală
Jos

Atunci când bei, totul se transformă și astrele zâmbesc doar pentru tine. Vinul alungă problemele, care se îndepărtează scheunând, cu coada între picioare, iar tu rămâi dârz, înalt și puternic, la marginea drumului, precum Clint Eastwood la finalul westernurilor. Tropăiam și băteam cu pumnii în masă, ținând ritmul secretarului de stat. Melodia s-a încheiat în ovațiile întregii delegații, cu secretarul de stat executând o plecăciune, cu mâna dreaptă la inimă:

— Acum, eu și colegii mei vă vom interpreta un scurt cântecel ministerial compus — și trebuie să recunosc asta cu modestie —, de subsemnatul.

Cei doi tenori încremeniseră în poziție de drepți în fața lui, ca soldații la jurământ. Secretarul de stat a început să cânte pe ritm de cazarmă:

— *Foaie verde și-o lalea*
Foaie verde și-o lalea
Să trăiască pula mea
Să trăiască pula mea!

Apoi s-a uitat către cei doi:

— Acum e rândul vostru!

Și-atunci i-am auzit pe cei doi funcționari din Ministerul Turismului, care miroseau deja a pensie și a trai tihnit, cum deschid gurile și fredonează:

— *Foaie verde și-o lalea*
Foaie verde și-o lalea
Să trăiască pula lui dom' ministru
Să trăiască pula lui dom' ministru!

„Dom' ministru" a mai făcut o plecăciune, și-a strâns mâinile deasupra capului, într-un salut muncitoresc à la Ceaușescu, blagoslovindu-ne pe toți cu ele, după care s-a îndreptat mimând alte câteva plecăciuni spre locul lui de la masă, undeva destul de aproape de mine. Toată lumea l-a aplaudat, inclusiv turiștii străini de la celelalte mese, care nu înțelegeau versurile. „Romania, Romania", au început ei să scandeze, iar eu am înțeles atunci că turismul e 90% show și doar 10% peisaje.

— Dom' ministru, nu rimează, i-am atras eu atenția.

— Ce să rimeze?

— „Foaie verde și-o lalea
Să trăiască pula lui dom' ministru".

„Dom' ministru" și-a lăsat ochelarii pe nas, s-a uitat peste ei și peste masă la mine și mi-a explicat rar:

— Nu rimează, da' flatează.

Și a continuat:

— Băiețică, dacă nu s-a cramponat el Nichita Stănescu de rime, cine suntem noi doi ca să ne-mpiedicăm de ele? Hai, recunoaște că poemul sună frumos!

Suna frumos, într-adevăr, depindea doar de care parte a rimei erai.

36

— Unde e căcăstoarea? s-a interesat tipul de la radio cu care mă plimbasem mai devreme prin oraș.

Se așezase în dreapta mea la masă și toată noaptea nu scosese un sunet, nici măcar atunci când cântam cu toții.

— Stai că merg și eu, i-am zis și am pornit clătinându-ne spre toaletă.

Am intrat în veceu și ne-au apărut trei cabine în față. Ușa din mijloc era închisă, iar cele din părți se bălăngăneau ca două pleoape.

— Să-mi bag pula, ce m-am îmbătat, a zis băiatul de la radio.

— Auzi, da' pe tine cum te cheamă? l-am întrebat așezat pe toaletă.

În cabina de lângă noi cineva gemea discret, semn că mâncase cam mult.

— Nici nu mai știu, în pula mea, da' parcă-mi zice Valentin. Da' tu poți să-mi spui Vali, pentru că ne căcăm împreună, iar asta ne apropie.

Constipatul invizibil din toaleta din mijloc a prins glas și ni s-a adresat:

— *You are romanians?*

— *Yes, of course,* i-a răspuns Vali.

— *I love much* „pula“, a continuat vocea.

— Ce zice ăsta, mânca-ți-aș? l-am întrebat eu, care lipsisem la toate orele de engleză din liceu.

— Zice că-i place pula, frate! Hai să ieșim, dracu', mai repede, că poate e unu' cât casa și ne fute pe-amândoi în cur pe-aici, printre străini.

Am grăbit treburile și am tras apa la unison, dar când am deschis ușile, el era deja lângă chiuvetă și ne zâmbea. Pe la 70 și ceva de ani, cu părul alb, cămașă în carouri, zâmbitor și plesnind de sănătate, așa cum sunt americanii bătrâni și bogați.

— Ron O' Connor, s-a prezentat omul și ne-a întins mâna.

— Irlandez?

— Nu, american.

Am dat mai întâi mâinile cu el, ne-am spus numele și abia apoi ne-am spălat. S-a mai spălat și el din nou, apoi ne-a luat de după umeri și ne-a condus la separeul lui. Ne-a turnat vin în pahare și ne-a sorbit din ochi.

— Români, deci..., a zis el în engleză.

Vali făcea pe translatorul, dar mai adăuga și părerile lui:

— Ăsta vrea să ne-mbete și apoi să se dea la noi, frățică.

— Dacă schițează un gest, îi fut o sticlă-n cap.

Eram doi tineri români ieșiți pentru prima oară din țară și ne temeam că primul străin care se poartă prietenos cu noi vrea să ne-o tragă. Dar n-a schițat nimic. Ne-a povestit că are un prieten român acolo, la el, în California, care una, două, „pula" în sus, „pula" în jos. L-a tot întrebat ce înseamnă cuvântul ăla și i-a spus: „așa îl alintăm noi, românii, între noi, pe Dracula: pula, iar când ne înjurăm, ne înjurăm de Dracula".

— Eu sunt mare fan „Pula", știu că s-a născut la voi, în România, că omora și trăgea în țeapă toți turcii pe care-i prindea că vin să vă cucerească țara și că dimineața, la micul dejun, mânca pâine cu unt, iar în loc de dulceață o ungea cu sânge.

Dracula era pe mare val și în România pe vremea aia, iar ministrul Turismului, mare amator de circ și reclamă, se agățase de pulpana contelui și încercase să atace posteritatea alături de el. Pe un teren de lângă Sighișoara își propusese să construiască un parc uriaș cu tematica „Dracula", pe care să-l scoată la agățat de turiști pe piața internațională. Lucrurile n-au stat așa de simplu cum părea la prima vedere. Mai multe ONG-uri puternice, finanțate de prin străinătate, s-au prins cu dinții de zidurile încă neconstruite ale parcului și s-au plâns că un flux prea mare de turiști în zona Sighișoarei ar distruge cetatea medievală. Se formaseră două tabere în țară: unii care-și doreau parcul de distracții, care credeau că va atrage turiști și că e o idee bună, și ceilalți — de la ONG-iști la popi care ne vedeau transformați, după ce Dracula Park va fi fost construit, într-un tărâm al Satanei care va umple zona cu toți scelerații lumii.

— N-o să iasă proiectul cu parcul ăsta, pentru că are prea mulți dușmani, mi-am dat eu cu părerea după ce i-am trecut în revistă americanului situația din țară.

— Ba o să iasă, dar trebuie să vă străduiți. Dacă americanii au reușit cu un șoricel oarecare, cu Mickey Mouse, nu se poate să nu o scoateți și voi la capăt cu Dracula, un personaj mult mai puternic și mai iubit decât un șobolan.

N-a avut dreptate. N-am reușit s-o scoatem la capăt cu Dracula și să ne lipim de imaginea lui, iar cei mai mulți dintre străini au continuat să creadă că Transilvania e pe undeva prin Ungaria.

Întorși la masa noastră, am constatat că apele se mai liniștiseră. Cei doi tenori adormiseră cap în cap, ziarista de la TV se odihnea și ea, cu botul pe labe, ca Pluto din desenele animate, iar reporterul celebru de la televiziunea națională vorbea încontinuu la telefonul mobil, chiar dacă pe atunci un minut în roaming costa cât un laptop.

— Vorbește pe banii statului, tăticu', mi-a făcut Vali cu ochiul, arătând spre reporter. Adică pe banii noștri...

Cei doi cameramani jucau cărți, iar restul delegației se spărsese în grupuri mici. Secretarul de stat tocmai spunea:

— Fraților, m-am bătut cu ei două luni și i-am răpus. Nimeni, niciun ministru înaintea mea n-a reușit să se impună în fața lor. Agresau turiștii, făceau prăpăd și erau tot mai mulți de la an la an. Ieșeai seara pe plajă și în zece minute te mâncau de viu, erai plin de sânge.

— Despre cine vorbiți? V-ați bătut cu interlopii din Constanța? l-am întrebat.

— Ăștia sunt o miză mult prea mică pentru mine. Le povesteam despre țânțarii de pe litoral, cum i-am stârpit în doar câteva luni. Dar voi pe unde-ați umblat? Că lipsiți de ceva vreme.

— Am dat de un american bătrân și bogat care-l iubește pe Dracula. I-am povestit despre Dracula Park.

— Și ce zicea babalâcu'?

— Zicea că dacă americanii au reușit să impună în lume un șobolan oarecare, adică Mickey Mouse, e imposibil ca noi să nu avem succes cu Dracula, care e cunoscut în toată lumea.

Secretarul de stat s-a scărpinat în cap, ne-a făcut semn amândurora să venim mai aproape și ne-a întrebat în șoaptă:

— A mai auzit cineva povestea asta?

— Nu, eram doar noi doi.

— Foarte mișto, a zis omul. Știi ce?

Secretarul de stat s-a uitat în ochii mei, m-a prins de umăr peste masă, în semn de mare încredere, și mi-a propus:

— Poți să mi-o pui mie în gură?

— Ce să fac???

— Să-mi împrumuți mie fraza americanului. Să dai o știre la tine la Agenție și să spui că am zis eu asta.

— Sigur, cum să nu? Doar să o spuneți pe reportofon, ca să o am înregistrată.

Am scos reportofonul din geacă și i-am dat drumul. Secretarul de stat și-a dres glasul și s-a pornit să vorbească:

— Domnule ziarist, căzusem așa, pe gânduri, referitor la problematica asta care se tot discută în țară vizavi de necesitatea construirii unui parc cu tematică vampirologică — dacă nu există cuvântul, iată că tocmai am îmbogățit limba română cu unul. Și tot reflectând, am ajuns la următoarea concluzie: dacă americanii au reușit să impună lumii un șoricel anonim, mic și inofensiv, iar acum toată lumea știe de Mickey Mouse, e practic imposibil ca noi să nu facem treabă bună cu Dracula, unul dintre cele mai puternice mituri din lume. Dracula este cel mai puternic brand pe care l-am putea avea, și norocul nostru e că a fost localizat la noi, în Transilvania. Pe plan mondial, Dracula e peste Hagi sau Nadia ca notorietate și mult deasupra lui Eminescu sau Enescu.

Ajunși în hotel, spre dimineață, am trimis știrea în redacție, cu titlul: „Secretarul de stat în turism: Dacă americanii au reușit cu un șoricel, Mickey Mouse, vom reuși și noi cu Dracula, un mit puternic". La prânz, am primit un sms de la Ilandru: „Ai dat lovitura, telenovelistule! Mai trimite astfel de mizerii". A doua zi, știrea cu șoricelul și Dracula umpluse toată presa. Secretarului de stat îi sclipeau ochii de bucurie ca lui Dracula când simțea miros de sânge.

Un jurnalist care aduce rating e ca un artist talentat care sculptează în căcat. Opera trebuie să miroasă cât mai tare, ca să atragă atenția, și să arate bine, chiar dacă pute de la un kilometru a fecale. Oricum, nu va rezista mai mult de câteva zile.

Seara următoare aveam liber. Vali și cu mine ne-am gândit că n-ar strica să mergem într-un club.

— Mamă, ce-aș tăvăli o unguroaică. Am auzit că astea au jar în pizdă, am spus eu.

— Da, așa se zice, da' cică dacă nu le dai limbi, nu vor să le-o bagi. Mai întâi limba și pe urmă restul.

— Acu', dacă vor limbi, le dăm, ce să facem. Le dăm orice, numa' bani să nu ne ceară.

Vali și-a aprins o țigară și a căzut pe gânduri. De la fereastra barului în care ne aciuaserăm se vedea bine Dunărea, largă și învolburată, ca un cearșaf murdar aruncat pe pat.

— Păi, dacă le dăm limbi, riscăm să facem cancer în gât, a protestat el, îngrijorat.

— Cine ți-a băgat în cap tâmpenia asta?

— Am citit undeva c-ar fi descoperit asta cercetătorii britanici...

— În cazul ăsta vorbești cu unu' care-ar fi trebuit să fie mort de mult.

— Bine, mă. Hai că risc și eu. Da' fii atent: avem o problemă.

— Ce problemă?

— Unguroaicele astea n-o să dea doi bani pe noi dacă le spunem că suntem români. Plus că ei, ungurii, zic despre noi, românii, că avem pulile mici. Iar dacă vorbim între noi în română s-ar putea să se prindă.

— Păi, le arăt dovada că se înșală.

— N-o să ai ocazia, că fug ca de ciumă de români. Există niște studii care spun că cele mai mari puli din Europa de Est le au ungurii...

— Tot cercetătorii britanici au descoperit treaba asta?

— Cred că da.

— Păi și cum, au venit ei și i-au măsurat pulă cu pulă, ca să poată să-și facă o idee? Sau au făcut un sondaj și s-au lăudat ei, iar cercetătorii ăia i-au crezut pe cuvânt?

— Nu știu, frate...

— Dar, ia fii atent! Și ungurii de la noi, din Ardeal, intră la capitolul români, sau la unguri? Adică au cele mai mari puli din Europa de Est ori cele mai mici?

— Nu știu, mânca-ți-aș, că n-am analizat problema în amănunt. Dar ce pot să-ți spun eu, și mă repet, e că unguroaicele se duc dracu' când aud de români.

— Și ce facem în cazul ăsta?

— Hai să ne dăm străini și să vorbim o limbă pe care ungurii ăștia n-o cunosc.

— Dar eu nu știu nici măcar engleză, frate...

— Îți traduc eu. Nu te-am ajutat și cu moșul american?

— Și ce să fim? Italieni?

— Ăia sunt aranjați și ferchezuiți. Uită-te la mine, mic și negricios, cu geacă ieftină de piele de zici că sunt târgoveț, tu înalt, dar cu barba aia neglijentă și cu lațe... Plus că pari îmbrăcat de la second-hand.

— Ruși?

— Du-te, bă, că fug unguroaicele de ruși mai rău ca de români. Îi consideră și mai înapoiați decât pe noi.

— Fii atent, ne dăm americani.

— Pula! Ai uitat că nu parlești engleză? Cum vorbești cu mine și cu ele, cu unguroaicele? Că astea știu sigur engleză.

— Gata, am găsit. Ne dăm finlandezi și n-o să înțeleagă o boabă.

— Se vede că n-ai prea trecut pe la școală. Nu știi că maghiara e o limbă fino-ugrică sau ceva de genul, că nu știu ce înseamnă, dar un lucru e sigur. Limbile astea de căcat sunt surori și e posibil să știe ceva cuvinte unguroaicele și să ne întrebe direct în finlandeză.

— Băi, frate, da' greu mai e să fuți o unguroaică! Deja avem probleme cu ele și nici măcar nu le-am văzut.

— Hai să ne organizăm un pic și o scoatem la capăt. Eu propun să ne dăm spanioli. OK?

— OK.

— Iar acum trebuie să ne luăm niște nume. Eu aș zice să fiu Valentino Sanchez. Ce zici?

— Sună mișto.

— Da, și sunt din Madrid. Jurnalist.

— OK, și eu cine sunt?

— Bă, cu tine e o problemă, că n-ai față de spaniol. Ăia sunt bruneți.

— Și-atunci ce să fiu, neamț?

— Nu, frate, că trebuie să vorbim aceeași limbă. Plus că ungurii ăștia sunt cumva veri cu nemții. Păi n-au fost cuceriți de austrieci, care sunt un fel de nemți mai pârliți? Imperiul austro-ungar. Chiar și tu cred că ai auzit de el. Austriecii le-au construit toate minunățiile astea de clădiri la unguri, că doar nu le-au făcut ei. Dac-ar fi fost așa luminați precum se cred, ar fi ridicat un pui de Budapestă și la Târgu Mureș ori la Miercurea Ciuc. Da' ai văzut că județele în care stau ei în România sunt cele mai jigărite.

— Și-atunci să fiu mexican, oare?

— Bă, da' tu n-ai văzut deloc filme cu mexicani? Cu împușcături, pac-pac?

— Nu prea.

— Îți zic eu, nu e niciunul blond, înalt și cu plete. Sau șaten, mă rog, că ai o culoare nedefinită la păr.

— Cred că ne-am blocat la părul meu...

— Fii atent, că lu' frățiorul tău i s-a sculat o idee. Știi cu cine semeni?

— Cu mama, din câte știu.

— Hai, sictir! Semeni cu fotbalistul ăla argentinian, cu Batistuta. Mă rog, ăla arată mult mai bine, dar ești pe același calapod.

— Băi, las-o dracu', că nu mai fut pe nimeni dacă mă recomand Batistuta. Cred că sună ca curu' și-n maghiară.

— Nu te recomanzi așa, ci spui că ești argentinian. Deci ți-am găsit naționalitatea, acum îți căutăm și-un nume.

Am dat un *search* în memorie — Argentina, fotbal, Maradona, Spania, Real Madrid, Santiago Bernabeu... Asta e! Găsisem.

— Am găsit nume, gata!

— Cum?

— Santiago.

— Sună mișto, dar știi ce-nseamnă?

— Nu. Înseamnă ceva?

— Cu bruma mea de spaniolă pot să spun că înseamnă „Sfânțulețul". Dar știi ce? E mișto. Cum ești tu bețiv și curvar, „Sfânțulețul" ți se potrivește perfect, așa cum am mai văzut prin filme câte un gras din ăla uriaș poreclit „Micuțu'".

— Și cum vorbim între noi în „spaniolă"?

— Păi, fii atent: *io sonos mucho inamoratos de fatas unguritas. Io doritas să futando in hotelos*, deci *io te rugando ca in estas seras tu sa plecatos din camarero. Si? Priceputas?*

— *Siguramente. Daros tu datos mios una sutando de euros por la bautando in baros pana los diminetas. Corectas?*

— Vezi, Santiago, că nu e greu?

— Nu e, frate! Parcă toată viața am vorbit spaniola.

Când s-a întunecat, delegația s-a reunit în holul hotelului. Toți, în afară de mine și spaniolul Valentino, voiau să meargă la un restaurant cu muzică tradițională ungurească.

— Noi ne ducem la discotecă, le-am spus.

— Vin și eu, a zis un tip între două vârste din delegație, mustăcios, cu părul creț și șchiop.

— Frate, dacă se ia ăsta după noi, nu mai agățăm nici femeia de serviciu de la discotecă, a comentat Valentino.

— Ne facem că ne ducem la veceu și o tulim discret la un taxi.

Așa am făcut și, peste o jumătate de oră, ne lăfăiam la masă, într-un club recomandat de taximetristul ungur, cu țigările fumegând între degete și cu vinul sclipind în pahare. Ne tot uitam și nu ne venea să credem; ungurii se purtau ca la grădiniță. Într-o parte se adunaseră ei, bărbații, sprijinind barul cu coatele, cu berea într-o mână, energizantul în cealaltă și țigara în colțul gurii. În colțul opus, dansau ele, dar nu erau nici pe departe atât de frumoase pe cât le mersese vestea. Scunde, grase și spălăcite, cu țâțe mari, dar căzute, aduceau cu niște saci de nisip pe tocuri. Se bălăngăneau de pe un picior pe altul, iar unele, mai îndrăznețe, dansau împreună, încolăcindu-și picioarele și mișcând obscen din trup.

— Tu ai observat că, în 90% din cazuri, țâțele mari vin la pachet cu burtă, mijloc gros și cur lăsat? am filosofat eu.

— După cinci beri le văd pe toate miss Univers!

— Acum înțeleg de ce m-au refuzat pe mine mult mai multe gagici decât m-au acceptat. De fapt, nu mie îmi lipsea ceva, ci lor.

— Ce?

— Cinci beri la bord!

— Așa o fi făcut și nevastă-mea când m-a luat...

— Ești însurat? m-am mirat eu.

— Divorțat, ca orice ziarist serios. Dacă n-ai trecut prin cel puțin un divorț și nu ai ulcer, nu ești ziarist adevărat, nu știi vorba asta?

— Nu.

— Înseamnă că ești nou în presă.

— Așa e.

— Te-am citit. Te-am văzut dimineață la hotel, la bufetul suedez, cum îți luai mâncare: timid și nesigur. Păi, un ziarist vechi își umple farfuria, frate, iar primele lucruri pe care și le pune acolo sunt cărnurile.

— De ce?

— E obișnuit să facă asta de pe la conferințe. Ai văzut că la sfârșitul lor organizatorii pun și puțină mâncare? Și când zic „puțină" nu e o figură de stil. Chiar nu ajunge pentru toată lumea, ceea ce ziariștii cu experiență știu și se reped din prima la mâncărurile cu conținut caloric mare — cărnuri, în principal. Nu se bagă la căcaturi gen saleuri sau fructe. Nouă ne trebuie proteină, frate, că poate e singura masă din ziua aia, care zi poate fi foarte lungă. Te-ntorci la redacție, se face ora două, scrii știrea, o mai freci pe-acolo și, când vine ora șase, te duci cu băieții la bere și nu știi cât stai, nu? Poți să te-ntorci acasă la trei noaptea. Iar banii nu-i dai pe mâncare, fiindcă riști să nu-ți mai ajungă de băutură. Și de-aia faci ca ghepardul.

— Cum adică?

— Păi, tu n-ai văzut cum face ghepardul? Prinde o gazelă. Dar nu le prinde pe toate.

— De ce?

— Bă, da' tu chiar nu le gândești deloc. Nu le prinde pentru că fug mai repede decât el.

— Normal. Nu mă gândisem.

— Dacă vrei să fii ziarist adevărat, trebuie să te gândești la toate alea. În fine. Și când reușește și ghepardul să prindă o căpriță din aia, că sunt mici și rapide, frate, nu sunt vaci... Sunt așa, cam cât un cățel. Deci când pune gheara pe o prăpădită de-aia, are o mare problemă: trebuie să bage repede la ghiozdan, pentru că în câteva minute vine leul. Îi pute a friptură de la kilometri și vine să se servească și el moca. Și dacă-l prinde leul, a belit-o pe coana pulă, că-i pune la saramură pe amândoi, și pe el, pe ghepard, și pe căpriță. Și-atunci ce crezi că face ghepardul?

— Mănâncă repede, nu?

— Știi tu ceva, dar nu știi bine. Așa e, mănâncă repede. Dar problema e, mănâncă așa, oricum îi vine la gură? Sau o ia în ordine, de la coadă la cap? Ori invers?

— Aici m-ai blocat.

— Îți zic eu cum face, mănâncă dintr-o zonă în care poate extrage maximum de hrană în minimum de timp. În cazul ăsta, din pulpa gazelei. Da' nu mai știu de unde-am plecat. În fine, dă-o-n pizda mă-sii, ideea e că nu te pricepi la animale.

— Ai plecat de la jurnaliștii care mănâncă friptură.

— A, da. Deci, ca să-și asigure masa pe toată ziua și să-l țină 20–24 de ore, un jurnalist adevărat — și nu mă refer la fătuce din astea care după un an–doi fug din presă, că nu rezistă, și pleacă la firme, pe la marketing și PR —, ci de ziariști care îmbătrânesc cu pixu-n mână și cu sticluța de coniac în buzunar și care mor chiriași și cu biletul de troleibuz în buzunar. Ei trebuie să bage într-un timp cât mai scurt cât mai multă mâncare, și să mai aibă și proteine.

— Dar în cazul ăsta cine e leul?

— Fripturiștii!

Auzeam pentru prima oară cuvântul. Dacă nu mi-ar fi explicat, aș fi crezut, poate, că vorbește despre unii cărora le place friptura. Dar Valentino avea chef de vorbă.

— Pe la mai toate conferințele apar unii, în general bătrâni, care n-au lucrat niciodată în presă, însă au făcut rost de o legitimație și au la ei o agendă și-un pix sau un aparat foto. Și vin special pentru mâncare. Dar nu scriu niciodată nimic, pentru că n-au unde. Unii dintre ei mai pun și întrebări în timpul conferinței, ca să pară ziariști adevărați. Dar obiectivul lor, singurul, e bufetul ăla suedez de la finalul evenimentului.

— Dar știu ce să întrebe?

— Frate, după atâtea sute de conferințe au învățat și ei. Pe unii piariști, mai noi, îi păcălesc foarte tare și-i fac chiar să-i pună pe listele de deplasări, așa că un fripturist prinde, într-un an, zeci de mese la conferințe, poate 10–12 deplasări prin țară, cu stat gratis la hotel, masă și distracție incluse și, uneori, chiar și o ieșire în afara țării. Toate pe banii altora, ai statului ori ai firmelor private. Și de-aia trebuie să halești repede, pentru că și ăștia știu care e mersul și se reped și ei tot în mâncărurile consistente, doar că, spre deosebire de jurnaliștii adevărați, își mai iau și la pachet. Au pungi la ei și discret, dar nu într-atât de discret încât să nu-i vezi, varsă de pe platouri, de-a valma acolo, mai întâi fripturi, apoi mezeluri, prăjituri și, la final, își pun în scârbă și câteva fructe.

— Și de ce nu-i dau organizatorii afară?

— Nu dă bine când ai presă și invitați să urli din ușă la unii și să-i scoți în șuturi. Mai ales că cei mai mulți dintre ei sunt oameni bătrâni, cum ți-am spus. Pentru că nu pleacă niciodată de vorbă bună. Trebuie să-i împingi, să-i tragi de haine, iar ei se țin cu mâinile de tocul ușii și fac scandal. Iar firmele mari nu se complică și zic „treacă de la mine". Plus că mulți nu știu că sunt fripturiști. E greu, frate... O știi pe Niculina?

— Nu.

— Normal, dacă ești nou. E una bătrână, cu părul prins în coadă și figură atât de brăzdată de riduri și pământie, încât nu știi ce-i place mai mult, băutura sau țigările. Și asta se așază în primul rând și mai pune și întrebări. Se prezintă ca fiind de la

Jurnalul Economiştilor care, ce crezi? Nu există şi n-a existat niciodată.

— Dar cum află fripturiştii de conferinţe? Cine le spune?

— Asta e un mister şi pentru mine, frate. Nu ştiu cum află, dar sunt de fiecare dată primii acolo. Rar, foarte rar, ai să vezi o conferinţă fără fripturişti.

Am căzut pe gânduri. N-aş fi crezut niciodată că există o tagmă de oameni care supravieţuiesc hrănindu-se în principal cu mâncarea de pe la conferinţe. Dar ce fac ei în rest, cu ce s-au ocupat până să devină fripturişti? Cum au intrat în businessul ăsta? Mai târziu, aveam să aflu că se aduc unul pe altul şi se iniţiază în tainele meseriei. Cei noi în presă nu-i disting, dar cu ceva experienţă te prinzi repede: au toţi la ei o pungă sau un rucsac, vin îmbrăcaţi în sacouri vechi şi ponosite şi se reped primii la mâncare. Ceilalţi ziarişti mai vorbesc între ei la final de conferinţă, însă fripturistul bagă în el cu zece guri până se termină mâncarea. E ca o vacă scăpată în trifoi, care mănâncă până crapă. Fripturiştii sunt de cele mai multe ori bătrâni, pe la 60 şi ceva de ani, vârstă la care nu prea mai găseşti ziarişti pe la conferinţe; fie au plecat de mult în alte domenii, alungaţi de salariile mici, fie au rămas în presă şi, cu vârsta, au avansat şi fac pe şefii prin redacţii, fără să mai ajungă pe teren. Dar mulţi ani n-am înţeles cum află la ce hotel se face o conferinţă sau alta, însă într-un târziu m-am lămurit. Cei care îi cheamă sunt, de multe ori, PR-iştii, cei care se ocupă de imaginea firmelor. Disperaţi să aibă sala plină şi ca şefii lor să vadă că s-au ocupat de eveniment, ar fi în stare să-şi aducă şi bunica la eveniment şi s-o aşeze în fundul sălii. Sau să dezgroape morţii şi să-i aducă la conferinţă, aşa cum unii politicieni de prin sudul ţării i-au cărat la vot.

Între timp, clubul se umpluse şi unguroaicele se tot frecau una de alta.

— Cică astea sunt futăcioase rău, şi-a dat cu părerea Valentino.

— Am auzit şi eu, dar nu cred până nu văd.

— Noi, în schimb, avem cele mai frumoase femei! De-aici şi toate problemele de comportament.

— Adică?

— Adică asta explică multe. Având noi, românii, cele mai frumoase femei, dar și cele mai mici puli, îți dai seama cât de frustrați, geloși și agresivi suntem? Păi, de-aia își bat mulți nevestele, pentru că se tem să nu-i înșele fiindcă ele sunt frumoase, iar ei au puli mici. Asta e adevărata dramă a poporului român, nu Miorița, frate: femei superbe și puli mici.

37

A mai trecut o oră până când în gașca graselor unguroaice au apărut două gagici suple și elegante, care se distingeau dintre celelalte ca antilopele într-o turmă de hipopotami. Ne-am ridicat de la masă și ne-am postat la marginea cercului lor, cu berile în mâini. Ungurii nu se clinteau de lângă bar și-și vedeau în continuare de discuțiile lor, fără să se uite la femei. Cu ochii pe cele două gazele n-am observat când s-au așezat lângă noi doi tipi pe la 30 și ceva de ani, care sorbeau cu paiele din două pahare cu băuturi colorate. În timp ce noi le căutam privirile singurelor două unguroaice frumoase din tot clubul, ei se tot uitau la noi.

— Băi, ce pula mea ne stau ungurii ăștia doi în coaste?

— Dă-i în mă-sa, ce treabă avem noi cu ei?

— Păi, ne fac concurență. Și s-ar putea să câștige.

— De ce crezi asta?

— Pentru că au mai mulți bani decât noi. Nu vezi că ei beau cocktailuri și noi bere?

— Dă-i în pula mea!

Unul dintre tipi a tresărit ca electrocutat și s-a aplecat către urechea mea:

— Pula? Sunteți români? m-a întrebat într-o română stâlcită, cu accent bizar.

— Da.

— Îmi pare bine. Eu sunt Luc, iar el e Phillipe, prietenul meu. Nu știe românește. Doar eu știu, am făcut facultatea la București.

Era a doua oară în 24 de ore când „pula" funcționase ca o carte de vizită prin care străinătatea afla elegant că suntem români. Ca să puncteze prietenia care sta să înceapă, Luc i-a lăsat băutura prietenului său și s-a dus în pași de dans la bar, de unde s-a întors cu câte un cocktail colorat pentru fiecare dintre noi. Abia după mai multe ieșiri în străinătate am priceput cum stă treaba cu străinii: când aflau că ești român, fie își fereau buzunarele, fie îți făceau cinste cu o masă sau cu un pahar de băutură.

Luc mi-a povestit că vine din Belgia. Și el, și iubitul lui, Phillipe. Erau pe felie, a recunoscut el, și-ar fi vrut să înfieze un copil din România. Era prima oară când cineva îmi spunea sincer că e poponar și m-a trecut un fior dușmănos pe la gaura curului, ca și cum un frizer beat s-ar fi apucat să se joace cu briciul prin zona aia. M-am dat un metru mai în spate, ca să pun mai mult oxigen între mine și el. Pe atunci, ca orice român care nu umblase prin lume și nu văzuse prea multe, credeam că singurul țel în viață al homosexualilor e să le-o tragă unora ca mine.

Gagicile din grup dădeau din buci pe o melodie ritmată, iar restul corpului părea doar o anexă tristă a dosului.

— Ce fel de cururi îți plac? m-a întrebat Luc, uitându-se fără interes la tipe. Mici, mari, bombate, plate?

— Frate, mie îmi place pizda, i-am răspuns sobru, ca să nu cumva să-i treacă prin cap să-mi facă avansuri.

— E evident, nu trebuie să urli. N-ai față de gay.

— Se vede? l-am întrebat mândru.

— De la un kilometru. Gay-i sunt mult mai îngrijiți, n-ai să vezi niciunul îmbrăcat ca tine, cu cămașă pe sub pulover și pantalonii oribili la care, pur și simplu, adidașii ăia nu se potrivesc deloc.

Aveam de ales să ne petrecem seara cu gay-ii ori cu cele două unguroaice care dansau lasciv și n-a fost greu să luăm decizia. La Vali a mers repede, pentru că a abordat-o pe tipă în engleză. Eu m-am dus timid la cealaltă și am întrebat-o în ceea ce speram să sune a spaniolă:

— *Dansandos*?

— *Of course*, mi-a răspuns ea în engleză și am început să dansăm.

— *Io sono Santiago, argentinos,* m-am prezentat eu. *No vorbitos english.*

Probabil că suna frumos spaniola mea, pentru că unguroaica a izbucnit în râs.

— Ildiko, s-a prezentat și ea.

După primul dans m-am așezat lângă bar și am cerut o bere. Vali și-a luat și el una și mi-a zâmbit arogant:

— Cum te-ai înțeles în spaniolă cu unguroiaca?

— Binișor. M-am prezentat și s-a prezentat și ea.

— Până mâine dimineață ajungeți și la intimități de genul: „ce zodie ești?" și „ai prieten?". Mai bine ocupă o masă, iar eu mă duc să le aduc aici. Dacă le ținem aproape, nu ni le zboară bozgorii.

M-am așezat la o masă și l-am așteptat. În cinci minute s-a întors cu ele. Ne-am zâmbit și le-a întrebat ceva în engleză, iar ele au răspuns.

— *Santiago, belito pulitas,* mi-a zis el în spaniola noastră, ca să nu înțeleagă unguroaicele ce vorbim.

— *No pricepas.*

— *Los dos curvas cerutos sampanios, grande scumpas, cacatas steagos! Como procedando?*

Fetele erau cu adevărat frumoase și meritau un sacrificiu. Aveam banii de cazare și diurna, 970 de dolari de om în total. I-am explicat în „spaniolă" că trebuie să luăm din banii ăia și în zilele următoare să dormim amândoi într-o singură cameră, ca să facem economie. Tipele vorbeau între ele în maghiară și se prăpădeau de râs.

— Se simt bine cu noi, i-am zis lui Vali.

— *Tacitos din gurando, in mes pulas. No parlos romanas!*

Așa a trecut jumătate de seară. Unguroaicele turnau în ele șampanie de parc-ar fi fost jeepuri vechi pe benzină, iar dolarii ni se risipeau printre degete precum nisipul. Aruncam cu valuta ca șeicii veniți pentru cumpărături la Paris. Ildiko s-a uitat la mine și m-a întrebat ceva în engleză. Vali a profitat că e zgomot în club și mi-a tradus la ureche:

— Santiago, fata zice că din câte știe, voi, argentinienii, sunteți romantici și înnebuniți după tango. Te întreabă de ce nu te duci la DJ să plătești o dedicație, un tango, și s-o inviți la dans?

Aici mă prinsese. Dacă dansam, eram un om mort. Mie îmi tremurau picioarele și la blues, iar singurele două încercări de tango din viața mea se sfârșiseră prost: la prima îi mutasem cu cotul un dinte partenerei, iar la cea de-a doua o lovisem pe tipa cu care dansam cu genunchiul fix în muntele lui Venus.

Trebuia să găsesc ceva. M-am uitat în jur și singurul lucru de care pretinsul meu romantism se putea atârna era un trandafir micuț, cu coada cât pixul, înfipt într-un pahar în centrul mesei. M-am aplecat și l-am prins cu dinții, ca un macho latino, și când am înțeles că e plin de spini a fost prea târziu. Cu trandafirul în dinți și cu gura plină de sânge mi-am întins capul peste masă și i l-am depus unguroaicei în paharul cu șampanie. Apoi i-am zis translatorului Valentino:

— *Spuneitos urmatores!*

Și cu privirea în ochii gagicii i-am povestit în cea mai bună spaniolă a mea cum că la noi, în Buenos Aires, sunt lucruri peste care nu poți să treci: după ce te-ai despărțit de iubita ta, un an nu mai poți dansa tango cu nimeni.

— Ce romantic, a oftat unguroaica! Și cât ai de când v-ați despărțit?

— Trei luni!

— Mai am de așteptat încă nouă! a oftat ea și a izbucnit în râs în timp ce Vali îmi traducea.

Încurajat, mi-am dat drumul la gură:

— La noi, în Argentina, mai e un obicei. Când te desparți de o tipă, nu o faci așa, pur și simplu, ci îi dăruiești prin curier un trandafir alb. Asta se întâmplă când despărțirea a fost amiabilă. Dar dacă te înșală și vrei s-o părăsești, nu faci scandal și nu te opui. Doar îi trimiți acasă sau la serviciu, în semn de dispreț, 100 de lalele negre!

Am mai vorbit între noi preț de câteva melodii. Ca la un semn, tipele au bolborosit ceva între ele în maghiară și i-au transmis lui Valentino, în engleză, că vor să plece spre casă.

— *Invitandos repedeo la nos hotelas, altfel adios futatos!* l-am implorat eu.

Ildiko m-a prins de barbă ca profesorul de gimnaziu pe derbedeul clasei, m-a împuns cu privirea și mi-a zis cu cel mai curat accent ardelenesc:

— No, da' n-om fi nebune să fugim de România ca să ajungem să ne futem tot cu niște pârliți de români!

Apoi și-a întins gâtul spre mine și m-a pupat în vârful nasului.

— *Adios, Santiago!* mi-a zis când s-a ridicat de la masă.

— Stați puțin, a intervenit Vali, dacă sunteți romance, de ce nu ne-ați spus? Măcar vorbeam, dracu', în limba noastră și nu ne mai chinuiam cu „spaniola".

— A fost mai frumos așa. Ne-am distrat așa de bine împreună! Santiago, notează-ți adresa mea, ca să știi unde-mi trimiți lalelele negre! Hai, că nu plătești mult la curier, pentru că suntem amândouă din Miercurea Ciuc. Am venit aici pentru facultate, da' sper să nu ne mai întoarcem în țara aia de căcat.

38

Am adormit beți, nefutuți și faliți, dar m-am trezit cu un nume de scenă. Vali m-a scuturat ca pe un prun de dimineață, dar voiam să mai dorm. S-a dus singur la micul dejun și le-a povestit celorlalți din delegație aventurile noastre. Spre prânz, în autocar spre Varșovia, toți mă strigau Santiago, iar Secretarul de Stat m-a întâmpinat, când am ajuns la masa de prânz la restaurantul hotelului Sobieski:

— Santiago, aud c-ai dat iama în unguroaice ca ursul în miere. Fă ce vrei, dar aștept să scrii și de aici tot în ritmul cu care ne-am consacrat la Budapesta. Și nu te epuiza, pentru că urmează Cehia și Slovacia!

— De unde dracu' a aflat ăsta? l-am întrebat mai târziu pe Valentino.

— Păi, ăia doi, corul vânătorilor, cu ce scop crezi că au venit aici?

— Pentru că sunt angajați la minister și i-a luat Secretarul de Stat în deplasare.

— Greșit! Fii atent, că tot eu trebuie să te-nvăț: în fiecare delegație din asta ministerială care pleacă în străinătate cu jurnaliști se strecoară și un securist sau doi care toarnă tot ce-au făcut oamenii.

— Și cum îl recunosc pe securist?

— Simplu. E cam cel mai cultivat din echipa ministerială pentru că, în primul rând, trebuie să știe să explice frumos în scris ce-a văzut. Securistul e tipul ăla rafinat din delegație, pe la 55–60 de ani, care povestește cu har din tot felul de țări, care știe cum să te tratezi de mușcătura de țânțar sau ce să faci dacă ți se blochează telefonul mobil ori cardul aparatului foto, care îți spune de unde să cumperi haine ieftine și în ce restaurant se mănâncă mai bine, cunoaște câteva limbi străine, a citit mai mult decât tine și știe ce-a fost în repertoriu weekendul trecut la Opera Română. Ceilalți din delegație, țopârlanii, sunt fie rude de-ale miniștrilor, fie funcționari la stat pe viață, de-ăia de au praf pe sacouri și cururi lățite de atâta stat degeaba pe scaune.

Spre seară eram invitați la o recepție organizată la o cârciumă de către ambasada României din Varșovia. Era prima oară în ultimele zile când Secretarul de Stat renunțase la mașina lui de serviciu și urca în autocarul nostru. Ne-a explicat că trebuie să facem un mic ocol, ca să o culegem pe doamna ambasador de la job, iar apoi, împreună, vom merge la restaurantul unde se ținea șprițul. Pe la 50 de ani, cu un coc țeapăn și înalt, înfipt în cap ca un par, ambasadoarea părea o tipă de fier pe care nu ți-o puteai imagina epilându-se sau schimbându-și tampoanele. Uscată și demnă, ca o țeavă de tun, ambasadoarea părea plămădită din gheață și dispreț când s-a așezat scârbită pe scaunul autocarului, ca și cum ar fi fost infestat cu ciumă. Secretarul de stat a vrut să facă o glumă și s-a întors către ambasadoare, dar poanta i-a înghețat pe buze. S-a ridicat și s-a dus la toaleta autocarului, o hrubă mică în care se pișa cocoșat chiar și un puști de 14 ani. Cumva, colosul de 120 de kilograme și aproape un metru nouăzeci s-a strecurat în budă, trântind în urma lui ușa minusculă cât o fereastră de avion.

N-au trecut nici zece secunde și autocarul a cotit pe o străduță lăturalnică, printre două rânduri de căsuțe mici și vechi, care scăpaseră, probabil, de avioanele nemților în război. Asfaltul însă era atât de prost, încât părea să fi fost recent victima unui raid aerian. Autocarul a început să se hurducăie ca un vapor în derivă, iar de undeva, din spate, o voce sugrumată de consilier s-a tânguit:

— Oare cum se descurcă acum dom' ministru în veceu?

Uitaserăm de el. A apărut la câteva minute după ce autocarul a reintrat pe un drum normal și lin, aprins la față și cu râuri de sudoare alunecându-i pe tâmple. S-a înfipt în mijlocul autocarului, pe coridor, în fața ambasadoarei, și și-a luat privirea teatrală, pe care deja începuserăm să i-o cunoaștem și cu care se pregătea să facă o glumă. Ca să-l încurajăm am început să aplaudăm cu toții.

— Fraților, m-a prins urgia cu pitonul în mână, a explicat în timp ce cu ambele mâini ținea cu greu o sculă imaginară uriașă, așa cum fac pompierii cu furtunul cu care sting incendiile.

Tot autocarul a izbucnit în râs, mai puțin ambasadoarea, rece și albă ca un perete de spital.

Secretarul de stat s-a lăsat pe spate și a rotit prin toată încăperea organul imaginar, ca și cum un jet uriaș, pe care nu-l putea stăpâni, îi scăpase de sub control.

— Uite-așa făcea șarpele, ne-a explicat el, luptându-se cu animalul care o luase razna.

Ambasadoarea privea în față ca o statuie. Un nod mare de reproșuri reprimate i se oprise în gât, dar l-a înghițit și n-a zis nimic. Vali, care o tot studia de ceva vreme, a simțit nevoia să spună ceva:

— E grea al dracu' și viața asta de diplomat.

Masa noastră era cea mai colorată din toată recepția. Colorată la propriu. Dacă ceilalți invitați veniseră îmbrăcați cu sacouri negre, bărbații, și doamnele în rochii închise la culoare, gri sau negre, noi, ziariștii, aveam pulovere roșii, verzi sau portocalii, și chiar și cei 10–12 oameni de afaceri din grupul nostru arătau mai mult a turiști. Ambasadoarea, cu un aer oficial, a trecut și pe la masa noastră și a trebuit să ne prezentăm în gura mare. Tipul mic, mustăcios și șchiop, care insistase în fiecare zi să mergem împreună la bordel, s-a recomandat primul. Și-a spus numele, iar ambasadoarea l-a întrebat cu un politicos dezinteres profesional:

— Cu ce vă ocupați?

— Sunt om de afaceri. Am patru hoteluri și două restaurante la mare.

Vali mi-a plesnit o palmă după ceafă în semn de mustrare:

— Acesta va fi noul nostru prieten. Ține minte ce-ți spun eu: e frumos să mergi la curve, dar și mai frumos e să te duci la ele pe banii altuia!

La recepție l-am tras deoparte pe secretarul de stat și am mai ticluit câteva știri pe care le-am trimis la serviciu. Eliberat de grija muncii, l-am abordat pe afaceristul șchiop:

— Ce zici, mergem diseară la curve?

— Cu mare plăcere, a răspuns el elegant, de parcă-l invitaserăm la un dineu la Parlament.

Și acolo, la recepția Ambasadei României din Varșovia, am pus la cale noi, doi ziariști ieșiți pentru întâia oară din țară, prima escapadă din viețile noastre la un bordel adevărat.

— Noi am venit aici pe banii statului român, dar părem mai interesați de curve decât de știri, i-am zis lui Valentino.

— Fratelo, nu e nicio diferență. O să te prinzi mai târziu că presa însăși e un mare bordel!

Se vedea limpede că nu degeaba era om de afaceri șchiopul și făcuse la viața lui o grămadă de bani. Știa cum să abordeze pragmatic problema, pentru că a scos din buzunar, gata pregătite, câteva pliante colorate cu „saloane de masaj", unele primite de la un taximetrist polonez, iar altele găsite într-un colț, la recepția hotelului. În țările care se respectă, cu tradiție în turism, taximetriștii și hotelierii au tot timpul la îndemână adresele curvelor, în cazul în care clientul vrea să se relaxeze și altfel decât să admire ziduri sau tablouri prin muzee și să-și toarne bere în cap.

Am chemat un taxi și am oprit la prima adresă, o casă mare și portocalie de pe o străduță retrasă, care aducea mai degrabă a ambasadă. Ne-am înțeles cu taximetristul să ne aștepte la poartă. Ne spusese afaceristul că la curve e ca la loto: nu știi niciodată ce fel de loz tragi. Și, într-adevăr, am tras lozul necâștigător: în hol, cinci ruși tatuați cântau și se împingeau unii pe alții puternic, dar drăgăstos. Un al șaselea se străduia să le explice ceva celorlalți și, ca să fie cât mai convingător, le flutura pe la burți un cuțit vânătoresc.

Următorul bordel era mic, intim și primitor precum casa bunicii, dar avea doar o fată liberă, iar noi eram trei. Ne-am lăsat din nou pe mâna taximetristului, care după un sfert de oră a parcat în fața unei vile roz cu ghirlande la ușă. Un clopoțel a avertizat gazdele că am intrat, dar n-a ieșit nimeni să ne întâmpine. În hol, o lumină difuză de un roșu spuzit te lăsa să desluşeşti în dreapta, în penumbră, o tejghea de bar şi un raft de sticle în spate, iar în stânga se asortau cu lumina o canapea roşie de piele şi două fotolii de aceeaşi culoare. În spatele canapelei se profila o etajeră pe rafturile căreia se lăfăiau câteva cărţi care îşi propuneau să le semnaleze vizitatorilor că până şi o casă a desfrâului poate avea ştaif.

Doar un minut am rămas singuri în hol, pentru că imediat a coborât pe scările în spirală o brunetă înaltă, într-o fustă scurtă, care-i dezvăluia picioarele lungi şi bronzate. Părea desprinsă dintr-un film prost, pe care-l vezi sâmbăta seara la televizor. Ochii frumoşi şi migdalaţi erau aşezaţi prea jos pe chip şi prea departe unul de altul, iar gura îi era tăiată cumva în diagonală când zâmbea, dar cu dinţi albi şi egali. Părea caricatura reuşită a unei femei foarte atrăgătoare. Au urmat, după câteva secunde, o blondă subţire, cu ochi verzi şi pometi ridicaţi ca doi munţi peste care plutea un norişor de tristeţe cochetă, de sorginte slavă, o creaţă brunetă şi scundă, cu figură de educatoare de la sat, şi o blondă scundă şi cu sâni mari, albi şi înghesuiţi într-un decolteu, care-i făcea să semene cu bucile unui şofer de autobuz care se apleacă să schimbe o roată.

Afaceristul a tratat scurt cu bruneta înaltă, care părea a fi şefa lor, şi s-a întors spre mine să-mi traducă:

— Cică 70 de dolari o oră, oral şi normal. Ce ziceţi?

— Cam scump, am mârâit eu.

— Santiago, Valentino, nu vă stresaţi, dragii mei! V-am întrebat doar de control. Vă dau eu câte o muie la fiecare... Adică... fac eu cinste cu fetele, ne-a explicat el râzând. Nu ştiam atunci că peste doar câţiva ani o să ia el ditamai muia, când îşi va pierde cel mai mare dintre hoteluri, iar nu peste multă vreme o să ajungă după gratii. Totul începuse imediat după '90, pe când soţia afaceristului lucra ca directoare la sucursala unei bănci şi aflase din interior că urmează să intre în faliment. Uneltiseră acasă, în familie, şi hotărâseră să ia un credit de câteva milioane de dolari de la banca muribundă, pe care să-l gireze cu hotelul. Erau siguri că după ce banca va crăpa, nimeni nu le va mai cere milioanele înapoi. Şi aşa s-a întâmplat la început şi nu s-ar fi schimbat nimic, iar ei ar fi trăit fericiţi şi prosperi, dacă după ani şi ani, un alt om de afaceri, un tip primitiv, soios și agresiv ca un mistreț, n-ar fi cumpărat de la o firmă specializată în recuperarea de creanțe o parte din datoriile băncii. Așa a ajuns să execute silit hotelul, iar vechiul proprietar, afaceristul șchiop, a încercat să mituiască judecătorii și a intrat la zdup. Rămas stăpân peste bijuteria de la malul mării, mistrețul l-a numit director pe un amic actor, care habar n-avea de hotelărie. Lucrurile au mers din ce în ce mai prost în primii ani, dar tot mai mulți români voiau la mare. Mistrețul a mărit tarifele la cazare și așa, cu banii turiștilor, a renovat hotelul și l-a repus pe picioare. Uneori, când era binedispus, Mistrețul își invita prietenii la masă și ruga bucătăreasa să le prepare mâncarea lui preferată, la care nu renunțase nici după ce ajunsese milionar: parizerul tăvălit prin ou și prăjit.

Dar nici noi, nici afaceristul șchiop, habar n-aveam ce va urma atunci când ne-am ales câte o fată în bordelul din inima Varșoviei și ne-am așezat pe unde am apucat. Eu pe canapea, alături de blonda înaltă și cu ochi verzi și triști ca hainele soldaților, lângă mine Valentino, cu bruneta cu craci bronzați, mai înaltă cu un cap decât el chiar și când stăteau jos, și care avea un fel răstit de a-i vorbi, de parcă era o dirigintă care ceartă un elev neascultător. Pe un fotoliu, afaceristul ținea pe genunchi blonda cu țâțe mari și atât de lăsate încât, dacă s-ar fi aplecat să-și lege șireturile, ar fi atins pământul cu ele. A patra tipă, rămasă pe tușă, s-a retras discret. Am încercat să legăm un dialog și fetele au cerut șampanie. Tot ele s-au dus să o ia de la bar. Am băut și noi și ne-am comandat niște sticksuri. Atunci l-am văzut pe taximetristul polonez în prag, cu cămașa descheiată până la buricul păros și cu un cuțit mic în mână:

— Money, s-a răstit el cu accentul racheților ruși din filmele americane de spionaj!

Uitaserăm să-l plătim și se săturase să ne aștepte în mașină. Afaceristul a scos o hârtie din buzunarul de la piept și i-a întins-o. Păgubitul i-a smuls-o din mână fără să-i mulțumească și a ieșit.

— Taximetriștii din Europa de Est zici că sunt frați. Toți au fețe dubioase și se comportă ca interlopii, a tras Vali concluzia.

Pe târfa mea o chema Angela și se născuse cu 24 de ani în urmă în Lvov. Așa spunea ea, pentru că de aproape părea cu cel puțin zece ani mai în vârstă. Lucrase înainte în Italia și acolo învățase câteva vorbe în limba lui Dante și Del Piero. Mai croșetam și eu trei–patru cuvinte în italiană și, cu poticneli, am legat o discuție șchioapă cu ea într-un amalgam de rusă, română, italiană și engleză.

— Ia uite la Santiago, s-a mirat Vali. A plecat din țară fără să știe nicio limbă străină, iar acum, după doar câteva zile, vorbește fluent mai multe.

Afaceristul îi turna miere în ureche țâțoasei lui, iar curva i-a pus capul pe umăr și l-a mângâiat prin păr. El și-a țuguiat buzele și i-a depus un sărut cast pe ureche, inspirându-i parfumul din păr.

— Fututul în sine nici nu mai contează, ci momentele astea frumoase sunt importante, a filosofat el și și-a plimbat din nou palma prin pletele fetei, iar din grâul lor decolorat a sclipit, ca lumina unui server, verigheta.

— Nu se lasă niciodată nevastă-mea cu capul pe umărul meu ca fata asta, a făcut el, trist.

— Da' tu de când n-ai mai ținut-o așa, în brațe, ca pe asta? l-am întrebat eu fără niciun reproș, ci doar curios.

— Santiago, nevasta nu e pentru giugiuleli, perversiuni și tandrețuri. Nevasta e pentru familie, casă și copii!

După o oră, nici măcar nu le atinseserăm pe sâni. În schimb, ronțăiserăm de la bar câteva pachete de sticksuri și băuserăm patru sticle de șampanie. Curvele se purtau ca și cum timpul ar fi fost o prăjitură foarte dulce din care trebuie să mănânci foarte încet, ca să nu ți se facă rău.

Tocmai când credeam că o să-mi adoarmă în brațe, blonda mea s-a ridicat și m-a ademenit cu degetul. Bruneta lui Vali a numărat din degete un teanc de bani imaginari și afaceristul a scos dolarii din buzunar. Fata i-a calculat și sticksurile și șampaniile:

— Mai scumpe ca la Marriott, frate, a zis afaceristul când a plătit aperitivele.

— Andiamo, mi-a șoptit blonda și am urcat la etaj într-o cămăruță mică în care avea loc doar patul uriaș, cu așternuturi curate, o noptieră cu veioză și un sul de hârtie igienică. Aproape de un colț era deschisă ușa de la baie pe care a intrat fata. Eu m-am dezbrăcat de tot și m-am băgat sub pătură. A părut că stă o veșnicie și, într-un târziu, am avut impresia că șușotește la telefonul mobil.

Nu știi niciodată ce au curvele în cap. Poate vorbea cu mă-sa, cu soră-sa, cu copilul sau cu iubitul. Nu se cădea s-o deranjez într-un moment intim, așa cum făcuse un prieten de-al meu cu un an în urmă, de Crăciun. Îl vizitase un văr de la Timișoara, băuseră, își povestiseră ultimele succese amoroase și li s-a făcut dor de pizdă. S-au urcat într-un taxi și au coborât pe Ștefan Furtună, dar strada era goală ca Venus din Millo de la brâu în sus. Au umblat din poartă-n poartă până când, dintr-un fund de curte, o țigancă bătrână le-a intuit dorința:

— Vrea băieții o prințesă? i-a întrebat cu glas dogit de tutun.

— Vrem, mamaie, a încuviințat Iulian.

— Da' fiți atenți că e mai scump acum, că e seara de Crăciun și cele mai multe fete nu muncește. Hai, intrați să vedeți fata, că nu mușc. Câți dinți am în pizdă atâția mai am și în gură.

— Ia zi, bre, te dai la noi? Matale ești fata?

— Păi la cum arăt, maică, ar trebui să vă plătesc eu ca să mă futeți, dar mai bine păstrez banii pentru țigări.

Băieții s-au luat după ea și au intrat într-un hol. Baba s-a proptit în pragul unei uși și le-a zis:

— Deci ce vrea băieții?

— Câte un oral...

A numărat banii și a deschis ușa. La lumina roșiatică a unui reșou, o fată pistruiată și tristă stătea la marginea patului, cu un scaun între picioare, pe care se odihnea o cratiță obosită și cu smalțul sărit. Curva mânca sarmale cu lingura, direct din cratiță.

— Mariano, băieții vrea să dea și ei o clanță, fă, a întrerupt-o baba.

Mariana s-a oprit din mestecat, s-a șters cu podul palmei la gură de uleiul din sarmale, le-a făcut semn din cap să se apropie și i-a întrebat:

— Hai, băieții, care te bagi primu'?

*

Aproape adormisem când s-a întors blonda în pat. Mi-a făcut semn să merg la baie și să mă spăl. M-am ridicat fără tragere de inimă și m-am retras cu spatele spre baie, ca samuraii, ca să nu mi se vadă, indecent, curul alb și plat. Când m-am întors în pat, blonda s-a ridicat, a scos un „sorry" scurt și s-a dus din nou la baie. M-am uitat la ceas: trecuseră 18 minute de când am intrat în cameră. Am auzit jetul puternic cum sfâșie ecoul toaletei, apoi apa trasă și o bășină eliberată prea târziu ca s-o mai acopere zgomotul apei. Îmi pierise tot cheful, amețeam după atâta șampanie și-mi era somn. Târfa s-a întors și m-a apucat de organul blegit cu degete dureros de reci. I-am pus mâna pe țâțe, dar erau calde, plate și fleșcăite ca urechile de cocker spaniel. A fost un futai mic, orb și trist precum un pisoi abandonat la naștere. Când ne-am întors spre dimineață la hotel, am constatat că blonda îmi ciordise 50 de dolari din portofel cât am fost la baie.

M-am trezit mahmur spre prânz și i-am găsit pe toți din delegație adunați în hol, negri de supărare. Le-am cerut scuze c-am întârziat și am încercat să fac o glumă, dar n-a râs nimeni.

— Nu știi? m-a întrebat o consilieră. Domnul ministru a fost chemat de urgență în țară. Va trebui să mergem fără el în Cehia și Slovacia.

Am aflat adevărul abia peste mulți ani. Ministrul adevărat, cel cu palmierii, își chemase subalternul, pe secretarul de stat, în țară, pentru că știrile date de mine la Agenție îl făcuseră mult prea vizibil în presă și-i luase fața șefului. Iar în politică, să pari mai deștept sau mai muncitor decât șeful tău e o mare greșeală, care te poate costa postul.

În restul deplasării mai mult am băut. Am străbătut cu autocarul munții Tatra, dar eu am dormit tot drumul, iar asta e tot ce-mi amintesc despre ei. Așa cum trei vecini de la țară au ajuns, cu sacrificii, la Roma, dar tot ce povesteau de acolo era cum au vomitat beți lângă Colosseum și cum se pișase unul dintre ei pe gard la Vatican. Cu Cetatea Eternă li s-a deschis gustul aventurii și în vara următoare au mers pentru prima oară în viața lor la mare, la Saturn. S-au simțit atât de bine, încât au plătit un țigan care vindea porumb fiert ca să-i îngroape în nisip și să stea acolo, ca barosanii. Li se vedeau doar ochii, nasul, gura și o mână cu care țineau țigara. Au adormit așa, îngropați, și s-au trezit peste câteva ore fierți ca o cafea turcească și cu arsuri grave pe piept. A doua zi s-au întors necăjiți acasă, la țară.

*

În Cehia aproape că rămăseserăm fără bani, dar Vali a venit cu ideea salvatoare: să ne înghesuim câte trei în cameră la hotel, ca să plătim mai puțin. În ultimele două nopți, în Slovacia, am împărțit camera toți cei șase jurnaliști din delegație.

După zece zile de colindat prin Europa m-am întors în țară cu prieteni noi și cu o specializare: m-am autointitulat reporter pe turism, așa cum pe vremuri revoluționarii din America de Sud se denumeau singuri colonei și porneau la luptă.

*

Cu secretarul de stat am rămas prieten peste ani și a fost singurul demnitar căruia i-am spus, întotdeauna, „Dom' ministru". Ministrul adevărat l-a demis la câteva luni după ce ne-am întors din periplul european, dar intraseră amândoi, cu parcul Dracula și cu palmierii, în istoria turismului românesc. În plus, privatizaseră aproape toate businessurile din turism, chiar dacă România se trezise să facă asta cu zece ani în urma Bulgariei. Fusese o treabă făcută pe genunchi, dar așa a început capitalismul pe litoralul românesc. Am înțeles mai târziu, după o cohortă de chipuri palide care s-au perindat pe la cârma ministerului, că turismul are nevoie de oameni care știu să facă spectacol din orice. După câțiva ani, când un alt ministru al turismului a fost demis, am sunat câțiva oameni de afaceri. Scriam un articol și voiam să știu părerea lor. I-am dat un telefon și fostului secretar de stat.

— Cine ar merita să fie ministru al Turismului? l-am întrebat.

Mi-a răspuns într-o singură frază:

— Eu și echipa mea suntem pregătiți.

39

Cât umblasem prin Europa se schimbase aerul în redacție și bătea vânt de primăvară. O colegă nouă își instalase poșeta, oglinjoara și trusa de farduri pe scaunul din stânga mea. Bronzată ca o mulatră la jumătatea lui martie, blondă, înaltă, subțire și cu ochi verzi, care băteau în galben, se mișca printre noi silențioasă ca o panteră. Colegii o porecliseră deja Prințesa. Am făcut cunoștință și mâna ei mică, cu degete lungi și sidefii, a poposit o secundă în palma mea. Mi-am simțit inima cum urcă în gât și încearcă să-și facă loc afară și cred că, dacă aș fi tușit atunci, aș fi scuipat-o pe masă.

Prințesa a preluat știrile de agricultură, după ce titulara domeniului își dăduse demisia și plecase ca director de marketing la o firmă care vindea tractoare. Era proaspătă absolventă de jurnalism la o facultate particulară. Pentru că acolo îi predaseră profesori care nu făcuseră în viața lor o știre sau un interviu, nici ea nu știa cum să scrie știri și ce să întrebe la interviuri. Ilandru urlase deja de două ori la ea și o amenințase că o dă afară. Prințesa plânsese în baie de fiecare dată și se întorsese cu ochii roșii și suflându-și nasul. A treia oară când a jignit-o n-a mai reușit s-o facă să plângă. În capul ei delicat prinsese contur un gând care a făcut-o să treacă mai departe fără să-i mai pese:

— E frustrat pentru că e pitic și pentru că știe că n-o să atingă în viața lui o fată ca mine, mi-a zis.

Am prins-o de mână pe sub birou și am stat așa câteva secunde. I-am mulțumit în gând lui Ilandru și m-am rugat să rămână așa, pitic și frustrat. Jumătate din treabă era deja rezolvată: la 40 de ani n-avea cum să mai crească în înălțime.

Am avut emoții pentru Prințesă câteva zile mai târziu, când Ilandru a trimis-o la prima conferință din viața ei. S-a așezat pe primul rând în sală și și-a luat, conștiincioasă, notițe. Ministrul Agriculturii, un fost popă, trecut de 50 de ani, nu și-a dezlipit ochii de la ea toată conferința, iar la final s-a apropiat de Prințesă și a întrebat-o unde scrie. Ea i-a răspuns că lucrează de puțin timp la Agenție și ministrul i-a șoptit că ar vrea să-i acorde un interviu. I-a dictat numărul de mobil și a rugat-o să-l sune oricând și la orice oră. Am invidiat-o când ne-a povestit. Nici eu și nici Lucică nu făcuserăm încă vreun interviu cu un ministru plin. În mai toate cazurile, ziariștii erau cei care se rugau de un ministru să accepte un interviu și nicidecum invers.

Ilandru s-a arătat și el încântat de cum se poziționaseră astrele și a pritocit toată ziua un set de întrebări pentru ministru. A doua zi, Prințesa și-a cărat frumusețea, poșeta și întrebările la Ministerul Agriculturii. S-a întors după nici o oră plânsă, ciufulită și albastră la față, de parcă tocmai supraviețuise unui bombardament.

— Hai să fumăm! Veniți amândoi, ne-a ordonat mie și lui Lucică.

Am ieșit afară toți trei. Prințesa și-a aprins pentru prima oară în viața ei o țigară. O ținea cu arătătorul și degetul mare, ca pe pix, și nu știa să tragă din ea.

— Am venit cu Mercedesul ministrului...

— Ești barosancă, ce să zic, a lăudat-o Lucică. Ia zi, cum ți-a ieșit interviul? Și de ce ai ochii roșii?

— N-am mai pățit așa ceva niciodată. Am ajuns la minister, am urcat la el, la cabinet, secretara mi-a zis că sunt așteptată și mi-a deschis o ușă din aia mare dublă, capitonată. Am intrat și în mijlocul biroului mă aștepta ministrul în picioare, îmbrăcat la costum și puțind de la trei metri a after shave. M-a luat în brațe, m-a strâns tare și m-a pupat pe ambii obraji, foarte aproape de gură. Mi-a zis să iau loc și m-a întrebat dacă nu vreau să mă angajez la el la minister, că-mi dă dublu față de cât am aici. Apoi a venit prin spatele meu și a încercat să mă sărute pe gât. M-am ridicat, am încercat să plec și să ies din birou, dar el...

— Te-a alergat?

— El... a cam... tras de mine... adică a încercat să mă forțeze să-l sărut și eu, a spus Prințesa printre hohote de plâns.

— Și?

— Și am avut inspirația să-l ameninț că dacă mă mai atinge încep să țip. I-am zis că vreau să plec urgent la redacție. Probabil că m-a văzut că sunt șocată și n-a mai comentat. A chemat șoferul, care m-a adus aici.

Era limpede că trebuia să-i spună totul lui Ilandru pentru ca lucrurile să nu rămână așa.

— Să audă și premierul ce subalterni perverși are, iar ministrul să fie demis urgent, s-a ambalat Lucică.

Eu nu eram atât de convins că premierul va da de pământ cu ministrul. Unii spuneau că și el era un tip pervers. Vecinii mei de la țară, din Dâmbovița, povesteau că premierul ar fi fost zărit într-o dimineață devreme în balconul unui bărbat singur dintr-o comună, îmbrăcat într-un halat alb. În mâna dreaptă avea ceașca de cafea, pe care o ținea cu degetul mic ridicat, iar în palma stângă strângea atât de delicat farfurioara, de parc-ar fi fost un fluture. Premierul ajunsese cu o zi în urmă într-o vizită de lucru în județul nostru, iar cei care zic că l-ar fi văzut preț de câteva secunde au tras concluzia că petrecuse o noapte fierbinte cu vecinul lor care, se știa, nu iubea deloc femeile. De multă vreme se vorbea prin sate că Bombonel, așa cum îl alinta lumea, ar fi vâslit invers, dar cât primeau pomeni electorale de la el, pe cetățeni nu-i interesa. Când unul îți face cadou o găleată, o șapcă și-o pungă cu sigla partidului, plus câțiva mici de sărbători, nu-ți mai pasă cu cine își petrece nopțile. Și-n plus, dincolo de zvonurile care circulau despre el, premierul era capul unei frumoase familii tradiționale cu nevastă și doi copii. Pentru omul de la țară, ca și pentru muncitorul de la oraș, cel mai mult contează aparențele. Ești însurat? Ai nevastă și copii? Atunci e simplu, ești în rândul lumii.

Tocmai voiam să le zic toate astea când telefonul colegei s-a pornit să sune.

— E el, e el! s-a agitat Prințesa.

— Răspunde-i, să vedem ce pizda mă-sii vrea.

Prințesa a pus telefonul la ureche și a ascultat. A stat o vreme lângă noi, cu privirea întunecată, apoi s-a îndepărtat încet, ascultând atentă în timp ce își urmărea din ochi vârfurile pantofilor.

— Șefule, Răspopitul ăsta o fute până la urmă, a pronosticat Lucică plin de ură.

— Nicio șansă, i-am răspuns eu. N-o să-i pice în plasă unuia care pute deja a pensie.

— Când pensia e milioane de euro, nu mai pute a bătrânețe, șefule.

Prințesa s-a întors după cinci minute și mi-a mai cerut o țigară.

— Ce zicea popa?

— Nimic interesant. Vrăjeli, a răspuns ea.

Am convins-o greu să-i povestească tot lui Ilandru, care s-a înroșit, a pufnit, a înjurat în barbă și s-a dus ață la directorul Agenției să-l reclame pe ministru. Directorul a vorbit și el mai departe, la secretarul general al Guvernului, iar povestea s-a blocat acolo. Directorul i-a interzis Prințesei să mai scrie știri agricole și să mai meargă la conferințele ministrului.

Lucrurile au reintrat în normal, Ilandru a reînceput să urle la mine, la Lucică și la ea și să ne amenințe de fiecare dată că ne dă afară.

— O să plec până la urmă. Nu mai rezist în tensiunea pe care o creează psihopatul ăsta pitic, ne amenința din când în când Prințesa.

Singurele pete de culoare erau telefoanele pe care ministrul, răscolit de dor, i le tot dădea Prințesei. Suna atât de des și vorbea atât de mult, încât Prințesa se plictisea și ne lăsa și pe noi să ascultăm. Cu telefonul la ureche, delectându-se cu declarațiile pe care ministrul credea că i le face Prințesei, Lucică se freca pe sâni, își ducea mâna la pubis, ca Michael Jackson, sau căsca gura și închidea ochii, imitând gesturile unei femei excitate.

— Te iubesc, ești cea mai frumoasă femeie din lume, nu mai pot trăi fără tine, vreau doar să te privesc..., șoptea ministrul cu vocea lui de popă depravat, iar Lucică asculta și se unduia din talie, cu o mână în șold, mimând un act sexual sălbatic.

Ministrul n-a aflat niciodată că, timp de câteva săptămâni, tânguielile lui amoroase i-au făcut mai veseli și mai fericiți pe doi ziariști începători, timorați și prost plătiți. Lucică se obișnuise atât de mult cu discursul de îndrăgostit al ministrului, încât știa deja și ce urmează să spună:

— Fiți atenți, ne zicea el acoperind cu palma microfonul mobilului, că o s-o bage pe aia cu „fără tine, viața mea nu mai are niciun sens. Nu știu cum o să pot trăi de-acum înainte".

Avea mult timp ministrul dacă în mijlocul programului își găsea răgazul să se retragă undeva și să vorbească, în fiecare zi, o oră sau două cu Prințesa.

— Șefule, îmi șoptea Lucică, dacă n-o fute pe asta în câteva luni, se duce dracu' agricultura românească. Nu vezi că nu se mai ocupă deloc de recoltă? O s-ajungem să facem pâine din nisip și zacuscă din noroi.

Apoi, brusc, Prințesa nu ne-a mai dat voie să ascultăm șoaptele ministrului, care suna tot mai des. Răspundea la telefon, se îndepărta și vorbea îndelung undeva, la capătul holului. Râdea, dându-și capul pe spate, și fiecare hohot mi se împlânta în inimă ca un cuțit.

Prințesa avea un iubit de vârsta ei încă din liceu, care lucra ca agent de asigurări. Singurul lucru pe care ni l-a povestit despre el vreodată a fost atunci când tipul s-a supărat pentru că cineva îi smulsese oglinda de la Opelul Vectra.

— Știți, Opelul Vectra are o mare problemă. I se smulg oglinzile foarte ușor, ne-a explicat ea.

Ministrul avea o soție și o fiică politician de vârsta Prințesei. Când vorbea cu Prințesa, jongla cu nume de premieri, mari oameni de afaceri și vedete. Îi susura în ureche bârfe și mici amănunte despre crema țării.

— Iartă-mă, iubirea mea, că n-am sunat azi. Am ieșit la masă cu premierul și era foarte supărat cu privatizările astea din industrie. A trebuit să-l ascult două ore cum se plânge.

Dacă nu telefona măcar o dată până în prânz, Prințesa se cufunda în tăcere, își fixa ochii galbeni, de panteră, pe o pată mică din peretele redacției și rămânea încremenită în gândurile ei. Devenise dependentă de telefoanele ministrului.

De la o vreme, Prințesa umbla apatică prin redacție, cu telefonul la ureche. Greșise ceva într-o știre și Ilandru urlase la ea.

— Nu-l mai suport pe gnomul ăsta isteric, mi s-a plâns, cu ochii inundați de ură.

A dispărut câteva ore și, când s-a întors, chipul ei frumos căpătase un aer rece și hotărât, de statuie. A luat o foaie de pe birou și și-a scris demisia.

— Plec la Ministerul Agriculturii, ne-a spus.

Apoi ne-a pupat, pe mine și pe Lucică, și-a strâns ce mai avea pe birou și a ieșit din redacție și din viețile noastre cu pașii ei elastici, de gazelă, și cu prospețimea celor 23 de ani. Undeva, într-un birou dintr-o clădire care aduce a conac boieresc, o aștepta agonizând de iubire ministrul libidinos. Câștigase lupta nemernicul!

Peste un an sau mai puțin, Prințesa s-a măritat cu băiatul care rămăsese fără oglindă la Vectra, dar a continuat să lucreze în minister. Avea să facă cinci copii și să formeze împreună o familie fericită, ca acelea din reclamele la margarină. Târziu, spre 40 de ani, Prințesa a devenit bisericoasă și s-a apucat să militeze agresiv împotriva homosexualilor și a avorturilor. Rămăsese cu ceva de la fostul popă, devenit ministru.

Fără Prințesă, redacția era rece și pustie ca o sală de bal în dimineața de luni. N-a mai trecut mult și mi-am dat și eu demisia. M-am angajat la un tabloid pe un salariu mai mare. Lucică a plecat și el, dar ca șef la o revistă de construcții, iar de atunci a condus tot felul de publicații și a moderat și o emisiune economică la TV. Era vremea mogulilor care deschideau ziare și aruncau cu banii, pentru ca mai apoi, în câțiva ani, să dea faliment. Dar cât le mergea bine, Lucică era de fiecare dată acolo. Era tot timpul cu fața la joc.

*

La vreun an după plecarea Prințesei, m-a sunat Lucică. Nu mai vorbiserăm de ceva vreme și m-am mirat când am văzut apelul.

— Șefule, știu c-ai iubit-o tot timpul. N-are rost să negi. Dar am o veste bună pentru tine!

Știam că se referă la Prințesă și inima mi-a luat-o razna. M-am gândit că se văzuse cu ea și Prințesa îi mărturisise, poate, că m-a iubit și ea în taină.

— Dacă, să zicem, că o fi ciocănit-o până acum, răspopitul n-o va mai babardi niciodată de-aici încolo. Poți să stai liniștit! Nici pe ea, nici pe altele.

— De ce?

— N-ai citit știrile? Ministrul s-a împușcat azi, la o vânătoare, fix în coaie.

Era pe câmp cu toți oamenii ăia importanți despre care, cu un an în urmă, îi povestea Prințesei la telefon: primul ministru, șefii SRI, SIE și alții.

— Incredibil, a fost tot ce am reușit să spun.

— Vezi cum e viața asta, șefule? Până la urmă se plătesc toate! Ochi pentru ochi și coi pentru pizdă.

40

Cornel, colegul meu de la Tabloid, un tip brunet, scund și gras, pe la vreo 40 de ani, era rece și posac, ironic și sceptic cu majoritatea oamenilor, dar mai ales cu femeile. Cu cât gagica era mai frumoasă, cu atât se purta el mai respingător. Chiar și atunci când o simpatiza pe una, cel mai frumos cuvânt pe care i-l arunca era „mda“.

O vreme l-am urmărit dacă nu se uită după bărbați. Nu se uita. Dacă îl întrebam de ce îi place să stea singur mă acuza că semăn cu maică-sa. Odată am insistat.

— Păi, e mai bine ca tine, să bei toată noaptea, iar fata aia, săraca, cu care umbli tu, să rămână singură acasă și să te aștepte plângând?

Mă mutasem de vreun an într-un apartament cu Roxana, iubita mea din liceu. Nu-mi plăcea să vorbesc despre ea la bere. Era rândul meu să schimb subiectul, dar el se lansase deja.

— Nu e mai corect să nu încurci pe nimeni? Când ești singur, faci ce vrei tu. Poți să fumezi în dormitor, poți să arunci cutiile de bere sub pat și poți să lași vasele nespălate cât de mult ai chef.

Într-o noapte, după multe beri, mi-a povestit că și el, cu mulți ani în urmă, avusese o iubită cu care împărțise o vreme o garsonieră.

— Într-o seară i-am zis că mă duc după țigări și m-am mai întors peste zece ani.

— De ce?

— Uite-așa, pentru că mă enerva să stau cu cineva în fiecare seară. Nu mai puteam să trag o bășină.

*

Primele cinci–șase beri taie pofta de mâncare, însă următoarele cinci încep să roadă din stomac. După două noaptea, în București se restrângeau dramatic opțiunile pentru o masă decentă. Lângă un magazin non-stop, o curvă se plictisea cu țigara în bot.

— Un scurt, băieți? ne-a întrebat apatică, mai mult din inerție. Nu părea prea hotărâtă să lucreze în noaptea aia.

— Ai cameră?

De aproape părea cu 20 de ani mai în vârstă. Ridurile i se adunaseră în jurul ochilor precum copiii lângă bradul de Crăciun, iar degetele scurte și rozalii semănau cu crevetii.

— La cameră e o altă fată, dar mergem la gang.

Era un gang în zonă, aproape de blocul lui Cornel. Toată lumea se pișa noaptea acolo, inclusiv noi, așa că zona puțea a urină uscată.

— Băi, dobitocule, mi-a zis Cornel, iar vrei să te aștept juma' de oră aici, că n-o să ți se scoale de la atâta bere? Nu ne mai rămân bani pentru salam.

— Renunț la salam.

— Tot nu ajung banii pentru gang.

Prostituata se înviorase.

— Fac o reducere la băieții.

— Hai să renunțăm și la niște beri, am propus eu.

— Hai sictir, a făcut Cornel și a cerut pe fereastra magazinului șase beri, patru pachete de țigări și un calup de salam.

— Frumosule, îi dai și lu' fata o țigare?

— Data viitoare, a refuzat-o elegant Cornel.

— Răule care ești!

Am scos o țigară și i-am dat un foc.

— Cum te cheamă?

— Sirena.

— Vine de la sirenele alea din mare, nu? am întrebat eu curios.

— De unde???

— De la sirenele alea cu coadă de pește...

— Ce coadă, bă băiatule? Ești dus cu capu'? Ce pește? Îmi zice fetele așa, colegele, cum ar veni, că aud prima *sirenile* alea de la poliție și o luăm la fugă, ca să nu ne prindă.

— Păi și ce vă fac dacă vă prind? Vă amendează?

— Nu ne amendează, dar ne duc la secție sau ne bagă în dubă și ne fut toți până dimineața. Și asta înseamnă că în noaptea aia n-am produs niciun ban, pentru că martalogii de polițiști nu ne dau nimic. Ba mai sunt unii care ne caută la țâțe, în sutien, să vadă dacă avem bani de la clienți și ni-i confiscă. Pișa-m-aș pe ei de gabori, că vor să primească toate alea moca, de la o friptură sau o bere și pân' la pizdă.

Am plecat prin gang. Ne-am oprit să ne pișăm. „Infect loc", am zis în timp ce încercam să desenez cu jetul pe zid un trandafir.

N-a lipsit mult să-mi rup gâtul la Cornel în apartament, pentru că înainte să reușim să aprindem lumina, m-am împiedicat de un obiect aruncat pe parchet.

— O scrumieră, mi-a explicat el. Vezi să nu dai și peste sticlele alea de bere!

Singurul obiect curat din bucătărie era coșul de gunoi. Toate vasele erau murdare și zăceau aruncate în chiuvetă, formând un turn destul de impunător. Cornel s-a târât fără tragere de inimă către ele și le-a luat la mână, una câte una, să le spele. Privea adânc undeva în față, în perete, în timp ce ștergea o farfurie cu un prosop.

— La ce te holbezi?

— La un gândăcel. Îmi place cum merge el singur la ora asta pe ditamai peretele.

— La tine și gândacii sunt singuri.

— Mai bine taci și deschide-mi o bere. Spăl toate astea, dacă tot m-am apucat de ele.

— Dar hai mai repede, că mi-e foame.

Gândacul urcase cam un metru deasupra chiuvetei și se oprise derutat. Îi atârna o aripă, ca și cum ar fi dus pe umăr o geantă de laptop.

— Gândacul tău e șchiop de-o aripă, m-am trezit eu vorbind.

— Ești beat și nu vezi bine. E un gândac foarte mișto.

— Păi n-am zis că nu e mișto, ci că e șchiop. I s-a bulit o aripă. O să moară de foame.

— Băi prostea, aripa e de formă. Gândacii ăștia de bucătărie nu zboară.

— Eu zic că dacă au aripile sănătoase, zboară, dacă au chef.

— Ești dobitoc. Aripile sunt doar de decor. Într-o dimineață eram mahmur și n-aveam chef de muncă. Am rămas acasă și am urmărit un gândac vreo două ore pe covor. Dacă suflam fumul spre el fugea în direcția opusă. La un moment dat l-am ars cu țigara pe spinare și s-a prefăcut mort. Bă, da' fii atent ce hoț e! M-am dus la toaletă și, când m-am întors, plecase. Gândacii sunt ca femeile, dacă te-ntorci puțin cu spatele, te-au și lăsat baltă.

— Păi d-aia nu zbura, că i-ai ars aripa.

— Nu știi nimic!

— Orice ființă cu aripi poate să zboare, dacă vrea.

— Răspuns greșit! Stai jos, ai nota patru. Strutul are aripi și nu zboară.

O vreme n-a mai zis nimeni nimic. Mă gândeam dacă mi-ar plăcea sau nu să fiu gândac de bucătărie. Aș fi fericit sau nu într-o bucătărie murdară ca a lui Cornel? Nefericit că e mizerie sau fericit că am firimituri și resturi de mâncare peste tot?

— Ia uite!!!!!!!! Ce frumooooos! Ai adormit? m-a întrebat Cornel cuprins brusc de entuziasm.

— Nu. Ce-ai văzut acolo? Și-a tras gândacul gagică?

— Incredibil! O plăntuță.

— Ce plăntuță?

— A răsărit o plăntuță la mine în chiuvetă! Incredibil.

M-am dus să văd. Într-adevăr, printre farfuriile murdare, neatinse de câteva săptămâni, își făcuse loc o mică plantă verde, înaltă de un lat de palmă. O boabă de fasole încolțise în apa băltită din chiuvetă și crescuse acolo, printre vasele nespălate.

*

Cornel era singurul meu prieten cu care puteam să beau oricât. Mă asculta, indiferent ce povesteam, iar eu nu mă plictiseam când vorbea tot timpul doar despre presă. Abia peste ani, după sute de ore de povești și după tone de bere am reușit să mai aflu și altceva despre el. Era singur la părinți, după ce în urmă cu mulți ani, fratele lui s-a întors din armată într-un sicriu de plumb. Părinții erau despărțiți, pensionari amândoi, iar maică-sa, între două cafele, asculta cu sonorul dat la maximum muzică rock.

— Mama e cel mai bun prieten al meu. Singurul meu prieten, obișnuia să spună când se îmbăta.

Cu toate astea nu mai fusese acasă, la Oradea, de peste zece ani. Vorbeau zilnic la telefon și o dată pe an îl vizita ea la București. Mulți ani mai târziu, bolnavă de cancer, se mutase la el, în București, și în mai puțin de un an murise. Atunci s-a întors și el acasă, unde umbra ei mai plutea încă prin camerele reci și întunecate. Venise cu gândul să vândă casa, dar după câteva zile aruncase un cearșaf pe pian, ca să nu-l acopere praful în anii care urmau, încuiase ușa și plecase înapoi la București. În tren, la întoarcere, băuse 11 beri la vagonul restaurant.

— De ce bei? îl întrebase cineva odată.

— E simplu, răspunsese el, pentru că sunt bețiv.

Eu nu știam de ce beam și nici nu mă întrebase nimeni. Beam seara, în baruri, dar și ziua, când ajungeam la ziar. Șefa de departament de la Tabloid nu avea nimic împotrivă, atâta vreme cât ne scriam textele. Ne credea talentați și se lăuda în fața tuturor că ea ne-a descoperit.

— Așa sunt bărbații, ne scuza ea. Și al meu, de multe ori, ajunge băut acasă, dar ce pot să-i zic? Muncește enorm, dar și câștigă pe măsură.

Nimeni nu-l văzuse pe „al ei", deși unii lucrau cu ea de peste 12 ani. Nu veneau niciodată împreună la petreceri, nu ajungea la zilele ei de naștere și nici pe la ziar nu trecuse vreodată.

— Poate e însurat al tău, că prea stă ascuns, am îndrăznit să-i zic într-o seară, după mai multe beri.

— Nu e, Doamne ferește, dar e austriac și e foarte ocupat cu businessul din Viena.

Băuserăm de multe ori la ea acasă. În baie, periuța ei de dinți se lăfăia singură într-o cană. Într-o seară, după ce văzuserăm la o terasă un meci în care Germania jucase excelent și Jürgen

Klinsmann dăduse două goluri, o sunase Cornel. Era clar că o să rămânem la bere până dimineața și voia să o anunțe din timp.

— Stați liniștiți, că și eu o să întârzii. E prietenul meu în vizită.

— Jürgen? o întrebase Cornel cu gândul la meci.

— Care Jürgen?

— Cum care? Austriacul tău. Nu îl cheamă așa? Tu ne-ai spus...

— Aaa, ba da. Normal... Jürgen...

Din seara aia, austriacul ei fictiv căpătase un nume. Uneori era veselă și se lăuda că tocmai îi făcuse Jürgen un cadou foarte scump, dar în diminețile reci de toamnă ajungea uneori supărată la serviciu. Se plângea că Jürgen a ajuns să o obosească foarte tare. Tot insistă să o ia la Viena, dar ea voia să rămână aici. Uneori, ne spunea, se gândea serios să îl părăsească.

*

— Nu se poate să stai din nou singur. E aiurea să faci toate revelioanele în apartament la tine și să pierzi timpul cu jocul ăla de căcat, l-am certat pe Cornel în prag de Anul Nou.

— De căcat ești tu. World of Warcraft e cel mai tare joc din lume și îl joacă milioane de oameni mai deștepți ca tine.

— Eu zic să vii cu mine la Dan anul ăsta.

— Nu merg cu toți dobitocii ăia de ingineri ai tăi. Nu vreau să stăm în șosete într-un apartament, să mâncăm sarmale și salată de boeuf și să ascultăm Julio Iglesias toată noaptea.

— Și e mai bine să rămâi singur de Anul Nou?

— Nu rămân singur. Vorbesc la telefon, dau e-mailuri, mă dau pe net, mă joc...

— Asta e o boală psihică, să vrei neapărat să stai singur. Nu e normal să eviți mereu oamenii. Dacă te-ai psihanaliza puțin...

— Mai scutește-mă cu căcaturile astea. Mai bine te-ai psihanaliza tu. Cum se face că toate gagicile cu care ai umblat au avut doar surori, și niciuna, absolut niciuna, frați?

— Și asta ce-ar însemna, după mintea ta?

— N-am citit Freud, dar atâta lucru înțeleg și eu. Te temi de concurență și de o autoritate masculină în jur.

— Păi ce, concurez cu frații lor?

— Ești depășit și gândești greu.

— Explică-mi mai mult, ca să înțeleg.

— Deja mă plictisești.

— Mai bine mergem la curve.

— Numai curve ai în cap. Pentru tine viața e doar un bordel. N-ai nimic sfânt.

— Mi-a zis Marius că a fost la una și că l-a lăudat aia că e foarte dotat. Cică l-ar fi prins cu amândouă mâinile de pulă și nu mai voia să-i dea drumul, urlând ca-n gură de șarpe: „E a meaaa! E a meaaaaa!"

— Mamăăă, ce chestie. L-a lăudat o curvă și tu, prost, mori de invidie.

— Păi și pe mine m-a lăudat una odată. Era acum vreo...

— Alea laudă pe oricine, dacă plătește. Și-n afară de asta, să știi de la mine că nu contează lungimea.

— Dar ce contează?

— Nu contează nimic. Doar primii cinci centimetri din vagin sunt excitabili. Ca să știi și tu.

— Cred că ai înțeles greșit. Era vorba de ultimii cinci.

Peste câteva minute s-a ridicat de la masă și a plecat spre casă. Mi-a explicat că îl așteptau unii „în joc", unde urma să pornească un război. Din ce în ce mai des ajungeam să beau singur. Își făcuse o comunitate de prieteni, unii reali, alții fictivi, cu care se întâlnea aproape în fiecare noapte în jocul ăla nenorocit. Eu nu mă pricepeam la calculatoare prea bine și nu mă implicasem niciodată în vreun joc, dar înțelesesem de la el că totul se petrecea acolo ca în viața reală.

Milioane de oameni din toată lumea jucau Word of Warcraft, atrași de o lume fictivă în care puteau să controleze totul. Oricine putea să fie vânător, mag, preot, hoț, șaman sau războinic. Cornel era cavaler al morții.

Într-o seară târziu, la multe ore distanță după ce plecaserăm de la serviciu, m-a sunat Cornel.

— Hai la cârciumă să bem ceva! m-a rugat.

— Parcă plecaseși acasă.

— Da, și m-am băgat pe joc, iar acolo am făcut cea mai cretină greșeală din viața mea. Sunt un mare dobitoc! Îți povestesc când vii.

Cu doi ani în urmă, Cornel suferise crunt din dragoste. Se îndrăgostise în taină de femeia de serviciu care-i făcea curățenie în bloc, o tipă pe la 30 de ani cu ochi amestecați, de țigancă, și care nu purta niciodată sutien pe sub bluzele strâmte. Un an întreg, zi de zi, Cornel îi lăsase cadou câte o ciocolată pe făraș. Femeia l-a bănuit pe paznic și i-a zâmbit tot mai des, până s-a măritat cu el.

Când am ajuns în bar era deja acolo, mare, gras și necăjit într-un colț, cu geaca de piele pe el, butonând telefonul. Nici nu și-a ridicat ochii când m-am așezat.

— Am pierdut-o și pe asta, s-a plâns el.

— Pe cine ai pierdut?

— Pe japoneză. Mă îndrăgostisem de ea...

— Care japoneză? E prima oară când aud de ea.

— O japoneză din joc. Acum câteva luni am întâlnit-o acolo și era supărată că-și pierduse un pantof. Am ajutat-o să-l găsească și am stat mult de vorbă cu ea. Mi-a făcut cadou un scut cu care să mă apăr de dușmani. E cel mai frumos cadou pe care l-am primit vreodată...

— Stai așa, ca să înțeleg, tu te-ai îndrăgostit de un desen animat din jocul ăla cretin? De o păpușică mică de pe calculator, în spatele căreia poate fi oricine, o babă, un adolescent sau un paznic care se plictisește la fabrică?

— Nu mai vorbi de lucruri la care nu te pricepi. E mai reală decât toate curvele pe care le fuți tu. Mi-a povestit pe chat o grămadă de lucruri despre ea, e din Nagoya, taică-so a abuzat-o când era mică, frate-so are Parkinson și ea trebuie să muncească noaptea la un fast-food ca să-l ajute cu tratamentul...

— Și care e problema acum? Și-a găsit pe altul?

— Problema e că a dispărut. N-o mai găsesc... Dar o să răscolesc tot internetul și până la urmă tot dau de ea.

După câteva ore ne-am îmbătat și l-am convins, pentru prima oară, să meargă la curve cu mine. Așa avea s-o uite, măcar pentru moment, pe micuța japoneză.

— Un futai la vremea lui vindecă orice cucui, i-am spus jucându-mă de-a poezia.

Am luat un taxi care ne-a lăsat în fața unei case lungi și înguste, pe Mătăsari. La poartă fumau doi pești tuciurii. I-am întrebat dacă aveau două fete disponibile și ne-au băgat în casă. Trebuia să trecem dintr-o cameră în alta ca să ajungem la curve. În prima încăpere dormeau de-a latul șase sau șapte oameni, bărbați și femei, țigani bătrâni și dubioși. Mirosea a scrum de țigară stătut, a picioare nespălate și a sărăcie. Un televizor rămăsese aprins pe teleshopping, iar o gospodină trupeșă ridica în slăvi calitățile unor tigăi. În cealaltă cameră, o prostituată i-o sugea unui client. „U-uuuuu. U-uuuuu-uuuuu!", făcea bărbatul și o tot îndesa pe gagică cu fruntea în buricul lui.

— Ăsta are fantezii feroviare. Se crede tren, mi-a șoptit Cornel.

În a treia cameră, pe întuneric, fumau două mogâldețe negre.

— Săru' mâna, le-a zis Cornel politicos.

— Nu mă lua cu săru' mâna, că nu fac cur, a grăit una dintre ele.

— Da' cine ți-a zis că vreau sex anal? a întrebat Cornel cu voce calmă și intelectuală, de parc-ar fi cerut o carte la Biblioteca Națională.

— Păi ăștia politicoșii cu prea mult respect, așa ca tine, ori sunt poponari pe față, da' atunci nu vin la fete, ori poponari ascunși.

— Cum adică ascunși?

— Adică de-ăia de le place curu', dar noi nu facem așa ceva. Bărbații politicoși la curve ori sunt politicieni, ori perverși, a explicat gagica.

— E totuna, a completat Cornel.

— Hai să ne-apucăm de treabă, că trece timpul, am intervenit și eu. Aprindeți și voi o lumină, ca să vedem ce ciorbă mâncăm.

— Las', că e mai bine așa, a zis Cornel.

— Nu mă fut pe întuneric, că nu sunt cârtiță, a făcut gagica guralivă. Vrei întuneric ca să mi-o scapi din greșeală în cur, nu? l-a întrebat pe Cornel.

— Avem niște lumânări, a vorbit pentru prima oară și cealaltă.

Am aprins lumânările cu bricheta și cea de-a doua curvă le-a pus într-un pahar.

— Hai lângă mine, te rog! i-a zis Cornel primei tipe.

— Nu vin, politicosule, că tu mi-o bagi în cur. Eu merg cu bărbosu'.

Cealaltă s-a așezat tăcută pe marginea patului și l-a tras pe Cornel lângă ea. Guraliva s-a urcat în pat și mi-a făcut semn să vin, bătând cu palma în saltea.

— Hai la mama, guriță, m-a ademenit.

Cornel s-a descheiat la curea și și-a dat pantalonii jos, apoi și-a lăsat și chiloții la genunchi. Deodată, curva lui cea tăcută a izbucnit:

— Măiculiță, doamne! Unde ți-e, băiatu'? Ți-au mâncat-o rațele?

— Te rog să încetezi cu ironiile și să-ți faci treaba, pentru că nu te-am plătit să-ți dai cu părerea, a mustrat-o Cornel cu glas tremurat.

— Să mi se usuce dac-am mai văzut așa ceva în viața mea, și dacă nici eu n-am văzut puli, atunci n-a mai văzut nimeni. Doamne apără și păzește!

Gagica stătea cu spatele la mine pe marginea patului și-i acoperea jumătate din corp colegului meu. Cealaltă, care venise cu mine în pat, s-a ridicat și s-a uitat dintr-o parte la scula lui Cornel. N-a zis nimic, doar și-a făcut trei cruci uriașe.

— Mă duc să iau o țigară, am zis doar așa, ca să găsesc un pretext.

M-am ridicat din pat și am tras cu ochiul. Tacticoasă, curva îi freca lui Cornel, cu două degete, o puță cât a unui copil de câtiva anișori, subțire ca degetul mic de la mâna unui intelectual neobișnuit cu munca fizică, dar parcă ceva mai scurtă.

— Dă-mi și mie bricheta, bărbosule, mi-a zis fata lui Cornel. Puțica lu' asta e subțire ca țigara și vreau să-i dau foc la cap să văd dacă se aprinde.

Cornel a împins-o de frunte, nu prea tare, îndepărtând-o, și și-a tras chiloții și pantalonii.

— Uite, de-aia nu-mi plac mie majoritatea femeilor, pentru că sunt proaste și nesimțite. Și te mai întrebi de ce sunt misogin.

Dar eu nu mă mai întrebam, pentru că mă lămurisem o dată pentru totdeauna. Indiferent de cât de culți sau sălbatici sunt, cât de musculoși ori de rahitici, cât de săraci ori de bogați umblă prin lume, misoginii au un singur lucru comun: o puță mică și tristă, ca un chiștoc uitat în scrumieră.

Ne-am întors la bar și am mai comandat câte o bere. Cornel și-a aprins o țigară și m-a întrebat:

— Ce caut eu în viața mea?

— Habar n-am.

— Pe mine, oare, mă caut?

— Nu știu, frate, da' aș mai bea o bere.

— Mie mi s-a cam făcut somn.

— Hai să mai cerem un rând și gata!

— Mai cerem dacă îmi răspunzi la o întrebare.

— Bagă!

— De ce nu pot să-mi găsesc jumătatea?

— Pentru că ești sfert!

— Ești prost!

— Asta nu e o noutate.

— O să scriu odată o carte.

— Despre?

— Despre mine.

— Bravo, Cornele! Să scrii acolo și despre mine.

— Și știi cum o să se numească?

— Cum?

— Singur împotriva nimănui.

În noaptea aia am rămas la el. Am visat urât și m-am trezit transpirat. Din camera lui răzbăteau zgomote ciudate, ca pe un câmp de război din Evul Mediu. Mi-am dat seama că juca World of Warcraft pe calculator și că băuse în continuare. Nu s-a întors când am deschis ușa și am intrat în cameră. Ecranul calculatorului strălucea intermitent în întunericul din încăpere, ca un licurici uriaș.

Cornel știa că sunt acolo, pentru că mi-a explicat, aprinzându-și o țigară, fără să-și întoarcă spre mine capul:

— Ăsta sunt eu, aici, în joc. Plecăm la război! Am aflat că japoneza de care sunt îndrăgostit a fost răpită.

Ce puteam să mai spun? M-am apropiat de el și m-am uitat pe ecran. În calculator, un tip cu nas mic și plete blonde se agita în fruntea unei mulțimi pe care părea că o conduce.

Cornel a continuat să apese frenetic pe taste, zâmbind fericit.

Țigara i se fumase singură până la jumătate, uitată în scrumieră. În lumina albastră din cameră, fumul desena contururi obscene pe tavan. Cornel cel de pe ecran era suplu, înalt și avea o spadă enormă.

41

De la o vreme începuserăm să bem în redacție. Ajungeam aproape de prânz la serviciu, ne sorbeam mai întâi cafelele, fumam câteva țigări și coboram la chioșcul de la parter, de unde ne întorceam cu pungile pline de cutii de bere. Nu intra nimeni în biroul nostru mic de la capătul holului, unde puteam fuma și bea ca-ntr-un birt de la țară până la șase seara când eram atât de matoliți, încât cu greu mai puteam lega două vorbe.

Nu mi-a păsat că băusem deja câteva beri în seara în care am ajuns în biroul unuia dintre cei mai bogați români din acea vreme. Omul cumpărase, în anii marii privatizări, o stațiune întreagă, pentru ca apoi s-o lase în paragină. Acceptase o întâlnire cu presa doar ca să-și anunțe planurile de investiții.

— Bei un vin? Am ceva deosebit, de Recaș, m-a ademenit el.

Am ras mai întâi o sticlă, apoi două, trei, după care am pierdut șirul.

— Ce-ar merge o muzică populară acum..., a oftat afaceristul.

Umblam cu un telefon cât un mic laptop, un Nokia Communicator pe care salvasem câteva zeci de melodii. Unele dintre ele, țigănești unguresti, se asortau perfect cu un vin bun. Am pornit muzica, iar milionarul s-a ridicat de pe scaun și a început să se bată cu palmele peste pulpe și pe călcâie.

— Hai și tu, ce mai stai! m-a îndemnat el.

Muzica și tropăielile din biroul șefului la ora zece noaptea au făcut-o pe secretară, care nu se cădea să se care acasă înaintea afaceristului, să deschidă ușa ca să vadă ce se-ntâmplă.

— Treci la dans! i-a poruncit cu glas autoritar omul de afaceri și așa am format o horă în trei.

Alcoolul a învins dansul; nu peste mult timp, omul de afaceri a dat stingerea.

— Hai, du-te acasă, că e târziu, m-a sfătuit.

L-a sunat pe șofer, iar după un sfert de oră m-a anunțat că trebuie să cobor. M-a condus acasă cu Lexusul afaceristului, iar în fața blocului a scos din portbagaj șase PET-uri cu vin și mi le-a făcut cadou din partea șefului. M-am trezit cu capul ca un carusel în dimineața următoare. Tot suna telefonul:

— Veniți jos, că ați uitat ceva în mașină azi-noapte!

Era șoferul afaceristului. Am coborât în grabă, cu ochii cârpiți de somn și capul tremurând de mahmureală. În locul Lexusului cu care mă adusese cu o seară înainte, șoferul a coborât dintr-o furgonetă. Am dat mâna și m-a dus în spatele dubei. A deschis ușa și am văzut cum se zbătea legat un porc de vreo sută de kilograme.

— M-a trimis șeful să vă ofer ăsta în semn de deosebit respect din partea dumnealui, dar n-am vrut să vă zic la telefon, că poate mai ascultă ăștia de la Servicii.

Nu l-am luat, dar mai târziu mi-a părut rău. De fiecare dată când rămâneam fără bani de mâncare în următorul an, cădeam în mlaștina cu melancolie, mă uitam adânc în zare și mă gândeam la porc. Mă simțeam ca un deținut care refuzase o partidă de sex cu Sharon Stone.

*

Peste zece ani, afaceristul a dat faliment. Probabil că își făcuse o grămadă de prieteni în răstimpul ăsta și nu l-a ținut cureaua să-i ofere fiecăruia dintre ei câte un porc. Nu mult după faliment l-au arestat, pentru că se dovedise că fraudase statul cu câteva milioane de euro. Era acuzat de delapidare și complicitate la delapidare, bancrută frauduloasă și complicitate la bancrută, dar și de abuz în serviciu. O grămadă de termeni juridici pe care nici măcar nu știam să-i pronunț corect. Am citit în presă că le oferise judecătorilor care se ocupau de cazul lui „atenții în bani și produse alimentare, de natură animală". Omul avea clasă, dacă încercase să mituiască judecătorii cu porci.

O vreme am cochetat cu gândul să-l vizitez la pușcărie și să-i duc o pastramă, dar până am prins curaj deja îl eliberaseră. Își ispășise pedeapsa în mai puțin de doi ani. L-am revăzut mai apoi într-un restaurant, dar nu m-a recunoscut. Era înconjurat de prieteni și povestea ceva. Era vesel și lipsit de griji. Pentru câteva milioane de euro nu zăcuse în pârnaie mai mult decât unul dintre vecinii mei, un băiat sărac și divorțat, care nu mai putuse plăti pensia alimentară a copilului și-l aruncaseră după gratii.

*

Spre prânz, în ziua în care am refuzat porcul de la el, am ajuns la redacție cu sticlele de vin în două rucsacuri. Cornel și cu mine eram deja chercheliți spre final de program când a intrat în biroul nostru redactorul-șef adjunct, un tip gras și libidinos, pe la 40 și ceva de ani. Era poreclit prin ziar Două Sute. Bănuiam de la ce apucături i se trăsese porecla, dar n-am știut niciodată dacă era vorba de euro ori de dolari. Două Sute voia să scriem un articol despre creditul cu buletinul, care explodase de ceva vreme. Nu exista român care să nu cumpere ceva pe credit, de la președintele țării până la ultima femeie de serviciu. Tocmai când dădea să iasă din biroul nostru, Două Sute s-a împiedicat de un bax de apă pe care-l primiserăm cadou de la o companie care îmbutelia lichidul cu care noi nu prea aveam contact.

— Îmi dați și mie o sticlă, vă rog?

— Sigur, ia mai multe, l-a încurajat Cornel.

Două Sute i-a ascultat sfatul și a mai înhățat două sticle.

— Ia-le, mă, pe toate și scapă-ne de ele! a insistat, altruist, Cornel.

Chinuit de dilema de a ne lăsa ori nu fără apă, omul încremenise în prag și ne privea întrebător:

— Dar vouă nu vă trebuie? Voi nu beți apă?

Cornel i-a răspuns mândru de cuvintele lui:

— Auzi, bă? Eu și pe dinți mă spăl cu bere!

Omul ne stricase tot cheful. Era clar că nu putem să plecăm în oraș, la bere, până nu terminam articolul.

În ultimul an mă împrietenisem cu un tip tânăr și ambițios, proprietarul celui mai mare lanț de magazine de electrocasnice și electronice. Era regele neîncoronat al mașinilor de spălat și al cuptoarelor cu microunde. Își angajase în firmă toate neamurile și le avansase în funcții, așa că mai toți directorii semănau cu el: aveau capete rotunde, ochi albaștri și accent moldovenesc. L-am sunat și mi-a răspuns de la primul apel.

— Ia zi, care e treaba cu creditele astea ale voastre? Vrea un bou de la mine de la serviciu să facem un articol despre ele.

Eram atât de amețit, încât cuvintele se înghesuiau unul în altul ca rufele în mașina de spălat. Regele electrocasnicelor a înțeles că sunt beat, dar nu voia să rateze o apariție în presă.

— Hai s-o luăm ușor și, până-ți pui tu ordine în gânduri, notează-ți câteva idei care îți vor folosi la articol.

Vorbea rar, dar nu puteam nota nimic. Mâna mi se împleticea pe foaie ca picioarele unui copil pe care-l așezi pentru prima oară pe schiuri.

— Stai așa, că nu reușesc să notez, l-am oprit eu. Îți dau un coleg care să scrie în locul meu.

I-am întins telefonul lui Cornel, care părea mai lucid decât mine.

— Bună, mă numesc Cornel și sunt fan Barcelona, s-a prezentat el ca la Alcoolicii Anonimi. Era la fel de beat ca mine.

A reușit cu greu să pună câteva întrebări și să-și noteze declarațiile omului. Abia terminase discuția când a intrat șefa de departament în biroul nostru.

— Grăbiți-vă cu știrea, că mă presează dobitocul ăla!

L-a văzut pe Cornel cu foile în mână și l-a întrebat stresată:

— Zi-mi repede câteva idei. Ce-a zis omul?

— Păi... nu-mi mai amintesc exact, stai să citesc...

— Te rog!

Cornel a luat foaia, s-a uitat lung la ea ca un câine la un film de Tarkovski, și-a apropiat-o de ochi, a strâmbat din gură și s-a scărpinat în cap.

— Păi zice... fii atentă... omul spune... legat de credite că cică... ideea ar fi....

— Deci ce zice???

— Auzi, șefa? Ca să nu mai pierdem timpul... vreau să-ți spun că nu mai înțeleg... ce-am scris. Dar îmi amintesc că omul a zis... așa, niște lucruri extraordinar de... interesante, s-a bâlbâit Cornel.

Șefa s-a holbat la el, a scrâșnit din dinți și tocmai se pregătea să-l umple de sentimente când i-a sunat mobilul.

— Uite, sună iar Două Sute ca să întrebe de știre. Ce-i spun? Vorbește și explică-i ce căcat ai făcut!

Cornel avea oroare de două lucruri: de relațiile amoroase și de telefonul șefei, plin de fard precum mistria unui zidar de var. Vorbise la el de câteva ori și se umpluse de prafuri pe obraz. L-a luat cu scârbă și l-a ținut cât mai departe de față.

— Da, imediat... acum urmează articolul... în zece minute, ai răbdare că merită. Ce? Nu te aud... nu poți vorbi mai tare? l-a întrebat și, în momentul ăla și-a lipit, fără să-și dea seama, mobilul de obraz.

A încheiat discuția și, scârbit de telefonul plin cu fard, din care jumătate i se lipise de obrazul transpirat, Cornel și l-a smuls de la ureche și l-a trântit atât de tare pe birou, încât i-a sărit bateria.

— Nesimțitule, ce-ai făcut? s-a enervat șefa.

— M-a enervat mizerabilul ăla și i-am trântit telefonul în nas!

Dar nu de Două Sute ne temeam cel mai tare, ci de Gicu, redactorul-șef. Pe Gicu îl prinsese Revoluția electrician la Frigotehnica și imediat după intrase în presă, pe vremea în care putea să se facă ziarist oricine știa alfabetul, de la șomeri la gropari și până la filosofi ratați. Nea Silvestru, unchiul lui, lucra deja ca șofer la ziar. Într-o zi, când plimba un șef cu mașina, îi aruncase o vorbă în treacăt. Așa l-a scos pe Gicu din fabrică și l-a adus, în probe, acolo. Diferența față de ceilalți a făcut-o vizita unei vedete străine în România, care era sătulă de presă și refuza să dea declarații publice. De la ziar au plecat să întâmpine vedeta în fața hotelului unde urma să se cazeze trei jurnaliști cu experiență, iar pe lângă ei s-a strecurat, mic, slab și anonim, și tânărul Gicu. Ajuns acolo, a pus ochii pe unul din alaiul vedetei, încărcat cu genți, și, ca un hamal, s-a oferit să-i care din ele. Așa a reușit să intre în bârlogul celebrității mondiale și să-i pună, timid, câteva întrebări la care a primit răspunsuri scurte. Obținuse o marfă pe care n-o mai avea nimeni altcineva din presă.

Spre seară, reporterii cu experiență s-au întâlnit la ședința condusă de Micul Jack, directorul ziarului, despre care cineva spusese pe vremuri că așa scund, gras și cu plete, aduce cu un ardei umplut.

— Care-a fost treaba cu marea vedetă? a întrebat Micul Jack.

Reporterii care fuseseră la eveniment s-au înghesuit să povestească ce declaraseră oficial cei de la biroul de presă al vedetei, dar erau știri pe care le aveau toți ziariștii, indiferent de publicație.

— Prostii, prostii, a bolborosit Micul Jack, cu glasul lui peltic de copil întârziat.

Atunci, umbra mică și ponosită din spatele sălii a deschis gura și, peste capetele reporterilor cu experiență, a glăsuit timid:

— Mi-a făcut mie niște declarații marea vedetă... Am fost la ea în hotel...

— Cine ești bă, tu? a întrebat Micul Jack.

— Gheorghe Voinea... sunt... în probe la ziar...

— Și cum ai intrat tu acolo?

Tânărul s-a pornit să povestească cum s-a strecurat în alaiul marii vedete și cum a reușit să se apropie de ea, făcând pe hamalul.

— Fantastic! Ce poveste! Ce poveste! s-a entuziasmat Micul Jack.

Apoi, privind mustrător spre turma reporterilor, a decretat cu glasul lui pițigăiat:

— Ăsta jurnalist! Vino, bă, încoace!

Așa a ajuns tânărul Gicu șef de departament încă de pe când era în probe și, peste ani, șef de ziar la un alt tabloid, nu la cel unde se lansase, ci la cel la care am ajuns și eu să lucrez.

Articolul cu vedeta a fost singurul text semnat de Gicu vreme de 10–12 ani când, entuziasmat de serialul care făcea furori în acea vreme, a publicat un editorial mic cât un timbru: „Șosetele lui Seinfeld". În ziua aia a intrat în redacție lovit de inspirație și l-a chemat la el în birou pe J.R., directorul tehnic al ziarului. J.R. intrase în presă înainte de Revoluție și avea o mie de talente: cânta la chitară și din gură mai bine decât majoritatea celor care apăreau la TV, scria mai frumos decât toți ziariștii pe care îi cunoșteam, dar la Tabloid se ocupa cu tot felul de chestii, inclusiv să pună în pagină știrile și fotografiile.

— Îmi faci o rubrică pe ultima pagină, exact lângă „Clic". Să se numească „Pulsul națiunii", i-a ordonat Gicu și i-a făcut semn să iasă.

„Clic" era rubrica cu cel mai mare succes din tabloid, piatra lui de temelie, pe care își aruncau mai întâi ochii toți cei care cumpărau ziarul. Într-un chenar mare, care ocupa un sfert de pagină, trona poza semidezbrăcată a unei tipe, mereu alta. Ca la o mașină scoasă la vânzare, câteva detalii tehnice erau transcrise undeva, în lateral, iar de asta se ocupa nimeni altul decât J.R.:

NUME: Mariana Popescu
VÂRSTA: 24 de ani
CARACTER: Strașnic
FUNDUL: Obraznic

De-a lungul timpului, J.R. epuizase toate adjectivele pentru fund: bosumflat, supărăcios, arțăgos, melancolic, răzbunător, poznaș, jucăuș, pișicher, gânditor... Era o muncă epuizantă și foarte importantă. Toată lumea știa că cel mai citit cuvânt din tabloid era ăla care urma după fundul tipei de pe ultima pagină.

În seara în care trebuia să predea editorialul, Gicu a venit cu un text minuscul, care nu ocupa nici un sfert din locul care îi fusese dedicat pe ultima pagină. Un text negru și șters, cât fundul divei de alături, de care era eclipsat total. Gicu făcea referire la șosetele lui Seinfeld, serialul lui preferat, într-un articol atât de plat și de sterp, încât, pe lângă el, chiar și anunțurile din ziare erau scrise fascinant.

— Gicule, te implor, mai umflă-l puțin! Mai fă-i ceva, că e prea mic! l-a rugat J.R.

— Nu pot... Atât am avut de spus.

Atât putuse șeful unuia dintre cele mai citite ziare din țară. Se trezise dimineața cu avânt muncitoresc, hotărât să construiască marea piramidă, iar spre seară, din mâinile lui dibace a ieșit doar un moț de căcat.

— Și eu ce fac, Gicule, ce pun în tot spațiul ăla pe care ți l-am păstrat? Că nu-l pot umple cu textulețul tău.

Gicu de-aia era șef, că avea soluții pentru orice problemă:

— Pune o poză cu niște picioare în care să se vadă șosetele albe între pantofi și pantalonii suflecați.

A doua zi, alături de poza cu fundul bosumflat, care făcea deliciul cititorilor, a mai apărut o alta și mai mare cu niște glezne învelite în șosete albe, iar alături de ele se insinua articolul lui Gicu, mic și negru, ca o pereche de bikini.

J.R. avea o relație privilegiată cu Gicu, și nu pentru că-l ajutase să facă ziarul de la zero, cu ani în urmă. Redactorul-șef uitase asta, dar, în schimb, ținuse minte de câte ori îi reparase calculatorul infectat de viruși. Pentru că lui Gicu, doar J.R. știa asta, îi plăcea ca ore în șir, închis în biroul lor, să navigheze prin apele tulburi ale site-urilor porno. Pe vremea ultimului mandat al lui Ion Iliescu, majoritatea site-urilor deocheate erau codate și cei care voiau să vadă un filmuleț cap-coadă ar fi trebuit să se aboneze și să plătească, lucru pe care Gicu nu era dispus să-l facă. Căuta pe google „porno" și, din miile de site-uri care-i defilau pe la nas, el vedea doar copertele filmelor, iar multe dintre ele acopereau cu o stea galbenă locul impactului dintre sexe. Steaua dispărea doar pentru cei care plăteau. În fiecare săptămână, Gicu își umplea calculatorul de viruși culeși de prin tenebrele porno, iar singurul om în care avea încredere să i-l repare era J.R. Gicu se insinua ca șarpele lângă biroul directorului tehnic și-i șoptea posomorât:

— Mi s-a stricat din nou calculatorul.

J.R. intra la el în birou și se apuca să depaneze la computer, iar Gicu aștepta afară jenat, plimbându-se cu mâinile la spate de colo până colo pe hol, ca și cum și-ar fi așteptat nevasta să iasă de la ginecolog.

În timp, J.R. a învățat să-i repare rapid calculatorul și a ezitat multă vreme să-i dezvăluie sau nu numele câtorva site-uri porno pe care ar fi putut să intre gratuit și să vadă chiar și filme de trei ore. Ani de zile, J.R., ca o răzbunare pentru salariul mizerabil pe care îl primea, a ales să muncească o dată sau de două ori pe săptămână la computerul șefului, dar să nu-i spună variantele câștigătoare. Așa că ani de zile, Gicu, bărbatul de 50 de ani cu privire tristă, a tot răscolit neștiutor internetul, ca un sălbatic venit din junglă și ajuns în New York, fără să știe că există și site-uri porno gratuite. A bătut ani de zile la porți închise, iar comoara era acolo, sub ochii lui, doar că nimeni nu voia să-i spună.

Și eu aveam momentele mele erotice la tabloid. Pusesem ochii pe o colegă pe la vreo 27–28 de ani, înaltă, creolă și cu părul negru, bătând în albastru, și decolteu amplu și bombat. Se zvonea că e, în paralel, amanta unui primar de sector analfabet și a unui șef de serviciu secret, dar și că și-o trăgea din când în când cu un lider puternic de sindicat din sănătate. Se deplasa pe coridoarele ziarului trufașă ca un cerb, pășind elastic cu cele mai frumoase și mai bronzate picioare pe care le văzusem vreodată. Primise cadou de la primar un apartament undeva, pe o stradă numită Bobocica, și de-atunci așa îi spuneam în mintea mea. Bobocica nu știa să scrie știri și se târâse așa, semianalfabetă și splendidă prin redacția unuia dintre cele mai citite ziare. Se zvonea că Gicu o văzuse într-o stație de autobuz, oprise mașina pe avarii, lângă ea, și îi făcuse pe loc o ofertă de angajare. A lucrat mai întâi ca secretară a lui Gicu până în ziua în care nevastă-sa l-a vizitat la serviciu. A fost de ajuns s-o vadă doar câteva secunde ca să-i facă soțului un scandal monstru acolo, în ușa biroului, de față cu ea și cu subalternii de pe holuri. Gicu a fost nevoit s-o mute pe Bobocica pe loc într-un alt birou, în redacția știrilor sociale, și să-și recheme înapoi vechea asistentă în pragul pensiei, doamna Brândușa, pe care o transferase la arhive. Prin redacție se zvonea că o păstrase pe Bobocica doar ca s-o trimită prin birourile marilor șefi de companii de stat, de unde reușea, de fiecare dată, să obțină reclamă.

Bobocica avea un mare of, și așa mi-am găsit și eu rolul în viața ei. Reușise s-o angajeze pe soră-sa la Policlinica cu Plată numărul nuștiucât, iar pentru asta, directorul policlinicii, probabil homosexual sau impotent, îi cerea ca, de două ori pe săptămână, să facă știri din comunicatele plicticoase pe care i le trimitea pe e-mail. Bobocica nu prea știa cum să le scrie și se umilea la colegele de birou ca s-o ajute, însă nimeni nu prea avea chef. Atunci am intervenit eu și, cu o mână pe tastatură și alta între coapsele ei bronzate, m-am apucat să scriu știrea. Când am terminat-o, Bobocica mi-a desprins delicat mâna și mi-a pus-o pe masă. Se încheiase serviciul pe care i-l făcusem, se terminase și plata.

Am încercat de câteva ori să trag de știre mai mult de o jumătate de oră, dar Bobocica avea școala vieții și mă lua la mișto:

— Scoate mâna de-acolo, pui, că mă aprind și nu știu de ce sunt în stare.

Râdea cu dinții ei lucioși și albi ca niște frigidere minuscule și cu două degete îmi extrăgea mâna dintre pulpele ei, oarecum cu scârbă, așa cum scot gospodinele firul de păr care-a căzut în ciorbă.

42

— Bine că pleci, m-a felicitat Cornel. O să faci și tu ceva mai interesant decât s-o bulănești toată ziua pe țiganca aia.

Fostul secretar de stat, reîntors cu ani în urmă la firma lui de turism, o pusese de-o deplasare de o săptămână cu presa în Grecia. M-a ținut minte și m-a chemat și pe mine, chiar dacă în ultimele lui zile la minister îi refuzasem o invitație în străinătate. După ce un val de inundații lăsase fără case zeci de familii dintr-un sătuc din Ialomița, cineva din Ministerul Turismului avusese o idee sclipitoare: să ia copiii năpăstuiți și să-i ducă într-o excursie peste granițe, la Lacul Balaton.

— Sunt sigur că tot ce-și doresc acum copiii ăia, după tot ce li s-a întâmplat, e să vadă apă, i-am spus atunci secretarului de stat.

M-a înjurat și n-am mai discutat o vreme.

— Veniți și dumneavoastră în Grecia? l-am întrebat.

— Nu, dar n-o să suferi. Vor fi gagici gârlă, așa că vei fi foarte ocupat, Santiago, mi-a aruncat secretarul de stat, amintindu-mi de vremurile bune.

Dintr-un autocar plin cu ziariști și ziariste, am remarcat-o imediat. Cu părul galben ca suedezele din vederile anilor '80 cu litoralul, ochi mari, vioi și albaștri, Eva era scundă cât o fetiță pe la 13 ani, cu mâini mici și urechi minuscule. Totul la ea era subdimensionat, mai puțin țâțele, atât de mari și pline de personalitate, încât păreau surorile ei mai mici.

Eva clipea des și știa toate bârfele din turism. Când râdea, își scutura părul lung ca femeile din reclamele la șampon, iar sânii îi tresăltau greoi, ca doi pensionari care împart bancheta unui autobuz pe o uliță de țară. Tot drumul lung până în Halkidiki mi-am imaginat-o răstignită în toate felurile în camera mea de hotel, iar asta m-a făcut să suport mai ușor călătoria infernală.

Prin munții bulgărești, câțiva colegi cu stomacuri catifelate au vomitat în autocar. Șoferul a fost nevoit să oprească la primul refugiu, iar noi am coborât să ne refacem forțele. Eva negocia cu un bulgar care rostogolea cu o furculiță câteva bucăți de carne pe un grătar improvizat la marginea drumului. Cumpărase un mic vânăt, lung și subțire, și-l ținea cu două degete, mușcând din el încet, ca și cum l-ar linge.

— Ce e ăsta? am întrebat-o cu ochii în decolteul care respira încet, ca un animal mare și adormit.

— Cică e din carne de măgar. Vrei?

Și Eva mi-a întins micul cu partea din care mușcase, iar eu am știut că dacă nu fac vreun pas greșit, mă voi întoarce din Grecia și cu altfel de amintiri în afara acelora cu peisaje.

Primul lucru care m-a uimit în Halkidiki au fost palmierii de pe malul mării. Obișnuit cu uscăciunea de pe litoralul românesc, care nu e altceva decât o continuare sinistră, stearpă și plină de nisip a Bărăganului, vegetația exuberantă de pe litoralul grecesc mi se părea nefirească, ca o pereche de sprâncene stufoase pe fruntea unui chel. Ne-am lăsat bagajele în camere și am ieșit la recepție, pentru că proprietarul hotelului voia să ne cunoască.

Peste ceva vreme a apărut un moș arțăgos, pe la 70 de ani, care s-a prezentat într-o română perfectă ca fiind Telemac Grigoriadis, născut în România din mamă româncă și tată grec. Omul era stăpân peste cinci hoteluri în Halkidiki și un altul în Creta. Dar înainte să ajungă hotelier bogat în Grecia își mâncase o parte din tinerețe ca inginer sărac în România. N-a regretat deloc atunci când a plecat în anii '60 în Italia, pentru o lucrare petrolieră, și nu s-a mai întors în țara mamă. De acolo a emigrat în America, dar după alți câțiva ani a ajuns în Grecia, ca să pună umărul la construcția unei rafinării. Telemac câștiga bine din petrol, multe mii de euro pe lună, și a început să construiască și să vândă apartamente în Salonic până când, la finalul anilor '60, a aflat ceva care i-a schimbat viața: statul grec le dădea terenuri gratis și îi ajuta să ia credite pe cei care veneau să investească în turism. Fostul inginer petrolist român s-a apucat să construiască un hotel, cu gândul să-l vândă mai apoi, dar nu l-a cumpărat nimeni și a trebuit să-l conducă el. Așa a aflat Telemac că hotelăria e o boală care n-are leac. Dacă ai avut vreodată un hotel, va rămâne toată viața marea ta dragoste, indiferent câte afaceri vei avea și câți bani va fi să scoți din altă parte. La al doilea hotel știa deja ce are de făcut, la al treilea, la fel, și așa a ajuns unul dintre cei mai importanți investitori în turism din nordul Greciei.

— Ce-ar trebui să facă România pentru a avea succesul Greciei? l-a întrebat cu glas pițigăiat, de tocilar, un ziarist român.

— La voi privatizarea a fost făcută, când? Acum trei–patru ani... La 10–11 ani de la Revoluție. Au cumpărat hotelurile toți foștii chelneri, barmani, șefi de sală sau directori, deci ăia care au furat mai mult de-a lungul comunismului din respectivele hoteluri. Și tot ei le-au condus și înainte să le cumpere, în primii ani de după '89, pentru că așa s-a gândit Iliescu, să facă o semiprivatizare originală și să li le dea pe mână, în locație de gestiune. Sau nu așa se numea tâmpenia aia care zicea că ăia pe care i-a găsit Revoluția ca angajați ai unui hotel, ăia să-l și ia să-l conducă? Și ce au făcut angajații în următorii zece ani? L-au căpușat și stors pe hotel din toate părțile, că doar nu era al lor. Și la privatizare tot cei care au condus hotelul respectiv au avut bani să-l cumpere și, chiar dacă de acum era al lor, când furi 20 de ani nu-ți mai schimbi mentalitatea și rămâi hoț toată viața. Așa s-a ajuns ca litoralul românesc să devină o paragină.

— Și ce e de făcut? a insistat ziaristul care întrebase.

— Sunt două soluții, una de lungă durată și cealaltă de șoc. Prima e să nu facă nimeni nimic, iar în ani vor începe să se curețe singuri hoții care au pus mâna pe hoteluri. Unii vor muri de bătrânețe și, poate, de la copiii lor vor cumpăra alții care vor vrea să investească, alții se vor îmbolnăvi și vor vinde, alții vor da faliment... E un proces greu și de durată, dar în 20–30 de ani va arăta bine și litoralul românesc, atunci când se va prăpădi și ultimul chelner căruia Iliescu i-a dat pe mână un hotel.

— Iar soluția de scurtă durată care e?

— Soluția pe care o propun eu e așa: să zică statul „băieți, v-am dat hotelurile astea și le-ați lăsat în paragină, de mâine vi le iau înapoi, pentru că nu sunteți în stare să aveți grijă de ele". Și să naționalizeze din nou toate hotelurile, pe care fie să le dea gratis la marii turoperatori străini, așa cum a făcut Bulgaria cu litoralul ei, fie să le scoată din nou la privatizare cu clauze clare, prin care să-i oblige pe noii proprietari să investească în ele. Eu m-aș sacrifica și aș lua câteva hoteluri gratis la Mamaia, dacă mi le-ar oferi statul român.

— Al dracu' moș, ce vrăjeală are-n el, mi-a șoptit Eva, care ajunsese mai târziu la discuție și se așezase pe un colț de masă, lângă mine.

— A vorbit frumos înainte, l-am apărat eu.

— Îl știu, dă-l în mă-sa, că l-am mai văzut de trei ori în ultimii ani. Îți povestesc eu...

O jurnalistă sâsâită s-a ridicat și a cerut microfonul:

— Domnule Grigore, vreau să...

— Grigoriadis, a corectat-o hotelierul. Nu Grigore, că nu sunt de la Titu!

— Mă scuzați. Cu câți bani ați venit în Grecia atunci când ați investit în imobiliare?

— Aveam banii mei, un milion de dolari. Banii câștigați din petrol.

Atunci m-am băgat și eu în discuție.

— Ați spus că aveați salariu de câteva mii de dolari pe lună.

— Așa e.

— Cât câștigați, mai exact?

— Să zicem că în jur de 4 000 de dolari.

— Și cât ați lucrat peste hotare?

— Vreo zece ani.

— Deci aveați sub 50 000 de dolari pe an, ori zece ani, ies 500 000 de dolari toți banii câștigați. Dar din ăștia ați mâncat, ați băut, v-ați plătit chirie... Nu iese la calcule milionul de dolari, cât spuneți că ați investit.

— Păi, stai să socotim din nou, a zis moșul, ușor încurcat, începând să numere pe degete, cu ochelarii pe nas, și să mormăie în barbă.

Eva m-a bătut pe umăr:

— Îi cam dă cu virgulă lu' bătrânache. Asta știi ce-nseamnă, nu?

— Ce?

— Că ăia nu prea au fost banii lui...

— Dar ai cui?

— Ține minte de la mine, când nu prea se leagă lucrurile cu un român care s-a întins cu afacerile ca râia, gândește-te că banii pot fi ai lui Secu'.

— Ai cui?

— Ai fostei Securități. Ai Serviciilor. El e doar unul care a plimbat servietele cu bani și care a fost nevoit să apară în acte. E plină hotelăria din România de interpuși ai fostei securități, da' văd că ăștia s-au răspândit și în afară, fix ca gripa aviară. Uite c-am făcut și o rimă, în pana mea!

Un alt ziarist a preluat între timp microfonul, salvându-l pe Telemac de calculele mult prea complicate:

— Cum credeți că ar putea statul român să-i confiște hotelul unuia care a dat ceva bani pe el și să vi-l dea dumneavoastră gratis? E corect așa?

— Nu știu dacă e corect, i-a răspuns moșul, dar e mai eficient. De ce să-i lași hotelul unuia care-l va aduce în paragină, va intra în faliment cu el și nu-ți va mai plăti nici ție, stat, taxe și impozite, și să nu mi-l dai mie care știu ce să fac cu el, investesc milioane în modernizarea lui și tu, stat, îți iei bani din succesul meu? Plus că ți-l umplu și de turiști străini care cheltuiesc valută în țara ta.

— Tu știi cât de zgârcit e moșul ăsta? m-a întrebat în șoaptă Eva.

— Nu mi-am dat seama, i-am răspuns eu.

— Păi, normal, că te-a vrăjit cu papagalul. Uite, stăm de vorbă cu el de o jumătate de oră în hotelul lui de fițe, ne tot povestește despre milioane și milioane de dolari, dar nu i-a trecut prin scăfârlie să ne dea măcar un pahar cu apă. Știu mulți agenți români de turism care lucrează cu el și care spun că noaptea umblă ca liliacul prin toate hotelurile lui și stinge lumina, ca să nu consume curent. Are un Ford rablagit din anii ' 80 și doar cu ăla merge, iar de îmbrăcat zici că e adunat de pe drumuri.

Am aflat și eu, peste ani, de la românii care lucraseră cu Grigoriadis că, pentru el, banii erau doar perfuzii care îl țineau în viață, iar cu fiecare cheltuială părea că-și extirpă un organ din corp. Își cumpărase o podgorie în România, undeva prin Giurgiu, și toamna venea personal să culeagă strugurii. Ca să nu plătească transportul, căra butoaiele cu un camion rablagit, pe care-l conducea singur până în Halkidiki. Ajungea, tot singur, și undeva, prin Brăila, și culegea tone de prune de pe mai multe terenuri moștenite de la maică-sa, iar marfa care nu-i încăpea în camion o punea în saci și o trimitea în Grecia cu autocarele cu care agențiile de turism îi aduceau clienții la hotel.

Dar cea mai sinistră istorie era cea cu șervețelele. O povestiseră câțiva angajați români care munceau pentru el. La cele cinci hoteluri din Halkidiki lucrau mai mult de 1 500 de suflete, dintre care câteva sute de români, preferați pentru că acceptau salarii mult mai mici decât grecii și nu erau chiar atât de leneși ca ei. Într-una din ședințele pe care le făcea cu angajații, Telemac s-a plâns că se cheltuiesc prea mulți bani cu șervețelele personalului. Dar găsise o rezolvare:

— M-am gândit la o soluție avantajoasă pentru toți: elimin definitiv servețelele de la mesele angajaților și, după micul dejun, prânz sau cină, nu vă mai ștergeți la gură cu ele, ci cu o bucată de pâine pe care apoi o mâncați și pe ea, pentru că mie nu-mi place risipa. Și așa vă ridicați și voi mai sătui de la masă, iar eu fac economie la bani.

Telemac scotea bani și din foc. Într-o vară, când un incendiu masiv de pădure a cuprins Halkidiki, mai multe mii de turiști, inclusiv români, au fost evacuați din hoteluri. Guvernul grec a trimis atunci trupe de soldați și pompieri care să se lupte cu flăcările extinse pe mai mulți kilometri de pădure. Atât de mult s-au speriat turiștii români de foc, încât în lunile următoare rezervările scăzuseră la jumătate pentru vara viitoare. Telemac l-a căutat disperat pe directorul agenției românești care vindea cele mai multe vacanțe în Grecia și i-a propus să participe împreună la un talk-show de mare audiență în România, la care să încerce să-i convingă pe turiștii români că Grecia e o țară sigură.

— Mergem la televiziunea poporului, l-a anunțat agentul român de turism pe grec, dar acolo costă. Directorul, Domnu' Dan, cere bani pentru aparițiile în care se face reclamă cuiva, fie că e o țară, un detergent sau o marcă de prezervative.

— Cât?

— 20 000 de dolari pe emisiune.

Telemac s-a gândit câteva secunde și i-a răspuns:

— Hai să punem câte 10 000 de dolari fiecare, eu pentru că am hoteluri în care primesc turiști români, iar tu pentru că, prin agenția ta, vin în Grecia zeci de mii de români. Singura mea rugăminte e doar o simplă formalitate: să ne dea ăia de la televiziune ceva la mână, o chitanță, o hârtie, cum că au încasat de la noi 50 000 de dolari pentru promovarea turismului în Grecia.

— De ce 50 000 și nu 20 000, cât e de fapt?

— Vreau să mă laud și eu la niște prieteni, iar 20 000 e prea puțin, la valoarea mea, i-a explicat moșul zâmbind.

Au pus banii și s-au dus la emisiune, unde Domnu' Dan i-a lăsat să debiteze tot ce-au vrut timp de câteva ore. La final, le-a dat scris pe o hârtie ștampilată și cu sigla televiziunii că a primit de la ei 50 000 de dolari. Peste un an sau doi, românul a aflat de undeva, de la un oficial grec din turism, că Telemac se întorsese în țară cu factura și-i ceruse statului grec să deconteze jumătate din sumă, plângându-se că el a plătit singur 50 000 de dolari ca să promoveze turismul grecesc în România. Și așa a primit 25 000 de dolari pentru cei 10 000 investiți. Deci dintr-o singură idee și două semnături, moșul produsese 15 000 de dolari.

N-am aflat dacă lui Grigoriadis îi plăcea fotbalul, pentru că nu l-am văzut în seara următoare în holul hotelului. Liverpool juca cu AC Milan în finala Cupei Campionilor și toată delegația coborâse să vadă meciul la restaurant. Din '89, de când cei de la Milan umiliseră Steaua lui Valentin Ceaușescu cu 4–0, devenisem fanul lor. De atunci nu ratasem nicio finală de Cupa Campionilor, iar Milan mai jucase în cinci dintre ele.

Nu trecuse nici un minut din meci când, după o lovitură liberă de pe partea dreaptă, Maldini a prins un șut din careu și a deschis scorul: 1–0 pentru Milan. Se prefigura una dintre cele mai spectaculoase finale. Se reluase jocul după gol când Eva a apărut lângă mine cu ochii strălucind ciudat. Mai târziu mi-a recunoscut că băuse două sticluțe cu ouzo de la minibarul din cameră.

— Hai să ne plimbăm pe plajă!

— Merg, dar așteaptă să se termine meciul!

— E mai frumos dacă plecăm acum, cât sunt toți la televizor. Toată plaja va fi doar a noastră, m-a ademenit ea.

Sexul cere uneori sacrificii. Am ezitat o secundă, dar nu mi-a fost greu să aleg. M-am gândit cum ar proceda în locul meu Maldini, fundașul lui Milan, și mi-am imaginat că dacă ar avea de optat între o partidă de sex și a mă privi pe mine la televizor, n-ar sta prea mult pe gânduri.

Am ieșit pe malul mării cu gândul la marele meci. Luna se ițea din spatele unui nor ca o minge de fotbal trimisă în vinclu. Mi-am aprins o țigară și i-am întins și Evei pachetul.

— Nu fumez, mi-a zis, și mi-a scos țigara din gură, aruncând-o pe plajă.

S-a ridicat pe vârfuri și m-a sărutat lung, ținându-mă cu o mână după gât, iar cu cealaltă pipăindu-mi prohabul. I-am strecurat mâna pe sub tricou, încercând s-o trec mai departe, pe sub sutien. S-a smuls din îmbrățișare și, cu un gest scurt și expert, și-a desfăcut catarama sutienului și l-a scos printr-o mânecă, așa cum fac iluzioniștii cu cărțile de joc. Apoi l-a aruncat pe nisip, cum se întâmplase mai înainte cu țigara mea. Am luat-o în brațe și am trântit-o pe plajă.

— Nu rezolvăm nimic în seara asta. Sunt în perioada aia a lunii, știi tu, m-a avertizat ea, pudică, în timp ce încercam să-i dau jos pantalonii scurți.

Ne-am sărutat până au ajuns să ne scârțâie buzele, ne-am oprit doar atunci când un grup de turiști s-a îndreptat către noi pe plajă. Ne-am scuturat de nisip și ne-am ridicat. Eva mi-a cerut bricheta, a aprins-o și s-a uitat în jur, după sutien, dar n-a reușit să-l găsească.

— Dă-l în mă-sa, și așa mă dor sânii. Șnițele mi i-ai făcut!

*

— Ce faci, frate, unde-ai fost? Ai pierdut cel mai mișto meci ever, mi-a reproșat unul dintre ziariștii din grup.

— Cum s-a terminat?

— A fost 3–0 pentru Milan la pauză, dar Liverpool a egalat în repriza a doua și a bătut la 11 metri. Păcat că n-ai văzut meciul.

Mă usturau buzele, iar în palme mai simțeam încă urmele sânilor grei ai Evei. Nu puteai să le ai chiar pe toate.

Puțin a lipsit să nu-mi dau duhul a doua zi, când ne-au dus cu vaporul până lângă muntele Athos. Respiram greu și-mi simțeam plămânii atârnând ca un sac de ciment în care aerul refuză să intre, iar inima îmi bătea invers. Dacă senzația n-ar fi persistat și când ne-am întors pe țărm, aș fi crezut că am rău de mare. Oxigenul a refuzat să-mi mai intre în plămâni și în ziua următoare, când a trebuit să plecăm cu autocarul într-un alt orășel, de unde trebuia să luăm din nou vaporul și să facem o plimbare de o zi pe mare. Respiram sacadat și inima îmi accelera brusc și zgomotos, ca un Porsche care intră în depășire pe autostradă. Transpiram și îmi era din ce în ce mai greu să stau chiar și pe scaun.

— Eu rămân aici, l-am anunțat pe ghid. Mă simt foarte rău.

Era sfârșitul lui mai, dar soarele ardea ca uleiul dintr-o tigaie încinsă. Nu mă mai puteam întoarce la hotel, pentru că deja făcuserăm două ore cu autocarul până acolo, iar șoferul avea alte planuri până seara. Ghidul a dat două telefoane și m-a anunțat că mi-a găsit o cameră într-un hotel mic din zonă, unde pot sta să-i aștept până seara. Peste o jumătate de oră eram întins în pat și încercam să-mi potolesc prin forța gândului bătăile violente ale inimii. Atunci a ciocănit cineva la ușă.

— Eu sunt, a răsunat glasul Evei.

I-am deschis, dar eram atât de slăbit, încât a trebuit să mă țin de pereți când m-am întors în pat.

— Am zis să nu te las singur. Stai că te repar eu imediat, mi-a promis Eva și m-a descheiat la pantaloni, aplecându-se cu fața peste prohabul meu.

— Nu mă simt prea bine, m-am plâns cu glas de muribund, însă când s-a apucat de treabă am înțeles cât de fericită poate fi scurta viață a unei acadele.

N-a durat mult până am terminat, iar în secunda aia, pentru prima oară în viață, mi-am pierdut cunoștința. Abia după câteva ore mi-am revenit. Eva citea dintr-o carte lângă mine.

— Bună dimineața, a făcut ea și s-a întins ca o pisică, de parcă era, într-adevăr, dimineață și tocmai se trezise din somn. Am tot tras de tine să te trezesc, dar erai lemn. Dacă știam că faci atât de urât după sex oral, nu mă băgam! Păi, ce-o să faci, mister, când îmi trece stopul, o să decedezi după prima partidă?

43

Ne-am întors în țară și timp de câteva săptămâni n-am mai văzut-o pe Eva. Ne-am sunat de mai multe ori și ne-am promis că ieșim la o bere. Nu găsiserăm momentul să continuăm ceea ce începuserăm, iar „perioada aia din lună“, cum îi spunea ea, s-a suprapus fix peste excursia noastră în Grecia.

Într-o seară, târziu, am ieșit la o bere cu Marius, fostul meu coleg de la Agenție. Am trecut în revistă rapid întâmplările din ultima vreme și am ajuns, ca de fiecare dată, la femei. I-am povestit de Eva. El nu s-a lăsat mai prejos și mi-a vorbit despre o colegă nouă, ultima lui achiziție, cu care se combinase după ce ea îl părăsise pe Nick, directorul de marketing. Amânase două săptămâni să-i dea papucii fostului iubit pentru că avea o factură mare la telefon și a așteptat mai întâi ca el să i-o plătească, așa cum făcea de obicei.

— Într-o zi, pe la prânz, mi s-a părut că are mare chef de tăvăleală, așa că am luat un taxi și ne-am dus la mine acasă. Soră-mea era plecată și aveam tot apartamentul la dispoziție. Atât de înfierbântată era, că am dezbrăcat-o din bucătărie. Rămăseserăm amândoi doar în chiloți și așa ne-am dus în dormitor și ne-am aruncat în pat, ca în filmele alea romantice. Dar mi-am adus aminte că nu sunt spălat și i-am zis că plec puțin până la baie. Mi-am dat repede cu apă pe mine așa, cu ușa deschisă, și m-am întors la ea spălat și în curu' gol. Știi cât am lipsit? Cel mult două minute, da' asta, a dracu', se răcise, că nu mai voia să-și dea jos chiloții. Am insistat, am întors-o pe toate părțile, dar nimic, tot cu chiloții ăia nenorociți pe ea. Până la urmă ne-am certat și s-a dus în bucătărie să se îmbrace. Am luat un taxi și ne-am întors la muncă. Și pe seară, tot în ziua aia, primesc un telefon de la soră-mea: „Ai luat tu banii de chirie?" „Ce bani"? „Păi am lăsat de dimineață, când am plecat, banii de chirie pe noptieră, în dormitor, 300 de dolari, iar acum nu mai sunt acolo..." Și atunci am făcut legătura, coaie. Am dezbrăcat-o pe bagaboanta asta, pe Oana, că așa o cheamă, în bucătărie și am plecat în dormitor doar în chiloți. Cât m-am dus eu la baie, ea a văzut banii, i-a luat, dar era riscant să se ducă cu ei în mână până la bucătărie, unde avea geanta, pentru că eu aveam ușa deschisă la baie și puteam să o văd pe holul ăla lung. Așa că i-a băgat în chiloți și de-aia, a dracu' hoață, n-a mai vrut să și-i dea jos.

Peste mulți ani, tipa a ajuns patroana unei mari agenții de publicitate. Dacă va da vreodată un interviu în presă ca femeie de succes și va spune că a început afacerea cu 300 de dolari, e clar de unde a avut banii.

Am mai băut alte câteva beri cu Marius.

— De ce n-o suni pe aia din Grecia? Poate vine să bea cu noi.

Nu-mi displăcea ideea. În 45 de minute, Eva era lângă mine, în bar, machiată și decoltată, iar eu îmi plimbam palma pe genunchii ei. În timp ce vorbea cu Marius, mi-a prins discret mâna de încheietură și mi-a strecurat-o sub chiloți. După încă o bere am început să ne sărutăm la masă. Marius și-a aprins o țigară și ne-a reproșat cu glas de bătrân:

— Măi, copii, se uită lumea la voi. Haideți mai bine la mine acasă, că am un vin vechi, o muzică bună și puteți să vă desfășurați în voie. Soră-mea e plecată la mama și tot apartamentul e al nostru.

Am continuat să mă sărut cu Eva în taxi, în lift și apoi în sufrageria lui Marius, pe patul pe care sora lui, studentă la psihologie, abandonase un ursuleț de pluș cu ochi rotunzi.

— Mă duc să fac un duș, ne-a avertizat Marius. Să fiți cuminți, copii!

Nici n-a închis bine ușa de la baie în urma lui, că Eva era deja în sutien și chiloți. Într-un minut eram și eu doar în ciorapi, dar mă încălzisem atât de tare, încât nu mai era vreme să-i dau jos.

— Dacă ești de-ăla de fute în șosete o să mi se veștejească gogoșica, m-a amenințat ea și m-am descălțat instantaneu.

Am încercat să-i dau jos sutienul, dar nu reușeam să-l desprind.

— Ai grijă pe unde mă pipăi cu mâinile alea neîndemânatice. Poate îmi rupi un dinte sau îmi disloci vreo țâță, ceva! m-a avertizat ea.

M-a ajutat și am rezolvat rapid cu sutienul, dar de chiloți, ultima barieră, am tras prea tare și am rămas cu ei în mână, ca și cum aș fi fluturat o batistă pe peronul unei gări.

— Ești un animal, dar nu în sensul ăla pe care și-l doresc femeile, mi-a reproșat Eva, urcându-se pe mine ca pe cal. A început să se miște în toate direcțiile, precum călăreții de la rodeo, și să scoată din ea toate sunetele posibile, de la plâns în hohote până la râs isteric.

Nu știu cât a trecut până când Marius a scos capul pe ușa băii și a întrebat politicos, de parc-ar fi intrat pe un rând la teatru, după ridicarea cortinei:

— Deranjez?

Eva a întors capul spre el continuând să lucreze cu corpul la fericirea noastră și, printre gemete, l-a ademenit:

— Hai la mama, puișor, că e loc destul pentru amândoi!

Marius a ieșit dezbrăcat din baie și cu măciuca pregătită de atac. Mi-am adus aminte de un banc care vorbea despre inscripția de pe ușa unui bordel: „Aici se intră cu pula sculată. N-avem timp de giugiuleli". Eva l-a prins de sculă și l-a tras către fața ei. După ce l-a lustruit puțin, a descălecat de pe mine, l-a chemat și pe Marius în pat și s-a băgat la mijloc, între noi.

— Acum, fiecare ce apucă, ne-a zis ea, și așa s-a întâmplat. Singura mea problemă era să nu-l ating, cumva, pe Marius, iar el se ferea să se lipească de mine.

Ne-am oprit după o vreme, transpirați și obosiți.

— Băi nebunilor, care și-a aruncat copiii în părul meu? Că uite, acum mi s-a încâlcit tot… Mă așteptam să fiți niște domni, ce mama dracu'. Păi, Mihai, deontologul care apare la TV, trebuie să-l știți, ăla cu gurița roșie și față de copil și care, apropo, vrea să mă ia de nevastă, de câte ori termină, o face într-o batistuță pe care o ține tot timpul în pat, lângă noi...

Îl știam pe Mihai de la televizor și mi-am amintit că, de fiecare dată când l-am văzut, era îmbrăcat la costum, cu cravată, iar din buzunarul de la piept îi ieșea, discret și elegant, colțul unei batiste.

Marius și-a aprins o țigară și o fuma cu o mână sub cap, privind în sus în felul în care o fac îndrăgostiții în iarbă în filmele siropoase. Am luat și eu un Rothmans din pachetul lui.

— Dă-mi o țigară! mi-a ordonat Eva.

I-am întins una și a aprins-o stângace, înecându-se cu fum. O băgase în jumătatea gurii și pufăia din ea nepricepută, ca un copil care se joacă de-a fumatul cu un pix.

Un minut sau două s-a așternut peste noi o liniște moale și răcoroasă. Fiecare cu gândurile lui, trei trupuri goale, lipite, și trei minți rătăcind departe, pe coclauri.

Dintr-odată, Eva s-a ridicat în fund.

— Dumnezeule, în ce hal am ajuns! a rupt ea tăcerea, trăgând cu sete din țigară, pentru ca apoi să nu se mai poată opri din tuse.

Mi s-a făcut milă de ea. Era o biată fată scundă, țâțoasă și frumoasă, care ajunsese să și-o tragă cu doi haidamaci, ca ultima curvă din filmele porno. Mă temeam să nu cadă psihic și prin minte mi se perindau deja imagini cu ea aruncându-se de pe un pod.

— Eva, n-ai omorât pe nimeni. Viața e scurtă și încercăm și noi să profităm din plin de ea. Nu te stresa, te rog, că nu faci nimic rău! am încurajat-o eu, mângâind-o pe spate.

— Cum nu fac nimic rău, mincinosule? a izbucnit ea. Nu vezi că m-am luat de fumat???

Am plecat de la Marius târziu, în noapte. Eva voia să ajungă acasă și să doarmă, pentru că a doua zi avea multă treabă la serviciu. Am comandat un taxi și l-am așteptat în fața blocului, vizavi de parcul Moghioroș.

— Hai repede până în parc, mi-a șoptit Eva.

— Și taxiul?

— Dă-l în mă-sa, că vine altul.

M-am așezat pe o bancă și ea s-a întins cu capul în poala mea. M-a descheiat la pantaloni și s-a apucat de treabă. Un tip care făcea jogging venea în viteză spre noi. L-am recunoscut pe Laurențiu, un coleg tânăr, pe la vreo 25 de ani, reporter la Ziarul Economic, cu ochi albaștri și păr scurt și creț, de vițel. A trecut pe lângă banca noastră privind înainte, fără să mă recunoască.

Cu gura plină, Eva, care nu-l cunoștea, a bolborosit în urma lui:

— Ăsta o să ajungă departe!

— Crezi?

— Nu cred. Sunt sigură! Îți dai seama ce ambiție are dacă face sport la ora asta?

Într-adevăr, după câțiva ani, Laurențiu mi-a devenit șef. Ceva mai târziu a părăsit presa în glorie și s-a transferat la un fond străin de investiții unde, după zece ani, l-au pus director și i-au dat un salariu barosan.

Aventura noastră în trei a durat un an și ceva. Eva se întâlnea și separat cu fiecare dintre noi, însă cel mai mult îi plăcea când eram toți. Putea fi creierul nopții, devreme în zori sau la mijlocul zilei și, oriunde s-ar fi aflat și orice-ar fi făcut, lăsa totul baltă și venea la noi dacă rosteam fraza magică: „suntem amândoi". Ieșeam cu ea seara la bere și ajunsese să se împrietenească și cu Ilandru, redactorul-șef de la Agenție, cu care mă vedeam din când în când la o băută chiar și după ce migrasem la Tabloid. Uneori se făceau muci amândoi, pentru că nici el și nici ea nu țineau la băutură, iar cu discuțiile dintre ei s-ar fi putut scrie o piesă de teatru absurd. De cele mai multe ori, Eva povestea, iar Ilandru aproba.

— Odată am intrat într-o biserică din aia imensă în străinătate, poate Domul din Milano, poate cel din Florența, nu mai știu exact. Și acolo era un tip mișto, cu ochii verzi, da' verzi-verzi, ca... verzi ca...

— Ca... iarba... verde? a întrebat Ilandru, care abia mai reușea să îngaime câteva vorbe. Își depășise deja limita de cinci beri de la care îi curgeau mucii și scotea cuvintele cu forcepsul din gură.

— Nu, era un verde mai intens și mai plăcut, un verde prietenos...

— Un verde... plăcut? Atunci erau verzi... ca..., asta, cum îi zice? ca... sticla asta de bere?

— Așa erau, dacă vrei tu. Și avea un păr negru ca smoala și o gură roșie frumoasă, de-ți venea să-l întinzi pe pâine. Lat în umeri, mic în șolduri, înalt...

— Ce mai, o... belea de băiat, a completat Ilandru, care, de câte ori auzea de bărbați înalți se întuneca la față și devenea arțăgos.

— Așa e! Ce voiam să-ți spun e că mă uitam la prințul ăla și încercam să mă imaginez călărită de el, dar nu reușeam să focalizez nimic în minte. Cum mă străduiam să compun imaginea, cum se ștergea. Să-mi fut una, mi-am zis când m-am prins care e cauza.

— Și? Care... crezi că era... cauza? a întrebat Ilandru, legând greu cuvintele.

— E dovada clară că Dumnezeu există. Eram în biserică, omule! Iar în Casa Domnului nu se cade să ai gânduri porcoase, dar dacă totuși le ai, Dumnezeu ți le alungă imediat din minte. Ți le bagă direct în Recycle Bin.

Pentru creierul murat în bere al lui Ilandru, raționamentul Evei era greu de urmărit. A stat o vreme pe gânduri și la masă s-a lăsat liniștea ca într-o catedrală. Apoi a deschis gura strâmbată de alcool și a spus rar:

— Acum... hai să... nu... blamăm Biserica!

Marius, plecat cu câteva minute în urmă la toaletă, pierduse discuția.

— Te cerți cu ăsta micu'? a întrebat-o pe Eva.

— Doamne, ferește! Dimpotrivă.

Într-un exces de duioșie, așa cum îi apucă de câteva ori pe noapte pe bețivi, Marius l-a prins pe Ilandru de după umeri și și-a apropiat tâmpla de fruntea lui, așa cum fac vacile cu vițeii abia fătați.

— Voi vă dați seama ce mic era ăsta când era mic? ne-a întrebat, ținându-l pe cel mai temut șef din presa scrisă a Bucureștiului pe după umăr. Cât ai acum, frate, un metru cincizeci?

— Cum să-l întrebi cât are „acum"? Tu crezi că mai crește la 40 de ani? s-a mirat Eva.

Vorbele lui Marius îl amuțiseră pe Ilandru. Nu mai spunea nimic, doar privea intens în întunericul nopții, dincolo de umbrelușele roșii de pe terasă, și zâmbea. Avea un zâmbet mic și reținut, ca un băiețel căruia nu-i dai voie să iasă din curte și privește lumea prin gard.

Marius a prins-o pe Eva de mână ca un părinte care-i cere copilului să fie sincer și a întrebat-o cu glas mieros:

— Ia zi, frumoaso, cum îl vede o femeie pe șeful nostru?

Eva a răspuns rapid, ca și cum pentru întrebarea asta nu-ți trebuia nicio clipă de gândire:

— Nu-l vede!

Eva a încetat să mai iasă cu noi trei când, într-o seară, beat, aproape de comă, Ilandru se tot uita pofticios cum o sărutam pe rând. Se uitau și cei de la terasă și se pare că pe ea o incita treaba asta.

— Poate merge și el cu noi, a propus, altruist, Marius.

— Măi, băieți, am și eu o limită, ce Dumnezeu, nu mi-o trag cu trei! Nu cu trei bărbați, ca să nu mă înțelegeți greșit. Dacă vreți să fim patru, nu e nicio problemă, dar aduceți o femeie!

— Stai liniștită, că nici mie nu-mi place aglomerația, a calmat-o Ilandru. De-aia circul cu taxiul și nu cu metroul sau tramvaiul.

N-a mers cu noi, însă așa pitic și cu fața îmbătrânită de alcool mi-a amintit de Nea Burduf, un moș văduv de la mine din comună. Bătrânul târa după el, ca pe un sac mult prea greu, un picior beteag pe care se încăpățânase să nu-l abandoneze la Stalingrad. Își purta singurătatea ca pe o rană de război prin cele două camere ale unei căsuțe mici de pe dealul de la marginea satului. N-avea nici măcar un veceu în curte și le spunea vecinilor că n-are nevoie de așa ceva, atâta vreme cât pădurea îi cade pe casă.

Fericiții care agățau în discotecă o tipă dispusă să facă sex, dar care n-aveau atât de mult noroc încât să-și fi permis o mașină, riscau să piardă partida dacă era iarnă. Vara se descurcau cum puteau prin curtea școlii, vizavi de discotecă, sau în păduricea din apropiere ori chiar în spatele gardului de la stadion, însă iarna picau toate variantele. Unii dintre ei știau că singura soluție, în cazul în care nu se-ncumetau să ducă fata în casa părinților, era să-l caute pe Nea Burduf. Îl strigau la gard, iar el le deschidea șchiopătând poarta.

— Fut și eu, fut și eu, le zicea de fiecare dată cu glasul lui precipitat, ca un turuit de mitralieră, dar toți știau că e inofensiv și nu-l băgau în seamă.

Secretul bine păzit de toți băieții din comună și pe care, dacă l-ar fi aflat, nicio gagică n-ar mai fi mers cu ei la căsuța din deal, era că Nea Burduf făcuse o mică gaură undeva, lângă horn, prin care încerca, de fiecare dată, să deslușească prin întuneric scenele de sex. Ăsta era și prețul pe care cuplul trebuia să i-l plătească, pentru că moșul, sufletist, nu le cerea bani.

Mie mi se rupea de Nea Burduf, pentru că nu aveam nevoie de el. Nici eu, și nici Costel. Descoperisem că tata, pe atunci directorul școlii din comună, lăsa cheile de la școală undeva, într-un sertar, atunci când ajungea acasă. Doar el și femeia de serviciu aveau cheile. Le abandona în fiecare vineri seara acolo și le mai lua luni dimineața, când pleca la serviciu. Doar că sâmbăta seara, atunci când afară dădea gerul, le împrumutam, fără să-i spun, pentru o noapte.

Împărțeam domeniul cu Costel: o dată mergea el cu gagica în școală, altă dată în sala de sport și invers. Fiecare încăpere avea avantajele și dezavantajele ei: în școală intram în cancelarie și, înainte ori după sex, aveam ocazia să fac o cafea cu fierbătorul, la ibric. Puteam și să așez gagica dezbrăcată pe catedră, ca o răzbunare pentru anii în care școala m-a umplut de nervi și de frustrări. Dar și în sala de sport era bine: pe salteaua pentru gimnastică ațipeam, uneori, după sex, mai ales dacă înainte cocoțasem gagica pe capră și pe ladă și toate astea mă obosiseră. În camera de lângă sala de sport, în aceeași clădire, găseam grădinița, dar acolo nu era nimic de făcut.

Singura noastră grijă era să nu ne vadă cineva când intrăm și, mai ales, să nu aprindem niciodată luminile. Printre tipele mai ușuratice din sat, datorită futaiurilor în școală, ajunseserăm să fim considerați niște partide de sex excelente, așa cum sunt astăzi cei care-și permit să-și ducă amantele în hoteluri scumpe din străinătate.

Eu preferam sala. Într-o iarnă, după o oră de sărutări în frig, în fața discotecii, reușisem să conving o educatoare din Târgoviște să testăm salteaua. Am descuiat ușa clădirii și am intrat în sala de sport, orbecăind în întuneric. N-am făcut nici măcar câțiva pași când am auzit o voce gâfâitoare, de undeva, de la nivelul podelei:

— Stai așa, frate, că ies imediat.

— Care ești, bă, acolo? am întrebat speriat.

— Sunt Ion al Boboacii!

Era băiatul femeii de serviciu, singura care mai avea cheile școlii, în afară de tata. Am ieșit, dar n-am mai convins-o pe educatoare să revină cu mine în sala de sport.

— E oribil, ați făcut bordel acolo. O să fac plângere la Inspectorat.

— Du-te și spune-le, te rog, iar eu o să le explic că ai intrat cu mine în grădiniță ca să ne-o tragem, dar te-ai speriat de băiatul femeii de serviciu.

Nu m-a spus, dar nici nu m-a mai salutat de atunci. Am întâlnit-o 15 ani mai târziu pe Magheru, dar mi-a fost jenă să o-ntreb ce mai face. Îmbătrânise atât de tare, încât părea de vârsta mamei.

Micul nostru secret s-a spulberat în iarna următoare. Într-o luni seara, tata m-a întrebat cu calmul pe care-l avea doar când era foarte nervos:

— Azi-dimineață se jucau doi copii cu un prezervativ în sala de sport. Au zis că l-au găsit acolo. Știi ceva de treaba asta?

— De unde să știu eu?

N-a zis nimic, dar de atunci n-am mai aflat niciodată unde lasă cheile de la școală și de la sala de sport.

Dar asta se întâmplase cu mulți, mulți ani înainte s-o cunosc pe Eva.

După un an și ceva m-am plictisit de Eva și am abandonat relația. Mai aveam și alte iubite în paralel și nu făceam față. Dacă aș fi avut o sămânță gay în mine, atunci ar fi fost momentul să o fac să rodească, în triunghiul cu Marius și Eva. Dar n-aveam nici cea mai mică tentație să ating un bărbat, așa că după un timp totul a devenit anost. Marius s-a mai întâlnit cu ea încă un an, dar nu mai era același lucru, mi-a recunoscut într-o seară la bere. Toți tembelii au câte o gagică, sunt unii care umblă cu două sau trei, așa cum făcuserăm și noi de multe ori, însă nu știa niciun cuplu de prieteni care să se culce în același timp cu o femeie, mi-a explicat el. Cei care aveau două iubite nu le-ar fi convins în veci să facă sex în trei. Femeile sunt câinoase între ele și, pentru orgoliul lor, nici nu știu cât pierd. Și bărbații sunt dușmănoși și nu prea acceptă să împartă aceeași femeie. Cel puțin, nu în același timp. Dar noi nu eram așa. Asta ne făcea să ne simțim puternici și unici.

— Ești fericit? m-a întrebat brusc, în timp ce-mi turnam bere în pahar.

Întrebarea m-a surprins. De obicei, bărbații nu se-ntreabă între ei astfel de lucruri nici măcar când sunt beți. Își povestesc toate futaiurile, dar lucrurile adânci din intimitatea lor nu le scot prea des la suprafață.

— Sunt... Atât cât poate fi un om normal, care n-are bani, am răspuns stânjenit.

— Ești pe pizda mă-tii! a urlat Marius și a vărsat berea pe masă. Ai stricat tu totul, dobitocule!

44

Nefericirea mea nu avea legătură cu Eva, ci cu serviciul. Treburile se împuțiseră la Tabloid și începusem să complotez cu J.R. să plecăm de acolo. J.R. îmi povestise într-o seară, la o bere, despre vremurile romantice ale presei tabloide. Se părea că intrasem prea târziu în branșă. Tabloidul nu mai era atât de puternic ca în urmă cu câțiva ani, când prin biroul patronului se perinda umilă și plină de rugăminți toată lumea bună a Bucureștiului. J.R. avusese onoarea să lucreze în biroul de lângă cel al lui Biluță, patronul ziarului, într-un alt corp al Casei Presei față de cel în care munceam noi, pulimea.

— Pe Biluță l-am văzut o singură dată de departe, atât de sus era față de mine. N-am știut dacă a fost sau nu el, dar mi-a plăcut să cred că el era, i-am zis eu lui J.R.

— Eu îl vedeam în fiecare zi. Venea ministrul Justiției la el în birou noaptea, pe ascuns, veneau toți primarii de sectoare... Vai de capul meu! Și el îi asculta puțin, apoi se ridica încet de pe scaun și ieșea cu burta aia mare a lui de după birou, cu pași calculați, și le spunea pe un ton coborât, din colțul gurii, vorbind ca un mafiot cu ochii întredeschiși: „Discuția se oprește aici".

— El dădea stingerea.

— Da, juca un rol care îl consumase pe el, nu el consumase rolul.

— Frumoase vremuri...

— Da, și mai venea unul, al cărui tată fugise pe vremea lui Ceaușescu în Germania și făcuse bani acolo. Și fii-so, despre care îți povestesc, venise cu un Mercedes la ziar. Purta 46 la picior și avea niște ițari strânși pe pulpe, de ziceai că e pe schiuri. Parcă era Charlie Chaplin. Și venea băiatul ăsta, care era un tembel, iar Biluță îl primea cu „Poftiți, Excelență".

— Dar ce treabă avea Biluță cu ăsta? De ce-l pupa în cur?

— Pentru că tac-so voia să facă o fabrică de... conserve..., iar Biluță cică își extindea portofoliul. Treaba asta cu „excelență" îmi aduce aminte de ăsta, cum dracu-l cheamă, mă? Prințul Rațiu.

— Ion Rațiu?

— Nu, mă, Andrei Rațiu, o vedetă de carton de pe vremuri, care avea o tangență de unu la un miliard cu familia Rațiu. El, imediat după Revoluție, se dădea „Prințul Rațiu".

J.R. lucra pe atunci la un tabloid concurent, cel la care, pe vremuri, se lansase în jungla presei și Gicu, șeful nostru. Îmi aminteam și eu o gafă celebră a tabloidului în ultimele zile de viață ale lui Silviu Brucan. Bătrânul se zbătea între viață și moarte, dar, în ziua respectivă, tabloidul a scris pe jumătate din pagina a treia o știre cu titlul: „Silviu Brucan se simte mai bine". Ziarul a plecat seara la tipar și doar prima pagină a rămas în stand-by, în cazul în care se întâmpla, mai târziu, ceva neprevăzut. Iar neprevăzutul s-a petrecut, pentru că fostul nomenclaturist comunist s-a stins din viață în miez de noapte. Cei care au cumpărat a doua zi tabloidul au putut citi mare, pe prima pagină: „A murit Silviu Brucan", iar în pagina trei un reportaj amplu cu titlul „Silviu Brucan se simte mai bine".

— În fuga după inedit, cei de la ziar au început să-l exploateze pe „prinț", și-a continuat J.R. povestirea. Au pornit o campanie cum că ar vrea să se însoare. Au venit vreo 50 de proaste în fața Casei Presei, iar Gabi, fotograful, care n-avea niciun dinte în gură, i-a pus un scaun mai la umbră, lângă soclul statuii lui Lenin, și toate cele 50 de pretendente au trecut prin fața lui, iar el stătea nemișcat, într-un costum alb. Ele defilau ca la miss, pentru ca Prințul să le poată evalua. La un moment dat, fotograful, care se familiarizase cu el, i-a zis: „Prințe, ia ridică-te să mut scaunul, că trece umbra!" După ce s-a terminat selecția, Prințul s-a văzut obligat să le dea de băut oamenilor și s-a dus și a cumpărat niște sticle de whisky, dar erau făcături. Pe atunci whisky-ul original era foarte scump, dar era vremea falsificărilor masive și a găsit de unde să ia ieftin.

— Vezi, Prințul tot prinț, n-a vrut să-i cinstească pe oameni cu bere, ca țopârlanii.

— Mai bine ar fi adus o țuică sănătoasă de prună decât nenorocirile alea. Ideea e că au băut și s-au făcut pulă. Iar pe la cinci, când s-au cărat de la Casa Presei spre stație, tocmai pleca primul tramvai. Am ieșit și eu să-mi iau o apă de la chioșc. Și ei fugeau de la Casa Presei, prin mijlocul intersecției, către tramvai, iar fotograful, beat, striga din toți plămânii: „Hai mai repede, Prințe, că pierdem tramvaiul!" Eu am rămas prieten cu Prințul Rațiu, dar nu-l mai puteam lua cu „Majestate", pentru că fusesem martor la cum era să piardă tramvaiul.

— Oricum, bănuiesc că nu era prinț.

— Nu.

— Dar din ce trăia?

— A avut o agenție de modele Prince D'Armeny, pentru că la un moment dat s-a dus în Republica Moldova și a vrăjit fiica unui oligarh. Știa deja cum să vorbească cu presa, iar ziarele de acolo, exact ca și cele de la noi, l-au declarat prinț, iar ăia l-au făcut cetățean de onoare al orașului. A fugit cu fiica oligarhului și s-a ascuns de rackeții lui tac-so prin Armenia, unde a făcut agenția asta de modele, care era, de fapt, o rețea de prostituție ascunsă. Dar, ca să-ți spun sincer, că de tine nu mă ascund, atunci când a apărut, eu am crezut cu tărie că e chiar prinț. Nu mi-e rușine să spun, pentru că toți, de la Micul Jack, șeful ziarului, în sus, am crezut că e prinț. Până și Șantajistul, care era un personaj destul de fioros, îi vorbea cu „dumneavoastră". Și celălalt, adjunctul lui, ăla negricios, că nu-mi aduc aminte acum cum îl cheamă, în dorința lui de a se cățăra cât mai sus, îi căuta prietenia Prințului, pentru că nu se știa cât de influent putea să fie... Era o rută de luat în seamă în socotelile lui meschine. Acum a ajuns mare deontolog, dar pe vremea aia nu-l scotea pe Prinț din „Alteță". Ne-am gândit cu toții, am întors problema pe toate fețele și am ajuns la concluzia că e prinț-prinț. Fotograful, Gabi, care avea mult respect pentru el când era treaz, atunci când era beat îl lua la pertu. Dar era mai mereu beat. În fiecare zi, Prințul se cocoța pe prima pagină în tabloide. În momentul în care nu mai aveam ceva cu care să spargem piața, recurgeam la Prinț și îl puneam să facă o trăsnaie. „Nicio problemă", zicea Prințul. „Prințe, un giumbușluc, ceva, se poate?". „Gata, șefu'".

— Dar era rudă cu Ion Rațiu?

— Pe undeva, se pare că maică-sa era verișoară de gradul doi cu o verișoară a nepoatei lui Ion Rațiu. Dar exista o punte. Am auzit ceva mai târziu că e proxenet, dar până să se confirme, tot ziarul îl pupase în cur. Ajunsese să dea diplome internaționale de model, deci tipele alea erau sugătoare de anvergură mondială.

Într-adevăr, peste ani, s-a aflat adevărul. „Prințul" era un biet codoș din Constanța, care până la urmă a ajuns și la pușcărie. Prințul a fost printre primele vedete de carton din presa românească și, chiar și după ce s-a dovedit originea lui neaoș constănțeană, unele tabloide au continuat să publice, din când în când, știri cu el. Și tot „prinț" l-au numit.

Micul Jack, directorul ziarului care-l descoperise pe Prinț și care-l dăduse presei pe Gicu, șeful meu, umbla peste tot, chiar și la veceu, cu doi bodigarzi după el. Pitic, pe la un metru și jumătate, părea, alături de cei doi zdrahoni, un copil de clasa I pe care părinții îl conduc în prima zi de școală. Erau anii lui de glorie, anii în care ziarul scrisese una dintre acele știri care nu se uită niciodată și care vorbea despre o găină dintr-un sat oarecare, ce născuse doi pui vii. Una dintre gărzile lui de corp, Viorel, se holba tot timpul la gagici și, de cele mai multe ori, își pierdea șeful din ochi, fiind mai preocupat de cururi și țâțe.

— Unde e Jack? întreba el panicat, cu ochii rotunzi și umflați.

Celălalt bodigard, Mijitu', nici măcar nu vorbea și, pătruns de importanță, îi făcea umbră șefului său încruntat și cu mâinile împreunate pe coaie, mereu în așteptarea unui pericol care ar fi putut să apară. Privea lumea sceptic, cu ochii mijiți printre gene, așa cum văzuse el că fac bodigarzii prin filme. Era copleșit de misiunea lui înaltă, ca și cum n-ar fi fost vorba de un simplu job, ci de un destin care îl devora.

Dar nu de oameni au trebuit să-l apere gărzile de corp pe Micul Jack atunci când l-a dat afară pe Emil, ci de un simplu căcat. Ziarul preluase un cotidian mai mic, *Tineretul*, iar Micul

Jack și-a asumat sarcina să-l conducă și pe acesta. Emil era un jurnalist vechi la *Tineretul*, dar îi plăcea băutura tot atât de mult pe cât îi displăcea munca.

Micul Jack le-a cerut tuturor să i se adreseze cu „Maestre" și a pus să-i zugrăvească noul bârlog, unde primea jurnaliștii din spatele unui birou uriaș cât un teren de fotbal. Așa minuscul, părea, stând la masă, un punct pe o hârtie. Micul Jack lucra la noul birou până noaptea târziu, pentru că *Tineretul* trebuia pus pe picioare. N-a făcut excepție nici în ziua în care l-a dat afară pe Emil. Când bodigarzii au venit să-l ia la unu noaptea, cu mașina parcată în fața sediului, cu motorul pornit și cu ușa deschisă, ca la președinții de stat, au găsit în ușa biroului un căcat încolăcit și uriaș, de parcă cineva descărcase acolo o căruță cu lemne. Emil, proaspătul șomer, își lăsase disprețul față de Micul Jack fix în pragul biroului lui. Bodigarzii n-au mai avut vreme să strângă căcatul, pentru că Micul Jack se apropia deja de ușă. Tot ce-au putut să facă a fost să-l acopere cu un ziar, pentru că holurile erau pline de ziare. Când șeful lor a ajuns la ușă, i-au strigat disperați, ca și cum micul ziarist ar fi fost ținta unui atentat:

— Maestre, faceți pasu' mare!

L-au luat de toarte și l-au trecut pragul aproape pe sus, pentru că marele jurnalist care era Micul Jack avea picioarele atât de scurte, încât nu putea sări nici măcar peste un ziar.

Totul ar fi rămas doar o afacere într-un mic cerc închis dacă adjunctul Micului Jack nu s-ar fi gândit că o anchetă în ziar i-ar crește valoarea acțiunilor în fața șefului. A luat om cu om, de la cel mai tânăr reporter până la dinozaurii rămași de pe vremea lui Ceaușescu, și i-a interogat: unde ai fost în seara cu pricina? la ce oră ai plecat din ziar? cu cine ai fost? ai martori care să-ți susțină afirmațiile? Ancheta a durat câteva zile, dar n-au reușit să găsească făptașul. În schimb, tot ziarul a aflat că cineva se căcase fix în ușa Maestrului.

Abia la câțiva ani distanță s-a elucidat misterul. Unul dintre jurnaliștii de la *Tineretul* a dezvăluit că, în seara cu pricina, a ieșit la cârciuma de la capătul tramvaiului 41 cu Emil, cel pe care Micul Jack îl dăduse afară. Omul aproape că nu mai putea vorbi de supărare și, după câteva beri, prima frază întreagă pe care a spus-o a fost:

— Mă duc să mă cac la pitic la ușă!

Micul Jack îl redusese pe fostul subaltern la simplitatea cea mai de jos. Marile necazuri, ca și marile bucurii, nu pot fi exprimate în cuvinte. Dacă o fotografie face cât o mie de cuvinte, așa cum se spune în presă, un căcat la ușa celui care te-a umilit valorează cât o mie de înjurături.

S-a întors după 10 minute în bodegă. Nici nu s-a așezat bine pe scaun că s-a și ridicat brusc, ca și cum l-ar fi mușcat un șarpe.

— Stai că am uitat să mă șterg la cur!

La ușa Maestrului se căcase rapid și ar fi riscat și mai tare dacă pierdea timpul cu ștersul, deși erau destule ziare cu care ar fi putut rezolva rapid problema.

Eu n-am rezistat mai mult de un an la tabloid și, cu toate că Gicu ar fi meritat și el un căcat în prag, m-am mulțumit doar să plec și să mă angajez la cel mai renumit săptămânal economic. Oamenii tratau acolo subiecte serioase care, simțeam eu, mă cam depășeau. Jurnaliștii economici de la Săptămânal gândeau o serie de articole care să le dezvăluie românilor cum se pregătesc orășelele mici și sărace din țară de marele eveniment care urma să fie intrarea în UE. Primul dintre ele a fost ales la întâmplare: Babadag, iar cel care trebuia să facă un reportaj de acolo a fost tras la sorți. Eu am fost acela.

Peste două zile am urcat în mașina de serviciu cu fotograful, care făcea și pe șoferul, și am ajuns în Babadag. Orașul arăta ca și cum ar fi fost părăsit de câteva zeci de ani. Blocurile ruginite se țineau cu greu în picioare, magazinele la fel, iar pe străzi, în căldura amiezii, nu era nici țipenie de om. Singurele semne că exista viață în localitate și că nu ne teleportaserăm într-un orășel de pe lună erau pomii verzi de pe marginea drumului și câinii vagabonzi tolăniți prin șanțuri. Am găsit cu greu singurul hotel din oraș, iar la recepție, care servea și de bar, o blondă scundă cu vârstă incertă, undeva între 30 și 50 de ani, freca plictisită paharele cu un prosop. Există o categorie de fete romănce din zonele sărace cărora, din cauza mâncării de proastă calitate, le cresc aripioare grase undeva, în zona șoldurilor, chiar dacă în rest sunt slabe. Curul e mic, meschin și pierdut în blugii lăsați foarte jos, puțin deasupra pubisului, iar mai sus, între cur și mijloc, se lăfăie bucățile de carne care l-ar sătura și pe cel mai lacom dintre canibali.

— Ce doriți? ne-a întrebat neprietenoasă blonda, de parcă intraserăm plini de noroi în patul ei.

— Să ne cazăm pentru două nopți.

Ne-a spus cât costă. Hotelul, care arăta ca și cum ar fi fost construit de Mircea cel Bătrân, era ieftin și ne-am permis să ne luăm fiecare câte o cameră.

— Hai să ducem bagajele și să ieșim la o bere, i-am propus fotografului.

Blonda s-a oprit din ștersul paharelor și ne-a avertizat:

— Dacă ieșiți la plimbare, să vă întoarceți până diseară la nouă!

— Cum adică să ne întoarcem la o oră anume?

— Uite-așa, bine. Sunteți singurii clienți din hotel și doar n-o să rămân toată noaptea aici pentru două muște. Dar nici nu pot să las ușa deschisă la hotel, că intră bețivii de pe stradă și-mi beau tot din bar.

— Și-atunci, cum propuneți să facem? am întrebat-o.

— Păi, așa cum v-am spus: veniți înainte de 9, vă încui în hotel și plec și eu acasă, că m-oi fi săturat de atâta muncă pe ziua de azi.

A fost prima și singura dată în viața mea când mi s-a propus să rămân încuiat într-un hotel.

— Și când ne descuiați?

— Mâine-dimineață, când să vă descui?

— La ce oră?

— Când m-oi trezi și eu, pe la nouă–zece. Hai, unșpe, cel mai târziu.

Nu-mi surâdea ideea să rămânem blocați până spre prânz în hotel, mai ales că aranjaserăm o întâlnire cu primarul pentru a doua zi.

— Știți cumva și un alt hotel în zonă?

— Da, e o pensiune foarte mișto, Doi Iepurași îi zice. Vă dau imediat banii înapoi și duceți-vă acolo!

Părea atât fericită să scape de noi, încât m-am gândit că o plătesc cei de la Doi Iepurași ca să le trimită clienți.

— Deci ziceți să mergem la ei?

— Da, da, e mai bine la Doi Iepurași. Au și „fete“, ne-a dezvăluit blonda și ne-a făcut insinuant cu ochiul.

— Asta-nseamnă că au curve acolo? m-a întrebat în mașină fotograful, un tip timid și cu părul creț ca oaia.

Așa speram.

*

Pensiunea era o oază de verdeață cu restaurant, recepție, câteva căsuțe și o mică fermă, unde behăiau oile și cântau cocoșii. Prin comparație cu hotelul care închidea la 9 seara, ne simțeam ca în Waldorf Astoria, la New York. Am plătit și, jenat, cu jumătate de gură, l-am întrebat pe recepționer:

— Am înțeles că ați avea și... niște... fete...

— Aveam, sigur că da, doar că acum sunt la mare, că e sezon.

Curvele hotelului migraseră toate pe litoral, unde munceau peste vară. Ghinionul nostru!

Am plecat spre cameră și probabil că omul de la recepție a citit atâta dezamăgire în privirea noastră, încât a strigat în urma mea:

— Domnu', domnu', veniți puțin!

M-am întors la recepție și s-a aplecat spre mine, peste tejghea, făcându-mi semn cu degetul să-mi apropii urechea, și mi-a vândut o informație prețioasă:

— Mai prestează din când în când femeia de serviciu. Vedeți cum vă-nțelegeți cu ea...

— Hai, las-o dracu', dacă am ajuns să futem femei de serviciu, mi-a reproșat fotograful în drum spre camere.

I-am dat dreptate. Am dus bagajele în camere și am ieșit să bem ceva la restaurantul hotelului. După a doua sticlă de vin, tot restul nopții, cât am mai stat în cârciumă, m-am uitat lung prin toalete după femeia de serviciu, dar probabil că-și terminase programul în ziua aia. Sau altul, mai norocos, o chemase deja la el în cameră.

Ne-am întors peste două zile de la Babadag cu reportajul în traistă. Ideea era simplă: toată suflarea din oraș își făcuse calculele în funcție de soldații americani, a căror prezență la baza militară din zonă era așteptată de ceva vreme. Familiile norocoase, care aveau fete, sperau să și le mărite cu americanii, iar proprietarii de cârciumi așteptau ca soldații străini să vină și să le facă vânzare. Probabil că undeva, în toaleta pensiunii din mijlocul pădurii, și femeia de serviciu visa, sprijinită în mătură, la o viață mai bună alături de un soldat cu nume străin.

Aveam mult de lucru și în București. De ceva vreme mă împrietenisem cu Nea Viorel, bătrânul proprietar al celui mai cunoscut hotel din țară. Hotelul, înalt de peste 20 de etaje, construit în anii '70 fix în buricul târgului, era preferatul străinilor care ajungeau pe vremea lui Ceaușescu în România. Românii obișnuiți treceau pe lângă el, pe stradă, și priveau cu jind la limuzinele care parcau în fața lui și din care se dădeau jos doamne cu haine de blană, craci superbi și pantofi cu toc, și domni eleganți, în pardesie scumpe și cu pălării. Din când în când, un român de rând își lua inima în dinți și se ducea la recepție, plătea pentru o noapte la hotel salariul lui pe o jumătate de lună și, peste o oră sau două, se arunca de la balcon. Chiar dacă peste ani în București au ajuns și alte mari lanțuri, noile hoteluri nu aveau balcoane, iar geamurile, după noile standarde, se deschideau doar cât să scoți mâna și să scuturi țigara. Și-n plus, niciunul nu era atât de înalt, atât de faimos și atât de central ca hotelul lui Nea Viorel, așa că, chiar dacă la început, noile mari hoteluri au reușit să-i fure mare parte din clienți, nu i-au răpit niciodată sinucigașii.

Nea Viorel mă invita sâmbăta să stăm de vorbă în biroul lui de la etajul 2, amenajat într-un apartament somptuos de hotel. Îl bănuiam pe bătrân că la prânz trage un pui de somn, pentru că avea, permanent, aerul unui om sătul și odihnit. Nea Viorel fusese chelner la marile hoteluri bucureștene pe vremea lui Ceaușescu, iar mai apoi șeful unor baruri de noapte unde, uneori, venea să se distreze și mezinul dictatorului. Ulterior, după Revoluție, Nea Viorel reușise, împreună cu frații lui, să pună mâna pe câteva hoteluri și pe multe clădiri importante din oraș. Fratele lui mai mare făcuse parte dintre cei care devalizaseră Bancorexul, iar pagubele aduse la începutul anilor '90 băncii și statului erau evaluate la câteva sute de milioane de dolari. Fratele lui Nea

Viorel trebuise să fugă atunci din România pentru câțiva ani, ca să nu fie arestat, dar până la urmă lucrurile s-au aranjat favorabil pentru el și s-a putut întoarce liniștit. Nea Viorel își amintea cu tristețe de vremurile alea:

— Când a avut frate-meu necazul ăla..., povestea Nea Viorel, lumea nu l-a înțeles deloc pe el și a trebuit să plece departe de casă. A fost o perioadă grea.

Era atât de convingător, încât de fiecare dată mă făcea să empatizez cu „necazul" fratelui său.

Îl bănuiam că mă invită la discuții sâmbăta pentru că se plictisește și n-are cu cine să stea de vorbă. N-avea copii, iar majoritatea timpului și-l petrecea în marele hotel. Îl găseam la birou cu câteva sticle mari de apă Evian pe masă, uitându-se din când în când, plictisit, la ceasul lui de aur. Familia lui fusese ani de-a rândul, după Revoluție, printre cele mai bogate din România, iar la începutul anilor 2000, când l-am cunoscut eu, era în vârful ascensiunii.

— Bei un ceai, ceva? m-a întrebat în ziua în care i-am propus să facem un interviu despre vânzarea hotelului.

Pentru Nea Viorel, știam, urmau vremuri grele. Lanțul internațional la care se afiliase marele hotel în anii '70 semnase atunci un contract de franciză pe 30 de ani cu statul român, adică îi dăduse voie hotelului, contra unei sume, să-i poarte numele. Acum expira contractul și aflasem că lanțul voia să-l prelungească cu o singură condiție: dacă franciza va include și management. Hotelul se degradase mult în ultimii ani, frații nu mai investiseră în el și avusese de suferit, ca imagine, și lanțul internațional de lux. Așa că cei de la lanț voiau ca, prin contract, să impună nu doar numele hotelului, ci și management propriu. Cu alte cuvinte, Nea Viorel urma să predea unui străin frâiele hotelului și să nu mai aibă voie să se implice în conducerea lui, ci doar să bage bani în renovare, iar la final să rămână cu profitul. Supărat că i se ia jucăria, hotărâse să-l vândă, însă decizia era ținută în mare taină. Dacă s-ar fi aflat în presă de intenția lui, se temea că ar fi părut disperat, iar prețul hotelului ar fi scăzut la negocieri.

— Ce dacă e nou și n-a mai urcat niciodată la mine? Nu știe să se descurce? s-a răstit Nea Viorel în telefon.

Mi-a explicat că avea chelnerul lui preferat, care-i știa toate tabieturile, doar că în ziua aia nu lucra. Urma să urce un chelner tânăr și lipsit de experiență, care era îngrozit de o întâlnire față în față cu patronul.

Peste câteva minute s-a auzit o bătaie în ușă, iar în prag și-a făcut apariția un adolescent înalt și subțire, elegant, cu mănuși lungi și albe, până la cot, așa cum poartă miresele, și cu o tavă în mână. Chelnerul a intrat cu pași măsurați, ca manechinele pe scenă, la prezentările de modă, s-a oprit în mijlocul încăperii, a făcut o plecăciune ca pe vremea lui Mozart și a recitat pe tonul prezentatorilor de știri de la TV:

— Bună ziua, domnule președinte, dumneavoastră și invitatului dumneavoastră!

Am izbucnit în râs și am atins, din greșeală, sticla de Evian de pe masă, care s-a vărsat pe covor.

Am făcut interviul cu el și, voalat, m-a lăsat să înțeleg că ar fi dispus să vândă hotelul, doar dacă cineva i-ar da pe el multe zeci de milioane de dolari. I-am făcut o poză pe balcon, privind pierdut în zare. De-acolo vedea același lucru ca sinucigașii care-i intrau în hotel. Dar îl despărțeau de disperații care se aruncau de la balcoane milioanele de dolari, o sănătate de fier și o viață în care nu-i lipsise nimic. Ce rotiță a sorții îi face pe niște oameni absolut banali să devină milionari, iar pe alții, cu multă școală și camioane de cărți citite, să ajungă muritori de foame și în pragul sinuciderii?

M-am întors la redacție și am scris articolul, cu un titlu care anunța că „Marele Hotel a fost scos la vânzare", iar sub el, o poză cu Nea Viorel, privind în zare de pe balcon. Sub fotografie scrisesem: „Proprietarul hotelului, așteptând nerăbdător eventualii cumpărători". În cele câteva zile de după ce scrisesem textul și până să apară pe piață Săptămânalul la care lucram, nu-mi spusese nimeni că un nepot de-ai lui Nea Viorel îl sunase pe directorul meu și-l rugase ca articolul să sune cât mai favorabil pentru unchiul său. Nepotul nu voia ca hotelul să pară de vânzare, ci mai degrabă că mulți sunt interesați să-l cumpere, dar Nea Viorel n-ar prea vrea să-l vândă. Redactorul-șef a modificat totul, fără știrea mea. Titlul „Oferte în plic pentru Marele Hotel" era exact opusul adevărului a ceea ce scrisesem eu, iar comentariul de sub poza lui Nea Viorel fusese și el schimbat radical: „Proprietarul privește detașat ofertele care curg către Marele Hotel".

— De ce mi-ați măcelărit articolul? l-am întrebat nervos pe redactorul-șef în ziua în care a apărut săptămânalul.

— Pentru că așa am fost rugat de director, care, la rândul lui, a fost rugat de nepotul celui cu hotelul care, la rândul lui, ne dă reclamă printr-una dintre firmele sale din care noi, la rândul nostru, ne luăm salariile întregi și la timp. Ai înțeles cum stă treaba?

N-au trecut nici câteva ore și m-a sunat Nea Viorel, care m-a invitat la hotel. L-am găsit la birou, cu ziarul în față.

— Bună treabă ai făcut, bună de tot! m-a lăudat el.

Am încuviințat, mulțumit, „eu am râs, n-am zis nimica".

— Uite ce frumos ai scris sub poza asta: „Proprietarul privește detașat ofertele care curg..." Chiar așa priveam, băi Liviule, detașat, dar n-aș fi găsit cuvintele potrivite să spun asta. „Detașat". Ce frumos ai zis! Asta înseamnă să ai talent!

S-a ridicat de la birou și a venit spre mine. M-am ridicat și eu, iar el m-a luat pe după umeri și m-a condus către ușă.

— Acum du-te, că am treabă, m-a expediat bătrânul hotelier și am simțit că-mi bagă ceva în buzunarul de la spate.

Am verificat când am ieșit din hotel. Erau 500 de dolari. Afară, soarele strălucea ca ceasul de aur de la mâna lui Nea Viorel, studentele se plimbau în fuste scurte pe lângă Universitate, iar eu nu mai eram atât de supărat că-mi măcelăriseră articolul.

Partea a III-a
Xanax

45

„Comandantul Vartolomei, membrii echipajului și cei 12 pasageri au murit la impactul cu solul. Comandantul avea peste 10 000 de ore de zbor." Am închis ochii și am strâns tare mânerul scaunului. Centura îmi intra în burtă, iar cu genunchii loveam scaunul din față. Urma să decolăm. Trebuia să suport primul meu zbor într-un avion minuscul și cu elice, dar nu asta era cel mai grav. Pe comandant îl chema Vartolomei. Simțeam miros de colivă în numele lui. De biblie, de vechi. Miros de tragedie.

Prietenul meu, Marius, zburase și el pentru prima oară cu o lună în urmă și pe comandantul lui îl chema Grigore. *Cum să te ducă Grigore în siguranță la Cluj?* se gândise el. În plus, când și-a luat viteză pe pistă, avionul a făcut o buclă scurtă, dar s-a redresat rapid. „O fi ocolit vreun câine", i-a zis vecinul de scaun. Fusese groaznic.

Nici eu nu credeam că Vartolomei va fi în stare să treacă peste Carpați. Nu puteam respira și mă uitam, disperat, pe geam, căutând o cale de salvare. Ce bine ar fi dacă s-ar putea deschide, m-am gândit. Am închis din nou ochii și-am încercat să mă rog, dar nu știam nicio rugăciune. Am repetat mecanic câteva cuvinte: „Tatăl nostru care ești în cer". Oare era „în ceruri"?

Avionul a plecat greoi de pe loc, clătinându-se ca Ray Charles în fața pianului. Eram 11 ziariști și Mircea Dinescu. Parcă vedeam jurnalele TV de pe seară: „Dinescu, mort într-un accident aviatic în timp ce zbura spre Oradea. Poetul urma să preia conducerea postului TV deschis de controversații frați Micula. În avion erau și 11 jurnaliști".

Intrasem în presă cu câțiva ani în urmă. O singură dată am vorbit cu bunica despre munca mea de jurnalist economic.

— Niște oameni bogați îmi povestesc despre afacerile lor, iar eu îmi notez ce zic și scriu despre ei, i-am explicat.

Și-a dat basmaua dinspre ceafă spre frunte, apoi a tras-o înapoi spre ceafă. Așa făcea când voia să spună ceva important.

— Tu o să fii mare când o să scrie alții ce zici tu, nu când scrii tu ce zic alții, mi-a aruncat, dezamăgită.

Avionul se oprise la capătul pistei, dar parcă se balansa și stând pe loc. *Cât de instabil o fi în aer, dacă pe pământ e așa?* m-am întrebat îngrozit. Cineva îmi spusese cu câteva zile în urmă să fiu calm, chiar dacă vor fi turbulențe.

— Se va clătina puțin, dar nu va fi mai rău decât în autobuzul 335.

— Păi și în 335 mi-ar fi teamă dacă s-ar zgâlțâi prin aer, m-am plâns.

O să scrie alții despre mine, m-am consolat. Tot era mai mult decât nimic. Avionul a plecat pe pistă în viteză cu motoarele turate la maximum. M-am uitat la ceas. Era 10:13. Semn rău.

Mă simțeam ca un ou aruncat în calea unei turme de elefanți. Mi-am spus în gând să închid ochii, dar îi aveam deja închiși. Am simțit mașinăria infernală cum se desprinde de pământ și tot urcă. Inima îmi bătea în gât și în tâmple. Și în stomac. Aveam inimi peste tot, chiar și în ceafă și în cur. Am deschis ochii într-un târziu și m-am uitat în jos, prin gemulețul mic cât farfuria. Vedeam case și câmp, dar nu recunoșteam zona. O fi Baloteștiul? Apoi, brusc, avionul s-a lăsat pe-o aripă ca să ia o curbă și doar printr-o minune am reușit să nu mă scap pe mine. S-a reechilibrat într-un final și a continuat să urce. O vreme a tot urcat, de parcă voia să ajungă la Dumnezeu. Apoi s-a auzit un zgomot și s-a aprins o lumină. Oare s-o fi stricat ceva? O nouă inimă a început să-mi bată, în buza de sus, de data asta.

Peste o vreme, avionul a început să se scuture violent, ca un bețiv adormit pe care nevasta încearcă să-l trezească și să-l trimită la serviciu. La două scaune mai în față, poetul Dinescu citea liniștit un ziar. Era mai calm decât stăteam eu în fața calculatorului, la serviciu. „Moartea citește ziarul", parcă suna o poezie a lui. Așa, insensibil și plictisit, n-avea față de poet, ci mai degrabă de arendaș. Asta a și devenit mai târziu, deși lumea a continuat să-l numească tot poet.

Gândindu-mă la el, am uitat puțin de frică, iar bătăile inimilor parcă s-au mai domolit. Oare ce poezii de-ale lui mai știam? Pe-aia cu „sunt tânăr":

Sunt tânăr, doamnă, vinul mă știe pe de rost
Și ochiul sclav îmi cară fecioarele prin sânge
Cum aș putea întoarce copilul care-am fost
Când carnea-mi înflorește și doar uitarea plânge?

Am înghețat când m-am prins la care „doamnă" se referea. *Sunt tânăr, Doamnă.* Nu vreau să mă prăbușesc acum. Urechile mi s-au înfundat și respiram tot mai greu. Am tras cu coada ochiului pe geam. Vedeam din când în când munți, văi, case minuscule și drumuri subțiri ca firul de ață. Oamenii, cu viețile lor microscopice, nici măcar nu se zăreau de sus. Cum poate, oare, să ne vadă Dumnezeu pe toți de-acolo, din cer, de la el? Probabil că nici măcar nu se deranjează să ne identifice și ne manevrează destinele la întâmplare, de-aia, uneori, ne merg toate de-a-ndoasele. De-aia mor copii de cinci–șase ani și bătrâni bețivi și tabagici trăiesc 100 de ani. Mă gândeam la toate astea și mă tot uitam, îngrozit, pe ferestruică. Erau momente în care nu se mai zărea nimic. Doar nori. Nu-mi mai auzeam nici gândurile de zgomotul inimilor, care vibrau mai puternic decât motoarele aparatului. Dacă s-ar fi deschis ușa avionului și m-aș fi aruncat în gol, ca parașutiștii, m-ar fi ținut în aer, ca pe-o dronă, inimile care zbârnâiau.

Cu un an în urmă, un avion chinezesc se prăbușise în mare și muriseră 200 de oameni. Eram la serviciu când am aflat.

— A căzut un avion, a anunțat cineva.

Un coleg, doar pe jumătate atent, a întrebat:

— Și, a căzut rău?

Am ajuns la Oradea cu urechile înfundate, ochii injectați și inimi clipocindu-mi în tot corpul. Am vizitat fabricile de sucuri ieftine, de biscuiți, de napolitane și de vodcă ale fraților Micula. Zeci de hectare cu fabrici. Mă uitam la lăzile cu napolitane de parc-ar fi fost pline cu șuruburi, iar sucurile îmi păreau bidoane cu motorină.

Seara, ne-au dus la o petrecere câmpenească în stațiunea Stâna de Vale. Poetul Mircea Dinescu, în capul mesei, între cei doi frați Micula, cânta cu paharul în mână. Părea Iisus răstignit între cei doi tâlhari. La mese se așezaseră vreo 200 de oameni, ziariști, angajați, parteneri de afaceri, autorități locale. S-a dansat pe melodii bihorene, apoi din alte zone ale țării, s-a cântat muzică ușoară, muzică străină, după care s-a făcut liniște.

Valea, înconjurată de munți și de brazi, plutea într-o lumină alburie. Un vițel la proțap se rotea cu sclipiri roșietice. Cineva a luat un scaun și l-a așezat în fața fraților și a poetului. Un folkist s-a apropiat umil. Ca toți folkiștii, era slab, avea mustață, păr rar și spectrul foamei pe figură. Atât de mult i-a stors de bani poetul Păunescu pe folkiști în anii glorioși ai Cenaclului Flacăra, atât de tare i-a surmenat târându-i din oraș în oraș, în turnee, încât și acum, după trei–patru decenii, supraviețuitorii par epuizați și înfometați. Folkistul a pus un picior pe scaun, a așezat chitara pe el și a început să cânte:

Mai știi cum te strigam pe-atunci
Icoană cu picioare lungi
Veneai pe râu sau râu erai
Curgeai în mine până-n rai.

Dinescu s-a ridicat și, cu paharul în mână, a început să cânte cu folkistul. Erau versurile lui. După ce a terminat piesa, cântărețul și-a dres glasul, s-a aplecat puțin a respect și a spus:

— Acum vă voi interpreta o serie de melodii, compoziție proprie, pe versuri semnate de domnul Viorel Micula.

Și a început să cânte. Viorel Micula bătea ușor ritmul cu paharul în masă. Peste ani, am constatat că poetul Dinescu a fost mai bun în afaceri decât s-a descurcat afaceristul Micula cu versurile.

După Oradea m-am temut o vreme să mai zbor, deși primeam tot mai des invitații în străinătate în care se pleca cu avionul. Am ratat New York și n-am ajuns atunci nici la Paris, Roma, Londra și Madrid. Aș fi murit de ciudă dacă aș fi continuat așa. Era ca și cum aș fi refuzat să trăiesc. Preferam să mor de frică în avion, încercând să văd lumea. Trebuia să-mi depășesc limitele, dar știam că ăsta e cel mai greu lucru în viața oricărui om. Problema mă depășea și n-aș fi putut s-o rezolv de unul singur. Cineva mi-a recomandat să merg la psihiatru.

Psihiatrul m-a privit prin sticla groasă a ochelarilor și mi-a spus un singur cuvânt: XANAX. Să-l iau înainte să urc în avion. „Xanaxul e indicat în tratamentul stărilor de panică și în blocarea sau atenuarea fobiei. Se folosește și împotriva anxietății sau depresiei.“ Cu câteva minute în urmă mă întrebase de ce mă tem atât de tare. Să nu se prăbușească avionul? Nu neapărat. Mă temeam de mult mai multe. Să nu intre o pasăre în motor la decolare și să ia foc. Să nu aibă suficientă forță să se ridice și să cadă pe casele din apropiere. Să nu i se spargă un geam în aer și să se depresurizeze. Mă temeam de greșeli de pilotaj, de teroriști la bord, de o eventuală sinucidere a pilotului, de o aripă ruptă în zbor, de furtuni, de turbulențe, de goluri de aer. De defectarea sistemului de climatizare, de incendiu la bord sau la motoare. Dacă mecanicii uită să-l alimenteze cu combustibil? Mă temeam să nu i se deschidă flapsurile, să nu se blocheze trenul de aterizare când atinge pământul sau să nu i se strice frânele pe pistă. Psihiatrul a numărat 32 de frici.

— Eu vreau să îmi dau doctoratul pe tema fobiilor. Dacă sunteți de acord să fac teza pe problemele dumneavoastră, vă tratez gratis, mi-a propus.

Am refuzat, deși, când am ieșit din cabinet, mi-a părut rău. Dacă psihiatrul ar fi ajuns peste ani un Freud ori un Jung, tocmai ratasem nemurirea. Urma să zbor în seara aia spre Malaga.

Pastilele erau mici, albe și păreau inofensive. Am luat două cu o oră înainte să urc în avion. Mi s-a făcut somn și gândurile mi se împotmoleau, ca în vis. Dar era bine, mă simțeam fericit. Ultimul lucru care mi-a trecut prin cap a fost că gândurile ne împiedică să fim fericiți. Și apoi chiar n-am mai gândit nimic, ca și cum capul mi s-ar fi transformat într-o cutie goală și inutilă. Oamenii roiau în jur ca țânțarii pe baltă. Semănau cu cei din autogările copilăriei mele, doar că păreau ceva mai bogați. Oamenii din aeroporturi sunt triști și par a nu avea ce-și spune. Mici frânturi de discuții, câteva observații, holbatul la rafturile din duty free și atât.

M-am târât pe scara avionului ca și cum aș fi urcat Golgota. De aproape părea ruginit și grosolan, ca o cisternă abandonată în câmp. Am constatat că avea și nume. *Deva.* Asta l-a făcut în ochii mei mai uman, dar și mai fragil. Deva poate fi bolnavă, poate fi obosită sau poate avea, pur și simplu, o zi de căcat, așa cum ni se întâmpla tuturor. Mai târziu am zburat și cu Brăila, Alba-Iulia, Craiova și altele cu nume asemănătoare și care, oricum, nu inspiră încredere. Cei de la Tarom colcăie de imaginație. Pe unul dintre avioanele lor l-au botezat Smaranda Brăescu, prima femeie pilot din România, campioană europeană la parașutism. Comuniștii au condamnat-o la închisoare, dar a dispărut și nimeni n-a mai aflat nimic despre ea. Poate că dispăruse pur și simplu în cer, ca pilotul de război Saint-Exupery, cel care scrisese *Micul Prinț*.

M-am uitat de pe scară în lungul avionului. Nici măcar nu era atât de lung. Aripile păreau vechi, ruginite și firave. Înăuntru mirosea a plastic. Duhnea a frig, a disperare și a frică. Scaunele erau înghesuite și incomode, iar oamenii se împingeau unii pe alții printre rânduri, dușmănoși și crispați. M-am așezat și mi-am fixat centura.

Lângă mine a apărut un tânăr de vârsta mea, plictisit și bine îmbrăcat.

— Ai văzut cum arată stewardesa aia brunetă? Mamă, ce vrăjitoare! mi-a zis el prietenos, ca și cum ne-am fi cunoscut de-o viață.

M-am uitat la ea și mi s-a părut foarte frumoasă. Poate de la Xanax.

— Gabriel, s-a prezentat vecinul de scaun.

Stewardesa a început să vorbească. O auzeam, dar vorbele treceau pe lângă mine. Doar câteva cuvinte au izbutit să răzbată prin scutul Xanaxului.

— În cazul PUȚIN PROBABIL al unei depresurizări, măștile de oxigen vor cădea automat.

Nu mă consola expresia „puțin probabil". Mă îngrijora însă „în cazul".

Avionul a decolat, dar nu-mi mai era atât de frică precum prima oară. Pastilele și-au făcut efectul. Lumea îmi părea frumoasă, prietenoasă și inaccesibilă ca o însoțitoare de bord. Stewardesa brunetă se învârtea printre noi și arăta la fel de bine ca înainte de decolare. M-am uitat insistent la ea.

— Vă pot ajuta cu ceva? m-a întrebat, aplecându-se cu sânii peste obrazul lui Gabriel.

— Mi-e frică de avion și nu vreau să vorbesc cu nimeni. Dacă am nevoie de ceva, vă chem eu, i-am zis sedat, de parc-aș fi fost un robot.

— Fiți calm, suntem deja pe deasupra orașului Split, a încercat ea să mă liniștească după o vreme.

— Și ce, peste orașul Split nu se pot prăbuși avioane? Au, cumva, plase pe deasupra blocurilor, ca trapeziștii de la circ? am întrebat-o iritat.

Chiar nu mi se părea deloc urâtă, nici măcar când, auzindu-mă, a strâmbat nedumerită din nas. Gabriel a prins-o ușor de mână, s-a uitat în ochii ei mari, cenușii și reci ca fundul unei linguri și i-a șoptit:

— Domnișoară, nu vă supărați, vă rog, pe amicul meu și nu vă încruntați, pentru că faceți riduri și e mare păcat. Sunteți superbă. M-ați vrăjit de când m-am urcat în avion!

O oboseală plăcută m-a cuprins și am căzut neputincios și buimac în tenebrele somnului, ca un avion care se prăbușește în mare. M-am trezit speriat peste o vreme, din cauza trepidațiilor. Avionul se scutura la zece kilometri deasupra oamenilor care-și vedeau liniștiți de viețile lor. Când eram copil, mă uitam la cer, tolănit în iarbă, și număram avioanele. Îmi imaginam că în burțile lor, domni și doamne în costume și rochii de seară ciocnesc pahare de șampanie și râd fals. Avionul a trepidat și mai tare. Dacă aș fi avut un pahar de șampanie în mână, l-aș fi vărsat pe mine.

La Malaga, agenția de turism care ne-a adus în infotrip ne-a cazat câte doi în cameră. Gabriel „lucra cumva" în turism. Tatăl său conducea un hotel la mare și alte câteva afaceri. A apărut și în Top 300. Hotelul în care stăteam era aproape de aeroport și de pe balcon vedeam cum, la fiecare câteva minute, pleacă un avion. Ziua vizitam regiunea, seara mergeam la masă cu grupul sau la cabaret, iar noaptea, ajunși în cameră, ieșeam pe balcon. Ne uitam la avioane și povesteam. Avioanele se ridicau de pe pistă și, la nici un minut, făceau o curbă la dreapta, apoi urcau și se pierdeau în zare. Păreau niște oameni care pleacă dimineața la muncă și care fac, mereu și mereu, același traseu, de parcă viața lor ar fi programată pe computer.

Gabriel aștepta nerăbdător ziua în care urma să mergem la Cordoba. Voia să cumpere câteva curele de acolo.

— Supercalitate! se entuziasma mereu.

Pe mine nu mă pasionau curelele. Îl ascultam, dar tot la avioane îmi zbura gândul.

— Dacă nu porți curea la pantaloni ești un ratat. Ești un căcat de om, spunea.

Aveam curea și nu mă simțeam vizat. Avioanele mă atrăgeau într-un fel ciudat. Mă temeam de ele, dar îmi plăcea să le văd cum decolează. Începusem să le învăț, Boeingurile mai rotunjite, Airbusurile zvelte, sau cele rusești, Tupolev, cu motoare la coadă. După unu–două noaptea treceau pe sub balconul nostru turiste bete și lălâi, nemțoaice sau nordice, care veneau la piscină cu spanioli pitici, bronzați și gelați. Am aflat că-i plăteau. Cu cât se apropia ziua plecării, cu atât Gabriel era mai stresat. Spunea întruna:

— Mai avem patru zile, mai avem trei, două...

Iar la final:

— Mâine urcăm în BUTELIA MORȚII!

Deja începuse să mi se facă frică.

La întoarcere, în prima oră, mai mult am dormit în avion. Gabriel a scos dintr-o geantă de piele un Top 300 și mi-a arătat o poză.

— Ăsta e bătrânu'. Dar mă piș pe banii lui. Oricum vreau să plec în State.

Bătrânul era un omuleț banal, îmbrăcat la costum. Probabil un fost chelner, care ulterior cumpărase hotelul. Am ațipit, dar Gabriel m-a trezit din nou.

— Nu-mi dă bani. Zice să plec în viață de la zero, așa cum a făcut și el. Îmi spune că nici pe el nu l-a ajutat nimeni cu nimic. Să-și bage toți banii în cur și să se îngroape cu ei! E fericit că a rămas cu milioanele intacte, dar nu-și dă seama, boul, că și-a pierdut singurul copil!

L-am liniștit, spunându-i că suntem, cumva, în aceeași situație. Taică-său are foarte mult, dar nu-i dă nimic. Tata mi-ar da tot, dar n-are mare lucru.

Apoi iar am ațipit. Gabriel avea ceva pe suflet și m-a scuturat.

— Ți-e somn, nu? Ai luat Xanax și ești liniștit, așa e?

— Da, am mormăit eu.

Gabriel a bătut cu degetul în gemulețul mic al avionului ca un profesor în capul unui elev tembel, care nu știe lecția.

— Și dacă se sparge căcatul ăsta, cu ce te ajută Xanaxul?

M-am trezit instantaneu din amorțeală și mi s-a făcut frică. Dar Gabriel nu mi-a dat timp să mă gândesc prea mult la geamuri sparte. Voia să se plângă tot de taică-său.

— Și știi ce mă enervează cel mai tare? Că m-a făcut de râs în ochii tuturor celor care mă cunosc. E singurul dintre gușații ăia 300 care a apărut în poză, în Top, fără curea la pantaloni.

În următorii ani am zburat tot mai des. După o vreme a început chiar să-mi placă. Xanaxul îmi dădea de fiecare dată o senzație de moleșeală și de liniște. Era ca și cum ai fi beat, fără să torni litri de lichid în tine. Mă așezam în scaunul avionului și nu-mi mai păsa de nimic. Îmi ajungeam mie însumi. Niciodată n-am fost mulțumit de ceea ce fac, întotdeauna mi-am reproșat câte ceva, dar în avion trăiam o pace plenară. Auzeam zgomotul motoarelor și știam că e dublat de aerul care alunecă pe fuselaj. Uneori mă gândeam că mașinăria s-a oprit, iar ceea ce se aude e doar aerul.

Zborul spre Amsterdam era liniștit. Simțeam că în scurt timp o să adorm.

— Ce mai faci, nebunule?

O fostă colegă de liceu îmi răsărise în față. Nu ne mai văzuserăm de 15 ani. S-a aplecat spre mine și așa am constatat că nu i-au crescut între timp sânii, dar pusese, în schimb, multă carne inutilă pe obraji și pe gușă. Ce miștocar e Dumnezeu, m-am gândit. Surplusul de carne de pe fața și gâtul ei i-ar fi fost de ajuns Bătrânului Arhitect ca să-i construiască femeii două țâțe de star porno.

— Ce-ai mai făcut, drăguțule?

— Nimic, am vrut să-i spun sincer, dar era greu să rezum asta.

Am zis doar:

— Bine.

Oricum, n-o interesa ce spun eu.

— Mai ții minte ce nebuni eram în liceu?

Fusese o fată timidă și liniștită. Nu m-a lăsat să-i răspund.

— Și, cu ce treabă la Amsterdam?

— Cu serviciul.

— Las' că știu eu ce nebun ești. Cunosc eu marfa. Te duci după iarbă sau după gagici. Sau poate după amândouă, a presupus, râzând singură.

În avion aveam întotdeauna o carte, deși citeam foarte rar în timpul zborului.

— Ce mai citești? Raymond Carver? N-am auzit de el. Eu citesc *Spitalul Municipal* de Barbara Harrison.

Tot asta citea și în liceu. Mi-o împrumutase și mie pe vremea aia. O mizerie. Comandantul a anunțat că trecem printr-o zonă cu turbulențe și colega mi-a întins o carte de vizită. Era medic.

— Sună-mă când te întorci în București și tragem o băută.

Voiam să-i spun că m-am lăsat de băutură, dar tot ea a avut ultimul cuvânt:

— Nebunule, tot nebun ai rămas!

Am încercat să adorm. KLM avea fotolii destul de comode. Cineva scrisese pe scaunul din față, cu creionul, „Morți la Tavă".

Avionul prăbușit la Balotești în primăvara lui 1995 se numea Muntenia. Pleca spre Bruxelles și, la două minute după decolare, a căzut. A căzut rău de tot. Toți pasagerii au murit. Eroare de pilotaj și o defecțiune la motoare. Mult mai târziu am zburat spre Shanghai cu fratele lui, Transilvania, celălalt Airbus A310 din flota Tarom. Hagi, Nadia, Ilie Năstase, Gheorghe Zamfir, trupe de fete, de băieți, ziariști, analiști, oameni de afaceri și funcționari din ministere fuseseră cărați până în China de Blonda, ministrul Turismului de atunci, să asiste la lansarea brandului turistic al României.

— Dacă pică avionul ăsta o să aibă ce vorbi televiziunile o lună, a prevestit Blonda în aeroport.

Știa că pentru un politician e foarte important să se vorbească în presă despre el, chiar și de rău. Chiar și când e mort. Adevărata moarte a unui om politic e abia atunci când ziarele și televiziunile nu mai spun nimic despre el.

Urmau zece ore de zbor. Începuse deja să-mi fie teamă și m-am înveselit doar când l-am văzut pe Hagi cu o carte sub braț. Era o imagine neverosimilă, ca și cum Blonda, îmbrăcată în călugăriță, s-ar fi retras 40 de zile în deșert ca să se roage pentru mântuirea sufletului.

Am urcat în avion, iar lângă mine s-a așezat un director al unei companii de stat, pe care îl știam vag. A deschis laptopul și mi-a arătat niște poze. S-a lăudat că are două fete, una deșteaptă și alta frumoasă.

— Sunteți un tată fericit, l-am complimentat eu, plictisit.

În avion s-au aprins luminile. Unii și-au desfăcut centurile și-au început să umble printre rânduri, ca somnambulii. N-aveam chef de vorbă și mi-aș fi dorit ca vecinul meu să plece sau măcar să tacă.

— Dacă priviți invers, aveți tot două fete. Una urâtă și alta proastă.

A deschis gura să răspundă ceva, dar și-a înghițit cuvintele. Aș fi vrut să-i spun că regret, dar am renunțat. L-aș fi mințit. Nu-mi părea deloc rău. Fetele lui nu erau nici frumoase și nici deștepte, ci doar comune. Purtau în piept silicoane care nu păreau deloc vulcanizate din bani de bugetar, așa umflate și lucioase, ieșind din rochiile care și ele păreau scumpe. Îmi arătase și o poză cu una dintre ele, cea frumoasă, și cu prietenul ei. Era ziua lui și sufla în 18–20 de lumânări înfipte într-un tort. Pe tort era pictată cu frișcă verde o bancnotă de 100 de dolari și din mijlocul ei îmi zâmbea figura băiatului.

Un analist TV, ajuns între timp ambasador într-o țară mare, s-a dus la baie și a trecut, în drumul lui, pe lângă noi.

— Nu veniți la clasa business? Joacă table Hagi și Năstase. E un spectacol...

Directorul și-a închis laptopul și a plecat spre jocul de table. Am rămas singur. Ca să evit alți funcționari, am luat rucsacul din compartimentul de deasupra mea și l-am așezat pe scaunul vecin. Pentru orice eventualitate, i-am legat și centura. Xanaxul îmi făcuse varză creierul, când o stewardesă a venit lângă mine și m-a sfătuit să urc rucsacul în compartimentul de deasupra.

— N-aveți voie să țineți bagajul pe scaun, a insistat ea.

— Nu e bagaj. E Tumi, i-am răspuns.

Tumi e cel mai tare brand de genți de voiaj, dar ea n-avea de unde să știe, m-am gândit. Așa se-ntâmplă când îți petreci viața prin cer, habar n-ai despre cum mai merg lucrurile pe pământ.

După o vreme, o directoare din minister m-a bătut pe umăr. Am deschis o jumătate de ochi și m-am uitat la ea. „Îmi dai și mie un Xanax, te rog? Mi-a zis o ziaristă că ai la tine. M-a luat așa, o frică, și mai avem o grămadă de zburat până în China." Aș fi vrut să-i dau, dar mi-era mult prea lene să mă ridic. Am închis ochiul și am horcăit puțin, ca și cum aș fi sforăit. Directoarea s-a îndepărtat ținându-se de scaune. Tocmai traversam o zonă cu turbulențe. Greoaie și tenace, lucra de multă vreme în minister și rezistase multor zguduituri, exact ca avionul Moldova, cu care aveam noi de mers nouă ore prin cer.

M-am ridicat de pe scaun o singură dată în zece ore, să merg la baie. Era ocupat. După un minut, din toaletă a ieșit mândru Gheorghe Zamfir, de parcă tocmai coborâse de pe scenă la Carnegie Hall. Am vrut să-i spun că suntem vecini, dar a trecut pe lângă mine fără să-mi arunce măcar o privire. Cu ceva vreme înainte îl apărasem în fața unor prietene din Ministerul Turismului, care spuneau că își dă aere de Elvis Presley sau Michael Jackson.

— Păi, e de valoarea ăstora, dacă nu cumva mai mare.

Zamfir se mutase cu câțiva ani în urmă în comuna mea, la șapte kilometri de Găești. Își construise o vilă uriașă vizavi de casa lui Costel. Copilul prietenului meu, care nu avea mai mult de cinci ani, îl strigase peste gard:

— Nea Zamfire, nea Zamfire, mă lași să mă joc cu cățeii matele?

După ce eliberase omenirea prin muzică, pentru că existența lui avea un rol mesianic, de o vreme voia să salveze și rasa canină și își începuse misiunea cu câinii vagabonzi. Avea o turmă acasă. Zamfir i-a explicat copilului, cu răbdare, de câteva ori, că trebuie să-i spună „Maestre". Copilul nu a înțeles și i se părea că așa i-ar vorbi fără respect. După câteva zile a găsit soluția:

— Tati, ieși puțin până afară. Te caută Nea Maestru'.

Când Zamfir pleca în turnee prin țară sau în străinătate, de casa lui avea grijă nea Mitică, tatăl lui Costel. Le dădea mâncare câinilor de două ori pe zi, uda florile, iar iarna, cu o zi înainte să se întoarcă naistul, îi pornea încălzirea în casă.

— E păcat să răcească Maestrul. E o mare valoare mondială, îl lăuda Nea Mitică.

Maestru' îi mulțumea rece, mișcând ușor din cap, ca o mare vedetă ce se afla, ca și cum el i-ar fi făcut un favor lui Nea Mitică, acceptându-l să aibă grijă de casă.

Când l-au chemat, după o lungă absență în media, să vorbească în direct la o mare televiziune din țară, Maestrul i-a promis lui Nea Mitică, făcându-i inima să bată ca în tinerețe, când își ceruse femeia de nevastă:

— Dom' Mitică, uită-te diseară la televiziunea cutare, la ora șapte, că vreau să-ți mulțumesc în direct, ca să audă toată țara românească și tot poporul cât de mult te apreciez.

N-a fost om în sat care să nu fi aflat în câteva ore de la Nea Mitică de promisiunea Maestrului. Vestea s-a rostogolit și în satele vecine, iar prietenii din Găești ai lui Nea Mitică aflaseră și ei. Avusese grijă să-și anunțe și niște neamuri de pe la București, cu care fusese certat și nu mai vorbise de ani de zile.

S-a așezat în fața televizorului încă de la șase seara, cu familia adunată în jur ca piesele pe o tablă de șah. Văzut la TV, Maestrul nu mai părea atât de bătrân și de rablagit. Nea Mitică l-a auzit deplângând soarta artistului de geniu într-o țară care nu știe să-l aprecieze. L-a ascultat amintindu-și de vremurile apuse, pe când îi cânta Papei în dormitor și lui Salvador Dali lângă șevalet. L-a crezut când a spus că poporul român își are rolul lui mesianic pe lume, iar cea mai sfântă specie umană e țăranul nostru, curajos și pur. Așa a făcut trecerea la vecinul lui care-l ajuta dezinteresat și căruia voia, în mod special, să-i mulțumească public pentru tot ce făcea. Din ochii bătrâni ai lui Nea Mitică alunecaseră, deja, pe înaltul obrajilor câteva lacrimi de recunoștință.

— Îi mulțumesc în mod deosebit domnului Costică din Genari, Dâmbovița, pe care-l îmbrățișez cu mult drag, a zis Maestrul, și parcă i-a licărit și lui o lacrimă în colțul ochiului.

— Mitică, nu Costică! Ce mama dracu', a uitat cum te cheamă? a urlat tanti Lia din fața televizorului, dar Maestrul n-avea cum s-o audă și a trecut la următoarea temă.

Nea Mitică a oftat lung ca și cum și-ar fi dat sufletul afară, pe gură, și s-a ridicat greoi din pat, mai bătrân, parcă, cu zece ani. S-a dus la cârciumă și a băut de supărare până a doua zi în zori. De atunci, ori de câte ori Maestrul se întorcea iarna din turneele lui prin lume, găsea câinii slabi ca ogarii și casa înghețată bocnă.

*

Chinezii erau mici și, văzuți de aproape, fețele lor aveau trăsături grosolane. Dinți strâmbi și ochi inexpresivi. Nu știu dacă erau fericiți sau nu. Nu reușeam să citesc pe chipurile chinezilor. Vorbeau mult și dădeau ciudat din capete. Poate din cauza căldurii. Nici în iad nu poate fi mai cald și mai irespirabil decât în Shanghai în iulie. Chinezii umblau pe străzi cu umbrele, să nu-i bată soarele în cap. Dar nu cred că umbrelele își făceau treaba. Cerul era cenușiu, nu se vedea soarele, dar razele lui te loveau direct în creștet. Dacă m-ar fi întrebat cineva ce am făcut în China, primul lucru care mi-ar fi venit în minte ar fi fost: „Am transpirat".

Abia după miezul nopții puteai respira puțin în Shanghai, dar chiar și atunci asudai ca un bou la jug în primele cinci minute de stat afară. În paralel cu delegația oficială a României, în marele oraș ajunsese și un grup de oameni de afaceri români, veniți prin Camera de Comerț și Industrie. Cu unul dintre ei eram prieten de multă vreme. Studiase medicina, dar de la 20 de ani intrase în business. Când a terminat facultatea, avea deja 500 de angajați. N-a profesat niciodată ca doctor. Cui îi mai ardea să asculte pacienți cu stetoscopul și să scrie rețete când, în fiecare an, câștiga milioane de dolari? M-a sunat la câteva ore după ce-am aterizat în Shanghai și m-a invitat la un club, unde se adunase grupul de oameni de afaceri români. Am luat un taxi și într-o oră eram acolo. Jumătate dintre afaceriști, trecuți de 50–60 de ani, chei ori cu părul alb, țineau deja câte o chinezoaică mică și decoltată pe genunchi. Văzuți de departe cum tot încercau să le toarne șampanie pe gât femeilor în miniatură, păreau un grup de bunici veniți cu mâncare la nepoțele la grădiniță, în recreația mare.

— Bea și tu ceva, ca să intri în atmosferă, m-a îndemnat amicul afacerist.

— Nu pot, pentru c-am luat Xanax. Pe prospect scrie că nu trebuie asociat cu băutura.

— Bea, bă, că n-ai nimic! Eu știu mai bine. Ai uitat că sunt medic?

N-am băut. Știam că Xanaxul, combinat cu alcool, dă halucinații. O prietenă care muncea în Germania și se temea și ea de avion, apela tot la Xanax. La ultimul zbor în țară luase pastilele, dar tot îi era frică. A cerut un pahar de whisky și-apoi încă unul. Și n-a mai știut nimic. La aterizare, toată lumea se uita ciudat la ea.

— Am făcut ceva aiurea? M-am bășit sau am sforăit în somn? l-a întrebat ea cu tupeu pe vecinul de scaun.

— Nu, nici vorbă. Dar ați bătut cu pumnii în ușa piloților și ați urlat că le dați șpagă 50 de euro ca să meargă mai repede. A trebuit să vă ținem cu forța pe scaun până v-a luat somnul.

Marea surpriză pe care Ministerul Turismului le-o pregătise în mare taină chinezilor și întregii lumi a fost o frunză deasupra căreia scria „Explorați grădina Carpaților". Asta ar fi trebuit să-i facă pe străini să dea năvală în România. Dar, spre surprinderea noastră, lumea nu s-a schimbat după ce a văzut brandul României. Doar la televiziunile de acasă s-a vorbit continuu despre frunză câteva zile, s-au lansat scandaluri, s-a dezbătut febril, iar cei din țară au avut senzația că România a fost centrul universului la Shanghai. Dar eu văzusem c-a fost doar o fumigenă. A doua zi după ce s-a lansat brandul, cel mai important ziar din Shanghai n-a scris o vorbă despre el.

Chinezii au continuat să trăiască exact ca până atunci, fără să aibă habar de frunza noastră. Au dat din cap în continuare pe străzi și au râs cu dinții lor strâmbi, iar noi ne-am întors acasă cu un avion care sigur ar fi picat dacă n-ar fi fost deja jos, pe pistă.

*

La 40 de grade, combustibilul se dilatase în rezervor. Aproape toți cei din avion cumpăraseră zeci de obiecte și haine de un dolar, iar cala era plină. Un director de minister luase din bazar 150 de tricouri la câte un dolar fiecare. Altul cumpărase zece imitații de telefoane Blackberry cu câte zece dolari bucata. Avea să le dea cadou în țară unor oameni dragi, doar că într-o lună falsurile au început să li se topească în mâini. Altcineva, un om de afaceri cunoscut, a cumpărat 25 de sacouri „Versace" cu cinci euro bucata și 30 de ceasuri „Rollex" a câte trei euro. Eu i-am luat iubitei o singură rochie, de 100 de dolari, care semăna cu cele purtate de eroina din filmul *In the mood for love*. Omul de afaceri a râs de mine. Cum dracu să pleci din China cu o singură haină cumpărată, și aia scumpă cât 20 de sacouri „Versace" sau 30 de ceasuri „Rollex"?

Pe pistă, Airbusul a luat viteză, dar apoi a frânat brusc, ca un patinator care urmează să facă o figură complicată. Ne-au anunțat că sunt ceva probleme tehnice. N-am aflat niciodată ce s-a întâmplat cu adevărat. Unii spun că nu erau așezate bine bagajele în cală, alții, că avionul era prea greu de la atâtea sacouri „Versace" și ceasuri „Rollex". Am sunat acasă și am anunțat că voi întârzia.

— Să nu te sperii dacă o să vezi pe toate televiziunile o știre cum că avionul care aduce în țară delegația României de la Shanghai are probleme tehnice. S-ar putea să fi plecat între timp și să nu-ți pot răspunde zece ore, am avertizat-o pe mama.

A început să plângă, dar am calmat-o.

— O să dau eu știrea asta, după ce vorbesc cu tine. O să sun la serviciu. Dar tu să stai liniștită dacă am telefonul închis. Înseamnă că sunt în avion, în drum spre casă și că s-a reparat, am calmat-o eu.

— Nu da știrea! La mamele celorlalți din avion nu te gândești?

Nu mă gândisem. A fost una dintre puținele dăți în care am ascultat-o pe mama, dar mai târziu, pe drum, în avion, mi-a părut rău. Ar fi fost o știre tare. Am mai stat vreo două ore în aeroport, apoi ne-au spus că s-a remediat problema și ne-am luat zborul spre casă.

Am avut grijă să așez rucsacul pe bancheta de lângă mine și să-i leg centura. Xanaxul își făcuse din nou efectul și am adormit. Nu știu cât. M-a trezit liniștea. Afară era întuneric și o liniște asurzitoare. Avionul arăta ca un câmp după bătălie. Toată lumea dormea. Unii întinși pe două scaune, alții cu gurile căscate, cu mâinile și capetele atârnându-le nefiresc. Niciodată nu m-am simțit mai singur ca atunci, plutind la 12–13 000 de metri deasupra imensității Chinei. Am întins mâna și am prins rucsacul ca și cum aș fi ținut de după umeri o iubită. „Imaginează-ți că ești acasă, în patul tău, mi-am spus. Că tocmai ai citit câteva pagini dintr-o carte bună și ai adormit. Dacă vrei, poți să modifici realitatea."

Nu se auzeau nici motoarele și nici măcar aerul alunecând pe aripile avionului.

Mi-am amintit de un amic care bănuia că-l înșală soția. Erau împreună din liceu și se căsătoriseră de tineri. În timp, ajunseseră să se cunoască atât de bine, încât nu mai aveau ce să-și vorbească. Își spuseseră deja tot. De câte ori povestea ceva, ea îi dădea peste bot:

— Dar mai taci odată!

Din două-n două luni îl amenința că divorțează, dar au rămas, printr-un miracol, împreună. Ea vindea haine aduse din străinătate și închiriase o casă lângă București, după ce câțiva ani lucrase ca profesoară. Într-o zi și-a uitat cheia acasă și s-a dus la ea fără să o anunțe. L-a găsit acolo pe un fost coleg, băiat de bani gata. BMW-ul tipului era parcat la poartă. A intrat și i-a găsit roșii la față și tăcuți. Păreau foarte apropiați și stânjeniți în același timp. Ea avea glasul schimbat. Peste o săptămână s-a dus din nou la ea, într-un fel de control, și din nou a găsit BMW-ul în fața casei.

— Ce vrei să-i fac, să-l dau afară? E doar un amic, l-a calmat ea, mai sigură în glas de data asta.

A treia oară când a trebuit să o caute la serviciu, pentru că își uitase din nou cheile acasă, a sunat-o, mai întâi. Și apoi n-a mai mers la ea pe neanunțate. N-au mai vorbit niciodată despre colegul cu BMW.

Peste mulți ani, tipul căruia soția îi spunea mereu „Mai taci odată!" a descoperit Facebookul. A scris câteva postări și a avut succes. Apoi încă una și încă una. „Eu cred că în România...", „Părerea mea este că...", „Dacă mă întrebați pe mine..." Așa începeau postările lui, mici bijuterii despre care fanii spuneau că sunt „delicioase". Curgeau like-urile ca șampania în noaptea de anul nou. Nu-i mai păsa că soția nu-l ascultă. Așa se nasc influencerii.

După câteva ore de zbor spre București, am început să respir greu. Părea că aerul condiționat se oprise în tot avionul. Nu eram singurul care intrase în panică. Cineva a întrebat o stewardesă ce se întâmplă.

— Pilotul oprește din când în când aerul ca să facem economie de combustibil. Altfel vom fi nevoiți să facem escală la Moscova, ca să realimentăm, ne-a explicat ea.

Ca să alunge frica, un naist tânăr, bubos și arogant, discipol al Maestrului, și doi violoniști, au improvizat un concert în avion. Naistul avea să fie lăsat moștenire de Blondă și următorilor miniștri ai Turismului, care l-au plătit bine ca să cânte la evenimentele de promovare pe care România le organiza prin lume. L-am tot revăzut în următorii zece ani. Ultima dată întârziase la o conferință internațională, dar părea să nu-i pese. Cu părul prins la ceafă într-un mic coc, barbă și mustăți răsucite la colțuri, ca pe vremea lui Caragiale, urmașul mult mai puțin cunoscut al lui Gheorghe Zamfir purta ochelari negri de soare în încăpere, și probabil că din cauza lor a fost foarte aproape să se împiedice în cablurile de pe podea.

*

Cu mult timp înainte, ziua de 11 septembrie 2001, ora trei după-amiaza, mă prinsese în redacție. Prințesa, cea mai frumoasă colegă a mea, cea de care s-a îndrăgostit ceva mai târziu ministrul Agriculturii, stătea pe scaunul vecin și povestea ceva. Pe televizor a apărut o imagine cu o clădire înaltă în flăcări. Un coleg a pornit sonorul și așa am aflat că în unul din Turnurile Gemene World Trade Center din New York intrase un avion. Ochii tuturor erau fixați pe ecran când un al doilea avion a străpuns, în direct, cel de-al doilea turn. Am înlemnit. Colega mea căuta, parcă, ceva pe sub masă. Din clădirea proaspăt lovită a început să iasă fum, iar eu m-am aplecat peste masă ca să văd mai bine. Prințesa mi-a șoptit:

— Stai un minut nemișcat, exact așa, te rog!

Și fără să-i pese de turnurile fumegânde, a scos o oglinjoară și un pămătuf mic și, cu îndemânare și mare viteză, a început să se fardeze.

*

Au mai trecut câțiva ani și am tot mers cu avionul. De fiecare dată cu teamă și de fiecare dată cu Xanax.

— De ce zbori dacă ți-e atât de frică? m-a întrebat Costel, care nu urcase niciodată într-un avion și nici nu avea de gând s-o facă vreodată.

Pentru că sunt lucruri pe care nu le poți evita. Pentru că eu nu sun înainte să vin acasă și prefer să văd BMW-ul la poartă. Pentru că viața nu e doar un zbor lin. Pentru că știu că într-o zi, mai devreme sau mai târziu, voi primi un telefon de acasă și o să aflu că mama sau tata au pățit ceva.

Într-un aprilie care nu prevestea nimic rău am primit telefonul. Tata era grav bolnav. La București, la spital, am aflat că avea cancer la colon. Îl trata unul dintre cei mai buni medici din țară, un profesor doctor cu multe cărți publicate în domeniu. Părul lui alb și statura impozantă mă linișteau. Tata, altădată un bărbat înalt, acum părea mic și plăpând.

— O să trăiască? îl tot întrebam pe doctor.

— Vom vedea, situația nu e tocmai roză.

Urma să-l opereze un medic tânăr și frumos, care ținea parcată ostentativ în ușa spitalului o motocicletă Suzuki Hayabusa, una dintre cele mai puternice din lume.

— Mă costă ceva, dom' doctor? l-am întrebat, știind că prin spitalele de stat se dă șpagă.

Chiar și eu le ungeam în fiecare zi pe asistente și pe femeile de serviciu cu câte zece lei. Se purtau frumos, zâmbeau și își făceau treaba, dar a doua zi deveneau zgripțuroaice până le realimentam cu bani. În fiecare zi duceam o luptă costisitoare ca să le câștig empatia care, ca bateria unui smartphone, li se descărca de fiecare dată peste noapte.

— Nu costă nimic, e gratuit totul aici, mi-a răspuns fără chef doctorul, dar amâna operația de pe o zi pe alta.

Tata începuse să aibă dureri groaznice de stomac și medicii spuneau că ar trebui operat urgent, însă nimeni nu făcea nimic.

— Du-te și bagă-i banii direct în buzunar doctorului și nu-l mai întreba, altfel îl lasă pe tac-to să moară, m-a sfătuit un coleg care trecuse prin așa ceva.

M-am dus la medicul motociclist și i-am strecurat un plic în buzunarul halatului.

— Sunt 1.500 de lei, i-am zis.

— Mai trebuie, mi-a răspuns în șoaptă, uitându-se în altă parte, nu la mine, așa cum fac spionii prin filme.

— Cât? l-am întrebat eu privind în lungul holului pe care șontâcăiau bolnavii ca niște jucării stricate.

— Încă o treime pentru mine și încă jumătate pentru anestezist.

M-am împrumutat de bani și i-am adus a doua zi, iar abia atunci a programat operația pentru ziua următoare. Frumușelul i-a găsit lui tata o „tumoră de toată frumusețea", după cum s-a exprimat. Dar și după operație a continuat să slăbească. Se usca.

— I-am rezolvat problema cu colonul, dar de la ficat o să i se tragă.

A pronunțat „o să i se tragă" cu tonul liniștit cu care medicul de familie avertizează pacientul că e posibil ca, de la antibiotic, să îl doară puțin capul.

Au mai trecut câteva zile și Profesorul ne-a anunțat că în 24 de ore îl externează. Mama, care stătuse cu el în ultimele două săptămâni, l-a întrebat tremurând de groază:

— Spuneți-mi sincer, domnule doctor, o să moară? De asta îl trimiteți acasă?

Doctorul și-a luat un aer ofensat și i-a răspuns.

— Vă rog să-mi spuneți DOMNULE PROFESOR, nu domnule doctor.

M-am uitat la el, la chipul împietrit de sub părul alb, și mi s-a făcut frică. Dacă aș fi avut un Xanax la mine, l-aș fi înghițit pe loc.

L-am coborât pe tata într-un cărucior. Era slăbit și nu mai putea să meargă. În curtea spitalului, oamenii aveau aer de aeroport. Unii miroseau a frică. Alții, a resemnare. L-am dus la alt doctor, la un alt spital, dar era mult prea târziu. Ne-a reproșat că trebuia să i se facă citostatice imediat după operație.

— De ce n-au procedat doctorii de la primul spital așa?

N-am știut ce să-i răspund.

— Cum se numește medicul care l-a tratat?

— Nu era medic. Era profesor doctor, i-am răspuns.

Nu-mi mai aminteam cum îl cheamă, dar avea, parcă, un nume care începea cu litera V. Exact ca pilotul Vartolomei.

După înmormântare, m-am gândit tot timpul la tata. Când trăia, uitam de el cu săptămânile. Mi-am amintit cum, când eram mic, aproape în fiecare an mergeam la București, la Obor, și îmi cumpăra un câine de vânătoare, încât strânsesem o mică haită. Mi-am adus aminte cum mă aștepta la gară cu mașina când eram student. Îl vedeam din tren, pe peron, cu șapca pe cap. Mi-am amintit cum a venit odată la mine la facultate și, când m-a întrebat unde e toaleta și n-am știut să-i răspund, a înțeles că nu prea trecusem pe la școală. Dar nu mi-a zis nimic și am ieșit la un restaurant, iar el a băut un pepsi și eu câteva beri. Îmi dădea bani aproape de fiecare dată când ne întâlneam, chiar și după ce începusem să lucrez și ajunsesem să câștig mai mult decât el. Avea un portofel maroniu și uzat. Când era în spital i-am cumpărat un portofel negru, de piele, dar n-a mai apucat să-l folosească.

În ultimele luni am vânat amintiri cu el prin toate colțurile minții. Nimic ieșit din comun. Un tată care și-a iubit copiii. Și un copil care și-a ignorat părinții. Mi-am amintit cum, atunci când l-am dus la București la spital, a vorbit tot drumul. Eram începător cu mașina și nu mă puteam concentra să conduc. Mi-a povestit lucruri insignifiante din tinerețea lui și discuții banale pe care le avea pe timpuri cu colegii, în cancelarie. Mi-am amintit cum l-am lăsat în seara aia în rezerva de spital, așezat pe marginea patului, și am plecat acasă. Mi-am adus aminte cum îl vizitam în fiecare zi o dată sau de două ori, dar plecam mereu grăbit, pentru că aveam întâlniri de serviciu și știri pe care urma să le scriu.

Într-o noapte am înțeles unde greșisem. Trebuia să nu-l fi lăsat acolo și să-l fi luat cu mine. Să-mi fi luat concediu o lună și să fi stat cu el până la sfârșit, să-l ascult cum îmi povestește toate nimicurile din tinerețea lui.

Am luat două Xanax și am adormit.

Un an și jumătate mai târziu, l-am văzut la televizor pe medicul frumușel care-l operase pe tata. Căzuse cu avionul în munți, în timp ce zbura să extragă niște organe vitale dintr-un muribund. În accident au murit pilotul și o studentă la medicină, dar pe ceilalți, copilotul și trei medici, a reușit să îi salveze tinerelul care nu l-a operat pe tata până nu a simțit plicul în buzunar. Se zvonea că studenta ar fi fost amanta lui și că n-ar fi avut ce să caute în acel avion și într-o astfel de misiune. Dar presa n-a prea scris despre asta, pentru că imaginea doctorului salvator ar fi fost pătată, iar țara avea nevoie de eroi.

Și-apoi iar am mers cu avionul. Mai iau încă Xanax în aeroport, dar mai mult de plăcere decât de teamă. Nu de zbor mă tem acum, deși frica de avion e mereu prezentă vag. Mă tem ca știrile pe care le dau să nu le facă rău mamelor altora. Mă tem că nu vorbesc destul de des cu mama, că nu o văd destul de des, că nu o ajut suficient de mult. Mi-e frică de femeile care se fardează în timp ce avioanele intră în blocuri mari și omoară oameni. Mă îngrozesc cei care vorbesc tot timpul doar despre ei și care dorm cu poza lor sub pernă. Mă sperie bătrânii care le cer copiilor să le spună Maestre, bărbații care se tem să afle adevărul și femeile care le spun mereu soților „Mai taci odată!". Mă îngrozesc profesor doctorii și oamenii de afaceri care scriu poezii. Mă sperie tortul în formă de bancnotă de 100 de dolari și tații bogați, fără curea la pantaloni.

Dar cel mai mult mă tem să nu ajung ca poeții care citesc calmi ziarul când avionul tremură din toate încheieturile la 10 000 de metri deasupra pământului.

46

Priveam viitorul ca pe unchiul bogat care se întoarce plin de daruri din America. Eram tânăr, sănătos ca un tanc, fumam două pachete de țigări pe zi și rezistam la băutură până în zori. Aveam o iubită stabilă, câteva aventuri paralele și, de curând, mă cuplasem și cu doamna Corina, proprietara apartamentului în care locuiam cu chirie. Totul începuse cu câteva luni în urmă, când cineva mâncase din tortul trimis de părinții Roxanei pentru ziua ei. În ochii ei, era limpede că eu sunt vinovatul. Locuiam amândoi, eram lacom la mâncare și, mai ales, nu-i respectam părinții, în special, și munca, în general. Seara în care a descoperit nelegiuirea de care mă acuza s-a încheiat cu un scandal monstru. Eu știam că nu atentasem la tort, era clar că ea nu o făcuse, și-atunci cine intrase, totuși, în apartamentul nostru când noi nu eram acolo? Singura care mai avea o cheie de la apartament era doamna Corina, proprietara, o femeie spre 50 de ani, înaltă, cu picioare lungi și țâțe mari care, de câte ori mă duceam să-i plătesc chiria, mă privea cu ochi galeși și se îndepărta de parcă pășea pe sârmă, ca o divă. Divorțase și creștea singură o adolescentă care cânta la pian și alerga prin parcuri în timpul liber. Mulți ani mai târziu, puștoaica avea să-mi povestească că certurile monstruoase dintre părinții ei, întinse pe câțiva ani înainte să se despartă, au fost mâna care a împins-o să iasă din casă în fiecare seară târziu. Ce putea să facă un copil de 13–14 ani la ora aia? S-a apucat să alerge prin parcuri și așa a ajuns să dea un sens unei vieți care părea lipsită de orizont. A fost cooptată, în final, în lotul național de atletism și a reprezentat România pe la olimpiade, în străinătate.

— Ați intrat cumva zilele trecute la noi în apartament? am întrebat-o într-o seară la telefon pe doamna Corina.

— Da, puiule, am fost să văd cum îl întreții... Dar nu e prima oară. Și mă gândeam că poate dau și de tine, dar văd că nu prea stai deloc pe acasă. Nu cumva îți faci de cap?

— Doamna Corina, dacă vreți să ne vedem și să vorbim în liniște, nu mai bine vin eu la dumneavoastră? Spuneți când vă găsesc și vă vizitez.

— Mă găsești și acum, puiule. Aia mică e plecată la antrenament și nu vine până la zece noaptea, a ținut ea să mă informeze, iar eu am înțeles că am o șansă pe care nu trebuie să o ratez.

E trist să constați că multe femei frumoase la apus de carieră au trecut prin viață fără să fi făcut vreodată sex oral. Dar și mai grav era că doamna Corina nu știa nici măcar să sărute. Se apăsa cu pieptul uriaș pe mine și îmi strivea gura cu fața, în timp ce sânii ei mari mă izbeau în umeri, iar eu mă zbăteam sub povara vârstei și volumului ei ca un scafandru rămas fără oxigen la mare adâncime.

— Marian, fostul soț, se urca pe mine sâmbătă seara, după ce bea un pahar de vin, dădea de trei ori din cur și gata, în câteva minute sforăia alături, mi-a povestit ea după sex.

— Și de-aia v-ați despărțit?

— Nu de-aia! Alea care-și părăsesc bărbații pentru că le fut prost sunt niște curve. L-am lăsat pentru că mă bătea.

N-am vrut să-i spun că tocmai de-aia o bătea, ca să compenseze neputința și sexul de proastă calitate și să rămână bărbat în ochii ei, măcar prin forța pumnului.

Cel mai bun lucru atunci când îți tragi o amantă în vârstă e că fiecare futai se lasă și cu haleală. După ce-am lenevit o vreme în pat, doamna Corina s-a ridicat brusc, acoperindu-și sânii cu un prosop, ca-n scenele de după sex din filme, și s-a retras în bucătărie de unde, un timp, am auzit bocănituri, clincănit de oale și sfârâit de tigăi.

— Hai la masă, puiule, m-a strigat ea din prag, unde apăruse îmbrăcată în prosopul care o acoperea de la sâni până sub pubis.

Am mâncat salată de vinete și șnițele, iar la final mi-a pus în față un pahar de vin.

— Corina, ești senzațională, m-am entuziasmat eu.

— Puiule, uite care e treaba: eu vreau doar două lucruri de la tine: în primul rând să mă respecți, așa că scutește-mă cu „Corina“, că nu suntem de aceeași vârstă, și să treci pe la mine măcar de două ori pe lună. Ai înțeles?

— Da, doamna Corina, i-am răspuns eu școlărește.

După masă am prins puteri și ne-am întors în dormitor. „Doamna Corina, vă întoarceți puțin cu spatele?“, „Doamna Corina, vreți să veniți deasupra, vă rog?“ Dădea respectul pe dinafară din mine ca laptele din ibricul uitat pe foc, dar trebuie să recunosc că-mi plăcea, și-i plăcea și ei. Avem nevoie de atât de puțin ca să fim fericiți: un pic de sex, o salată de vinete și-o brumă de respect.

*

Nu știam dacă în Deltă, unde tocmai primisem o invitație, se mânca salată de vinete, dar eram sigur că în delegație vor fi destule gagici. M-am așezat în autocar lângă Nilă, șeful marelui Ziar Economic, cel după care, pe vremuri, Ilandru aruncase cu aparatul cu care trimiteau jurnaliștii faxuri. Nilă era mare, greoi, cu fruntea pietrificată și glas bubuitor, dar reușise să se ridice pas cu pas în ierarhia ziarului. Odată, la coada de la cantina trustului nostru, lui Nilă, aflat în fața mea, i-a căzut o felie de pâine pe jos. Nu exista un loc mai murdar în toată încăperea decât cel pe unde călcau toți, stând la coadă, dar Nilă, plătit cu mii de euro pe lună ca șef de ziar, a ridicat felia, a suflat peste ea, a șters-o de pulover și a pus-o înapoi în tavă.

— Ăsta mănâncă orice, i-am povestit mai târziu lui Marius.

— Și scrie orice, a completat el.

Într-adevăr, Nilă aborda în textele lui subiecte din orice domeniu al economiei, indiferent dacă îl înțelegea sau nu. Era genul de om cu păreri bine definite despre orice se întâmpla în jur. Băiat sărac, de la Tecuci, ajunsese acum să aibă casă în București, salariu mare, mașină, nevastă și copil. Mergea prin viață greoi și sigur de sine, fără să-i stea nimic în cale, ca un hipopotam pe un câmp cu lalele.

Nilă colcăia de idei, pe care le expunea oricând și oricui era dispus să le asculte. Accepta invitații la masă de la orice om de afaceri, știind din start că el nu va plăti nimic. Flerul i-a jucat feste într-un singur caz, când un businessman german îl invitase la prânz la unul dintre cele mai scumpe restaurante din București, într-un hotel de cinci stele. La finalul unei mese copioase, pentru că ambii erau gurmanzi, Nilă a priceput dureros că expresia „a plăti nemțește" nu e o bazaconie. Neamțul a achitat jumătate, iar cealaltă i-a revenit lui Nilă. A luat nota, s-a uitat la ea și nu i-a venit să creadă că un singur om, chiar și șef de ziar, poate mânca de echivalentul în lei a 150 de euro.

— Aia n-a fost notă, ci amendă! mi s-a plâns el la puțin timp după, când eram în cantina „împinge tava" din sediul nostru comun și plătiserăm împreună mai puțin de 10 euro.

În timp ce tăia friptura arsă cu un cuțit bont, Nilă m-a privit în ochi și mi-a aruncat o altă idee, în stilul lui:

— Noi, românii, suntem un neam mult mai puternic decât chinezii, de exemplu. Pe ei i-au călărit toți vecinii, de la japonezi și până la mongoli, pe când pe noi nu ne-a îngenuncheat nimeni. Păi uită-te la ei cum mănâncă cu bețișoarele alea așa, delicat, bob cu bob, de parc-ar fi poponari. La noi, în schimb, în farfurie e un fight, o luptă crâncenă, pentru că iei friptura, o țintuiești cu furculița și o tai cu cuțitul, ca și cum te-ai lua cu ea la trântă!

*

Vorbiserăm o grămadă de nimicuri și timpul a trecut repede până la Tulcea. Casele erau tot mai mici și mai sărăcăcioase, iar Nilă le analiza plictisit prin geam:

— Uite, fiecare coșmelie din asta e o mică gaură neagră. Fiecare produce mici pierderi care, puse una lângă alta, sunt ca două gropi în asfalt care se unesc și fac una mai mare.

Eram sigur că oamenii ca Nilă au rezolvare pentru toate problemele lumii, așa că l-am întrebat:

— Și care ar fi soluția?

— Soluția e una singură. Colectivul. Să se unească toți, ca în comunism, într-o cooperativă. Țăranul român a răzbătut peste veacuri doar având o talpă pe grumaz. Dacă i-o ridici brusc, o ia la fugă. Unde? La oraș, în străinătate sau la cârciumă.

Am tăcut. Doamne ferește să-l fi contrazis pe Nilă pe teme economice! Ar fi fost în stare să mă asasineze cu argumente în următoarele două zile.

Autocarul ne-a lăsat într-o parcare de unde ne-a preluat o șalupă. Pe drum, ne-am intersectat cu o altă barcă, dar cu turiști, și de-acolo, din ea, două brunete suple și bronzate, cu piele fină și sidefie, ca de focă, ne-au făcut cu mâna.

— Tu ai observat că întotdeauna tipele alea bune sunt în cealaltă barcă? am glumit eu.

Dar Nilă n-a râs, ci a dat din capul lui greoi ca o stâncă, s-a uitat în zare și a zis, cu gândul, poate, la femeile frumoase care trecuseră tangențial pe lângă fostul băiat sărac și bolovănos.

— Așa e, mânca-ți-aș!

Peste mulți ani avea să mă sune și să-mi spună doar atât:

— Mi-am amintit ce-ai spus atunci în Deltă, că alea bune sunt mereu în cealaltă barcă! Mare dreptate ai avut!

Două zile mai târziu am aflat că divorțase.

O subalternă de-a lui îmi povestise că Nilă i-a luat apărarea când scrisese o știre despre chiriile mici pe care le plătea McDonald's pentru McDrive-uri și un directoraș de-acolo venise și-i făcuse scandal în redacție. Spre seară, însă, directorul mare al McDonald's, un tip căruia nu prea îi plăcea să apară în presă, o sunase suspect de împăciuitor și o invitase la o discuție în dimineața următoare. Se făcuse aproape miezul nopții când a văzut un apel de la Nilă. O mai suna înainte de întâlnirile cu oameni de afaceri, cu diverse sugestii de întrebări, dar niciodată așa de târziu. Odată, înaintea unei conferințe a unei firme care vinde apă minerală, Nilă îi zisese:

— Întreabă-i de ce am da banii pe apa lor și nu putem să bem apă de la chiuvetă!

Alteori îi ceruse să afle câți blugi se vând în România și câți oieri pasc turmele în toată țara. Dar să o sune în miez de noapte nu se întâmplase, era clar că urmau niște întrebări importante pentru directorul McDonald's. Se aștepta la orice, dar nu ca șeful ei și al celui mai important ziar economic al țării de după '90 să-i spună:

— Ia întreabă-l de ce au chiflele alea atât de dulci!

Ne-am cazat într-un hotel de pe malul Dunării și am ieșit la o plimbare cu Nilă de-a lungul fluviului. Apa respira liniștită și fioroasă, ca un monstru adormit. Cu mâinile unite la spate, ca un profesor universitar la catedră, Nilă îmi explica unde greșesc cei din partidele politice.

— Cel mai iubit politician de la noi, mi-a dezvăluit Nilă, rămâne Ion Iliescu. Nu te lăsa impresionat că-l urăsc câteva sute de mii de intelectuali, pentru că milioane de țărani îl adoră și cred în el.

Chiar dacă aș fi vrut să-l contrazic, n-aș fi avut de ce. Iliescu își încheiase de mai puțin de un an ultimul mandat, dar mulți dintre oamenii de la sate credeau că tot el e președintele țării. Nu se schimbase nimic în cei 15 ani de când muncitorii îl huiduiseră pe 1 decembrie '90 pe Coposu la Alba Iulia, sub privirile ștrengare ale lui Iliescu și Petre Roman.

— Așa că la alegerile pentru președinte, și-a continuat Nilă perorația, eu, în orice partid aș fi, aș găsi prin țară un nene numit Ion Iliescu și l-aș pune să candideze pentru mine. Și-ți garantez eu că dacă țăranul și muncitorul văd pe listă Ion Iliescu, pun ștampila pe el. Iese din primul tur!

Undeva, în zare, sub o salcie pletoasă, o fetiță pe la vreo zece ani pescuia în fluviu. Nilă a zărit-o și, în timp ce ne îndreptam spre ea, a început să filosofeze:

— Uite, mă, țăranul român, încă de mic, știe cum să supraviețuiască și își ia din Dunăre tot necesarul pentru traiul de zi cu zi. N-are nevoie nici de telefoane mobile, nici de aparatură de lux ca să fie fericit, iar ca să se sature nu-i trebuie Mega Image ori Carrefour. Își ia un băț, o bucată de sfoară și un cârlig, caută o râmă în bălegar și fluviul îi dă hrana zilnică.

Ne apropiaserăm de fetiță și am văzut-o amândoi cum scotea, unul după altul din undiță, peștișori mici cât degetul și-i arunca neglijentă într-o găletușă de lângă ea.

— Incredibil, a făcut Nilă. Cât de frumos și de elegant își ia hrana din natură țăranul român.

Fetița a văzut că ne-am apropiat, ne-a privit cu ochii așezați pieziș pe fața pistruiată, s-a scărpinat în cap, neștiind ce să zică, și și-a văzut mai departe de treabă.

— Bună ziua, fetițo, a salutat-o Nilă cu glasul lui bubuitor și greoi.

— Bună ziua, nene, a răspuns ea.

— Ia spune-ne și nouă, îți prepari tu singură peștii pe care îi prinzi sau ți-i gătește mămica? Și cum îi faceți? Prăjiți sau pe grătar?

Fetița i-a răspuns uitându-se în pământ, în timp ce plesnea apa cu vârful undiței:

— Nu-i mâncăm.

— Dar ce le faceți? s-a mirat Nilă.

— Îi toc mărunt și-i dau la rațe.

Am izbucnit în râs, dar Nilă mi-a făcut din mână semn să tac, ca și cum ar fi alungat o muscă.

— Dar ție ce-ți place să mănânci? a întrebat-o el insistent pe fiica Deltei, printre sălciile împletite.

— Șaorma, a răspuns ea mândră.

În următoarele zece minute, până ne-am întors la hotel, a tăcut sumbru și a înghițit în sec. Am mers în liniște, umăr la umăr, pe malul Dunării, ca doi soți care nu mai au ce să-și spună.

Pe seară, ne-am strâns toți ziariștii din grup pe terasă. Când se văd, jurnaliștii economici fac trei lucruri: beau, bârfesc și se laudă. De fiecare dată când ieșeam cu un grup de ziariști la bere, iar unul dintre noi pleca acasă mai devreme, nu apuca să facă nici trei pași și era răstignit de ceilalți. Îl bârfeam până i se veștejea aura. Jurnaliștii economici sunt o specie aparte: lucrează cu oameni cu bani, scriu despre ei, sunt sunați de ei și, în timp, părerea lor despre sine se contorsionează și se îndepărtează tragic de realitate. Când te sună un miliardar din Top 300 și te invită la prânz, povestindu-ți de la egal la egal că a mai investit 10 milioane de euro într-un hotel și te roagă să-l ajuți să și-l promoveze, parcă începi să te simți și tu valoros. Jurnalistului economic i se pare un fleac nedemn de o știre dacă un oarecare a investit câteva sute de mii de euro într-un proiect, deși el, jurnalistul, poate are în buzunar echivalentul a 2–3 euro și de dimineață a mâncat doar două ouă fierte, iar peste prânz a trecut doar cu amintirea micului dejun. E un sentiment nu foarte îndepărtat de orgasm să vezi că un patron cu cinci fabrici și 3 000 de angajați se ridică de la birou când te vede, îți spune „cu respect“ și te bate prietenește pe umăr.

Eu, unul, îmi pierdusem respectul în fața multor oameni importanți de afaceri în doar câteva ore. Totul se întâmplase după o petrecere de presă, când am rămas să stingem lumina eu și Ionuț, un vechi jurnalist economic care lucrase, pe vremuri, la unul dintre topurile miliardarilor și îi cam cunoștea pe toți. Am băut până în zori la barul non-stop al unui hotel de două stele, iar pe la opt dimineața deja terminaserăm toate subiectele de discuție și ne-am luat la ceartă. Fiecare se lăuda cu oamenii de afaceri pe care-i cunoaște.

— Hai să ne apucăm să-i sunăm și să-i dăm pe speaker, am propus eu. Dacă mă recunoaște respectivul și-mi zice pe nume, am un punct. Și tu la fel. Sun unul eu, altul tu, și tot așa, iar la final tragem linie.

— Nu, nu e bine așa, că ne războim până poimarți. Eu știu sute de oameni de afaceri și tu la fel. Hai să ne băgăm mai pe nișă, să vedem care știe mai mulți frați de afaceri.

Avea dreptate. Cunoșteam și eu o grămadă de frați implicați în business și abia atunci mi-am dat seama că aproape toți erau în prima treime a celor mai bogați oameni din România. De ce oare? Nu cumva pentru că lucrau împreună, ca frații, și între ei era mai greu să-și dea țepe decât atunci când împărțeau afacerile doi oameni oarecare, fie ei și prieteni?

Am tras la sorți și Ionuț a trebuit să sune primul. A luat telefonul, a apelat, dar n-a răspuns nimeni. A mai încercat o dată și încă o dată, până când o voce somnoroasă și irascibilă a răspuns după mai multe apeluri. Era unu' care construise, alături de frate-so, un lanț de magazine undeva, în provincie.

— Cine sunteți și de ce insistați la ora asta, când vedeți că nu răspund? a întrebat omul de afaceri care rula zeci de milioane de euro pe an.

— Aloooouuu, fraaaațiiii Peneeeescuuu? a întrebat Ionuț, lungind cuvintele.

Pentru câteva clipe, omul de la celălalt capăt a tăcut.

— Sunteți frații Penescu? a insistat Ionuț, ca și cum i-ar fi avut pe amândoi în receptor. Mi i-am imaginat pe cei doi frați îmbrăcați business și dormind împreună îmbrățișați, ca doi ursuleți.

— Cu cine vorbesc? a întrebat răstit afaceristul.

Iar prietenul meu i-a răspuns cu o voce în care se simțea deja disperarea viitorului fost ziarist uitat:

— Sunt eu, Ionuț! Voiam să vă întreb dacă vă mai amintiți de mine...

Trecuseră ani de la întâmplarea cu Ionuț, dar mi-am amintit de el pe malul Dunării, sorbind dintr-o sticlă de bere cu Nilă alături. Încercam să-i fac inventarul unei blonde care apăruse mai târziu în grup, angajată la firma care ne invitase în Deltă, dar capul uriaș al lui Nilă îmi obtura câmpul vizual. Povestea ceva și se uita în ochii mei ca o cobră, dar am reușit să fac câteva fente din cap și am putut să privesc pe lângă moaca lui. Blonda era o combinație între o căpiță de păr blond și creț, țâțe cât pepenii și cur bombat, iar între țâțe și cur, un mijloc subțire ca țeava de eșapament de la mașină. Dacă-i vedeai umbra pe un perete ai fi crezut că e un animal din basme. Toți încercam să fim simpatici și să-i intrăm în grații, dar eu speram că poezia ar putea să facă diferența dintre mine și cei din jur.

Aveam, de mic copil, un talent inutil. Puteam să rețin, fără mari eforturi, sute de poezii. În primii ani de facultate reușeam, uneori, să vrăjesc colegele din anul I cu cinci–șase strofe. Am renunțat să le mai recit gagicilor după ce o roșcată senină, cu ochi albaștri și mari cât fundul unei sticle mi-a turnat smoală pe aripi. Eram mai mulți la o terasă și eu îi turuiam strofă după strofă roșcatei, care mă privea fără să clipească. Am luat asta ca pe un semn de încurajare. S-a spulberat totul atunci când un coleg îmbrăcat în trening și cunoscut după numele de Floc i-a atras atenția roșcatei:

— Auzi, păpușă? Mama ta a fost o hoață!

Fata a roșit și l-a întrebat:

— Mama? Hoață? De ce?

Floc i-a răspuns fără să scoată țigara din gură, ca gangsterii de prin filme:

— Pentru c-a furat stelele de pe cer și ți-a pus ție ochii!

Iar pentru prima oară, fostele stele ajunse în capul fetei au sclipit de interes. S-a întors cu spatele la mine și, în șoaptă, a pornit o discuție cu Floc, iar eu mi-am înghițit poeziile ca pe o halcă stricată pe care mai bine o îngropi în stomac decât s-o scuipi pe masă, în fața tuturor.

Dar blondei crețe din Deltă părea să-i placă poeziile. Am început să-i recit din Păunescu, pentru că era ușor de reținut și ușor de înțeles, iar la beție, versurile lui simple și patetice căpătau profunzimi nebănuite. Pe vremuri, prietenul meu, Poetul, îl acuzase pe Păunescu că n-are univers poetic. Dar blonda nu citise 12 000 de cărți, ca Poetul. Mă asculta zâmbind nostalgică, iar eu am știut că sunt pe drumul cel bun. Și ceilalți ziariști care sorbeau din bere în jurul mesei deveniseră lirici și savurau versurile, mai puțin unul mic, uscat și cu o gură știrbă de șarpe, în care-i mai rămăseseră doar doi canini. Din când în când scotea capul din halba de bere, mă privea cu ură și răbufnea:

— Tu îmi spui mie de Păunescu? Tu? Mie?

L-am ignorat și am recitat mai departe, dar el revenea tot mai des cu reproșul:

— Am ajuns să-mi spună mie unul ca tine de Păunescu?

Mi-am amintit alte câteva poezii și le-am vărsat pe masă. Creața părea să se simtă bine, dar eu eram deja cu un ochi la piticul agresiv din fața mea, care mă privea ca și cum detonasem bomba de la Hiroshima.

— Incredibil, dacă am ajuns să-mi spui tu mie de Păunescu!

Poate că taică-so o fi cântat pe vremuri la Cenaclu, m-am gândit, sau poate că o fi, pe undeva, rudă îndepărtată cu poetul. Dar dacă e fiul lui? Păunescu avusese o viață amoroasă destul de intensă și n-ar fi fost exclus ca într-un mic oraș, venit să facă spectacol, să fi cucerit rapid o localnică iubitoare de poezie și să o fi lăsat gravidă.

— Dar de ce să nu-ți spun ție de Păunescu? am răbufnit într-un final.

Iar el mi-a răspuns mândru și plin de dispreț:

— Păi, bă, dobitocule, eu am mers odată cu Păunescu-n lift, la Casa Presei!

47

Un tip care construise și vânduse câteva mii de apartamente mi-a spus cândva o vorbă pe care o auzise la o târfuliță de nici 18 ani. O agățase pe stradă, trăiseră împreună o lună prin hoteluri, dar el urma să plece pentru un an cu businessuri în Africa de Sud. I-a propus puștoaicei să vină cu el, doar că ea își fixase un țel la care nu voia să renunțe: trebuia să ia bacalaureatul în vară. Părinții ei pierduseră multe în viață pentru că nu făcuseră liceul, iar ea și frații ei fuseseră crescuți într-un mediu plin de privațiuni. Fugise de acasă la 15 ani cu un șofer din cartier, apoi mersese prin viață din bărbat în bărbat, dar ei o primiseră acasă și-i puseseră o singură condiție: orice-ar face, să nu renunțe la școală. „Ferească Dumnezeu să te prindă binele nepregătit!", îi spusese târfulița afaceristului atunci când i-a refuzat oferta.

Și pe mine mă prinsese binele nepregătit atunci când am cunoscut-o pe Doamna C, soția unuia dintre cei mai bogați români. Îmi propusesem să scriu o știre despre una dintre multele afaceri ale miliardarului atât de discret, încât lumea nu-l știa nici măcar din poze. Am sunat la acea firmă și am aflat că doamna, soția miliardarului misterios, se ocupă de ea. N-am înțeles niciodată de ce a acceptat să ne vedem atunci, prima oară, pentru că mi-a explicat din primul minut că n-o interesează să apară vreo știre despre ea.

Doamna C trecuse bine de 50 de ani, dar bronzată și cochetă cum era, arăta de 40; doar pielea de pe mâini o trăda. Duhnea de la ușă a milioane de dolari și-a nefericire conjugală. Privirea ei tristă și galeșă amintea de pisicile de rasă care cred că li se cuvine orice. Era genul de femeie care a flirtat toată viața cu frumusețea, fără s-o ia în căsătorie; tânără, ai fi spus că abia la maturitate va arăta cu adevărat bine, iar acum, la peste 50 de ani, te gândeai că în tinerețe a fost o femeie foarte frumoasă. Doamna C era atât de bogată, încât asistenta ei avea și ea o secretară care, la rândul ei, avea o asistentă.

— Ești bronzat foarte frumos, m-a lăudat Doamna C la finalul discuției, dar tricoul tău e banal și nu-mi plac nici blugii.

— Dacă aș sta mai bine cu banii, aș investi în haine, i-am explicat eu, stânjenit.

Doamna C a deschis sertarul unui birou, a extras de acolo un plic și mi l-a întins:

— Uite, ia asta din partea mea și cumpără-ți un tricou frumos și o pereche de blugi!

Am refuzat, dar n-am fost foarte convingător. Nu voiam să mă aibă la mână, dar nici nu mi-ar fi prins rău niște bani. Nu eram atât de cinstit precum și-ar fi dorit șeful meu, Ilandru, dar nici atât de corupt precum mă bănuia el. Aproape orice ziarist acceptă cadou o vacanță în străinătate dacă i se oferă, chiar dacă drumul și cazarea i-au costat pe cei care au organizat-o câteva mii de euro. Dar același ziarist se simte vinovat și murdar dacă un om de afaceri îi oferă 50 de euro.

— Doamnă, oi fi eu sărac, dar nu iau șpagă, i-am zis cu o falsă demnitate, ca-ntr-un film prost.

— Șpagă... Ce cuvânt urât pentru o mică atenție din partea mea. Șpagă e atunci când iei bani, iar în schimbul lor oferi ceva, în cazul tău o știre, nu-i așa?

— Așa e..., am bâiguit eu.

— Dar eu nu-ți cer să scrii nicio știre, nici acum și nici mai târziu. Pur și simplu, îți fac un mic cadou prietenesc, nu e mare lucru. Iar să refuzi un cadou nu înseamnă că ești integru, ci mai degrabă puțin mitocan, nu?

Am luat plicul și l-am deschis abia mai târziu, în toaleta unui bar. Erau 1 000 de euro în el, cam cât câștigam eu în două luni. Mi-am cumpărat câteva tricouri scumpe, o pereche de blugi și pantofi sport. Seara m-am dus la curve și, pentru prima oară în viața mea, am plătit pentru două odată. Fumam și vorbeam la telefonul mobil în timp ce fetele lucrau la fericirea mea cu sârg, ca două țărănci care sapă în grădină. Nici dacă mi-ar fi făcut cineva cadou o stradă întreagă în Londra nu m-aș fi simțit mai bogat.

Un arab, mare proprietar de hoteluri, mi-a zis odată, după un interviu:

— Când ai bani, trebuie să crești și tu odată cu ei; când ai bani, și gândacii de la tine din bucătărie trebuie să fie mai grași decât ai celorlalți! O să te invit la mine acasă și ai să vezi că gândacii din bucătăria mea sunt mari cât vrăbiile!

Ca ziarist de business, am cunoscut mii de oameni de afaceri și am înțeles că foarte puțini dintre ei au crescut odată cu banii lor. Cei mai mulți au rămas blocați emoțional undeva, în tinerețea lor, la momentul în care s-au apucat de business. Proprietarul unei companii cu afaceri de 50 de milioane de euro pe an și profit de un milion de euro se plimbă într-o Skoda de 10 000 de euro. Pleacă în doar două vacanțe pe an, în Grecia și Austria, la hoteluri pe care și le permite și un profesor de liceu. La 60 de ani, aproape jumătate din viață a fost milionar, dar n-a văzut încă Parisul, Roma, Madridul, Sankt Petersburgul și n-a ajuns niciodată într-o destinație exotică. Trudește de dimineața până seara, cot la cot cu angajații lui prost plătiți, ca și cum ar trăi viața altuia, un tip modest care trebuie să se mulțumească cu o slujbă măruntă și cu fericirea de a-și permite două pachete de țigări pe zi și o sticlă de whisky o dată la câteva seri.

Doamna C, însă, își savura cu lăcomie banii, milion cu milion, așa cum un bătrân cerșetor suge până la măduvă toate oscioarele unui pui prăjit, primit de pomană. Se lăfăia jumătate din an într-un apartament uriaș din Monte Carlo, dar, ca să nu se plictisească pe Coasta de Azur, mai cumpărase un altul în inima New Yorkului, în Times Square, și încă unul în Londra, foarte aproape de Trafalgar Square. Își făcea vacanțele pe insule în care papagalii îi cântau pe umăr, iar maimuțele îi furau caviarul. Umbla prin București într-o limuzină mare, neagră și înspăimântătoare ca un cavou, care o costase o jumătate de milion de euro. Ne întâlneam din când în când în biroul ei cât o sală de bal și îmi spunea povești din tinerețe, pe când era săracă și iubea un tip la fel de oropsit ca și ea, care venea la întâlniri cu pantofii căscați ca un bot de rechin și cu șosete decolorate de timp și detergent prost. Cred că aerul meu de ziarist în mizerie îi amintea de iubitul ei din tinerețe, pentru că la plecare îmi întindea de fiecare dată un plic cu bani. Doamna C își cumpăra cu 1 000 de euro pe lună o întoarcere în timp de o oră, iar asta o făcea fericită. Și, cumva, o simțeam bucuroasă pentru că totul îi iese atât de ieftin.

Mă obișnuisem cu banii și mâncam de două ori pe zi la restaurant. Aveam pielea lucioasă și plesneam de trai bun, ca o căpușă înfiptă în gâtul unei oi. Circulam doar cu taxiul, ca marii actori, și beam din ce în ce mai mult. Ieșeam cu șase–șapte tipe în paralel, cărora le plăteam mesele, băutura și taxiul de la miezul nopții, iar de câteva ori pe săptămână mergeam și la curve. Cei 1 000 de euro pe lună de la Doamna C și salariul meu minuscul de jurnalist au devenit insuficienți pentru noul meu stil de viață. Atunci am început să-i dau mesaje Doamnei C și, între întâlnirile noastre lunare, să-i mai cer bani. Nu m-a refuzat niciodată. Mă aștepta de fiecare dată asistenta și-mi dădea plicul.

Orice poveste are un sfârșit, iar a mea a durat mai bine de doi ani. Doamna C se tot juca cu telefonul Vertu de 20 000 de euro în timp ce-mi povestea din tinerețea ei. Erau istorioare obișnuite, întâmplări pe care orice tânăr din lumea asta le trăiește: iubiri, despărțiri, plimbări cu trenul la munte și la mare și picnicuri pe malul lacului. De ziua mea mi-a făcut cadou un ceas Longines, dar eu visam de câteva săptămâni la un Volvo roșu, care costa 11 000 de euro. Îl văzusem pe un site de mașini second-hand și tânjeam după el ca Doamna C după tinerețea pierdută. Am căutat-o și m-am plâns că nu avusesem niciodată o mașină a mea, dar mă îndrăgostisem de un S40 roșu ca sângele. A vrut să-l vadă și și-a deschis laptopul. M-am dus lângă ea și ne-am uitat împreună pe site-ul de mașini. Părul ei blond și ondulat m-a mângâiat pe obraz. Mirosea a liliac și a amintiri, și preț de câteva secunde în stomac mi s-a zvârcolit un crocodil mare cât un Volvo. A trebuit să fac eforturi supraomenești să nu o sărut, pentru că ne despărțea doar un centimetru de aer. Am respirat adânc și mi-am impus să fiu rațional: nu voiam să stric totul pentru o partidă de sex incertă cu o femeie de vârsta mamei.

— Deci, să înțeleg, vrei să te ajut să-ți cumperi mașinuța asta, m-a întrebat zâmbind doamna C.

Nu-i cerusem niciodată atâția bani și mă temeam că e mult prea mult. Dar i-am confirmat cu glas tremurat:

— Da.

— OK, te ajut. Îți voi da cei 11 000 de euro, mi-a promis ea.

Mă simțeam ca un elev în prima zi de vacanță. Înainte să apuc să-i mulțumesc, doamna C m-a privit cu ochi jucăuși și, pentru o secundă, am întrezărit-o în oglinda lor lucioasă pe tânăra nesăbuită de acum 30 de ani, care fugise de acasă cu iubitul și dormiseră o lună în podul unui hotel părăsit.

— Dar cât costă o jucărie din asta nouă? m-a întrebat.

Era deja mai mult decât puteam duce, de parcă aș fi căzut într-un lac în care colcăiau peștișorul de aur și tot neamul lui.

— Costă în jur de 25–27 000 de euro.

— Și n-o vrei, mai bine, nouă?

— Ba aș vrea, am bâiguit eu, dar nu-mi permit...

— Te ajut eu. Ce zici? Vrei?

— E mult prea mult... Dar vreau, cum să nu?

— Uite cum facem, mi-a zis ea. Dacă ai de gând să o cumperi pe cea veche, îți dau acum cei 11 000 de euro, pe loc. Dar dacă te hotărăști pentru una nouă, trebuie să aștepți până mâine, pentru că n-am atâția bani la mine. Alege tu.

Aș fi vrut să-i spun că vreau atunci, pe loc, cei 11 000 de euro, iar a doua zi să vin după restul, dar nu voiam să par nesimțit.

— Aștept până mâine, i-am spus mândru că am făcut alegerea corectă.

Doamna C s-a uitat la mine cu o privire care mi s-a părut și ironică, și tristă, și resemnată, dar eram prea extaziat pentru analize psihologice. A doua zi nu mi-a răspuns la telefon, nici a treia zi și nici următoarele. De fapt, nu mi-a mai răspuns niciodată.

48

A mai trecut un an și, fără niciun avertisment, ca și cum un dement de pe contrasens ar fi virat brusc în mașina mea, m-am trezit că fac 30 de ani. Atunci am reușit să mut o corabie doar clipind din ochi.

Strivit pe șezlong de tonele de beri și țigări de peste noapte număram bubele de pe chipul adolescentin al dimineții. Ca o halcă sângerie de carne înfiptă în frigăruie, soarele scotea timid capul din ape. Mă usturau ochii și picam de somn.

Răsăritul e romantic doar când vorbești despre el, nu și când îl trăiești pe pielea ta. Ca armata, prima partidă de sex sau zborul cu avionul.

— Se crăcănează de ziuă, am observat cu glas ruginit.

— De ce vorbești așa? mi-a reproșat în șoaptă, împingându-și șezlongul mai aproape de-al meu, Teodora, șefă de marketing la un mare hotel din București. Veniserăm împreună la mare și urma să plecăm separat.

Dinspre valuri sufla o briză puturoasă. Miliarde de pești și vietăți marine se tot cacă de secole în mare. Așa se explică mirosul. Mi-a luat țigara din mână și și-a înfipt-o în mijlocul gurii, așa cum fac copiii care se joacă de-a fumatul.

— Sunt nefericită, a oftat ea și mi-a întors țigara, fără să-i scuture scrumul.

Mi-a prins pumnul în palmă și l-a ținut strâns, ca pe schimbătorul de viteze.

— Vreau să-ți spun că ce-ai văzut aseară nu e ceea ce pare. Nu înțeleg de ce te-ai supărat atât de tare.

Am tras adânc din țigară, cu ochii pe cer. Două avioane croșetaseră un X strâmb din fumul pe care îl lăsau motoarele în urmă. Berea din mine a suspinat adânc, ca o fată bătrână la un film de dragoste.

— Și, în definitiv, nu uita că sunt măritată. Noi doi aveam o înțelegere...

Mă simțeam ca o busolă cu acele rupte. Nu-mi era prea clar cum ajunsesem pe plajă. Mi-am amintit de Cornel, care, după a șaptea sau a opta bere, se holba uluit în jur și întreba pe oricine se nimerea prin zonă: „Bă, ce caut eu în viața mea?" Gândindu-mă la el, am surâs.

— Uite, zâmbești! O să fie bine, îți promit! mi-a șoptit și s-a rostogolit lângă mine, pe șezlong.

Ca să-i fac loc, m-am tras mai în margine. Pe nisip, puțin mai la stânga, căzuse la datorie, ostenit ca un strungar după o zi de muncă, un căcat gros de câine.

— Dumnezeule, cât de frumos e aici! a scâncit ea. Apoi a început să plângă încet și monoton, ca un Bentley uitat într-o parcare cu motorul pornit.

Mascate de spinările cocoșate ale valurilor, undeva, la stânga, turnurile Petromidiei fumegau ca după incendiu. În dreapta, șantierul naval se contura pesimist ca un cimitir de cartier. Vapoarele negre și tăcute păreau sicrie uriașe plutind pe apa Sâmbetei. În spate, mai înspăimântător decât toate, gâfâia restul lumii, pândindu-ne lacomă ca un piton.

Mi-am mai aprins o țigară și am împroșcat fumul spre cer. Un alt avion mânjise albastrul crud al văzduhului cu o dungă groasă și zbârcită, de parc-ar fi fost desenată de o cariocă la apus de carieră. M-am gândit că avioanele fac cerul să pară meschin. Ca și cum, printr-o grădină de trandafiri, ar troncăni mașini de tuns iarba. Dac-ar fi existat avioane pe vremea lui Eminescu, poeții n-ar mai fi fost atât de romantici. Un Boeing sau un Airbus s-ar fi așezat de-a curmezișul între ochii lui larg deschiși și visători și luna plină, ca un os de pește în gât. Atunci când au apărut avioanele s-au stins ultimii mari romantici.

Dacă aș fi avut vorbele la mine, ca Eminescu, aș fi prins-o tandru de cap și i-aș fi depus un sărut decolorat pe tâmplă. Aș fi strâns-o la piept și i-aș fi explicat că nu e nimic frumos în jur, în afara ochilor ei verzi cu irizații albastre. Aș fi implorat-o să nu mai plângă și aș fi convins-o că nu poate ea să mintă pe cât pot eu să uit. I-aș fi zis că, în definitiv, nu contează nimic, că suntem mici și neînsemnați. I-aș fi spus că viața e ca marea: depinde din ce unghi o privești. Dar Eminescu juca în celălalt campionat, iar pe tricoul lui scria Bellu, așa că n-am spus nimic.

Undeva, în față, departe, un vaporaș albastru dormita abandonat pe șaua mării. L-am privit intens, ca să nu fiu nevoit să mă uit la ea. Nu se clintea. Am închis ochiul stâng și vaporașul s-a mutat abia perceptibil la dreapta. L-am mai închis o dată și s-a mai urnit un milimetru.

Ea s-a pornit, între timp, să explice, dar n-o ascultam, și probabil că-și vărsa sufetul în fața mea și asta durea tare, de vreme ce mă strângea de mână de-mi zvâcneau tâmplele. Să te-nșele amanta e mai umilitor decât dacă te-ar înșela iubita ori nevasta, m-am gândit. Am început să clipesc din ce în ce mai des din ochiul stâng și așa am reușit să mai împing corabia câțiva centimetri. Ea se justifica tot mai aprins. Am clipit mai departe în rafale, ca și cum i-aș fi mitraliat vaporului o serie de șuturi în curul numit de marinari pupă, până când în ochiul stâng mi-au înflorit câteva lacrimi.

— Acum mă înțelegi??? Zi și tu ceva! s-a tânguit ea.

Am abandonat nava în mijlocul mării, mi-am întors fața spre ea, cu ochiul stâng înecat în lacrimi, și i-am aruncat în glumă, în timp ce mă întrebam, cu mațele ghiorăind, dacă s-o fi deschis bufetul pentru micul dejun la hotel:

— Corabia visurilor noastre s-a pierdut în larg.

M-a săgetat cu ochii ei verzi, înspicați cu albastru, și mi-a șoptit tandru:

— Asta iubesc cel mai mult, poezia din tine!

49

Pe nea Petrică, actorul, l-am văzut prima dată la târgul de turism de la Budapesta, făcând pe Dracula așezat pe un tron și scoțând fum din ceafă. Ulterior, ne-am mai intersectat de câteva ori, de fiecare dată la restaurantul prietenului meu Mugur Livadaru. Am și băut într-o seară cu el, dar eram sigur că nu-și mai amintește de mine. Îl imita pe Dracula prin camerele întunecoase ale cârciumii care purta numele sângerosului conte. Apărea o dată pe săptămână, marțea. Mai întâi tremura un vuiet în boxe, apoi pâlpâiau luminile și se auzea undeva, pe fundal, un urlet îngrozitor. Nea Petrică, îmbrăcat în vampir, alb ca făina la față, cu pelerină și dinți falși, se plimba de colo-colo, dintr-o cameră în alta, și amenința omenirea slabă de înger, acuzând cu sabia spre pereți. Pe mai multe tonuri, când răstit, când rugător, când resemnat ori persuasiv, o soma și o ruga pe iubita lui Mina să se întoarcă la el. În engleză, bineînțeles, pentru că majoritatea clienților restaurantului erau străini.

Gagica pe care o curtam în vremea aia nu ajunsese niciodată la restaurant și nu-l cunoștea pe nea Petrică. Mă întâlneam cu ea de mai mulți ani, o dată sau de două ori pe lună, și vorbeam despre cărți, despre noi, despre orice, dar nu reușeam să mă apropii de ea la mai mult de câtiva centimetri. Era măritată, înaltă, slabă și bronzată, iar mie mi se păreau sexy genunchii ei ascuțiți, de fată de liceu.

Uneori, când o lăsam în stația de autobuz, o strângeam ceva mai tare în brațe. Se înroșea și urca repede în troleu. De cele mai multe ori discutam plimbându-ne pe străzi și m-a mirat că în marțea aia m-a rugat să mergem la un restaurant și să bem ceva. Am invitat-o la clubul lui Dracula, cu speranța ascunsă într-un ungher al minții că spaima pe care i-o va produce Contele o va face să depășească bariera celor câțiva centimetri care mai rămăseseră neparcurși între noi. Seara a început promițător, într-un separeu pe care-l împărțeam doar noi doi. Am comandat un vin și am vorbit despre cărți. După prima sticlă mi-a povestit că nu e mulțumită de căsnicia ei și că i-ar plăcea să fie cu cineva cu care să împărtășească aceleași gusturi. Soțul îi fugise recent de acasă și se refugiase în apartamentul unei colege de serviciu, care locuia cu părinții. Îl suna și la telefonul lui îi răspundea uneori mama fetei.

— Să-l lași în pace, nenorocito, că de-acum e al nostru! o amenința femeia.

Disperată, a dat o vreme iama prin biserici. Ea fusese prima iubire a soțului și viceversa. Se cuplaseră în clasa a IX-a și relația lor intra deja în al 15-lea an. Un popă mai zglobiu le-a analizat căsnicia și le-a pus un diagnostic nemilos: în bărbat intrase dracu'. A întrebat-o dacă-l poate convinge să vină cu ea la biserică. Nici pomeneală. Popa i-a propus atunci să-l atragă cumva pe bărbat în apartamentul lor. Urma ca popa să se ascundă după ușă și, când intră soțul, să-l lovească în cap cu busuiocul și să-i pună crucea dinainte, astfel ca dracu' să iasă din el și să se ducă unde vede cu ochii.

— Dar problema e că nu vrea sub nicio formă să se întoarcă acasă, mi-a povestit ea dezamăgită.

Am mai cerut o sticlă de vin și, după două pahare, s-a relaxat. M-a lăsat s-o țin de mână și mă privea melancolică în ochi, când un vuiet a tremurat în boxe, luminile au agonizat și un urlet inuman a sfâșiat încăperea. Speriată, m-a rugat să vin lângă ea.

— Cred că e un cutremur, i-am spus în timp ce o luam în brațe, iar inima îmi bătea cu magnitudinea de 10 grade pe scara Richter.

După câteva minute, pe hol s-au auzit pași apăsați. Dracula a intrat în încăpere, rotindu-și ochii și îndreptând amenințător spada către noi. Ea a înțeles că era o scenetă, s-a relaxat, m-a privit cu ochi strălucitori și plini de recunoștință pentru spectacolul pe care i-l oferisem și și-a împletit degetele cu ale mele. Dracula și-a arătat colții rânjind, s-a mai uitat o dată, mai atent, la mine, iar expresia fioroasă i-a dispărut brusc, așa cum dai la o parte praful de pe televizor.

— Domnu' ziarist? a făcut el, lăsând spada în jos.

Mă recunoscuse.

— Permiteți să iau loc? m-a întrebat cu o politețe exagerată și s-a așezat la masă înainte ca eu să apuc să spun ceva. Și-a scos dantura falsă și a înfășurat-o într-un șervețel, a sprijinit spada de masă, și-a șters transpirația și i-a zâmbit malefic amicei mele.

— Să vă fac cunoștință, am zis. Domnul Petrică Mo..., dar el m-a întrerupt cu un gest moale din mână care m-a dat înapoi cu trei–patru ani.

— O cunosc pe domnișoara. N-ați venit cu dânsa și acum o lună aici? Mi-ați zis că e ziaristă.

Ea era doctoriță și a înțeles că Dracula o confundase și că în restaurantul ăla mai fusesem și cu alte femei, cărora le spusesem aceleași povești și le rezervasem aceeași surpriză. Și-a desprins rece mâna din mâna mea, s-a uitat la ceas și mi-a spus cu voce metalică:

— E cam târziu. Eu nu mai stau mult.

A mai rămas un sfert de oră, timp în care Nea Petrică a vorbit, cu dinții pe masă, despre greutățile vieții de actor și, mai apoi, ne-a povestit cum i-a murit în casă zugravul pe care-l lăsase să-i renoveze apartamentul, în timp ce el plecase pentru câteva zile la mare.

Și astfel, între mine și ea a murit, în mai puțin de 20 de minute, zugravul care tocmai începuse să coloreze cei câțiva centimetri care ne separau. După toate astea, teama ei de draci s-a vindecat definitiv și și-a convins fostul soț să se-ntoarcă acasă, fără să mai apeleze la popă. Dar eu am rămas cu o frică teribilă de vampiri.

50

Mugur Livadaru deschisese clubul Dracula în București, iar la petrecerile pe care le făcea acolo de câteva ori pe an umbla acoperit cu o pelerină neagră și amplă, de vampir, iar pe cap îi strălucea o coroană aurie, cu pietre false. Se învârtea dintr-o încăpere în alta înconjurat de femei și aproape toate îi trecuseră prin pat. Făcuse mulți bani cu Sentimental Travel, agenția de turism cu care ducea români în vacanțe în Europa.

Avea o echipă atât de puternică, încât pentru eminența cenușie a firmei, un director financiar paralizat, angajase un tânăr care nu făcea altceva decât să-i împingă căruciorul pe holuri. În timp, juniorul Cătălin Băncilă reușise, tot suflându-i peste umăr bătrânului geniu, să fure suficientă meserie încât să ajungă peste ani director de marketing la o mare agenție de turism și, mai apoi, director general la o altă firmă din domeniu. Îi plăcea să posteze pe Facebook poze cu el vorbind la microfon pe la conferințe sau din aparițiile televizate. Bătrânul geniu, pensionat între timp, lăcrima ori de câte ori îl vedea în pozele alea și-i spunea soției cu glasul lui ruginit:

— Un sunet n-a scos băiatul ăsta cât am lucrat împreună. N-am bănuit că avea atât de multe de spus.

Mugur își câștigase deja locul printre legendele turismului românesc atunci când, la începutul anilor '90, inventase conceptul de „fată de vamă". Românii luaseră cu asalt bazarurile din Turcia și zeci de autocare îi cărau săptămânal la Istanbul. La granița cu Turcia se blocau mai mereu coloane uriașe de autocare.

Chiar dacă primeau șpăgi, vameșii turci nu se grăbeau să-i treacă pe români granița. Erau obișnuiți cu cadourile în bani și nu tratau pe nimeni preferențial pentru asta. Le luau banii și îi lăsau să aștepte. Doar autocarele Sentimental Travel treceau vama într-o jumătate de oră și nimeni nu-și putea explica misterul. Mugur s-a matolit rău într-o noapte și s-a lăudat că în fiecare autocar trimitea, pe banii lui, o prostituată sau două, pe care le numise „fete de vamă", pentru că nu suporta cuvântul „curvă". „Fetele", alese special ca să fie pe placul turcilor, blonde și țâțoase, coborau din autocar, intrau în cabinele vameșilor și îi serveau cu câte un oral cum nu văzuse Istanbulul de la Mahomed al II-lea încoace. Relaxați, vameșii deblocau imediat autocarele Sentimental Travel. După ce s-a aflat secretul, mai toate autocarele românești s-au dotat cu „fete de vamă", dar miracolul a mai ținut doar câteva luni, până când rusoaicele au descoperit Turcia.

— Voi nu sunteți prieteni pentru că ați avea multe lucruri bune, ne spusese odată, mie și lui Costel, țața Leana, bunica lui.

— Și-atunci de ce suntem prieteni, bre? a-ntrebat-o el plictisit.

— Pentru că vă potriviți la defecte, i-a răspuns baba.

Cu Livadaru nu doar că mă potriveam la defecte, ci păream făcuți unul pentru altul la capitolul ăsta. Eram amândoi bețivi, fumători înrăiți și afemeiați. Dar el mai avea ceva în plus, care-l ajuta să facă toate astea în stil mare: bani. Dar și eu ascundeam în tolbă un alt defect, care ne-a sudat prietenia: eram profitor cât cuprinde. A fost de ajuns să vorbim câteva minute pentru ca el să înțeleagă că și-a găsit un partener cu care să ia bordelurile la rând în fiecare seară, dacă găsea prietenul care să-și permită să-i plătească distracția. Iar Mugur chiar își permitea și făcea asta cu mare plăcere.

Primul pe listă a fost un apartament din Baba Novac, unde Mugur aranjase un rendez-vous cu „o fată extraordinară" care avea și câteva „colege". Am ajuns la un bloc nou, impunător, și a sunat la interfon:

— Deschide, fă, c-au venit pețitorii, a strigat Mugur în difuzor.

Am urcat la ultimul etaj și am intrat într-un apartament atât de luxos, încât mi-a trecut prin cap să mă descalț la ușă, așa cum făceam în copilărie. Probabil că 90% dintre bucureșteni nu și l-ar fi permis. Nici în cele mai frumoase visuri de jurnalist nu îndrăzneam să-mi cumpăr o astfel de locuință.

Ne-a întâmpinat o brunetă decoltată, cu ochi albaștri și tulburi ca un lac în care tocmai a aruncat cineva o piatră. Când s-a întins să-l pupe pe Mugur i-am văzut trei sferturi din sânii mari și albi care, sufocați de sutienul minuscul, păreau două pâini înghesuite într-un buzunar. Am intrat într-o sufragerie uriașă, cu canapele de piele și arcade ca de templu. M-am așezat pe o canapea moale și primitoare. Mugur s-a aruncat și el pe un fotoliu și i-a făcut semn celei care ne-a deschis ușa să i se așeze pe genunchi. Curva s-a executat imediat.

— Ea e Claudia, mi-a prezentat-o el. A fost „lucrătoare" pe vremuri, dar acum nu mai prestează, pentru că a ajuns mare patroană. Zi, fă, nu-i așa?

— E pe dracu', a răspuns Claudia.

— E modestă. Nu plătește taxe, n-are controale de la fisc și nu-și bate capul în fiecare zi cum să le dea de mâncare angajaților, ca mine. Acu' spune și tu, care dintre noi doi o suge mai mult, eu sau ea?

Claudia zâmbea, iar zâmbetul ei semăna cu al oricărei fete frumoase. Nimic din înfățișarea ei nu te lăsa să-i intuiești meseria. Putea fi economistă sau profesoară, notar sau asistentă medicală.

— Ce marfă ai, Claudio? a iscodit-o Mugur.

Claudia a bătut din palme ca la teatru și dintr-o cameră au ieșit șase puștoaice tinere, îmbrăcate doar în fuste scurte, bustiere și pantofi cu toc. S-au împrăștiat pe canapele și fotolii. Parfumurile lor tari, amestecate, miroseau în toate felurile, ca serele din grădina botanică. Rămăsesem cu geanta de laptop în brațe, ca un contabil care duce la bancă milionul de euro al patronului.

— Tati, relaxează-te, m-a sfătuit Mugur. Lasă, dracu', dulapul ăla din brațe, că nu ți-l fură nimeni. Aici suntem în familie.

Am lăsat geanta să se scurgă lângă canapea. Mugur și-a aprins o țigară și i-a suflat fumul Claudiei în nas. Curva s-a strâmbat, a râs și i-a tras o palmă peste cap.

— Fetele sunt curate, stai liniștit, m-a încurajat Mugur.

Și, ca să-mi demonstreze asta, a licitat:

— Claudio, n-ai, fă, ceva de mâncare? Că mi s-a făcut foame.

Femeia s-a dus în bucătărie mișcând din buci ca pe podium și s-a întors tot în pași de fotomodel, cu o oală de ciorbă în brațe.

— Mănâncă și tu direct din asta, că n-am chef să mai spăl vase, i-a zis ea.

— Mănânc, da' ai uitat să-mi aduci lingură. Nu ești fată de casă, Claudio! Și eu, care voiam să te cer de nevastă în seara asta...

Curvele au izbucnit toate în râs, ca și cum Mugur spusese ceva extraordinar de amuzant. Una dintre ele s-a ridicat leneșă de pe canapea, ca o pisică, și-a scos fusta scurtă din cur și i-a adus o lingură din bucătărie.

— Zi-i, fă, și lu' ăsta cum ne-am cunoscut noi, a îndemnat-o Mugur pe matroană, plescăind din limbă.

După cum vorbea cu prostituatele, ai fi zis că e o brută incultă, însă puțini patroni din turism erau atât de educați și umblați prin lume ca Mugur. Imediat după revoluție, părinții lui, intelectuali cu 5 000 de cărți în casă, câștigaseră în instanță câteva clădiri importante din București. Pe una o păstraseră și locuiau cu toții în ea, dar pe celelalte le vânduseră cu milioane de euro. Mugur avea acasă o nevastă și trei copii, cărora le rezerva în fiecare an câte 200 000 de euro din profitul agenției. Încă pe atât cheltuia ca să se distreze el. Toată lumea era mulțumită.

— Hai să-ți zic, a început Claudia. Era pe vremea când prestam și eu și lucram cu încă o fată pe apartament. Aveam client și eram în fapt cu el, când sună cineva la ușă. Și sună și sună și nu se mai oprea. Bag turație maximă și-l rezolv repede pe fraier, apoi ies să mă uit cine dracu' se agită așa. Când îl văd pe unu' beat mort la ușă, care se ținea de toc să nu cadă.

— Era Mugur? am întrebat eu.

— Mugur! O căuta pe colega de apartament la care făcuse programare pe telefon. Da' ajunsese cu o oră mai devreme și aia era acasă la alt client: un moș cu bani, paralizat. Zi tu, Mugure, mai departe, că mie mi-e rușine!

Știam deja că multe curve ezită să vorbească porcos. Era forma lor de protecție psihică, așa cum o colegă de facultate, care ne luase la rând în pat pe toți colegii, în primele luni de cursuri, avea un tabu: nu punea nici moartă mâna pe pulă.

— Și-mi deschide, tată, Claudia ușa, în țâțele goale și pline de spermă de la clientul celălalt.

— Amintiri frumoase, a făcut prostituata, nostalgică.

— Frumoase rău, fă, a completat Mugur.

Apoi a povestit mai departe:

— Și am intrat în hol la Claudia. Din duș se auzea zgomot, își făcea ăla baie.

— Ăia care-și fac baie când pleacă de la „fete" au nevastă sau gagică acasă, l-a întrerupt Claudia. Dacă aș fi măritată și bărbată-meu ar veni seara de la muncă mirosind a proaspăt, adică a gel de duș și a șampon, mi-ar fi clar că a fost la futut.

— Dă-l în mă-sa, a făcut Mugur, pe care nu-l interesa subiectul.

Apoi a continuat:

— Am întors-o pe Claudia cu spatele și acolo, în holul ăla, am luat-o la scos cartofi.

Claudia a oftat nostalgică:

— Ce vremuri, băi Mugure! Ce vremuri!

— Mișto rău de tot, fă!

Au mai stat la taclale o vreme. Curvele erau vesele și lipsite de griji.

— Alege o prăjitură, mi-a cerut Mugur într-un târziu.

I-am arătat cu degetul una dintre fete, o brunetă scundă cu sâni frumoși, mijloc subțire și ochi inteligenți, care nu părea să aibă mai mult de 16 ani.

— Ai extras greșit, cetățene, pentru că asta mică are apă la genunchi și nu poate să stea capră, m-a admonestat el.

— Nu contează, să stea pe spate sau deasupra. Da' tu de unde știi?

— Doar pe fetele care s-au angajat săptămâna asta în București nu le știu, s-a lăudat el.

Îmi plăcea tipa și n-am renunțat la ea. M-a luat de mână și m-a târât într-unul din dormitoare. Mugur s-a strecurat și el în dormitorul de alături cu o blondă slabă și înaltă. Miroseau frumos așternuturile de pe pat, iar tipa emana și ea un iz proaspăt, de primăvară.

— Ia-mă ușor, că am avut o intervenție la genunchi. Mi-au scos apa din el cu un ac mare cât o măciucă sculată, mi s-a plâns fata.

Nu trecuseră nici cinci minute când l-am auzit pe Mugur strigând din camera vecină:

— Claudio, mai trimite una aici.

Peste câteva secunde, am auzit țăcănit de tocuri pe hol. Din camera lui Mugur răzbăteau chicoteli prin perete.

— Mai expediază, fă, încă una, a urlat Mugur după alte câteva minute.

Mă gândeam că mi-ar fi plăcut și mie să mă tăvălesc cu două curve în pat, când l-am auzit din nou:

— Claudio, trimite-le, fă, pe toate și vino și tu cu ele!

Nu doar cu mine mergea la curve. Un alt om de afaceri, un mic rege al pieței imobiliare, care apărea an de an cu poză în topul miliardarilor, mi-a povestit o întâmplare la finalul unui interviu, după ce am descoperit că ambii suntem prieteni cu Mugur. Fuseseră și ei împreună, dar nu la curve, ci la una singură. Se părea că miliardarului, sătul de sexul normal și banal, îi plăcea din când în când să-i privească pe alții cum și-o trag. Discutaseră la un coniac despre femei și se aprinseseră fanteziile în ei. Mugur a dat câteva telefoane și, în final, a stabilit cu o prostituată prețul și detaliile partidei. Odată ajuns la un acord cu ea, s-au urcat în mașina miliardarului și au debarcat în apartamentul închiriat de gagică în zona Unirii. Tipa s-a dovedit a fi sucită și arogantă. Le-a dublat tariful de cum au intrat pe ușă, deși la telefon aflase că o vor vizita doi bărbați. Îl recunoscuse pe însoțitorul lui Mugur de la televizor și și-a imaginat, probabil, că întoarce milioanele de euro cu furca în pivniță, ca pe fân, ca să nu putrezească. Miliardarul, renumit pentru buzunarul lui strâmt ca gaura curului, s-a enervat și a dat să plece, dar Mugur i-a făcut un semn discret.

— Fii atentă care e faza, i-a zis el curvei. Fantezia noastră e, de fapt, să te legăm de pat dezbrăcată, să ne uităm o jumătate de oră la tine și să ne facem laba. Tu nu trebuie să faci nimic, ci doar să stai relaxată în pat.

Prostituata a luat banii și i-a băgat într-un sertar din noptieră, fericită ca i-a câștigat atât de ușor. I-a dat lui Mugur un cordon de halat, două eșarfe și un fular și s-a lăsat legată de pat. S-a dezbrăcat sub privirile stupefiate ale miliardarului, care nu știa ce urmează. După ce a imobilizat-o de mâini și de picioare, a luat de pe marginea patului perechea de pantaloni colanți pe care fata îi dăduse jos de pe ea și a legat-o rapid cu ei la gură. Apoi s-a înfipt în noptieră, a deschis sertarul și și-a luat banii înapoi. S-a postat în jumătatea camerei și, sub privirile îngrozite ale unei prostituate legate de pat și ale unuia dintre cei mai bogați români, și-a dat pantalonii jos și s-a căcat acolo, în mijlocul covorului.

— Dacă ești de căcat, sunt și eu de căcat, a concluzionat el când a terminat treaba, în timp ce se îndrepta cu pantalonii în vine, ca și cum ar fi dansat kazacioc, spre toaleta unde a căutat hârtie igienică.

Au plecat lăsând în urmă o curvă care văzuse multe la viața ei, dar nu-și imaginase, probabil, că va ajunge vreodată să se uite legată și neputincioasă la un căcat.

În vară, Mugur a strâns 30 de ziariști și i-a invitat în Corfu. Ca să-și consolideze poziția de cel mai mare vânzător de vacanțe în Grecia, avea nevoie de reclamă. Ne-a cazat pe plajă, la un hotel alb, de parc-ar fi fost construit din sare. Nu mă așteptam să vizităm cu Mugur muntele Athos sau mănăstirile de la Meteora, așa că nu m-am mirat că seara am ieșit într-un club.

— Cine bea alcool, e din partea casei. Cine bea altceva, să-și plătească băutura, a decretat Mugur.

La miezul nopții, toți eram turmentați și ne priveam în lumina difuză a discotecii cu ochi rotunzi, de bufniță. Mugur m-a luat de braț și m-a scos afară.

— Ziaristele astea ale voastre sunt prea cuminți. Hai să căutăm o fată! Știu eu o stradă cu curve.

Parcă special ca să-l contrazică pe Mugur, o jurnalistă a ieșit tropăind pe lângă noi, s-a aplecat pe balustrada clubului și a vomitat.

— Poftim, ce-ți spuneam? Astea dau stingerea acum, când începem noi să ne încingem.

Ziarista ne-a recunoscut și l-a întrebat pe Mugur:

— Cum ajung la hotel?

— O iei pe plajă și dai de el. Suntem pe insulă, insula e rotundă, iar hotelul e pe țărm. N-ai cum să-l ratezi.

— Și cât fac până acolo?

— Depinde în ce parte o iei. Dacă o iei în stânga, faci o zi și jumătate. Dacă o iei în dreapta, 15 minute.

A plecat împleticindu-se, iar eu am pornit cu Mugur pe străduțe, în noapte. N-am mers prea mult până când, în fața noastră, au răsărit două năsoase brunete, înalte și cu picioare lungi.

Mugur le-a abordat în greacă. De când vindea vacanțe în Grecia, începuse să rupă câteva cuvinte grecești. Gagicile i-au răspuns și au parlamentat puțin în limba lui Socrate și Platon, care suna atât de nobil, încât nu ți-ai fi imaginat că se negociază un futai.

— Ce-mi place mie la grecii ăștia, i-am zis eu lui Mugur, e că și ei, și ele, au vocea asta groasă, guturală. Ca Zorba, în film.

— Ca Anthony Quinn, vrei să spui.

— Exact. Îți amintești ce voce răgușită avea.

— Tati, să-ți zic o chestie. Quinn, actorul, și nu mă refer aici la Zorba, personajul, nu era grec, ci mexican. Dar lasă-l dracu'. Pizdele astea zic că au ele un șmen cu un hotelaș din zonă și vor să mergem cu ele. Ce zici?

Le-am cântărit din ochi pe cele două prostituate. Erau drăguțe, dacă ignorai nasurile cât schimbătorul de viteze, și zâmbeau frumos. Ne-am strecurat după ele printr-un gang și, de-acolo, pe o scară îngustă. Una dintre ele i-a cerut banii lui Mugur. El a scos 100 de dolari mototoliți din buzunar și i-a dat. Curvele au intrat în holul unui hotel înghesuit, au pălăvrăgit ceva cu tipul adormit de la recepție, au luat o cheie de la el și am urcat un etaj. Au aprins lumina și am intrat în cameră.

Să nu agăți niciodată o femeie dacă nu e suficient de multă lumină, era regula sfântă pe care o ignoraserăm. Sub raza nemiloasă a becului, realitatea se arăta crudă, în toată hidoșenia ei. Fetele erau de două ori mai bătrâne decât ni se păruseră în stradă, iar gurile arătau nefiresc, de parcă n-ar fi fost ale lor, precum cele ale unor clovni. Mugur a prins-o pe una dintre ele de ceafă și a încercat s-o sărute pe buze. Grecoaica l-a împins cu destulă forță și Mugur a bătut aerul cu buzele, ca un pește scos pe mal. I-a dat pe după umeri bretelele rochiei și i-a scos sutienul, care s-a dovedit a fi umflat artificial. Avea sâni mici, cât prunele. Mugur i-a ordonat ceva în greacă și tipa și-a scos de tot rochia. Când și-a dat jos chiloții, am înlemnit. Era bărbat în toată regula, iar organul lui în semierecție era dovada vie că se simțea destul de bine cu noi. Mugur l-a împins într-o parte și i-a făcut semn și celeilalte să se dezbrace. S-a luminat camera când și-a dat jos sutienul. Sânii ei erau superbi, nici mari și nici mici, fermi și elastici.

— Asta are țâțe de reclamă, tati, a făcut Mugur încântat. Îl dăm pe homălăul ăsta afară și rămânem cu ea.

Grecoaica a bolborosit ceva și Mugur mi-a tradus:

— Cică vrea doar sex oral, pentru că e în perioada aia a lunii...

— Zi-i să se dezbrace, l-am rugat pe Mugur. Am o bănuială...

Au parlamentat puțin și fata și-a scos fusta. S-a sucit cu spatele la noi și, rușinată, și-a dat jos chiloții, dezgolindu-și fundul rotund ca un pepene. Mugur se dezbrăcase și el între timp. S-a dus la gagica sfioasă și a prins-o de umăr. Când a întors-o, ne-a apărut în fața ochilor un furtun mare și bleg. Era un transexual.

— Cere-le banii înapoi și hai să mergem, i-am zis lui Mugur.

— Băi, frate, nu vezi ce drăguți sunt la față? Hai să le dăm măcar o muie!

— Du-te, bă, de-aici, că nu suntem poponari. Eu, cel puțin, nu sunt.

— Nici eu, tati, dar dacă tot am dat banu'...

— Băi, uite cum facem. Dacă vrei să rămâi cu astea sau cu ăștia, e treaba ta. Eu te aștept jos.

— Tati, am plătit o oră, ne facem de căcat la recepție, dacă ne văd ăștia ieșind după cinci minute. O să zică apoi că n-am fost în stare... O să râdă toată insula de noi.

— Băi, omule, eu plec, nu mai stau nici o secundă cu ăștia aici.

— Hai, măcar, să-i punem să facă laba și ne uităm la ei. Așa, la șto, tati!

— Du-te, bă, în pula mea, că plec.

— Tati, nu știi deloc de glumă. Eu mai rămân un pic, ca să nu se simtă prințesele astea două prost. Sunt și ele niște oameni și n-are rost să fim mârlani. O să zică: „Uite și românii ăștia bădărani". Nu merită să ne facem țara de râs.

N-aveam chef de glumele lui proaste. Am coborât și l-am așteptat în fața hotelului. S-a întors după o jumătate de oră.

— Te-ai futut cu ăia, gheiule?

— Hai, tati, fii serios, că nu s-a pus problema. M-am dat la bârfă cu băieții. Știi ce povești mișto au în ei?

— Nu te cred.

— Treaba ta, tati. Dar să nu uiți niciodată că m-am sacrificat ca să salvez imaginea țării.

Niciun zidar nu scapă fără să se murdărească, măcar puțin, cu var. Tot umblând seară de seară printre curve, m-am îndrăgostit de una dintre ele. Mugur mă invitase la o „casă" undeva, prin zona gării. Băgaseră „marfă". Printre „noutăți", o puștoaică veselă și pusă pe șotii mi-a atras atenția. Încă nu se întunecase și stăteam cu toții de vorbă afară, pe terasă. Locul avea ștaif, cu bar și un barman care ne aducea cafeaua în ceșcuță.

— Aveți mare grijă ce vorbiți, pentru că ăsta e ziarist și vă toarnă în presă, le-a avertizat în glumă Mugur pe prostituate.

— Ai și aparat de fotografiat? m-a întrebat puștoaica pe care o luasem în vizor. Era o brunetă cu ochi de cărbune, care se recomandase Natașa și zicea că e din Tiraspol.

I l-am dat și mi-a făcut o poză cu el. Ne-am uitat la fotografie cap în cap. Îi mirosea părul a tei și era rece, moale și plăcut la pipăit, ca o bancnotă de 100 de dolari. Când am dat zoom pe chipul meu, m-am descoperit buhăit și îmbătrânit, cu cearcăne cât farfuria.

— Câți ani ai? m-a întrebat.

— 31.

— Te-ai conservat destul de bine, m-a lăudat ea.

Probabil că majoritatea clienților ei erau oameni în toată firea, trecuți de 50 de ani sau chiar pensionari. Mi-o imaginam în pat cu bărbați în vârstă, chei și păroși, burtoși și arțăgoși, care îi cumpărau pentru o jumătate de oră tinerețea. Am simțit nevoia s-o țin în brațe și s-o protejez de toți, inclusiv de mine. Am prins-o de mijloc și am sărutat-o tandru pe gât. M-a împins ușor și a râs:

— N-ai voie, încă nu ești clientul meu.

— Dar ce sunt?

— Nu știu, poate viitorul meu iubit.

Natașa s-a lungit cu capul pe genunchii mei și s-a uitat la cer prin ochiul de sticlă al aparatului foto.

— Cum se mărește imaginea?

Câteva minute a butonat fascinată aparatul, fără să scoată un singur cuvânt.

— Uite, apropii cerul, mi-a zis și am simțit atunci că m-am îndrăgostit de ea și că nu vreau s-o tratez ca pe o curvă.

Nu peste mult timp, Mugur și-a ales o fată și se pregătea să urce „la cameră".

— O vrei pe țigăncușa asta?

— Mugur, în seara asta nu vreau pe nimeni. Rămân aici, la terasă, și stau de vorbă cu Natașa.

— Ce-ai bă, te-ai dilit? Cu curvele nu se stă la povești! Le fuți și gata, îți vezi de viața ta.

L-am luat deoparte și i-am explicat că, pur și simplu, îmi doresc să stau cu ea de vorbă. Vreau să o scot de acolo peste o zi sau o lună, să închiriem un apartament împreună și să trăim fericiți. Aș putea s-o ajut să termine liceul și să intre la facultate.

— Tu ai fumat ceva? Nu stau acum să-ți scot bășinile din cap, dar vorbim peste o oră, când mă întorc de sus.

Am rămas cu Natașa la terasă.

— Îmi iei un spumant? m-a întrebat ea cu glas de copil răsfățat.

Am chemat chelnerul și am rugat-o să comande. Omul s-a întors cu o șampanie pricăjită, cât o sticlă mică de bere. Ne-a turnat în pahar și Natașa a băut jumătate. Eu am dat pe gât tot paharul.

— Se mai poate unul? m-a rugat ea. Ăsta s-a răcit și nu-mi mai place.

Bănuiam că spumantul costă ceva, dar avea Mugur destui bani. Și-n plus, îmi plătea băutura din cei 50 de dolari pe care-i economisise pentru că nu-mi mai luasem fată „la cameră".

Am stat de vorbă o oră cu Natașa ca de la suflet la suflet și ne-am făcut planuri de viitor. Eu vorbeam mult și ea mă asculta, aprobând din cap și râzând din când în când. Lua câteva guri din pahar și cerea alt spumant. Cu toate au fost 11 până s-a întors Mugur.

— Romeo, îndrăgostitule, n-ați fugit încă în lume? m-a întrebat el binedispus.

S-a dus la bar să plătească nota. Gesticula din mâini ca un dirijor și barmanul tot arăta spre mine. S-a întors cu jumătate din față roșie și cu cealaltă albă, de parc-ar fi fost steagul Indoneziei, și cu spume la gură:

— Atât ați băut, 11 spumante? 11 într-o oră????

— Probabil... Am povestit cu Natașa și nu mi-am dat seama.

— Bă, tâmpitule, știi cât am plătit aici? Ai habar? 465 de dolari! Cât câștigi tu într-o lună.

— Dar ce-a costat atât de mult?

— 50 de dolari a fost fata mea, 30 de dolari ce-am consumat amândoi până să plec eu „la cameră", iar restul de 385 de dolari au fost spumantele tale! Atât a costat discuția ta de o oră cu o târfă, 385 de dolari!!!

Mă blocasem. Natașa se făcuse mică, se strecurase pe lângă mine și fugise în casă.

— Bă, boule, ține minte toată viața ce-ți spun eu acum: te costă de zece ori mai scump să te îndrăgostești de o curvă decât s-o plătești și s-o fuți, pur și simplu. Ține minte ce-ți spun eu, și e valabil pentru orice specie de curvă, nu doar pentru alea din bordeluri.

Am căutat-o a doua zi pe Natașa, dar în poartă a ieșit un chel cât casa și mi-a spus că și-a luat o zi liberă. M-am dus a doua zi și chelul m-a informat că Natașa s-a întors la ea, la Tiraspol, pentru că mă-sa mare e pe moarte și voia s-o vadă. A treia zi m-a prins de guler și m-a amenințat că mă taie dacă mă mai învârt prin zonă.

Peste câțiva ani, pe Mugur l-au îngenuncheat curvele, dar nu cele din bordeluri, ci alea pe care le angajase la agenția lui. Se îndrăgostiseră toate de el și deveniseră amantele lui. Sătule să le tot înșele cu fiecare dintre ele și cu prostituatele de prin bordeluri, angajatele au complotat împotriva lui și i-au ros firma de la bază, ca moliile. Într-o singură vară, agenția din țară și sucursalele pe care le deschisese cu bani mulți în străinătate și în fruntea cărora își numise amantele s-au prăbușit ca Gemenii din New York.

51

Nu există plăcere mai mare ca scurmatul în cur atunci când te mănâncă, dar eu începusem să mă scarpin din senin. Îmi intrase în cap să mă întorc la Agenție, iar Ilandru părea dispus să mă primească înapoi. În anii în care nu mai lucraserăm împreună și ne vedeam doar la bere, se transformase într-un tip tăcut și cumsecade. Dar n-a trecut bine prima săptămână împreună ca să înțeleg că la muncă era cu totul alt om decât la bere, pentru că a început imediat cu amenințări.

Am reușit să ne suportăm reciproc un an, făcând slalom printre regrete. Mie îmi părea rău că m-am întors la Agenție, lui, că m-a primit înapoi. În primăvară însă am înțeles că l-am prins pe Dumnezeu de tastatură: mi se ivise o oportunitate pe care majoritatea reporterilor n-o au niciodată în carieră — un interviu cu cel mai bogat și mai misterios român din acel moment, despre care nu se mai știa nimic de câtiva ani și presa română îl credea mort sau, în cel mai fericit caz, sechestrat undeva, pe o insulă în Spania. Moșul se născuse înainte să se termine Primul Război Mondial, iar la începutul celui de-al Doilea Război Mondial plecase cu o bursă în Italia. Acolo a intrat în afaceri cu gaz petrolier lichefiat, după care și-a deschis filiale în mai multe țări. La 90 de ani, acumulase o avere estimată la un miliard și jumătate de dolari, pe care o împărțea cu o nevastă mai tânără decât el cu 58 de ani, adică fix de vârsta mea, fata unui general care, înainte de '89, a condus Armata Română. Generalul murise în '94 din cauza unui cancer osos despre care se spunea că i l-ar fi provocat o cafea băută în seara de 22 decembrie '89.

Urma ca în câteva săptămâni să ajung în Palma de Mallorca, unde miliardarul se retrăsese să moară de bătrânețe, într-o vilă de 3 500 de metri pătrați de pe malul mării. I-am devorat toate interviurile și tot ce se scrisese despre el în presă. Moșul fusese o combinație rară de intelectual și om de afaceri, iar astfel de mutanți sunt cei mai reci, lucizi și lipsiți de scrupule businessmani. Văzusem și un interviu pe care-l dăduse la televizor, cu mulți ani în urmă. Moderatoarea îl întrebase atunci:

— Pentru ce ați renunța astăzi la toți banii pe care-i aveți?

— Nu există o rațiune pentru care să renunț, a răspuns miliardarul, ușor iritat.

Moderatoarea a insistat:

— În schimbul a ce ați renunța la toată averea dumneavoastră? Ați spune: „Dau toți banii pentru tinerețe"? Sau pentru ce?

— Dar eu n-aș renunța, a zis el, ridicând din umeri mirat de o astfel de posibilitate aberantă. Nu sunt dispus să renunț la averea care este... organizația pe care am creat-o...

Un reporter adevărat nu renunță atât de ușor, iar moșul avea în față un astfel de interlocutor:

— Ce v-ați dori mult, ceva pentru care ați renunța la tot imperiul?

Miliardarul care, în momentul interviului, avea în jur de 80 de ani, a scuturat din cap, ca și cum ar fi vrut să alunge un coșmar, și a închis discuția pe un ton care nu mai admitea replică:

— Nu pot renunța la nimic!

Mă temeam de interviul cu un astfel de monstru rece, dar era atât de tentant, încât nu puteam să dau înapoi. Toți oamenii de afaceri pe care-i cunoscusem de când intrasem în presă, sute și sute, dintre care unii din top 10, aveau o istorie scurtă în business; toți făcuseră bani după '90, deci de cel mult 15–16 ani, și nu erau miliardari de multă vreme. Dacă le zgâriai puțin cu unghia tencuiala, pe sub ea întrezăreai fonta fostului chelner de pe vremea lui Ceaușescu, a fostului profesor sărac de liceu, a fostului student chiulangiu de la medicină, a arhitectului bețiv ori a bișnițarului din anii '90, din fața InterContinentalului. Toți erau, mai mult sau mai puțin, produsele comunismului, niciunul dintre ei n-avea anvergură mondială și foarte puțini dintre ei erau cu adevărat intelectuali. Moșul miliardar, în schimb, le avea pe toate: făcuse bani pe vremea când românilor li se luau pământurile și furau porumb de la colhoz și devenise milionar cu mulți ani înainte ca la noi să se taie lumina după nouă seara și oamenii să se omoare între ei la cozile interminabile de la pâine. Prin presă se specula și că fata fostului general îi fusese dată pe tavă de Armata Română, care ar fi pus mâna pe banii miliardarului ajuns, în ultimii ani, o legumă. Se spunea că e doar un prizonier de lux pe insula unde nu ninge niciodată, în timp ce banii lui se scurg încet-încet către băieții deștepți din structurile superioare ale statului român.

Am zburat spre Palma de Mallorca la jumătatea lunii mai, însoțit de doi directori ai reprezentanței din România a grupului deținut de miliardar. După tunsori, ținută și discuțiile pe care le aveau în avion — salturi cu parașuta, modele preferate de arme etc., în timp ce eu mă făceam că dorm pe scaunul de la fereastră, păreau mai degrabă ofițeri decât corporatiști. Ne-am cazat la un hotel de pe malul mării și mi-au spus că urmează să mă anunțe când va fi interviul.

— Nu îl facem mâine? i-am întrebat eu contrariat.

— Nu știm... Mâine, poimâine... Vom vedea...

Mi s-a părut cam dubios, dar am tăcut. Două zile nu s-a întâmplat nimic. Ne vedeam la prânz și seara la masă, dar nu scoteau o vorbă despre interviu.

— Domnul președinte nu e încă pregătit. Te anunțăm noi când va fi gata. Relaxează-te până atunci, mi-au spus ei când am deschis din nou subiectul.

N-am dormit în noaptea aia. Dacă eram și eu, în realitate, sechestrat pe insula aia? Dacă totul era doar o cacealma? Cine erau oamenii ăia, de fapt, și ce garanție aveam că mă vor duce la miliardar? De dimineață i-am sunat și le-am spus:

— Mai rămân cel mult până mâine pe insulă. Dacă nu facem interviul, plec spre București.

— Atunci riști să pierzi interviul și să-i invităm aici pe cei de la agenția concurentă. Ți-ar conveni asta?

— Nu mă interesează.

Mai aveam un motiv pentru care mă grăbeam să mă întorc, însă nu li-l puteam spune. Cu câteva luni în urmă îmi prinsesem urechile într-o relație cu o studentă vicioasă, cu ochi albaștri, mari și reci ca sigla de la BMW. Studentei îi plăcea să se uite la filme porno și să se masturbeze cu coada periuței de dinți electrice. Ne mutaserăm împreună, dar de fiecare dată când plecam din București, fugea la părinți, într-un orășel urât și deprimant, și lua la rând cluburile.

Când mi-a spus, într-o zi, că îi plac femeile și că nu se uită prin cluburi după bărbați, așa cum mă temeam eu, am fost atât de încântat, încât i-am plătit o curvă pentru o oră de sex. Studenta îmi povestise că, de-a lungul ultimilor ani, se hârjonise cu câteva prietene și ajunseseră la „țâțuieli" și sărutări, dar niciodată nu trecuseră mai departe, deși era curioasă. Într-o seară am luat la rând anunțurile de curve din ziar și le-am întrebat dacă vor să facă sex cu o femeie. Cele mai multe au refuzat din prima, una a acceptat, dar dacă o aduceam pe studentă la ea în apartament, și abia a 15-a sau a 16-a prostituată a fost de acord să vină la noi, cu condiția să mă duc să o iau. Am aranjat întâlnirea pentru seara următoare și am luat taxiul până pe Calea Călărașilor. Am urcat în apartamentul curvei, o brunetă pe la 25 de ani cu păr lung și aluniță pe buza de sus. Mi-a prezentat-o pe colega ei de apartament.

— Lasă-i ei buletinul, până ne întoarcem, mi-a zis cu glas ferm.

— De ce?

— Pentru ca, în cazul în care mă răpești sau mă duci undeva unde mă fut 20 de bețivi, să sune la poliție. Ți-l dă abia după ce îi spun eu că totul a fost OK.

Nu vedeam niciun motiv să nu-i las actul. Am plecat cu taxiul împreună și m-a rugat să opresc în fața unui chioșc. S-a întors de-acolo cu o cutie de bomboane.

— Pentru prietena ta, mi-a explicat. Nu e frumos să mergem cu mâna în cur. Apropo, încă nu m-am prezentat: Violeta.

Am găsit-o pe studentă în apartament îmbrăcată ea însăși ca o prostituată și cu o sticlă de whisky în față, din care răsese deja vreo două pahare. Se îmbujorase la față și se vedea de la ușă că are emoții. Violeta s-a făcut comodă, dar a refuzat paharul cu băutură:

— Nu beau în timpul serviciului, s-a scuzat ea.

— Ai prieten? a întrebat-o studenta.

— Am.

— Și unde lucrează?

— E IT-ist la o firmă.

— Știe cu ce te ocupi?

— Nu, Doamne ferește! I-am zis că sunt contabilă și că lucrez seara. Oricum, programul meu e de la patru după-amiaza la zece seara, iar el, cum ajunge acasă, se bagă tare pe jocuri pe calculator. Face niște chestii de strategie foarte deștepte și e fericit că-l las să piardă timpul cu ele până la trei dimineața.

Am mai stat de vorbă câteva minute. Violeta avea experiență și a intrat abrupt în subiect:

— Hai să începem, că mă dă colega dispărută!

— Pot să rămân și eu? am întrebat.

— Poți să și participi, dar te costă dublu, a zis ea.

Îi plătisem cei 50 de euro pentru studentă la ea în apartament și lăsase banii colegei.

— Nu, nu vreau. Tu du-te și așteaptă afară, pe hol, că te chem eu, m-a expediat studenta.

Am ieșit și am stat 32 de minute pe hol. Am bătut de câteva ori în ușă, însă nu mi-a deschis nimeni. Am încercat să descui, dar cheia ei era pe dinăuntru și n-am reușit. Nu e ușor să știi că iubita ta și-o trage cu una la un perete distanță de tine. Nu eram atât de gelos cum aș fi fost dacă în locul Violetei și-ar fi tras-o cu un bărbat, dar tot îmi simțeam sufletul ca un pachet de țigări gol și mototolit. Mă durea s-o știu cum se tăvălește cu o femeie în patul nostru, dar durerea era atenuată, ca și cum m-ar fi bătut cineva cu un par îmbrăcat în hăinuță de pluș.

Apoi am auzit cum descuie ușa și mă cheamă înăuntru. Erau îmbrăcate amândouă. Am smucit-o pe curvă de braț și am urcat împreună într-un taxi. Trebuia să-mi recuperez buletinul de la colega ei. Eram nervos și studenta văzuse asta. Peste câteva minute am primit un sms de la ea:

— Nu te mai oftica! A fost mișto, dar tot pula e de bază!

După întâmplarea cu Violeta i-am povestit lui Costel despre studentă:

— Auzi, bă, mi-a zis el, nu vrei să-ți găsești și tu o femeie normală, ca mă-ta ori ca mama? Neapărat să fie mai frumoasă decât ele, mai deșteaptă, dacă se poate și, evident, mult mai tânără!

*

Stăteam la miezul nopții pe țărm în Palma de Mallorca și mă gândeam la studentă. Număram iahturile ancorate la mal și fumam. Stațiunea vibra de muzică și de tineri care se distrau. Un miliardar mă aștepta să facă primul lui interviu din ultimii ani, iar studenta nu-mi răspundea la telefon. Vorbiserăm mai devreme. Se grăbea, pentru c-o așteptau două prietene în fața blocului. Urma să meargă cu ele în discotecă undeva, într-un sătuc de la ea din zonă. Le știam pe tipe. Cu una dintre ele ne întâlniserăm într-o seară în București și ieșiserăm într-un club. Se ținea de pereți și de studentă ca să nu cadă. Am întrebat-o dacă-i e rău și e nevoie să mergem la spital. Se simțea bine, mi-a spus, doar că își dăduse cu cremă pe corp înainte să iasă din casă. Pe corp și pe tălpi. Din cauza cremei, îi alunecau picioarele în pantofii cu tocuri de 15 centimetri și nu reușea să meargă singură. Cealaltă era colegă cu studenta la Spiru Haret și studiau acolo filosofia și jurnalismul. Avea un iubit subofițer despre care spunea că lucrează „în cadrul armeții". Nici studenta nu excela la limba română: pentru ea unele haine erau „strimte", iar mama ei urma să-i „trimeată" niște bani. Dar făcea striptease înainte de sex și punea în practică toate tehnicile văzute în filmele porno.

Am sunat-o toată noaptea, dar n-a răspuns. Am aflat abia peste multe luni că-n timp ce eu mă frământam pe țărm în Palma de Mallorca, o agăța un pitic însurat din zonă, în discoteca din sătucul ăla prăpădit. Băiatul avea, pe lângă soție, un chioșc de pâine și un Porsche Carrera la mâna a treia. Au plecat împreună din discotecă pe la cinci dimineața, în timp ce eu mă retrăgeam la culcare, epuizat de atâtea gânduri, și și-au luat o cameră la un motel din zonă unde, după ce i-a dansat și lui, au făcut sex și au dormit până la prânz. În timp ce eu făceam interviul cu cel mai bogat român, studenta se culcase deja pentru a doua oară cu tipul care trăia dintr-un chioșc de pâine.

— Dacă tot m-ai înșelat, de ce ai făcut-o cu unul însurat? am întrebat-o mai târziu, când am descoperit totul.

Probabil că în filmele porno pe care le tot urmărea din adolescență existau și destule replici, pentru că mi-a răspuns scurt:

— Pentru că-mi plac jocurile murdare!

Cei doi corporatiști-ofițeri m-au dus la palatul miliardarului pe la prânz. Au sunat la poartă și le-a deschis un tip între două vârste, grizonant, cu figură dură, de ofițer superior, și ținută regulamentară, de cazarmă. În casa enormă, cu covoare roase și perdele vechi, plutea un aer lugubru, de glorie de mult apusă, și am avut senzația că cei de acolo sunt închiși într-o colivie de lux. Părea un palat făcut cadou majordomului, în care nimeni nu mai cumpărase nici măcar o scrumieră de 50 de ani. De undeva, dintr-o cameră, a ieșit o tânără brunetă și drăguță cu o atitudine modestă și fără aura de miliardar care plutea permanent în jurul Doamnei C. S-a prezentat ca fiind soția moșului și m-a întrebat dacă prefer să fac interviul în casă sau în grădină.

Mă apăsa atmosfera sumbră de palat bântuit și am rugat-o să ne mutăm în curte. Ca și cum mi-ar fi anticipat dorința, l-am găsit pe bătrân așezat la o masă în grădină, pe terasă. M-am tras aproape de el, iar cei doi ofițeri care mă însoțiseră, plus celălalt, pe care-l găsisem în palat, au înțepenit în picioare, cu mâinile împreunate la spate. Era decrepit ca o piramidă și ochii lui de broscoi pluteau pe ape tulburi, care nu duceau nicăieri. Purta un pulover roz, prea gros pentru căldura de la jumătatea lui mai, iar pe cap avea o șapcă sport. M-am prezentat în câteva cuvinte, dar ofițerul „casei" mi-a atras atenția:

— Vă rog să vorbiți mai tare, că nu aude.

Mi-am spus numele din nou, aproape urlând, iar moșul a părut că mă ignoră. Apoi a deschis gura și a zis cu voce ruginită:

— Chemați gemenii, să-i vadă și domnul.

Citisem deja că are trei copii cu fata generalului, un băiat de opt ani și doi gemeni de șase ani, născuți când tatăl lor avea 84 de ani. „Ofițerul" casei a adus băiețeii de după umăr, iar ei mi-au zâmbit fâstâciți. M-am uitat la ei; semănau izbitor unul cu altul, dar mai ales cu ofițerul.

Între timp, cei doi care se angajaseră să filmeze discuția au pornit camera și l-am întrebat pe miliardar cum vede afacerea lui peste 20 de ani. Era o ironie cu care voiam să încep interviul cu cel mai bătrân om de afaceri cu care stătusem vreodată de vorbă.

— O văd mult modificată, mi-a răspuns, după care a schimbat brusc subiectul și mi-a arătat cu mâna în direcția mării, povestindu-mi că pe acolo a venit, pe vremuri, cu iahtul, Maria Callas, iubita lui Onassis, grecul care fusese cel mai bogat om din lume. Moșul o cunoscuse și-i cumpărase iahtul.

Tânăra soție ne-a adus două cafele pe o tavă. Păsărele ciripeau în grădina imensă, zgomotoase ca motoarele aparatelor de aer condiționat, iar vântul foșnea frunzele palmierilor.

— Dragă, de câte ori ți-am spus că atunci când aduci cafele să pui și farfuriuțe dedesubt? a certat-o bătrânul.

Am continuat să-l întreb despre afacerile lui. Începea fraza coerent, dar o termina cu frânturi de amintiri din tinerețe.

— Să nu uite nimeni că eu am fondat grupul ăsta de la zero, mi-a spus el, printre cioburi de amintiri, apoi mi-a mărturisit că soția îi va continua businessul început în '48. A recunoscut că nu-și poate estima valoarea averii și că n-a încercat niciodată să facă asta, după care s-a apucat să-mi povestească despre cei doi gemeni.

Unul dintre cei doi ofițeri care mă însoțiseră și-a pierdut răbdarea:

— Haideți să-l lăsăm, că a obosit, și continuăm discuția mai târziu. Aveți programată o altă întâlnire cu el și cu doamna diseară, la cel mai bun restaurant de pe insulă.

Se întunecase când am ajuns la terasa cu felinare lucind ca ochii unor lupi în noapte. La o masă din mijloc mă aștepta deja fata generalului, dar cel de lângă ea nu era miliardarul, ci „ofițerul casei".

— Scuzați-l, vă rog, pe soțul meu. Ne-au sosit niște invitați în ultimul moment și a trebuit să se ocupe de ei. Dar ne-a mandatat să continuăm interviul și să vă răspundem la tot ce doriți să aflați.

Și mi-au răspuns, într-adevăr, unde și cât voiau să investească în România și ce își propun pentru viitor. Era vorba de 200 de milioane de euro cu care să construiască apartamente în România în următorii trei ani, dar nu s-a întâmplat niciodată asta.

Soția era timidă, modestă și inteligentă, un fost copil studios cu tinerețea frântă. Am terminat interviul și ne-am apucat să ne povestim întâmplări din liceu. Eram cam de aceeași vârstă, ea mai mare cu doi ani decât mine, iar amintirile noastre din adolescență semănau, cumva. Între timp, terasa se umpluse, dar totul mi se părea ciudat în jur. În prima fază n-am înțeles ce nu se leagă, dar mi-am dat seama într-un târziu. La toate mesele se așezaseră doar tipi, toți îmbrăcați la costum și cravată, tunși militărește și cu ținută regulamentară.

M-am întors la București a doua zi, însoțit de cei doi corporatiști-ofițeri, care mi-au lăsat pe un CD înregistrarea interviului. Rămăsese ca și televiziunea trustului de presă din care făcea parte Agenția să preia știrea, dar pentru asta avea nevoie de imagini. Am ajuns la redacție și, după ce am trimis CD-ul printr-un șofer la televiziune, m-am apucat să scriu știrea. Peste câteva ore m-a sunat agitată o reporteriță de la televiziune, care se ocupa de subiectul meu.

— Imaginea e perfectă pe înregistrare, dar se aude doar începutul, mi-a zis. Adică te auzi tu perfect când întrebi cum își vede afacerea peste 20 de ani și el când răspunde „mult modificată". Apoi nu se mai aude niciun cuvânt, absolut niciunul, ci doar păsărele care ciripesc și vântul. Iar noi avem aici, la TV, cele mai performante aparate din țara asta și n-am reușit să extragem sunetul vocilor voastre și să-l facem să se audă. Ce dracu' s-a întâmplat cu înregistrarea asta? Ce specialiști au modificat-o atât de grav și cu ce tehnică, încât să n-avem ce să-i facem?

Mi-a mai spus că vor da, totuși, imaginile la televizor, dar vor vorbi ei peste ele, din studio. Iar pentru asta trebuia să le povestesc puțin atmosfera de acolo.

— Ia, zi-mi, m-a întrebat tipa la finalul discuției, părea fericit omul?

— Nu părea în niciun fel, ci doar foarte bătrân. Nu pot să-mi dau seama după față dacă un om la 90 de ani e fericit sau nu.

— Dar știi ce se vorbește, că ar fi răpit și ținut acolo cu forța, ca-ntr-o temniță, a insistat ea.

— Nu-mi dau seama…

— Nu ți-a spus: „Sunt răpit, sunt sechestrat, salvează-mă, salvează-mă!“?

— Nu, am recunoscut eu râzând.

— Nici măcar din priviri nu ți s-a părut că-ți transmite să-l salvezi?

— Nu, nici măcar. Mi s-a părut doar îngrozitor de bătrân.

Am terminat discuția și am încercat să-mi amintesc dacă a fost ceva de genul ăsta, dar privirea lui goală nu-mi spusese nimic. Sau poate că spunea totul. Bătrânețea e cea mai cumplită temniță, indiferent cât ești de bogat. Degeaba urli, degeaba ceri ajutor. N-ai nicio șansă să scapi.

52

Apoi am ajuns cu o delegație la Chișinău, invitat de Ministerul Turismului, alături de câțiva ziariști și de doi folkiști, unul foarte cunoscut și celălalt mai puțin celebru. În prima seară, ministerul moldovean al Turismului a organizat o petrecere în cinstea noastră.

— Ce degete superbe! Fantastic, s-a extaziat Folkistul Cunoscut.

Mâna atârna leneșă pe spătarul canapelei, iar stăpânei ei, tolănită acolo de cine știe când, îi vedeam doar un vârf de pantof care se bâțâia în ritmul muzicii. Pe sub pielea bronzată, râuri albastre de vinișoare se împleteau discret, iar un inel subțire de aur se odihnea pe unul dintre degete. Celălalt Folkist și-a strâns cu un gest de expert părul argintiu prins în coadă și a tușit ostentativ. Mâna moldovencei îl scosese pentru o vreme din centrul atenției.

— Și cum îți spuneam, am ajuns cu toții la restaurantul lui unchi-meu.

— În Deltă, a completat Folkistul Cunoscut.

— În Deltă, normal. Am mai zis. Și unchi-meu a întins masă mare, cu pește și tot felul de bunătăți. Eram vreo 30 de oameni, cu tot cu poetul Păunescu.

— Mulți!

— Mulți. Și ăsta, unchi-meu, a avut plăcerea să le facă cinste tuturor. Era mare fan al poetului...

— Îți dai seama, să-ți vină Păunescu la masă... Era încă foarte mare pe vremea aia, a făcut Folkistul Cunoscut.

— Da, era mare lucru, am comentat și eu, neștiind ce altceva să spun.

— Era, dom'le, mai ales că în anii ăia, imediat după '90, când încerca să repună pe picioare Cenaclul, unii îl mai iubeau încă foarte tare. Abia mai târziu, cu politica și tot felul de căcaturi, le-a ieșit oamenilor definitiv de la inimă.

Pe scenă a intrat o cântăreață pe la vreo 45 de ani, cu față galeșă și picioare de liceancă. Aveau ceva basarabencele astea, se uitau la tine de parcă te invitau în dormitor. Erau frumoase, și româncele sunt frumoase, însă femeile de peste Prut aveau, parcă, ceva în plus.

— Ce-au, dom'le, în plus față de ale noastre?

— Un singur lucru, a decretat Folkistul Cunoscut și și-a aprins o țigară. Par disponibile!

— Nu par! Chiar sunt, a intervenit și Celălalt Folkist.

Tipa s-a pornit să cânte o melodie, pe care o știam vag:

Iartă-mă, se duc țipând cocoarele
Iartă-mă, asfinte rece soarele,
Iartă-mă, e timpul nu știu cum, grăbit,
Iartă-mă, nu îndeajuns eu te-am iubit.

— Dom'le, ce tristețe infinită au ăștia în cântece! Chiar și atunci când vorbesc de iubire, a comentat Folkistul Cunoscut.

— Nu e de iubire. Cântă despre mă-sa. Ei îi spune „iartă-mă", l-a contrazis Celălalt Folkist.

— Extraordinar! Câtă dragoste de părinți, s-a repliat Folkistul Cunoscut.

Privea galeș și tot sorbea din votcă. Îl bănuiam că se cam cherchelise, dar aveam să simt mai târziu pe ficatul meu cât de mult ducea la băutură.

— O cântau și soții Aldea Teodorovici, de-acolo o știu, a explicat Celălalt Folkist. Probabil că domnișoara a împrumutat-o de la ei.

— Ce familie, dom'le, ce păcat! Un accident stupid, și-a amintit Folkistul Cunoscut.

Cântăreața rotea ademenitor din șolduri pe ring, fără legătură cu melodia tristă și versurile deprimante:

„Rozele nu ție, mamă, ți le-am dus,
Pozele nu pe-ale tale-n rămi le-am pus,
Cântece nu pentru tine eu am scris,
Iartă-mă, pe alta o văzui în vis".

— Minunate versuri! E inconfundabil Păunescu, s-a extaziat Folkistul Cunoscut.

— Nu e el, de data asta. Sunt ale lui Grigore Vieru, l-a informat Celălalt Folkist.

— Ce poet, Vieru! Ce mare poet! Extraordinar. Fantastic!

Folkistul Cunoscut era în faza beției în care îți vine să-i pupi pe toți, iubești tot ce e în jur și plesnești de-atâta încântare. E starea aia, vecină cu fericirea, pe care-o au bețivii seara, târziu, la masă între prieteni, când știu că au o noapte lungă și frumoasă înainte.

După ce s-a retras cântăreața, pe scenă a intrat un bărbat scund, foarte slab și brunet, o mână de om pe la 40 de ani, cu obrajii supți și un aer palid și cianotic, de fumător înrăit.

— Domnul Anatol Mârzencu, a țipat prezentatoarea spectacolului și o parte din public, moldovenii, s-au pornit să aplaude frenetic.

O micuță vedetă locală, mi-am zis. Venise la spectacol îmbrăcat ponosit, ca un profesor de liceu, cu un sacou cumpărat parcă de la second-hand. Micuțul a luat microfonul și a făcut câțiva pași în ring, în timp ce muzica a început să curgă din boxe. A deschis gura calm, ca și cum ar fi discutat cu nevastă-sa la cină, iar din gâtlej i s-a prelins un glas gros, răgușit și cald, ca un râu de ciocolată. Chiar dacă omul cânta în italiană, după primul vers toată delegația română și-a întors brusc capul către Folkistul Cunoscut. Micuțul atacase celebra melodie a Folkistului, piesa lui de rezistență pe care o cânta la finalul tuturor spectacolelor. Și dacă Folkistul o interpreta sacadat, ca și cum la fiecare două cuvinte i se tăia respirația, vocea micuțului te învăluia plăcut, ca aburul care iese din oala cu sarmale. Era aceeași melodie, dar totul suna cu trei trepte mai sus, ca și cum cineva pusese pe o Dacie rablagită un motor de Ferrari și plecase cu ea la drum. Am avut revelația că melodia nu era compusă de Folkist și că moldoveanul cânta originalul, pentru că suna mult mai bine așa.

Toți membrii delegației române rămăseseră cu gâturile sucite către Folkistul Cunoscut, iar el a ridicat din umeri și s-a uitat la noi, vecinii lui de masă, mai întâi la Celălalt Folkist, apoi la mine, ne-a zâmbit strâmb, stânjenit, și a zis, ca și cum ne-ar fi cerut scuze:

— E o altă interpretare...

Nu înțelegeam versurile, dar abia acum simțeam că descifrez mesajul cântecului, deși îl ascultasem de zeci de ori în varianta românească a Folkistului Cunoscut. Am rămas așa, fiecare în lumea lui, cuprinși de melodie. Moldoveanul a atacat a doua piesă și l-am simțit alături pe Folkistul Cunoscut cum respiră ușurat. Trecuse chinul.

Aștept un tren să vină-n gară
Și să pornesc cu el la drum
Îmi mai aprind înc-o țigară
Simt că mă-nec în al ei fum
Și cine ar putea să-mi spună
Că trenul meu a și plecat
Și am rămas în astă lume
Un pasager întârziat.

Celălalt Folkist tăcuse de ceva vreme când și-a trosnit o palmă peste frunte.

— Știți cu cine seamănă ăsta? Și la statură, și la gesturi, și la față și, mai ales, la timbru?

— Cu cine, am întrebat în cor și eu, și Folkistul Cunoscut.

— Cu Ludovic.

— Cu ministrul?

— Exact. Cu ministrul.

Ludovic era, pe vremea aia, ministru la Transporturi. Peste mulți ani urma să ajungă președintele principalului partid de opoziție din România, cel care avea menirea istorică să lupte din răsputeri cu urmașii comuniștilor.

Micuțul se învârtea pe scenă cu microfonul la gură și, într-adevăr, chiar aducea puțin cu Ludovic, slab și cu voce groasă.

— Domnule, e o figură Ludovic... Extraordinar, a zis Folkistul Cunoscut.

— Povestește-i faza aia când te-a sunat de la birou, l-a îndemnat Celălalt Folkist.

Folkistul Cunoscut și-a aprins foarte lent o țigară. Își pregătea momentul. Știa că ieșise o vreme din prim-plan, de când cu sosia lui Ludovic, iar acum își făcea reintrarea.

— Domnule, mie îmi place mult să conduc. Enorm. Și când am spectacole în țară, merg de multe ori cu mașina mea. Uneori mă întorc seara târziu, indiferent în ce colț al țării am concert, și conduc toată noaptea.

Între timp, „Ludovic de Chișinău" începuse o a treia melodie cu glasul lui răgușit:

Credeam că lumea e prea mică
Credeam cândva că doru-i dor
Credeam că lumea e prea mică
Și o să trec prin ea ușor.

Mă simțeam bine. Beam, ascultam muzică, mă holbam la femei frumoase, folkiștii erau haioși, iar stroboscopul mă dusese înapoi în timp, în discotecile adolescenței mele. M-am uitat în jur. Și ceilalți aveau un aer vesel, delegațiile se amestecaseră, dar lipsea ceva.

— Unde e mâna? am întrebat.

— Ce mână?

— Mâna tipei de pe canapea. A dispărut.

— Dă-o-n mă-sa, a zis cu lehamite Folkistul Cunoscut. O fi plecat. Și cum ziceam, am condus toată noaptea și am ajuns acasă frânt, pe la opt dimineața. Era într-o vineri. Am mâncat ceva, m-am băgat în pat și am adormit pe loc. Pe la zece, ba nu, mint, pe la unșpe, sună telefonul. Mă uit: Ludovic. Ministrul. Dau telefonul pe vibrații și mă culc la loc. Peste câteva minute aud telefonul că bâzâie iar. Pun mâna pe el să-l închid de tot, dar văd cine mă sună. Tot Ludovic. Zic dom'le, o fi ceva grav, s-o fi întâmplat ceva, altfel n-ar insista omul. Răspund și aud chicoteli în jur, râsete și glasuri de femei. Iar Ludovic zice, în timp ce pe fundal auzeam acordurile unei chitări: „Încerc de o jumătate de oră cu fetele aici, la minister, să cântăm o melodie de-a ta și nu ne mai amintim versurile. Nici eu, și nici colegele mele". Dom'le, mi-a zburat instantaneu somnul. Era, vă jur, vineri la prânz, și uite ce făcea ministrul Transporturilor. Cânta folk cu colegele în birou. Și nici măcar nu le-a trecut prin cap să caute versurile pe Google sau Youtube.

— Poate că voia să se laude la fete că te cunoaște, a intervenit Celălalt Folkist.

— Atunci e și mai grav!

— Și ce-ați făcut? am întrebat eu.

— L-am rugat să-mi fredoneze melodia. A început să lălăie cântecul meu pe acorduri de chitară, iar fetele îl dublau. Le-am spus versurile și le-a notat o fată pe ceva, și am închis, mai întâi apelul și pe urmă telefonul. Am încercat să mă culc, dar îmi fugise tot somnul. Ce șansă să aibă, domnule, biată țara asta dacă cei mai importanți politicieni sunt atât de infantili?

Crescuse Ludovic în ochii mei. Politicienii sunt, în mai toate cazurile, niște mașinării goale, activiști de partid siniștri. Seci și plicticoși. Ludovic părea cinstit și inofensiv, iar pasiunea lui pentru cântat mă amuza, chiar dacă o făcea în timpul programului și pe banii mei și ai tuturor celor care plăteau taxe la stat. Știam încă de pe atunci că orice om politic e un incompetent, dar Ludovic-cântărețul era exact genul meu de incompetent. Mi-am promis atunci că-l voi vota dacă va candida vreodată pe undeva. Și n-a trecut mult și s-a bătut pentru Primăria Capitalei, dar lumea l-a plăcut mai mult pe Chirurg, care nu cânta, dar făcea glume. S-a văzut peste șapte ani, când doctorul a fost arestat pentru mită, că adevărații glumeți fuseseră cei care avuseseră încredere în chirurg.

— Și dumneavoastră ce ziceți, are voce Ludovic? l-am întrebat pe Folkistul Cunoscut.

— Ooooo, are! Are! Are să dea și la alții...

— Simt un „dar" în glasul dumneavoastră.

— Simți bine. Există și un „dar". Are voce, dar nu are ureche. Aici e problema. Neavând ureche, nu ia cum trebuie notele și de-aia atunci când cântă prin emisiunile de la TV, încercând să se facă popular, zbiară ca un măgar.

Un oficial venise la Folkist și-l luase de după umăr.

— Vreau să vă fac cunoștință cu domnul Anatol. S-a ridicat și s-au îndepărtat. Rămăsesem cu Celălalt Folkist. Ne uitam unul la altul și nu știam ce să ne spunem. Bănuiam că se simte prost că n-a fost invitat să-l cunoască și el pe solist.

— Povesteați ceva interesant cu Delta, mai devreme.

— A, da, da, a zis el. Cu unchi-meu. Unde rămăsesem?

— Că ați ajuns 20 de oameni la restaurantul unchiului din Deltă.

— 30, nu 20.

— Scuze, dar nu reținusem...

— Nu contează, e secundar. Și unchi-meu ne-a întins masă mare, și totul pe bază de pește. Cred că ne-a servit chiar și prăjitură de pește. Am mâncat, am râs, am povestit, dar trebuia să plecăm mai departe. Unchi-meu ne-a condus la autocar și, când eram gata de plecare, ne-a făcut semn să așteptăm puțin. A fugit la restaurant și s-a întors cărând o oală enormă, verde. O văd și acum. Și s-a dus cu ea la Păunescu, care călătorea separat, cu un Mercedes: „Au mai rămas niște sărmăluțe de pește pe fund, destul de multe. Vreți să le luați și să mai mâncați cu băieții pe drum?“ „Pune-o în portbagaj“, i-a ordonat Păunescu cu glasul lui bubuitor. „Ia vezi, încape?“ „A intrat. Dar vă rog să mi-o trimiteți înapoi prin nepot, că e cea mai bună oală a mea“, l-a rugat unchi-meu. Au trecut de atunci ani, dar unchi-meu n-a mai văzut oala. Mie mi-a fost jenă să i-o cer lui Păunescu, iar el nu s-a oferit niciodată să i-o returneze. De câteva ori pe an vorbesc cu unchi-meu, de Paște, de Crăciun, de ziua lui sau de ziua mea, și de fiecare dată, dar absolut de fiecare dată, îmi reproșează: „De ce nu vrea, mă, ăla să-mi dea oala?“, „Are bucurii la oala mea?“, „Mi-a furat oala“, „S-a îmbogățit cu o oală?“, „O să mor și nu mai văd oala mea“, „Mi-a vândut-o“... Din cel mai mare fan al lui Păunescu i-a devenit cel mai înverșunat dușman.

Mi-am aprins o țigară și i-am dat un foc și Celuilalt Folkist. Între timp se întorsese la masă și Folkistul Cunoscut.

— Dom'le, fantastic, băiatul ăsta, Anatol, stă mai mult prin Italia, unde trăiește din cântat. Acolo face bani. Chiar seamănă puțin cu Ludovic. Ce figură, Ludovic, mare figură! Dar un tip corect. Un tip cinstit. Voi ce-ați mai pus la cale aici?

— Mi-a povestit faza cu oala.

— Extraordinară întâmplare. Am fost de față. Ce șansă de vindecare poți să ai, ca țară, când cei mai importanți oameni din stat cântă la chitară în timpul programului, iar marii poeți fură oale cu sarmale?

53

Am fost ultimul jurnalist care l-a văzut pe bătrânul miliardar în viață, pentru că în anul următor a murit. După alte câteva luni, o nouă etapă s-a născut în cariera mea. O tipă tânără și blondă despre care unii bârfeau că împarte, uneori, cu președintele țării aceeași sticlă de șampon, după ce ani de-a rândul se spune că trecuse prin paturile unor afaceriști dubioși, fusese numită să conducă Ministerul Turismului.

Mogulul, patronul Agenției și al Ziarului Economic, o simpatiza „în mod special" pe Blondă. Imediat după ce fusese numită ministru, Mogulul îl sunase „personal" pe Ilandru, gest care se întâmplase doar de câteva ori în istoria lor comună, și-i spusese doar atât:

— Ai mare grijă la știrile cu Blonda, pentru că e o doamnă deosebită! Ai înțeles, e absolut deosebită!

Ilandru nu pricepuse dacă Mogulul voia s-o pupăm sau nu în cur pe Blondă sau doar să nu o atacăm atunci când face tâmpenii, dar se temea că dacă ar fi cerut amănunte, patronul l-ar fi crezut greu de cap. Lucram deja de multă vreme împreună ca să mă lămuresc că Ilandru era genul de șef des întâlnit în presă, agresiv și autoritar cu inferiorii și slugarnic cu cei de deasupra lui. Raporturile lui de forță cu superiorii se citeau chiar și în gesturile mici. Când ieșea cu noi la țigară, pe balcon, fuma repede și se întorcea în redacție după doar câteva minute. Dacă se întâmpla, însă, ca cineva cu poziție mai mare decât el în firmă să aterizeze prin balconul nostru și să-l găsească acolo, Ilandru rămânea cu el chiar și o oră sau două. Știrile mai puteau aștepta și nu se cădea să plece de la țigară înaintea șefilor. Nu era genul care să dea stingerea sau să aibă o inițiativă când avea un superior alături.

Mogulul îl îngrozea și-l paraliza ca un leu bătrân care adulmecă un pui de gazelă abia fătat. Intra rar prin redacția noastră și, în majoritatea cazurilor, însoțea invitați cărora le prezenta, mândru, sediul. Mai târziu am aflat că ani de-a rândul a tot încercat să ne vândă, dar prețul uriaș cerut pentru Agenție îi îndepărta pe doritori.

Ilandru se pitula cu ochii în tastatură, ca un pui de sălbăticiune care vrea să treacă neobservat. Nu scotea un cuvânt, nu mișca și nu respira până nu trecea pericolul. Mogulul aluneca elegant printre birouri, în pantaloni verzi, pantofi galbeni și tricou de plasă decoltat până sub sfârcuri, ca homosexualii. Aerul condiționat îi zbârlea părul de pe piept, iar eu mă temeam ca nu cumva să-l tragă curentul și să strănute în spatele lui Ilandru, care ar fi făcut infarct de frică.

Mogulul îi alinia la ședințe pe șefii ziarelor și revistelor din trust și uneori îi înjura și-i amenința că-i demite. Se întorceau toți în redacții, de la ședință, cu urechile roșii de la atâta umilință și puneau biciul pe subalterni. Puțini oameni au coloana vertebrală mai moale și se umilesc mai tare decât șefii din presă în fața patronilor. Rar întâlnești directori de televiziuni sau de publicații care să-și dea demisia de onoare pentru că patronul i-a obligat să atace un partid anume sau să protejeze un altul.

N-a lipsit mult să-mi crape inima de frică atunci când am aflat că trebuie să-i țin locul lui Ilandru la o ședință cu Mogulul, care s-a dovedit a fi o teleconferință. Proprietarul trustului era plecat undeva, în străinătate, iar noi, ceilalți, angajații, ne așezaserăm de-o parte și de alta a unei mese lungi, în sala de ședințe, privind către un televizor mutat în capul mesei, unde trebuia să ni se arate însuși Mogulul. Pe masă, în fața noastră, o cameră de luat vederi ne filma și transmitea imaginile către temutul nostru interlocutor. Mi-am rotit privirea în jur: toată șefimea își frângea degetele, ca înaintea unui examen greu. Pe ecranul mare au apărut două tălpi albe de cauciuc și-abia în spate, undeva mică, pe fundal, se deslușea căpățâna bărboasă a Mogulului. Se lăfăia, întins pe spate, într-un fotoliu amplu, iar celebrii lui pantofi sport galbeni, așezați foarte aproape de camera care îl filma, ne ocupau nouă mare parte din ecran. Mogulul ținea teatral într-o mână un măr, de parcă ar fi fost Hamlet cu craniul, din care clefăia cu gura deschisă, iar cu cealaltă se mângâia prin cap.

Directorul Ziarului Economic din trust, un tip veșted și pricăjit, cu ochelari și voce pițigăiată, care te duceau cu gândul la cum o să arate la 50 de ani actorul care-l jucase pe Harry Potter, a fost primul luat de Mogul în vizor. Ochelaristul era unul dintre cei care puseseră bazele ziarului și se confunda cu el. Cu timpul, prinsese cheag acolo și ajunsese director editorial. Pe vremuri un băiat umil și politicos, căpătase tupeu și agresivitate odată ce înaintase în vârstă și în funcție. Se spunea că, mai nou, discută doar cu businessmenii care au afaceri de peste zece milioane de euro. Pe ceilalți îi redirecționa către subalterni. Zi de zi, an după an, primea în fiecare dimineață la redacție toate ziarele economice importante din SUA și Europa și le devora, unul după altul, la cafea. Cu toate că citea zilnic sute de pagini de presă românească și străină, pentru el rămăsese un mister unde și cum se pun virgulele în text. Editorialele lui erau bolovănoase și pline de inepții. În unul dintre ele dăduse vina pe companiile aeriene low cost pentru scăderea natalității în România. Spunea că biletele ieftine de avion le determinau pe corporatiste să plece în weekenduri în city break-uri peste granițe, și așa ajungeau să le piară cheful de făcut copii. Nici dacă s-ar fi prezentat la un examen oral de limba română n-ar fi luat notă de trecere pentru că spunea „ceilanți“ și „celelante“, ca bătrânii de prin satele în care n-a ajuns încă electricitatea. Editorii de la ziar munceau ca sclavii ca să îndrepte cuvintele pocite din textele lui. Noi, prin Agenție, ne temeam de el și îl evitam. Îl porecliserăm „Celălant“.

Dar lui nu-i păsa cum vorbește. Nu dădea doi bani pe intelectuali, mai ales după ce i se întâmplase cu un an sau doi în urmă, când l-a sunat Mogulul ca să-i spună că și-ar dori ca ziarul lui să aibă ceva mai multă clasă. Se gândise și la o soluție pe care i-a dezvăluit-o lui Celălant: să-l convingă pe cel mai mare înțelept al țării, Filozoful Bărbos, unul dintre foștii discipoli ai lui Noica, să țină o rubrică permanentă. Celălant a întors problema pe toate părțile, căutând strategia potrivită. Discutase de-a lungul anilor, ca jurnalist și, mai apoi, ca director de ziar, cu mii de oameni de afaceri, își băuse cafeaua cu guvernatorul Băncii Naționale de mai multe ori, luase cina cu premieri și îl ascultase rușinat la un eveniment pe președintele țării spunându-i, matolit, glume deocheate. Dar Filozoful Bărbos plutea în alte sfere, mult mai rarefiate și mai rafinate, ceea ce însemna că discuția cu el implica o anumită delicatețe și multă, foarte multă cultură. Cel mai tare îl măcina pe Celălant partea practică a problemei: cum să-l întrebi pe Filozoful Bărbos, ca pe un negustor din piață, câți bani vrea pentru un articol? Cum să-i oferi o sumă oarecare unuia care mănâncă dimineața Hegel pe pâine și adoarme cu Schopenhauer pe piept? Oare n-ar fi trebuit, mai întâi, ca Celălant să citească toate cărțile filosofului, ca să știe cum să pună, elegant, problema?

Și-a făcut curaj și l-a sunat pe Filozoful Bărbos. Au stabilit să se întâlnească peste o săptămână, timp în care Celălant a neglijat ziarul și s-a apucat să-i studieze cărțile. A citit acolo despre lucruri pe care nu le înțelegea el, care scria, de multe ori, „mi-au" legat, ca pisica: „miau". El, care dădea titluri de 100 de cuvinte editorialelor sale, cum putea, oare, să discute de la egal la egal cu unul care-și boteza cărțile cu nume atât de scurte precum *Îngerii*, *Glasul păsărilor* sau *Obscenitatea*? Celălant a făcut nopți albe, citind pe sărite pasaje din marii gânditori ai omenirii și din cărțile Filozofului Bărbos, dar nici așa nu era sigur că va face față discuției. Apoi, îl apăsa teribil problema banilor, la care nu găsise încă o soluție. Plănuia ca la final de tot, după câteva ore de ascultat și lansat idei inteligente, să aducă delicat în discuție vorba despre remunerație, astfel încât să nu-l jignească pe Filozoful Bărbos cu mercantilismul lui.

Când s-au întâlnit la cafenea, Celălant a fost luat prin surprindere. Filozoful Bărbos n-a început discuția cu o largă expunere a condiției intelectualului în societatea românească și nici cu o analiză a pesimismului lui Schopenhauer.

— Cu ce te pot ajuta? l-a întrebat scurt Filozoful Bărbos.

— Aș vrea să... vă rog, dacă se poate, dacă... în măsura... în care... aveți timp... să...ne... onorați cu un... la ziar... editorial săptămânal..., s-a bâlbâit Celălant, roșu la față și transpirat.

Filozoful Bărbos l-a fixat prin ochelarii cu care citise mii și mii de tomuri pline cu toată înțelepciunea lumii și l-a întrebat doar atât:

— Cât îmi dai?

Filozoful își cunoștea bine valoarea, dar suma cerută de el i s-a părut exagerată Mogulului. Ca să compenseze, Celălant și-a dublat producția de editoriale la hectar. Titlurile i-au devenit de două ori mai lungi. Atât îi rămăsese din studiile făcute când și-a pregătit marea întâlnire cu Filozoful Bărbos: pasiunea pentru problemele profunde ale umanității. În consecință, în textele pe care le scria își punea încă din titlu întrebări adânci, care l-ar fi aruncat și pe Hegel pe gânduri, și tot în titlu schița el însuși răspunsuri la aceste întrebări.

Celălant modera, în paralel, o emisiune politico-economică matinală la televiziunea din trust. S-a gândit la tot ce e mai rău când, într-o noapte târziu, i s-a arătat numele Mogulului vibrându-i pe telefon.

— Pe cine ai mâine la emisiune? l-a abordat Mogulul fără niciun preludiu.

— Un senator... stați să-mi amintesc cum îl cheamă, că m-ați luat repede, i-a răspuns Celălant, cu inima trepidând ca schimbătorul de viteze al unei Dacii vechi.

— Dă-l în mă-sa, nu contează. Vei anula interviul cu el. Vrea Mustăciosul să vină mâine la emisiune la tine.

Nu exista român care să nu știe că Mustăciosul, fost mare tenismen, era unul dintre cei mai bogați oameni din țară. Devenise chiar cel mai bogat după ce moșul miliardar cu care făcusem eu interviul în Palma de Mallorca murise. Celălant bănuia că pe Mustăcios și Mogul îi lega, probabil, un cimitir întreg de schelete ascunse prin dulapuri.

— Atunci să vină, îl aștept mâine-dimineață la ora...

— Nu, nu, nu... Fii atent! Omul e orgolios și sucit și vrea ca invitația să vină de la tine, adică să-l cauți tu și să-l rogi. Oficial, eu nu te-am sunat și nu ți-am spus să-l inviți, i-a explicat Mogulul.

— Și ce fac, îl sun la ora asta?

— Da.

Și Mogulul i-a și închis telefonul.

Celălant n-avea de ales. Trebuia să se supună. Era sinucidere curată să crâcnești în fața Mogulului. Angajații care încercaseră timid să-i pună la îndoială deciziile zburaseră pe loc. A doua zi, colegii observau că „disidentul" lipsește de la serviciu și nu doar el, ci și biroul lui, calculatorul și toate catrafusele îi dispăruseră peste noapte. „Nimeni nu e de neînlocuit", era una dintre vorbele preferate ale Mogulului în ședințe.

Celălant știa cum să intre pe sub pielea Mogulului. Odată, la o petrecere, îl alergase o jumătate de oră prin mulțime cu o felie de tort pe farfurioară, ca o mamă grijulie care vrea să-și îndoape copilul sclifosit. La altă petrecere, când aștepta, alături de Mogul și de alți colegi, invitații în fața unui hotel de lux, o limuzină neagră a frânat în fața lor, iar în penumbra banchetei din spate l-au zărit pe Mișu, marele director al băncii la care trustul din care făceau parte ziarul și agenția acumulase datorii pe care nu mai reușeau să le plătească. Mișu ținea, practic, în mâinile sale puternice, coaiele tot mai fragile ale Mogulului. Văzând că după un minut bancherul nu coboară din mașină, Mogulul i-a ordonat lui Celălant, sub privirile înspăimântate ale câtorva colegi:

— Ce mai aștepți? Du-te și deschide-i ușa lui Mișu.

Și ca un lacheu, Celălant a deschis portiera mașinii.

Ordinul Mogulului era lege, așa că Celălant a pus mâna pe telefon și, în miez de noapte, l-a sunat pe Mustăcios. Cum n-a răspuns, i-a lăsat un mesaj la granița dintre politețe și umilință în care l-a rugat să vină la emisiunea de a doua zi. A trecut o jumătate de oră și n-avea niciun semn de la omul de afaceri. Și-a luat inima-n dinți și l-a apelat pe Mogul, căruia i-a explicat cum stau lucrurile:

— Nu dau de el, s-a văicărit Celălant.

— Nu mă interesează, insistă! Și nu mă mai tot suna, că vreau să mă culc, l-a avertizat Mogulul și, ca să fie cât mai convingător, a tras un căscat lung în telefon și a închis.

Celălant a mai sunat de două ori până să-i răspundă, deranjat, miliardarul:

— Ia zi, bă, băiatule, că m-ai trezit din somn, arde țara, de mă suni la ora asta?

Celălant a înghițit în sec și i-a zis umil, cu vocea lui pițigăiată:

— Aș vrea să vă rog să veniți mâine la emisiunea mea de la TV...

— N-am cum, am alt program...

— Vă rog frumos, vă rog din suflet...

— Nu pot, am întâlniri pe care nu le pot anula. Nu puteai să mă anunți cu câteva zile înainte?

— Îmi cer scuze... Vă rog frumos să veniți!

— După ce că m-ai deranjat la ora asta, acum mă faci și să-mi pierd timpul insistând...

Un bec mic a licărit în creierul îngrozit al lui Celălant. Urma să mai facă o ultimă încercare:

— Insistă telespectatorii să veniți, vor să vă vadă și au tot sunat la redacție. Haideți să nu-i dezamăgim, vă rog frumos!

— Bine, bine, hai că vin, dar o fac pentru oamenii ăia care plătesc taxe la stat. O fac pentru rumânii mei. Dar să știi că-mi ești dator vândut pentru treaba asta!

— Vă mulțumesc mult de tot și promit să mă revanșez! l-a asigurat Celălant.

Mi-am amintit întâmplarea cu Mustăciosul când l-am văzut pe Celălant cum tremură la ședință, alături de restul celor din sală, privind tălpile albe de cauciuc ale Mogulului. Nimeni n-a scos un sunet preț de câteva minute, până când nu și-a mâncat Mogulul tot mărul. Trebuia să așteptăm ca el să deschidă discuția și a făcut-o, adresându-se lui Celălant:

— Am auzit că te-ai însurat în weekend. De ce nu ne-ai invitat și pe noi la fericitul eveniment?

Celălant era renumit pentru lipsa lui de succes la femei. Nu fusese văzut niciodată cu o tipă și toți ne-am mirat când am auzit că se-nsoară la 40 și ceva de ani.

— Știți... căsătoria e... o problemă personală, a bolborosit Celălant, roșu la față.

— Deja e o problemă? l-a luat peste picior Mogulul, cu glasul lui flegmatic.

Nu știam ce să facem. Dacă râdeam, s-ar fi supărat pe noi Celălant, cu care aveam de-a face toți, zi de zi. Dacă nu râdeam, nu dădea bine. Făcuse Mogulul o glumă și era musai să ne simțim amuzați. Am zâmbit cu toții și doar GM-ul, numărul doi în trust după Mogul, a râs și a spus tare:

— Bună asta!

GM-ul era cel mai mare dintre șefi, un tip bărbos, arătos și cu privire dârză, de vârsta lui Celălant, dar cu două capete mai înalt și cu patru coaie în plus. Așa cum unii sunt pasionați de pescuit sau jocuri de noroc, cea mai mare distracție a GM-ului era să dea oameni afară. O făcea cu plăcere ori de câte ori îi cerea Mogulul, dar uneori lua și el inițiativa și dezlănțuia un val de demiteri.

Însă n-a fost prea inspirat în ședință atunci când, câteva minute mai târziu, a luat cuvântul și l-a contrazis pe patron. Mogulul s-a ridicat încet și teatral de pe scaunul lui. S-a îndreptat leneș spre camera care îl filma și transmitea imaginile către noi, cu mersul degajat al oamenilor care știu că niciodată nu vor avea probleme cu banii. Trupul lui se apropia de noi prin televizor, mai mult și mai mult. Mogulul și-a strivit, în final, prohabul de cameră, iar noi îi vedeam doar nasturii de la pantaloni și conturul organului. Ne simțeam cu toții ca și cum ne-ar fi apăsat sexul pe față.

— Ce ziceai, GM? Că nu ești de acord? a întrebat Mogulul cu cariciul conturat pe ecran.

Tipul dur și cu ochi oțeliți, care aducea a actor de filme de război, s-a înroșit ca o cameristă surprinsă de turist cu mâna în bagajul lui.

— M-am exprimat greșit, scuze..., a dat el înapoi. Bineînțeles că sunt de acord.

— Mă bucur, i-a răspuns Mogulul, îndepărtându-se de ecran. Dacă nu erai, ar fi fost problema ta, nu a mea.

Cu ani în urmă, angajații de la Ziarul Economic se revoltaseră pentru că erau plătiți prost și că n-aveau cărți de muncă. Blocaseră ușa de la biroul directorului și îl așteptau să-i verse în cap sacul cu nemulțumiri. Cel mai tânăr dintre ei era un bursier de 19 ani, iar cel mai vârstnic, un intelectual rafinat cu figură de pașoptist, avea o jumătate de veac.

GM-ul a sosit după prânz, crăcănat și relaxat, cu geaca de motociclist pe umăr și cu casca pe braț. A trecut pe lângă greviști fără să-i salute, dar în ușa biroului s-a întors sictirit către ei.

— Ce e, bă, balamucul ăsta aici? E revoluție? i-a întrebat privindu-i cu ochii lui reci, de reptilă, cu pleoapele pe jumătate căzute.

— Oamenii sunt nemulțumiți, GM, a bâiguit Celălant.

— Mai nemulțumiți decât sunt eu de ei pentru că-i văd frecând-o în miezul zilei, în loc să lucreze, n-au cum să fie, a mârâit GM. Spuneți repede ce aveți de spus, că n-am timp de voi. Vreau să mă apuc să fac listele cu ăia care vor zbura pentru că nu-și văd de treabă.

— GM... cărți... muncă..., a bolborosit un jurnalist mai tupeist.

— Ce-ai zis, mă? s-a înfuriat GM. Ieși în față și mai spune o dată!

Omul s-a evaporat în spatele unei femei de serviciu care asista la discuție cu mopul în mână.

Celălant a simțit nevoia, ca șef al ziarului, să ia asupra sa povara revendicărilor:

— GM, nu e corect ca unii dintre noi să aibă salarii atât de mici... fără cărți de muncă... nici măcar pe drepturi de autor nu suntem plătiți...

— Da' cine ești, mă, tu, să-mi ceri drepturi de autor? s-a enervat GM. Ești cumva Mihai Eminescu?

Celălant s-a ascuns printre subalterni.

— Hai, gata, marș la treabă! Singurul lucru pe care accept să mi-l mai cereți vreodată e să vă semnez demisiile.

Oamenii s-au împrăștiat cu capetele în pământ, umili, dar ușurați. Scăpaseră ieftin.

Doar jurnalistul vârstnic, citit și rafinat, care pusese pe vremuri bazele ziarului și știa că nu va fi demis pentru atâta lucru, a rămas pe loc și i-a vorbit managerului cu vocea lui rasată:

— GM, nu e fair ce se întâmplă... Permite-mi, te rog, să-ți atrag atenția asupra faptului că...

Directorul a simțit că ar pierde o polemică bazată pe argumente și i-a zis tare și răspicat celui mai respectat om din ziar, ca să-l audă și cei care plecaseră spre locurile lor:

— Auzi, bă! Tu să-mi dai limbi în pizdă!

Apoi s-a retras la el în birou și a închis calm ușa și, odată cu ea, a doua și ultima tentativă de grevă din istoria ziarului. Prima fusese cea în care, cu ani în urmă, jurnaliștii reușiseră să-l dea jos pe Ilandru.

54

La noi, în Agenție, Ilandru n-ar fi permis niciodată vreo grevă. Nu ieșea din cuvântul Mogulului și, ca un arendaș, apăra avuția stăpânului ca și cum ar fi fost a lui însuși. Dacă un reporter se împrietenea cu un om de afaceri și voia să-l laude într-o știre, pentru Ilandru era clar: tipul era corupt și trebuia să stea cu ochii pe el, ca nu cumva să-și promoveze amicii. Dacă Mogulul cerea ca un cunoscut de-al lui să fie pupat în cur în știrile Agenției, Ilandru îi executa ordinul înainte ca patronul să-și termine fraza. Deontologia lui se oprea acolo unde începeau ordinele șefului. Se temea atât de tare de Mogul, încât, dacă ar fi venit lângă el și i-ar fi ordonat „Culcat!", Ilandru s-ar fi aruncat instantaneu la pământ, ca-n armată. Nici măcar în afara serviciului, la bere, nu pomenea numele Mogulului, ca primitivii care nu pronunțau numele zeilor lor de teamă să nu le atragă mânia. Doar uneori, în nopțile noastre de beție, Ilandru îndrăznea să se refere la Mogul, însă fără sonor. Deschidea gura și, ca surdo-muții, contura din buze, în aer, literele care formau numele stăpânului. Alteori, când se referea la el, deși eram doar câțiva colegi după miezul nopții la o terasă pustie, se bătea pe umăr și se uita în sus, așa cum fac polițiștii mici în grad când vine vorba despre șefii lor. Asta însemna, în limbajul lui fără cuvinte, „superiorul meu", adică Mogulul.

Vestea că m-au invitat de la cabinetul Blondei să o însoțesc la târgul de turism de la Stuttgart i-a căzut lui Ilandru ca un căcat de porumbel în cap înaintea unei întâlniri amoroase.

A umblat toată ziua prin redacție cu trăsăturile descompuse, ca și cum fața lui fusese scena unui partaj. Mă privea cu ochii lui mici și injectați de sute de beții, așezați neglijent de o parte și de alta a bârnăului, ca două cireșe putrede spânzurate pe-o creangă uscată. Inima îi șoptea, probabil că, dacă plec cu ministrul, i-aș putea crea probleme, dar mintea îl sfătuia, experimentată ca o curvă bătrână, să n-o refuze pe Blondă. Așa am început, alături de ea și de mai mulți jurnaliști, un lung șir de deplasări în interes de serviciu.

Îl sunam pe Costel din toate colțurile lumii și-i povesteam cum stau lucrurile pe la alții. Absolvent de ASE, schimbase barca și devenise ofițer de jandarmi, îi coordona pe cei care păzeau ambasadele, iar între timp se și însurase. Atunci când o cunoscuse pe viitoarea soție, fusese rândul lui să-mi dea detalii.

— Câți ani are?

N-a putut să-mi răspundă pe loc.

— Nu mai știu exact. Are 23 sau 29. Doar atât am reținut, că vârsta ei e un număr prim.

Peste alte două zile mi-a recunoscut cu tristețe în glas:

— Presimțeam eu că am tras paiul mai scurt: are 29.

De câte ori vorbea cu mine la telefon, soția, curioasă, îl întreba:

— Ce mai face Liviu?

— E cu ministra la Madrid, îi răspundea.

— E cu ministra la Paris.

— E cu ministra la Milano.

După o vreme, soția n-a mai putut ține în ea gândul care-i încolțise în minte:

— Și bărbatu' ăla al ministrei nu zice nimic că ea umblă cu Liviu prin toată lumea?

Costel a lăsat-o să plutească în voie pe oceanul naivității:

— Da' tu ce crezi, că bărbatul ăleia se pune cu Liviu al nostru? Nu cu bărbată-său se bate pentru ea, ci cu președintele țării.

În seara în care am ajuns la Stuttgart, Blonda ne-a invitat pe toți la masă în hotelul la care ne cazaserăm. Eram 10–12 jurnaliști, Blonda și o prietenă de-ale ei, tot blondă. Fiecare a cerut câte o halbă de bere și am constatat cu ochi de expert că Blonda și-o bea pe-a ei prea repede, ceea ce denota ori dilentantism, ori o mare experiență. Din grupul de jurnaliști, doar cu unul singur, reporter vechi de la un tabloid, își spunea pe nume. Se cunoșteau de mulți ani, încă de pe vremea în care se spunea că Blonda era doar un element de decor pe la mesele milionarilor dubioși, care făceau afaceri cu statul.

Încă de la primele apariții în presă, Blonda șocase și scandalizase. Fusese șefa sexy de cabinet a Președintelui, iar înainte de asta lucrase consilier la primărie, pe vremea când președintele cârmuia Bucureștiul. Și încă și mai înainte se învârtise prin cercurile liberale, iar de aici mai în urmă, în timp, începeau legendele. Pentru marea masă a populației, ce făcuse Blonda între 14 și 33 de ani era un mister, așa cum nimeni n-a aflat niciodată cu ce s-a ocupat Iisus în exact același interval de vârstă. Existau însă o mulțime de bănuieli în ambele cazuri.

Devenită ministru, ne părea nouă, ziariștilor, un fruct bizar pe care nu știam cum să-l mâncăm. O priveam sfioși, pe sub sprâncene, așa cum fac călugărițele novice cu episcopul venit în vizită la mânăstire. Ca să destindă atmosfera, Blonda l-a înghiontit pe vechiul ei prieten, ziaristul de la tabloid:

— Ia povestește tu, Ionuț, cum am aranjat noi un flagrant de ziua mea!

Ionuț a râs și a sorbit din bere.

— Mai bine zi tu.

Blonda nu s-a lăsat rugată:

— Era ziua mea de nume și ne-am gândit, eu și Ionuț, să organizăm un „flagrant" în presă, la el la tabloid, și am conceput un scenariu. Eu urma să mă întâlnesc în fața magazinului Unirea cu soțul meu, iar el, soțul, să-mi ofere un buchet de trandafiri și să ne sărutăm în stradă. Ionuț și echipa lui ar fi trebuit să ne „surprindă" cu câteva poze. Vorbiserăm ca, după ce totul era gata, să vină la noi și să plecăm împreună la un restaurant.

Blonda a făcut o pauză și a mai luat două gâturi de bere. Îl văzusem de câteva ori prin presă pe soțul ei, un afacerist gras și insipid, cu fața inexpresivă ca un cartof, mult mai în vârstă decât ea, și nu înțelegeam dacă mai găsise și altceva la el în afară de bani. Unii spuneau că ar fi fost o căsătorie aranjată chiar de președinte, protectorul Blondei, și că ea împărțea cu soțul doar averea.

— Zis și făcut, a continuat Blonda povestea. Ajung la magazinul Unirea, peste un minut hop și soțul, îmi dă buchetul de trandafiri, ne pupăm și așteptăm să ni se facă fotografiile și să apară Ionuț, care să ne spună că totul a fost OK. Trece un minut, trec două, trec cinci, trec zece... Nimic. Îi zic soțului: „Poate n-am făcut bine sceneta. Hai să repetăm. Ia florile, du-te înapoi o sută de metri și dă-mi-le din nou!" Facem toate astea din nou, flori, pupat etc. etc. Tot nimic. Măi, să fie! Poate chiar nu ne pricepem și trebuie să mai încercăm o dată. Și tot așa, am mai repetat de trei–patru ori. Deveniserăm experți și mă pupasem cu soțul în jumătatea aceea de oră cât n-o făcuserăm în toată căsnicia. La un moment dat mă gândesc: hai să-l sun pe Ionuț. Și ce credeți că-mi spune? „Flagrantul" era programat la ora trei, nu la ora unu, cum înțelesesem eu.

Am râs cu toții. Încurajată de veselia noastră, Blonda a mai cerut un rând de bere pentru toată lumea.

— Cum e domnul Președinte? Ați fost șefa lui de cabinet și l-ați cunoscut bine, a întrebat o jurnalistă foarte tânără, aproape un copil.

Blonda a privit-o malefic și a zâmbit ca pentru sine, precum chelnerii de la marile restaurante, care aud multe, dar le țin pentru ei.

— O să vă spun o întâmplare adevărată pe care mi-a povestit-o nu Președintele, ci unul dintre oamenii importanți din conducerea principalului partid din opoziție. Era pe vremea când acesta lucra la cabinetul premierului de pe atunci, iar Președintele încă nu era președinte, ci primar al Capitalei.

— Dar cum se numește tânărul care v-a povestit? a întrebat tânăra jurnalistă. E un politician cunoscut?

— Nu contează cum îl cheamă, dar e foarte cunoscut. Să-l numim Victor. Ei bine, și Victor trebuia să participe pentru prima oară alături de Președinte într-o emisiune TV. Președintele, cum vă spuneam, era pe atunci primarul Capitalei. Victor își pregătise tot felul de dosare despre interlocutorul său, dosarul cu vapoarele și multe altele cu care spera să-l distrugă pe Președinte în confruntarea lor televizată. S-au întâlnit în cabină, la machiaj, și cum stăteau unul lângă altul, pe scaune alăturate, în fața oglinzii, Victor strângea în brațe teancul de documente, iar primele dintre ele erau „probele" pe care le adunase împotriva Președintelui. „Băi, Victore, tot timpul mi-a plăcut de tine cum arăți, așa înalt și sportiv. Ai un metru nouăzeci?", l-a întrebat Președintele cu vocea aceea a lui prietenoasă, pe care o folosește când vrea să cucerească pe cineva. Victor l-a privit neîncrezător, dar i-a plăcut ce aude. Președintele a continuat: „Nu știu ce cauți tu în partidul ăla. Tu ești din altă ligă, iar dacă vei vrea vreodată să faci politică serioasă, caută-mă pe mine". Și tot așa l-a periat pe Victor timp de vreo zece minute, iar Victor a început, ușor-ușor, să mute mai la final dosarele compromițătoare cu Președintele. S-a terminat machiajul și, în drumul de pe coridoarele acelea lungi din TVR către studioul unde urmau să intre în direct, Președintele l-a prins pe după umeri pe Victor: „Ești însurat?", l-a întrebat. „Da", a răspuns el. „Păcat. Îmi place așa mult de tine, că ți-aș fi dat una din fetele mele s-o iei de nevastă. Făceam o familie de politicieni de nu ne stătea nimeni în cale", a zis Președintele și-a început să râdă: „Ha, ha, ha!" L-a împachetat atât de tare pe Victor încât, exact înainte să intre în studio, a aruncat într-un coș de gunoi de pe hol toate dosarele pe care le pregătise împotriva Președintelui. Au intrat în emisiune și moderatorul a pus o întrebare oarecare, de încălzire, dându-i cuvântul lui Victor. Dar el, pătruns de respect, a făcut un gest elegant: „Să răspundă mai întâi domnul primar general". Președintele a luat cuvântul, arătând cu degetul acuzator către Victor: „Această slugă ordinară a premierului..."

*

Vlad, cel cu care împărțeam camera când am ajuns la târgul de la Madrid, era un tip necomunicativ și sumbru. Ziarist vechi, pe la 40 și ceva de ani, îl știam ca pe un băutor pasionat și cu căsnicia praf, ca majoritatea celor care lucrau pe vremea aia în presă. Bătuse lumea, de-a lungul anilor, în atât de multe deplasări, că nu-l mai interesau orașele. În afara momentelor în care trebuia să meargă la târg, rămânea în hotel și tot butona la o consolă. Părea că jocurile sunt singurele care-l mai scot din blazare.

— Hai să-ți las laptopul meu deschis, am pe el zeci de filme bune, l-am îndemnat într-o seară.

Nu voia să iasă cu noi în oraș și tot chinuia aparatul cu jocuri. Îmi plăcea cum se numește, consolă, și mă gândeam că i se spusese așa tocmai pentru că avea darul de a-i consola pe cei singuri și triști. Aflasem de la un român care muncea la Madrid că spaniolii numesc „consolador" vibratorul folosit de femei să se masturbeze.

— Ce filme ai? s-a interesat Vlad.

— Filme bune europene, cu Oscar, Globul de Aur sau BAFTA, dar și filme americane premiate. Alege-ți ce vrei.

Blonda ne invitase pe toți jurnaliștii la cină, dar n-a mai fost ca prima oară. Nu ne-a mai povestit despre Președinte sau despre soțul ei. A fost rezervată și oficială, iar după o vreme s-a scuzat și s-a retras. Am rămas doar noi, jurnaliștii, să mai bem, iar la miezul nopții ne-am întors la hotel. Am intrat încet, să nu-l trezesc pe Vlad, dar nu dormea. Se juca cu „consoladorul" în pat, pe întuneric. M-am gândit că cei care se delectează tot timpul cu jocuri pe calculator seamănă mult cu ăia care se masturbează.

— Ți-am lăsat zeci de filme, iar tu tot drăcia asta o freci? l-am întrebat.

— Frate, sincer îți spun, am încercat să mă uit și am frunzărit vreo 10–15 din ele. Da' nu pot, frate, să mă relaxez cu așa ceva; toate sunt numai și numai cu necazuri. Păi ce, n-am eu necazurile mele? Trebuie să le mai iau în piept și pe ale ălora din filme? Nu, mersi, îmi ajung ale mele!

— Păi și ție ce filme ți-ar fi plăcut să vezi?

— Filme frumoase, frate, să-ți fie drag să te uiți la ele și să te culci după aia împăcat: să caute unu' o comoară, da' s-o găsească până la urmă sau să fie un tip și-o tipă care la început nu se suportă, dar se îndrăgostesc și la final rămân împreună…

M-am schimbat, m-am dus la baie, mi-am făcut un duș și m-am spălat pe dinți. Vlad adormise între timp, cu consola pe burtă. Părea senin, dar eu știam că e doar un bărbat nefericit între două vârste, părăsit de nevastă, care zâmbește numai în somn, cu gândul la consolă.

55

Sătulă să tot alerge, anonimă, prin Europa, Blonda s-a întors să facă circ în țara care începuse să rămână fără pâine, răpusă de criza economică. Așa a apărut programul „Lumină la malul mării". Ministerul Turismului s-a căutat prin buzunare și a născut din nimic un mare eveniment de Paște pe litoral, unde a adunat zeci de cântăreți, turme de ziariști și mii de gură-cască. Totul pe banii statului, firește, iar statul se uita fascinat, fără bani în buzunar, la televizor, unde se transmitea și se analiza amănunțit totul, de parc-ar fi fost asasinarea lui Kennedy.

— Tu nu respecți nici șefii, nici prietenii și nici măcar femeile. Nu respecți pe nimeni și nimic, nici măcar pe tine, și n-ai nimic sfânt, mă criticase Ilandru cu o seară în urmă, la bere. Cu anii, începuse și el să semene cu Dumnezeu, bețivul din copilăria mea, care vorbea tot timpul despre respect. Ne îmbătaserăm amândoi și am sfârșit prin a trece la amenințări: el, că mă dă afară, eu, că-mi dau demisia. Aproape că se luminase de ziuă, dar nu-mi mai păsa că în câteva ore trebuia să prind autocarul care ducea delegația de ziariști din București la Constanța, la marele eveniment al Blondei. N-am mai pus ceasul să sune și m-am aruncat îmbrăcat în pat, visând deja la un somn până spre prânz. A fost o minune că m-am trezit singur după două ore, la șase dimineața, odihnit ca și cum mă culcasem când a căzut întunericul.

După fiecare noapte de beție, zăceam în așternut până când soarele urca la jumătatea cerului, dar atunci ceva m-a aruncat din pat, ca și cum Dumnezeu, ca să se amuze, mi-ar fi tras un bobârnac. Miracolele sunt mai simple decât ne imaginăm, dar eu nu știam atunci că viața mea urma să iasă din matca ei și să alunece într-o cu totul altă direcție. Mi-am făcut un duș și am urcat în taxi, cu ochii roșii de alcool și nesomn.

Aș fi ajuns primul dintre toți ziariștii la locul de întâlnire de lângă Guvern dacă acolo n-ar fi fost deja o fată înaltă și subțire, abia trecută de 20 de ani. Am coborât și, tot uitându-mă la ea, mi-am prins cureaua bagajului în ușa taxiului, apoi am smuls-o și m-am împiedicat. M-am redresat cu greu și am făcut cunoștință. Raluca lucra de câteva luni la radio și râdea cu toată fața, ca bebelușii. Avea ochii mari, de culoarea sicriului, și am știut din prima secundă că acolo, în lumina lor, o să-l îngrop definitiv pe cel care fusesem până atunci. Am stat de vorbă tot drumul până la mare și i-am povestit, pe scurt, toată viața mea, ca și cum toate câte le făcusem până atunci erau o piatră de moară de care voiam să scap. Ne-am plimbat prin orașul de la malul mării și, când a acceptat s-o trec în brațe peste o baltă mare care acoperise trotuarul, mi-am imaginat că restul va fi floare la ureche. Raluca m-a ascultat și mi-a dat de înțeles că n-ar accepta să mă treacă în brațe balta care devenise viața mea și că va trebui să ies singur de acolo. În ochii ei de culoarea patului de pușcă citisem că o eventuală relație cu ea s-ar fi terminat tragic la prima noapte de beție ori la primul pas strâmb. Le-am pus în balanță: ea într-o parte, cu ochii ei mari și calzi, ca două inimi, iar în cealaltă parte o turmă de prostituate, câteva iubite pe an și o tonă de alcool. Dar a atârnat mai mult puștoaica de 22 de ani și 44 de kile. Am avut nevoie de șase luni ca să-mi închid conturile cu trecutul. Vorbeam ore în șir cu Raluca la telefon. Într-o seară, în timp ce discutam cu telefoanele la ureche, am simțit cum se balansează patul, ca o clătită în tigaie, iar cărțile încep să se miște pe rafturi ca și cum ar dansa.

— E cutremur, am constatat bucuros, de parcă aș fi anunțat-o că a răsărit luna, iar ea a început să râdă și m-a întrebat dacă mi-e frică. Nu-mi era. Și atunci, legănat de bloc ca și cum m-aș fi aflat alături de ea într-o gondolă pe un canal din Veneția, i-am spus pentru prima oară că o iubesc.

Cu timpul, angajații din minister au renunțat s-o mai numească pe șefa lor Blonda și îi spuneau, între ei, Nuți. Cu instinctul ei de animal politic, care amintea, oarecum, de marele ei prieten, Președintele, Nuți înțelesese după doar șase luni de mandat că nu prin străinătate trebuie să bată la porțile gloriei. Evenimentul de pe litoral, unde o cunoscusem pe Raluca, a fost doar primul din turneul interminabil al lui Nuți prin țară.

Eu aflasem chiar de la prima deplasare, la târgul de turism de la Stuttgart, că ministra e o marfă de presă care se vinde cât ai clipi. Trebuia doar să știi cum s-o împachetezi. Atunci când am ajuns la mare în delegația condusă de Nuți, știam deja ce fel de știri să vânez. Ministra a coborât din Mercedesul ei negru la malul mării, iar cineva i-a făcut cadou o ie bucovineană. Televiziunile au filmat-o cum se tot plimba în sus și-n jos în port tradițional, dar pentru Nuți nu era suficient de spectaculos. Cineva din delegație i-a adus o bicicletă și i-a ținut-o ca să poată urca pe ea, ca și cum ar fi fost un cal nărăvaș. Nuți a pedalat nesigură, desenând opturi largi pe asfalt. Un consilier din minister alerga pe lângă ea, ca un câine de companie, iar cameramanii căutau unghiuri potrivite de filmare, ca să nu-l prindă și pe companion în cadru.

— De ce tot fuge cretinul ăla pe lângă ea? am întrebat pe cineva din alaiul ministrei.

— Pentru că abia a învățat să meargă pe bicicletă, dar încă nu știe cum să se oprească. El trebuie să fie acolo și s-o prindă la momentul potrivit.

Acea plimbare a prefigurat, cumva, destinul lui Nuți: o femeie ambițioasă care conducea ceva pentru care nu era pregătită și care n-a știut nici când, și nici cum să se oprească. Iar Președintele, cel care trebuia s-o prindă în brațe la final, alergând în urma ei, mai bătrân și devastat de alcool, n-a mai găsit destulă putere în brațe ca s-o poată ajuta să nu cadă.

Spre seară ne-am adunat la marele concert organizat de Nuți pe plajă. Punctul culminant era „Oda Turismului", care urma să fie cântată în premieră de un cocktail de artiști celebri. Dădusem zeci de telefoane și negociasem câteva ore cu consilierii ministrei ca să obțin înregistrarea imnului cu o oră înainte de interpretarea oficială. Era o melodie banală, imposibil de memorat și de fredonat, dar imediat ce am postat-o pe site-ul Agenției a devorat-o toată presa. La televiziunile de știri, jurnaliști cu fețe sobre, în costume scumpe, cu cravate și bărbi, analizau „Oda turismului". Reporterii transmiteau live de pe litoral din jumătate în jumătate de oră. În fața televizoarelor, toată România urmărea evenimentul de la mare ca și cum ar fi fost vorba de primii pași pe lună. Doar compozitorul imnului, supranumit Micul Mozart, primise 10 000 de euro, însă tot evenimentul costase mult mai mult.

— Adevăratul succes al odei va fi dacă se va cânta la nunți, i-am zis lui Nuți.

Nu s-a mai cântat nicăieri niciodată, după lansare.

Pentru că-mi dăduse acces la imn înainte de a fi interpretat public, una dintre consilierele ministrei m-a invitat în cortul în care se schimbau artiștii și mi-a cerut o favoare. Mă așteptam la asta, pentru că niciun politician nu-ți dă, niciodată, nimic gratis. Voia să fac un interviu cu mezina Președintelui, care spera să-și îmbunătățească imaginea în presă. Fata era zveltă, elegantă și bronzată artificial, ca o pâine uitată prea mult în cuptor. Până și buzele îi erau pârlite de razele puternice ale solarului. Vorbea repede și fără vocale, poate că din cauza buzelor mărite chirurgical, care nu lăsau sunetele să se strecoare în voie afară:

— T rg s fcem un ntrviu cu mne, a bolborosit ea.

N-am înțeles despre ce e vorba, dar consiliera o cunoștea de ceva vreme și mi-a tradus:

— Te roagă să faci un interviu cu ea.

— Aha. Despre ce vrei să vorbim?

— Dspre c t ntrsza p tne. Pti s ntrbi ce vri.

— „Despre orice te interesează pe tine. Poți să întrebi ce vrei", mi-a tradus din nou consiliera.

A trebuit să-mi recunosc limitele. Eram doar un simplu jurnalist economic și nu știam ce s-o întreb pe mezina Președintelui, care sărea peste vocale și mă privea cu chipul bronzat al tatălui ei, semănând, oarecum, la față, cu mica statuetă ce o înfățișează pe partenera Gânditorului de la Hamangia. Mi-am făcut curaj și l-am sunat pe Ilandru, deși era aproape miezul nopții:

— Sunt aici cu domnișoara... fiica Președintelui... Vrea să fac un interviu cu ea, dar nu prea știu ce s-o întreb.

Mezina mi-a smuls telefonul din mână și l-a luat tare pe Ilandru:

— Ntbrț-mă c vrți. Pt ți s nțți?

— Se-nțelege greu ce vrea să spună, mai ales prin telefon, am avertizat-o pe consilieră.

— Exagerați, ce Dumnezeu! a apărat-o ea pe tânără. A zis: „Întrebați-mă ce vreți", iar apoi a spus: „Puteți să notați?"

Mezina a închis telefonul și mi-a explicat:

— Zce c s gndște ce să ntrbe.

— Deci șeful dumneavoastră zice că se gândește ce să întrebe, mi-a tradus consiliera, iar din tonul răbdător cu care pronunța cuvintele am înțeles că mă consideră cam greu de cap.

Au trecut zece minute. Mezina își tot aranja părul în oglindă și se uita în spate, la fund, ridicându-se pe vârfuri, ca și cum ar fi probat o rochie într-un magazin. Ilandru tot nu suna. Peste alte zece minute, fata Președintelui și-a pierdut răbdarea și a protestat, ca și cum ar fi mâncat pietre:

— Frt, mult s mai gdste sfl st l tu.

„Frate, mult se mai gândește șeful ăsta al tău", am tradus în gând. Prinsesem algoritmul.

Ilandru mi-a povestit a doua zi că, atunci când l-am sunat și i-am dat-o pe fata Președintelui la telefon, se relaxa cu o bere și-o țigară acasă, în bucătărie. S-a tot gândit ce să întrebe și s-a tot răzgândit, iar mai apoi a dat câteva sms-uri „mai sus". Asta însemna, în limbajul nostru, al celor din Agenție, că încercase să ia legătura cu un șef care, la rândul lui, cunoștea un alt director care-și permitea să-l deranjeze pe Mogul la ora aia. În timp ce Ilandru aștepta vești de „mai sus", mi-a venit o idee:

— Scrie și tu pe hârtia asta ce-ai vrea să le transmiți românilor, am îndemnat-o eu pe tânără.

Am scos o agendă, am rupt o foaie din ea și i-am dat-o, împreună cu un pix.

Mezina s-a apucat să compună: „De fiecare dată, de 1 Mai, mă întorc acasă, la Constanța. Am auzit că sunt concerte Smiley, Loredana, Simplu, Morandi și este o ocazie care nu trebuia ratată, și anume un concert pe plajă cu atâtea nume mari și vechi cunoștințe în public".

Am luat foaia și l-am sunat pe Ilandru. Încă nu știa ce să întrebe. Nu primise răspuns de la șefi, iar el, temător, nu-și asuma nimic. I-am dictat cuvintele tinerei și parcă-mi venea să i le recit fără vocale. Ar fi sunat mai bine. A scris știrea pe laptop și a publicat-o atunci, în miez de noapte, ca și cum ar fi anunțat că America a fost invadată de ruși. Eu am împăturit foaia și am băgat-o în portofel, unde am ținut-o câțiva ani, așa cum făceau pe vremuri soldații, în războaie, cu fotografiile iubitelor.

56

Și, pe nesimțite, ca atunci când uiți un geam deschis și răcești fără să-ți dai seama, Nuți, fosta Blondă, s-a transformat în „Doamna". Așa îi spuneau consilierii, așa șopteau pe la colțuri angajații când o pomeneau. Începusem și eu să-i spun „Doamna" când vorbeam despre ea, până când m-a auzit o șefă mai rea de gură, la serviciu:

— Așa îi ziceți lu' aia, mă? „Doamna"? „Doamna" cu vaca de lanț... Fi-v-ar „Doamna" a dracu'! a bombănit ea.

„Doamna" era primită peste tot cu fastul și slugărnicia cu care o întâmpinau secretarii de partid și oamenii muncii pe Elena Ceaușescu. Toți o tratau nu ca pe ministrul Turismului, pentru că miniștri mai văzuseră ei cu toptamul, ci ca pe iubita nedeclarată a Președintelui. Se zvonea că, doar cu o simplă șoaptă suflată în urechea lui, Doamna te putea lăsa pe drumuri, fie că erai primar, om de afaceri sau șef de instituție la stat. Te trezeai dimineața cu mascații la ușă, care te luau pe sus și te aruncau în dubă. Până să demonstrezi că n-ai făcut nimic, imaginea ta arăta ca draperia unei școli de țară.

Dar pentru presă era oxigen curat: orice făcea „Doamna" era o știre pe care o rumegau televiziunile o zi întreagă. Orice spunea ea se dezbătea la talk-show-uri, de parcă ar fi fost Hitler în miezul războiului și ar fi anunțat ce țări urmează să mai invadeze. „Doamna" făcea sau spunea în fiecare zi câte ceva, ca prințul Andrei Rațiu pe vremuri, vedeta de carton care ținea prima pagină a tabloidelor cu giumbușlucurile lui. Știrile pe care le publicam pe fluxul Agenției umpleau zilnic toată presa. „Doamna" era o marfă care se vindea din ce în ce mai bine. Aproape că nu făceam față cererii, deși o flancam permanent, cu evlavia cu care are grijă țăranul sărac de capra care-i dă laptele cu care-și hrănește toată familia. „Doamna“ părea un șef de stat bananier sau un lider comunist din anii '80 care glumea cu supușii, făcea observații, dădea indicații și trasa sarcini. Zeci de reporteri roiau în jurul ei, zeci de camere de luat vederi o fixau cu ochiul lor de sticlă. Uneori nu auzeam ce spune și pierdeam știri. Ilandru se enerva și urla la mine:

— Stai lângă ea ca la fotbal, om la om, pe tot terenul!

— Nu pot nici s-o țin în brațe ca să aud tot ce spune, m-am apărat eu.

— N-o ține în brațe, dar să stai la cel mult o flegmă distanță de ea!

Dar tot îmi mai scăpa câte ceva. La un târg de turism în străinătate, în timp ce făceam parte din alaiul ei care vizita standul României, m-am întors pentru mai puțin de două minute cu spatele la ea și am vorbit la telefon. Mama nu se simțea prea bine și mă sunase. Am încercat să o calmez și m-am întors în convoiul „Doamnei“. După nici o oră m-a sunat Ilandru, urlând în receptor:

— Băi, lepră, ai pierdut o știre! Pe unde dracu' umbli? Când te întorci de-acolo îți dai demisia!

— Ce știre? Am stat tot timpul lângă ea...

— Nu mai contează! A dat-o concurența. Te dau afară, tristule! a urlat el și în voce i-am simțit disperarea de a nu fi dat el afară de Mogul.

Mi-am deschis laptopul și m-am conectat la internet. Am intrat pe site-ul agenției concurente. În cele două minute cât stătusem cu spatele la ea, cel mai rapid caricaturist din lume o desenase și schimbaseră două vorbe. Jurnalistul de la concurență surprinsese momentul și scrisese o știre.

Dar până m-am întors, Ilandru se calmase. Aveam mult de muncă, pentru că „Doamna“ era neobosită. O așteptam cu toții la inaugurări de hotel, pe șantiere ori pe stadioane, iar eu ajunsesem atât de experimentat, încât știam și unde oprește mașina cu care venea. Știam câți pași urmează să facă până deschide gura și dacă are chef sau nu de glume.

La jumătatea lui iunie, alaiul „Doamnei“ a ajuns și în Deltă. Tânărul cu părul creț, care o lingușea și se maimuțărea ca un clovn, era nimeni altul decât ministrul Culturii. Se îmbrâncea cu primarii din zonă și președinții de consilii județene să-i țină poșeta. Turma condusă de „Doamna“ a vizitat un mic hotel cu trei etaje, construit de la zero pe marginea apei. Proprietarul a venit în fugă spre ea, mândru și umil în același timp, ca un câine de rasă bine dresat. I-a pupat mâinile până la cot și abia apoi a salutat restul delegației. Era un tip pe la vreo 45 de ani scund, brunet, cu păr creț, frunte mică și mustață. Aducea cu șoferii din anii '80, care aveau tatuate sirene pe antebraț. Ajunși la ușa hotelului, ne-a întâmpinat o doamnă în vârstă, la costum deux piece și purtând pe piept, în diagonală, o bandulieră tricoloră, așa cum au primarii la starea civilă. Ținea în mână o tavă pe care se odihnea o pâine mare, împletită, și o ceșcuță cu sare. Atât de importantă era pentru ea vizita „Doamnei“.

„Doamna“ a luat pe un deget un strop de sare și l-a pus pe limbă în felul polițiștilor de prin filme care capturează un traficant de droguri și îi gustă din marfă. Delegația a aplaudat, „Doamna“ a râs, a râs și restul lumii, ca un ecou, și am pătruns în hotel.

— După dumneavoastră, l-a poftit „Doamna“ pe proprietar.

Mustăciosul i-a prezentat bucătăria de la parter, apoi a urcat sprinten pe scări. După el venea „Doamna“, ținându-se de balustradă. Urmam eu, hotărât să nu pierd nimic din declarațiile ei, iar în spate, hoarda de cameramani cu aparatele în spinare. Apoi, ceilalți reporteri și restul delegației. Mustăciosul a frânat brusc între etaje și s-a întors rapid și cu tot corpul spre Doamna, încât m-am temut că urmează să o atace. A rămas pe loc paralizată, iar eu, cu câteva trepte mai jos, pe scara abruptă, m-am izbit cu nasul în fundul ei, în timp ce camerele din spinările colegilor mei m-au lovit în ceafă. Mi-am revenit rapid. Un atac asupra „Doamnei“ ar fi fost o știre senzațională, pe care nu voiam s-o ratez. Dar n-am avut noroc. Mustăciosul se oprise doar ca să-i spună cu glasul tremurat pe care-l au copiii atunci când recită la serbare:

— O să-mi arunc televizorul pe fereastră!

— Vai, dar de ce? s-a mirat Doamna, cu mâna pe inimă, ca o soprană care primește ovații pe scenă.

Iar mustăciosul a lansat replica pe care o pregătise și poate chiar o exersase în oglindă timp de câteva zile.

— Pentru că sunteți mult mai frumoasă în realitate!

N-am mai găsit un alt mustăcios care să-și arunce electrocasnicele pe fereastră când am însoțit-o pe „Doamna" câteva săptămâni mai târziu, pe Valea Oltului. Am ajuns la Căciulata cu un autocar din care am debarcat în fața hotelului la care urma să sosească „Doamna". Primari, președinți de consilii județene și prefecți o așteptau lângă hotel, unde întinseseră un covor roșu, lung și jerpelit. Pe trepte, de unde pornea covorul, tronau două ghivece mari cu flori, de-a stânga și de-a dreapta. Fumam când coloana „Doamnei" a parcat fix pe covor și ea a coborât din mașină. Abia îmi aprinsesem țigara, dar a trebuit s-o sting rapid. Am înfipt-o discret în pământul din ghiveciul uriaș de lângă mine și am pornit la trap după ea.

Când s-a terminat vizita la hotel, ne-au dus în altă stațiune. Scenariul era tras la indigo: covor roșu, două ghivece uriașe, hotel, aplauze și sărutări de mâini. Așteptând-o pe „Doamna", m-am rezemat de unul dintre ghivece și mi-am regăsit țigara de la primul hotel înfiptă acolo, ca lumânarea în colivă. Nu mi-a fost greu s-o recunosc. Fumam țigări Parliament, care aveau un filtru total diferit de al celorlalte mărci. Și-atunci am înțeles că cei din autoritățile locale plimbaseră aceleași ghivece și același covor dintr-o stațiune în alta.

— Sunt ghivecele și covorul de protocol ale județului, a concluzionat un afacerist local, căruia i-am arătat țigara mea înfiptă în pământul care înconjura floarea.

Nu m-am mai mirat când, la al treilea hotel la care ne-au dus, m-au întâmpinat din nou ghiveciul cu țigara mea rămasă aproape nefumată. Era ultima haltă și urma să plecăm acasă.

Nu se schimbase nimic la un sfert de secol distanță de zilele în care Ceaușescu era primit în vizitele „de lucru" cu aplauze și cântece compuse special pentru el. Nimeni nu se naște dictator. Între un băiat sărac din Scornicești și o fată simplă de la Buzău nu e nicio legătură. Doar lingăii din jur sunt aceiași și îi fac să se creadă nemuritori.

Am scos țigara din pământ, am scuturat-o cu grijă și mi-am aprins-o. Avea gust bun, de pământ, ca sânii fetelor sărace de la mine din sat.

57

— Ai văzut filmul *Poștașul sună întotdeauna de două ori*? mă întrebase în urmă cu 20 de ani un unchi, profesor de matematică.

I-am răspuns că da, îl văzusem.

— Ce crezi c-au vrut să spună în titlu?

Nu știam, nu mă întrebasem.

— Au vrut să spună că moartea e o mare doamnă. Nu vine brusc la tine în casă, neinvitată. Mai întâi te avertizează cumva, mi-a explicat el.

După câteva zile l-au găsit spânzurat în fânar, cu frânghia cu care legau vaca, fără să lase niciun bilet. Era octombrie și începuse școala de două săptămâni. În buzunar i-au găsit orarul din trimestrul ăla.

Pe mine mă avertizase deja de câteva ori, dar eram atât de ocupat să trăiesc încât n-am băgat-o în seamă. Nu știam că fiecare țigară pe care o fumam era, pentru viața mea, ca o lovitură de topor într-un fir de ață. Așa că atunci când am ajuns cu firma la Vila Bran, în teambuilding, primul lucru pe care l-am făcut a fost să-mi arunc rucsacul și să ies pe terasa restaurantului la o țigară. Nu trăsesem mai mult de un fum, când Marius, prietenul și colegul meu de la Agenție, m-a trezit din visare, împingându-mă ușor cu cotul în coaste.

— Uită-te la ăștia, mi-a șoptit.

În stânga noastră, pe terasă, o familie clasică de români admira peisajul. El, pe la 45 de ani, gras, cu ceafa lată, tuns periuță și cu o sirenă țâțoasă tatuată pe antebraț. Ea părea mai vârstnică, dar poate o îmbătrâneau părul scurt și creț, fundul enorm și degetele bondoace, crăcănate și cu unghii ascuțite. Copilul, pe la 12–13 ani, pistruiat și cu privire vicioasă, aflat probabil la primele labe din carieră, își sugea dinții. Părea genul de familie cu mare teamă de străinătate, care merge în vacanțe primăvara la munte, la Sinaia, și vara la mare, la Saturn.

El și-a înfipt, visător, privirea în zare. Castelul Bran se deslușea undeva, mai jos, iar de jurîmprejur tronau munții. A contemplat cu voluptate măreția încremenită a naturii și ne-a privit încântat și complice. În ochii înecați în grăsime îi jucau siguranța de sine și mândria. Omul și-a apucat nevasta de după gât, ferm, cu mâna dreaptă, și a tras-o mai aproape, iar cu stânga l-a prins pe puști de după ureche și l-a lipit brutal de el. Cu familia alături, s-a mai uitat o dată adânc în depărtări, a tras aer în piept, și a murmurat cu dispreț, printre dinții încleștați:

— Austria pizdii!

Un ciobănesc cu cap uriaș și păr alb, lânos și ciufulit, în genul lui Einstein, s-a apropiat rânjind de noi. S-a oprit la jumătatea drumului, a ridicat piciorul, a eliberat un jet de urină pe un stâlp al terasei și ne-a întors, plictisit, spatele. Mi-am clătit ochii în zarea adâncă și am mai aprins o țigară. Nu ajunsesem pe atunci în Austria, dar l-am crezut pe om. Nu putea fi mai frumos decât la noi. Eram un visător, dar încă nu știam asta. Mă credeam un tip dur și cerebral.

Fumam zilnic două pachete de țigări. Tușeam diminețile, mă ustura gâtul și plămânii îmi scoteau un scârțâit sinistru.

La București ningea când am urcat în avionul către Tel Aviv, iar aparatul s-a scuturat deasupra Mării Negre ca pielea unui cal înainte de mângâiere, cum ar fi spus prietenul meu, Poetul. Avionul dansa violent prin aer, iar oamenii începuseră să țipe. Chiar și bătrânele stewardese de la Tarom prinseseră culoare în obraji și așa, îmbujorate și speriate, întineriseră cu 40 de ani, ca în ziua în care dăduseră interviul de angajare.

Pe Ben Gurion era deja primăvară. Am ieșit în fața aeroportului cu toții, și ziariști, și oficiali din delegația Ministerului Turismului, și ne-am aprins câte o țigară. Au fumat chiar și nefumătorii, trăgând nepricepuți din țigară și înecându-se cu fum. Trăgând din țigară cu setea unei cămile în deșert, m-am uitat în jur. Prost îmbrăcați și prost hrăniți, păream o turmă de sclavi cărora stăpânul le lăsase un sfert de oră răgaz.

— Nu ți se pare absurd că primul lucru pe care-l facem după ce ne-am dat jos din fierul ăsta în care era să murim de frică e să fumăm? am întrebat-o pe o colegă care pufăia lângă mine.

— Și tu ce-ai vrea să facem? Să ne jelim? mi-a răspuns ea și mi-a întors spatele.

Dacă aș fi fost credincios poate c-ar fi trebuit să-i mulțumesc lui Dumnezeu că mă trecuse marea. Sau să trag aer în piept și să mă uit, ca Moise, cu ochi pofticioși la Pământul Sfânt. Poate ar fi trebuit să privesc în jur ca și cum ar fi fost ultima zi din viața mea sau poate prima. Dar eu fumam și adulmecam zările cu ochi subțiați, ca bărbatul blazat din reclamele de la Marlboro. Și-atunci, din senin, mi s-a părut pentru prima oară în viață absurdă țigara care-mi atârna în colțul gurii și m-am văzut pe mine, fumând, ca pe un măscărici penibil care muncește ca să plătească zilnic pentru un gest cretin și inutil. Am scos țigara, m-am uitat la ea și am calculat: 17 ani de când fumez ori 365 de zile ori cel puțin un pachet și jumătate pe zi. Am avut nevoie de calculatorul telefonului ca să aflu că fumasem, toată viața mea, peste 9 300 de pachete de țigări. Transformate în bani, însemnau undeva, pe la 23 000 de euro, sumă cu care mi-aș fi cumpărat un BMW X5 la mâna a doua, dar aproape nou. Și-atunci am înțeles că dacă voi continua să fumez, niciodată n-am să pot face nimic în viață. Țigara între buzele mele era semnul clar că n-am voință și că mă mulțumesc cu puțin.

— Uită-te la asta, i-am zis Ralucăi și i-am arătat țigara fumată mai mult de jumătate. E ultima țigară din viața mea.

Aș fi fumat ca un pușcăriaș câteva zile mai târziu, la coada de la Sfântul Mormânt. Așteptam deja de o oră să intrăm, dar înaintam cu greu. Biserica Sfântului Mormânt, mare, neagră și sinistră, ne privea cu un aer sever, de profesoară bătrână. Sus, pe o coloană, doi porumbei își făceau declarații de dragoste. Sub ei, un popă cu părul alb, prins în coadă, număra un snop de lumânări. Undeva, alături, legaseră cu lanțuri și cu lacăte un vraf de băncuțe, ca o mică piramidă. Se fura și de lângă Sfântul Mormânt, m-am gândit și m-am cutremurat, chiar dacă nu credeam în Dumnezeu. Dar sunt lucruri pe care nici măcar oamenilor fără Dumnezeu nu le trece prin cap să le facă. Am intrat la Sfântul Mormânt în patru labe, printr-un coridor nu mai înalt de un metru. Un popă, tot cu coadă, părul și barba albe, m-a apăsat pe cap când m-am aplecat, așa cum fac polițiștii cu arestații pe care-i bagă în mașină.

Eram singur, la câțiva centimetri de mormântul lui Iisus, omul sau dumnezeul care schimbase istoria lumii. Am rămas acolo câteva secunde, lângă lespedea rece, care mirosea a mir, neștiind ce să fac, ca un pui de curcă pe care-l arunci într-o bibliotecă. Poate c-ar trebui să cer ceva sau..., m-am gândit, dar n-am mai avut vreme. Călugărul a îngăimat câteva cuvinte într-o limbă pe care n-o înțelegeam, dar am știut că vrea să ies ca să intre și alții. Iar în spatele meu erau sute și în urma lor veneau alții și alții, albi, negri și indieni, bătrâni și tineri, ologi sau plesnind de sănătate. Ce job ciudat are și popa ăsta, mi-a trecut prin minte. Să stai toată ziua lângă un mormânt și, din minut în minut, să strigi la oameni să se miște mai repede. Una din două: ori e cea mai frumoasă meserie din lume, ori cea mai urâtă.

Apoi am urcat două rânduri de scări și am ajuns pe dealul Golgotei, cuprins și el în biserica uriașă. Pe un perete, înainte de figurina care-l înfățișa pe Iisus pe cruce, vizitatorii se opreau și pozau o icoană a Fecioarei Maria. Fecioara avea o coroană pe cap, mâinile încrucișate la piept, pe care i se înfășurase un șnur de mătănii cu o cruce, iar de undeva, de sub sânul stâng, unde părea că ține o poșetă și ceva care semăna cu o inimă de aur, ieșea o spadă ca un ghimpe. Fecioara avea privirea pierdută și mie mi s-a părut că spada îi era înfiptă în inimă.

Tot o spadă simțeam și eu în piept de ceva vreme, iar durerile erau din ce în ce mai dese. Angină pectorală, scria pe internet, când am căutat semnele. Oboseam când urcam trepte, iar inima îmi trepida ca un camion vechi de dinainte de război. Mă săgeta în piept când mă enervam, mă străpungea când mă speriam, dar mă fulgera uneori și din senin. Apoi, peste un sfert sau o jumătate de oră, durerea se îndepărta ușor, ca un fluture, pentru ca ceva mai târziu să revină la fel de silențios. Un alt semn mă neliniștea la fel de tare: jos, în stânga, la baza gâtului, mi se zbătea ceva pe sub piele, de parcă aș fi avut acolo o pasăre captivă, care se lupta să se elibereze.

Am ieșit din Biserica Sfântului Mormânt și ghidul ne-a dus la o altă biserică, mult mai mică. Înăuntru, dintr-o stâncă, izvora un firicel de apă. Nu eram singurii români de acolo. Vreo 14-15 babe și moși, însoțiți de un popă transpirat, cu părul rar, încercau cu mâini tremurând de bătrânețe să ia apă în sticle de plastic. Când au terminat, popa s-a pornit să cânte, iar bătrânii îl îngânau în cor:

„Sfinte Dumnezeule, sfinte tare, sfinte fără de moarte, miluiește-ne pe noi..." Undeva, alături, o bătrână japoneză ștergea atent cu mâneca geamul unei icoane mari, de parcă cineva ar fi stat în spatele ei cu o mitralieră și-ar fi amenințat-o că o împușcă dacă nu o face oglindă. Apoi se închina, pupa icoana și iar se apuca să o frece. Corul de moși români cânta mai departe, iar pentru o secundă mi s-a părut că așa, analfabeți cum păreau, îmi sunt superiori tocmai pentru că ei pot crede, iar eu nu. Crezând în Dumnezeu, oamenii ăia necitiți și munciți, cu picioare strâmbe și degete noduroase, nu voiau să accepte că nu suntem scânteie divină și că, după moarte, vom fi doar pământ și uitare.

— Eu n-am citit Biblia, i-a zis la ieșire una dintre jurnalistele din grup ghidului evreu. Cum ar putea fi rezumată?

Ghidul a zâmbit.

— Toată Biblia poate fi restrânsă la doar câteva cuvinte: Să-l iubești pe aproapele tău ca pe tine însuți.

M-am întors în țară hotărât să renunț la țigări și asta a fost tot. Seara am mers într-un bar cu câțiva prieteni. Fumau, iar eu mă uitam la ei și nu știam ce să fac cu mâinile, de parcă abia atunci le primisem cadou. Creierul îmi funcționa cu un singur motor și mă durea capul. Am ieșit dezorientat afară, în fața barului, ca o mașină cu volanul rupt. Atinsesem Mormântul Sfânt și nu se întâmplase nimic. Miracolele nu există. Dar, dacă pentru mine, miracolul e că am renunțat la țigări? m-am întrebat.

Începuse să ningă ușor, iar fulgii cădeau grei, în lumina oarbă a felinarelor, ca la moartea lui Mozart.

Mă întorsesem din țara lui Israel tot fără credință, dar măcar mă lăsasem de cel mai toxic și costisitor viciu al meu. Știam că dacă am renunțat acolo la fumat o să dea bine pentru tot restul vieții. „M-am lăsat de țigări". „Când?" „Demult, la Tel Aviv". Nu pe Calea Victoriei, nu în Titan, ci la Tel Aviv. Sigur, ar fi sunat mai bine Broadway și, peste ani, când am ajuns la New York, câteva zile am cochetat cu gândul să mă apuc din nou de țigări doar ca s-o fumez, spectaculos, pe ultima, pe celebrul bulevard. Dar am fost laș. M-am temut că n-o să mai am puterea să renunț și am abandonat planul. Totuși, ca să-mi refac stima de sine, într-o zi am intrat cu tupeu în Waldorf Astoria, unul dintre cele mai luxoase hoteluri din lume, și m-am pișat acolo, în toaleta de la parter. Când avionul a trepidat o oră deasupra oceanului, la întoarcere, iar primul meu gând n-a fost să-mi aprind o țigară, ci că nu știu să înot, am știut că sunt vindecat definitiv de țigări și că n-o să mai fumez niciodată.

58

Îmi doream să fumez încă de mic, de pe vremea când mergeam cu părinții la nunți, la țară, iar tata, căruia nu-i plăcea să danseze, devora două pachete pe seară. Oamenii din sat intrau în cort, de braț, soț și soție. Ele, cu părul făcut „permanent" și cu toate inelele din casă pe degete. Unele aveau atât de multe inele, încât țineau degetele răsfirate, ca ornitorincii. Ei pășeau alături, cu sacourile pe umeri și cu mâinile scoase din haină, ca un semn al relaxării supreme. Se așezau la mese lungi, asamblate din scânduri, iar după primul pahar de țuică spuneau glume deocheate. La început se servea mezelul. La sfârșitul anilor '80, când crescusem și începusem să merg și singur la nunți, mezelul se împuținase. Rudele mirilor îl acuzau pe bucătar că fură, dar adevărul era că nu prea se mai găsea nimic prin magazine. Cantitatea de mâncare din farfurie descreștea, începând cu masa gazdelor. Dacă nașul avea șase măsline în farfurie, la ultimul mesean mai ajungea doar una. Oamenii mâncau primul fel, iar după câteva pahare le venea cheful de dans. Mai întâi își făceau semne din sprânceană, peste masă. Dar tot nu se ridica nimeni și dansau o vreme așezați, mișcând doar din cap și din mâini. Ușor, ușor, se ridicau cu tot cu neveste și se prindeau în hore. Se mai întorceau la farfurii doar când venea friptura.

După miezul nopții se striga darul. Mirii, unul dintre socri și un lăutar umblau printre mese cu o pungă în care strângeau banii. Începeau cu crema.

— De la nașul mare pentru ginerică și mireasă, 5 000 de lei și un servici de cafea!

Nuntașii savurau momentul și strigau în cor:

— Să trăiască!

— De la socrul mare, 2 000 de lei, un vițel și o lenjerie de pat!

— Să trăiască!

Mesenii obișnuiți plăteau mult mai puțin. Familiile dădeau 300 de lei, iar ăia singuri câte 150–200. Cei mai zgârciți veneau la nunți fără neveste, ca să nu plătească prea mult. Spaima gazdelor erau ăia care „stricau darul". Se găseau de fiecare dată unii care dădeau doar 100 de lei.

— De la Gogu Ciocănel, o singură persoană, 100 de lei.

Dinspre rudele mirilor pornea un murmur de dezaprobare. De fiecare dată, zgârcitul era anunțat ca fiind „o singură persoană". Asta suna cumva trist și parcă îl înțelegeai că nu a dat prea mult. Când omul care strica darul era așezat spre coada meselor, nu era o dramă. Dar dacă se posta pe la jumătate sau mai aproape de nași, nunta era compromisă. Toți cei de după el tăiau 50 de lei din dar, iar socrii se acreau la față și înjurau în barbă.

Târziu, după miezul nopții, formațiile treceau la piesele grele — sârbele, mult mai iuți decât horele. Oamenii jucau până făceau baltă cămășile. Rămâneau doar bărbații în fața scenei unde cântau lăutarii și se țineau de după umeri, împletindu-și picioarele ca și cum ar fi făcut niște driblinguri complicate. Cei din margini duceau mâna rămasă liberă la spate sau o mișcau pe sus, deasupra capului, pocnind din degete, „clic, clic". Asta denota plăcere și, prin „clic", se elimina, cumva, și o parte din tensiunea sexuală latentă. În general, cei mai mari jucători erau flăcăi timizi în viața de zi cu zi, fără mare trecere la fete. Spre dimineață plecau toți pe la casele lor, beți morți și sprijiniți de neveste. Cei singuri rămâneau până se lumina de ziuă. Se trezeau la prânz irascibili și cu dureri de cap.

Din zecile de nunți la care fusesem, cel mai bine mi-o aminteam pe cea a unui prieten, într-un sat din Dobrogea. Tocmai intraserăm în curtea bisericii pentru cununia religioasă. Popa ne-a ieșit în față, cu cădelnița bălăngănindu-i-se în mână. Eu mă retrăsesem sub un copac, la umbră, și fumam, când din alai s-a desprins socrul mare și a fugit spre mine cu o sclipire de panică în ochi.

— Acoperă-mă repede, mi-a zis, și s-a ascuns în spatele meu.

Popa a condus nuntașii spre biserică, mânându-i de la spate cu cădelnița, ca pe oi. În timp ce clătina găletușa fumegândă, l-a săgetat cu privirea, peste umăr, pe tatăl mirelui. După câteva secunde, când curtea bisericii se golise, am auzit glasul socrului:

— Fir-ați ai dracu' să fiți, cu tot neamul vostru! Doamne, iartă-mă, că sunt și în curtea bisericii!

Eram nedumerit și mi se citea asta pe față. Mi-a explicat:

— Popii aduc ghinion când îi vezi și singurul leac ca să nu ai necazuri după asta e să te scarpini puțin la coaie. Scarpină-te și tu, că dai de belea!

Era foarte convins de ce spunea. M-am întors cu spatele, ca și cum aș fi urinat pe copac, și m-am scărpinat o secundă prin blugi. Seara, la masă, am agățat o verișoară a miresei.

Au trecut zece ani de atunci și nu l-am mai văzut pe socrul mare. Am păstrat, însă, printr-o alchimie ciudată, superstiția cu popii. Nu fac șapte pași în urmă dacă îmi taie calea o pisică, nu mă tem să mă întorc din drum dacă am uitat ceva și nu mă sperie zilele de marți, 13, însă dacă zăresc un popă, chiar și pe cel mai aglomerat bulevard, trebuie să găsesc o modalitate să-mi ating blugii în zona sensibilă. Ideea e că trebuie să rezolvi problema rapid. Din momentul în care l-ai văzut pe popă și până te scarpini, ești total neprotejat și ți se poate întâmpla orice nenorocire. E ca și cum ai adormi pe calea ferată; oricând poate să treacă un tren.

Uneori mi se părea o tâmpenie și mă gândeam să renunț la gest, așa cum unii iau în calcul să se lase de fumat. Dar de fiecare dată nu trecea mult și aflam că popii vor să facă o catedrală cât Casa Poporului din banii poporului, că popii vor ca oamenii să se căsătorească virgini și multe alte idei care îmi amintesc de Inchiziție. Și atunci mi se părea obligatoriu să mă apăr în felul meu de încuiații mieroși cu rochii negre, care aduc cu ei un aer întunecat de Ev Mediu.

Când am cunoscut-o pe Raluca, mă păzeam deja de patru ani de belelele pe care le aduc popii. Ne plimbam mult pe jos și în drumurile noastre ne întâlneam uneori cu câte unul, mergând grăbit, cu pași mari, și privind lacom în jur. La început rămâneam puțin în urma Ralucăi sau îi arătam un porumbel pe un acoperiș, ca să mă pot scărpina fără să mă vadă, însă după o vreme s-a prins că e ceva necurat. A trebuit să-i povestesc superstiția mea și a râs, mi-a explicat că e o prostie și m-a rugat să termin cu povestea asta, pentru că altfel voi fi nevoit să mă plimb singur. La întâlnirea cu următorii doi popi a stat cu ochii pe mine. Am făcut câțiva pași, dar în minte îmi veneau tot felul de nenorociri în cazul în care nu îmi luam măsuri de precauție, inclusiv că ne despărțim. Și pentru binele meu, pentru binele nostru și al relației noastre, m-am întors puțin și mi-am scărpinat pantalonii o fracțiune de secundă. S-a supărat foarte tare și, chiar dacă nici ea nu respecta deloc popii sau Biserica, deși credea în Dumnezeu ca un copil în Moș Crăciun, mi-a reproșat că și eu vin din Evul Mediu cu astfel de superstiții obscure.

După încă un an m-am lăsat de fumat, dar la faza cu popii tot n-am reușit să renunț. Printr-o înțelegere tacită, Raluca mi-a tolerat obiceiul, însă de fiecare dată când dăm de un popă se uită în altă parte, se înroșește puțin, dar nu zice nimic. Rămâne în urmă sau analizează o vitrină. Câteodată îl vedea ea prima pe popă și atunci, brusc, nu mă mai ținea de mână, știind ce urmează. Dar nu m-a mai certat și n-am mai discutat niciodată pe tema asta. Practic, subiectul a devenit tabu pentru noi. Între timp am ajuns să cred sincer că popii aduc necazuri, așa, prefăcuți și lacomi, cu rochiile lor negre și sinistre, mirosind a colivă și lumânări.

De la o vreme, însă, începusem să simt că nu mă mai pot lupta singur cu ei. Deveniseră din ce în ce mai răi, mai agresivi și mai intoleranți. Într-o iarnă, când credincioșii se bucurau de miracolul nașterii lui Iisus, iar necredincioșii erau fericiți doar pentru că venise Crăciunul și aveau câteva zile libere, când și unii, și alții, își promiteau să devină mai buni, Biserica a vrut să mai demonstreze încă o dată cât de puțin s-a schimbat în ultimii 2 000 de ani. Parohiile din țară au început să strângă semnături ca să schimbe Constituția. Popii voiau să se scrie clar: căsătoria e doar între un bărbat și o femeie, nu ca acum, când „familia se întemeiază pe căsătoria liber consimțită între soți". Bărbații în rochii se temeau că termenul „soți" este prea vag și că le-ar putea lăsa homosexualilor loc de însurătoare sau măritiș.

Cei care propovăduiesc prin biserici pacea, liniștea și iertarea n-au înțeles niciodată că dacă toți suntem egali în fața lui Dumnezeu, atunci ar trebui să fim egali și unii în fața altora. Ei, care spun că toate sunt trecătoare și că singurele comori după care ar trebui să alergi sunt cele sufletești, aleg din Biblie doar ce le convine. Nu fug deloc de bogăție și nu se tem că acumulând avere vor intra în împărăția cerurilor mai greu decât o cămilă prin urechile acului, așa cum spune Scriptura. Când te gândești la cele șapte păcate, te întrebi dacă nu cumva cineva a făcut o glumă și le-a redat, în linii mari, trăsăturile definitorii: mândria, iubirea de arginți, lăcomia pântecelui, trândăvia, mânia, invidia și, uneori, chiar și desfrânarea.

Pe lângă toate astea, ca o bomboană pe colivă, a apărut un al optulea păcat, parcă mai nociv decât toate celelalte: intoleranța. Precum minerii din anii '90, care îi luau la bâte în Piața Universității pe bărboși, pletoși și ochelariști, pentru că nu semănau cu ei, exact ca Inchiziția, care-i trimitea direct pe rug pe toți cei pe care nu reușea să-i înțeleagă, Biserica și-a găsit ținta: homosexualii. Bărbații în rochii nu s-au legat cu lanțuri de biserici când Ceaușescu a intrat cu buldozerele în ele, nici n-au fugit îngroziți în munți să-și sape chilii în stâncă atunci când comuniștii s-au pornit să-l alunge pe Dumnezeu din casele oamenilor. Au rămas la post, mulți dintre ei au turnat cât au putut, și au făcut bani — o parte de la stat, cealaltă parte de la oameni, de la cei pe care-i turnau la Securitate. Bineînțeles că au fost și printre ei unii, mult prea puțini, care n-au făcut toate astea, iar aceia au ajuns fie pușcăriași, fie săraci, fie șomeri, fie călugări, fie sfinți, fie toate la un loc.

În anii '80, cel mai bogat om dintr-o comună nu era nici primarul, nici secretarul de partid, nici doctorul, ci slujitorul lui Dumnezeu. După '90, popii s-au adaptat la noua lume, iar Biserica a devenit agent electoral pentru partidele care s-au succedat la putere. Singurii bărbați care îndrăznesc să poarte rochii pe stradă, în afară de homosexualii de la parada gay, se tem oare de concurență? Tocmai ei, cei care ar trebui să știe că sufletul contează și că nu te definește ce ai sub rochie.

Dacă m-aș duce vreodată la spovedanie, i-aș spune popii că păcătuiesc și nu mă căiesc pentru asta: urăsc mizeria de pe stradă, urăsc chelnerii nesimțiți, taximetriștii care fumează în mașină, șoferii care nu semnalizează, smartphone-urile care se descarcă prea repede, câinele vecinului care latră prea mult, oamenii care își bat sau abandonează copiii, primarii care fură, guvernele care nu construiesc autostrăzi, politicienii care nu-și dau niciodată demisia de onoare și multe altele. Dar căsătoria homosexualilor, indiferent dacă e cu nuntă, cu dar, cu furat mireasa sau cu jucat bradul, nu intră în Top 1 000 000 de lucruri care mă deranjează.

Dacă ar fi venit și la mine cu „referendumul" prin care voiau să se lupte cu mariajele homosexualilor, mai întâi m-aș fi scărpinat puțin la ouă, ca să înlătur ghinionul, și apoi le-aș fi povestit ce mi s-a întâmplat într-o vară, când am fost la un târg de produse tradiționale din Agronomie, unde aveau pește proaspăt la grătar. Erau acolo niște mese de lemn, sub copaci, unde se putea mânca peștele. Odată am stat la coadă lângă cel mai mare jurnalist de presă scrisă pe care l-a dat România după anii '90, care se autointitulase pe vremuri „Crucișătorul Presei". Era îmbrăcat într-un trening jerpelit și a cumpărat câțiva pești mici, prăjiți, pentru care a plătit vreo șapte lei.

— Îl cunoașteți? m-a întrebat vânzătoarea, arătând cu capul spre marele jurnalist.

Îl știam de la televizor, firește, dar și de la Agenție, pentru că ziarul la care lucrase într-o vreme făcea parte din trustul nostru. Îl vedeam uneori la masă, la cantină, împingând tava în rând cu jurnaliștii anonimi și prost plătiți și așezându-se, de fiecare dată, singur la o masă.

— E un mare român, a continuat, entuziasmată, vânzătoarea.

Marele jurnalist a scrâșnit nemulțumit din dinți, de parcă ținea în gură un pumn de nisip.

— Nu-l cunosc, am răspuns.

Nu mai trecusem de ceva vreme pe-acolo și aveam atât de multă poftă de pește în ziua aia, încât am cumpărat două borșuri, un biban de mare, un calcan și o dorada. De obicei, încercam să mănânc peștele cu furculița, pentru că mă îngrozea să mă murdăresc pe mâini de mâncare. Mi se părea că-mi miros degetele câteva zile și aveam impresia că transmit mirosul și volanului, cărților pe care le citesc, laptopului sau telefonului mobil. Aveam în mașină câteva pachete cu șervețele umede și câteva geluri de spălat pe mâini. Atât de mult mă oripilau urmele mâncării pe mâini, încât, odată, la o terasă, n-am vrut să-i dau mobilul copilului lui Costel, care voia să se joace cu el, pentru că mi se păruse că nu s-a spălat suficient după ce a mâncat pizza. Motiv pentru care copilul s-a supărat, a început să urle, ne-a stricat seara și am plecat cu toții acasă.

În ziua aia, însă, îmi era atât de foame, încât am lăsat deoparte furculița de plastic și mi-am băgat mâinile până la cot în pește. Mă așezasem strategic, cu spatele la oameni, ca să nu mă vadă nimeni cum devorez ca un animal. Țineam telefonul pe masă și am rugat-o pe Raluca să-l pună în geanta ei. Uitasem gelurile de mâini în mașină și știam că n-o să mă mai ating de mobil până nu mă curăț bine vreo jumătate de oră. Am mâncat așa, fără să spun nimic, ciorbele, calcanul și bibanul. Mai aveam o jumătate de dorada, când am văzut-o pe Raluca cum privește peste umărul meu și zâmbește. Apoi s-a uitat la mâinile mele împănate cu grăsime de pește și a început să râdă. M-am mirat, pentru că știam că nu-i place să mănânc cu mâna, dar și mai mult îi displac ifosele mele de după masă, când consum două pachete de șervețele umede și mi se pare că miros în continuare a pește. Nici n-am apucat bine să întorc capul, că l-am și văzut cu coada ochiului: din spatele meu venea cu o tavă de pește un ditamai popa. Am intrat în panică. Era un popă mare, gras, un crap de popă cu barbă argintie, burdihan și ochi lacomi. Dacă ar fi fost un preoțel mic și slab, timid și plin de coșuri, poate că aș fi făcut o excepție și aș fi uitat de superstiție sau aș fi amânat scărpinatul cu o jumătate de oră. Dar ăsta era un popă de colecție, un popă de pus în ramă.

Raluca se tot uita la mâinile mele murdare până la cot, apoi la popă, apoi la blugii mei vișinii Diesel, pe care am dat o căruță de bani. A început să râdă și, după cinci ani de tăcere pe tema asta, mi-a zis în față limpede, cu vocea pe care o folosește doar când dă știrile la radio:

— Ia să te văd cum te scarpini acum.

N-am știut ce să mai fac. Sunt momente în viață în care, ajuns în situații-limită, mintea ți se blochează și rămâi, practic, fără nicio apărare. Eram neputincios și neînarmat în fața sorții, ca un amant despuiat pe care soțul îl prinde în pat cu nevasta. Probabil că Raluca a văzut în ochii mei atâta jale, atâta panică și atâtea sentimente contradictorii, încât i s-a făcut milă de mine:

— Uite, ia asta, mi-a zis blând, ca unui retardat, și mi-a dat furculița de plastic nefolosită, care strălucea de curățenie.

59

Musca se agitase o vreme, iar acum se odihnea pe perete. Copilul tot încerca s-o nimerească cu o flegmă, în timp ce maică-sa rumega, impasibilă, o gumă. Dacă se apropia la mai mult de un metru, insecta se ridica, dar se reașeza după câteva secunde și se scărpina cu piciorul în cap, ca Chuck Norris. Copilul n-avea de ales. Trebuia să-și regleze scuipatul de la distanță. Era deja la a treia încercare când a apărut doctorul.

— Să intre dom' colonel primul, a zis.

Spitalul era murdar, pereții decojiți, iar pe holuri plutea iz de boală și de moarte, așa cum în familiile numeroase de la țară duhnește a bășini calde și a șosete nespălate.

— Dar eu eram primul, aștept deja de o oră, m-am plâns.

Colonelul venise ultimul. Femeia cu guma clefetea și mișca greoi din cap, ca o antilopă gnu. Părea că nu-i pasă nici dacă înaintea ei intră o armată.

— Domnu' pacient, a făcut doctorul, nu e frumos să lăsăm un cadru militar să aștepte. Aici, în provincie, îi respectăm pe cei care ne apără. Ce dracu'!

Colonelul, înalt și burtos, privea peste mine, în hăul alb al pereților. Avea detașarea superioară a mareșalului Antonescu și părul lui nins.

— Lăsați, că mai poate aștepta și dânsul puțin, am insistat eu.

— Haideți, dom'le, ce nu-nțelegeți, armata e armată și nu e frumos să aștepte.

Chiar și în haine civile, colonelul expira aerul sever al ofițerilor superiori. Asista impasibil la toată discuția, iar cotcodăceala mea îl plictisea. Era obișnuit să nu stea la cozi.

Doctorul l-a luat de braț și l-a strecurat în cabinet. Armata conducea presa cu 1–0. Colonelul a trecut pe lângă mine fără să scoată o silabă, blazat, obosit, greu încercat, dar triumfător, ca și cum ajunsese la doctor printr-o ploaie de gloanțe. Nimeni nu știe să tacă atât de adânc ca ofițerii.

M-am trântit pe scaun cu gândul să butonez mobilul, dar era descărcat. Simțeam nevoia să-l bârfesc pe colonel sau măcar pe doctor. Puștiul reîncepuse războiul cu musca și țintea din ce în ce mai bine.

— S-a băgat ăsta în față, am provocat-o pe femeie.

S-a oprit din mestecat pentru o secundă, apoi și-a reluat treaba, dar a pierdut ritmul. A spus:

— Așa e normal, să intre el. Poate vine de la război, poate e rănit.

Nu-mi dădeam seama dacă făcea mișto de mine sau chiar credea ce zice.

— Unde să meargă? La noi, în armată, ofițerii nu fac nimic toată ziua, ci doar zac în unități ca trântorii.

— Ba fac, cum să nu facă? a intervenit din nou femeia.

Începusem s-o bănuiesc că e nevastă de ofițer, că prea le lua apărarea.

— Și ce fac ăștia toată ziua? am întrebat eu pus pe ceartă.

— Ce să facă? Se dușmănesc între ei, asta fac.

Mi-ar fi plăcut să fiu ofițer. Ar fi fost mișto să stau toată ziua degeaba, doar să mă dușmănesc cu colegii. M-aș fi priceput la asta. În armată te avansează cu vârsta, nu trebuie să faci nimic special. Te trezești dimineața, te uiți în oglindă și, cu cât ești mai burtos și mai buhăit, știi că ești mai mare în grad. Nu e ca în presă, unde după aproape 20 de ani, tot reporter rămăsesem. Ajung, probabil, câteva mii de soldați români prin teatrele de operațiuni din străinătate și își riscă viața, dar marea majoritate dorm pe-aici, prin țară, prin birouri, puși la îngrășat. Trec luni, ani și decenii din viața lor și, indiferent de cât de tulbure e lumea, dacă se răstoarnă ordinea mondială sau dacă vin și trec crize globale, ei își duc mai departe traiul liniștit și visează frumos la pensiile mari. Zac închiși în unitățile lor, câștigă bine și se joacă de-a armata pe banii noștri.

— Yes!

Copilul nimerise, în sfârșit, musca, și mă trezise și pe mine din visare. Țipătul s-a scurs pe holurile spitalului și doctorul a scos speriat capul pe ușa cabinetului.

— Doar două minute și gata, puteți intra, m-a anunțat.

Peste puțin timp, doctorul și-a făcut din nou apariția, ținându-l pe după umeri pe colonel.

— Deci stați liniștit, că sunteți perfect sănătos. Inima dumneavoastră nu are nicio problemă, iar boala dumneavoastră se numește nepăsare. N-E-P-Ă-S-A-R-E.

Colonelul tăcea și asculta, învățat probabil cu disciplina strictă din armată. Acolo nu e de joacă!

— E o problemă des întâlnită în armată și mai ales în poliție, a continuat doctorul.

Mi-a făcut semn din cap că pot să intru în cabinet. Apoi a adăugat:

— După o vârstă, ofițerii, fie că sunt de armată, fie de poliție, se îngrașă foarte mult, fac burtă și ajung să aibă probleme cu inima. Și așa, din nepăsare, pierdem o bună parte din armata română la vârste la care ar mai putea servi, încă, patria.

Doctorul a intrat în cabinet, m-a rugat să mă așez pe un pat murdar și mi-a luat tensiunea.

— Incredibil, a zis. Incredibil.

— E vreo problemă? l-am întrebat eu.

Era palid ca și cum ar fi văzut o fantomă. Mi-a luat din nou tensiunea. Și-a scos ochelarii, a privit din nou aparatul și a spus:

— Incredibil.

— Ce e incredibil? l-am întrebat iritat.

— E incredibil că sunteți în viață. Știți cât aveți tensiunea? 270/40! Pricepeți? 270/40!!!!

— Și e mult? E puțin?

Era prima oară când mi se lua tensiunea.

— Normalul ar fi 120/80. Ce sare de 140/150, e hipertensiune. Peste 200 e jale, se poate muri oricând. Mama, Dumnezeu s-o ierte, a făcut atac la 240...

— Dar eu mă simt bine..., am mințit.

— Vă simțiți o pulă! a urlat doctorul. Dacă vă simțiți bine, de ce ați venit la doctor?

— Pentru că mă înțeapă uneori în piept, alteori îmi bate inima pe invers și mi se zbate ceva la gât, ca o pasăre în cușcă.

Doctorul m-a ignorat și a scos dintr-un dulăpior câteva pastile. Mi-a ordonat să le dau pe gât cu puțină apă și mi-a zis să mă întind acolo, pe pat, și să-l aștept.

Am stat așa, cu ochii în tavan și cu gândul la colonelul care se îmbolnăvise din nepăsare. Mi-am amintit o întâmplare pe care mi-o povestise Costel, de pe vremea când era soldat. Era ger în iarna lui '91 în apropiere de Râmnicu Sărat. În mijlocul câmpului, a înțeles că nu mai poate face multă vreme toate cele trei lucruri în același timp: să alerge, să strângă din buci și să tremure de frig. Mantaua verde de soldat îi acoperea genunchii și jumătate din gambe, ca fustele profesoarelor decente, de modă veche, dar vântul înghețat tot se strecura printre faldurile ei. Alerga pe câmp și, ca să nu se împiedice, ținea mantaua de poale, așa cum își țin miresele rochiile prea lungi.

Primise o permisie de o jumătate de zi, dar n-avea timp să ajungă tocmai în Dâmbovița, la părinți, și să se și întoarcă până seara la unitate. Când un alt soldat care locuia aproape de unitatea militară, într-un sat din zonă, l-a invitat la el acasă, a acceptat cu plăcere. Părinții soldatului tăiaseră porcul și Costel, sătul de ghiveciul de legume și orezul cu care-l tratase armata română luni în șir, își umpluse mațul cu șorici, mușchi la tigaie cu usturoi și mult, mult vin.

În timp ce alerga, la întoarcere, spre gara mică a comunei, porcul înghițit în ultimele ore și stropit cu vin guița disperat în burta lui, încercând să iasă. Nu străbătuse nici jumătate din câmpul pustiu, când și-a dat seama că nu mai poate continua așa. A mai făcut câțiva pași, dar porcul i se zbătea în mațe ca un fluture în jurul becului. Costel a scrutat neîncrezător zarea, ca Ginghis Han câmpul de luptă înaintea unei mari bătălii. Nu era nimeni în zonă. Tensiunea îl făcuse să transpire și și-a șters fruntea îmbrobonată cu boneta. Și-a luat ca reper cel mai apropiat copac de pe câmp, un prun uscat și plăpând, și s-a îndreptat spre el în pas alergător. Acolo, sub prunul înghețat, aplecat pe vine ca în tranșee, s-a ușurat cu ură, ca și cum ar fi tras o rafală într-un dușman. A văzut prea târziu că își făcuse nevoile pe un colț al mantalei lungi, care atunci când se pusese pe treabă i se așternuse sub fund, ca un preș. Trebuia să decidă rapid ce să facă mai departe, pentru că armata era primul lucru cu adevărat important din viața lui și nu-și putea permite să întârzie la unitate. Cu armata nu e de glumit, iar onoarea soldatului e mai presus de orice. Ca un mareșal într-un moment de cumpănă al războiului, când trebuie să hotărăști în câteva minute dacă sacrifici cavaleria sau pierzi lupta, a pus mâna pe baionetă și a tăiat colțul mantalei, pe care se odihnea prânzul din acea zi. Ca să facă lucrurile până la capăt, și-a scos boneta și s-a șters cu ea la cur, după care a pornit din nou în pas alergător prin zăpadă, reușind, la mustață, să prindă trenul.

Singura dramă a soldatului român în ultimii 70 de ani a fost ceea ce s-a întâmplat din când în când acasă, în lipsa lui. De multe ori, distanța învinge iubirea, iar soldatul român, plecat departe, tocmai la Râmnicu Sărat sau la Târgoviște, să-și apere țara luptând cu cartofii din pământ sau cu valizele pe sub pat, și-a găsit gagica din liceu măritată cu vecinul. Așa cum s-a întâmplat și cu Vasile, un băiat de la mine din sat, care, după ce terminase armata, visa cu ochii deschiși la haina militară. Umbla pe drum cu un manual sub braț, iar lumea spunea că o cam luase razna.

— Dau la școala de *suptofițeri*, spunea el și oamenii râdeau și îl mai întrebau o dată.

— Unde ziseși că dai, Vasile?

— La *suptofițeri*.

N-a luat în anul ăla, dar în următorul a tocit și mai tare și s-a pregătit cu un profesor, reușind să intre la școala de „suptofițeri". Însă în perioada în care se pusese cu burta pe carte și nu mai avea timp de nimic altceva, și-a neglijat iubita. Vasile a aflat mai întâi că se spune corect „subofițeri" și ceva mai târziu că gagica începuse să-l înșele cu profesorul care îl medita la limba română.

*

Doctorul s-a întors după o jumătate de oră cu un alt medic și cu două asistente.

— 190/40, a zis, măsurându-mi din nou tensiunea. Diastolica nu urcă deloc…

Mi-au fixat câțiva cleștișori mici de mâini și de picioare, și au pornit un aparat. Apoi m-au dezbrăcat și m-au pipăit cu ceva ca un microfon pe sub coaste. Pe un televizor îmi vedeam și îmi auzeam inima. Era gri și pustie și se zbătea ca un vultur închis într-un geamantan.

— Aveți valva aortică făcută praf, anevrism de aortă și multe altele. Trebuie să vă operați!

— Unde să mă operez?

— Pe inimă!

— Când să mă operez? E urgent?

— Mâine.

Mă simțeam ca o casă căreia îi fusese smuls acoperișul. Timpul se dereglase și totul se derula într-o altă dimensiune, ca într-un coșmar din care încerci să te trezești, dar nu reușești.

— Problema e alta, a continuat doctorul. Sunteți într-o situație atât de gravă, încât nu știu ce doctor va risca să vă opereze.

— Și dacă nu mă operez, ce se întâmplă?

— Nu știu cum să vă spun mai elegant…

— Vă rog să nu mă menajați.

— Dacă nu vă operați, în cel mult șase luni o să stați la taclale cu Sfântu' Petru.

— Nu se poate să mă operez anul viitor? Vara asta mi-am programat o vacanță la New York…

Doctorul și-a lăsat ochelarii pe nas și m-a privit pe deasupra lor:

— Știți cum sunteți dumneavoastră? Ca un alt bolnav pe care l-am consultat zilele trecute și i-am spus că dacă mai fumează o singură țigară, riscă să-i crape inima și să moară pe loc. Știți care a fost reacția lui? Și-a dus mâna la buzunar și a zis necăjit: „Băga-mi-aș pula, abia cumpărasem pachetul ăsta de țigări…"

— Dar spuneți că nu riscă nimeni, că nu se bagă niciun doctor…, m-am tânguit eu, încercând să trag de timp cu operația.

Am aflat că un mare chirurg de la un spital din provincie ar putea să-și asume operația. Am ajuns la el printr-o amică, jurnalistă în orășelul lui, și l-am găsit plictisit, cu boneta pe cap și cu stetoscopul de gât, așa cum îi stă bine unui medic. I-am arătat analizele și i-am cerut un sfat.

— Va fi riscant, a recunoscut el... Aveți problema asta din naștere, probabil, dar ați neglijat-o permanent. Acum va fi foarte greu, dar ce să-i faci, ăsta e prețul...

Am mai vorbit o jumătate de oră și am constatat că, pentru el, tot ce li se întâmpla oamenilor era un preț pe care trebuia să-l plătească pentru altceva. Doctorul calcula totul în „prețuri", așa cum vecinul meu Nicu Buric, care visase pe vremuri să se facă brutar, evalua totul în pâini.

— Are o față prea tristă doctorul ăsta. Nu-mi prea inspiră încredere, i-am mărturisit colegei când am ieșit de la el.

— E foarte bun profesional, poate cel mai bun din țară. Dar are și el problemele lui: toată lumea din oraș știe că soția lui e, de multă vreme, amanta celui care i-a fost mentor și care l-a ajutat enorm, un alt foarte mare chirurg.

Atunci am înțeles care fusese prețul pe care trebuise să-l plătească și el pentru că reușise în viață.

După o lună m-a sunat colega. O căutase chirurgul și-i spusese că nu mă mai poate opera. Spitalul de stat la care lucra rămăsese fără valve aortice mecanice și nu-mi mai putea înlocui valva mea naturală și defectă.

60

Cineva mi-a recomandat un medic român care opera pe cord în Germania. Am luat legătura cu el pentru o „intervenție" și a rămas să-l caut când mă hotărăsc să fac pasul. Am tot amânat și am ajuns acolo abia peste un an și jumătate. Teoretic, ar fi trebuit să fiu mort de un an. Practic, viața mea era o cămilă vlăguită care se odihnea nepăsătoare pe o pânză de păianjen, ca-ntr-un balansoar.

Când ne-a auzit vorbind românește la terasa din inima Germaniei, cu două zile înainte de operația mea, chelnerul ne-a apelat în limba maternă:

— Ce dorește domnii?

Era un băiat tânăr și vioi, genul care va lucra toată viața prin restaurante.

Am luat câte o apă, iar eu, care jinduiam după o înghețată încă de dimineață, am cerut una.

— Câte cupe să fie?

Stătea lipit de mine cu carnețelul în mână.

— Trei, i-am zis, și am ridicat privirea spre el, văzând cum din nara dreaptă stă să-i cadă un muc.

— E doi euro cupa, m-a avertizat, clătinând periculos din cap deasupra paharului meu cu apă.

Mucul se ținea tare, însă era limpede că nu mai are forță să reziste mult.

Aș fi vrut să-l avertizez cumva, dar mă temeam să nu se simtă prost și să-mi scuipe în înghețată. Cu chelnerii nu poți să știi niciodată și trebuie să fii tandru cu ei. A plecat și l-am văzut cum se rotea pe la celelalte mese, notându-și comenzile în carnețel. Era un băiat harnic, se va descurca în viață. Speram să-i cadă mucul pe undeva, pe la altă masă, și să le lase altor turiști ca amintire o mică bucățică de Românie. A ieșit din cadru și s-a strecurat în bar. Nu l-am mai văzut pentru o vreme, dar mă tot gândeam la el. Eram doi români în străinătate uniți de un muc ca de drapelul patriei.

— Ți-e rău? m-a întrebat, îngrijorată, Raluca.

— Nu.

— Păi, văd că ai amuțit brusc.

Nu voiam să-i spun de muc. Bărbații adevărați își protejează iubitele.

Între timp s-a întors chelnerul cu înghețata, dar a venit din dreapta, nu din stânga, pe unde intrase. A lăsat înghețata pe masă, iar eu mi-am sucit gâtul, ca să văd dacă mucul e la locul lui. Dar nu puteam să observ nimic din unghiul ăla, pentru că nara lui dreaptă nu-mi intra în radar. Cineva l-a strigat de la altă masă, iar el s-a rotit pe călcâie și a plecat.

M-am uitat atent la înghețată, dar nu vedeam nimic. Am întors cu lingurița o cupă. Nimic, dar nu puteam ști pe unde s-a strecurat.

— Te comporți ciudat, a făcut Raluca. Te holbai la omul ăla, iar acum la înghețată. Sigur te simți bine? Hai, că o să-ți fie mult mai bine după operație...

Am dat din cap că da. Crăpam de poftă de înghețată, dar nu puteam mișca lingurița până nu reușeam să arunc un ochi în nara chelnerului. Dacă mucul mai era acolo, era perfect. Dacă nu, s-a terminat cu înghețata mea. Aș fi vrut să-l chem la masă, dar aveam nevoie de un pretext. Iar pretextul tocmai se apropia de mine în chip de cerșetor îmbrăcat în statuie. Mi-a cerut niște bani și a râs cu dinți îngălbeniți. I-am făcut semne disperate chelnerului, care a venit în fugă la masă.

— Mă deranjează ăsta, m-am plâns eu.

— Băi, pleacă de-aici, dacă îl deranjezi pe domnul, a făcut chelnerul către statuie, care s-a îndepărtat umilă.

— A înțeles românește, am constatat eu, tâmp.

— E român, dă-l dreacu, a râs chelnerul și i-am observat mucul clătinându-i-se în nară.

M-am bucurat atât de tare că l-am revăzut, de parcă aș fi întâlnit o fostă iubită.

Spitalul din Germania, mare, curat și luminos aducea mai degrabă a universitate. Doctorii și asistentele erau bine plătiți și zâmbeau ca vânzătorii din magazinele scumpe. M-au repartizat într-o încăpere frumoasă, cu două paturi, care părea o cameră de hotel de patru stele. M-am așezat pe singurul pat liber și mi-am scos lucrurile din geantă. Raluca inspecta camera și mi-a zis zâmbind forțat:

— O săptămână în condițiile astea o să fie ca o vacanță.

Atât trebuia să dureze, ne spusese chirurgul. Analize în prima zi, operația în cea de-a doua, câteva zile de recuperare și apoi acasă.

— Primele trei zile sunt mai grele, frate, a glăsuit în română tipul din celălalt pat.

— Ești român, l-am întrebat?

— Nu, german, dar am făcut o pasiune pentru limba română, a glumit el.

Se operase cu cinci zile în urmă și a doua zi urma să plece. S-a ridicat și a făcut câțiva pași chircit de durere, ca să mă convingă că există viață și după operație. Aflase cu câteva luni în urmă că are valva aortică defectă și nu mai stătuse pe gânduri. A ajuns cumva la chirurg și s-a programat cât a putut de repede.

— A fost greu la operație? l-am întrebat îngrozit.

— Deloc. Te adorm ăștia și te trezești operat. Mai greu e după, că te dor toate alea...

— Nu ți-a fost frică?

— Nu prea. M-am bazat pe Dumnezeu.

— Cum așa?

— Uite-așa, pur și simplu. Bă, mânca-ți-aș gura, crezi în Dumnezeu?

— Cred puțin, l-am mințit eu, deși nu credeam deloc.

— Crezi cu tărie sau ești în dubii?

— Așa și-așa.

— Bă, fii atent aici. Să-ți spun ceva. S-a zbârlit păru' pe mine. Bă, nu rămânea nevastă-mea gravidă, deși ne-am chinuit vreo cinci–șase ani cu tratamente, cu doctori, cu tot... Și ce crezi că-mi zice un prieten de-al meu cu care fusesem certat și mă împăcasem de curând, unul Gigel. Gigel ăsta era ciumeg de cartier, tare de tot, fost boxer, ciumeg puternic, pe la pușcărie, pe la astea... Dar băiat OK, m-am împăcat cu el.

— Așa...

— Și ce-mi zice? El, când a fost pe la pușcărie, atunci a dat-o-n religie. Eu m-am și mirat și i-am zis: „Ce pula mea te-ai pocăit, mânca-mi-ai pula să mi-o mănânci? Că făceai fraude și tâlhării și astea și-acu' mă iei cu calea lui Dumnezeu și cu..." Și ce-mi zice, bă, mânca-ți-aș, fii atent aici la mine! Zice: „Bă, Virgile", zice, „tu l-ai căutat pe Dumnezeu?" „Băi, Gicule", zic, „da' el mă caută pe mine, bă, mânca-ți-aș gura ta?" Puneam foarte mult în dubiu treaba asta, da' stai să vezi ce mi s-a întâmplat. Zice Gicu: „Caută-l, frate, pe Dumnezeu și-o să vezi c-o să-ți dea un copil!" Și zice: „Bă, du-te la mânăstire la Pasărea!"

— Așa...

— „Gata, mă", zic, „mă duc la mânăstire la Pasărea să mă rog acolo, ce pula mea"!

— Și te-ai dus?

— Bă, mânca-ți-aș gura ta, și ajung acasă... Nu mă mai rugasem din clasa a opta de la examene, de la astea... Băi, frate, și mă pun și mă rog, zic „Tatăl nostru"... Bă, vreau să mă duc la Pasărea a doua zi, da' zic „nu mă duc azi, că am treabă..." A doua zi, iar a intervenit ceva, a treia zi am avut treabă... Și-ntr-o zi zic: „Bă, sunt chiar așa prost?" Și-mi pun ambiția: azi mă duc la Pasărea la mânăstire. Bă, mânca-ți-aș sufletul, eram la serviciu. Când ies afară, un nor negru de ploaie. „Doamne, ce fac? Dacă mi-am pus în cap, azi mă duc." Și mă sui în mașină, mânca-ți-aș sufletu', și a început o ploaie torențială, de nu mai vedeai nici la doi metri. M-am dus acolo, la Pasărea, și am trecut printre gârlele alea... Bă, nu se vedea nimic, bă, nene, bă! Eu mai tare m-am ambiționat. Când am ajuns în fața la mânăstire s-a oprit ploaia și s-a luminat cerul. Bă, s-a ridicat păru' pe mine! Și intru acolo. Aia e mânăstire de maici, știi?

— Habar n-aveam.

— Acolo era un popă. Și stătea sub o cupolă d-aia, așa... Eu, în mintea mea de escroc, zic: „Uite ăsta, al dracu', le fute pe-astea pe-aici". Și cum intrasem în mânăstire, el pune mâinile așa, în față.

— Cum le pune?

— Așa, în față, împreunate, pe burtă. Cum stau sfinții ăia prin icoane. Și zice: „Ce faci, taică?" „Bună ziua, părinte. Uite, pe-aicea". Iar el face: „Taică, să-ți fie cu folos!"

— Da' tu nu i-ai spus de ce-ai venit.

— Nu, mă, nu. „Să-ți fie cu folos, că te văd pe ce vreme ai venit", zice. Și m-am dus acolo, în mânăstirea aia... Eu, când eram mic, mai intram în biserici pe la denii, pe la astea... Da' după aia doar la nunți și la botezuri și, Doamne ferește, la înmormântări mai călcam în câte-o biserică.

— Și ce-ai făcut acolo?

— Bă, mânca-ți-aș sufletu', și am început să zic: „Doamne, iartă-mă că n-am mai trecut pe aici." Mă rugam eu acolo: „Dă-mi și mie un copil, că uite-așa și așa și așa"... Băi, frate, bă, mânca-ți-aș sufletu', la două luni de zile zice nevastă-mea: „Mamă, ce mă dor rinichii, hai să fac un ecograf". La rinichi. Păi, zic: „Hai să mergem". Și mă duc acolo la ecograf. Când iese nevastă-mea de acolo roșie la față. „Ce-ai făcut, dom'le?" „Băi", zice, „m-a întrebat asta, doctorița, dacă sunt gravidă. Nu mi-a mai venit de cinci zile, da' trebuie să-mi vină". Bă, ascultă-mă bine! M-am dus la farmacie. „Vreau și eu trei teste de sarcină." Aia zice: „Da' ce, dom'le, e gravidă toată strada?" „Nu, doamnă, dați-mi de la trei firme diferite." „Am doar de la două firme". Le-am luat și amândouă au ieșit pozitive. Bă, și de-atunci, ai cuvântul meu de onoare și de om că mi-am schimbat radical părerea despre credință. Și-așa vreau să-l cresc și pe fii-miu.

*

Nu peste mult timp, o asistentă tânără și veselă ca o studentă la Balul Bobocilor m-a cărat prin mai multe unghere ale spitalului. Între timp, Raluca a plecat la hotel, la cinci minute distanță. Își luase o cameră pentru o săptămână, cât eram eu în spital. Un doctor tânăr, tot român, mi-a citit un fel de rechizitoriu. Erau riscurile la care mă supuneam acceptând operația. Am fost naiv când am crezut că risc doar să mor. Era varianta optimistă. Riscam să rămân paralizat, să intru în comă și să fiu o legumă tot restul vieții.

L-am găsit pe Virgil tot în pat când m-am întors de la analize, învelit cu o geacă de piele. La marginea patului zăcea aruncată pătura moale și răcoroasă. Era luna lui cuptor, dar prin spital dansa un aer rece și tomnatic.

— De ce ții geaca aia pe tine? l-am întrebat curios.

— E geaca mea norocoasă. O iau cu mine peste tot, mânca-ți-aș gura. Dac-ai ști ce poveste are...

— Pare cam suferindă, săraca.

Era puțin spus suferindă. Geaca, fostă cândva neagră, semăna cu un vițel violat și ucis cu bestialitate de o turmă de lupi.

— Dacă n-ar fi fost geaca asta, eu n-aș fi existat, și-a început Virgil povestea. Pe vremuri, cu 40 de ani în urmă, tata era de-ăsta, comunist, cum îi zice... secretar de partid. Și îi pune Dumnezeu mâna în cap și prinde o deplasare în Rusia. Comuniștii îi trimiteau pe ai lor doar în țări din astea, de căcat, ca să se-ntoarcă tot proști de-acolo. Rusia, Bulgaria, Serbia... Să n-ai impresia că se duceau la Paris ori la Londra. Și se-ntoarce ăla bătrân de-acolo cu câteva căciuli rusești, pentru el și prieteni, dar și cu o geacă de piele de crăpa fierea în vecini de oftică. Nu prea găseai în România geci de piele pe vremea aia. Lumea nu găsea nici oase de vită și pâine, ce să mai vorbim de geci. Da' ai prins și tu vremurile alea, că nu mai ești chiar atât de tânăr. Când ieșea tata cu geaca pe stradă, se uita lumea la el ca la urs, mânca-ți-aș sufletu'. Era copil, 20 și ceva de ani. Comunist de mic, acu' tot așa a rămas, tot cu ei votează. N-ai ce să-i mai faci, au stricat ăia atunci ceva în el și n-ai cum să-l mai repari. Și ca să-ți scurtez povestea, cu geaca asta a agățat-o pe mama. Că el nu era cine știe ce frumusețe, da' mama era. Da' s-a scos cu geaca asta. După ce s-a-nsurat, veneau verii la el: băi, Vasile, dă-mi bă, și mie, geaca aia, că am o întâlnire. Bă, băiatule, bă mânca-ți-aș sufletu', știi câte femei a futut geaca asta? Mai multe decât ăla, cum îi zice, Alain Delon. Ăla e mic copil pe lângă cât succes a avut geaca asta.

— Și după asta ți-a dat-o ție?

— Nu, a mai stat o vreme la unchi-meu, ăla care a fost polițist. Unchi-meu, pensionar, avea prestanță așa, când ieșea prin cartier cu păru' alb. Eu eram copil după Revoluție, căzuse comunismul și se dăduse liber la geci de piele. Toată lumea cumpăra așa ceva de la turci, da' lu' unchi-meu îi plăcea asta. Mergeam pe la el și ne uitam la televizor. Se omora lumea în draci pe vremea aia. Nu știau oamenii ce să facă cu libertatea și-și dădeau în cap, mânca-ți-aș gura. Pe vremea lu' Ceaușescu îl uram toți pe el, că ne ținea în foame și-n întuneric. Da' după ce-a murit, am rămas cu surplus de ură și l-am vărsat unii pe alții. Și ne uitam noi acolo, la televizor, și zicea aia, prezentatoarea, de câte-o crimă sau un jaf. „Îl prinde în trei zile pe hoț", făcea unchi-meu. Bă, mânca-ți-aș, poate nu mă crezi, da' în trei zile îl vedeai pe infractor la știri cu cătușe. „Pe criminal îl prinde în cinci zile." Și așa era, să mor dacă te mint! Eu eram puști și mă uitam la unchi-meu ca la Dumnezeu. „Cum de știi, unchiule, că-i prinde așa repede? E chiar atât de bună poliția română?" Vezi tu, eu pe vremea aia visam să mă fac gabor. „Nu, e vai de mama ei", zicea unchiu'. „N-avem aparatură nici măcar să ne sunăm între noi. N-avem de niciunele, nici măcar pantofi în picioare pe măsura noastră. Dar noi, românii, avem cele mai multe «sifoane» și cei mai mulți turnători din Europa. Au rămas de pe vremea lui Ceaușescu și mulți dintre ei mai trăiesc încă și țin legătura cu polițistul de sector. Ei știu tot. Și cine și-a luat o mașină nouă, un frigider, cine a venit bătut acasă și cine se cam uită după copii prin gardul școlii. Dau raportul la polițistul din zonă în fiecare săptămână: «Ăla și-a luat BMW», «Ăla și-a tras gagică tânără și a dus-o la mare...» La ei mergem prima dată când se întâmplă ceva într-un cartier". Așa că...

N-a apucat să-și termine fraza, că s-a deschis ușa salonului. Chirurgul, un tip nu prea înalt, sub 50 de ani, s-a așezat atent pe marginea patului meu.

— O să fie bine, mi-a zis zâmbind, iar zâmbetul lui nu avea nimic ironic sau prefăcut. Românii care muncesc de zeci de ani prin țările civilizate capătă un aer serios și credibil. Omul venise la începutul anilor '90 în Germania ca stagiar și urcase pas cu pas. Acum era șeful secției de cardiologie a marelui spital și, datorită lui, doctorii și asistentele de acolo nu te priveau strâmb când le spuneai că ești din România.

— O să fie grea operația? l-am întrebat.

— Nu e foarte ușoară, mi-a răspuns el sincer, dar aș fi preferat să mă mintă. Dar va fi bine, nu vă speriați. Peste câteva zile veți merge acasă. Dumneavoastră cum vă simțiți? l-a întrebat pe Virgil.

— Ca nou, dom' doctor. Aveți o mână de artist...

— Exagerați. N-a fost mare lucru, a zis doctorul.

Apoi s-a ridicat, m-a bătut pe umăr de încurajare și mi-a zis:

— Nu vă temeți, n-o să simțiți nimic. O să vă adoarmă și n-o să știți nimic, iar mâine la prânz vă treziți operat.

După ce-a plecat doctorul, Virgil s-a mutat pe marginea patului și m-a întrebat:

— Ai văzut ce modest e omu'? Știi câte operații pe inimă a făcut până acum? Peste 5 000, mânca-ți-aș gura ta. E printre cei mai mari specialiști din lume pe treaba asta și vin la el din toată lumea, ca la moaște, să îi opereze. Am văzut pe aici chiar și bolnavi din Rusia și China.

— Într-adevăr, mi s-a părut modest.

— Nu ți s-a părut, e chiar cumsecade și cu frica lui Dumnezeu. Știi cu cât îl plătesc ăștia pe lună? Știi cât câștigă un medic de valoarea lui în Germania? Cam 20 000 de euro. Adică un sfert de milion de euro într-un an, deci la patru ani ia milionul. Și uite-l cât bun-simț are... Ascultă aici ce-ți spun, mânca-ți-aș. Bunică-meu, om cu șase clase, mi-a zis așa: un om poate să-și schimbe hainele, tunsoarea, iar acum poate să își schimbe și sexul, dar știi ce nu-și poate schimba niciodată?

— Ce?

— Caracterul.

61

Două asistente somnoroase m-au trezit de dimineață la patru și mi-au spus, prin semne, că trebuie să mă dezbrac de tot. Mă simțeam ca un prizonier la Auschwitz. Am lăsat hainele într-o pungă, lângă perete, și m-am schimbat într-o pijama ca o rochie, care se închidea la spate cu un șnur. Mi-au făcut semn să mă întind în pat și m-au scos din cameră, împingându-l ca pe o roabă. Am coborât un etaj cu liftul, apoi am mers pe alte coridoare care păreau să nu se mai termine. Vedeam doar becurile și tavanul. Am închis ochii și i-am ținut închiși până când cursa mea cu patul a ajuns la final. Apoi i-am deschis și m-am uitat în jur. Zăceam într-un fel de garaj al paturilor de spital, unde bolnavii așteptau, probabil, la rând să intre în sălile de operații. În fața mea agoniza o babă slabă ca o sardină. Într-un alt pat, un gras horcăia ca un hipopotam. O femeie cu părul rar se uita din alt pat la mine cu ochi imenși și parcă fără pleoape, de extraterestru. Părea că mă privește deja de dincolo de mormânt.

Mi s-a făcut frică și am închis ochii. Mă simțeam inutil ca o scrisoare în sediul Google. Sau ca un pasager într-un avion căruia îi leșinase pilotul. Aș fi dat orice să mă pot ridica din pat și să fug acasă, unde să mor liniștit peste câteva luni, cu aorta făcută praf. Dar stăteam acolo, nemișcat, spectator nepoftit, ca un măturător rămas din greșeală în sală, la teatru, când a început spectacolul. Din paturile vecine răzbătea miros de transpirație, urină, boală, spaimă și abandon. Peste ele plutea, ca un gaz toxic, izul dulceag al morții. M-am uitat în sufletul meu: era prăfuit și rece ca o casă părăsită. Am simțit nevoia unui cui în care să-mi agăț paltonul. Și l-am găsit, era acolo. Fusese tot timpul, doar că eu nu știusem să-l văd. Nu știam nicio rugăciune, nu-mi aminteam nici măcar Tatăl Nostru, dar am vorbit cu Dumnezeu ca de la om la om. Toate miile de cărți pe care le citisem până atunci nu-mi foloseau la nimic. M-am simțit ceea ce eram, de fapt: un băiat simplu de la țară, care uitase cu anii ce înseamnă respectul și căruia viața îi trăsese un șut în cur, iar acum îl ruga, paralizat de frică, pe Dumnezeul în care nu crezuse niciodată, să aibă grijă de el. Și apoi am repetat rugămintea și am tot repetat-o până când cuvintele s-au ridicat în aer și-au început să danseze în jurul meu ca un nor de confetti. M-am abandonat în mâinile lui Dumnezeu ca și cum m-aș fi urcat într-un avion nou, uriaș, și aș fi zburat cu el prin ceruri necunoscute. Ca atunci când luam Xanax în avion și-mi puneam muzică la căști, ca să nu mai aud nimic în jur, și o prindeam pe Raluca de mână, m-am simțit împăcat și, cumva, fericit. Și cred că am zâmbit puțin. Apoi a venit o doctoriță care m-a prins de un deget și m-a înțepat cu un ac, după care am alunecat într-un somn adânc, din care m-am trezit peste trei săptămâni.

Raluca mă ținea de mână. M-a scuturat ușor și mi-a zis speriată:

— Aterizăm forțat la Sibiu.

Ningea cu fulgi mari cât penele de găină și avionul se scutura de parc-ar fi fost posedat. A căzut în gol și s-a auzit un sunet puternic. M-am lovit cu capul de scaunul din față și lumea a țipat. S-a făcut liniște și mi-am dat seama că aterizaserăm. Prin hublou vedeam doar fulgi de zăpadă căzând mari, albi și pufoși, ca și cum cineva spintecase un milion de perne în cer. Mi-am dus mâna la falcă și mi-am simțit măseaua pulsând sub piele.

— Mi s-a umflat măseaua, m-am plâns Ralucăi.

— Știu. De-aia am aterizat aici, mi-a zis ea.

Atunci am înțeles că visez.

Doctorul mi-a scos o bucată de aortă și mi-a pus în loc un tub de plastic. Mi l-a băgat pe gât, l-a potrivit și mi-a zis mulțumit:

— Acum sunteți ca nou!

Știam că nu e real, dar nu mă puteam trezi.

Eram într-un tren oprit undeva, pe un câmp înghețat. Zăceam întins pe un pat, într-un vagon de dormit. Doi naziști, bărbat și femeie, au intrat și mi-au ascultat inima cu stetoscoapele.

— Avem nevoie de un rinichi de la el, a spus ea.

Bărbatul a luat un halat dintr-un cuier și i l-a dat să-l îmbrace.

— Luați ăsta pe dumneavoastră și scoateți-i rinichiul, i-a ordonat.

După voce l-am recunoscut pe chirurg.

Femeia mi-a extras rinichiul ca și cum mi-ar fi scos o măsea. Eram îngrozit, dar tot nu m-am putut trezi.

Pe tavan se învârtea un candelabru uriaș. Mă uitam la el din pat. În loc de becuri avea sticle de suc de toate culorile. Îmi simțeam gâtul uscat ca și cum l-aș fi uitat o vară sus, pe bloc. Îmi era atât de sete, încât mi-aș fi vândut un rinichi pentru o cană de apă. Trebuia doar să mă ridic câțiva centimetri ca să ajung la sucuri, dar eram țintuit în pat. Sticlele s-au transformat în becuri și m-am simțit inundat de lumină. Mi-am dat seama că sunt pe o masă de operații, dar n-am mai știut cât e vis și cât e realitate.

Erau toți înșirați pe malul mării, cu fața la mine și cu spatele la apă. Așteptau pe nisipul roșu și uscat, iar eu pluteam în zbor pe deasupra lor. În stânga, un cal uriaș de lemn, grosolan și înfricoșător. „Calul troian", mi-am spus. Lângă el, oameni cunoscuți, sute, poate mii de oameni. Cu mâinile întinse ca aripile de avion planam paralel cu marea, pe deasupra lor, ca și cum ar fi trebuit să-i trec pe toți în revistă. Îmi plăcea să zbor și eram fericit. Știam că e vis, dar n-aș fi vrut să mă mai trezesc din el. Dar mai știam că trebuie să-mi fac curaj și să zbor pe deasupra mării, pentru că toți se strânseseră acolo ca să mă vadă făcând asta. Și să mă încurajeze. Sau poate că doar mă așteptau. Am planat prin fața fiecăruia și i-am văzut pe toți. Ultimul stătea în genunchi, întors cu fața la mare. Era bătrân, cu părul lung și grizonant, pe care vântul îl flutura ca pe o perdea. Nu l-am recunoscut până n-am ajuns deasupra lui și a întors capul. Era tata. S-a uitat la mine cu ochii lui verzi. Parcă voia să-mi spună ceva, dar nu putea vorbi.

Am dat din aripi deasupra lui, ca un fluture, ca să pot sta pe loc. El nu zicea nimic. Nisipul în jur era uscat și roșu și nepământean, ca în filmele fantasy. Și-atunci mi-am dat seama că toți oamenii ăia care mă așteptau acolo erau morți. Mii de oameni pe care îi cunoscusem de-a lungul vremii și care muriseră între timp. Ajunsesem la vârsta la care numărul celor morți pe care îi cunoscusem îl depășea deja pe al celor vii. Tata mă privea și clipea încet. O forță căreia nu m-am putut opune m-a împins să virez mult la dreapta, ca un avion care se lasă pe-o aripă, și m-am întors în zbor. Am știut că tata mă trimisese înapoi.

Apoi am deschis ochii și am văzut-o neclar, ca prin geamul de la baie, pe Raluca. Undeva, pe fundal, în prag, chirurgul se agita, zicând ceva.

— Mă auzi? Dacă mă auzi, închide ochii.

Am vrut să-i răspund, dar sunetele nu ieșeau din mine. Am clipit și am adormit. M-am trezit peste o vreme și Raluca era tot acolo. Doctorul plecase. Ea mă mângâia pe față și era slabă și palidă, iar ochii i se măriseră pe față ca roțile mașinilor de curse.

— Mă auzi?

Am deschis gura să spun ceva, dar sunetele nu-mi ieșeau din gât. Am schițat un „da" din buze. Ea a început să plângă. Am adormit și m-am tot trezit de câteva ori. Nu puteam să mă mișc și o asistentă a venit să mă schimbe. Pieptul îmi era spintecat de o tăietură lungă și urâtă ca fermoarul unei genți de voiaj fabricate în China. Eram conectat la aparate cu fire care îmi ieșeau din lateralul gâtului și din mâna stângă. La baza gâtului îmi făcuseră o gaură și respiram printr-un tub cât un chiștoc, pe care mi-l băgaseră acolo. Mi-a trebuit ceva timp să observ totul și să mă obișnuiesc cu gândul că nu pot vorbi.

— Știi de când suntem aici? m-a întrebat Raluca.

— De trei zile, am mișcat eu din buze fără să pot scoate un sunet.

— De trei săptămâni...

Chirurgul mă operase și încercase să-mi repare valva aortică, doar că în seara de după operație s-a rupt și a sângerat puternic. M-a mai operat o dată ca să-mi oprească sângerarea și încă o dată ca să înlocuiască valva cu una mecanică, doar că inima mea era atât de slăbită și pierdusem atât de mult sânge, încât șansele să supraviețuiesc scăzuseră spre zero. M-au conectat la un aparat care ținea loc de inimă și au avertizat-o pe Raluca să nu-și facă mari speranțe. A așteptat pe o băncuță din ușa secției de Terapie Intensivă. Rudele pacienților n-aveau voie acolo, dar pe ea au lăsat-o. Spre dimineață a adormit, chircită, pe băncuță. A visat că am venit la ea, am luat-o în brațe și i-am spus: „O să-mi revin. Nu te teme". Medicii au hotărât a doua zi să-mi inducă starea de comă. Trei săptămâni nici măcar n-am clipit. Am zăcut pe pat ca Albă ca Zăpada. Raluca îmi citea în fiecare zi și vorbea cu mine. Medicii au sfătuit-o să se întoarcă la București. Încercaseră de câteva ori să mă trezească din comă, dar n-au reușit.

— Poate dura o lună sau un an până se trezește, au avertizat-o pe Raluca. Dacă se va trezi... Iar atunci sunt mici șanse să rămână cel pe care l-ați cunoscut.

— Aștept aici, le-a spus ea, hotărâtă.

— Plecați acasă și vă chemăm noi când se trezește!

A rămas acolo, cu mine.

Raluca mi-a povestit mai târziu: eram în comă, conectat la aparate, iar unui asistent îi venise ideea să mă spele pe dinți. A pus puțină pastă pe o periuță, mi-a deschis buzele și s-a apucat de treabă. Poate din cauza mirosului sau a gustului mentolat, pe statuia sinistră care devenisem a apucat-o sughițul. M-am scuturat de câteva ori, sughițând, iar pe ecranul aparatului care îmi monitoriza pulsul au apărut linii albe și alarmele au început să sune. Atât de șubredă era inima mea proaspăt operată, că se oprise de la un sughiț. Au scos-o pe Raluca afară din rezervă și au reușit să mă resusciteze.

Era mult mai greu treaz decât în comă. Nu puteam să respir singur, nu mă puteam ridica din pat și nu puteam vorbi. Mă pișam printr-un furtun și, ca să mă curețe de mizerii, mă întorceau pe spate ca pe sugari. Atunci am înțeles pe deplin frustrarea neputinței care îi face pe bebeluși să plângă și să urle până se învinețesc la față. După o săptămână am început să mănânc, însă mă înecam la fiecare îmbucătură. Dar nu-mi era foame niciodată. Însă îmi era permanent sete și nici măcar apă nu eram în stare să beau. Din cauza micului tub pe care mi-l puseseră în gât ca să pot respira, fiecare gură de apă părea că îmi intră greșit. Tușeam, mă înecam și apa îmi curgea din gură pe piept și pe pat. Ajunsesem să-mi fie groază să mai beau apă, dar îmi era teribil de sete. Ajunsesem să mă gândesc numai și numai la apă, pentru că nu puteam bea niciodată pe săturate. Nu-mi mai doream nimic altceva și nu mi se părea fericire mai mare decât să pot să pun o sticlă de apă de 0,5 litri la gură și s-o gâlgâi pe nerăsuflate.

După o vreme, mi-au scos tubul din gât și am putut vorbi. În schimb, nu reușeam să respir singur. Zăceam pe pat cu o mască pe față, care-mi sufla oxigenul în nas.

— Hai să respirăm împreună, mă încuraja Raluca.

Dar aerul nu intra. Mă simțeam ca o cârtiță pe care vrei s-o înveți să zboare.

— Hai să exersăm, mă îndemna Raluca și repeta cu mine de parcă aș fi fost retardat. Acum tragem aer în piept... așa..., iar acum îl lăsăm să iasă! Bravo, te descurci excelent, dar mai trebuie să lucrăm!

Mi-a luat o săptămână să reînvăț să respir singur și alte câteva zile ca să mă pot ține pe picioare. După trei săptămâni nemișcat, mușchii mei își pierduseră exercițiul mersului.

Într-o zi m-a vizitat chirurgul care mă operase. Venise cu soția și mi-au adus un coș cu fructe. M-am ridicat din pat și am făcut câțiva pași. Voiam să vadă că progresasem. Chirurgul m-a prins pe după umăr, iar soția lui ne-a făcut o poză cu telefonul mobil.

— Am avut mult de furcă cu dumneavoastră, mi-a spus chirurgul. A fost foarte aproape să vă pierdem.

— Vă mulțumesc mult că m-ați salvat, i-am zis eu, zâmbind tâmp.

— Am făcut tot ce mi-a stat în puteri, dar Dumnezeu e cel care v-a salvat. Lui trebuie să-i mulțumiți. Când erați în comă, soția mea a fost la o mânăstire și s-a rugat pentru dumneavoastră. S-au rugat și măicuțele. Iar aici, în spital, s-a rugat și Raluca tot timpul pentru dumneavoastră.

— Bine că mi-ai amintit, a intervenit și soția chirurgului. Măicuțele mi-au dat o iconiță pentru dumneavoastră.

Am luat iconița cu Fecioara Maria și am strecurat-o într-un buzunar. Chirurgul a zâmbit și mi-a spus:

— A fost foarte greu. Știți că v-am oprit inima ca să vă putem opera? Iar la final nu mai pornea. A trebuit să vă resuscitez o jumătate de oră. Îmi amorțiseră mâinile...

Apoi am început să mă plimb încet pe holuri. Raluca mă ținea de o mână, iar cu cealaltă mă sprijineam de pereți. În jurul meu, bolnavii de inimă, proaspăt operați, se țineau și ei de ziduri și mergeau poticnit. Bolnavii sunt fragili ca jucăriile ieftine. Oricând se pot strica de tot. Valva din pieptul meu ticăia ca un ceas. Țac, țac, țac. O auzeam ziua când era liniște, o auzeam în lift sau în salonul de spital. O auzeam noaptea tot timpul. Doctorul îmi spusese că în câțiva ani o să mă obișnuiesc cu ea și n-am s-o mai aud.

— Abia peste un an sau doi o să uitați de operație, dar, în primele luni, inima dumneavoastră e atât de fragilă, încât se poate opri și când strănutați. Încercați să vă protejați, m-a sfătuit o asistentă bătrână.

Într-o zi m-a abordat pe holurile spitalului un tip înalt, pe la 50 și ceva de ani, cu mâini muncite și față lată ca un televizor LCD.

— Am auzit că vorbiți românește, mi-a zis el și s-a prezentat ca fiind Alfred Sasul.

Se născuse undeva pe lângă Sibiu, iar în anii '90 emigrase în Germania. Avea familia și copiii în Stuttgart. O ducea bine, muncea la căile ferate germane și salariul era mare. Cu o săptămână în urmă, căzuse pe șine. Era vară, cald și i se făcuse rău. L-au dus la spital și în câteva zile era gata operat. Nu plătise nici măcar un euro. Nemții nu se jucau când era vorba de asigurări de sănătate.

Sasul își făcea toate concediile în România.

— Tot acasă e mai frumos, poate să spună oricine orice. Aici e bine, e traiul bun, banii mai mulți, dar ce să faci cu banii, dacă n-ai cu cine să bei o bere? Oamenii sunt corecți aici, dar foarte reci. Ai noștri nu sunt cei mai corecți, însă sunt de o mie de ori mai calzi. Și când te bârfesc ar trebui să te bucuri, pentru că se interesează de tine. Aici, la nemți, poți să mori și să putrezești zece ani în casă, că nu-ți simte nimeni lipsa. Nu întreabă nimeni de tine. Văd că ești aici cu soția.

— Nu e soția, e prietena. Nu suntem căsătoriți.

— Nu contează, dar e aici cu tine. Când a venit?

— E de la început, de acum o lună. A stat tot timpul cu mine.

— Păi, vezi? La nemți știi cum e? S-a internat omul, s-a operat, iar într-o săptămână, cât stă în spital, vine nevastă-sa cel mult de două ori la el. Stă un sfert de oră pe marginea patului, vorbesc doar chestii legate de casă, de asigurări, de bani și de copii, și gata, a plecat, că are treabă. Nu e ca la noi, la români. De-aia abia aștept să ies la pensie și să mă întorc în țară. E mare lucru să ai cu cine bea o bere.

Mă simțeam bine și voiam să plec acasă. Nemții tot amânau externarea și nu înțelegeam de ce. Ca să funcționeze bine valva mecanică pe care mi-o puseseră în piept, trebuia să am un sânge mult mai subțire decât un om normal. INR se numea indicatorul care arăta cât de subțire e sângele, iar un om sănătos îl avea între 0,8 și 1,2. Eu ar fi trebuit să-l am între 2,5 și 3,5. Sub 2 riscam să fac embolie, atac cerebral sau să mi se înfunde valva. Peste 3,5 riscam să sângerez și să mă învinețesc chiar și din senin, fără să mă lovesc. Oricând puteam face o hemoragie internă. Am aflat că tot restul vieții mele va trebui să merg din două în două săptămâni la doctor, să-mi ia sânge și să verifice dacă e suficient de subțire. Dacă era prea gros, măream doza de medicament. Dacă era prea subțire, o micșoram. Problema era că atunci, în spital, deși băgam în mine pastile pentru subțierea sângelui, INR-ul meu nu trecea de 2.

În câteva zile mi-au dat voie să plec, dar tot nu puteam să merg acasă. Trebuia să mai stau internat câteva zile, sub observație, la spital în București. În aeroport ne așteptau mama și soră-mea. În cinci săptămâni, mama se transformase dintr-o doamnă la 65 de ani, profesoară pensionară, într-o băbuță mică și speriată. Când am ajuns la spital, la ușă așteptau zeci de reporteri cu camere de luat vederi. „Colegii mei au aflat că m-am întors din moarte și au venit să-mi ia declarații", m-am gândit înduioșat. Dar când am ajuns în fața lor, cu gâtul bandajat ca o mumie, tuns la piele și palid, nu m-au recunoscut. Dacă nu te vede des, presa e prima care te uită.

— Ce se întâmplă aici? l-a întrebat Raluca pe un reporter.

I-a răspuns și-atunci am înțeles că nu pe mine mă așteptau acolo. Chiar dac-aș fi murit, n-ar fi scris nimeni în presă. Reporterii mor ca elefanții, singuri. Se strânseseră toți acolo pentru că venise în vizită Președintele și îl așteptau să iasă și să dea declarații. Devenise bunic. Fata lui, cea pe care o cunoscusem la mare și care vorbea fără vocale, născuse acolo, în spital.

M-am strecurat neobservat pe lângă camerele de luat vederi. Ca să urc la etajul zece, la cardiologie, a trebuit să aștept o oră la lift bandajat și nesigur pe picioare ca mumia unui vițel abia fătat. Când am urcat, m-au băgat într-o rezervă cu două paturi. Doctorul care mă trimisese să mă operez și care ținuse permanent legătura cu chirurgul și cu Raluca m-a privit mustrător, dar vesel, ca și cum eram colegi de clasă la gimnaziu, iar eu spărsesem geamul mașinii directorului.

— Ne-ați cam dat emoții... Am crezut că n-o să supraviețuiți. Apoi ne-am temut că nu mai ieșiți din comă.

— Habar n-aveam. Eu am visat tot timpul.

— Mulțumiți-i Ralucăi, pentru că dacă nu stătea lângă dumneavoastră să vă citească și să vă țină mintea trează, astăzi n-am mai fi stat de vorbă... Sunt femei măritate de 20–30 de ani care nu fac asta pentru soții lor! Sunteți foarte, foarte norocos. Vă iubește și Raluca și vă iubește și Dumnezeu!

62

Spre seară, Raluca a plecat acasă și am rămas singur în camera de spital. Luasem câteva cărți cu mine, dar nu simțeam nimic pentru ele. Îmi păreau niște cărămizi inutile, mai puțin importante decât șervețelele cu care îmi ștergeam nasul. Simțisem până în fundul sufletului gustul disperării și aflasem pe pielea mea că tot ce contează e viața. Restul sunt detalii. Mi-am amintit de o femeie atât de disperată, încât ajunsese să fure o lacrimă. Citisem asta într-o știre, cu ani în urmă. Un preot de la o mânăstire din Moldova, unde se afla o icoană cu Maica Domnului, pe fața căreia înflorise o lacrimă, s-a dus la Poliție ca să reclame un furt. Cineva furase lacrima care apăruse cu două săptămâni în urmă pe fața sfintei și pe care tot satul o considera minune dumnezeiască. Polițiștii au reușit să prindă hoțul — o femeie de 44 de ani, părăsită de bărbat, care credea că lacrima i-l va aduce înapoi. Așa că a luat un șervețel, a intrat pe furiș în biserică și a șters lacrima de pe chipul Maicii Domnului. A scăpat nepedepsită, pentru că polițiștii n-au găsit în lege unde e incriminat furtul de lacrimi. N-am știut niciodată dacă lacrima furată i-a adus bărbatul înapoi, dar mi-e greu să cred asta. Dacă nu l-au întors râurile de lacrimi ale soției, o singură lacrimă, fie ea și de sfântă, a fost prea puțin.

Mă durea pieptul spintecat chiar și dacă respiram, dar cel mai rău era când râdeam sau strănutam. Nu puteam să merg prea mult, dar destul cât să ajung la toaletă. Era miezul nopții și mi se terminase hârtia igienică. Am șotâncăit pe holurile spitalului până am găsit o asistentă.

— Nu mai am hârtie igienică, m-am plâns eu.

— Și eu ce vreți să fac? m-a repezit ea.

— Vreau să vă întreb unde pot găsi...

— Era la chioșcul de jos, dar a închis. Trebuie să ieșiți din spital.

— Eu abia pot să merg, doamnă. Nu vreți să vă duceți dumneavoastră? Plătesc mai mult...

— Ce tupeu! Credeți că sunt la cheremul dumneavoastră? Dacă nu v-a trecut prin cap să vă luați hârtie, așteptați până mâine sau faceți fără să vă ștergeți la fund...

M-am retras în salon și m-am așezat pe marginea patului. Oare câți muriseră pe salteaua aia? Câți plecaseră de acolo cu visurile făcute țăndări și câți se ridicaseră sperând să înceapă o viață nouă?

Aveam cinci ani când a murit Tataia. Făceau țuica undeva, la marginea satului, și pusese pariu cu vecinii că ridică un butoi uriaș. L-a luat în brațe și l-a smuls de la pământ, dar când l-a lăsat jos a căzut secerat lângă el. „Îi crăpase inima", spunea Mamaia peste ani. Acum, după toate câte mi se întâmplaseră, eram sigur că-i cedase valva aortică.

Unchiul Vasile, vărul mamei, murise și el de inimă. Avea 30 și ceva de ani pe atunci, înainte de '89, și era chelner la Athenee Palace. Locuia încă cu părinții într-o casă lungă și umbrită din Colentina. Vasile zicea „ușe" sau „plaje", și la 10 ani asta mi se părea culmea rafinamentului. Aș fi vrut să vorbesc și eu la fel, dar nu îndrăzneam. Tatăl lui Vasile, frate cu bunicul meu, era un om lăudăros care, de câte ori putea, le povestea tuturor cum a fost când a mers în Suedia, la fiica lui, Patrița. Spunea că acolo magazinele erau pline de mâncare. Că oamenii îl puteau vorbi de rău pe președinte, că puteai pleca din țară când voiai și multe altele. Când discuția ajungea la Ceaușescu, tata îl ruga pe Vasile să ne ia, pe mine și pe soră-mea, și să ne arate garajul. Pereții garajului erau tapetați cu postere cu CC Catch, Michael Jackson, Sandra și Sabrina.

— Occident curat, zicea Vasile mândru, arătând spre afișele colorate.

Nu știam ce înseamnă Occident, dar suna mișto.

— Un căcănar și Ceaușescu ăsta! Eu nu zic nimic că ne taie lumina sau că ne ține nemâncați, dar măcar să dea muzică bună la oameni, nu Angela Similea și Corina Chiriac.

Apoi Vasile ofta și ne spunea că e păcat să înveți și să ajungi un profesor amărât de țară, ca tata, în loc să lucrezi în alimentația publică, unde iei contact cu străinii și dolarii lor. Nu știam prea bine ce sunt dolarii, dar nu voiam să par prost. Vasile îmi făcea cu ochiul.

— Habar n-are tac-to ce e ăla Occident!

Tata habar n-avea de multe lucruri. Îi plăcea să muncească și zilnic găsea câte ceva de făcut prin curte. Dac-ar fi fost după el, i-ar fi ajuns casa de la țară și școala din comună pe care o conducea de atâta amar de vreme. Mama fusese o adolescentă fragilă și visătoare, care făcuse liceul în București și, tot acolo, și facultatea. După ce s-au căsătorit, tata a dus-o acasă la el, la țară, dar i-a promis că într-un an sau doi vor pune gospodăria pe picioare și se întorc în Capitală. Nu s-au mai întors niciodată. De câteva ori pe an, mama își amintea de promisiunea lui și plângea.

— Minte de femeie, spunea tata și își vedea de treburi prin curte.

Trăisem toată copilăria în umbra lui tata.

— Ce face, copii, căprioara atunci când este în pericol? ne-a întrebat învățătoarea în prima zi din clasa I.

Eu am răspuns arogant:

— Cheamă cerbul!

Profesoara a tăcut, și-a ferit privirea și a zis uitându-se pe fereastră:

— Ai dreptate, dar în general se salvează prin fugă.

Am priceput că răspunsesem greșit, dar că învățătoarea, subalterna tatălui meu, mă proteja. Așa am intrat în viață, cu un răspuns greșit și călare pe imaginea tatălui meu.

După ce murise tata, toți și-l aminteau ca pe un om cumsecade, care nu știa să spună nu. Mamei i se făcea dor de el și plângea din când în când, așa cum plângea de dorul Bucureștiului, pe vremuri. Cu timpul, mama s-a obișnuit fără tata, dar n-a renunțat să plângă. Își plângea de milă.

— Era obsedat de muncă, îmi povestea mama. Mă rugam de el să ieșim cu mașina undeva, la munte, dar amâna de fiecare dată. Treburile casei erau mai importante pentru el. Voiam doar să stau câteva ore pe o pătură, să mă uit la munți și să mănânc biscuiți. Dar nu m-a dus niciodată la munte, se plângea mama și-și ștergea lacrimile pe sub ochelari.

Tot de inimă, ca unchiu' Vasile, murise și prima mea iubită. Avea 22 ani când am cunoscut-o, iar eu 16. Era din București și ajungea la noi în sat, la bunicii ei, doar vara, în vacanță. A fost prima fată din istoria satului meu care a fost văzută fumând pe stradă. Ne îndrăgostiserăm cu toții de ea, de la mic la mare. Eu eram cel mai mic. Ieșeam serile la porți, băieți și fete, ardeam câteva cauciucuri și stăteam de vorbă. Mai întâi s-au spus bancuri, iar târziu, în noapte, s-a ajuns la povești de groază cu morți și cimitire. Cineva i-a povestit bucureștencei că la noi în sat nimeni nu are curaj să intre noaptea în clopotniță. Era, într-adevăr, o clădire veche și lugubră, cu o ușă de fier grea ca un tanc și cu scări înguste, în care nu avea loc mai mult de un om, care șerpuiau către cămăruța din vârf unde era clopotul bisericii.

— Dacă are vreunul dintre voi curaj să se ducă acum singur în clopotniță și să tragă clopotul, eu promit că îl sărut. Cu limba! a promis bucureșteanca.

Tipii mai mari și-au dat coate, s-au îndemnat unul pe altul, dar nu s-a urnit nimeni. Bucureșteanca era înaltă, cu ochi verzi și alungiți, sâni tari și mijloc subțire. În priviri îi stăruia mereu un aer care o făcea să pară disponibilă, iar când fuma, te privea în ochi de parcă te-ar fi rugat să i-o tragi.

— Mă duc eu, am spus și m-am ridicat.

Îmi tremurau picioarele de teamă, dar știam că altfel nu mă pot impune în fața celorlalți. Eram doar un puști de liceu. Câțiva dintre rivalii mei erau studenți, iar unul dintre ei lucra deja ca profesor suplinitor.

Am pornit spre biserică. Mai aveam doar 100 de metri când am auzit zgomot de pași în spatele meu.

— Vin și eu cu tine, a șoptit o voce în noapte și am recunoscut-o pe bucureșteancă.

Biserica, construită undeva la marginea satului, pe la 1 500, semăna cu un mic castel. Ca să ajungi la ea trebuia să treci un pod șubred peste o gârlă și apoi să mergi 200 de metri având în dreapta o livadă întunecată de nuci și în stânga câmpul. În fața bisericii se ridica, albă și tăcută ca o fantomă, clopotnița. În stânga ei se înșirau crucile din cimitir, iar în spatele lor și al bisericii, câmp și pădure. Am tras de ușa grea a clopotniței și abia s-a urnit. Când am urcat primele trepte, bucureșteanca, în spatele meu, m-a prins de mână. Avea palma moale și imponderabilă, ca o aripă de pasăre. Ne-am trezit într-o cameră mare, care avea în mijloc o masă plină cu cărți. Ferestrele din lemn erau deschise larg. Bucureșteanca a aprins bricheta și a răsfoit câteva.

— Cărți bisericești, a zis.

Deasupra mesei spânzura, uriaș și negru, clopotul. De lângă el cobora o funie groasă. M-am prins cu amândouă mâinile de ea.

— Nu trage, m-a rugat bucureșteanca.

— Ba trag. Ai promis că-l săruți pe cel care trage clopotul.

— Te sărut oricum. Dar nu vreau să trezim tot satul.

— Mi-ar fi plăcut să audă și ei că nu mi-a fost frică să urc aici.

— Ești un puști ciudat, știai? Dar ai noroc că mie îmi plac ciudații.

M-a luat în brațe și m-a sărutat. Mai întâi ușor, pe buze, ca o mângâiere, și apoi adânc, cu limba. Mi-a luat mâna și mi-a pus-o pe unul dintre sâni. Apoi s-a dezbrăcat de tot și m-a descheiat la pantaloni. A dat cărțile bisericești la o parte, s-a întins pe masă și mi-a făcut semn să vin la margine.

— Cum fac, urc pe masă, peste tine? am întrebat-o neștiutor.

Era prima oară când făceam sex. Nu fusesem atât de precoce precum Zgâmboi, un coleg din școala generală care începuse să și-o tragă din clasa a VII-a. Era prostul clasei și nu răspunsese niciodată la o întrebare pusă de vreun profesor în atâția ani de școală. Citea pe litere, atingându-le cu degetul lui bont și murdar. Profesorii n-aveau mari pretenții de la el și-l treceau clasa de milă. În pauze ne strângeam șapte–opt băieți și-l luam deoparte, iar el ne povestea cu lux de amănunte futaiurile cu vecina lui mai mare cu doi ani. Seara, închis în camera mea, eu, copilul care citea pe nerăsuflate carte după carte, făceam laba după poveștile unui analfabet.

— Nu, rămâi în picioare, pe margine. Te învăț eu cum procedăm, m-a repezit bucureșteanca.

Mă blocase. Dacă m-ar fi lăsat să urc peste ea, aveam o soluție. O învățasem de la un bătrân de 80 de ani din sat, Neica Nae, care se cuplase cu o vecină mai tânără cu 50 de ani.

— Mai poți, Neică Nae? îl întrebase un bețiv din zonă.

— Taică, să-ți zic un secret. Uite cum e cu femeia: tu trebuie doar să ai putere ca să te sui pe ea, și dacă nu poți s-o rupi în pulă, măcar omoar-o cu pieptu'.

N-am omorât-o cu pieptul, pentru că și-a pus picioarele pe umerii mei. Am început să alunec înainte și înapoi. Gemea ușor și am priceput că nu fac o treabă prea rea. Îi vedeam sânii și fața în lumina lunii. Lungită pe masă, părea o statuie pe un mormânt. A durat doar câteva minute. S-a îmbrăcat în liniște. Mi-am tras și eu pantalonii și m-am încheiat la curea atât de calm, de parc-aș fi probat haine într-un magazin. Bucureșteanca a pornit spre scări, iar eu veneam ca un cățel ascultător în urma ei.

— Așteaptă un minut, am rugat-o. Am uitat ceva pe masă.

Ea a rămas în capul scărilor. Și-a aprins o țigară acolo, în clopotniță. Fumul se încolăcise la gura ei și ieșea alb și dens prin fereastra de lemn, ca un porumbel. M-am prins cu ambele mâini de funie și am tras tare. Clopotul abia s-a urnit. M-am agățat de el cu toată puterea. S-a bălăngănit deasupra mea și a prins glas.

— Incredibil, mi-a zis bucureșteanca la plecare. Pentru tine contează mai mult ce crede lumea despre tine decât ce simți tu. Ești un monstru, știai?

Aveam 25 de ani când mi s-a părut că am văzut-o pe stradă, în București. I-am aflat numărul de telefon de la o rudă și am sunat-o. Își amintea de mine, dar era plictisită și distantă. Mi-a dat adresa și a rămas să ne vedem a doua zi la prânz la ea acasă. Mi-a deschis un tip efeminat, care s-a prezentat Mady.

— Andreea mai întârzie, m-a avertizat el. Dar fă-te comod, o să te întrețin eu până vine.

Între timp, ea mi-a trimis un mesaj: „Ai grijă cu frate-meu, că e mai ciudat. De fapt, e gay. Vezi să nu se dea la tine. Glumesc. E inofensiv. Ajung în 30 min. Pup".

— Sunt o vacă obeză, mi-a zis Mady și s-a așezat pe un fotoliu cu genunchii apropiați, de parc-ar fi purtat fustă.

Pe vremuri, fără motiv, detestam homosexualii. Cu timpul i-am privit cu milă: niște bieți bărbați care visaseră să fie femei, dar norocul nu fusese de partea lor. Știam cum e să-ți dorești să fii altceva sau altcineva; și eu visasem pe vremuri să fiu un mare scriitor sau măcar un om de afaceri de succes. Toți am ajuns, cu anii, un fel de homosexuali care și-au dorit cândva să fie alți oameni, mai frumoși, mai puternici, mai deștepți, mai buni și mai plini de succes, dar viața ne-a tot dat peste bot, până când am învățat să ne acceptăm așa cum suntem.

Mady și-a cerut scuze pentru zgârieturile pe care le avea pe față și mi-a povestit că în primăvară fusese internat în spital. Era lector la facultatea de medicină veterinară. O profesoară scrântită, fată bătrână, colegă cu el, primise un buchet mare de trandafiri pe 8 martie. Invidios, Mady, care fusese părăsit recent de fiul adolescent și răsfățat al unui judecător, îi aruncase:

— Să știi că florile nu țin loc de sex!

Cu buchetul ăla, profesoara l-a bătut în cap până când l-a băgat în spital, plin de răni pe față de la spinii trandafirilor.

Nu peste mult timp a ajuns și Andreea. Puștoaica de 22 de ani se transformase într-o femeie coaptă de peste 30. În ochi îi juca aceeași lumină încărcată de promisiuni, dar ceva mai tocită. Mady s-a scuzat și a ieșit din cameră.

— E foarte OK frate-meu, mi-a zis ea, dar discuțiile noastre se reduc la burtă. „Vai, ce burtă am făcut", „Sunt un gras", „Arăt nașpa" etc., etc. Cam ăsta e nivelul. E un băiat foarte deștept, dar... E genul despre care, atunci când vorbești, ești nevoit să folosești un „dar". Există doar două tipuri de oameni: cei care opresc mașina atunci când văd semaforul pe galben și cei care trec repede. Ei, bine, frate-meu e ăla care oprește.

Mi-am lungit gâtul spre ea și am dat s-o sărut.

— Hopa! a zis ea și s-a tras înapoi.

M-am ridicat în picioare și mi-am încrucișat brațele, ca bărbații fatali de pe afișele filmelor de acțiune.

— Am învățat meserie între timp. Acum vom discuta de la alt nivel.

Și-a aprins o țigară. Erau aceleași gesturi din urmă cu un deceniu. A suflat fumul spre tavan și mi-a întins și mie pachetul.

— Atunci mă interesai, pentru că erai mic și inocent. Acum ești un bărbat ca toți bărbații, e plină țara de ei. Nu mai ai nimic special.

Peste câțiva ani am aflat că a murit. Făcuse infarct. O vecină de la țară, mătușă de-a ei, și-a dat cu părerea:

— De la atâtea țigări i-a crăpat inima. Fuma ca o șerpoaică, Dumnezeu s-o odihnească.

Cu un an în urmă, și vecina suferise un infarct. Abia se întorsese cu vaca de la câmp când i s-a făcut rău. Copiii au găsit-o căzută la poartă. S-a mai prăbușit încă o dată în baia spitalului, dar a supraviețuit. Au adus-o acasă peste câteva zile, iar pe poartă lor a apărut un anunț uriaș: „Vând vacă".

Și pe Vali, prietenul cu care lucrasem la două săptămânale economice, avea să-l răpună un stop cardiac la nici 44 de ani. Se retrăsese de câțiva ani la Sighet și își începuse acolo o nouă viață, alături de o asistentă medicală și de fetițele ei. Presa din ultimii ani îl obosise și-l frustrase pe el, care credea că știrile trebuie să educe oamenii și abia pe urmă să facă rating. Prea greoi, prea lent și prea moralist pentru noua presă, se retrăsese discret, ca elefanții, ca să moară undeva departe, mai întâi ca jurnalist și mai apoi ca om. Aș fi vrut să scriu despre el după moarte. Să spun câte știri mari făcuse, că fusese primul care aflase atunci când Vodafone cumpărase rețeaua de telefonie Connex, iar presa numise asta „știrea deceniului". Dar cine își mai amintea de Connex? Aș fi vrut să povestesc cum l-a umilit într-un articol pe premierul de atunci, dar nimeni nu-și mai amintea peste ani de acel prim-ministru, și nici de omul de afaceri cu care ștersese Vali pe jos. M-am gândit atunci la Vali, la mine și la colegii mei și am priceput încă o dată cât de fragilă e munca noastră de reporteri și cât de repede se strică marfa pe care o producem. Ca și cum am desena pe nisip sau am arunca cu pietre în baltă.

Mi-am amintit de toate astea în spitalul din București. Viața mea se schimbase și nu mai era nimic de făcut. Mă simțeam ca o carte cu copertele rupte. A doua zi m-au lăsat să plec acasă. Totul părea la fel în apartament, doar că eu eram altul. M-au sunat de la serviciu și mi-au spus că pot sta acasă câteva luni, până mă pun pe picioare. Ieșeam dimineața prin parc și număram câinii pe alei. După o săptămână mi-am cumpărat și eu unul. Era de ajuns să aud cum îmi ticăie valva în piept ca să mă cuprindă deprimarea. Rămâneam așa o vreme, cu ochii pierduți în zare și cu moartea înfiptă în suflet ca o căpușă. Ca să-mi revin, trebuia să alerg la primul chioșc, să-mi iau o sticlă mică de apă și s-o beau pe toată acolo, în stradă, pe nerăsuflate, amintindu-mi cât de mult îmi doream să fac asta în spital. Și-atunci vedeam viața altfel.

După ce m-am pus puțin pe picioare, primul drum mai lung l-am făcut până în centru, la biroul lui Cristian, un om de afaceri de vârsta mea, cu care mă împrietenisem în ultimii ani. Ne legase pasiunea pentru cărți și teama de zbor, doar că el refuza să ia pastile. Mă ajutase cu o parte din banii de care avusesem nevoie ca să ajung în Germania, la doctor, multe mii de euro, și voiam să-i mulțumesc.

Era un tip ciudat, care căuta sensul vieții. Pe când era foarte tânăr și sărac, făcuse, o vreme, pe ghidul montan. Ceva mai târziu își deschisese o mică agenție de turism la subsolul unui bloc, cu care își consumase cei mai frumoși ani. Îi plăcea să spună că și-a făcut intrarea în afaceri cu o găleată de aracet și 100 de afișe. Ca să ajungă la serviciu trebuia să schimbe două trolee și un metrou. Umbla îmbrăcat în costum și cravată, ca să le facă impresie bună partenerilor de business, dar mânca la cantina Facultății de Drept. Peste ani a ajuns să câștige milioane de euro din turism, dar cel mai mult îi plăcea să-și amintească de vremurile când era ghid.

Pe birou, lângă el, avea o statuetă africană, mică, neagră ca tuciul și urâtă.

— El e Gligor și e viu. E partea întunecată din mine.

I-am povestit câteva minute despre operație.

— Nu ți-a fost frică? m-a întrebat.

— Ba da...

— Și ce-ai făcut? Ai luat un Xanax?

— Nu. N-ar fi avut efect. M-am rugat pur și simplu.

Cristian a zâmbit ca pentru sine. L-a mângâiat pe Gligor pe chelie și a zis:

— Vezi că la chestii grele nu funcționează Xanaxul și că e nevoie de ceva mult mai puternic? Poate renunți să-l mai iei și când zbori, de-acum înainte... Pe lângă ce-ai trecut tu, zborul cu avionul e ca o miuță pe maidan. Plus că avionul tot cade, dacă are probleme, cu toate pastilele tale. Xanaxul tău nu ține avionul în aer dacă i se strică motoarele.

— Sigur că nu Xanaxul ține avionul în aer, dar te face pe tine să nu te mai temi. Uiți de frică și devii nepăsător. Xanaxul te face să fii în avion ca în viața de zi cu zi. Te iei cu tot felul de nimicuri și uiți că o să mori, până la urmă.

— Dar de ce e atât de rău să conștientizezi c-o să mori odată și-odată? Dacă înțelegi că mai ai doar 20–30 de primăveri la dispoziție, poate n-o să mai stai cu ochii în telefon când copacii explodează de atâta verde și când pe străzi miroase a flori de tei. Dacă te gândești că mergi la părinți doar de câteva ori pe an, iar ei mai au de trăit 5–10 ani, deci o să-i mai vezi doar de 15 ori de-acum încolo, poate nu ți se mai par atât de plictisitori și nu-i mai repezi când te cicălesc.

— Nu mi-am pus problema așa...

— Ține minte ce-ți spun, pentru că și eu mă tem de zbor la fel de tare ca tine, doar că nu mă îndop cu pastile: Dumnezeu e cel mai puternic Xanax! Dacă-l găsești pe Dumnezeu, nu te va doborî nimic și viața ta va avea un sens. Fără Dumnezeu, viața omului nu e altceva decât un lung șir de frici.

Eu îl găsisem pe Dumnezeu, dar încă nu aflasem care e scopul vieții mele. Îmi era clar, nu Dumnezeu era rostul existenței mele și nu mă imaginam petrecându-mi restul anilor închis într-o mânăstire, rugându-mă de zor, mulțumindu-i că există și cerându-i neîncetat iertare. Pentru mine, sensul vieții era ca un țânțar care bâzâia undeva, aproape, dar nu reușeam să-l ating.

— Știi care e problema noastră, a tuturor? m-a întrebat Cristian.

— Care?

— Că trecem nepăsători prin viață, de parc-am fi sedați cu Xanax.

63

Stăteam pe o bancă în parc. Un călugăr îmi poza câinele cu telefonul.

— Doberman? m-a întrebat.

— Nu. Copoi ardelenesc.

Smartphone-ul îi sclipea în lumina soarelui.

— Samsung? am întrebat.

— Nu, iPhone.

N-am știut ce să mai zic. Subiectele comune se terminaseră. S-a îndepărtat cu pași mari. Deși poartă fustele alea lungi, popii și călugării se deplasează totuși destul de repede. Ares se juca mai departe în iarbă. N-aveam niciun gând. Înainte, de câte ori îmi simțeam capul gol de gânduri, îmi aprindeam o țigară și rezolvam totul. Nu în sensul că fumatul mă umplea de gânduri, dar măcar îmi umplea timpul. Stăteam în baruri cu mâna la tâmplă și mi se părea că am profil de gânditor. Mai târziu am observat că adevărații gânditori stau cu mâna la bărbie. Ăsta e motivul pentru care cărțile lor se vând atât de bine. Atitudinea face toți banii.

Amorțisem pe bancă cu mâna la bărbie.

— Ce drăguțel e! a exclamat o mamă blondă și blândă, care s-a apropiat cu un copil în brațe.

Copilul se căcase în iarbă cu câteva minute mai devreme. Căcatul dispare în timp, îl absoarbe pământul, însă hârtia cu care mamele șterg copiii la fund rămâne. Stăteam cu mâna la bărbie și mă gândeam că ar trebui interzis nu căcatul, ci ștersul la cur în parcuri.

— Uite cuțu, mami, a zis blonda. Hai să-l întrebăm pe nenea ce vârstă are.

Copilul și-a rotit ochii ca o bufniță și n-a spus nimic.

— Azi e ziua lui. Tocmai a împlinit cinci luni, i-am răspuns.

— I-auzi, mami! Noi avem patru ani. Hai să-i cântăm. Muuulți ani trăiască, muuulți ani trăiascăăăă, la muuuulți ani! Cine să trăiască, cine să trăiască…

S-a oprit din cântat, străbătută de un gând.

— Cum îl cheamă?

— Ares.

— Alex?

— Nu, Ares. Ca pe zeu.

Nu părea să-i pese prea mult de zei. Când îi ștergi pe cei mici de căcat, mai aproape ți-e curul decât cerul. A încercat să anime puțin copilul, care se holba inert, cu obrazul apăsat pe umărul ei. Micuțul era la fel de mut ca Ares. I-a scuturat o mână și l-a ridicat ușor în aer.

— Zi, mami: Ares să trăiască, Ares să trăiască…

S-a îndepărtat ușor, iar eu am rămas singur pe bancă. Copilul avea ochii umflați și opaci, specifici celor cu sindromul Down. Atunci am înțeles de ce nu vorbea.

Mă bântuiau gânduri negre. Valva din piept îmi amintea cât de repede și de nemilos trece timpul. Țac țac țac. Totul mi se părea sinistru și lipsit de sens, ca mobilierul din cavourile bogătașilor. Ca să-mi alung norii din suflet am sunat un prieten, dar m-am ferit să-i spun că am ieșit cu cățelul prin parc. Nu iubea câinii. Garone, prietenul meu din copilărie, era jandarm, trăia la țară și avea opinii ferme. Câinele trebuie să stea în lanț și să latre. Locul femeii e la cratiță. Dacă pleci în străinătate, ești trădător de țară. În consecință, nu plecase niciodată din țară, câinii lui putrezeau în lanțuri, iar nevasta era sechestrată în bucătărie. Creștea vaci, dar era nevoit să țină și câini, care să păzească vacile de hoți. Ca să nu consume multă mâncare, își luase câțiva pechinezi. În ultima vreme îmi tot spunea că nu poate să înțeleagă cum îmi pierd vremea cu un câine prin parc. Câinele trebuie ținut în lanț. Să latre! E nefiresc într-un apartament și împotriva firii. Prietenul meu ura tot ce i se părea împotriva firii. Îl ura pe

Michael Jackson, așa mort și îngropat cum era, pentru că „se ține de cocoșel când cântă". Nu-i suporta pe studenți și pe intelectuali, mai ales pe cei bărboși, ochelariști, chelioși și pletoși, și-i acuzau că vor să dea țara pe mâinile străinilor. Nu-i plăceau femeile care nu se măritau virgine, ura homosexualii, ochelarii de soare și internetul. Deși cu internetul a făcut pace atunci când a descoperit filmulețele porno. M-a sunat într-o zi să mă întrebe cum se intră pe google. I-am explicat. A părut că pricepe:

— Acum scriu aici, în golul ăsta, „xxx".

L-am lăsat să caute. M-a sunat din nou peste vreo oră.

— Nu găsesc niciun film. Cred că le-au luat studenții pe toate.

Garone a învățat site-urile porno pe de rost, în timp. Acolo văzuse scene cu doctorițe, călugărițe sau maseuze care se culcă cu diverși. Asta i-a dat idei.

— Merg de vreo zece zile la un salon de masaj. Sunt patru tipe care lucrează acolo. Una dintre ele, doamna Luminița, chiar arată bine. Și dintre toate femeile alea, când m-am dus prima dată acolo, a venit la mine un chel. M-a apăsat pe spate așa de tare, de parcă mi-ar fi dat o serie de pumni. Nu știu dacă ai observat, dar cheii au forță mai mare decât noi, ăștia cu păr. Cred că sunt complexați din cauza cheliei și încrâncenarea asta le dă putere. De trei ori m-a masat chelul ăla, și de fiecare dată i-am suportat pumnii în spate doar cu gândul că tura următoare va veni doamna Luminița. Eu, de fapt, pentru ea m-am dus la masaj. Așa e când n-ai noroc în viață. Azi trebuia să merg din nou. Când am ajuns în zonă, sub pretextul că n-am găsit loc de parcare chiar în poarta salonului, am plecat. Mi s-a făcut frică de chel și n-am mai intrat.

La serviciu discuta cu colegii despre filmele porno. Se formaseră două tabere. Unii spuneau că organele bărbaților porno sunt trucate sau filmate cât să îi avantajeze. Așa credea și prietenul meu. Ceilalți ziceau că sunt reale.

— Filmele astea denaturează realitatea. Eu cred că îi filmează pe ăia de aproape și dau zoom, ca să pară mai dotați, argumenta prietenul meu.

Partea adversă, care renunțase la orice orgoliu masculin, își apăra părerile.

— Nu, tată! Sunt adevărate! Nu vezi că le țin cu două mâini? ataca unul dintre colegi.

Prietenul meu mai făcea o ultimă încercare:

— Hai, că unii din filmele alea le mai au și cât ale noastre, nu sunt toți așa monstruoși.

Dar colegul nu-i dădea nicio șansă:

— Foarte rar, șefu, foarte rar!

Așa trecea ziua de muncă la el la jandarmi. A mai văzut câteva mii de filmulețe, tot cu doctorițe, cu călugărițe, cu femei de serviciu, cu bucătărese și cu profesoare. Până la urmă și-a găsit amantă, o româncă stabilită în Austria, pe care o întâlnise în sala de așteptare, la dentist. Garone își pierduse un dinte după ce un coleg îl lovise din greșeală cu cotul, în timp ce târau un protestatar, la un miting. Ea i-a cerut o țigară și un foc, el i-a făcut cadou tot pachetul, plus bricheta. Drept mulțumire, tânăra i-a lăsat numărul de mobil. Au trăit împreună câteva zile, până când ea s-a întors la Viena. În orașele mici, nimic nu rămâne secret. După ceva vreme, Garone a aflat, printr-o cunoștință comună, că tipa lucra nu într-un magazin, cum îi spusese lui, ci într-un bordel.

— Am avut eu o bănuială, mi-a povestit el, pentru că nu mi-a mai pus nicio gagică întrebarea aia până acum.

— Ce te-a-ntrebat?

— M-a întrebat: cum preferi? Normal, oral sau anal? Iar atunci, în prima noapte, după ce ne-am dezbrăcat, m-a prins de puță și apoi s-a uitat între picioare, la păsărica ei, și a zis: „să facem prezentările, ea e Pufi, el e Pufu!"

Tatăl lui Garone murise de curând. Vânător împătimit, omorâse la viața lui mii de animale. Eram copil și îl vedeam coborând din pădure cu pușca pe umăr și un iepure în mână. Pereții casei îi erau plini de capete de căpriori, fazani împăiați, sitari și rațe sălbatice. Într-o dimineață s-a dus în fundul curții, la WC, și acolo l-a mușcat o albină. Avea diabet și mușcătura l-a dat peste cap. I s-a umflat fața cât roata de rezervă și gâtul i s-a îngroșat ca trunchiul de copac. L-a găsit nevastă-sa după câteva ore țeapăn ca țeava de pușcă.

*

Numai nevastă să nu fii. Roxi, prietena mea din copilărie, se măritase pe la 30 de ani cu un jurnalist divorțat, mai bătrân decât ea cu un deceniu. Timpul a trecut parșiv, mușcând încet din ei, ca o boală gravă pe care-o duci pe picioare. Au făcut un copil și, când puștiul a plecat la școală, Ion a intrat într-o depresie cruntă. Se apropia de 50 de ani și viața i se scurgea printre degete. Voise mereu să scrie o carte și toți prietenii îi spuneau că are talent. Dar n-a mai scris nimic. Trei ani a stat acasă, deprimat, și n-a făcut altceva decât să se joace pe calculator și să se uite la seriale. Trei ani lungi și cenușii Roxi a alimentat familia cu salariul ei meschin, cu mâncare trimisă pe tren de părinții ei din Ardeal și cu borcane de gem primite cadou de la babele care veneau să se trateze la ea. A fost cea mai frumoasă zi din ultimii ani când a reușit, printr-o cunoștință care era prietenă cu un patron al unui lanț de magazine, să-i pună o pilă lui Ion, care a fost angajat pe loc ca director de creație. Patronul i-a pus toate resursele la dispoziție și i-a lăsat timp să exprime, așa cum doar un scriitor știe s-o facă, dragostea firmei lui pentru clienți, dragostea de viață și toată bucuria pe care o presupun cumpărăturile.

A trecut așa aproape un an și totul era minunat, dar cu o săptămână în urmă, viața lui Roxi se răsturnase din nou și începuse să curgă în sens opus, ca o clepsidră pe care cineva o trântește din greșeală. A citit din întâmplare un mesaj pe telefonul uitat de Ion în pat și apoi i-a răscolit toată arhiva. Așa a aflat că, de câteva săptămâni, soțul ei trăia o frumoasă iubire cu o colegă de la vânzări, mai tânără cu 25 de ani decât el. „Dragă Gabriela", îi scria el într-un e-mail trimis în timp ce era în vacanță cu soția și copilul în Thassos, „cu această stereotipică formulă încep a-mi depăna șirul gândurilor, care este foarte încurcat, deoarece plutește într-un nor de vise". A urmat un scandal monstru. Roxi a plâns și l-a amenințat că-l dă afară din casă. El a plâns și a amenințat cu sinuciderea.

Ca s-o înduioșeze, a recurs chiar și la arma cu care-l pusese în cur pe psihiatrul care-l tratase în anii cu depresie:

— Când eram mic, toți copiii, prieteni de-ai mei, primeau drept cadou de Sărbători cele mai frumoase jucării, doar ai mei îmi cumpărau de fiecare dată o pereche de șosete...

— Aha! Deci pentru că primeai șosete de Crăciun când erai mic m-ai înșelat tu acum, după 40 de ani? l-a întrebat ea printre lacrimi.

— Are legătură și cu asta, dar și cu faptul că voiam să-mi reconfirm bărbăția, i-a răspuns el.

— Trebuia să ți-o fi reconfirmat-o atunci când ai stat trei ani fără loc de muncă, băgat până peste cap în jocul ăla nenorocit de pe calculator, așteptând să ne trimită ai mei mâncare.

Dar l-a iertat, pentru că la 40 de ani îți trebuie mult curaj ca să poți lua totul de la capăt. L-a pedepsit dezinstalându-i jocul de pe calculator. A fost o lovitură crâncenă pentru el pentru că acolo, în joc, ajunsese să fie unul dintre cei mai buni strategi, un tip activ, bătăios și descurcăreț, cum nu era în viața reală, de zi cu zi.

Roxi mă sunase atunci să-mi povestească toate astea:

— Iar acolo, la firma aia unde lucrează el, ce crezi că a făcut domnul mare scriitor în aproape un an de muncă? Care crezi că e rezultatul proiectului măreț pentru care spunea că nu doarme nopțile? O inimioară! Înțelegi, o inimioară mică mică, cam cât un bănuț. Atât a reușit să scoată din el scriitorul meu ca să îmbunătățească imaginea firmei și să exprime dragostea față de client, dragostea de viață și dragostea de pizda mă-sii... Un căcat de inimioară roz desenată pe un banner! Asta e toată munca lui din 365 de zile...

Ion crescuse în ochii mei cu isprava asta. Era, într-adevăr, un mare scriitor, dacă nu cumva chiar unul de geniu. Sintetizase elegant tot ce îi ceruse patronul și, pentru asta, nici măcar nu avusese nevoie de cuvinte. Ce putea defini mai bine iubirea decât o inimioară? Mai era, oare, altceva de spus?

Inima rănită a Roxanei căuta și ea portițe de salvare. Peste alte câteva zile m-a sunat din nou:

— Știi, acum stau cu Ion în pat, ne uităm la seriale și ce crezi că facem în pauzele de publicitate sau între două filme? Luăm facebookul proastei ăleia de la vânzări la puricat și râdem împreună de pozele ei. Mamă, mamă, ce aere de divă are!

Omul pare mult mai fragil decât un avion, dar în realitate e mult mai puternic. Un șurub mic dacă i se strică avionului, un mic flaps dacă nu i se deschide sau un senzor dacă i se arde, riscă oricând să se prăbușească. Doar omul poate să zboare mai departe cu sufletul mutilat, cu toți senzorii arși, cu aripile șubrede sau rupte și cu toate șuruburile sărite, ca și cum o forță misterioasă l-ar ține mereu și mereu pe linia de plutire.

*

Domnul Antonesei, directorul unui mare hotel, fusese mult mai slab de înger decât Roxi, și doar în câteva clipe, la vârsta de 60 de ani, își pierduse definitiv încrederea în oameni. Vreme de două decenii îi lăsase mână liberă doamnei Cristina, adjuncta lui, în care avea încredere mai mare decât în soție și, uneori, chiar decât în el însuși. Doamna Cristina era o femeie dârză și pentru ea nu exista „nu se poate". Când a căzut la pat, bolnavă, domnul Antonesei a fost aproape sigur că s-a epuizat de prea multă muncă. Nu munca, ci un cancer pe care-l ținuse ascuns a răpus-o pe doamna Cristina și n-a lipsit mult ca și șeful ei să se stingă de tristețe în ziua în care a aflat vestea. A fost înmormântată în satul părintesc și, după slujbă, prietenii și colegii de la hotel au fost invitați de părinții moartei la pomană. Organizaseră masa în căminul cultural și, când a făcut primii pași în sală, domnul Antonesei a rămas năuc în prag, de parc-ar fi văzut-o pe răposată ridicându-se din morți. Toate mesele, toate scaunele, farfuriile, ceștile, cănile și chiar și tacâmurile aveau inscripționată sigla hotelului și culorile atât de cunoscute lui. Având ca pavăză încrederea solidă a șefului, doamna Cristina cărase de la serviciu, de-a lungul anilor, puțin câte puțin, mobilă și veselă cu care puteai deschide încă un hotel.

Domnul Antonesei s-a târât din sală gârbovit, de parcă îmbătrânise cu 20 de ani în câteva minute și i-a așteptat pe subalterni să termine masa, fumând în fața căminului cultural.

*

Tot atât de dărâmat coborâse din Solenza lui rablagită și moșul cu care mă ciocnisem cu câteva luni în urmă, înainte de operație. Avea un mic atelier auto undeva, în zonă, și ne-am dus împreună acolo, ca să facem constatarea amiabilă. Am intrat într-o curte care arăta ca un cimitir de mașini, iar căsuța părăginită semăna și ea, mică și prăfuită, cu o Dacie veche. Moșul a scos dintr-un sertar hârtiile pentru amiabilă, câteva foi slinoase pe care mi le-a pus în față. Avea ochelari cu sticlă groasă, crăpați, un fes murdar de vaselină, și era atât de scund, încât când s-a așezat pe marginea patului, cizmele de cauciuc nu atingeau pământul. Mă apucasem să completez hârtiile în picioare, în fața unei mese, când l-am auzit suspinând. M-am întors spre el și i-am văzut lacrimile alunecându-i pe sub ochelari.

— Vă pare rău de mașină? l-am întrebat.

— Nu, dă-o dracu', e un fier, se repară...

— Atunci?

— Îmi pare rău de viața mea, care a trecut și nu se mai repară. Acum am ajuns bătrân și neputincios și trăiesc doar din amintiri. Domnule, am fost foarte fericit... Foarte fericit am fost...

— Și când ați fost cel mai fericit din viața dumneavoastră? l-am întrebat eu, curios, căci chiar nu arăta ca unul căruia viața îi făcuse toate poftele.

— Atunci când am jucat în „Ultimul cartuș".

— Ați jucat într-un film?

— Da, de mult, în '73. Așa se numea filmul, „Ultimul cartuș".

— Ați fost actor?

— Nu, domnule. Am fost șofer la Buftea, la cinematografie. Și m-au pus și pe mine figurant într-un film. Eram băiatul lui Jean Constantin. Jean Constantin era tata, că eram negru ca el. Am jucat doar câteva secunde în filmul ăsta. M-a întrebat Ilarion Ciobanu unde e tata și mi-a dat un șut în găoază și două palme după ceafă. M-a luat la omor, m-a bătut, pentru că nu știam unde e tata.

— Și-apoi n-ați mai jucat în alte filme?

— Nu, domnule, pentru că eu eram, la bază, mecanic auto, la Automecanica lucram. Și de-acolo am mers ca șofer la Buftea, dar după ce m-am deșteptat, m-am dus înapoi, la Automecanica.

— De ce? Nu era bine printre actori?

— Păi, mă deșteptasem printre ei, eram deștept, dar n-aveam bani. Și când m-am întors la Automecanica am găsit acolo o roată strâmbă, uite-așa... Am zis „când oi lua roata asta și oi îndrepta-o și o pun pe față și merge mașina și nu trepidează volanul, atunci sunt meseriaș". Meseria pe care am prestat-o eu m-a satisfăcut atât de mult și m-a ridicat sus de tot! Chiar și lu' Nicu Ceaușescu i-am reparat roțile în '72. Pe meșterul meu care m-a-nvățat meserie îl chema Bodnarenco. Zece ani de zile i-am purtat numele. Lumea mă striga Bodnarenco, după el. Liceul l-am terminat târziu, la bătrânețe, la 33 de ani. Când am ieșit pe meserie și am fost deștept, n-am mai renunțat la servici pentru școală.

— Aveți copii?

— Am o fată pe care am vrut s-o fac doctoriță, dar n-a fost să fie... A ajuns coafeză. Și am de la ea un nepot care mă supără.

— Și soția?

Moșul a izbucnit din nou în plâns. Pusesem o întrebare nepotrivită.

— Pe soție am îngropat-o acum șase săptămâni. A avut cancer din ăla sub braț, la țâță, știți, cum au femeile, și am aflat târziu, pentru că nu s-a văitat niciodată în viața ei. Toată viața mea o s-o plâng, pentru că așa om nu mai găsesc! În 48 de ani nu mi-a zis „nebunule" vreodată. Mă descălța, mă-ncălța, mă spăla pe picioare, ce nu-mi făcea... Eu mai eram și cam pușlama...

— Ați fost și gagicar?

— Am fost, cum? Cu bani mulți, n-aveai voie să faci avere pe vremea aia. Și-atunci, ce să faci cu banii? Îi risipeai pe femei.

— V-a iertat?

— N-a zis niciodată nimica, dar știa. Merită plânsă, pentru că am fost foarte fericit cu ea. D-aia vreau să fac rost de bani, să închiriez atelierul ăsta, iar ce iau pe chirie pun deoparte ca să-i fac un cavou mare și frumos. Vreau să spun că merită! Plâng mereu, mă văd singur, îmi fac mâncare singur, n-am cu cine să vorbesc. E foarte greu.

Am completat actele și le-am semnat amândoi. Am ieșit pe poarta ruginită și am dat mâna cu moșul. I-am lăsat și niște bani pe lângă asigurare, pentru că mi se făcuse milă de el și mă simțeam vinovat.

— Cu stimă și respect, condescendență, etică și echitate! Vă pup! Îi pun deoparte pentru cavoul soției, mi-a zis râzând, la final.

Se înveselise. Micul mausoleu pe care voia să i-l ridice soției dădea un sens vieții lui pustii. Era ultimul cartuș al bătrânului.

*

În ultimele zile îmi făcusem în parc o nouă prietenă de câine. Prietenii de câine nu se recomandă, nu le știi numele, dar îi cunoști după rasă: ăla cu doberman, aia cu golden sau cel cu ogarul. Discuțiile se învârt, normal, în jurul pasiunii comune.

— Eu sunt setter și am 14 luni. Tu? mă mai întreba câte unul.

— Eu sunt jurnalist și am 40 de ani, am răspuns prima oară.

N-a râs nimeni, iar în colțul ăla de parc s-a așternut liniștea. Parcă și Ares se uita dezaprobator la mine, cu un băț în gură. În timp, am ajuns să vorbesc ca ei și totul a început să meargă bine. Noua prietenă de câine avea brațele mai groase decât ale mele, pictate cu tatuaje. Creștea un beagle. Povestea încântată cum cățelul ei rodea tot. Telecomanda, canapelele, masa, scaunele și chiar tocul ușii.

— Mie, dacă îmi roade ceva, îl gazez, am zis. La prima carte roasă îl trimit pachet la țară!

Nu i-a plăcut ce a auzit. Cred că i-am părut un tip violent și primitiv. A încercat să schimbe subiectul sau așa a crezut ea, că-l schimbă. Mi-a spus că vrea să-și castreze câinele. Că nu vrea să facă pui. I-ar fi teamă să nu-i adopte cineva care nu-i iubește și să-i abandoneze.

— De ce i-ar lua cineva și apoi să-i abandoneze, am întrebat-o?

— Uite-așa, că sunt ai dracu' oamenii. Pentru că și eu am fost abandonată și am crescut într-un orfelinat.

M-am ridicat de pe bancă. Călugărul dispăruse din peisaj. Blonda cu copilul plecase și ea din zonă. Ares se juca lângă o plăcuță înfiptă în iarbă, pe care primăria scrisese cu roșu: „NU CĂLCAȚI IARBA!" Cineva adăugase mai jos: „Fumați-o". Ares a făcut brusc două salturi, ca și cum văzuse ceva în iarbă, a lovit cu botul un punct de pe gazon și a început să se tăvălească. „Probabil că a găsit vreo urmă de veveriță", m-am gândit. Câinele se rostogolea fericit. Apoi a început să mănânce de pe jos. Instinctul de vânător nu se pierde, mi-am spus mândru. Peste câteva minute a venit la mine. M-a lins pe mână și o dâră maronie mi s-a prelins pe degete. Am înțeles brusc și dureros că acolo nu fusese o veveriță, ci căcatul copilului blondei. Cățelul meu, al cărui tată era campion național și european la rasa copoi ardelenesc, s-a tăvălit în căcat și a mai și mâncat din el. Mă uitam la el și îl vedeam deja în lanț, la țară.

Nu puteam să-l duc așa în casă. I-am pus lesa și l-am verificat. Căcatul i se întinsese pe omoplatul drept și puțin pe piciorul din față. Mă simțeam eu însumi ca un căcat. L-am plimbat puțin printre copaci, sperând să nimerim peste vreun doberman sau rotweiler, care se-l tăvălească prin iarbă, dacă li se pare antipatic, sau să-l lingă puțin, dacă îl simpatizează. Am găsit doar un maidanez șchiop care a fugit printre copaci. Am plecat spre ieșirea din parc. De primul chioșc, unde speram să găsesc șervețele umede, mă despărțeau doar câteva sute de metri. Am trecut cu mirosul de căcat pe lângă zeci de oameni. Poate nu știau de unde vine, dar e imposibil să nu-l fi simțit. Norocul meu că în București mirosul de căcat e atât de des, că nu mai întoarce capete. Pe trecerea de pietoni m-am speriat puțin. Alături de mine traversa o fostă colegă de serviciu, cu bărbatul și fetița de trei–patru ani. Dacă vrea aia mică să mângâie câinele?

— Gata? am întrebat. Plecați?

Nici măcar nu s-au uitat la câine. Oricum, cu mamele cu copii ar fi fost mai simplu. Aș fi atacat eu primul:

— A făcut asta mică pe ea? Mi se pare că vine un miros..., le-aș fi zis.

Dar n-a fost cazul. Mi-au spus că sunt supărați pe copil și îl duc acasă. N-a fost cuminte în parc.

— A mușcat un băiețel de picior, mi-a explicat fosta colegă.

M-am așezat pe o bancă, la stradă, și am început să-l curăț pe Ares cu șervețelele umede. Nu era cel mai bun loc în care să ștergi câinele de căcat, dar nu mai conta. După ce am consumat două pachete de șervețele, parcă nu mai mirosea atât de tare. La al treilea pachet, părul câinelui începuse să se umple cu o spumă alburie. Cu toate astea, o pată ruginie îi rămăsese pe piept. A trebuit să-l mai frec cu două pachete până am priceput că pata de pe piept face parte din pedigree. Moștenire de la tatăl lui, campionul. Când îl ștergeam cu un alt pachet, dar de șervețele uscate, ca să-i înlătur spuma lăsată de cele umede, am auzit o voce:

— Și eu îl spăl pe al meu mereu. Peste tot.

O babă înțepenise în fața mea. Avea voce groasă, de fumătoare, și ochelari de vedere mari. Pantaloni de trening și o borsetă atârnată de gât.

— Îl spăl și la funduleț, și la țușcă!

Am privit-o nedumerit.

— La puțulică, mi-a explicat.

Mi-a povestit că împarte apartamentul cu soțul și cu un bichon, dar cu ani în urmă a crescut și un câine de vânătoare, care i-a mâncat scurta de blană a lui taică-so. Ares se lungise pe jos și se lingea pe un picior. De aici am tras concluzia că nu ștersesem definitiv gustul de căcat. Mă uitam la borseta babei, cum i se bălăbănea între țâțele căzute, în timp ce se agita vorbind. Oamenii de pe stradă ar fi putut crede că mă holbez la țâțele babei. Între timp, Ares se ridicase. Am observat târziu că se apucase să-mi lingă telefonul. I l-am luat din față și am pornit înregistrarea. Baba nu s-a prins.

— M-am luat din nou de fumat, mi s-a confesat ea și și-a aprins o țigară.

Apoi a continuat:

— M-am lăsat patru ani, pentru că îmi greșise diagnosticul un oncolog și mi-a zis că am cancer la plămâni. Aveam o răceală d-asta, cum îi zice, gripă.

— Dar câinele cum a mâncat scurta de piele? am încercat eu să aduc discuția pe o linie mai optimistă.

— A rupt-o. A găsit-o pe scaun și, fiind câine de vânătoare, a sfâșiat-o. S-a enervat, a hârâit-o, a hârâit-o, a văzut că e moale, nu știu ce l-a atras... Dar tăticu' nu l-a bătut. N-a bătut în viața lui un câine. Am avut câine lup și nu intrau nici gunoierii la vilă la noi. Am stat în Cartierul Aviatic, tata a fost în MAPN. Nu MAI. Avea prieteni MAI, dar vorba lu' tata, zice, „Prieteni, prieteni, da' ăștia sunt periculoși". Să știți că chiar sunt. Iar câinele de vânătoare urca pe motocicletă și se ținea cu labele de spatele lui tăticu'. El, cu arma... Și eu am avut un fox terrier, campion internațional, o femelă, și ne-a prins lovitura de stat la Cluj, și-am tras la unguri, ce era să facem. Ungur, ungur, dar știa românește. Când scapi zahăr pe jos e semn rău. Eu când scap zahăr pe jos, când îi fac cafeaua lui boșorogul ăla, care și-a abandonat băiatul...

— Care boșorog? am întrebat eu.

— Bărrrrbată-miu! Îmi pupa picioarele când a văzut că am icre de Manciuria, icre negre, vin de cea mai bună calitate, porc de Crăciun, pui de casă...

— Și cum și-a abandonat băiatul?

— De lichea ce-a fost. Un nenorocit. Nevastă-sa era nemțoaică. A fost mâna dreaptă a profesorului doctor de la Iași, nu mai știu cum îl chema. Și-a abandonat copilul. A lucrat în cinematografie și s-a-ncurcat cu una, Jiji. Jiji era nevasta unui Andrei Pap, ungur. Și Andrei Pap are acuma anus contra naturii.

Baba a făcut o pauză și și-a mai aprins o țigară, cu mâini tremurânde. Pe stradă treceau oamenii, ca niște umbre grăbite. Vântul ciufulea frunzele veștede prin copaci.

Mă gândeam că sunt un om de căcat. Stăteam să ascult o babă nebună, care mai părea și beată. Și o mai și înregistram. Ar trebui să merg acasă și să citesc. Dar am rămas acolo. Eram curios ce s-a întâmplat cu ungurul Andrei Pap.

— Se curăță, ce să se întâmple cu el? Că l-au întors pe dos, a prezis baba.

Apoi a continuat:

— Și al meu a făcut cancer, dar i-au prelevat organ de la o moarte cerebrală, a fost de acord familia, când m-au văzut galbenă și slabă și amărâtă... Și nu mâncam, nu beam, stăteam la căpătâiul lui... Au zis: „Dați-i partea superioară a ficatului". Și l-au operat niște băieți tineri, nu zăpăcitul de la Municipal, care a fost primar. Și a reușit operația, și pe urmă a făcut accident vascular. Și acuma nu-și ia medicamentele, a luat-o pe băutură. Ce să-i fac, domnule? Dacă moare, nu-l duc la biserică, îl ard! Să mă ierte Dumnezeu. Păi, de ce? Cât m-a chinuit, m-a bătut. Să dai în nevastă-ta? Am trei certificate medico-legale. Patru am! Am de la Regele Mihai amintire niște cești. Tataia Nicolae a fost în armata regală, avea un metru optzecișinouă. A vrut să-l împuște pe Carol, că s-a culcat cu Lupeasca.

— Păi, și el s-a supărat că s-a culcat cu Lupeasca?

— Păi, avea dreptate. Carol avea copilul mare de-acuma, pe Mihăiță. Și Tataia Nicolae a dus familia regală peste hotare. Regele n-a furat nimic din Peleș. Minte lumea. Din contră, Peleșul a fost făcut de nemți, că el era neamț. Și acum merge sistemul de încălzire la Peleș. Eu am fost la Peleș când era interzis. Nu m-au lăsat la camera ascunsă. Și vorbeam cu directorul complexului Peleș, și avea o fată doctoriță. Și îi dă telefon fii-sa, și plângea. Și-i spun „Domnu', spuneți-i că găsește alt băiat mai bun. Să lase licheaua aia". Că eu m-am prins că de-aia plânge și-i dă telefon lui tac-so. Era studentă în ultimul an la medicină și ea plângea după un derbedeu. Și-așa a făcut tac-so. Era un om de treabă. Îmi dădea Kent, îmi dădea să mănânc de la speciale, aveam telefon, singură în apartament, aveam apartament. Și al meu când a văzut că am posibilitățile astea, m-a luat din interes. Dacă mi-a luat și verighetele din mână?

— Cum vi le-a luat?

— Așa, bine. El a dat verigheta jos, și mi-a luat-o și pe-a mea.

Ares se plictisise și se ridicase. Se apropiase de mine și i-am simțit respirația duhnind a căcat. Baba a tras un fum dintr-o nouă țigară.

— Și ce-a făcut cu verighetele?

— Le-a vândut. Le-a băut. Bea!

— Dar el ce făcea când l-ați cunoscut?

— Ce făcea? Umbla după curve de la IPCM!

— Voiam să vă-ntreb ce meserie avea.

— Dom'le, inginer. Dar de care inginer? Sunetist la Buftea. Și pe urmă, licheaua a intrat turnător la Ministerul de Interne.

— Asta în timpul lui Ceaușescu?

— În timpul lui Ceaușescu. Și mă toarnă și-acuma la doctor. L-a dat doctorul afară de mai multe ori.

— Cu ce vă toarnă?

— Că nu iau medicamentele... Păi dacă mi le ia el... Eu de unde să mai iau medicamente?

— I-a rămas obiceiul de turnător, mi-am dat eu cu părerea.

— I-a rămas. I-a rămas. Și-am avut la aur, că la munte, la Mățău, Jugur, fetele se mărită, că ard focurile. Și se mărită fetele mari cu flăcăi din altă parte. Dar poartă portul popular. Salbe. Nu sunt țigani, sunt cu ochii albaștri, blonzi. Tata avea părul negru, ondulat, cu ochii verzi. S-a născut de Bobotează. Cum să-i pună numele? Ion.

Mă uitam la babă și mi s-a făcut milă. Chiar a trăit o viață de căcat. Inițial mă amuzase, dar povestea ei mă întrista acum. Aș fi vrut să mă ridic și să plec.

— Lupii iarna vin până la curte, povestea ea.

Am rămas mai departe pe bancă.

— Și ies toți oamenii, se unesc și ies cu foc. Și lupilor le e frică de foc. Acolo am scăpat de tuse convulsivă. Tuse măgărească. Da' ce mult țineam la Mica Mare! Mă sculam dimineața, cu picioarele goale, și era un frig dimineața... „Mică Mare, dă-mi lapte, că mi-e foame." Îmi da lapte cald de vacă. Și mulgea și oaia, dar primăvara o mulgea, că atunci trebuia să aibă miel, și când avea miel dădea lapte mai mult. Vaca dădea lapte mult mai mult, dar nu trebuia s-o sperii. Da' ce lapte bun, ce fâneață... Creștea și păstrăv acolo la bunica-n vale, și avea un izvor cu un cap de lup, era rece ca gheața. Mergea cu niște cobilițe... Țuică! Pălincă, dom'le! Țuică românească, din Argeș, sus, în vârful munților. Și acoperișul nu era de tablă. Șiță. Șindrilă. Și verii mă cheamă de zor să mă duc să-mi dea salbele. Mi-au oprit salbe. Ce să fac, dom'le, cu aurul? Lasă-le lor acolo, că cine știe, fac și ei copii, copiii trebuie și ei căsătoriți...

— Și copilul pe care l-a abandonat soțul dumneavoastră, ce face?

— E la München. Eu l-am trimis acolo, la mama lui. La Siemens lucrează.

— Era copilul lui cu o altă doamnă, înțeleg.

— Da. Ea l-a lăsat pe bărbată-miu pentru că nu dădea bani în casă, el. Nici acum nu dă. A pierdut o casă, i-a luat-o banca. Pe bancheri cine îi plătește, statul? Ăia trăiesc pe picior mare, bancherii. Și la ora actuală, puterea care este... că eu am fost la Piața Victoriei, și știu. Și am zis „Jos comunismul!" Și fiii de comuniști. Eu am intrat în Partidul Comunist Român și făceam informările politice. Le făceam din România Liberă. Morți și vii. Zic: „A murit cutare, a murit cutare" în bătaie de joc. Făceam un mișto de secretara de partid... Era țigancă. Da' țigancă d-asta rea. Tac-so era d-ăla de-nrolare, care se ocupa de soldați. Îi trimitea în Moldova, dom'le, așa de rău era. Vrea să primească șpagă. În Moldova era rea armata, grea. Și până la urmă s-a potolit, s-a încurcat cu un pușcăriaș...

— Cine s-a încurcat?

— Țiganca. Secretara.

Un om scund și chel se oprise și-l mângâia pe Ares. Sigur avea și el poveștile lui. Avea niște bunici morți undeva printr-un sat și o copilărie pe care o regreta, pentru că acum, bătrân, înțelesese că viața nu mersese așa cum ar fi vrut el. Toți ne purtăm copilăria cu noi, ca pe-o măsea stricată care ne doare, dar la care nu vrem să renunțăm. Și toți o regretăm.

— Și la Piața Victoriei ne-au filmat, dom'le!

— Dumneavoastră de ce-ați fost la Piața Victoriei? Ce-ați cerut acolo? am întrebat-o.

— Jos comunismul! Că mai sunt comuniști la putere. Mi-am spus cuvântul. Eu am avut de-a face cu Ceaușescu. I-am făcut analfabeți și m-a turnat cine m-a turnat. Nu știu. Cine a auzit.

— Și ce-ați pățit?

— M-au scos din câmpul muncii. Lucram la Ministerul Muncii. Am intrat prima la Academia de Studii Economice, am ieșit prima din sală. N-am copiat. Două file am scris. Atât!

— V-au dat afară de la serviciu? Unde v-ați dus?

— M-am internat. Ca să iau și eu o pensie, că altfel nu luam pensie. Era prin '83. M-a turnat un coleg, și nu-mi plac turnătorii. Îmi pare rău că am fost în Piața Victoriei, dar am zis că dacă tineretul iese, eu, ca bătrână, de ce să stau ca un șobolan în casă? Că șobolanii nu-mi plac. Ăștia care se ascund și au bani cu nemiluita, și au mașini de putere, fiii lor, fiii fiilor lor o duc bine, și au necaz pe presă, pe radio, pe oamenii inteligenți, care au un cuvânt de spus. Au furat zeci de milioane și i-au lăsat să fugă din țară cu banii, sau unii au rămas aici și au făcut un an de pușcărie așa, de ochii noștri, dar au rămas cu milioanele. Iar alea sunt milioanele noastre furate și din mașinile lor de putere, cumpărate cu banii mei și ai dumneata, ne scuipă în cap... Dacă porți un pic de barbă, te ia drept nu știu cum. Dar se poartă, dom'le. Aveți copii?

— Nu.

— O să aveți.

— Deci așa, v-au dat afară de la serviciu.

— Da. Au primit ordin.

Un moș slab și ponosit se oprise în fața mea. Turul pantalonilor îi atârna ca o pungă goală și uzată. Avea părul alb și murdar. Mi-a cerut o țigară. I-am spus că nu fumez, dar nu se urnea.

— Nici eu n-am țigări, dar am bani, a zis baba, și i-a dat un leu.

— Ăsta cine e, este de-aici? am întrebat-o.

— Ăsta s-ar putea să fie un rechin. Are bani. Uite, e îmbrăcat bine. Are bani, dar face pe prostu'. Ăsta e jigodie, vă spun eu că e jigodie.

— Era beat.

— Face pe beatul.

— Ca să-i dea lumea țigări?

— Nu, nu. Ca să audă. A auzit discuția, că l-am văzut aici. Și apoi toarnă.

— Unde?

— Uite-aci, la Secția 12 de Poliție, Poliția toarnă mai departe, și ne iau pe-amândoi. Ne dau cap în cap. Dumneavoastră vă iau smartphone-ul, mie îmi ia actele... Ce pot să-mi ia? Boii de la bicicletă? Am văzut polițiști bătând polițiști, dom'le. E posibil? Aici la secția 12. E unul care face pe deșteptul și mi-a dat voie să-i pun mâna pe pistol. Zic: „Domnule ofițer, sunteți în exercițiul funcțiunii. Nu pun mâna pe pistol!" Și am procedat bine. Zicea că stă în vârful munților. Ar vrea el să stea la casa mea. Cât am muncit eu la casa aia, departe de mama... Am găsit un cadavru în curte. Îngropat acolo, și cred că i-au furat ceva. Am luat casa și am făcut săpături, să dau la o parte ce era uscat. Când, dau de craniu. Dau de oseminte, pe urmă un clop. Ăla era din Ardeal. L-au omorât pentru bani, pentru aur. Și un polițist a zis că eu sunt vinovată, că eu l-am omorât. Și m-au băgat la pușcărie. Dar s-a demonstrat după cinci ani că nu era așa și mi-au dat drumul, iar pe el l-au dat afară din poliție și acum e bodigard la un cazinou.

Apoi s-a ridicat brusc și a plecat fără să mai spună nimic, târându-și amintirile și pașii așa cum își târau mațele soldații împușcați în burtă, în război. Am rămas pe bancă. M-am gândit că fiecare dintre noi ascunde un cadavru în curte. Mai devreme sau mai târziu, altcineva intră în viața noastră, sapă adânc și ni-l descoperă. Chiar dacă uneori oasele putrezesc, se fac una cu pământul, iar din el mai rămâne doar clopul. M-am uitat în telefon. Înregistrasem 19 minute și 39 de secunde. O viață de om comprimată într-o poveste scurtă, într-o sporovăială de 20 de minute pe o bancă. Toate luptele, toate renunțările, neîmplinirile, toate chinurile și momentele de fericire, toate se pot înghesui într-o discuție mică la marginea străzii.

Dar între punctele astea există milioane de secunde care nu pot fi povestite, pentru că sunt doar ale tale. Le respiri și trec. Le înghiți și vin altele și altele, și toate acestea sunt viața ta. Trăiești, iar asta este tot ce contează. Totul e important și frumos. Poate că sensul vieții nu e nimic mai mult decât să te bucuri până la ultima suflare de tot ce ți-a dat Dumnezeu, chiar dacă uneori e al dracului de puțin. Poți spune cu lacrimi în ochi „am fost foarte fericit", chiar și atunci când ești un bătrân singur și neputincios și nu ți-a mai rămas nimic, iar cea mai frumoasă amintire a ta e veche de o jumătate de secol, pe când ai fost, preț de câteva secunde, figurant într-un film unde un mare actor ți-a tras un șut în cur și două palme după ceafă. Poți fi o nevastă între două vârste, înșelată și cu căsnicia zdrențe, care-și găsește consolarea râzând împreună cu soțul adulter de pozele fostei lui amante. Chiar și când ești călugăr și te obligă de la mânăstire să te îmbraci cu o rochie neagră și tristă, intuiești o rază de lumină în fotografia pe care i-o faci unui câine alergând prin iarbă. Și când ai ajuns o babă bolnavă și nebună și toate s-au stins în jurul tău, te bucuri că-ți poți aminti de părinți și bunici și, pentru o fracțiune de secundă, ca un fulger mic, reușești să le redai puțină viață. Chiar dacă ești o mamă vlăguită și disperată, care își șterge la fund copilul întârziat mintal, sau o prostituată lipsită de scrupule, care i-o prezintă pe Pufi lui Pufu, te bucuri că respiri, că e dimineață, că vezi soarele răsărind și că se face seară.

Viața e frumoasă chiar și atunci când ai în piept o jucărie de fier care îți numără toate clipele pe care le mai ai de trăit, iar sângele tău e subțire ca apa și inima atât de fragilă, încât se poate opri și când strănuți. Poți fi fericit până și că e sâmbătă, că e toamnă și că ai un cățel care tocmai s-a tăvălit în căcat și apoi și-a lins blana murdară.

Și în plină stradă, în mijlocul oamenilor care-și purtau îngândurați clopul amintirilor prin aerul bolnav al toamnei, l-am prins pe Ares de cap și l-am pupat în bot.

– SFÂRȘIT –

La prețul de vânzare al cărții
se adaugă 2%, reprezentând
contravaloarea timbrului literar.

Tipar: ARTPRINT
E-mail: office@artprint.ro
Tel.: 021 336 36 33